HEYNE

Das Buch

In der Zukunft hat die Menschheit auf nahezu allen größeren Himmelskörpern unseres Sonnensystems Kolonien errichtet und mit dem Terraforming begonnen, um diese neuen Welten bewohnbar zu machen. Projekt Plutoshine ist das bisher ambitionierteste Vorhaben: Sechs Milliarden Kilometer von der Sonne entfernt, mit einer durchschnittlichen Oberflächentemperatur von -242 °C, braucht Pluto vor allem Licht und Wärme. Beides soll durch gewaltige Spiegel im Orbit auf die Eiswelt gebracht werden. Doch jemand sabotiert Projekt Plutoshine. Ingenieur Lucian ist davon überzeugt, dass die neunjährige Nou etwas über die Anschläge weiß. Seit sie ihren Vater bei einem mysteriösen Unfall verloren hat, hat sie jedoch kein Wort mehr gesprochen. Lucian versucht alles, um zu ihr durchzudringen – doch Nou hütet ein Geheimnis, das alles, was wir über unser Universum zu wissen glauben, infrage stellt ...

Die Autorin

Lucy Kissick schrieb ihren Roman *Projekt Pluto*, während sie an ihrer Doktorarbeit an der University of Oxford arbeitete, in der sie Seen auf dem Mars im Labor nachbildete, um die Atmosphäre unseres Nachbarplaneten genauer zu untersuchen. Inzwischen arbeitet sie als Wissenschaftlerin in der Atomindustrie und lebt zwischen Bergen und Meer im englischen Lake District.

Mehr über Lucy Kissick und ihren Roman erfahren Sie auf:
diezukunft.de

LUCY KISSICK

PROJEKT PLUTO

ROMAN

Aus dem Englischen von
Peter Robert

WILHELM HEYNE VERLAG
MÜNCHEN

Titel der Originalausgabe:
PLUTOSHINE

Der Verlag behält sich die Verwertung der urheberrechtlich geschützten Inhalte dieses Werkes für Zwecke des Text- und Data-Minings nach § 44 b UrhG ausdrücklich vor. Jegliche unbefugte Nutzung ist hiermit ausgeschlossen.

Penguin Random House Verlagsgruppe FSC® N001967

2. Auflage

Deutsche Erstausgabe 07/2023
Redaktion: Joern Rauser
Copyright © 2022 by Lucy Kissick
Copyright © 2023 dieser Ausgabe und der Übersetzung
by Wilhelm Heyne Verlag, München,
in der Penguin Random House Verlagsgruppe GmbH,
Neumarkter Straße 28, 81673 München
Printed in Germany
Umschlaggestaltung: Das Illustrat, München,
unter Verwendung von Motiven von Shutterstock.com
(Outer Space, NASA images, petrmalinak) und iStockphoto (cokada)
Satz: Schaber Datentechnik, Austria
Druck und Bindung: GGP Media GmbH, Pößneck

ISBN 978-3-453-32259-2

www.diezukunft.de

PROLOG

Irgendwann in nicht allzu ferner Zukunft

Eins-zwei-drei.
Eins-zwei-drei.

Eine Abfolge kurzer, hoher, schriller Pfeiflaute, dann eine weitere. Wie ein Vogelruf oder ein SOS. Inzwischen kannten die drei Gestalten das Muster, darum warteten sie auf den letzten Teil der Sequenz: *Eins-zwei-drei-vier,* etwas tiefer. Dann wiederholte sich der Zyklus.

Im engen Innern ihrer Helme waren ihre Atemzüge kurz und abgehackt. Hier draußen, unter der Schwärze des Eises und weitab vom Trost der Sterne, stand eines fest: Dies war kein Vogelruf, und wenn es ein SOS war, dann das fernste, das je ein Mensch gehört hatte.

Ein Aufblitzen von Farbe im Lichtschein der Lampen, das genauso schnell wieder verschwand. Die Atemgeräusche verstummten.

In ihrem Blickfeld färbte sich alles rot.

»Tja«, sagte einer, doch es klang völlig falsch: ruhig, gelassen und unbekümmert. »Das verändert alles.«

PHASE

1

1

Irgendwann in nicht allzu ferner Zukunft, ein Jahr später

Als Nou zum ersten Mal die Sonne sah, war sie ein kleines Mädchen, kaum 0,02 Jahre alt und in ihren beheizten Stiefeln noch ungeschickt auf den Beinen. In diesem Alter war ihr Bruder Edmund ihre ganze Welt, und sie lag in seinen Armen. Er zeigte auf einen winzigen Lichtpunkt am gestirnten Himmel, der sich für Nou in nichts von den anderen unterschied.

»Das sind alles Sterne«, sagte er. Über den Helmfunk klang seine Stimme vertraut in ihren Ohren. »Aber der da ist was Besonderes.«

»Der?«

»Ja. Das ist *unser* Stern. Wir nennen ihn die Sonne. Und eines Tages wird dieser Stern das Antlitz unserer Welt verändern.«

Nou dachte eine Weile darüber nach. Auf ihrer Welt war der Himmel dunkel, die Nächte waren lang, und Sternenlicht tränkte die Ebenen aus Eis, die sich bis zum Horizont und darüber hinaus erstreckten. Von diesen Lichtpunkten kam keine Wärme und, soweit sie mit ihrem nüchternen Weltverständnis erkennen konnte, auch nichts anderes.

Aber sie war hübsch, diese Sonne. Es gefiel Nou, wie Farben durch ihr Blickfeld liefen, wenn sie den Lichtpunkt mit zusammengekniffenen Augen betrachtete. Immer wenn jemand sie mitnahm, kehrte sie zu diesem gefrorenen Ufer zurück, zog die Erwachsenen an der Hand dorthin und blickte dann an ihrem Arm entlang nach oben, so wie bei ihrem Bruder damals. Sie verband die Sternenpunkte und suchte so konzentriert, dass sie dabei schielte, bis sie den richtigen fand – den hellsten –, ja, aber ihn auf Edmunds Art zu finden, war so, als folgte sie einem gewundenen Pfad, den nur sie beide kannten.

Doch wenn die Sonne etwas derart Besonderes war (überlegte sie mit 0,03 Jahren), warum war sie dann so winzig? Was *machte* sie?

Die ältesten Bewohner der Stern-Basis – diejenigen, die noch auf der Erde aufgewachsen waren – erzählten ihr von wundersamen Dingen wie warmem Lichtschein auf nackter Haut, von blendend hellem Lichtergefunkel auf Meeren, die bis über den Horizont hinaus reichen, und von den bescheidenen Ursprüngen des Lebens in Form chemischer Stoffe im glitzernden Wasser von Tidentümpeln.

Die Sonne konnte *Eis schmelzen*? Und *Leben* erschaffen?

Die jüngsten Bewohner – diejenigen, die mit Geschichten von der Erde aufgewachsen waren – erzählten ihr von schrecklichen Dingen wie geblendeten Astronomen in lange zurückliegenden Zeiten; von riesigen Spiegeln, die bewirkt hatten, dass der Mars Risse bekam und schmolz; vom Hitzetod der Pioniere auf dem Merkur.

Nou saß da, die Arme um die Knie geschlungen, und hörte ihnen mit großen Augen zu. Dies war nicht bloß ein kleiner Lichtpunkt. Die Sonne, entschied sie, war ohne Zweifel etwas Besonderes.

Und wenn man an zweieinhalb Orten außerhalb der Erde Leben gefunden hatte (niemand wusste genau, ob die verdächtig bakterienähnlichen Lebensformen auf dem Mars dazu zählten), so folgte für sie ganz logisch daraus, dass es auch auf ihrer Welt Leben geben musste.

Und sie würde diejenige sein, die es fand.

Als die Terraformer auf Pluto eintrafen, war es Nou – jetzt 0,04 und für zehn Erdenjahre eher klein – beinahe gelungen.

Zu behaupten, es sei *kalt* auf Pluto, war so ähnlich, als würde man die Reise dorthin als Katzensprung bezeichnen oder sagen, es sei dort ein bisschen dunkel: Wenn man vier Milliarden Kilometer weit flog oder die dreißigfache Entfernung von der Erde zur Sonne zurücklegte, um auf einer Oberfläche zu landen, auf der Temperaturen von mehr als zweihundert Grad unter null herrschten, versagten normale Beschreibungsmethoden.

Für Lucian bedeutete Plutos Kälte das permanente, nicht ausblendbare Brummen der Heizelemente seines Raumanzugs und den Verlust jeglichen Gefühls in Armen und Beinen, sobald er sich nur ein paar Sekunden lang nicht bewegte. Die Entfernung von seiner Heimat brachte eine Art Schwindelgefühl mit sich, eine leise Panik, die ihm die Luft abschnürte, wenn er zu lange darüber nachdachte. Er glaubte nicht, dass er sich jemals an die hiesige Schwerkraft gewöhnen würde: Jeder Schritt war ein schwungvolles Abheben, ein kurzer Flug, und dann das Gegenteil – eine halbe Sekunde schreckliche Angst, der mühsame Versuch, wieder zum Boden hinunterzugelangen, und schließlich eine Aufwallung von Erleichterung bei jeder Landung.

Vor allem faszinierte ihn jedoch die Horizontlinie. Auf dieser sonnenfernen Welt, auf der es Stickstoff schneite und niemals heller wurde als kurz vor dem Morgengrauen auf der Erde, war der Himmel blau. Dies war aber kein irdisches Blau – nicht das Kornblumenblau eines wolkenlosen Mittags –, sondern ein dunkleres, wässrigeres, fast indigofarben, wo es nach oben hin auslief.

Er liebte diesen Ort jetzt schon.

Lucian platzte schier vor Aufregung. Er war völlig aus dem Häuschen. Er stand auf *Pluto*. Auf dieser Welt, die man als »Neuen Horizont« bezeichnete. Zu allen Seiten erstreckte sich eine gewaltige Ebene aus schartigem, buckligem weißen Eis – und was für ein Eis das war! Nicht das normale Wassereis wie auf der Erde, auch kein Kohlendioxid wie auf dem Mars. Das Pluto-Eis setzte sich aus Stickstoff, ein wenig Methan und einem Quäntchen Kohlenmonoxid zusammen. Er überquerte einen Boden, der so kalt war, dass er buchstäblich aus gefrorener Luft bestand.

Der richtige Name der Eisfläche lautete Sputnik Planitia oder – abseits des Lateinischen – Sputnik-Ebene. Seit ihrer Entdeckung in den frühen Jahren des einundzwanzigsten Jahrhunderts war die ikonische Landschaft jedoch eher durch ihre Form bekannt geworden: als die eine Hälfte von Plutos Herz.

An dem stark gekrümmten Horizont vor ihm zeichneten sich die al-Idrisi Montes ab: Eisberge von der Größe echter Berge, die vor langer Zeit an den ewig gefrorenen Küsten dieses Herzens gestrandet waren. Und dort, am Fuß ihrer gezackten Klippen, wuchs wie eine Ansammlung winziger Kristalle die leuchtende Stern-Basis empor.

Dieser Anblick ließ Lucians Herz höherschlagen. Der fernste Außenposten der Menschheit. Er stolperte immer wieder über seine eigenen Füße, während er halb hüpfend, halb springend in schiefen Winkeln auf dem Boden aufsetzte und jede darauffolgende kurze Ausschüttung von Adrenalin genoss. Nachdem er besonders knapp an einem richtigen Fehltritt vorbeigerauscht und für gute zehn Sekunden ins Schweben geraten war, kam eine Stimme in rauem Ton durch seine Hörkapsel: »Ist dir eigentlich klar«, sagte sie, »dass dich rund hundert Leute gleich an ihre Basis klatschen sehen werden wie eine Fliege an die Windschutzscheibe?«

»Ach, na ja«, erwiderte Lucian, nach Atem ringend, aber gut gelaunt über ihre private Leitung. »Man kann nicht früh genug anfangen, sich einen Ruf zu erarbeiten.«

»Bei deinem Gleichgewichtssinn muss ja jeder denken, dass du auf der Erde geboren bist.«

Lucian war sich undeutlich bewusst, dass er mit seiner behandschuhten Hand nach oben griff, um sich verlegen die Haare zu zerzausen, dabei jedoch nur auf den Helm stieß.

»Sehen Sie, Halley – es ist ein bisschen so, als stiege man eine leicht schräg stehende Treppe hinauf. Obwohl man es weiß, wird man es wohl vergessen und bei jedem Schritt stolpern.«

Er drehte sich um und winkte ihr zu, einem von einer Handvoll Glühwürmchen in der Ferne. Als er wieder nach vorn sah, war die Hauptschleuse der Basis kaum noch zwei große Sprünge entfernt. Dahinter, durch die Glaswände zu beiden Seiten, sah es so aus, als wäre ganz Pluto gekommen, um sie zu begrüßen. Die Menschen drückten sich an die Fenster und scharten sich drinnen zusammen, einige strahlten ihn an, manche winkten, andere sprangen hoch und schwebten wie Federn, um besser sehen zu können. Ihre Neugier war verständlich: Neuankömmlinge hier an der Außengrenze der Zivilisation waren selten, und einige von ihnen hatten schon ihr ganzes Leben hier verbracht, ohne jemals ein fremdes Gesicht zu sehen. Einen Augenblick lang fiel ihm ein leuchtendes Spruchband ins Auge: *Willkommen, Sonnenbringer!*

»Sonnenbringer?«, sagte Halley so spöttisch wie üblich, aber giftiger als nötig. Die alte Professorin schien in einer noch bissigeren, ungeselligeren Stimmung zu sein als sonst. »Halten die uns für ein Pantheon alter Gottheiten? Wir sind Terraformer, um der Erde willen.«

Lucian verzog das Gesicht zur Entsprechung eines Achselzuckens und vergaß dabei einen Moment lang sein Publikum.

»Tja, also, ich bezeichne mich lieber als Solaringenieur, und das ist ja wohl auch keine unzutreffende Beschreibung, oder? Ich meine, wären wir vor tausend Jahren auf der Erde gelandet, hätten uns die Leute wahrscheinlich für Götter gehalten, bei dem, was wir heutzutage so alles ...«

»Nein.« Das *Klick* des Verbindungsabbruchs folgte, dann fuhr sie auf der öffentlichen Leitung fort: »Wir sind in zwei Minuten da, Dr. Harbour ...«

Lucians Herz setzte für einen Schlag aus, und sein Helm fuhr herum. Einen schrecklichen Moment lang befürchtete er, einfach an dem Mann vorbeigesprungen zu sein, aber nein: Als er seinen Körper auf korrektere Weise drehte, sah er eine hochgewachsene, schlanke Gestalt aus der Luftschleuse kommen.

Jetzt bereute Lucian seine Eile: Er würde die Begrüßung allein absolvieren müssen. Er fummelte an seiner Handgelenkskonsole herum und schaltete auf die richtige Frequenz.

»Dr. Harbour? Hi. Rechts von Ihnen.«

Die Gestalt drehte sich um. Unter den harten Schatten der Helmbeleuchtung wirkte ihre Miene ernst, und in der nahezu sonnenlosen Mittagsdüsternis schien Plutos Kälte noch härter zuzubeißen.

Edmund Harbour. Der Mann, den man »Prinz von Pluto« nannte, Sohn des legendären Clavius Harbour. Lucian hatte Edmund während der Planungsphase natürlich unzählige Male per Fernkommunikation getroffen, doch selbst in einer Zeit, in der alles virtuell war, konnte nichts die unverfälschte Intimität einer Begegnung von Angesicht zu Angesicht ersetzen. Na ja, von Helm zu Helm. Lucian sprang vorsichtig hinüber.

»Hey.« Er lächelte zumindest noch von dem Lauf, also brauchte er sich nicht zu einem Lächeln zu zwingen. Als sich ihre Handschuhe berührten, wäre er beinahe zurückgezuckt, weil er fast mit einem Kälteschock gerechnet hatte. »Wie schön, dass wir uns endlich im wirklichen Leben begegnen.«

»Auch ich grüße Sie.« Harbours Händedruck war fest. Er verneigte sich leicht. Seine Haltung wie auch seine Stimme waren voll von gemessener, feierlicher Würde. »Unsere Leute warten schon seit einer Generation auf diesen Tag.«

»Geht mir vom Gefühl her ganz genauso«, ertönte Halleys Stimme, als sie und die anderen Mitglieder des Teams sich zu ihnen gesellten. Sie schüttelte Harbour kräftig die Hand. »Großartig, dass wir uns endlich in drei Dimensionen begegnen. Könnten wir das vielleicht ins Innere verlegen? Meine Füße sind fast schon taub.«

Während die Neuankömmlinge die Basis betraten, blieb Lucian zurück, drehte sich um und ließ den Blick ein letztes Mal schweigend über die zerknitterte Ebene des Herzens schweifen. Diese Aussicht würde er im Lauf der nächsten derzeit nicht feststehenden Anzahl von Jahren noch oft genug genießen können, aber im Augenblick waren jeder Riss und jede Spalte ganz neu, und so bedeutete dieser Anblick eine einzige Freude. Über ihm leuchteten die Sterne, genauso wie in seinem eigenen Winkel des Sonnensystems. Es kam ihm wie ein himmlischer Scherz vor, dass auch ihre Positionen genau dieselben waren: eine freundliche Erinnerung an die Relativität von Entfernungen. Er konzentrierte sich und suchte den Himmel nach einem besonderen Stern ab.

Und als er den Blick wieder senkte, sah er weiter vorn eine kleine Gestalt, die ihn beobachtete: noch jemand, der sich durch die Luftschleuse hinausgewagt hatte. Lucian betrachtete das Gesicht und erkannte, dass es ein Kind war, vielleicht ein Mädchen, ein bleiches Gesicht inmitten dieses anonymen Durcheinanders von Anzügen, die zu seinem eigenen Schiff gehörten. Sie stand unbeholfen da, ein federleichter, flugbereiter Vogel, hielt seinem Blick jedoch mit angestrengter Konzentration stand. Sie schien drauf und dran zu sein, ihm eine Frage zu stellen.

»Hi.« Lucian sprach sie über die öffentliche Nahbereichsfrequenz an und winkte ihr kurz zu. »Wie geht's dir? Ich bin Lucian.«

Sie fuhr ruckartig herum und schaute zurück, als hätte jemand sie gerufen, und bevor er noch etwas sagen konnte, war sie schon wieder in der Luftschleuse verschwunden.

»Hey, Lucian?«

Lucian blickte sich um. Die Audiofunktionen der Raumanzüge verbesserten sich fast täglich, aber sie konnten Richtungen noch immer nicht so präzise bestimmen wie ein Ohr im Freien. Er zuckte zusammen, als er der Quelle hinter sich direkt gegenüberstand.

»Zu nah, Stan.«

Stan war Lucians Doktorand. Der Junge rang die Hände in den dicken Handschuhen, und Lucian verspürte einen leisen Anflug von Erleichterung, als er bemerkte, dass auch er sich mit unbeholfenen Schritten bewegte.

»Verzeihung. Ähm. Die erwarten doch nicht von mir, dass ich da was sage, oder?«

»Oh, nein, nein.« Während sie beide hineingingen, legte Lucian Stan beruhigend eine Hand auf die Schulter, wenn auch eher zugunsten seiner eigenen Standfestigkeit. »Es ist lediglich eine Art Gemeindeversammlung. Wahrscheinlich werden nur ein paar Vertreter hingehen. Ich nehme an, sie werden bloß wollen, dass Halley ein paar Worte sagt.«

Zehn Minuten später hatte er ein Mikrofon vor dem Mund, ein Namensschild an der Brust und einen Krug Sprudelwasser in der Hand, der seinen Weg über einen langen Tisch in einem Raum nahm, bei dem es sich wahrscheinlich um die Kantine handelte. Außer ihm hatten noch vier weitere Rednerinnen und Redner am Tisch Platz genommen, und vor ihnen saßen dicht gedrängt die Plutonier. Offenbar alle bis auf den letzten Mann.

»Wie groß wird er sein?«

»Wie hell wird er sein?«

»Wie gefährlich wird das sein?«

»Wie können wir uns daran beteiligen?«

Lucian hatte in seiner beruflichen Laufbahn bereits an einem Dutzend weitaus kleinerer Terraformingprojekte mitgearbeitet, und noch nie war eines derart einhellig hoffnungsvoll und begeistert aufgenommen worden. Ihre Fragen waren berechtigt, sachkundig und nahmen kein Ende.

»Nächste Frage.« Edmund Harbour, der die Gesprächsrunde leitete, streckte eine Hand aus.

Er trug einen Anzug in schickem Schwarz – im Kontrast zu der hell erleuchteten Basis –, hatte eine Physiognomie, die alterslos wirkte (achtundzwanzig? achtunddreißig?), und sprach so ruhig und klug, dass Lucian das Gefühl hatte, seine eigenen Fachkenntnisse wären weitgehend überflüssig. Er hätte attraktiv sein können, aber Lucian sah nur gerade Linien und harte Kanten: prägnante Kinnpartie, scharf konturierte Stirn, noch schärfere Augen. Alles – von seiner reglosen Haltung bis zu seiner makellosen Frisur – wirkte so starr, dass es nicht einmal ein Lächeln zuzulassen schien.

Der Fragesteller erhob sich.

»Mit welchem Temperaturanstieg können wir rechnen, und im Verlauf welcher Zeiträume?«

»Ungefähr dreißig Grad Celsius innerhalb der ersten hundert Jahre, mehr oder weniger auf dem ganzen Planeten.« Lucian übernahm es, diese Frage zu beantworten, während er einen halben Ingwerkeks aus einer Packung aß, die herumgereicht wurde. »Aber bei der Dreihundert-Kilometer-Version wären es ungefähr fünfzig in den mittleren Breiten. Was den Zeitraum betrifft ...«

»Denken Sie an einen Lichtschalter«, unterbrach ihn Halley trocken. »Beim Licht, heißt das. Bei der Temperatur gibt es eine Wirkungsverzögerung, ein langsames, exponentielles Wachstum. Wir nehmen an, dass sie sich ungefähr« – sie wackelte mit der Hand hin und her – »bei minus siebzig, minus fünfzig Grad Celsius einpendeln wird, und zwar nach etwa fünfhundert E-Jahren. Sie dürfen nicht vergessen, dass Pluto noch nie eine Sonne hatte. Nun bringen wir eine hierher. Einige geologische Systeme werden sofort reagieren, und andere ... Nun, sie heißen nicht ohne Grund ›geologisch‹, weil sie sich nämlich nur in wesentlich größeren Zeiträumen verändern.«

»Es ist hundertprozentig sicher«, fügte Lucian hinzu, als er sah, wie sich Hände in die Höhe reckten. »Zuerst schmilzt das Stickstoffeis, dann, etwas langsamer, das Methaneis. Die Aktivierung der Hydrosphäre wird immer ein gewisses Maß an planetaren ... *Umwälzungen* mit sich bringen, aber vergessen Sie nicht, wir sprechen davon, enorme Energiemengen auf kontrollierbare Art und Weise einzusetzen.«

Eine weitere Hand.

»Wie lange wird es dauern, bis er einsatzfähig ist?«

»Geben Sie uns zwei Erdenjahre.« Das war der Chefingenieur des Projekts, ein rüstiger Mann namens Parkin, etwas über achtzig Jahre alt, den Lucian mochte und gut kannte. »Mit Erlaubnis der Bürger von Pluto sind wir bereit, mit der Arbeit zu beginnen, sobald wir diese Kekse aufgegessen haben.«

Parkin war ursprünglich ein Plutonier, den Clavius Harbour persönlich ausgewählt hatte, und ein alter Hase in puncto Megakonstruktionen. Während Halley als Gigantin in der Entwicklung wissenschaftlicher Konzepte galt, war Parkin ihr Pendant: Er erweckte ihre Welten mit technischen Mitteln zum Leben. Nicht zum ersten Mal dachte Lucian, der zwischen ihnen saß, über die Surrealität seiner Lage nach.

»Eine letzte Frage.« Edmund Harbour machte eine Kopfbewegung zu einer anderen Hand.

Die Sprecherin erhob sich. »Wir alle haben die Suche nach indigenen Plutoniern sehr aufmerksam verfolgt, und viele von uns setzten sie weiterhin fort. Falls es tatsächlich Leben auf Pluto gibt, welche Auswirkungen könnte dieses Projekt dann darauf haben?«

Eine elektrische Ladung schien durch den Raum zu fegen, wie Wind, der das Getreide auf einem Feld in Bewegung versetzt. Leise Worte wanderten von einem gesenkten Kopf zum nächsten. Lucian schaffte es, Halleys Blick auf sich zu lenken, ohne den Kopf zu drehen, aber seine Verwirrung traf nur auf kalkulierte Ausdruckslosigkeit.

»Das übernehme ich.«

Das war die weiche, flüssige Stimme einer Frau am anderen Ende des Tisches. Lucian hatte sie zuvor im Trubel der Vorstellungen begrüßt, ohne dass etwas hängen geblieben wäre, aber jetzt sah er, dass auf ihrem Namensschild Mallory Madoc stand ... *Das* war Mallory Madoc? Es war einer jener Namen, die jeder innerhalb seines Fachgebiets kannte, aber er hatte noch nie daran gedacht, nach ihrem Gesicht zu suchen. Sie sah so jung aus ... für die Leiterin des ersten Teams, das extraterrestrisches Leben entdeckt hatte.

»Was wir auf Europa durchweg gesehen haben, waren voneinander unabhängige Kolonien thermophiler Methanbildner in der Umgebung hydrothermaler Tiefseeschlote«, sagte Madoc in einem energischen Ton, der besser für wissenschaftliche Symposien geeignet gewesen wäre. »Auf Enceladus ist es eine ähnliche Geschichte, würdest du das nicht auch sagen, Yolanda?«

Eine dunkelhaarige, dunkeläugige Frau in der ersten Reihe reagierte mit einem Nicken, während Lucian spürte, wie es bei dem Namen klick machte. Er war sofort gespannt gewesen, als er zum ersten Mal gehört hatte, dass

Yolanda Moreno ebenfalls auf Pluto war: die Frau, die nur Monate nach Madoc Leben auf dem Saturnmond Enceladus gefunden hatte. Sie nannten sich Xenobiologinnen – und Lucian fragte sich erst jetzt, aus welchem Grund es das Duo, das das Fachgebiet buchstäblich begründet hatte, ausgerechnet zu einem abgelegenen, eine Jahresreise von der Zivilisation entfernten Zwergplaneten verschlagen hatte.

Nun ... vermutlich aus demselben Grund, weshalb es Leute wie ihn dorthin verschlug. Weil dieser Planet etwas für Pioniere war. Eben *weil* er eine Jahresreise von der Zivilisation entfernt war.

»Einschließlich der Erde«, fuhr Madoc fort, »haben wir jetzt drei Datenpunkte – vier, wenn wir den Mars mitzählen – für die Verhaltensweisen des Lebens in lichtarmen, eisreichen Umgebungen. Falls Pluto tatsächlich Leben beherbergt, stünde zu erwarten, dass wir es an folgenden Orten und in folgender Gestalt antreffen: Erstens« – sie streckte einen Finger in die Höhe – »in Wärmeströmungen oder Bereichen geochemischer Aktivität konzentriert. Zweitens, tief unter der Oberfläche. Und drittens, wie auf Europa und Enceladus, als sehr einfache mikroskopische Form. Ich glaube fest daran, dass die beständige Wärmezufuhr durch Projekt Plutoshine jegliches Leben ernähren, es sogar aus seinen Verstecken ins Freie locken würde.«

»Danke, Dr. Madoc, und ich fürchte, unsere Zeit ist schon um.« Harbour war aufgestanden. »Damit möchte ich die heutige Gesprächsrunde beenden. Bitte bedanken Sie sich zusammen mit mir noch einmal bei unseren Rednern, sowohl bei den vertrauten Gesichtern« – er deutete auf Parkin und Madoc – »als auch bei unseren neuesten Mitbewohnern.«

Neueste Mitbewohner. Lucian dachte behutsam über die Wörter nach, während Hände herabsanken und Applaus anschwoll. Ihm wurde immer noch ein bisschen schwindlig bei dem Gedanken, dass er nun ein Bewohner dieses fernsten bewohnten Außenpostens der Menschheit war. Vielleicht war es aber auch nur eine Begleiterscheinung seiner schmerzenden Knochen oder der Tatsache, dass seine Augen sich anfühlten, als hätte er sie seit der Querung der Neptun-Umlaufbahn nicht mehr geschlossen.

Erst später, nachdem Edmund Harbour die rund ein Dutzend Neuankömmlinge persönlich zu ihren Unterkünften gebracht und ihnen eine gute Nacht gewünscht hatte (*Nacht* wurde durch gedämpfte Beleuchtung gekennzeichnet und durch deren allmähliches Hellerwerden bei *Tagesanbruch* beendet), kam Lucian dazu, Halley zu fragen, was es mit dem ganzen Tamtam um die Lebensfrage überhaupt auf sich hatte.

Ihre Augenbrauen stiegen in die Höhe, aber sie wandte den Blick nicht von dem Livestream in ihrem gemeinsamen Wohnzimmer ab.

»Musst du das wirklich fragen?«

Lucian blickte auf. Er war gerade dabei, Stan, der aufrecht in einem Sessel saß und so stetig, tief und gesund atmete, wie es nur im Schlaf möglich war, eine flauschige Decke überzulegen.

»Ja, natürlich muss ich das fragen«, erwiderte Lucian, »sonst würde ich mir Ihnen gegenüber ja das schmerzhafte Eingeständnis meiner grassierenden Unwissenheit ersparen.«

»Der Unfall liegt erst ein Jahr zurück.« Halley sah dem Brandungsspiel an einer Meeresküste weiter zu. »Ein so großes Drama für einen so kleinen Planeten – auf der Erde spricht man noch immer darüber, mein Junge.« Sie ließ das Kamerabild – mindestens neunzehn Stunden alt, falls die Live-Aufnahmen mit Lichtgeschwindigkeit gereist waren – mit einer Handbewegung auf Wellen zoomen, die den Sand tränkten. »Hast du nicht den leeren Platz neben Edmund gesehen?«

Lucian hatte ihn gesehen. Es war ihm außerordentlich unangenehm gewesen, wie ein Gleichrangiger danebenzusitzen.

»Lehnen die Leute wirklich die gesamte Disziplin der Xenobiologie ab, nur weil bei einem Suchtrupp etwas schiefgegangen ist?« Er hockte sich auf die Armlehne eines Sofas und verschränkte die Arme. »Selbst jetzt, wo ich hier bin, verstehe ich das nicht.«

»Viele meinten, sie hätten gar nicht erst suchen sollen, oder es sei für die Katz gewesen.« Halleys Achselzucken ging in ein Recken und Strecken über. Sie war eine Löwin von einer Frau, knochig, aber stark, mit einem unerschrockenen Blick, der alles in seiner Bahn zu sezieren und dann wieder zusammenzusetzen schien. »Ich sehe es genauso wie du, aber denk daran, nichts ist jemals ›nur weil‹, wenn es um Clavius Harbour geht. Pluto ist immer noch dabei, sich an seine Abwesenheit zu gewöhnen.«

»Machen Sie ›Sonnensystem‹ draus.« Lucian ließ sich in die Tiefen des Sofas sinken. »Wissen Sie noch, wie wir es auf dem Schiff erfahren haben? Wir waren da draußen, mitten im Nirgendwo im Asteroidengürtel, und jeder von uns wusste darüber Bescheid.«

»Diese altruistischen Genies, die ...« Halley brach ab, als es an ihrer Tür klingelte.

Lucian öffnete, und da stand sie. Das kleine Vogelmädchen. Irgendwie wusste er, dass sie es war, minus Anzug:

dieselbe Größe, dieselben riesigen Augen, dieselbe ängstliche, zaghafte Intensität. Von Angesicht zu Angesicht war sie sogar noch kleiner, mit hübschen, feinen Zügen und knochigen Schultern, die Arme eng am Körper, als wollte sie so wenig Raum wie irgend möglich einnehmen. Sie blickte mit einem Ausdruck zu ihm hinauf, den Lucian, als er später darüber nachdachte, nur als Schreckensstarre bezeichnen konnte.

»Hi«, sagte er und legte irgendwie den wohlmeinenden, ein wenig herablassenden Ton in dieses eine Wort, den Erwachsene für Kinder reservieren. »Ich erinnere mich an dich. Wie geht's dir?«

Das Mädchen sagte kein Wort, sondern streckte nur eine Hand aus, in der ein Zettel steckte.

»Oh! Danke ...«

Sie verbeugte sich leicht, als er den Zettel entgegennahm, und dann, in dem Moment, als er auf seine Hände schaute und den Blick wieder hob, verschwand sie.

Er zwinkerte. Es musste irgend so eine Plutonier-Spezialität sein, mithilfe der Schwerkraft auf genau die richtige Weise zu springen.

Halley blickte interessiert herüber.

»Sehe ich richtig? Hast du gerade versucht, mit Nou Harbour zu reden?«

»*Harbour?*« Lucian fuhr herum. »Edmund Harbour hat eine Tochter?«

»Du hast wirklich kein Wort auf einer dieser Gesellschafts- und Kulturseiten gelesen, die ich dir geschickt habe, nicht wahr? Sie ist seine Schwester – mit einem Altersabstand von mehr als zwanzig Jahren.«

Lucian rief sich Harbours ernste Gestalt in Erinnerung, phlegmatisch, undurchdringlich, und versuchte angestrengt, irgendetwas an dem Mann zu entdecken, was entweder brüderlich oder väterlich war.

»Moment mal.« Etwas war gerade in sein Bewusstsein vorgedrungen. »Was meinen Sie mit ›versucht, mit ihr zu reden‹? Ich kann gut mit Kindern! Es gefällt mir nicht ...«

»Nou Harbour hat seit über einem Jahr keine zwei Worte gesprochen.«

Lucians Mund öffnete sich zu einem stummen »Oh«.

»Tatsächlich ist das sogar eine Untertreibung.« Nachdenklich hob Halley den Blick. »Sie hat kein einziges Wort gesagt.«

»Aha. Okay.« Lucian schüttelte den Kopf. »Was macht das mit jemandem? Was ist denn passiert?«

»Körperlich ist alles in Ordnung mit ihr. Es ist allgemein bekannt, dass es sich um ein psychisches Trauma handelt.« Halley betrachtete ihn geduldig, mit undurchdringlicher Miene, und überließ es ihm, die richtigen Schlüsse daraus zu ziehen.

Lucian brauchte einen Moment, um aufzuheben, was sie ihm hingeworfen hatte.

»*Oh!* Vor einem Jahr ... Der Unfall ihres Vaters?«

»Großartig kombiniert. Edmund sagt, sie sei dabei gewesen, als es passiert ist. Wie er selbst auch. Offensichtlich gehen sie auf unterschiedliche Weise damit um.« Halley fixierte ihn. »Na, machst du ihn auf? Ich möchte sehen, was sie zu sagen hat, wenn sie schon mal redet.«

Er faltete den Zettel auseinander:

Kann ich bitte helfen?

Die Wörter waren irgendwie ... *eigenartig* geschrieben. In Schreibschrift zwar, aber unverbunden, als wäre ihr jeder

Buchstabe aus den Fingern gerissen worden, und so langsam und sorgfältig, dass die Tinte des vorherigen Buchstabens jeweils genug Zeit zum Trocknen gehabt hatte.

»Also, ich kümmere mich nicht um sie, wenn sie helfen will.« Halley hatte den Satz kopfüber gelesen und wandte sich bereits ab. »Ich möchte nichts mit kleinen Kindern zu tun haben, das habe ich mehr als einmal klargemacht.«

»Wobei helfen? Bei dem, was wir machen – bei Plutoshine, meinen Sie?« Lucian blickte überrascht auf.

»Vermutlich.« Halley war auf dem Weg zu einer weißen Tür mit ihrem Namensschild, das daneben hing. »Soll sie doch bei Stan ein Mikropraktikum machen, oder wie das heißt. Dann kann er sich in seinem Lebenslauf auch als Betreuer bezeichnen ...«

»Gute Nacht, Halley«, rief Lucian ihr nach, während sich ihre Schiebetür bereits schloss.

Er warf erneut einen Blick auf den Zettel in seiner Hand, auf die unverbundenen Buchstaben, die kindlichen Kringel, die sorgfältige, ordentliche Schrift. Wenn sie seit einem Jahr nicht mehr gesprochen hatte, dachte er, warum machte sie sich dann die Mühe, mit ihnen zu kommunizieren?

Nou hätte schwören können, dass sie den Boden unter den Füßen verlor, so heftig klopfte ihr Herz. Kaum drei Minuten waren vergangen, seit sie mit zitternden Händen vor der Tür der Sonnenbringer gestanden hatte. Drei Minuten, seit sie geflohen war, außerstande, sich zu beherrschen, und zu ihrem abgedunkelten Raum im nächsten Gang gelaufen war. Zwei Minuten, seit sie ihren Schreibtisch erreicht und sich darunter versteckt hatte – sie spürte, wie sich die Wände des engen Raumes gegen ihre Seiten, ihren Rücken und ihr Schädeldach pressten. Eine Minute, seit sie die Strümpfe ausgezogen, ihre Fußsohlen in die verlässliche Wärme des Bodens gedrückt und gespürt hatte, wie sie davon geerdet wurde. Sie war geborgen. In Sicherheit. Ihre Hände fühlten sich leer an, sie schlossen sich immer wieder um die Stelle, wo der Zettel gewesen war.

Aber sie hatte es getan. Sie hatte ihnen den Zettel gegeben. Dem großen Mann, dem mit den wilden Haaren. Und jetzt konnte sie ihnen vielleicht – nur vielleicht – helfen, das Leben wieder aus seinem Versteck zu holen.

Und vielleicht – sie kniff die Augen zu, bis selbst der rosige Lichtschein ihres Nachtlichts erlosch –, vielleicht würde das reichen, um das Schlamassel zu beheben, das sie mit dem Versuch, dies zu tun, bereits angerichtet hatte.

2

In den ersten Nächten, nachdem er wieder festen Boden unter den Füßen bekommen hatte, schlief Lucian nie besonders gut. Es lag am Ausblick: Obwohl er die Augen geschlossen hielt und das Bullauge abgedeckt war, gab es draußen vor dem Fenster eine Welt, die sich nicht bewegte. Kein unaufhörliches Rotieren des Schiffes um die eigene Achse; keine Sterne, die mit der Genauigkeit eines Uhrwerks in jeder Sekunde weiter kreisten als in einer ganzen Nacht auf der Erde. Ihm wurde schwindlig, wenn er zu lange darüber nachdachte – als hätte er das letzte Jahr nicht auf einem Raumflug verbracht, sondern wäre auf der Stelle gekreiselt und stünde erst jetzt still, während sich in seinem Kopf noch alles drehte.

Außerdem war er ein Kind in den frühen Morgenstunden des Weihnachtstages, kurz vor der Bescherung. Wie hätte er seine ersten Stunden auf Pluto mit Schlafen verbringen können?

All das erzählte Lucian seiner Familie, während er aufrecht im Bett saß und sein Miniatur-Ich anblinzelte, das ihn vom Bildschirm seiner Handgelenkskonsole aus anblickte. Wo sollte er anfangen? Er befand sich in Clavius Harbours Stern, auf der Welt, die er besiedelt hatte, in der Basis, die er erschaffen hatte, sogar in einem der Betten, die er entworfen hatte: Eine Glaskuppel über Lucian, etwas außerhalb der Reichweite seiner ausgestreckten Fingerspitzen, schloss ihn in dem behaglichen Innern einer schneelosen Schneekugel ein. Mit kleinen Bedienungselementen neben seinem Kissen ließen sich sogar tanzende Bilder auf die Kuppel werfen: prasselnder Regen, wehende Auroren, Lieblingsfilme. Pure Magie, ja, aber das Entscheidende war, dass die Kuppel auch eine unfehlbare Sicherheitsvorkehrung gegen einen Druckabfall darstellte. Clavius Harbour war – und hatte das nicht jeder gewusst? – ein Genie.

Und Lucian war bei dem Gedanken, dass er ihn tatsächlich kennenlernen würde, ganz aus dem Häuschen gewesen.

Aber das erzählte er seiner Familie nicht. Stattdessen erzählte er seiner Mum von den weichen Erdnusskeksen, die er unter ihrem Bett versteckt hatte, gefriergetrocknet, damit sie frisch blieben, besonders für diesen Tag. Er erzählte seiner kleinen Schwester Felicity, dass die gesamte Laborgruppe gewettet hatte, wie lange es wohl noch dauern würde, bis sie durch Sputnik Planitia schwimmen konnten, von »beim Wärmetod des Universums« bis zu »nächste Woche, wenn wir eine Wasserrutsche bauen, die groß genug ist«. Er fragte seine andere Schwester, Joy – ebenfalls jünger, aber so verdammt kompetent, dass er es häufig vergaß –, wie es finanziell mit den Pflegestellen der Familie lief und welches der Kinder seit ihrem letzten Gespräch ein Zuhause gefunden hatte. Er bat sie, die Katzen für ihn zu knuddeln, auch die aggressiven.

»Liebe und Sonnenschein«, wünschte ihnen ihr Sohn und Bruder und küsste seine Handfläche für die Kamera. »Ihr fehlt mir alle so.«

An seiner Handgelenkskonsole drückte Lucian auf *Senden*. Neunzehn Stunden später – die längste Wartezeit für einen zwischenmenschlichen Kontakt im gesamten Bereich der Zivilisation – würde seine Familie sein Gesicht sehen.

Zu diesem Zeitpunkt würde er schon ganz Stern erkundet haben. In seinen Haarwurzeln kribbelte es vor Erregung. Ein Kind, hellwach im Dunkeln am Weihnachtsmorgen, kann nur begrenzte Zeit widerstehen.

Wohin zuerst? Lucian kannte die Anlage der Basis gut: Als Student hatte er die Pläne an seiner Wand hängen gehabt. Was konnte für einen Jungen, der unter der Diktatur der Sonne aufgewachsen war, unvorstellbarer und auf morbide Weise faszinierender sein als eine Welt ohne sie? Er war dreizehn gewesen, als die ersten Siedler auf Pluto eintrafen, und schon damals, in einem Alter, als ihm alles Neue das Größte, Extremste und Aufregendste zu sein schien, hatte die Entstehung der ersten kleinen Stadt auf Pluto alle Superlative verdient. Er und seine Kameraden waren in Virtual-Reality-Spielen in diesen Räumen herumgelaufen; hatten Metadaten über Clavius Harbours Baupläne für interstellare Raumschiffe ausgetauscht; hatten die Namen und Fachgebiete der Wissenschaftler auswendig gelernt, die mit ihm zusammenarbeiteten, und waren bei Abenteuern abwechselnd in seine Rolle geschlüpft.

Ob es zu Hause wohl Kinder gab, die beim Spielen jetzt gerade in *seine* Rolle schlüpften? Lächelnd schüttelte Lucian den Kopf. Die Terraformingdebatte hatte sicherlich in allen Ecken und Winkeln des von Menschen bewohnten Sonnensystems Interesse geweckt, aber diese Ehre würde Leuten wie Halley oder Parkin vorbehalten bleiben. Diejenigen, die derart grandiose Pläne entwickelten und ausführten, waren in aller Munde und genossen den Status von Rockstars – und das zu Recht.

Um seine Füße herum leuchtete gedämpftes Licht auf und bewegte sich mit ihm – um ihm den Weg zu zeigen – wie Biolumineszenz, die jemandem folgte, der durch Meerwasser watete. Natürlich alles vollautomatisch, aber trotzdem hatte es allzu große Ähnlichkeit damit, beobachtet zu werden ...

Lucian schnappte erfreut nach Luft, als es ihm wieder einfiel.

»Gen!«

Sofort erfüllte eine höfliche, androgyne Stimme die Luft.

»Hallo, Lucian. Oder, wie ich dich besser kenne, Quickestsilver-Unterstrich-Vierundsiebzig.«

Lucian grinste. »Also bist du wirklich mit deinem echten Ich in dieses Spiel eingebunden gewesen – mit deinem echten Server oder was auch immer, meine ich. In der Verschwörungsszene hieß es, das sei bloß ein Gerücht zu Reklamezwecken. Ich bin ständig zu dir gekommen, wenn ich auf der Suche nach Hinweisen und geheimen Räumen war.«

»Freut mich, wenn ich zu Diensten sein konnte«, erwiderte die KI der Basis. Lucian war immer noch unterwegs; die Stimme begleitete ihn so nahtlos, als säße sie in seinem Kopf. »Ich hoffe, du genießt deinen Aufenthalt hier in Stern, Lucian.«

»Das habe ich jedenfalls vor, Gen. Ich melde mich wieder.«

»Wann und wo immer du möchtest, Lucian.«

Lange, flache Stufen führten eine Wendeltreppe hinunter. Ihre Maße standen in direktem Verhältnis zur Schwerkraft, so wie die kurzen, stummelartigen Stufen auf der

Erde mit den kurzen Stummelschritten ihrer Bewohner korrespondierten. Lucian nahm immer zwei auf einmal und blickte dabei nach oben: Sterne erwarteten ihn, sie tüpfelten den Himmel jenseits einer Kuppel, die nur auf einer Seite an das silberne Band jener schützenden Berge grenzte. In der Kuppel hing ein originalgetreuer Nachbau der *New-Horizons*-Sonde: des ersten Raumfahrzeugs, das Pluto besucht und durch dessen Augen die Menschheit zum ersten Mal einen Blick auf die Welt erhascht hatte, die für manche ein Zuhause werden würde.

Diese Etage – Ebene 0 – war die größte, luftigste und hellste, dort spielte sich alles ab. Scharfrandige Schatten krümmten sich im Gefolge seiner Entourage persönlicher Lichter, als Lucian hineinschlich, Flecken aus Licht und Dunkelheit, die gemeinsam über die Plaza sprangen und das geschäftige Treiben imitierten, das in seiner Fantasie hier tagsüber herrschte. Momentan mochte zwar alles still sein, aber hier würden Festlichkeiten stattfinden, Geburtstagsfeiern, Konzerte, Treffen mit Freundinnen und Freunden, lebhafte Diskussionen über in hohem Maße esoterische Seitenarme der Wissenschaft. Hier würde man auch entspannte freie Nachmittage verbringen. Dies war das wahre Herz von Pluto.

Er ging weiter, zu einer Tür in der Nähe. Dort stand auf einer kleinen silbernen Plakette ... (er ging noch näher heran) ... *Die Parkanlagen*. Eine Handbewegung, und die Tür fuhr zügig in die Wand. Lucian schlüpfte hindurch.

Und trat geradewegs in einen Wald.

Grün. Tau. Morgendlicher Vogelgesang. Einen Moment lang blieb er wie angewurzelt stehen; selbst der Atem in seiner Lunge kam zum Stillstand. Ein Jahr war eine lange Zeit, wenn man es in einer rotierenden Blechdose verbrachte. Die ganze virtuelle Realität im Sonnensystem, all das Grün in den Treibhäusern im All – nichts davon kam an das Gefühl von rauer Rinde unter den Fingerspitzen, den sauberen, pfeffrigen Geruch von Regen auf lehmiger Erde oder das ferne, klagende Zwitschern eines Rotkehlchens heran. Jede Fläche strotzte vor Leben. Durch die höchsten Äste der Bäume lugte das Gitterwerk einer großen Kuppel, und vor ihm schlängelte sich ein ausgetretener Pfad verlockend durch das Unterholz zwischen den Baumstämmen.

Die Strümpfe ein wenig feucht unter den Füßen, verschwand Lucian auf ihm.

Und so verbrachte er seine frühen Morgenstunden. Er entdeckte einen Videotagebuch-Raum mit allen erforderlichen Gerätschaften und Postkartenansichten des Herzens im Hintergrund; stieß auf einen Swimmingpool in Form eines rotierenden Laufrads, dessen Zentrifugalkräfte dafür sorgten, dass das Wasser seine Oberfläche beibehielt; fand, nachdem er die längste Strecke von einem Fuß auf den anderen gehüpft war, einen ziemlich großen Musikraum mit allen elementaren Dingen für eine gerade gegründete Band. Schlagzeug, Gitarren – fast wie seine eigene –, dazu ein prächtiger Flügel aus dem 3-D-Drucker, bizarre Percussions-Instrumente, deren Klang er sich kaum vorstellen konnte. Seine selbstgebauten Didgeridoos würden hier in guter Gesellschaft sein.

In allen Fasern vibrierend, wanderte Lucian zur Plaza zurück und genoss es dabei, den langen Weg über zahlreiche zuvor nicht genommene Abzweigungen und Sackgassen zu nehmen. Doch als er gut gelaunt zur Kuppel zurückkehrte, stellte er fest, dass seine Lichterspur dort nicht mehr die einzige war.

»Hallo«, rief die Stimme einer Frau, voll und warm wie die allmählich einsetzende Morgendämmerung in dem Raum. »Lucian, nicht wahr?«

Lucian erschrak, als er das seidenweiche Haar von Mallory Madoc erkannte, der Xenobiologin, die am Vorabend gesprochen hatte – das war die Frau, der es gelungen war, Leben auf dem Jupitermond Europa zu entdecken. Sie saß auf einer Bank, die Beine an den Knöcheln gekreuzt, die Hände im Schoß. Und lächelte ihn an.

»Dr. Madoc, ja, hi, richtig.« Lucian erwiderte das Lächeln und hüpfte zu ihr hinüber. Mit einem Mal wurde ihm schmerzhaft bewusst, dass er unrasiert war und ein angegrautes T-Shirt trug, auf dem höchstwahrscheinlich (er wagte es nicht, nachzusehen) der Name einer Indie-Band aus der Zeit vor zweihundert Jahren prangte. Er wühlte in seinen morgendlichen Erinnerungen, in der vergeblichen Hoffnung, dass er sich die Haare gekämmt hatte. »Es ist ... Wow. Es ist fantastisch, Sie kennenzulernen. Ihre Arbeit auf Europa war unglaublich.«

Lucian konnte nicht umhin, festzustellen, dass Mallory Madoc bezaubernd aussah. Elegant wie ein hohes Glas Gin Tonic, vielleicht irgendwo in den Vierzigern, mit Augen, die von trockenem Humor funkelten. Die berühmteste Xenobiologin des Sonnensystems streckte eine Hand aus.

»Bitte – Mallory.«

Lucian nahm sie. Ihr Griff war fest.

»Darf ich?« Er deutete auf den Platz neben ihr, und sie neigte einladend den Kopf.

»Der g-lag hat Sie zu mir gebracht, nehme ich an?« Sie zog eine Augenbraue hoch. »Mir ging es genauso, als wir letztes Jahr eintrafen. Es hat Tage gedauert, bis mein Körper sich wieder daran erinnert hat, dass er für den Aufenthalt in Schwerkraft gedacht ist, und mich durchschlafen ließ.«

Wohltönend. Das Wort driftete in Lucians Bewusstsein nach vorn. Vielleicht hatte sie einfach mit dem Eis von Europa gesprochen, und dessen winzige Geschöpfe waren emporgesprosst, um sie kennenzulernen.

»Ach, es ist kein schlechter Morgen für einen kleinen Rundgang«, erklärt er ihr mit einem Achselzucken. »Meine Mum sagt immer, es gibt nur ein bekanntes Heilmittel, nämlich zu Hause zu bleiben.«

»Wäre das nicht ein Verlust für uns alle? Hier.« Sie goss eine dunkle Flüssigkeit in einen Becher und reichte ihn ihm. »Ich bin Frühaufsteherin, aber das hilft mir immer.«

»Oh, allerherzlichsten Dank«, sagte Lucian aufrichtig und spürte dann eher, als dass er es schmeckte, wie der Kaffee seinen Organismus attackierte. Ein leiser Nachgeschmack blieb: eine Süße wie Honig, wie bei einer Cantaloupe-Melone.

»Ich hätte da eine Frage ...« Er zögerte. Die gesellschaftlichen Umgangsformen unter Wissenschaftlern erschienen ihm immer ein wenig undurchsichtig: Wie viel Small Talk durfte man überspringen, um zu den wirklich interessanten Dingen zu gelangen? »Ich weiß, das hören Sie bestimmt ständig, aber ... Wie hat sich das in dem Moment angefühlt, als Sie es entdeckt haben? Das erste Leben außerhalb der Erde?«

Mallory lachte einmal – ein entzückender Laut. »Bitte, fragen Sie nur. Ich werde viel häufiger gefragt, ob ich auch das empfunden habe, was die Leute ihrer Ansicht nach *selbst* empfunden hätten. Erraten Sie, was das ist?«

Lucian stellte sich vor, er träfe auf neues Leben. Von einem solchen Moment hatte er schon oft geträumt, und was darauf folgte – die plötzliche Beschleunigung seines Pulsschlags und die Erweiterung seiner Pupillen –, war ihm vertraut.

»Euphorie«, sagte er atemlos. »Und ein Schwindelgefühl, und Ehrfurcht, und ... ah. Stelle ich mir zumindest so vor.« Er fuhr sich verlegen durch die Haare, damit er etwas zu tun hatte. »Also, sprechen Sie weiter. Was glauben alle, was Sie empfunden haben?«

»Sie haben eine viel zu hohe Meinung vom Mensch als Kollektiv.« Mallory sah ihn an. In ihrem Blick lag so etwas wie Belustigung oder Mitleid. »Es ist Angst. Die Leute fragen mich, ob ich Angst hatte.« Sie schenkte ihm ein schwaches Lächeln, als wollte sie ihn einladen, diese enttäuschende Erfahrung zu teilen. »In der populären Kultur werden Außerirdische mit Kampfschiffen, Laserkanonen und ... oh ... existenzbedrohenden Waffen gleichgesetzt. Unsere Medien hatten unsere Spezies kaum auf einen so normalen Erstkontakt wie den mittels eines Mikroskops vorbereitet.«

Lucian dachte darüber nach. Nichts an der Entdeckung der ersten Xenoformen – so hatte man sie genannt, *xeno* für fremd und *form* für ihre Gestalt – war ihm normal vorgekommen. Er hatte zu jener Zeit gerade seine Doktorarbeit geschrieben und konnte sich noch lebhaft und deutlich daran erinnern, wie er seine Newsfeeds gecheckt hatte und der Raum ins Schwingen geraten war, als hinge er an einem Pendel, wie es in seinen Ohren gebraust hatte, und dann war sein Zimmergenosse hereingelaufen gekommen und hatte gefragt, weswegen er so herumjaulte ...

»Also, Lucian, hier ist eine Frage, die Ihnen ständig gestellt werden wird, da Sie nun hier sind ...«

»Oh?«

Mallory sah ihn durchdringend an. »Wieso kommt jemand, der sein gesamtes Leben entweder unter der Sonne oder mit dem Studium ihrer Kräfte verbracht hat, diesen ganzen weiten Weg hier heraus?«

So viel zum Thema Small Talk. Lucian atmete aus.

»Tja ...«

»Wird sie Ihnen nicht fehlen?«

»Doch, natürlich. Aber es ist eher so, dass ...« Er versuchte, seine Gedanken zu ordnen, während sein Blick einer Gestalt draußen vor dem Fenster folgte, die eine morgendliche Joggingrunde auf dem Eis absolvierte. Lieber sie als er. »Ich musste herkommen«, sagte er schließlich. »Halley hat die Stelle ausgeschrieben, und ich wusste: Das war es. Ich konnte nicht Nein sagen.«

»Warum nicht?« Mallorys Blick war erbarmungslos.

»Ich weiß es nicht.« Er zuckte die Achseln. Er wusste es sehr wohl, war aber erneut befangen. Er sprach mit dieser Frau, als wären sie zwei Fremde am Tresen einer Hotelbar, deren Wege sich nie wieder kreuzen würden – was in dieser Basis von der Größe eines universitären Fachbereichs kaum weiter von der Wirklichkeit entfernt sein konnte. »Was ist mit Ihnen?« Es war ein Abwehrversuch, um das Gespräch von sich selbst wegzulenken, aber seine Neugier war echt. »Europa ist für die meisten weit genug draußen. Warum sind Sie von dort weggegangen?«

»Na, ist doch klar.« Mallory lachte. »Wenn schon feststeht, dass auf dem Jupiter und Saturn eigenständiges Leben entstehen kann, bekäme ich wohl kaum weiche Knie, wenn sich herausstellen sollte, dass es innerhalb dieser beiden Planetensysteme auch woanders entstanden ist.«

»Herrje.« Lucian verkniff sich ein stärkeres Wort. »Ich meine, es ist *Leben*. Meine Knie wären total verrenkt vom Purzelbaumschlagen, wenn noch mehr Welten in die Kategorie ›aktives Habitat‹ aufgenommen würden.«

»Wirklich?« Mallory runzelte die Stirn. »Also, mir geht es ganz anders. Viel lieber fände ich eine Erklärung für die Zähigkeit des Lebens im gesamten Kosmos, indem ich Welten erforsche, die mit immer geringerer Wahrscheinlichkeit welches beherbergen.«

»So wie hier?« Lucian richtete sich ein wenig auf. Er hatte zwar gewusst, dass sich die Xenobiologen allgemein für Pluto als weiteren eisreichen – vielleicht wasserreichen – Himmelskörper interessierten, aber dass der Zwergplanet die beiden führenden Persönlichkeiten des Fachgebiets anzog, war etwas anderes. »Warum?« Er stellte die Frage, die er schon am Vorabend hatte stellen wollen, als sie zum ersten Mal das Wort ergriffen hatte. »Warum Pluto? Was ist so besonders an ihm?«

»Warum nicht?«, konterte Mallory. »Im Leben der Europaer und Enceladaner spielt die Sonne keine Rolle, warum sollte das also hier draußen anders sein? Clavius Harbour hielt es jedenfalls für möglich.«

Hielt es. Imperfekt. Lucian hätte beinahe darauf hingewiesen, aber Gespräche über diesen Mann hier in seinem eigenen Reich hatten etwas von einem Sakrileg.

Stattdessen sagte er, während er das Vorherige noch verdaute: »Er hat Sie eingeladen hierherzukommen? Clavius Harbour?«

»Und Yolanda auch. Ich wage zu behaupten, dass die Aussicht, indigene Plutonier zu finden, Clavius in noch weitaus größere Erregung versetzt hat als uns beide – man könnte sagen, die Suche nach ihnen war eine seiner vorrangigen Freizeitbeschäftigungen. Aber« – sie senkte dramatisch die Stimme, was auf der leeren Plaza unnötig war – »wenn man den Gerüchten Glauben schenken will, hatte er sie vielleicht schon gefunden.«

Lucian hielt mitten in einem Schluck inne; Kaffee schoss ihm in die Nase.

»Was?«

»Gesundheit. Sie kennen die Geschichte von dem Unfall natürlich?«

»Bruchstückhaft. Auf jeder Nachrichtenseite stand etwas anderes.«

»Jeder wusste, dass Clavius nach Leben suchte. Er hatte sich dieser Aufgabe verschrieben. Ständig sprach er leidenschaftlich von ... Wie war das noch gleich? Von unserer *moralischen Pflicht*, uns von der Abwesenheit des Lebens zu überzeugen, bevor wir an unberührten Gebieten herumpfuschen. Und davon, dass einheimisches Leben immer Vorrang haben müsse.«

Lucian nickte; das war allgemein bekannt. Es war einer der vielen Gründe, weshalb Kinder zu Hause beim Spielen in die Rolle von Harbour schlüpften – des Guten, der sich für die Kleinen einsetzte.

»Er befand sich immer auf irgendeiner Expedition. Selbst nachdem ich angekommen war, bestand er darauf, so oft zu uns zu kommen, wie es seine Zeit erlaubte. Und er war ein so *beschäftigter* Mann ...«

»Bei solchen Arbeitstieren können wir einfach nicht mithalten.«

»Es war ein ganz üblicher Ausflug an einem Morgen im letzten Jahr. Wenn ich mich recht entsinne, war Clavius' Tochter ...«

»Nou?«

»Oh, dann haben Sie sie schon kennengelernt? Obwohl ›kennengelernt‹ vielleicht ein bisschen zu viel gesagt ist, da die Gespräche einseitig sind. Ja, Nou – damals ist sie noch eine richtige Plaudertasche gewesen. Ich habe gehört, wie sie an jenem Morgen behauptet hat, sie hätte Leben gefunden, keinen Steinwurf entfernt, und das wollte sie Edmund und Clavius zeigen. Und schon sind die drei zu einem netten kleinen Familienausflug unterwegs, und das Nächste, was jemand hört, ist ihr Hilferuf.«

»Glauben Sie, dass sie es gefunden haben? Leben?« Lucian hatte sich vorgebeugt. Zwischen seinen gewölbten Händen wurde der Kaffee lauwarm.

Mit einem eleganten Achselzucken hob Mallory die Schultern.

»Natürlich ist es möglich, dass sie gelogen hat. Mit Clavius Harbour als Vater – stellen Sie sich das vor! Vielleicht wollte sie einen normalen Familienausflug machen und hat einen Grund gefunden, dem er nicht widerstehen konnte. *Wir* wissen nur, dass seit jenem Tag einer nicht mehr gelächelt, eine nicht mehr gesprochen und der andere sich nicht mehr gerührt hat.«

»Er hat im Koma auf nichts mehr reagiert?«

Mallorys Antwort war ein langsames Nicken. Ihr schien das zu gefallen – ihn dabei zu beobachten, wie er sich die Dinge zusammenreimte. Obwohl er sie ungern enttäuschte, hob Lucian nur die Hände. Er war nicht überzeugt.

»Hat denn jemand daran gedacht, sie einfach zu fragen, was passiert ist?«

»Sicher. Es gibt natürlich eine offizielle Geschichte, aber man muss kein Enthüllungsjournalist sein, um die Löcher zu erkennen. Edmund hat kein Sterbenswörtchen darüber gesagt, was wirklich passiert ist, doch wenn das Mädchen sprechen könnte ...« Beiläufig hob Mallory ihren Kaffee an die Lippen. »Es wäre überaus interessant zu hören, was sie zu sagen hätte.«

Die Tür zur Kantine glitt auf. Selbst über den halben Platz hinweg dauerte es nur wenige Sekunden, bis ihnen der Duft von warmem Brot und Zimt in die Nase stieg, und kaum eine weitere, bis ungemein starke Hungergefühle erwachten. Jetzt erschienen weitere Leute, allein, zu zweit oder zu dritt, und ihr Geplauder verdichtete sich zu einem schläfrigen, fröhlichen Stimmengewirr.

»Meine Kollegin, Yolanda.« Mallory blickte an Lucian vorbei, eine Hand zu einem Winken erhoben. »Ich habe versprochen, ihr beim Frühstück Gesellschaft zu leisten.«

Lucian drehte sich um: Da war die Frau mit der ernsten Miene, die sich am Vortag nicht an dem Gespräch beteiligt hatte, die andere führende Xenobiologin.

»In Ordnung. Tja, also dann.«

Er trank seinen Kaffee aus, unterdrückte dabei den Drang, ihn gleich wieder auszuspucken, als er merkte, dass er kalt war, und erhob sich zusammen mit Mallory. Sie reichte ihm nur knapp bis über die Schultern – das war exakt die Größe des Mädchens, bemerkte Lucian, in das er auf der Highschool damals so heimlich wie hoffnungslos verknallt gewesen war.

»Lucian.« Sie streckte ihm die Hand hin. »Danke, dass Sie Ihre Zeit mit mir verbracht haben.«

Lucian gab ihr ebenfalls die Hand, und ihre Handflächen trafen sich. Nach einem solchen Gespräch hatte diese Handlung – die Berührung – etwas Intimes.

»Danke, dass Sie mir einigen Stoff zum Nachdenken gegeben haben. Und für den Kaffee.«

»Ich bin jederzeit hier, wenn Sie über Verschwörungen sprechen möchten. Oh, und Lucian?«

Ihre Blicke trafen sich.

»Sie hatten recht.« Mallory hielt seine Hand noch immer fest. »Es war Euphorie. Bis bald.«

»Leben auf Pluto?«, sagten Halley und Stan im Chor, als Lucian ihnen bei einem Toast mit Limettenmarmelade von den Ereignissen des Morgens erzählte. Der eine klang so leichtgläubig wie die andere ungläubig.

»Da draußen herrschen minus zweihundertsechzig Grad Celsius«, sagte Halley, während sie sich Brösel von den Fingern wischte. »Wisst ihr, was bei solchen Temperaturen mit Atomen passiert? *Gar nichts.*« Sie zog eine Linie durch die Luft, wie bei einem Diagramm mit *Geschehnissen* auf der y-Achse und *Zeit* auf der x-Achse. »In allen thermodynamisch relevanten Zeiträumen hören chemische Reaktionen auf zu existieren. Es würde unzählige Jahrmilliarden dauern, bevor man auch nur den kleinsten Hauch von Meiose sähe.«

»Was ist mit dem Wimmer-Scheuring-Effekt?«

Zwei Augenpaare fuhren zu Stan herum. Der junge Wissenschaftler zog merklich den Kopf ein, fuhr jedoch fort: »Ich habe gelesen, dass chemische Reaktionen bei ein paar Nano-Kelvin weitaus wirksamer ablaufen können als bei Zimmertemperatur.« Er errötete unter dem gemeinsamen Gewicht ihrer Blicke. »Newman und andere, letztes Jahr, wenn ihr nachsehen wollt.«

»Du verstehst etwas von Quantenstatistik?«

Nach Halleys hochgezogenen Augenbrauen zu urteilen, war die Professorin entweder skeptisch oder beeindruckt; es zu erkennen, war unmöglich.

»Nicht so wichtig.« Lucian beugte sich aufmerksam vor. »Sag mir, wieso du dir diese Quellenangaben so gut merken kannst. Wer hat dir das beigebracht? Und *wie kann ich es lernen?*«

»Ich weiß nicht, ob überhaupt jemand etwas davon versteht«, murmelte Stan um seinen Kaffeebecher herum. »Es ist einfach nur interessant.«

»Tja, mag sein, dass uns dieser Ort kälter vorkommt, als das entropisch möglich ist, aber wir sind noch etliche Grad Celsius über diesen Bereichen.« Halley wandte sich an Lucian. »Clavius Harbour ist ein Bauunternehmer. Wir Terraformer sind seine Architekten. Madoc und Moreno sind Gutachterinnen, die Ausschau nach Japanischem Staudenknöterich halten. Die beiden sind nur hier, um den Gerichtshof für Planetaren Schutz zufriedenzustellen, und das wissen sie auch ganz genau.«

»Ja.« Lucian verbarg seine Enttäuschung hinter einem emphatischen Nicken. »Ja, das ist ... das habe ich mir auch schon gedacht.«

Doch während er seinen zweiten Satz Toasts mit Butter bestrich und zweien ihrer Laborkameraden Guten Morgen sagte, fragte er sich unwillkürlich: Wenn er Madoc und Moreno wäre, hätte er dann das Sonnensystem durchquert, sofern er dermaßen sicher wäre, dass es nichts nützte?

An diesem Abend fand in den Parkanlagen eine Zusammenkunft zur herzlichen Begrüßung der neuesten Bewohner statt. Lucian war in seinem Element. Dies war etwas ganz anderes als die schweigsame Mittagsmahlzeit, die sie zuvor mit ihrem Gästeführer Edmund eingenommen hatten; seine fehlerlose Etikette und sein kerzengerader Rücken hatten der Veranstaltung etwas Steifes und Förmliches verliehen. In den Parkanlagen gab es Musik – Fiedeln, Gitarren und eine Blechflöte –, man hörte laute Stimmen und hemmungsloses Gelächter. Binnen zehn Minuten war er in ein Gespräch mit einem Burschen namens Wassili über die Traubenmischung für ihren Apfelwein vertieft; und weitere zehn Minuten später – nachdem sich herausgestellt hatte, dass Wassili der Gitarrist der Band war – hatte er vermutlich sämtliche Musikerinnen und Musiker auf Pluto kennengelernt und war herzlich eingeladen worden, bei ihrer nächsten Probe mitzuspielen. Er lernte die Küchenchefin kennen und versprach ihr ein Abendessen mit traditionellen Gerichten von seiner Heimatwelt; er traf den Obergärtner und bekam einen Rundgang am frühen Morgen angeboten, wenn die fuchsiafarbenen Wachstumsleuchten am hellsten waren. Er sagte seine Teilnahme an so vielen Backwettbewerben, Laborbesichtigungen und Mannschaftssportabenden zu, dass er bezweifelte, jemals die Zeit dafür zu finden.

Als die schwächer werdende Beleuchtung erst die Wärme des Sonnenuntergangs und dann die Kälte der hereinbrechenden Nacht simulierte, versammelte Lucian die Kinder der Basis um sich und holte sein großartigstes wissenschaftliches Instrument hervor – und seinen spektakulärsten Partytrick. Die Stulpenhandschuhe waren seine Erfindung und zweifellos der Grund, weshalb Halley ihn statt jemanden mit eindrucksvolleren akademischen Qualifikationen für den Job ausgesucht hatte. Sie waren in zunehmendem Maße das wichtigste Werkzeug bei seinen Forschungen, aber auch ein Quell bezaubernder Schauspiele.

»Schaut nach oben, schaut nach oben!« Lucians Stimme war gedämpft und eindringlich.

Er streckte die Arme vor sich aus. Die spinnennetzfeinen Metallstrukturen der Handschuhe reichten ihm bis zu den Ellbogen.

Die Kinder gehorchten, manche mit zusammengekniffenen, übermüdeten Augen, andere mit flüchtigen, zwischen gespielter Gleichgültigkeit und Befangenheit changierenden Blicken, die meisten mit großäugigem, verblüfftem Staunen. Kein Wunder: Unmittelbar über ihren Köpfen hing eine sanft rotierende Wolke aus leuchtendem Staub, die das Licht einfing wie der Glitzer in einer Schneekugel. Obwohl sie sich kaum über die Gruppe der unter ihr zusammengescharten, im Schneidersitz dahockenden Kinder hinaus erstreckte, hätte diese leuchtende Wolke in Wirklichkeit in jeder Richtung Lichtjahre umspannt.

Lucian spürte, wie die vertraute, erwartungsvolle Vorfreude seine Hände in die richtige Position dirigierte.

»Seht ihr dieses Leuchten, diese große, staubige Dunstwolke über euch?«

Geflüsterte *Jas*, Hände, die nach oben langten, um sie zu berühren, aber zum größten Teil herrschte gebannte Stille.

»Das sind wir.« Lucian brauchte die Ehrfurcht in seinen Worten nicht vorzutäuschen; die verdunkelte Kuppel, die Sterne, die über ihr brannten, der Lichtschein der Simulation – wie die Funken eines Lagerfeuers –, all das übte auch auf ihn seinen Zauber aus. »So hat es mit uns angefangen. Diese Wolke aus Staub und Gas ist gerade dabei, sich zusammenzuballen und unser Sonnensystem zu erschaffen. Seht ...«

Die dreidimensionale Projektion war ziemlich schlicht: Sie war nicht real und konnte sie nicht berühren, aber sie sah unzweifelhaft so aus, als könnte sie es. Das Schauspiel ähnelte dem immersiven Erlebnis in einem Planetarium. Die Macht der Handschuhe beruhte dabei auf ihrer Fähigkeit, jedes winzige Detail der Simulation zu steuern. Eine Fingerbewegung: Der Staub begann sich spiralförmig zu einer Scheibe zu formen. Sich schließende Hände: Die Scheibe kollabierte. Immer schneller, während seine Hände sich immer weiter schlossen, bis sie zu Fäusten geballt waren, bis die gesprenkelte Wolke gleißend hell glühte, bis ein Ascheklumpen in ihrem Zentrum wuchs und diese Asche sich mit einem Blitz entzündete ...

Die Kinder schnappten alle gleichzeitig nach Luft. Ihre Schatten hinter ihnen waren lang und strahlenförmig.

»Und jetzt haben wir eine Sonne.« Lucian grinste. Dies war sein Lieblingsteil. Die beleuchteten Gesichter starrten zu der von Kräuselungen überlaufenen, brüllenden und gewaltigen Bestie ihrer fernen Sonne hinauf. Vielleicht bekamen sie sie zum ersten Mal so detailreich und machtvoll zu Gesicht. »Aber Vorsicht mit den Augen, seht nicht zu genau hin«, warnte er sie. »Wenn ihr anfangt, violette und grüne Flecken zu erkennen, dann schaut weg. Vielleicht seid ihr ja die Ersten, die den anderen einen neuen Planeten zeigen können.«

Natürlich war damit die Jagd eröffnet, jedes Gesicht drehte sich hierhin und dorthin, Augen funkelten in der Dunkelheit auf der Suche nach dem ersten kleinsten übrig gebliebenen Pünktchen.

Jedes Gesicht, sah Lucian, bis auf eines. In Nou Harbours Augen loderte noch immer das Licht der Sonne. Sie blinzelte nicht und saß da wie in Trance. Ihr Blick folgte den verbrannten Sonnenflecken, den zornigen Eruptionen, den hoch aufschießenden Magnetbögen. In ihrer Miene zeichneten sich Ehrfurcht und Entsetzen ab.

Geht mir genauso, Kleine.

Lucian kannte die unerträgliche, unvorstellbare Macht der Sonne besser als die meisten. Fünfzehn Millionen Grad, die neunundneunzigfache Masse des gesamten restlichen Sonnensystems, fähig, einem über hundert Millionen Kilometer hinweg die Haut zu verbrennen. Und die Menschen von Pluto sollten sich lieber an sie gewöhnen, weil sie ihre Macht bald zu spüren bekämen. Deshalb war er hier.

Eine kurze, verstohlene Bewegung mit einem Finger, und ein Proto-Planet schoss auf Nou zu. Sie zuckte zusammen, als er ihr Blickfeld durchquerte, und blickte ihm dann nach, während er auf seiner Umlaufbahn weiterhin Staub aufsaugte. Lucian sprach über Magmameere und Atmosphären aus verdampftem Gestein, als die kleine Welt zwischen ihnen beiden hindurchzog – der Mann war an einen Baum gelehnt, die erhobenen, von Handschuhen überzogenen Arme wirkten nahezu reglos, das Mädchen blieb am Rand des Nests im Schneidersitz dahockender Kinder, fast verborgen hinter der herabhängenden Sonnenkugel.

Ihre Blicke trafen sich. Nou sah zwischen ihm und dem Staubfleck hin und her und wandte die Augen dann genauso schnell wieder ab. Schließlich sah sie ihn bewusst von Neuem an.

Lucian hielt ihren Blick einen Moment lang fest. Er sprach gerade über die ersten festen Oberflächen: die ersten Orte, die ersten Ebenen, die ersten Meere …

»Die ersten Habitate«, erklärte er. Über ihnen kreisten nun vollständig ausgeformte Planeten in uhrwerkartiger Perfektion um ihre Sonne. »Trotzdem wird es noch ganz schön brenzlig werden – da fliegen noch eine Menge

Steinbrocken herum, die in unsere neuen Welten einschlagen könnten –, aber zum größten Teil ist dies der richtige Zeitpunkt. Jetzt, *genau jetzt* entstehen und vergehen merkwürdige chemische Verbindungen an den Rändern kleiner Tümpel, die von den Meeren auf der Erde überspült werden. Genau jetzt lernen winzig kleine Geschöpfe auf dem Grund von Europas Ozean, wie lecker die vulkanischen Gase dort sind. Es gibt sie auch auf Enceladus, und vielleicht auf dem Mars und noch an anderen Orten. Jetzt haben sie gelernt, Kopien von sich herzustellen. Jetzt lernen sie zu wachsen. Jetzt lernen sie, sich auszubreiten und den Meeresgrund mit einem klebrigen grünen Rasen zu überziehen ...«

Die Planeten kreisten weiterhin langsam auf ihren Umlaufbahnen, achtlos und gleichgültig, während Arten entstanden, sich entwickelten, untergingen und wieder von vorn begannen. Unter der Flamme der Sonne waren Nous Augen auf ihn gerichtet.

»Bis schließlich so etwas wie wir erscheint.« Lucian breitete die Hände weit aus, und die Simulation erblühte, wurde viermal so groß und stieg in die vergitterten Höhen der Kuppel empor. »Viereinhalbtausend *Millionen* Jahre«, sagte er, »um einen Menschen zu erschaffen. So lange hat es gedauert, bis wir auf der Bildfläche erschienen sind. Ich frage mich ... Ich sehe mir diese gewaltigen Räume an, all diese Orte, und ich frage mich unwillkürlich – was ist in dieser ganzen Zeit sonst noch passiert?«

Er sah es, weil er danach Ausschau hielt: Aus dem Augenwinkel bemerkte er, wie Nou Harbour den Blick abwandte. Und das, fand Lucian, war interessant.

Er klatschte in die Hände, und wie bei einem platzenden Ballon verwandelte sich sein Modell des Sonnensystems in einen Funkenschauer, der zu entzücktem Geschrei von der Decke herabrieselte.

Halley hatte ihn als Romantiker bezeichnet. Als guten Wissenschaftler – einen der besten seiner Generation –, aber von der schrecklichen Krankheit der Fantasie befallen. Des Optimismus.

Wieso sollte es auf Pluto kein Leben geben können, dachte er, während er zusah, wie sich die Kinder des Planeten zerstreuten. Einige kamen zu ihm, um sich zu bedanken, Fragen zu stellen oder ihm auf ihren Handgelenkskonsolen naturwissenschaftliche Schulprojekte zu zeigen. Zugegeben, hier draußen gab es keine Sonne – keine Wärme, kein flüssiges Wasser, keine offensichtliche Energiequelle. Aber das hatte die menschlichen Plutonier nicht aufgehalten.

Und nichtmenschliche vielleicht auch nicht.

ERSTES ZWISCHENSPIEL

»Ich habe Leben auf Pluto gefunden.«

Nou Harbour, neun Jahre alt, in ihrem Pyjama, mit fester Stimme, die die Schlaffheit ihrer Gliedmaßen in den Armen ihres Vaters Lügen straft. Es ist das Ende eines langen Tages – des längsten im Jahr aller Plutonier, desjenigen mit der spätesten Schlafenszeit –, ihr Kinn liegt auf seiner Schulter, sie hat die Arme um seinen Hals geschlungen, und ihre Lider hängen herab, als würde sie von der Jupiterschwerkraft herabgedrückt.

Clavius' Reaktion besteht aus einem verschwörerischen Lächeln. »Warst du an Daddys Scotch, Rotznäschen?«

»Ich hab's gefunden. Wie versprochen.«

»Soso. Hey, Ed, hast du gehört? Nou hat Leben gefunden.«

Edmund, ein wenig außer Atem, ist direkt hinter ihnen. Seine Wangen sind vom Tanzen gerötet, und eine kleine Haarsträhne hat sich gelöst und kitzelt ihn an der Schläfe. Er sieht von Clavius zu Nou, die im Halbschlaf in dessen Armen hängt, und spürt, wie er sich entspannt.

»Ich konnte euch nicht finden«, sagt er. Sein Blick ruht auf Nou, bevor er dem von Clavius begegnet. Dann, als ihm die Worte ins Bewusstsein dringen: »Leben?« Seine Schwester hat wochenlang kaum von etwas anderem als der Suche gesprochen – sie übernimmt ihre neuesten Obsessionen, weil sie nicht ausgeschlossen werden will –, aber das ist etwas Neues. Er betrachtet Nou ganz nüchtern und verschränkt die Arme. »Hast du einen Blick in die Enzyklopädie geworfen, wie ich es dir beigebracht habe?«

»Ich habe überall nachgesehen«, erklärt ihnen Nou, während Clavius sie in ihre Schlafgondel legt. Sie hält seine Hand fest umklammert. »Ich habe mir sämtliche Bakterien auf der Erde angesehen ...«

»Jedes einzelne?« Clavius schnappt theatralisch nach Luft.

»... und dann habe ich mir den Schleim angesehen, den man auf Europa gefunden hat, und dann habe ich mir angesehen, was man auf Encelsius gefunden hat ...«

»Enceladus«, verbessert Edmund sanft.

»... und dann habe ich mich noch mal auf der ganzen Erde umgesehen, in allen Gletschern und Eishöhlen und Wüsten, aber so was konnte ich nirgendwo finden.«

»Wow, Nou, das klingt erstaunlich.« Clavius deckt sie zu. Ihre Steppdecke ist vom selben satten Marineblau wie der Himmel draußen, verziert mit silbernen Kreuzen als Sterne und Flicken aus Wolle und Seide als Planeten – Edmunds Geschenk am Tag ihrer Geburt. »Ich sag dir was – morgen ist keine Schule, warum machen wir drei also nicht mal einen hübschen Spaziergang? Dann kannst du uns deine neuen Freunde zeigen, hm?«

»Ich glaube nicht, dass wir schon Freunde sind«, murmelt Nou. Ihre Lider zucken in dem krampfhaften Versuch, wach zu bleiben. »Ich glaube, sie mögen mich, aber sie haben mir nichts von sich erzählt, als ich ihnen von mir erzählt habe, also sind sie vielleicht schüchtern.«

Clavius hustet einmal und streicht sich mit der Hand über sein lächelndes Gesicht. Er blickt Edmund in die Augen, aber Edmund denkt zu schnell, als dass er sein Lächeln erwidern würde.

»Hör mal, Rotznäschen«, sagt Clavius leichthin, »du weißt ja, dass die meisten Menschen kein Englisch sprechen, also arbeiten diese Burschen vielleicht noch an einem Übersetzungssystem.«

»Ich glaube eher, es sind kryptoendolithische Chemolithoautotrophe ohne jeden evolutionären Anreiz zur Kommunikation«, sagt Edmund trocken.

»Nein.« Nou schüttelt schläfrig den Kopf, die Augen noch immer geschlossen. »Sie sprechen nicht. Sie pfeifen.«

Edmund merkt, wie sich seine Augen verengen. Für eine Geschichte oder ein Spiel ist das ein seltsam spezielles Detail.

»Sie pfeifen?«

Nous einzige Reaktion ist ein leises *Mhm*.

»Und ich dachte, es wäre unser Job, dir die Gutenachtgeschichten zu erzählen, Nou.« Clavius lächelt erst seinen Sohn an, dann seine Tochter. »Und, hattest du einen schönen Tombaugh-Tag, mein Schatz?«

Keine Antwort.

»Wow.« Clavius zwinkert. »Du hast mir gar nicht erzählt, dass es mit dem Einschlafen so leicht geht, Ed. Ich sollte das öfter machen.«

Edmund geht an ihm vorbei, um Nou besser in ihre Decken einzupacken – sie neigt dazu, sich hin und her zu drehen, und dann wird ihr kalt. Danach zieht er die Haube der Schlafgondel für die Nacht herunter. Er überprüft die Verschlüsse zweimal und schaltet schließlich ihr rosapinkes Nachtlicht ein, bevor er Clavius nach draußen folgt.

Die Geräusche der Jubiläumsfeier über ihnen, sowohl für den Tag von Plutos Entdeckung als auch für den Tag seiner Besiedlung (die nicht zufällig zusammenfallen), sind zum Wummern einer Basslinie gedämpft. Außerhalb ihrer Unterkunft sind die normalerweise makellos sauberen weißen Gänge mit verwaisten Tellern und fußabdruckförmigen Glitzerflecken übersät, und es riecht nach Trockeneis und würzigen Tartes. Im Zentrum der Basis steigen die beiden in unausgesprochener Übereinstimmung nicht nach oben, zur Quelle dieser Sinneseindrücke, sondern zur Laborebene hinunter. Dort gehen sie einen ruhigeren Korridor mit frischerer Luft entlang. Erst als sie in Clavius' Büro sind und die Tür sich selbsttätig hinter ihnen geschlossen hat, machen beide Anstalten, etwas zu sagen.

»Also, du weißt, ich liebe Nou von ganzem Herzen«, beginnt Clavius, »aber die Kleine hat keinen Funken Fantasie.«

Edmund schweigt einen Moment lang, die Hände an den Seiten.

»In diesem Kontext stimme ich dir zu«, sagt er schließlich, ein Fixpunkt der Reglosigkeit, während Clavius auf und ab zu marschieren beginnt. »Sie hat zu schnell und zu konsistent gesprochen, als dass sie die Geschichte eines anderen Kindes aus der Erinnerung hätte wiedergeben oder sich eine eigene ausdenken können.«

Clavius legt die Fingerspitzen aneinander und geht weiter langsam hin und her. Aus der sanften Beleuchtung und den warmen Pastelltönen im Zimmer seiner Tochter ist er als ein ganz anderer Mensch herausgekommen: höher aufgerichtet, mit schärferem Blick, eine schlanke, muskulöse Gestalt von wölfischer Anmut, geschaffen für weitere Himmel und eine stärkere Schwerkraft als die seiner Wahlheimat. Er sieht nicht im eigentlichen Sinne gut aus, besitzt aber eine verblichene Attraktivität: sein leicht runzliges Gesicht; die Krähenfüße um seine Augen; die kleine, aufwärts gebogene Spitze seines zurückweichenden Haaransatzes. Er ist ein Mann, der schnell und gern lacht, voller Wärme, aber auch ohne – und noch schneller wieder ernst wird. Und wenn er spricht, hat er die Gabe, alle um ihn herum zum Schweigen und Zuhören zu bringen.

»Na schön.« Clavius breitet die Hände aus. »Nehmen wir mal an, sie sagt die Wahrheit. Leben auf Pluto. Wie hätte sie es finden können?«

»Wissbegier. Beharrlichkeit.« Edmund hält seine Antwort kurz und sachlich. Es hat etwas Surreales, völlig ernsthaft über solche Dinge zu sprechen. »Sie hat seit Wochen von nichts anderem als der Suche danach gesprochen.«

»Kinder dürfen die Basis ohne Begleitung verlassen.« Clavius scheint laut zu denken. »Sie müssen nur in einem Umkreis von zwanzig Kilometern bleiben, einem Erwachsenen sagen, wohin sie gehen, und den Kontakt aufrechterhalten. Ich wüsste es, wenn sie bei Verstößen gegen diese Vorschriften erwischt worden wäre.«

»Die unmittelbare Umgebung von Stern ist mehrmals gründlich abgesucht worden«, wirft Edmund ein, ohne die Stimme zu heben, »nicht zuletzt durch Roboter vor der Gründung der Basis. Sollen wir da wirklich glauben, dass es einheimisches Leben in unserem eigenen Hinterhof gibt?«

»Tja, wie wär's, wenn wir's jetzt rausfänden ...?«

Als Nous Vater kann Clavius ebenso problemlos auf ihr Bewegungsprofil zugreifen wie auf sein eigenes. Die

Alternative zur Überwachung von Plutos Kindern hätte darin bestanden, sie im Innern einzusperren, aber einen solchen Präzedenzfall hat kein Plutonier schaffen wollen.

Er hebt seine Handgelenkskonsole, öffnet ein Feldverzeichnis und projiziert die resultierende Karte auf eine Glaswand. Bläulich grünes Licht strahlt von seinem Handgelenk quer durch den abgedunkelten Raum, einsame Punkte zeichnen sich wie Scharfschützenziele in leuchtendem Rot auf einem skelettalen Plan von Plutos Oberfläche ab. Topografie, Morphologie, dazu ein paar Stäubchen Anthropologie in Stern und auf dessen spärlichem Netz von Routen zu diversen Sehenswürdigkeiten. Rot ballt sich in der Basis so stark zusammen, dass es sie vollständig verdeckt; beim Heranfahren zeigen sich Linien, die Gänge darstellen, Kreise für Runden im Park, kleinere Bündel für Zimmer, Klassenraum und Kantine.

»Dann wollen wir mal schauen, wo du gewesen bist, Nou ...« Ohne den Blick abzuwenden: »Sind wir eigentlich noch ganz bei Trost?«

»Weil wir die Behauptung einer Neunjährigen ernst nehmen, dass sie an einem vierten Ort Leben gefunden hat?« Edmund lächelt nicht.

»Dem fünften, mit dem Mars.«

»Nein. Man muss jedem Hinweis folgen. Die Terraformer werden in einem knappen Jahr hier sein.«

»Richtige Antwort.«

Draußen auf dem Eis sind wesentlich weniger und nicht so geordnete rote Punkte zu sehen. Edmund betrachtet sie mit zusammengekniffenen Augen, während Clavius sich vorbeugt, das Gesicht in ein gespenstisches Blau getaucht.

»Alle Routen zu den Bergen. Tartarus Dorsa. Picullus Dorsa. An der Küste entlang ...«

»Schau am letzten Tag nach, nicht in der letzten Woche«, sagt Edmund. »Sie wäre nach der Entdeckung sofort zu uns gekommen.«

»Meinst du, Edmund?« Clavius zieht eine Augenbraue hoch. Er findet das amüsant. »Meinst du wirklich, unsere Kleine erzählt uns alles, was sie so treibt?«

Edmund ist empört. »Das Vertrauen eines Kindes ...«

»... wird nur noch von seiner Heimlichtuerei übertroffen«, beendet Clavius den Satz. Er lächelt. Scharfe Eckzähne funkeln. »Hast du in ihrem Alter keine Geheimnisse vor mir gehabt?«

Edmund schließt die Augen.

»Pandemonium Promontorium.«

Clavius deutet auf eine Stelle der Karte, eine Landspitze an der Küstenlinie des Herzens, keine zwanzig Kilometer nördlich von Stern. Dort endet eine gepunktete Linie, die von der Basis dorthin und wieder zurück führt, die einzige im Verlauf der letzten vierundzwanzig Stunden.

»Pandemonium Promontorium gehört zu den Cousteau Rupes.« Edmunds Augenbrauen runzeln sich. »Diese ganze Region ist schon bei der ersten robotischen Suche systematisch als Xenohabitat-Kandidat ausgeschlossen worden. Dort gibt es nichts.«

»Wärst du bereit«, sagt Clavius mit präziser Artikulation, »dein Leben darauf zu verwetten?«

Ihre Blicke begegnen sich.

»Nein.« Edmund schüttelt den Kopf als Antwort auf eine andere, von Clavius' Augen gestellte Frage. »Das geht nicht. Für heute ist es zu spät.«

»Dann bleib hier, und beaufsichtige den Rest der Party.«

»Man wird unsere Abwesenheit bemerken ...«

»Ich weiß, dass du mitkommen wirst. Du hakst nur deine rationalen Vernunftskästchen ab.«

»Einer von uns sollte das tun«, sagt Edmund mit verkniffenem Mund.

»Zehn Minuten. Wir treffen uns an der Hintertür von minus zwei.«

»Auf minus zwei gibt es eine Luftschleuse?«

»Du stehst in ihrem Vorraum.«

Keine zehn Minuten später durchqueren zwei helle Gestalten die hellen Ebenen des Herzens von Pluto und verschwinden rasch über den stark gekrümmten Horizont. Sie bewegen sich mit langsamen, bogenförmigen Sprüngen, dabei bleiben sie eng beieinander und sind unbeobachtet, also existieren sie gar nicht.

3

Solarspiegel waren für die große Terraformerin Halley ein alter Hut. Diese Frau hatte Ozeane wachsen lassen, Vulkane gezähmt und Welten wieder zum Leben erweckt. Sie hatte Kometen eingefangen und in Atmosphären stürzen lassen; sie hatte externe Magnetfelder erzeugt und dem Mars die Aurora wiedergegeben; sie wickelte die Naturgewalten um den Finger. Lucian war nur ein Solaringenieur, aber es war verzeihlich, sich Halley als alte Gottheit vorzustellen: Nach den klassischen Maßstäben der Omnipotenz war sie eine.

Und wie eine alte Göttin – oder vielleicht wie eine alte Katze – war sie auch jähzornig, kapriziös und möglicherweise die am wenigsten erstrebenswerte Begleiterin für eine längere Mission. Und selbst nach zehn Jahren musste sie ihn erst noch vergessen lassen, dass er als Doktorand einmal ihr Labor unter Wasser gesetzt hatte. So freute sich Lucian über jede andere Gesellschaft.

»Ich habe gehört, du redest nicht viel, aber das ist in Ordnung, weil ich genug für uns beide reden kann«, sagte er fröhlich zu Nou, die bei der Simulation des Tagesanbruchs aufgetaucht und bis zum Einbruch der Nacht geblieben war.

Sie befanden sich in der funkelnagelneuen Werkstatt des Teams, die momentan so unüberschaubar groß und kahl wirkte wie alle neuen Büroräume am Tag des Einzugs. Ein halbfertiges Regal, ein gläserner Bildschirm auf einem Schreibtisch; beides hätte auf eine konventionellere Nutzung eines solchen Raumes hindeuten können. Drei konzentrische Säulen in der Mitte, jeweils mindestens zwei Meter hoch und auskragend, sodass sie sich in ihrem Zentrum trafen, ließen jedoch auf etwas anderes schließen. Sie bildeten einen freien Raum auf einem erhöhten Podium, der ausreichend Platz bot, um eine Katze im Kreis herumzuschleudern, obwohl das nächste für einen derartigen Versuch geeignete Exemplar im Augenblick auf dem einzigen brauchbaren Stuhl im Raum schlief und ohnehin nicht damit einverstanden gewesen wäre.

»Fünf Phasen für die Erschaffung eurer Sonne.« Lucian deutete mit einem Schraubenschlüssel auf das Mädchen. »Phase eins – Rohstoffe.« Er zog eine Augenbraue hoch. »Du hängst doch nicht übermäßig an eurem Mond Styx, oder?«

Nou war ein mageres Ding, das ihm ungefähr bis zum Ellbogen reichte, mit einem federartigen Haarschopf, hinter dem sie sich gern versteckte. Das tat sie jetzt auch, wobei sie so beunruhigt wirkte wie immer – vielleicht dachte sie, er erwartete eine Antwort von ihr.

»Ist das nicht der, den man Kartöffelchen nennt?«, meldete sich Stan zu Wort, der gerade mit mehreren Schachteln technischer Geräte zur Selbstmontage auf den Schultern vorbeikam, von denen jede einzelne einen Mann auf der Erde zu Boden gedrückt hätte.

»Das nehme ich mal als ein Nein«, sagte Lucian mit einem verschwörerischen Lächeln zu Nou.

Und das war auch gut so, denn Plutos drittkleinster Mond würde geschält, zerkleinert und gebraten werden – oder zumindest ein Stück von ihm –, um einen Spiegel mit einem Durchmesser von zweihundert Kilometern zu erschaffen. Das waren vierhundert*tausend* Tonnen reines, mit Aluminium überzogenes Mylar über ihren Köpfen. Manche hatten vorgeschlagen, Acheron oder Lethe zu zerstückeln, die beiden winzigen Monde, die erst Jahrzehnte nach der *New-Horizons*-Mission entdeckt worden waren. Aber Styx besaß den süßesten Cocktail dafür benötigter Rohstoffe. Und Pluto ließ praktisch immer mehr Monde entstehen, je länger man hinsah; niemand würde ein kleines Weltraumstäubchen vermissen.

Lucian spürte, wie sich der alte Funke der Erregung in seinen Augen entzündete. Er wickelte sich die Haare zu einem Knoten oben auf dem Kopf und durchbohrte ihn mit einem Bleistift.

»Na schön. Dann wollen wir diese Mine mal auf den Mond bringen.«

»Technisch ist die Sache ziemlich simpel.« An diesem Morgen hatte er mitten im abgedunkelten Amphitheater gestanden und war an den holografischen Fleck herangefahren, der Styx darstellte. »Durchmesser sechzehn mal acht Kilometer, mit einer Dichte von zwei Komma zwei Gramm pro Kubikzentimeter. Das heißt, er besteht zu rund achtzig Prozent aus Gestein und es gibt nur eine dünne Schicht Wassereis an der Oberfläche.«

»Ein solcher Asteroid – ist der ungewöhnlich für diese Region?«, fragte Edmund Harbour. Er hatte die Arme vor einem Rollkragenpullover verschränkt – auch dieser war schwarz, wie Lucian feststellte –, der den von der Mondprojektion erzeugten, gespenstischen blauen Schimmer seiner Haut betonte.

»Hier – fangen Sie.«

Er fuhr fort, während Harbour den Steinbrocken ins schwache Licht hielt.

»Er ist kein typisches Objekt des Kuiper-Gürtels, dazu enthält er zu viel Siliziumdioxid – und auch Metalle.«

»Und daraus könnt ihr alle erforderlichen Materialien herstellen?«

Harbour warf den Steinbrocken kurzerhand zurück; Lucian musste sich schnell bewegen, um ihn aufzufangen.

»Euer Spiegel wird hundertprozentig styxisch sein«, versicherte er ihm. »Und dort oben gibt es ungefähr zwei Milliarden Tonnen von diesem Material.«

»Wir werden weniger als ein zwanzigstel Prozent davon benötigen.« Parkin, der alte Ingenieur, übernahm mit seiner tiefen, langsamen Stimme. »Gen?«, rief er die KI der Basis. »Wärst du so freundlich, den Mond so zu bewegen, dass wir uns die Oberfläche ansehen können?«

Die kleine holografische Kartoffel wurde vor ihnen flach wie ein runder Tisch und zoomte nah heran – ein bröckeliger, deformierter Horizont aus Felsbrocken und klaffenden Kratern.

»Der Abbau der Rohstoffe ist ein vollautomatischer Prozess, der mit vor Ort erzeugter Fusionsenergie abläuft.« Auf der von Kratern zernarbten Oberfläche erschien ein hübsches kleines Kraftwerk, das die unregelmäßig geformten Spulen zur Erzeugung der in seinem Inneren brodelnden elektromagnetischen Strudel verbarg. »Wir brauchen einen Monat, um alles vorzubereiten, und dann noch ein paar Monate für den Abbau und die Verarbeitung, bevor die Herstellung der Spiegelplatten beginnen kann.«

»Aber das ist nur die erste Hälfte von Phase eins.« Später, in der Werkstatt, nahm Lucian den Inbusschlüssel, den Nou ihm hinhielt. »Danke. Das ist meine Aufgabe, und der Bau des Spiegels ist weitaus einfacher, als man meinen sollte. Eigentlich macht Halley die ganze schwere Arbeit ...«

»Darf ich fragen«, fiel ihm Mallory Madoc von der anderen Seite des Amphitheaters aus ins Wort, »woher diese Zahl von zwei E-Jahren kommt, die ihr in dem Plan nennt? Ich verstehe nicht, aus welchem Grund die Konstruktion einer simplen Spiegelwand so lange dauern soll.«
»Sie ist nicht ›simpel‹ ...«, setzte Lucian an.
»Der Spiegel ist nur die eine Hälfte des Projekts Plutoshine«, warf Halley ein. »Wir bauen den Spiegel, um eure Watt pro Quadratmeter zu erhöhen – oder, übersetzt, um euch zusätzliches Sonnenlicht zu beschaffen. Aber das bringt nichts ohne eine Atmosphäre, die dicht genug ist, um all diese Wärme auch festzuhalten. Zeig uns Pluto, Gen.« Auf ihre Worte hin ersetzte Gen den computerisierten Styx durch die vertraute bräunlich gefärbte Kugel des Pluto. Sofort schien es in dem Raum wärmer zu werden. »Seht auch eure Atmosphäre an. Selbst nach einem Jahrzehnt der Freisetzung von Treibhausgasen herrscht hier noch immer nur ein Hundertstel des Drucks auf der Marsoberfläche, der wiederum nur ein Hundertstel des Drucks auf der Erde beträgt. Kombiniert das mit eurer durchschnittlichen Oberflächenreflexion von null Komma sechs – was für Steinbrocken im Weltraum ziemlich viel

ist –, und alles Sonnenlicht, das wir auf euch werfen, wird einfach zurückgeworfen. Wenn ihr wirklich etwas von diesem Spiegel haben wollt, müsst ihr euren atmosphärischen Partialdruck um mindestens zwei Größenordnungen erhöhen.«

»Und euer Vorschlag besteht nun darin, mehrere Asteroiden aus dem Kuiper-Gürtel einzufangen« – Harbour richtete seinen starren Blick auf Halley – »und dafür zu sorgen, dass sie die äußerste Hülle unserer bescheidenen Atmosphäre streifen. Verstehe ich das richtig?«

»Ja, wobei ›streifen‹ hier das Schlüsselwort ist. Erstens Sonnenlicht, zweitens Renovierung der Atmosphäre – das sind unsere Phasen zwei und drei. Gen?«

Gen schien zu wissen, was er, sie oder es tat, denn nun war der durchscheinende Pluto verschwunden und von drei rötlichen, unregelmäßig geformten Projektionen ersetzt worden. Halley deutete auf eine davon.

»Darf ich vorstellen: unsere neuen Lieblingsasteroiden – Eins-neun-sieben-sieben-null-vier-drei« – sie zeigte auf den nächsten – »Eins-acht-drei-acht-vier-sechs-neun« – und zuletzt – »Zwei-null-drei-neun-vier-acht-fünf.«

Lucian merkte, dass ihm der Mund offen stand.

»Haben ... haben Sie das wirklich auswendig gelernt?«

Jemand begann, matten Applaus zu spenden, der jedoch rasch wieder erstarb.

»Ihr werdet mit Erleichterung hören, dass die Interplanetare Astronomische Union uns erlaubt hat, sie Mortimäus, Silvasaire und Jovortre zu nennen.« Halley lächelte sarkastisch. »Wir bezeichnen sie als ›die Schutzengel‹. Man hat mir versichert, das sei eine literarische Anspielung. Nun, ihre Dichte reicht von null Komma vier bis null Komma sechs, was bedeutet, dass sie so nah an sauberem Eis sind wie nur möglich. Diese roten Flecken, die ihr da seht, sind fotolytisch aufgespaltene Gase, die später gefroren sind, wahrscheinlich so etwas wie Methanhydrate und Ammoniak. Diese Steinbrocken sind voll davon, und sie werden freigesetzt, sobald wir die Asteroiden durch eure Atmosphäre jagen. Der Plan sieht folgendermaßen aus: Als Erstes kapern wir sie ...«

Auf eine Handbewegung hin flammten kleine Antriebssysteme auf.

»Dann holen wir sie in den Orbit ...«

Die Pluto-Kugel erschien erneut.

»Wir manövrieren sie in die richtige Position ...«

Der projizierte Pluto wurde immer größer.

»Dann treten sie in die Atmosphäre des Planeten ein ...«

Jeder Schutzengel-Asteroid blitzte leicht auf, als er seine Gase in die dünne Luft des Planeten entließ – eher eine Wunderkerze als das Feuerwerk von Sternschnuppen auf der Erde.

»... wo sie unter der Reibung schließlich auseinanderbrechen. Das bezeichnen wir als Terminationspunkt.« Halley buchstabierte es für sie: »Kapern, Orbit, Manövrieren, Eintritt, Termination.«

»Das ergibt bestimmt ein hübsches Akronym«, bemerkte jemand.

»Hilft immer bei der Finanzierung.«

»Sie nennt es KOMET, und sie hat das schon rund fünfzig Mal im ganzen Sonnensystem gemacht. Wusstest du, dass sie das Terraforming des Mars einigen Berechnungen zufolge fast im Alleingang um ein halbes Jahrhundert beschleunigt hat? Mann, wenn man sich ihren Lebenslauf ansieht, möchte man sich einfach nur noch zur Ruhe setzen ...«

»Also.« Halley wandte sich erneut der Projektion zu. »Der Solarspiegel und das Einfangen der Asteroiden gehen Hand in Hand. Wenn der Spiegel in sechs Monaten fertig ist, haben wir den ersten Schutzengel schon in die richtige Position für den Atmosphäreneintritt gebracht, und die anderen sind bereits unterwegs. Als wir noch im Transit waren, hat Parkin hier freundlicherweise Raumfahrzeuge mit ferngesteuertem Antrieb zu den dreien geschickt, um sie herzubefördern. Das gibt uns also einen zusätzlichen Vorsprung. Mortimäus ist der kleinste und nächste – er sollte Pluto in acht Monaten erreichen.«

»Und es wird nicht viel länger dauern, den Spiegel fertigzustellen«, brummte Parkin, »was den anderen Teil von Phase zwei darstellt – den ersten Test des Spiegels. Die Zeit, in der wir auf die übrigen beiden Asteroiden warten, werden wir mit Simulationen, Verbesserungen und Probeläufen nutzen.«

»Außerdem ist noch erwähnenswert«, setzte Lucian hinzu, »dass wir dadurch genug Spielraum haben, um den Fusionsreaktor langsam hochzufahren. Fusion ist eine überaus exakte Wissenschaft, da sollte man wirklich nichts überstürzen ...«

»So, da hast du's. Das ist Plutoshine. Phase eins ist, alle Rohstoffe beschaffen. Phase zwei, den ersten Asteroiden herbeiholen und den Spiegel testen. Phase drei besteht darin, die anderen Schutzengel hierher zu befördern. In Phase vier wird der Spiegel endgültig eingeschaltet, und fünf bedeutet, ihn so lange eingeschaltet zu lassen, dass alle Plutonier Schwimmunterricht brauchen.« Lucian strahlte. Nach der morgendlichen Zusammenkunft und einem langen, befriedigenden Tag, den sie mit Auspacken und Aufbauen verbracht hatten, waren sie nun wieder in der Werkstatt. »Im Grunde ist es mein Job, den Spiegel zu bauen, der von Halley, die Atmosphäre zu erzeugen, Parkin hilft uns bei beidem, dein Va... Bruder beaufsichtigt alles, und du, Nou ...« Er zermarterte sich das Hirn. Dann hob er mit breitem Lächeln seinen Bleistift hoch. »Du wirst meine Praktikantin sein.«

»Moment mal!«, rief Stan. »Ich dachte, ich wäre dein Praktikant! Ich musste ein Vorstellungsgespräch absolvieren und all so was.«

»Stan.« Lucian packte den Jungen am Arm, als er an ihm vorbeiging, und klopfte ihm väterlich auf die Schulter. »Du bist so viel mehr als ein Praktikant. Du bist mein erster und einziger Student, und ich bin jeden Tag stolz auf dich ...«

»*Soll* die Simulation übrigens in Flammen aufgehen?«
»Hm? Oh!«

Mitten in dem Sammelsurium teilmontierter Möbelstücke aus dem 3-D-Drucker gab es diesen einen freien Platz, einen vollendeten Kreis, bewacht von drei bogenförmig auskragenden Säulen. Dort dehnte sich gerade ein gewaltiger Feuerball über das Zwischengeschoss hinaus bis zur Decke aus.

»Nein!« Lucian sprang auf. »Nein, *nein*, Reset starten, *System zurücksetzen*!«

»Keine Simulation kann jedes Mal eine perfekte Fusion erreichen, also ist dies der eine Aspekt, bei dem wir ganz und gar auf die Methoden des einundzwanzigsten Jahrhunderts zurückgreifen und es manuell machen müssen.« Lucian sah in dem abgedunkelten Amphitheater von einem Kollegen zum nächsten und zuckte zusammen. »Und ich meine wirklich manuell – man darf den Blick keine Sekunde lang von den verschmelzenden Atomen abwenden ...«

»Schnell, Stan, wirf mir die Handschuhe rüber ...«

In der Werkstatt legte sich Lucian mit einer Hand den Stirnreif um und versuchte mit der anderen, sein Gleichgewicht wiederzuerlangen.

»Fang!«

Er schnappte sich die Handschuhe aus der Luft und zog sie an. Sie reichten ihm bis zu den Ellbogen. Dünne Metalldrähte schlängelten sich seine Finger entlang und um die Handgelenke; es waren eher komplizierte Rechennetze als Handschuhe. Dann steckte er die Hände so flink, wie man angebrannte Muffins aus einem Backofen holen würde, mitten in den Feuerball hinein.

Nou, die hinter einem Satz Faltstühle in Deckung gegangen war, sah verstört und entsetzt zu.

Lucian atmete durch die Nase tief ein und blendete den hell erleuchteten Raum um sich herum aus. Die Flammen der Simulation leckten seine Arme hinauf. Sie konnten ihn nicht einmal kitzeln, aber er bekam bei dem Anblick trotzdem jedes Mal eine Gänsehaut. Langsam senkte er die Augenlider, ließ seine gesamte Konzentration durch die Arme und in die Fingerspitzen gleiten, konzentrierte sich darauf, die Finger zu krümmen und wieder geradezubiegen ... seine Hände erst zueinanderzuführen ... und sie dann abrupt auseinanderzureißen. Es kam auf jeden Millimeter an.

Die Projektion der Handschuhe in den Parkanlagen war nur der Anfängermodus gewesen; Feuerwerk für einen Raketenantriebsingenieur. Lucian, der Terraformer, stand breitbeinig da, die Hände ausgestreckt, umschlossen von den triangulierenden Sendern der Handschuhe, versunken in die virtuelle Welt der Planetenerschaffung. Sein silbernes Stirnband war mit runden weißen Scheiben bestückt, die sich eng an seine Haut schmiegten, jede genau auf die leiseste Bewegung dieser behandschuhten Hände abgestimmt. In dieser Welt hatte jeder Gedanke Folgen. Jeder Gedanke konnte eine Welt erbauen.

Nou stand jetzt aufrecht da und schaute fasziniert zu. Stan sah ebenfalls zu, in seinem Fall mit akademischem Interesse.

Das in künstlich aufrechterhaltenen Atmosphären allgegenwärtige Surren und Summen verebbte für Lucian mehr und mehr. Sein ganzer Unterarm schien verzerrt zu sein und sich zu kräuseln, als bewegte er sich durch das Feld einer starken, immateriellen Kraft, aber es war der sensorische Input, der zählte. Und in seinem Geist verwandelte sich dieser sensorische Input in die Klarheit eines stillen Sees.

Er öffnete abrupt die Augen, und der Feuerball verschwand. Einfach so. Lucian kehrte blinzelnd in die Welt zurück.

»Tja, das hab ich wohl gründlich vermasselt, was?«, rief er vergnügt über die Schulter hinweg. Der Feuerball war jetzt ein Phantom, ein ausgebleichter grün-violetter Ring auf den Innenseiten der Augenlider. »Sterne über uns! Und bloß kein Wort zu Halley, okay?« Er nickte Nou zu. »Das gilt auch für dich.«

»Hast du die Feldspulen wieder überlastet?«, fragte Stan interessiert. »Kann ich die Simulation zurücklaufen lassen? Mir passiert das auch immer wieder, die äußeren Poloidalfeldspulen tricksen mich ständig aus ...«

»Lern ja nicht aus meinem Beispiel, da habe ich dir was Besseres beigebracht.« Lucian zog seine Hände heraus und schüttelte sie. Ein Schauer durchlief ihn. »Ich rechne immer halb damit, dass geschmolzenes Plasma wegfliegt, wenn ich das mache.«

Er erschrak ein wenig, als er sich umdrehte und Nou so nah vor sich sah, wie sie ihm bisher noch nie gekommen war. Sie starrte die Handschuhe an, eine Hand zaghaft erhoben. Lucian hielt ihr seine eigenen Hände hin.

»Die sind fabelhaft, was? Nur zu, fass sie ruhig an, ich weiß, sie sehen filigran aus. Komplett in Kohlenstoffoptik, nur Drähte, Kristalle und elektrochemische Signale. Irgendwann bring ich dir das bei.«

»Sieht nicht so aus, als wären es die Feldspulen«, rief Stan. Er hatte eine Schutzbrille mit so dunklen Gläsern auf der Nase, dass sie schwarz und undurchsichtig wirkten, aber das weiße Licht der zurückgespulten Simulation musste ihm etwas verraten haben. »Irgendwo gibt es einen Druckverlust.«

Lucians Augenbrauen schossen nach oben. »Hm?«

»Falls diese Simulation korrekt ist, heißt das, dass es im Verlauf der nächsten Woche mit einer Wahrscheinlichkeit von null Komma neun Prozent zu einer Desintegration der Kohäsivität des magnetischen Containments kommt, sofern nichts unternommen wird.«

Lucian verschränkte bedächtig die Arme.

»Im Klartext: Du meinst eine Explosion?« Er hob einen Finger in Nous Richtung – *eine Minute* – und hüpfte zu seinem Studenten hinüber. »Na schön, schauen wir uns das mal an. Zeig's mir auf den Bildschirmen. Sag mir, wo ...«

»Ach du meine Güte«, seufzte er kurz darauf. »Das verdammte Argon schon wieder. Siehst du die Gefäße mit dem flüssigen Lithium hier? Sie bekommen nicht den nötigen Druck, weil *irgendjemand*« – er streckte einen Finger zu diesem Teil des Bildschirms aus – »nicht mitspielt.«

Hinter ihm stellte sich Nou auf die Zehenspitzen, um etwas zu sehen, aber die ein Dutzend Bildschirme zeigten allesamt mathematischen Code. Für das geübte Auge sah nichts davon gut aus.

Eine Wahrscheinlichkeit von 0,9 Prozent im Zeitraum von einer Woche klang zwar nicht nach viel, aber es war eine Größenordnung, bei der man nur hoffen konnte, im Lauf seines Lebens von einer Katastrophe, die mit dieser Wahrscheinlichkeit eintreten würde, verschont zu bleiben. Und da war noch mehr – etwas, was Stan nicht aufgefallen war. Diese 0,9-Prozent-Wahrscheinlichkeit *kumulierte mit jeder verstreichenden Woche.*

»In Ordnung ...« Lucian klatschte in die Hände, stand auf – und wartete dann, als um die Ecke ein leises Zischen ertönte. Es war das Geräusch von Luft, die beim Öffnen einer Tür einströmte – vorläufig ihre einzige Form einer Türklingel.

Vielleicht machte Halley oder jemand im Raum nebenan für heute Schluss. Dann ertönte eine kultivierte, körperlose Stimme: »Verzeihung, wenn ich störe. Man hat mir gesagt, ich würde meine Schwester hier finden. Haben Sie sie heute Abend schon gesehen ...?«

Edmund Harbour! Lucians Blick zuckte zu seiner Handgelenkskonsole – sie zeigte 22:00 Uhr –, dann zu Nou. Ihre erstarrte Haltung und die runden Augen bestätigten seine im Bruchteil einer Sekunde aufgestellte Hypothese:

Ihr Zu-Bett-geh-Zeitpunkt war schon vorüber. Und als der angeblich verantwortliche Erwachsene fühlte sich Lucian ebenso ertappt wie sie.

Ihnen blieben nur wenige Augenblicke; Harbour würde binnen Sekunden um die Ecke kommen und bei ihnen sein.

»Schnell!«, formte Lucian mit den Lippen. Er fuhr herum, sah etwas, was ihn auf eine Idee brachte, legte Nou beide Hände schwer auf die Schultern und drückte. »Setz dich!«

Kaum war Nou auf dem Stuhl hinter ihr zusammengesunken, schoss er zwei Schritte vor, hob auf, worauf er es abgesehen hatte, und warf es ihr in den Schoß. Dann richtete er sich auf und sagte laut: »Okay, ich probier das mal mit dem Mopp, vielleicht können wir ihn *wegfegen* – oh, Edmund, hi.«

»Lucian.« Und da war Edmund Harbour: Hände auf dem Rücken, die Haltung null Grad von der Senkrechten abweichend, völlig ausdrucksloser Blick. »Darf ich fragen, ob Sie – ah.«

Nou wurde von einer gewaltigen Masse aus grobem Fell niedergedrückt – *war halb unter ihr begraben* traf es vielleicht besser –, die sich unter ihren Händen mit zyklischem Schnaufen hob und senkte. Ein zerfetztes Ohr des Katers zuckte, und er streckte seine Pfoten aus; Lucian hielt die Luft an, als das Mädchen zusammenzuckte, bevor sie wieder anfing, ihn zu streicheln.

Entschuldigend breitete er die Hände aus, zusammen mit einem ebenso breiten Lächeln.

»Captain Whiskers«, sagte er mit nachsichtiger Zuneigung, als würde das alles erklären. »Er zerfetzt alles, was sich bewegt. Wir warten schon seit Stunden darauf, dass er aufsteht, damit niemand verletzt wird. Ich nehme an,

Sie sind gekommen, um nachzusehen, wer Ihre Schwester noch nach ihrer Schlafenszeit mit Beschlag belegt hat?«

Für einen Sekundenbruchteil erhaschte Lucian Nous Blick – und hoffte, der Ausdruck in ihren Augen wäre Überraschung wegen seiner blitzschnellen Erfindungsgabe und nicht Todesangst vor kampfgestählten Katern.

Unterdessen sah Edmund mit unergründlicher Miene von seiner Schwester zu dem Tier.

»Ich ... verstehe.«

»Wir lassen sie Ihnen sofort zurückbringen, ehrlich. Stan wollte einen Besen oder so was besorgen ...«

»Wir können es damit probieren.« Lucian schwoll die Brust vor Dankbarkeit: Stan zog die Stulpenhandschuhe an, als wären es strapazierfähige Küchenhandschuhe. »Ich habe ihn während des Herflugs auf dem Schiff kennengelernt, also hat er vielleicht nicht so viel dagegen, wenn ich's mal versuche.«

Lucian schenkte Edmund sein strahlendstes Lächeln – »Geben Sie uns zehn Minuten« –, aber der Mann sah es nicht: Edmund blickte auf seine Schwester herab, und Nou sah zu ihrem Bruder hoch. Sie hatte aufgehört, den Kater zu streicheln. Die beiden wechselten nur einen kurzen Blick, aber das reichte, um Lucian das Lächeln aus dem Gesicht rutschen zu lassen.

Kaum war ihr Gast hinausgegangen, eilte er hinüber und nahm Captain Whiskers auf die Arme.

»Du fabelhafter, goldiger alter Mann«, verkündete er, während er sein wildes Lieblingstier an sich drückte. »Nou, du brauchst überhaupt keine Angst vor diesem Kater zu haben. Er ist ein mürrischer alter Brummbär, und er fährt tatsächlich die Krallen aus, wenn man es verdient, aber er hat ein Herz aus Pralinen-Ganache.«

Nou stand auf; Lucian beobachtete sie über das Schädeldach des Captains hinweg. Sie holte Luft, mit abwesender Miene – dann lächelte sie.

Sie schaute zu Lucian hoch. Er lächelte zurück. Das Ganze hatte etwas Verschwörerisches: eine gemeinsame Dankbarkeit, ein geteiltes Geheimnis. Sie waren damit davongekommen.

Lucian neigte den Kopf in die Richtung, in die Edmund Harbour verschwunden war.

»Jetzt ab mit dir. Es war richtig von deinem Bruder, nach dir zu schauen. Und du wirst deinen Schlaf für morgen brauchen, weil wir noch diesen Fusionsfehler beheben müssen.«

»Also noch mehr Handschuh-Arbeit? Oh, können wir's Handschuherei nennen?« Stan zerzauste dem Captain mit besagten Handschuhen die Brust; Fellbüschel hingen wie Pusteblumen zwischen ihren Drähten. »Oder programmieren wir, um an die Quelle zu kommen?«

Lucian blickte mit gerunzelter Stirn von Stan zu Nou.

»Eigentlich hatte ich eher an ein bisschen Feldforschung gedacht.«

4

Der Sitz schien Nou mit Haut und Haaren verschlingen zu wollen. Dicke Polster stiegen zu beiden Seiten empor, waren aber so weit entfernt, dass sie ihr keine Stütze boten; Armlehnen hoben ihre Ellbogen fast auf Augenhöhe; ihre Füße baumelten ein gutes Stück über dem Boden. Sie ließ sie verstohlen hin und her schwingen und fühlte sich wie eine Maus auf dem Thron eines Löwen.

Als Lucian und seine Praktikantin beim Frühstück am folgenden Morgen zu Edmund gegangen waren, um ihn um Erlaubnis zu bitten, hatte ihr Bruder nur verwirrt gewirkt, dass sie sich die Mühe machten, ihn zu fragen. Jedes Kind auf Pluto galt als ungefährdet, wenn es bei einem anderen Erwachsenen war, und weitgehend sogar, wenn nicht: Selbst Erwachsene, die wesentlich väterlicher oder mütterlicher waren als ihr Bruder, ließen ihnen vertrauensvoll ihre Freiheit. Also befand sich Nou jetzt im Flugzeughangar und wurde in einen Sitz geschnallt, der wirklich ein Zusatzteil in Kindergröße hätte brauchen können, und anscheinend würde sie zum Styx fliegen.

Der Sonnenbringer kam, blieb vor ihr stehen, die Hände in den Hüften, und runzelte bei dem Anblick die Stirn. Dabei bildete sich in jeder Wange ein kleines Grübchen.

»Nein, das ist noch nicht ganz richtig, oder?« Er strich sich übers Kinn. »Na schön, halt mal still, das haben wir gleich ...«

Weshalb hatte sie bloß zugestimmt? Nou krümmte sich innerlich zusammen, als er hinter ihr verschwand. Sie wurde nach und nach an einem so großen Sessel festgebunden, dass sie kaum die Fenster sehen konnte, und zwar an einem Sessel in einem Gefährt, das sie von der Oberfläche ihrer Heimat wegbringen und zum ersten Mal – zum allerersten Mal *überhaupt* – ins All befördern würde. An einen Ort, wo es keinen Boden, keine Schwerkraft und kein Zuhause gab.

Natürlich hatte sie zugestimmt. Es war ihre perfekte Eintrittskarte zu den Sonnenbringern. Außerdem ...

»Ah! Hier ist die Arretierung der Armlehnen, da haben wir's ...«

Sie zuckte bei einer jähen Sinneswahrnehmung zusammen: ganz in der Nähe das Sirren und Vibrieren eines Bohrers.

Mit einem Klicken rutschten die Armlehnen auf eine gute, greifbare Höhe herunter. Nou umfasste sie dankbar.

Hinter ihr mühte sich Lucian mit irgendetwas ab. Es klang, als wäre er in seinem Element; mit einem Schraubenzieher hinter dem Ohr brabbelte er fröhlich vor sich hin.

»Jetzt halt mal eine Sekunde still, mal sehen, ob man diese Gurte noch strammer kriegt ... *aha* ...«

Nou zuckte zusammen, als zwei massive Metallstreifen hinter ihren Schultern hervorkamen und sich zu einem fest verankerten *X* über ihre Brust legten. Mit einem Klicken rasteten sie ein, und zwar so eng, dass sie ihre Lunge nicht mehr vollständig mit Luft füllen konnte. Sie kämpfte gegen den Instinkt an, sich loszureißen.

»Schon viel besser!« Lucian war nach vorn zurückgekommen, um sein Werk zu bewundern. Sein gewaltiger Haarschopf wehte wie in einer Strömung hinter ihm her. »Oh!« Er richtete den Schraubenzieher auf ihre baumelnden Beine. »Fußstützen. Schauen wir mal ...«

Es dauerte weitere zehn Minuten, bis Nou endlich so sicher in ihrem Sitz verpackt war wie ein gewickeltes Baby. Zufrieden begann Lucian sich weitaus lässiger selbst anzuschnallen.

»Eins noch.« Er beugte sich zu ihr. »Hier ...«

Dann befestigte er etwas am Ärmel ihres Anzugs, was wie eine überdimensionale Armbanduhr aussah. Verblüfft sah Nou von ihr zu ihm; statt Ziffern oder Zeigern gab es nur eine leere, kreisrunde rote Fläche.

»Das ist ein Panikknopf«, erklärte er ihr über dem Zischen der Luftschleuse. »Du klappst den Deckel hier hoch« – er deutete auf eine Abdeckung über dem roten Kreis – »und drückst diese Taste, wenn du mich aus irgendeinem Grund auf dich aufmerksam machen willst. Okay?« Seine Stirn legte sich in Falten, als er die Augenbrauen hochzog. »Und ich meine wirklich: aus *irgendeinem Grund*. Schon klar, Kommunikation ist nicht so dein Ding, und ich weiß, dass Raumfahrt nicht gefährlicher ist, als das Haus zu verlassen und so, aber wenn dir da oben irgendwas zustößt, kriege ich richtig Ärger. Also müssen wir auf irgendeine Weise miteinander reden. Okay?«

Reden. Das kam ihr auf fundamentale Weise unmöglich vor – so unerreichbar wie die Sonne selbst. Stan, der hinter ihr saß und nervös in *Eine Einführung in einführende Hydromagnetodynamik* auf seinem Glas-Pad blätterte, als wäre es der Morgen vor einer Prüfung, hatte keinen eigenen Knopf bekommen. Nur sie war hier die Belastung. Nou spürte, wie ihre Wangen vor Scham brannten.

Dies wäre ein guter Moment gewesen, um Lucian zuzunicken, mit Taten statt mit Worten zu sprechen, doch als sie den Blick hob, ließen seine Augen sie erstarren. Es lag etwas in ihnen, was ihr den Atem in der Kehle gefrieren ließ, etwas Undefinierbares. Es war weder Enttäuschung noch Ungeduld oder Ärger – das alles kannte sie gut. Aus den Augen des Sonnenbringers sprach nicht einmal Mitleid; das war das Allerschlimmste, wenn die Erwachsenen sie mit übertrieben traurigen Augen musterten, als wäre sie ein erbärmlich aussehendes ausgestopftes Tier bei einer Teegesellschaft, eines, das niemand liebte, das aber allen so leidtat, dass sie es einfach nicht auf seinem Bord stehen lassen konnten. Nou scheute vor Lucians Augen zurück, und es dauerte eine ganze Weile, bis es ihr gelang, den Ausdruck in ihnen als so etwas wie echte Sorge zu deuten.

»In Ordnung.« Was immer sie getan hatte, Lucian schien zufrieden zu sein. Er nickte ihr ermutigend zu und sah sich dann um. »Weg mit dem Buch, Stan. Es geht los.«

Auf seine Worte folgte gähnende, leere Stille. Nou verspürte einen Anflug von Nervosität: Das Druckausgleichszischen der Luftschleuse war verstummt. Sie waren bereit.

Die Türen des Hangars glitten auf. Ein Streifen des gekrümmten Horizonts breitete sich über die Windschutzscheibe aus, schwarzer Himmel mit hellen Punkten darüber, dunkles weißes Eis darunter. Mit einer kurzen Bewegung des Schubhebels ließ Lucian sie vorwärtsrollen, und Nou sah die Bewegung nicht nur, sondern spürte sie auch, spürte sie in der Vibration ihres Sitzes, in der Gewichtsverlagerung ihres Körpers. Sie glitten ins Beinahe-Vakuum der Nacht, draußen unter den zarten Schatten von Stern und deren Bergen, hinaus in den gewaltigen, offenen Weltraum.

Nous Gurte schienen sich über ihrer Brust zu straffen, sie mit jedem Atemzug mehr einzuschnüren. Sie lagen straff um ihre Taille, hielten sie gegen ihren Willen fest, das Stirnband wirkte wie eine feuchtkalte Hand auf ihrer Stirn. Ihre Welt war da draußen, unerreichbar für sie: kein Hauch von Kälte unter ihren Stiefeln, kein taubes Kribbeln in den behandschuhten Fingerspitzen, wenn sie etwas berührte, kein federleichtes Hüpfen in ihrem Magen bei jedem Schritt. Sie verließ sie. Verließ ihre Heimat. Nie zuvor hatte sie die Oberfläche von Pluto verlassen, und sie hatte es auch noch nie gewollt.

»Sie ähnelt ein bisschen den alten Doppeldeckern auf der Erde, diese Sagittarius«, sagte Lucian gerade, und Nou schrak hoch, als sie merkte, dass er schon seit einiger Zeit sprach. »Sie hebt einfach vom Boden ab und fliegt in den Weltraum. Die Ingenieure waren so clever, sie mussten die Funktionsweise von Flugzeugen für die Verhältnisse im Mikro-Vakuum völlig neu konzipieren ...«

Die Worte glitten genauso schnell davon, wie Nou sie zu fassen bekam. Sie verstand nicht, wie etwas so Großes und Schweres überhaupt fliegen konnte, sei es nun auf der Erde oder auf Pluto.

»Da ist unsere Startbahn.« Lucian zeigte auf einen weißen Streifen vor ihnen, der aus dem Eis gehauen und geglättet worden war. Er drehte sich zu Nou um, und sie spürte seinen Blick wie die Wärme der Wachstumslampen im Gewächshaus. »Alles in Ordnung?«

Es war weder eine höfliche Frage noch ein Pausenfüller: Er sprach die Worte präzise aus und fixierte sie dabei erneut mit diesem verwirrend freundlichen Blick.

Die einzige Antwort, die sie ihm geben konnte, bestand darin, ihm in die Augen zu schauen. Ein Nicken wäre unehrlich gewesen.

Lucian richtete seinen Blick wieder auf die Startbahn.

»Na schön. Wir kommen, Styx.«

Ein Ziehen am unteren Ende ihrer Wirbelsäule, hinten in ihren Beinen, ihrem Genick, und das kleine Flugzeug beschleunigte vom gemächlichen Dahinrollen zu einer immer schnelleren, rasenden Fahrt. Die Armlehnen gruben sich in ihre Handflächen, während sie auf den schaukelnden Horizont vor ihnen zuhielten. Nou kniff die Augen fest zu, als eine Aufwallung von Panik ihre Haut mit Schweiß tränkte.

Mit einem jähen, kraftvollen Ruck schossen sie vorwärts, so schnell, dass sie nicht einmal nach Luft schnappen oder aufschreien konnte, und dabei wurde sie von einer unsichtbaren Hand hart in ihren Sitz gestoßen. Die Welt draußen vor ihrem Fenster war verschwommen; etwas klapperte heftig, wie eine Tragfläche, die gleich abreißen würde. In diesem Moment hatte sie das Gefühl, im Bauch eines riesigen Ungeheuers gefangen zu sein, das zu schwer war, um einen Fuß vom Boden zu heben.

Wir schaffen es nicht, dachte sie wild. *Wir kommen nicht hoch, wir sind zu schwer ...*

Sie rasten weiter, immer schneller, bis der Druck, der sie in ihrem Sitz festnagelte, sich irgendwie merkwürdig vertraut anfühlte, als sauste sie nicht vorwärts, sondern läge auf dem Rücken und flöge aufwärts ...

»Jetzt haben wir den g-Druck der Erde erreicht!«, rief Lucian über den Lärm hinweg. Er grinste von einem Ohr zum anderen. »So haben unsere Vorfahren Jahrmillionen lang gelebt!«

In einem Aufblitzen von Klarheit schoss Nou der Gedanke durch den Kopf: *Aber wie konnten die Leute denn leben, wenn sie keine Luft bekamen?* Dann wurde aller Atem aus ihrer Lunge gesaugt, sie kippte in ihrem Sitz nach hinten, und mit einem lähmenden Schub von unten hoben sie ab.

Neben ihr jubelte Lucian, und Stan schrie aufgeregt, aber Nou registrierte ihre Worte nicht. Sie verrenkte sich den Hals, um gegen die Woge der Beschleunigung zum Fenster zu sehen. Ihr Kopf war schwer, ihr drehte sich alles – ein so eigentümliches Gefühl, *Schwere* –, und sie erstarrte beim Anblick dessen, was sie draußen sah.

Ihr ganzes Leben lang hatte ihre Welt nur zwei Dimensionen gehabt: Oberfläche und Himmel. Eis und Sternenlicht. Pluto und woanders. Doch die Welt da draußen vor ihrem Fenster war all das zugleich. Im Herzen schälten sich Konturen heraus: Große Spalten durchzogen es kreuz und quer wie Handlinien; dunkle Dünenfelder aus Methaneis krümmten sich und richteten sich wie Fingerabdrücke auf Windbahnen aus. Als sie höher stiegen, konnte sie die Ränder von Eis-Polygonen erkennen, wie Falten in alter Haut: Platten mit einem Durchmesser von mehreren Dutzend Kilometern, getrennt durch tiefe Klüfte, die von irgendeiner aufwallenden, vor langer, langer Zeit hart gefrorenen Flüssigkeit erzeugt worden waren, die Oberfläche wirkte wie die Haut eines schlafenden, wohlwollenden Wesens.

Nou nahm jeden Quadratmeter davon begierig in sich auf. Ein immer stärker werdendes Kribbeln breitete sich von ihren Haarwurzeln her aus und schoss durch ihre Arme in alle Fingerspitzen. Erst Wärme, dann erzeugten Kälteschauer eine Gänsehaut bei ihr. Ihr Herz fühlte sich an, als stünde es in Flammen, während es so schnell wie ihre Augen von einem Anblick zum anderen sprang.

Die Krümmung des Horizonts verstärkte sich, als würde ein Bogen gespannt. Eine bis in die Knochen reichende Erregung durchlief sie: Dies war ihre Welt, wie sie sie vorher nicht gekannt hatte, und sie war schöner – sie war *mehr* –, als sie es sich auch nur hätte vorstellen können.

Am Rand des Horizonts wuchs eine Wand empor. Ein Kliff: der Anfang der Hochebene, die das Herz von allen Seiten umschloss. Nou verspürte einen jähen Schrecken: Hatte Lucian es gesehen? Flogen sie hoch genug? Ihre Hand streckte sich zu ihm aus.

Wir schaffen es nicht! Sie legte ihre ganze Willenskraft in ihren Blick, damit er es verstand. *Wir sind nicht hoch genug!*

Aus der Nähe wirkten die Klippen wie Sägemesser in gebrochenem Weiß, bestäubt mit dem blutroten Schnee bestrahlter Teilchen. Sie waren jetzt fast auf Höhe ihrer Gipfel, aber nicht ganz ... Ihre Fingerspitzen streiften seinen Anzug ... Sie waren zu niedrig ...!

Mit einem Schrei, der in ihrem Hals gefror, und einem hochschießenden Adrenalinstoß stiegen sie darüber hinweg, aber in so geringem Abstand, dass ihr ganzer Körper sich schon für den Aufprall wappnete. Und jetzt, über den Klippen und über Plutos gewaltigen Plateaus, war nichts mehr zwischen ihnen und den Sternen.

»Habt ihr das gesehen? Habt ihr's gesehen?«, rief Lucian mit einem Freudenschrei. »Kein automatischer Pilot, sondern reine Handarbeit!«

Daran könnte es gelegen haben, dachte Nou, doch als sie seinem Blick begegnete, wurde sie erst von einem und dann von einem weiteren Schluckauf überrascht, die beide blubbernd in ihrem Hals aufstiegen. Es war Gelächter. Sie versuchte zu lachen. Erstaunt sah sie Lucian an und merkte, dass sie lächelte. Er erwiderte das Lächeln mit leuchtenden Augen.

Sie legten sich jetzt auf die Seite, und Nous Aufmerksamkeit wandte sich abrupt wieder der Welt unter ihr zu. Die Landschaft wies sämtliche Schattierungen von Braun, Creme, Gold und Rost auf; sie liefen ineinander wie bei marmoriertem Papier. Es gab weite, ausgedehnte Ebenen von jeder Farbe und buckliges, zernarbtes Terrain, wo sie sich trafen. Sie sah zerknitterte Berge, die die hauchzarte Atmosphäre festhielten; sie sah auch tiefe kastanienbraune Gräben, wo sich organisches Material zwischen den Gipfeln gesammelt hatte, und sie sah die glasartigen, durchscheinenden Gipfel, die das schwache Sternenlicht kaum reflektierten. Gletscher bahnten sich ihren Weg durch gewundene Täler und ergossen sich schließlich in ihr Meer; die Eisspitzen von Tartarus Dorsa, jede nur wenige Meter im Durchmesser, aber Hunderte Meter hoch, stiegen in eng aneinanderliegenden Borsten zum Himmel empor, die so klein wirkten, als könnte man mit den Fingern hindurchfahren. Details, so viele Details, mehr, als ihre Augen aufnehmen konnten. Sie legten sich noch stärker in die Kurve, schossen nun über die Berge hinweg und zurück übers Herz, und dort, am Fuß der Berge, in ihre steilen Wände geschmiegt ...

Stern! Nou zeigte aufgeregt dorthin.

Wie winzig die Basis von hier oben aussah! Wie isoliert, wie kostbar. Dort unten, langsam rotierend, war ihr Leben, und jeder neue Blickwinkel enthüllte mehr: dort die große, wabenförmige Kuppel der Parkanlagen ... da die versilberte Haut der Zentralkuppel ... der warme Lichtschein der Kantine ... die Kuppeln der Treibhäuser ... das riesige schwarze Auge des Observatoriums ... die ordentlichen Reihen der Antennenschüsseln. Staunen nahm flüssige Form an und sammelte sich schäumend und golden in Höhlungen in ihrem Inneren, von deren Existenz sie noch gar nichts gewusst hatte.

Jetzt war es Lucian, der auf etwas zeigte: eine Handvoll verstreuter, orangefarbener Punkte auf dem Eis, nur als winzig kleine Flecken sichtbar, wie kaputte Pixel.

»Ich habe gehört, dass für heute ein Suchtrupp organisiert wurde – sieht so aus, als wäre er das.«

Ein Suchtrupp? Nou kämpfte einen gewohnheitsmäßigen Anflug von Nervosität nieder, während sie genauer hinsah. Wie viele Punkte ...? Einer, zwei, vielleicht drei oder vier. Ihr Bruder würde dabei sein. Er schloss sich jeder Suche nach Leben auf Pluto an.

Nun flogen sie wieder übers Herz hinweg, diesmal so hoch, dass man etwas von seiner legendären Form erkennen konnte. Nou schaute wie gebannt nach unten; es fiel ihr schwer, zu begreifen, dass die am Boden endlose Fläche aus cremigem Weiß, die wie ein Milchsee über den Horizont hinausreichte, hier oben in einer behandschuhten Hand Platz fand. Dann verschwamm die Szenerie mit einem Mal, Linien wurden undeutlicher, Farben schmolzen. Erst als ihre Hände auf die Vorderseite ihres Helms trafen, merkte sie, dass sie weinte; unbewusst hatte sie versucht, sich die Tränen abzuwischen.

Die dünne blaue Linie der Mikro-Atmosphäre verblasste nun. Nou hatte sich bis an die Grenzen ihres Gurtgeschirrs gestreckt und so weit vorgebeugt, wie sie konnte; als sie sich jetzt wieder an ihre Rücklehne sinken ließ, verschwand die Oberfläche vollständig. Sie hob den Blick. Die Schwärze des Weltraums wartete. Ihre Reise zum Styx hatte gerade erst begonnen.

5

Es dauerte vielleicht eine Stunde, bis ihr die sternenlose Stelle am Himmel auffiel. Als diese immer größer wurde, begriff Nou, wie naiv es war, Plutos drittkleinsten Mond überhaupt für klein zu halten. Ein längliches Gebilde – eher Süßkartoffel als Baby – begann sich vor ihnen abzuzeichnen, dunkelrostbraun und übersät von riesigen Kratern; erstaunlich, dass es noch nicht auseinandergebrochen war.

Lucian zeigte nach vorn. »Siehst du dieses große Loch dort, das gerade in Sicht kommt?«

Nou schaute hin und verzieh ihm, dass er das Wort *Loch* anstelle von *Krater* benutzte; er meinte es ja gut.

»Das ist der Condatis-Krater. Dort wird die Basis errichtet. Wir werden genau über ihm an eine Satellitenstation andocken, die mit der Oberfläche verbunden ist.« Er tippte den Touchscreen des Kontrollzentrums an, weckte ihn dadurch auf und gab so schnell, dass sie nicht mitkam, eine Reihe von Befehlen ein. »In fünfzehn Minuten sind wir da. Ich rufe Parkin an, ja? Und sage ihm, er soll schon mal den Kessel aufsetzen. Tee oder Kaffee?«

»Oh, Tee, bitte«, rief Stan über seinem Buch. »Gibt's hier auch Kekse dazu?«

»Das wollen wir doch hoffen, sonst schreibe ich einen sehr ernsten Brief ... Alles in Ordnung bei Ihnen, Parkin?«

»Nicht ganz«, kam die Stimme einer Frau durch die Leitung.

»Halley!«

Nou beobachtete, dass Lucian sich aufrichtete wie ein aus dem Schlaf gerissener Soldat.

»Ich wusste nicht, dass Sie hier oben sind, ich dachte, Sie hätten mit der Fusion gar nichts zu tun«, plapperte er. »Wir hätten Sie doch mitnehmen können.«

»Sehr freundlich von dir, aber unvereinbar damit, dass mir mein Leben lieb ist. Ich wäre eher zu Fuß hierhergelaufen, als das Risiko einzugehen, noch mal dein Passagier zu sein.«

Von irgendwoher ertönte ein Husten. Offenbar war Stan etwas im Hals stecken geblieben.

»Tja, wie auch immer«, sagte Lucian. »Sind Sie schon dazu gekommen, sich um dieses Argon-Leck zu kümmern? Haben Sie es lokalisiert?«

Eine tiefe männliche Stimme meldete sich zu Wort: »Ach, das ist nichts, was sich nicht mit ein bisschen Spaß an der Freud an einem Tag beheben ließe. Oder was meinen Sie, Professorin?«

»Parkin! Gibt es eine Chance, in zehn Minuten eine Tasse Tee zu bekommen? Mit Butterkeksen?«

Während die Ingenieure über die Leitung mit unbekannten Wörtern wie *Kryostat*, *Tokamak* und *Deuterium-Tritium* um sich warfen, sah Nou zu, wie der kleine Mond ihr Blickfeld immer mehr ausfüllte. Er wurde nur so schwach beleuchtet, dass er leichter zu erkennen war, wenn man nicht direkt hinsah. Der Condatis-Krater war eine tiefe, schüsselförmige Senke. Er ließ ihr Schiff zwergenhaft klein erscheinen, als seine Wände um sie herum emporstiegen. Lichter führten in Form einer Festmacherleine von seinem zentralen Gipfel zu einer Basis ungefähr auf der Höhe der Kraterwände hinauf: Das war ihr Ziel.

»In Ordnung«, sagte Lucian, sobald das Flugzeug erfolgreich angedockt hatte. Er strahlte sie an. »Bereit für null g?«

Nou fiel die Kinnlade herunter. Nach dem ganzen Trubel beim Anschnallen und beim Start hatte sie völlig vergessen, dass Styx nur eine äußerst geringe Anziehungskraft besaß; im Grunde kam sie der Schwerelosigkeit gleich. Lucian lachte über ihre verblüffte Miene.

»Das wird dir bestimmt gefallen«, versicherte er ihr, während er mit einer Reihe komplizierter Klicklaute ihre Sicherheitsgurte löste. »Du hast es schon auf dem ganzen Weg hierher gespürt, nur dass du stillsitzen musstest. Es macht einen Heidenspaß, sich hier von einer Stelle zur anderen zu bewegen. Schau ...«

Und mit einem ganz leichten Druck seiner Hände gegen die Rücklehne seines Sitzes schwebte er zum hinteren Ende des Flugzeugs. Nou fuhr herum, um diesen anmutigen Tanz zu beobachten, bewegte sich dabei jedoch zu schnell: Der reibungsfreie Schwung ließ sie leicht wie eine vom Wind getragene Feder in die Luft steigen.

Der sofortige, überwältigende Ansturm von Gefühlen in jedem Teil ihres Körpers war beinahe ... Gewalt. Es war, als würde sie gegen eine massive Wand aus reiner Euphorie prallen. Sie wollte schreien und singen, so sehr, dass ihre Brust brannte und geradezu überströmte.

»Alles gut, alles gut.« Lucian war da. Seine Stimme klang ruhig und gelassen. »Du kannst genauso leicht wieder runterkommen, wie du hochgekommen bist.«

Nou fühlte sich, als hätte sie zu tief Luft geholt oder als wäre sie zu hoch gesprungen und müsste erst noch herabsinken. Ihr Magen und ihre Ohren schienen zu glauben, dass sie sich im freien Fall befand.

»Stemm die Füße gegen die Decke, und stoß dich ab. Siehst du die Kopfstütze? Benutze sie, um die Füße wieder in Richtung Boden zu schwenken.«

In der Schwerelosigkeit die Orientierung wiederzufinden, war ebenso leicht, wie sich ins Gedächtnis zu rufen, wo normalerweise oben war, und sich entsprechend neu zu positionieren. Was nicht leichtfiel. Für Nou, die ihre Füße anweisungsgemäß gegen die Decke stemmte und sich zu erinnern versuchte, was *schwenken* bedeutete, berührte sie selbst den Boden, während Lucian und Stan auf dem Kopf standen und sie angrinsten. Sehr vorsichtig befolgte sie Lucians Anweisungen. Die korrekte Perspektive und die angemessene Ernsthaftigkeit folgten so plötzlich, als bekäme sie kaltes Wasser ins Gesicht.

Lucian zeigte ihr einen hochgereckten Daumen, während sie versuchte, wieder zu Atem zu kommen.

»Gut gemacht! Du wirst jede Menge Zeit zum Üben haben. Null g ist für mich wie ein normaler Tag im Büro, also sieh zu, was ich mache, dann lernst du ein paar Tricks.«

»Ist das wirklich klug?«, fragte Stan. »Ich habe schon öfter das Gegenteil gehört.«

»Kümmere du dich mal lieber um dich selbst.«

Draußen vor der Luftschleuse schwebten Parkin und Halley in einem gepolsterten Tunnel und warteten auf sie. Nou hatte noch nie über Schwerelosigkeitsarchitektur nachgedacht: Selbst bei Plutos geringer Anziehungskraft waren seine Bewohner noch immer weitgehend auf *links-rechts* und *vorwärts-rückwärts* beschränkt; hier war *oben-unten* eine vollwertige Realität. Der Tunnel war kreisrund und gewunden; zu allen Seiten zweigten andere Gänge ab und schlängelten sich auf einem Gradienten außer Sicht, bei dessen purem Anblick sich ihr Magen hob. Diese ganze Schwerelosigkeit fühlte sich wie ein fantastischer wissenschaftlicher Trick an: als würde Lucian sich jeden Moment zu ihr umdrehen und mit den Worten *die Zeit ist um, jetzt ist jemand anders dran* die Schwerkraft wieder einschalten.

»Parkin, Sie alter Lebensretter.« Lucian schwang sich mühelos vorwärts und nahm einen verschlossenen Beutel Tee entgegen. »Je eher man sich dieses Zeug während des Fluges intravenös verabreichen kann, desto besser.«

»Oder intravenös, wann und wo auch immer«, erwiderte Parkin. »Hallo, Stan, hallo, Miss Nou. Wie ich höre, hat dich der beste Solaringenieur auf Pluto unter seine Fittiche genommen.«

»Und der schlechteste«, hob der betreffende Solaringenieur hervor. »Schließlich bin ich der einzige.«

Wissenschaft, begriff Nou allmählich, als sich das Gespräch gleich darauf dem aktuellen Problem zuwandte, hatte ihre eigene Sprache. Wie wenn sie Russisch hörte und hin und wieder ein Wort verstand, so ging es ihr auch bei diesen Wissenschaftlern, als sie über Kernfusion sprachen – sogar bei Stan, der sicherlich erst Anfang zwanzig war. Sie benutzten dasselbe *und* und *der, die, das*, aber dazwischen kamen unverständliche, vielsilbige Wörter wie *gyrokinetisch* und *magnetohydrodynamisch*. Sie sah zu, wie sie sich die Wörter mühelos zuspielten wie Federbälle und ihre Freude daran hatten, den Ballwechsel aufrechtzuerhalten. Wie konnte jemand nur in irgendetwas so versiert sein? Vielleicht war es das, was der *Doktor* vor ihrem Namen bedeutete. Vielleicht bekam man ihn als Garanten für so viel Macht und Klugheit.

Edmund hatte auch einen, also würde das passen. Sie glaubte nicht, dass ihr Dad einen besaß, aber der war ja auch so ungeheuer klug, dass es für ihn wahrscheinlich zu leicht gewesen wäre. Ihr Dad hätte den Spiegel wahrscheinlich ganz allein bauen können, wenn er gewollt hätte.

»Nou, bist du bereit?«

Nou erschrak. Alle sahen sie an.

»Der Weltraumspaziergang«, setzte Lucian sofort hinzu. »Unser Argon entweicht aus irgendeinem Leck, also werden wir es stopfen. Möchtest du mitkommen?«

Das war eine direkte Frage. Nou spürte, wie ihre Haut kalt wurde. Antworten schossen ihr durch den Kopf, so klar, dass sie fast greifbar waren, aber ihr Mund reagierte nicht. Es gab nicht einmal ein vorbereitendes Einatmen oder Öffnen der Lippen.

Nicken. Das schaffte sie. Bewege den Hals, der Kopf folgt dann schon. Weshalb war ihr ganzer Körper dann erstarrt, und warum spürte sie den vertrauten Würgegriff der Panik in ihrer Kehle?

Nur eine Sekunde war vergangen, zu wenig Zeit, als dass jemand es schon bemerkt hätte. Aber alle beobachteten sie.

Ja, wie wär's?

Diese direkte Frage, dieser Druck zu kommunizieren, nicht einmal durch Sprache, aber ... irgendetwas zu übermitteln. Die Erwachsenen warteten alle. Sie brauchte nur zu nicken.

Bitte nicht vor Lucian.

Der Gedanke war ganz plötzlich da und überschrieb alle anderen. Für Lucian war sie noch immer etwas Neues: Während die anderen Erwachsenen schon längst die Geduld oder das Interesse verloren hatten, kam ihr Lucian wie die einzige Person auf Pluto vor, die nicht von ihr gelangweilt war.

Mach, dass ich mich nicht blamiere. Nick einfach. Nicke!

»In Ordnung!« Lucian klatschte in die Hände.

Nou zwinkerte.

»Solange du an deinen großen roten Knopf denkst und dich nicht zu weit von uns entfernst, ist alles gut.«

Nou rührte sich nicht. Hatte sie genickt? Sie konnte sich nicht erinnern. Es war aber durchaus möglich. Vielleicht hatte sie in ihrer wachsenden Panik ja irgendwelche krampfhaften Bewegungen gemacht ...

»Treffen wir uns hier in zehn Minuten, sobald wir in unsere Anzüge gestiegen sind?« Parkin sammelte bereits seine Ausrüstung zusammen.

Während die anderen nickten und es ihm gleichtaten, verneigte sich Nou, so gut sie es in der Schwerelosigkeit konnte, und griff dann nach einem Handlauf, um so schnell, wie sie es wagen durfte, zum Schiff zurückzukehren. Heiße Scham brannte in ihren Augen und zog ihr die Schultern zusammen. Es spielte keine Rolle, dass sie aus der Situation herausgekommen war: Sie hätte gar nicht erst hineingeraten dürfen. Der Wunsch, sich ganz klein zusammenzurollen und einen dunklen, engen Ort zu suchen, wo sie sich verstecken konnte, überdeckte und unterbrach jeden anderen Gedanken. Sie zitterte vor Anstrengung, diesem Wunsch zu widerstehen.

Ihr Helm war dort, wo sie ihn zurückgelassen hatte, an ihre Kopfstütze geklemmt. Im Innern würde sie – wenn auch in begrenzter Form – in ihrem eigenen Reich sein. Was auch immer da vorhin geschehen war, auf welche Weise sie auch davongekommen war, ihr Verhalten blieb inakzeptabel.

Dein Verhalten ist inakzeptabel. Das Funkeln in Edmunds schwerlidrigen Augen, immer nur einen Gedanken entfernt. Er würde sie ständig inakzeptabel finden.

Nou schluckte die Gedanken und den Kloß im Hals mit aller Macht herunter. Nicht jetzt. Sie schlüpfte in die Handschuhe, verschloss sie mit den Sicherheitsvorrichtungen und tat so, als wäre sie Lucian, der seine Zauberhandschuhe anzog. Sie brauchte nicht anzunehmen, dass ihre gegenwärtigen Begleiter so wenig von ihr hielten wie der Restbestand ihrer Familie.

»Danke dafür, Lucian«, sagte Halley mit gerunzelter Stirn, das Gesicht zu einer leichten Grimasse verzogen, sobald das kleinste Mitglied ihres Trupps außer Hörweite war. »Das wurde langsam richtig unangenehm.«

»Ist alles in Ordnung mit ihr?« Stan, Gott segne ihn, klang besorgt. »Ist sie immer so?«

Lucian sah Parkin an. »Hat es seit dem Unfall überhaupt Fortschritte gegeben?«

»O ja.« Parkin presste die Lippen im Faksimile eines Lächelns aufeinander. »Aber eher in die falsche Richtung. Edmund hat im letzten Monat eine Fachpsychologin hinzugezogen. Allerdings drängt sich mir dabei die Frage auf, ob die Effizienz nicht ziemlich zu wünschen übrig lässt, wenn jeder Kontakt zu der Psychologin nur mit mehrstündiger Verzögerung erfolgen kann …«

Lucian spürte, wie sich seine Augenbrauen unwillkürlich zusammenzogen.

»Sie ist schon seit einem Jahr so, und er holt sich erst jetzt professionelle Hilfe? Und dann noch von einem anderen *Planeten*?«

»Er hat bestimmt gedacht, ihr Zustand würde sich von allein verbessern.«

Lucian drehte den Kopf: Es war Halley, die sich zur Verteidigung des Mannes aufgeschwungen hatte.

»Soweit ich weiß«, fuhr Halley fort, »ist Mutismus bei Kindern eine häufige Krankheit, die sie normalerweise im Lauf der Zeit überwinden.«

»Ja, aber was ist mit verängstigten, geschädigten Kindern?« Zu Lucians eigener Überraschung lag mehr Vehemenz in seinen Worten als beabsichtigt. »Es ist ja nicht so, als wäre sie bloß schüchtern ...«

»Die Kleine wird schon sprechen, wenn sie so weit ist.« Parkin schnitt ihm sanft das Wort ab. »Gute Tage wie heute werden sicher helfen.«

Lucian suchte Stans Blick. Es war kindisch und unfair, den Jungen in diese Lage zu bringen, aber er brauchte Unterstützung. Der Student blickte mit ausdrucksloser Miene, aber etwas zu großen Augen von der im Sonnensystem führenden, mit Kometen um sich werfenden und Planeten wiederbelebenden Professorin zu seinem Berater und verzog in stummer Entschuldigung das Gesicht.

»Treffen wir uns in zehn Minuten draußen.« Parkin klopfte Lucian entspannt auf die Schulter. »Zwei Kubikmeter Argon-Verlust pro Minute – das repariert sich nicht von allein.«

Im Innern seines Helms versuchte Lucian vergeblich, die Argumente seiner Gefährten nachzuvollziehen. *Sie* war zu *ihnen* gekommen: Sie hatte ihn aufgesucht, hatte die Terraformer aufgesucht, und es hatte so ausgesehen, als wäre ihr das außerordentlich unangenehm gewesen. Das erweckte nicht den Anschein, als wartete da jemand darauf, zu sprechen, wenn es so weit war: Es wirkte, als versuchte sie es, als strengte sie sich an, als wollte sie es, wüsste aber nicht, wie es ging. Irgendwie wurde Nou Harbour von einer Aura der *Dringlichkeit* umgeben: etwas in ihren ständig gerunzelten Augenbrauen, ihrem unverwandten Blick, der beunruhigenden Art, wie sie das Objekt ihrer Konzentration keine Sekunde lang aus den Augen ließ. Lucian war lange genug mit Kindern aufgewachsen, um zu wissen: Es gab etwas in ihr, was unbedingt herausmusste. Darauf würde er seinen rechten Arm verwetten.

Was hatte Mallory noch gesagt? *Wenn das Mädchen sprechen könnte ...*

Er ließ seine Handschuhe einrasten und wandte sich wieder der vor ihm liegenden Aufgabe zu.

Im Schoß der Schwerelosigkeit, in völliger Stille, abgesehen von ihren eigenen Atemzügen und ihrem Herzschlag, schwebte Nou zwischen den Sternen.

Das Kohlschwarz von Styx war über ihr. Seltsam: Sein ganzes Leben lang an einen Planeten gebunden zu sein, bedeutete, dass man in gewissem Sinn immer auf dem Kopf stand, mit den Füßen an einer Oberfläche klebte und betete, dass einen die Schwerkraft dort festhielt. Sie kannte sie jetzt, erkannte sie ebenso gut, wie sie Schwerkraft am Gewicht erkannte: Schwerelosigkeit war ein Schwindelgefühl. Allerdings nur ein geringes: so gering wie die Schwerkraft auf Pluto. Aber es war da, hinter ihren Augen, und erinnerte sie daran, mahnte sie zur Vorsicht.

»*Krrk* ... Bisher noch nichts ... *krrk* ...«

Lucian folgte über ihr der Nabelschnur, die ihre Andockstelle mit dem Mond verband. Es war eine Art Rohrleitung, so viel hatte sie aufgeschnappt, zu dick, als dass ihre Hände sich auf der anderen Seite trafen, wenn sie die Arme drum herumlegte. Unter der Oberfläche gruben Maschinen nach Silber, Siliziumdioxid und all den anderen kostbaren Dingen, aus denen man einen Spiegel fertigte, und schickten sie durch die Schnur nach oben, um ihn im dreidimensionalen Raum zu bauen.

»Ich habe was hier drüben, an Steuerbord ...«

Stan. Die Gestalten bewegten sich schnell und anmutig, als wären sie in dieser fremdartigen, endlosen Weite geboren. Vor ihren Augen packte eine von ihnen eine Sprosse und stieß sich mit einem Scherenschlag ab, der sie in die entgegengesetzte Richtung schießen ließ.

Nou sah ihnen überwältigt zu. Wie die anderen war auch sie mit der Schnur verbunden, aber während ihre Begleiter sorglos im Raum schwebten, klebte sie selbst starr an der Röhre, eine Hand um einen Griff geschlungen, einen Fuß in eine andere Sprosse geschoben. Ihre anderen Gliedmaßen ließ sie nach Lust und Laune treiben, mit einem angenehm-erstaunten Gefühl, das mit der krampfhaften Furcht in ihrem restlichen Körper in Konflikt stand.

»Wir haben's gefunden«, rief Halley, die mit Parkin drinnen geblieben war, über die Leitung. »Wenn ihr eure Sicht auf Infrarot schaltet, seht ihr es. Eine geringfügige Wärme-Anomalie auf Ebene fünf-null-fünf.«

»Dieser Riss dort?« Das war Lucian: der Scherenschläger. Nou richtete den Blick auf ihn. »*Verdammt.*« Es klang eher belustigt als aufgeregt. »Kein Wunder, dass wir eine suboptimale Plasma-Rotation bekommen haben ...«

Nou ließ ihren Blick abwärtswandern. Es gab noch einen Grund, weshalb sie das Gefühl hatte, dass Styx *oben* war: weil der ganze Pluto nämlich unter ihr war, und man hatte immer die eigene Welt unter den Füßen. Pluto war eine beleuchtete Kugel mit einem Durchmesser ungefähr von der Länge ihres ausgestreckten Arms (falls sie ihn ausstrecken sollte, wozu ihr jedoch der Mut fehlte). Aus dieser Entfernung war das Herz, das den sichelförmigen Horizont überspannte, eine helle, gesichtslose Ebene. Nou hatte einmal gelesen, dass Pluto einige der hellsten und der dunkelsten Flächen besaß, die man jemals irgendwo gefunden hatte, wie Flicken nebeneinander angeordnet; nun stand das nicht nur in einem Buch, sondern sie sah es auch mit eigenen Augen. Von den al-Idris-Bergen war jedoch nichts zu sehen, geschweige denn von Stern; und nicht die geringste Spur von der Anwesenheit von Menschen. Abrupt drehte sie den Kopf wieder zurück zu den Menschen und Maschinen und den Anzeichen von Zivilisation und packte den Griff fester. All das existierte aber noch. Stern, sagte sie sich, existierte noch.

»Hast du's, Stan? Okay – drei, zwei, eins, *jetzt!*«

Nou blickte rechtzeitig genug auf, um zu sehen, wie Lucians und Stans Gestalten gemeinsam ein Verkleidungselement öffneten. Sie waren nicht weit entfernt – vielleicht zehn Meter über ihr. Sie konnte sich zu ihnen gesellen. Vielleicht brauchten sie ein drittes Paar Hände, oder vielleicht konnte sie etwas lernen.

»Das ist ... merkwürdig.« Lucians Stimme, leise vor Verwirrung. »Sieht ganz und gar nicht wie ein mechanischer Fehler aus. Wenn ich es nicht besser wüsste, würde ich sagen, dieses Rohr ist ...«

Nou sah sich um und suchte nach einer Möglichkeit, zu ihnen zu gelangen. Vielleicht gab es ... Ja, Haltegriffe, sie konnte sie sehen. Sie konnte so leicht zu ihnen hinaufklettern, wie man eine Leiter emporstieg.

»... *beschädigt* worden«, sagte Lucian, während Stan anbot: »... aufgerissen?«

»Versuchen wir, etwas von diesem Eis wegzuschneiden«, fuhr Lucian fort. Es klang, als wäre er tief in Gedanken. »Um ein bisschen näher an die beschädigte Stelle heranzukommen.«

Die Sterne wirbelten um Nou herum, als sie ihren Knöchel befreite und sich dann drehte, um beide Hände um einen Haltegriff zu legen. Plutos relativ heller Lichtschein fiel ihr voll in die Augen, und sie zog eine Grimasse, als ihre Pupillen sich verengten.

»Spürst du ...? Lucian?« Das war Stan, mit einiger Nervosität. »Spürst du das?«

Nou schaute hoch: Der nächste Haltegriff war ein kleines Stück über ihr. Wenn sie sich mit dem Arm, mit dem sie sich am Griff festhielt, nur nach oben abstoßen und sich dann von ihrem eigenen Schwung treiben lassen könnte ...

Vibrationen wuchsen unter den Kuppen ihrer behandschuhten Fingerspitzen. Die Schnur begann zu vibrieren wie eine angeschlagene Saite.

In ihrer Hörkapsel fluchte jemand.

Nou hatte blitzartig den Eindruck, dass es eine Explosion nach der anderen gab, *eins*, *zwei*, *drei*, noch mehr, und dass diese Explosionen durch die Schnur heraufkamen und auf sie zuschossen wie das Feuer an einem Streichholz, nur dass nichts zu sehen war: keine Funken; kein Feuer; nicht einmal die Stücke der Schnur, die so schnell weggesprengt worden waren, dass sie es gar nicht mitbekommen hatte. Aber man *spürte* es in den Knochen, im Blut, rein instinktiv. Ihr blieb nicht genug Zeit, um es zu verstehen oder Angst zu empfinden, bevor die Welle sie traf.

Die dichteste Explosion erfolgte irgendwo unmittelbar unter ihr – zu weit entfernt, um sie zu verletzen, und zu nah, um ihr zu entkommen. Die Zeit lief in einzelnen Schüben ab: nutzlose Fingerkuppen, die den Haltegriff streiften; ein Körper, aus dem wie nach einem Faustschlag der Atem entwich; die Schnur, die mit zunehmender Entfernung immer dünner wurde, als Nou ins leere Firmament des Weltraums geschleudert wurde.

Ein Schrei arbeitete sich kratzend durch ihre Kehle nach oben, als sich das Nichts von allen Seiten um sie schloss, aber sie hörte nur ein ersticktes Zischen, so zuverlässig abgewürgt wie von einer Hand um ihren Hals, die sie zum Schweigen brachte. Pluto wirbelte wie wild herum, war überall zugleich, ein verschwommener Fleck aus Silber und Burgunderrot mit den Meteoritenstreifen von Sternen, die neben ihm herumwirbelten, und alles verschmolz miteinander, ihre Augen brannten von Übelkeit erregender Panik, ihre Kehle verschloss sich in Panik ...

Der Panikknopf.

Nou zwinkerte und verstreute dabei kugelförmige Tropfen von Tränen, die wie eine zusammenhängende Masse über ihren Augen lagen. Ihre Hände waren frei: Sie sah die rote Taste durch den Schleier vor ihren Augen. Sie konnte ihn rufen. Sie konnte Lucian rufen. Sie konnte kommunizieren ...

Eine Erinnerung brach über all ihre Sinne herein.

Sie war an einem dunklen Ort. Sie war allein, und das hätte sie nicht sein sollen. Sie war neun Jahre alt. Sie fror ...

Pluto wirbelte weiter herum. Die Sterne bildeten weiterhin Streifen.

Ihr Anzug schaltete sämtliche Systeme der Reihe nach ab, um Energie zu sparen. Wärme war das letzte – Wärme war gleich Leben –, aber sie rief trotzdem um Hilfe.

Ihre Hände wollten sich nicht bewegen. Ihre Lunge wollte sich nicht füllen. Die Erinnerung war so lebhaft, dass sie ihr Bewusstsein gewissermaßen in zwei Teile spaltete.

Schwärze zu allen Seiten. Kälte, die sie von außen nach innen auffraß. Und noch immer kam niemand.

Nous Hände fühlten sich an, als stünden sie unter Strom; jeder Nerv war geladen, streckte sich nach der Taste aus und zog sich gleichzeitig zurück, ein perfektes Patt. Sie zitterte vor Anstrengung. Vor ihren Augen wurde alles rot.

Niemand kam. Bis er kam. Bis er kam, und sie wünschte, man hätte sie sterben lassen.

Eine direkte Kommunikation. Keine Worte, aber es bedeutete genauso viel. Die Taste wurde heller, größer, röter, erfüllte sämtliche Gedanken. *Na los*, sagte sie. *Ruf nach einem Beschützer, der dich rettet. Und wenn jemand kommt –* falls, *falls jemand kommt –, dann wirst du sehen, dass er dich deshalb bis in alle Ewigkeit verabscheut.*

Lucian hatte keinen Grund zu kommen. Keinen Grund, sich um sie zu kümmern. Warum sollte er? Sie bedeutete ihm nichts. Sie war nichts, selbst für diejenigen, die sie liebte. Nou schloss ihre brennenden Augen ganz fest. Kein Geräusch, kein Zeichen. Niemand hatte etwas bemerkt. Niemand würde kommen.

Da brodelte eine andere Art von Schrei in ihr, kein Schrei des Entsetzens oder der Panik, sondern der elenden, erschöpften Frustration. Warum dieses Schweigen? Wie lange musste sie noch ein Geist bleiben? Wenn sie ihre Stimme zurückbekam, würde sie das als Erstes tun – sie würde ihr Funkgerät ausschalten und in die Berge gehen und so laut schreien, wie sie nur konnte, und ...

Wenn. Nou erstarrte. *Wenn* sie ihre Stimme zurückbekam. Ihre Lippen teilten sich, als ihr Atem, ihr Puls und ihre Welt still wurden. *Wenn,* hatte sie gedacht. Nicht *falls.* Sie blinzelte erstaunt und formte das Wort mit dem Mund. Sie konnte es beinahe schmecken.

»Nou!«

Farbe flutete in Nous Blickfeld, und mit ihr kam ein zweiter Pluto, ein heller Fleck, der größer wurde, ihn jetzt verdeckte, jetzt ihr Blickfeld ausfüllte, sie jetzt an den Armen packte. Alles andere verblasste zu Grau, aber er war von greller Farbe.

»Hey, hey, hey, es ist alles in Ordnung, okay? Alles in Ordnung ...«

Lucians Gesicht wurde scharf. Er war da, sein Helm stieß an ihren, so nah, wie es nur ging.

»Ich habe dich«, sagte Lucian, und als er ihr in die Augen schaute, stellte sie sofort fest, dass seine blau waren, so blau wie Bilder vom Himmel der Erde, leuchtend blau, und es kam ihr völlig unverständlich vor, dass sie es nicht schon früher bemerkt hatte.

»Ich bin hier«, sagte er. »Dir passiert nichts.«

Wärme sickerte von seinen behandschuhten Händen in ihre Arme und lief über ihre Schultern. Nou sah ihm in die Augen, auf die Verdickung zwischen seinen Brauen; sie merkte, dass seine Augen eine Spur zu groß waren, dass seine Hände eine Spur zu fest zupackten, und sie brauchte einen Moment, um aus seiner Miene schlau zu werden. Weder war es Verärgerung noch Ungeduld, sondern Erleichterung. Er war erleichtert. In diesem Augenblick hob und senkte sich ihre Brust krampfhaft, sie stieß eine Reihe kurzer, atemloser Japser aus, als wäre sie kurz vor einem Schluckauf oder einem Schluchzen.

»Du brauchst keine Angst zu haben, okay?« Lucian hielt sie mit einem Arm an sich gedrückt und zog mit der anderen Hand an seiner Leine. »In zwei Sekunden sind wir wieder in der Basis. Und weißt du was? Ich frage mich, ob ich beeindruckt oder genervt sein soll, weil du trotz all der Akrobatik, die ich hier oben vollführen muss, um meine Brötchen zu verdienen, nicht lange fackelst und ohne jede vorherige Erfahrung mühelos gyroskopisch perfekte Pirouetten drehst ...«

Nou starrte ihn weiterhin an, während er vor sich hin plapperte. Jetzt ging es um schlafende Murmeltiere und positive Drehmomente. Er hielt sie immer noch fest, hielt sie eng an sich gedrückt wie ein Kind ... »Wie«? Sie war zehn Jahre alt: War sie denn kein Kind? Der Gedanke war da, sanft, aber bestimmt. Nou betrachtete sich blinzelnd in ihrem Fischaugenabbild auf Lucians Helm. Und mit ihrer Antwort kam ein Gefühl der Erleichterung, als hätte sie eine Last am Fuß des tiefsten Schwerkraftschachts im Sonnensystem abgelegt. Ihr Kopf sank leicht nach vorn, bis er an seiner Schulter lag. Ihre Lider zuckten und schlossen sich fest. Zum ersten Mal seit einem Jahr fühlte sie sich so klein, wie sie war – und ließ es auch zu.

Sie hätte nicht sagen können, wann sie in den Schlaf glitt, aber als sie wieder aufwachte, trug sie noch immer ihren Anzug. Sie hätte nicht schlafen sollen, das wusste sie – alle Kinder wussten das. Wenn man schlief, konnte man nicht auf seinen Sauerstoff achten. Man konnte weder auf seinen Druck noch auf die Energieversorgung oder die Umgebung achten. Das brachte man ihnen ebenso rigoros bei, wie vor dem Druckausgleich oder bei einem Druckabfall die Türen hinter sich zu schließen oder sich niemals weiter als zwanzig Kilometer von der Basis zu entfernen. Aber Nou wusste, dass sie in Sicherheit war. Als sie die Augen aufschlug, sah sie die Kontrolltafel der Sagittarius, rot und blau leuchtende Schaltflächen auf Glasbildschirmen, und draußen die Sterne, ein Lichtermeer, das sie nach Hause brachte. Sie schloss die Augen wieder.

Als sie später noch einmal aufwachte, befand sie sich in ihrem Zimmer, und der weiche, rosafarbene Lichtschein ihres Nachtlichts lag wie eine Decke aus warmem Samt auf ihr. Da waren Erinnerungen – oder Träume? – auf der Zungenspitze ihres Geistes; Bruchstücke der Landung, eines Schweregefühls, halblauter Gespräche. Auf einem kleinen Bord, einer Vertiefung in ihrer Schlafgondel, lag der Panikknopf.

Schlaftrunken band sie ihn wieder um. Falls sie Lucian jemals brauchte, wofür auch immer, würde er kommen.

PHASE

2

6

Die Kantine war wieder zum Versammlungsraum umfunktioniert worden. Diesmal ging es um die aktuellen Vorkommnisse.

»Warum ist das in den Simulationen nicht erfasst worden?«

»Wieso hat man diese Möglichkeit nicht schon früher erkannt?«

»Ist der Reaktor stabil?«

Die Fragen waren berechtigt, wurden sachkundig und schonungslos gestellt.

»Was war die Ursache?«

Zumindest diese konnte Lucian beantworten.

»Okay«, begann er und wandte sich vom selben knöchelhohen Podium wie am ersten Abend aus an den ganzen Raum. Diesmal hatte man keine Stühle aufgestellt, und Ingwerkekse genossen im Augenblick offenbar auch nicht gerade die höchste Priorität. Das Herz klopfte ihm in der Brust. »Also, Ausgangspunkt für das Problem war ein Haarriss in einer Argon-Leitung. Wir *sind* auf die Gefahr hingewiesen worden«, betonte er. »Ich habe rund um die Uhr eine Simulation laufen, die die aktuelle Phase von Plutoshine für eine Woche im Voraus prognostiziert – weiter kommt man mit einigermaßen vertretbarer Genauigkeit nicht, aber das gibt uns Zeit, um etwaige Probleme schon im Vorhinein ausfindig zu machen. *Hier* bestand das Problem, dass alles so schnell ging.«

Lucian kannte bereits viele – wenn nicht die meisten – der Gesichter in diesem Raum, aber so nervös und angespannt hatte er noch keines von ihnen gesehen. Dies waren Techniker, Elektriker, Glaziologen, Kosmologen und ihre Kinder, handverlesen für das Leben in dem einsamsten Außenposten der Menschheit. Ein Gesicht fehlte, das wusste er – dennoch spürte er, wie sein Blick auf Ellbogenhöhe herabgezogen wurde.

Mit gepresster Stimme fuhr er fort.

»Innerhalb von ... ich weiß nicht ... zehn Stunden, nachdem wir von der Sache Kenntnis erlangt hatten, waren wir da oben und haben versucht, diesen Riss zu finden und zu verschließen.« Er blickte von einem Gesicht zum anderen. »Und wir haben ihn gefunden. Der Simulation zufolge hätten wir für eine weitere Woche keine Probleme haben sollen, aber das Rohr begann binnen Minuten, nachdem wir es überprüft hatten, zu zerbrechen ...«

»*Ein* Riss?« Jemand hob eine Hand. »Aber mehrere Brüche? Mehrere Explosionen?«

Diese Frage riss Lucians verständnisvolle Fassade endgültig ein.

»Ich ...«

»Was hat die Brüche überhaupt verursacht?«, setzte jemand nach.

»Wie könnt ihr sicher sein, dass es nicht noch einmal passiert, wenn ihr vorhabt, die Arbeit wiederaufzunehmen?«

Die Unruhe im Raum wuchs. Lucian fiel es immer schwerer, die Flashbacks wegzuwinken: das Rohr, das unter seinen Handschuhen erzitterte – die auf sie zurasenden Explosionen, *bumm*, *bumm*, *bumm*, in regelmäßigen Abständen, mit erheblicher Wucht, in regelmäßiger Folge …

Sabotage.

»Mehrfache Brüche, in der Tat, aber höchstwahrscheinlich mit einer gemeinsamen Ursache …«

Parkin hatte sich eingeschaltet, aber Lucian konnte die Stimme wegen der brausenden Stille in seinem Kopf kaum hören. Er ließ das Geschehen erneut von vorn ablaufen: Er und Stan öffneten die Rohrverkleidung, fanden das Leck – *ein* Leck, Singular –, entdeckten den Stöpsel aus gefrorenem Argon, der es verschloss, spürten *dann* die Vibrationen …

Lucian bekam eine Gänsehaut. Verstohlen krempelte er seine hochgerollten Ärmel herunter. Erst als er die Verkleidung entfernte, hatte die Kettenreaktion begonnen: die erste Explosion, dann die nächste.

Sabotage.

»Woher wissen wir, dass von dem restlichen Projekt keine Gefahr ausgeht?«

Die Frage ließ Lucian abrupt in den Saal zurückkehren. In die Kantine, deren Salatbar an eine Seite geschoben worden war und deren Tabletts sich in der Küche stapelten, und zu seinen hundert Kolleginnen und Kollegen. Alle waren erschüttert und alarmiert.

Außer vielleicht einer oder eine von ihnen. Oder mehrere. Lucian ließ seinen Blick von einem Gesicht zum anderen wandern – Gesichter, die er kannte, Namen, die er nicht kannte – und stellte fest, dass er eigentlich keinen der Anwesenden kannte.

»Werden wir als ein weiterer Mars enden?«, rief jemand – nicht provokativ, sondern mit echter Betroffenheit in der Stimme. »Viele von uns haben sich mit dem Projekt einverstanden erklärt, weil sie dachten, seitdem wäre alles besser geworden. Wir alle dachten, es wäre jetzt ungefährlicher.«

Lucian öffnete den Mund – *Das war ein einziger Unfall vor fünfzig Jahren, und der war nicht unsere Schuld, nicht unser Fehler* –, aber jemand kam ihm zuvor: »Wir *müssen* das Projekt ja nicht wiederaufnehmen.«

Hundert Gesichter fuhren zu der Sprecherin herum, darunter auch das von Lucian.

»Viele Menschen setzen sich für die Bewahrung unberührter Lebensräume ein«, ertönte Yolanda Morenos monotone Stimme, Mallorys Xenobiologie-Kollegin. Lucian konnte sich nicht erinnern, sie schon einmal sprechen gehört zu haben. »Als jemand, bei dessen Arbeit es um diese Lebensräume geht, kann ich nicht behaupten, ich stünde einer solchen Position völlig gleichgültig gegenüber. Also ...« Sie zuckte die Achseln, nachdem sie ihren Standpunkt zum Ausdruck gebracht hatte. »Das ist etwas, was man bedenken sollte.«

»Dieses Referendum hat auf Pluto vor zehn Erdenjahren stattgefunden.« Halleys Stimme schnitt sofort durch das unruhige Gemurmel. »Diese Karte kann man jetzt also nicht mehr ausspielen. Ihr wollt über das Pro und Kontra des Terraformings selbst sprechen? Hier sind die Pro-Argumente.« Sie hob einen Finger. »Merkur.« Einen weiteren Finger. »Mars.« Einen dritten. »Erde. Je eher wir unsere Abhängigkeit von künstlichen Habitaten reduzieren und draußen auf der Oberfläche leben können, desto eher reduzieren wir auch vermeidbare Todesfälle durch technisches Versagen. Und je eher wir die Menschen von der Erde wegbekommen, desto eher kann sich der einzige bekannte Planet mit vielzelligem Leben wieder berappeln.« Sie ließ ihren zornigen Blick – man konnte es nicht anders bezeichnen – durch den Raum schweifen, als wollte sie jedermann davon abhalten, sie noch einmal herauszufordern. »Ich könnte noch mehr sagen«, warnte sie, »wenn es sein muss.«

»Das ist wirklich nicht der richtige Zeitpunkt oder der richtige Ort.« Lucian trat vor, die Hände in Richtung ihres Publikums ausgebreitet – gerade als Edmund Harbour Anstalten machte, dasselbe zu tun, wie er aus dem Augenwinkel sah. Er hörte den flehenden Ton in seiner Stimme. »Das Wichtige, die *gute* Nachricht ist doch, dass wir die Explosion unter Kontrolle bekommen haben und niemand verletzt worden ist.«

»Wie geht es Nou?«

Lucian suchte den Besitzer der weichen Stimme; es war Wassili, der russische Gitarrist, mit dem er sich in den Parkanlagen angefreundet hatte.

»Es geht ihr gut«, erklärte ihm Lucian, und seine eigene Stimme wurde ebenfalls weicher. »Sie ist ein bisschen angeschlagen, aber ...«

Er biss sich auf die Zunge. Nou wäre an ihrer Leine zehn Minuten lang nichts passiert, während sie vom Nullpunkt der Explosion weggeschleudert wurde, selbst wenn er sie nicht gesehen hätte –, aber das spielte keine Rolle. Die Verantwortung, die er verspürte, war schwindelerregend.

»Sie braucht mehr Zuwendung«, hörte er sich sagen, und bei diesen Worten stiegen seine eigenen Augenbrauen in die Höhe. Es waren nicht die einzigen; die von Edmund

Harbour zeichneten sich schwer und dunkel gegen seine blasse Haut ab, und Lucian erkannte dieses eine Gesicht unweigerlich unter den vielen. Obwohl Lucians Blick fest auf die Menge gerichtet blieb, galten seine nächsten Worte nur Harbour allein. »Ich weiß, es steht mir nicht zu, aber« – er war sich Halleys Miene brennend bewusst, die mit jedem Wort finsterer wurde – »aber wenn sie sprechen könnte ...«

»Vielen Dank, Lucian.« Harbours Konturen verschwammen, als er vom Sitzen zum Stehen wechselte. »Wenn Sie irgendwann einmal in meinem Büro vorbeischauen möchten, würde ich dieses Thema sehr gern mit Ihnen vertiefen. Also, falls niemand mehr noch offene, drängende Fragen an unsere Terraformer hat, würde ich vorschlagen, dass wir jetzt alle mit unseren normalen Tätigkeiten weitermachen und dafür sorgen, dass es keine weiteren Störungen infolge dieses Unfalls gibt.«

Jetzt und erst jetzt, als die Menschen auf dem Pluto geschäftig zu den Ausgängen strömten, ließ Lucian seinen Blick auf Harbour ruhen. Der Mann marschierte bereits mit großen Schritten davon – lange Beine, glänzende Schuhe –, und Lucian merkte, wie sich ein tollkühner Impuls seiner bemächtigte. Harbour war nicht derjenige, der vor drei Stunden eine Nahtod-Erfahrung überlebt hatte; wenn es auch keine Entschuldigung für ihn gab, so konnte man doch zumindest versuchen, ihn zu verstehen.

Er eilte zu ihm und tippte ihm zweimal kräftig auf die Schulter.

»Hey, ähm, hätten Sie eine Minute Zeit für mich?«

Harbour sah sich um, hielt jedoch nicht inne; Lucian blieb nichts anderes übrig, als sich seinem Tempo anzupassen.

»Ich werde eine gründliche Untersuchung anordnen«, erklärte ihm Harbour mit einem kurzen Nicken, »was genau heute geschehen ist. Wenn Sie zusätzliche Informationen über das hinaus haben, was Sie uns bereits mitgeteilt haben, lassen Sie es mich bitte wissen.«

»Was Sie darüber gesagt haben ... das Thema Nou zu vertiefen.« Lucian blieb hartnäckig, während er hüpfend mit ihm Schritt zu halten versuchte. »Wie wäre es mit jetzt gleich? Mir scheint es nämlich einigermaßen dringend zu sein, wenn ein Kind nicht mal in einer ziemlich lebensbedrohlichen Lage sprechen kann ...«

»Dann geben Sie es also zu?«, fragte Edmund im Plauderton. »Sie geben zu, dass Sie ein Kind, für das Sie gar nicht zuständig waren, in eine lebensbedrohliche Lage gebracht haben?«

»Ebenso wie meinen Studenten und mich selbst«, betonte Lucian, »und die mag ich alle beide sehr. Ich hatte eigentlich nicht mit einem Sabotageakt gerechnet ...«

»Sabotage?« Harbour blieb abrupt stehen und wandte sich ihm zu; der Strom der Menschen hinter ihnen teilte sich wie ein Fluss um eine Insel. »Sie denken, das war es?«

Lucian biss sich auf die Innenseite der Wangen.

»Ich habe keine Beweise«, antwortete er und hätte nicht sagen können, weshalb er zögerte, »aber was ich dort oben gesehen habe ... das war kein Zufall. Es lief geordnet ab, und Ordnung gibt es normalerweise nicht ohne bewusste Einmischung.«

Der Hüter der Alan-Stern-Basis betrachtete ihn mit pointierter Aufmerksamkeit.

»Danke für diese Information. Wenn Sie mich jetzt entschuldigen ...«

»Nur eine Sekunde.« Lucian vertrat ihm den Weg; er hob die Hände, als Harbour, den Blick unerschütterlich woandershin gerichtet, an ihm vorbeizukommen versuchte. »Was Nou betrifft ...«

Lucian hätte schwören können, dass das kurze Aufblitzen von Zähnen ein Zeichen der Wut war.

»Ist dies der geeignetste Zeitpunkt für diese Diskussion?«, fragte Harbour mit gepresster Stimme.

»Ich sage ja nur, dass man vielleicht mehr tun könnte, um ihr zu helfen, das durchzustehen. Diese ganze Sprachlosigkeitsgeschichte.«

»Wie gesagt«, Edmunds Worte waren abgehackt, »falls Sie in meinem Büro vorbeischauen möchten ...«

»Großartig! Wo ist Ihr Büro?«

Edmund Harbours Arbeitsplatz sah fast genauso aus, wie Lucian es vorhergesagt hätte: kahl, karg und kalt. Das dominante Merkmal war ein riesiger Bildschirm, der sich leicht gekrümmt über die gesamte Breite des Schreibtischs zog; kaum hatte Lucian versucht, die seitenverkehrte Schrift darauf zu lesen, leerte sich das Glas und glitt wie eine heruntergezogene Jalousie in die Wand.

Harbours Arm spaltete die Luft, als er auf ein paar Stühle um einen Tisch deutete.

»Bitte.«

Lucian zog sich einen Stuhl heraus und rutschte ein wenig darauf herum, um eine bequeme Sitzposition zu finden, aber das Ding ähnelte seinem Herrn allzu sehr: hart, glatt und funktionell. Dabei bemerkte er – mit einigem Bedauern – zwei mit Samt bezogene Ohrensessel an einer Seite. Sie waren unter dem einzigen Zugeständnis an Personalisierung in dem Raum platziert: einem großen Foto von einer einprägsamen, verschneiten Landschaft, das wie ein Fenster gerahmt war. Während er es betrachtete, erkannte er, dass sich in dem Bild etwas bewegte: ein stummer Wind, der die Bäume mit langen Fingern streifte.

»Ist das eine Simulation? Ein Video?« Die Neugier ließ ihn die Frage aussprechen, bevor sein Verstand es verhindern konnte. »Es ist ... schön.«

Harbour sah kurz hin. »Ein Livestream«, sagte er. »Die Erde. Mit neunzehn Stunden Verzögerung.« Er richtete den Blick in einer Weise auf seinen Gast, die jedes überflüssige Wort wegbrannte. »Sie wollten über Nou sprechen.«

»Ja, richtig.« Lucian riss sich zusammen. »Sehen Sie, ich hatte da eine Idee, wie man ihr wirklich helfen könnte, glaube ich. Wieder sprechen zu lernen.«

Noch vor zwei Minuten hatte Lucian keine solche Idee gehabt, aber die perfekte Ordnung von Harbours Welt wirkte ausgesprochen inspirierend auf ihn. Inspirierend auf eine Art und Weise, wie es bei seiner eigenen hoffentlich niemals der Fall sein würde. Die Idee hatte sich gerade erst in seinem Kopf herauskristallisiert, als hätte sie schon die ganze Zeit darin gesteckt.

Harbours Miene änderte sich nicht. »In der Psychologie nennt man Nous Zustand selektiven Mutismus, das heißt, jemand ist körperlich imstande zu sprechen, kann es jedoch in bestimmten Situationen nicht oder zieht es vor zu schweigen. Das kommt bei ängstlichen oder verhaltensauffälligen Kindern häufig vor und verschwindet für gewöhnlich von selbst wieder.«

»Aber bei ihr ist es immer so«, fühlte sich Lucian veranlasst hervorzuheben. Etwas an der Art, wie Harbour *zieht es vor* gesagt hatte, gefiel ihm nicht. »In jeder Situation.«

»In Nous Fall, ja.« Harbour nickte kaum merklich. »Mutismus manifestiert sich fast immer als Bewältigungsmechanismus für extreme soziale Angstzustände, an die sich das Kind im Lauf der Zeit jedoch meist gewöhnt.«

»Aber ist es nicht schon ein Jahr lang so ...?«

»Wenn Ihnen das Sorgen bereitet, sollten Sie mit der Ärztin der Basis sprechen. Sie ist für alle medizinischen und psychiatrischen Fälle zuständig, und ihre Urteilsfähigkeit ist über jeden Zweifel erhaben.«

Lucian öffnete den Mund, beherrschte sich dann jedoch.

»Okay. Aber ich dachte mir, als Nous Vormund würde Sie meine Idee interessieren. Oder möchten Sie sich vielleicht beteiligen? Ich denke, das würde ihr gefallen, es würde bestimmt Spaß machen ...«

»Sehr aufmerksam von Ihnen«, sagte Harbour mit monotoner Stimme. »Allerdings vertraue ich darauf, dass die Ärztin weiß, was das Beste für Nou ist, und überlasse ihr das gern.«

Er hatte die Sache mit *sich beteiligen* vollständig umgangen. Ein echter Politiker. Lucian merkte, dass seine Augenbrauen versuchten, sich zu Fragezeichen zu formen, und bemühte sich, sie zu glätten.

»Okay«, sagte er. »Okay, großartig. Dann sollte ich diese Ärztin wohl mal aufsuchen.«

»Tun Sie das bitte.«

Eine Pause.

»Gut, dann ...« Lucian schlug sich auf die Knie.

Beide Männer verstanden dieses universelle soziale Signal. Sie erhoben sich und gaben sich die Hand. Der Vorgang hatte etwas überaus Unangenehmes – zwei Menschen nahmen Körperkontakt auf, die es sonst nie tun würden.

»Danke für Ihre Zeit«, sagte Lucian so schnell, wie es akzeptabel war. »Ähm ... bis morgen.«

»Lucian.«

Lucian, der sich gerade umdrehte und dabei innerlich starb, hielt inne.

Harbour stand da, die Hände an den Seiten. Er musterte ihn mit unverwandter Aufmerksamkeit.

»Warum tun Sie das?« Er senkte abrupt den Blick und presste die Lippen aufeinander, als dächte er über die richtige Formulierung nach. »Warum helfen Sie ihr?«

Lucian sah ihn an. Welche Gefühle er mit ihrem Gespräch auch auszulösen gehofft hatte – Begeisterung, vielleicht Dankbarkeit, zumindest *Interesse* –, er sah jetzt, wie töricht diese Vorstellung gewesen war. Ebenso gut hätte er von diesen skelettartigen Fichten in den Stürmen der Erde irgendwelche Gefühlsregungen erwarten können.

Also log er. Er hob die Schultern und sagte ebenso desinteressiert: »Ich habe gehört, dass sie etwas über das einheimische Leben in der näheren Umgebung weiß.«

Vielleicht bildete er es sich nur ein, weil er danach Ausschau hielt, aber er glaubte, etwas über Harbours Gesicht huschen zu sehen. Zu schnell, um es festzuhalten.

Dann glich dieses Gesicht plötzlich wieder einer leeren Maske.

»Na schön. Guten Abend.«

Die gesamte Begegnung hatte keine fünf Minuten gedauert. Zurück in der Helligkeit der Gänge von Stern, wo Menschen noch immer in kleinen Grüppchen aus dem

Saal kamen, hätte er das Ganze beinahe als einen Moment geistiger Abwesenheit abtun können.

Zumindest hatte er jetzt eine Spur. Die Ärztin. Obwohl es eine recht zweifelhafte Spur war, wenn sie ein ganzes Jahr lang keinen Erfolg gehabt hatte. Tja – Lucian nickte innerlich, und dabei ließ eine Aufwallung von Entschlossenheit seine Züge so hart werden wie die von Harbour –, er würde es eben selbst in die Hand nehmen müssen, Nou wieder zum Sprechen zu bringen. Das täte seine Mum auch. Man hilft Menschen, die Hilfe brauchen. Besonders wenn sie von anderen im Stich gelassen worden sind. Und – zugegeben, der Gedanke war da – wenn Nou wirklich etwas über Leben auf Pluto wusste ...

»Lucian! Da sind Sie ja.«

Lucians Herz drehte eine kleine Pirouette: Mallory Madoc kam mit ein paar Sätzen zu ihm herüber, ihr hübsches Haar wehte hinter ihr her und sank dann herab, als sie vor ihm stehen blieb. Er blinzelte sie einen Moment lang an, während er seine zerstreuten Gedanken sammelte.

»Sie sind weggelaufen«, sagte sie als Erklärung. Sie streckte die Hand aus und berührte ihn ganz leicht am Oberarm. »Klingt, als hätten Sie heute Abend ein paar Leben gerettet. Es muss ein traumatischer Tag für Sie gewesen sein.«

»Oh. Tja. Sie wissen schon.« Ein halbes Achselzucken. »Was soll man machen, hm?«

»Hören Sie.« Mit ernster Miene verschränkte Mallory die Hände vor dem Bauch. »Sie haben gerade mit Edmund über das kleine Mädchen gesprochen, nicht wahr?«

»Nou?« Lucian konnte seine Überraschung nicht verbergen. »Woher ...?«

»Pluto ist ein Dorf, Lucian. Sie hatten sie unter Ihre Fittiche genommen, wie ich höre. Und gerade haben Sie der ganzen Basis verkündet, dass Sie mit ihrer Entwicklung unzufrieden sind.«

Lucian versuchte anständigerweise gar nicht erst zu verhehlen, wie peinlich ihm das war.

»Tja, also, ich habe eine Idee, wie man ihr helfen könnte, glaube ich. Es geht nicht einmal darum, sie wieder zum Sprechen zu bringen, sondern nur ... zum Kommunizieren.«

»Da bin ich dabei«, erklärte Mallory mit fester Stimme, und Lucians Augenbrauen schossen nach oben. »Zu Hause habe ich selbst eine Tochter.«

»Wirklich?« Lucian war seine Überraschung anzumerken.

»Ich weiß, wenn es mein Kind wäre, würde ich mich über jede Hilfe freuen, die ich bekommen könnte.«

»Ich ... Wow. Ich hatte keine ...« Lucian ertappte sich dabei, dass er sie angrinste. Das war gut. Das war eine noch bessere Spur als die Ärztin. »Haben Sie ... äh ... einen Partner oder so, jemanden, der sich um Sie kümmert?«

»Oh, nur meinen Ex.« Mallory hob den Blick und die Hände in einer synchronisierten Geste. »Alexandra ist gerade erst seit einem Jahr auf der Highschool. Ich brächte es nicht über mich, sie aus ihrer gewohnten Umgebung herauszureißen – nicht einmal für ein so großartiges Abenteuer wie Pluto. Trinken wir morgen früh einen Kaffee. Dann können Sie mir alles über Ihren Plan erzählen.«

»Ja. Großartig. Fantastisch.« Lucian merkte, dass er noch immer grinste, jetzt jedoch doppelt so breit. »In Ordnung. Klingt gut.«

»Nou, du kennst doch Mallory, stimmt's?« Lucian schaute von einer zur anderen und sah dann Mallory an. »Wozu stelle ich euch eigentlich einander vor – ich vergesse dauernd, dass Sie schon ein Jahr vor mir hier waren.«

»Ist in Ordnung.« Mallory lächelte ihre kleine Schutzbefohlene huldvoll an. »Unsere Wege haben sich leider nicht so oft gekreuzt, wie ich es mir gewünscht hätte. Freut mich, hier zu sein.«

»Mallory ist Xenobiologin«, setzte Lucian überflüssigerweise hinzu. »Es ist ihre Aufgabe, auf anderen Planeten nach Leben zu suchen.«

»Das stimmt«, sagte Mallory mit warmer Stimme. »Und nach dem, was ich über dich weiß, Nou, interessiert dich die Suche nach einheimischem Leben genauso wie mich. Wir könnten etwas voneinander lernen.«

Die drei befanden sich in einem der obersten Räume von Stern: eine Wendeltreppe hinauf, vorbei an einem gemütlichen Gemeinschaftsraum unter einer großen Glaskuppel an einer Seite und in einen kleinen, privaten Studienraum. Nicht zu groß, schön gemütlich – und, was am wichtigsten war, wunderbar ruhig.

Lucian schwebte auf ein Sofa – ein großes, weiches Ding, das sich wie ein Meeresschwamm um ihn herum hob und senkte –, und Mallory folgte seinem Beispiel. Nou nahm auf einem der Lehnsessel gegenüber Platz, zog die Beine unter sich und bohrte ihre Fäuste in ein Kissen.

Sie wirkte ein bisschen nervös, fand Lucian: hochgezogene Schultern, Arme eng an den Körper gelegt, selbst ihr Blick – der von den Comic-Planeten auf ihren Strümpfen zu Mallory, zu ihm und wieder zurückhuschte – beanspruchte nie mehr Raum als nötig. Aber es war etwas Ermutigendes in ihren Augen, als sie ihn ansah: offen und neugierig. Und unter der mit Glitzer überzogenen Manschette ihres Overalls – er fuhr ein wenig zusammen – wölbte sich etwas Quadratisches vor; Lucian wusste, dass es nur sein Panikknopf sein konnte.

»Na schön.« Er klatschte in die Hände. »Nou, danke, dass du gekommen bist, um mich anzuhören, und Mallory, danke, dass Sie bei etwas mitmachen, was sich am Ende als ein ausgesprochen dummer Einfall erweisen könnte.«

»Das bezweifle ich aufrichtig«, versicherte ihm Mallory, »also fahren Sie fort.«

»Okay.« Mit einem Nicken wandte sich Lucian an Nou und hob die Hände. Er neigte dazu, mit ihnen zu gestikulieren, wenn er sich angeregt unterhielt, und das tat er jetzt. »Also, ich hatte da so eine Idee«, begann er, »und ich denke, sie wird dir gefallen, weil sie mir auch schon gefällt, und ich bin mit ziemlicher Sicherheit ein Genie, weil mir das eingefallen ist.«

Nou richtete ihren üblichen höchst konzentrierten Blick auf ihn. Ihre Haare legten sich wie feine Daunen um ihre Ohren.

»Die Sache ist die.« Er beugte sich vor. »Es gibt hundert verschiedene Möglichkeiten, wie Menschen sich verständigen können. Laut zu sprechen ist eine, aber es gibt ganze Gemeinschaften, die miteinander reden, ohne jemals ein Wort zu sagen – und das sind Leute, die sich sonst vielleicht sehr allein fühlen würden, aber nicht allein zu sein brauchen.«

Ein Hauch Farbe stieg in Nous Wangen, aber sie hielt seinem Blick weiterhin stand.

»Also«, fuhr er fort, »ich schlage vor, wir geben dir dieselben Werkzeuge. Damit du kommunizieren kannst, aber nur, wenn du willst. Damit du in Sicherheit bleibst.«

In Sicherheit. Lucian ließ sich die Worte auf den Lippen zergehen und steckte plötzlich wieder in seinem Raumanzug, während die Saboteure ihr Werk verrichteten und in seiner Brust plötzlich diese Furcht aufwallte.

»*Also*«, wiederholte er und sorgte dafür, dass seine Stimme aufmunternd klang, »hier ist mein Vorschlag.« Er streckte die Hände vor sich aus, als wollte er einen Zaubertrick ausführen. »Ich bringe dir die Gebärdensprache bei.«

Er hatte nicht mit einer deutlich wahrnehmbaren Reaktion auf diese Ankündigung gerechnet: Eher waren es die subtilen, unterschwelligen Hinweise, nach denen er Ausschau hielt. Nou setzte sich etwas aufrechter hin; ihre Augenbrauen zuckten ein wenig; ihre Knöchel lockerten den Griff um das Kissen. Lucian verspürte so etwas wie einen kleinen innerlichen Faustcheck: Sie war eindeutig interessiert.

»Also«, fuhr er ermutigt fort, »das Tolle an der Gebärdensprache ist, wie vieles man *auf Anhieb versteht* – sehr häufig wirst du erraten, was die Gebärden bedeuten, noch bevor ich es dir sage. Zum Beispiel, wenn ich *so* mache …« Er richtete den Zeigefinger auf seine eigene Brust. »Ich spreche von mir. Und wenn ich *so* mache …« Jetzt zeigte der Finger von ihm weg, auf sie. »Was meinst du, wovon ich jetzt spreche?«

Das war ein Risiko. Er brachte sie in Zugzwang, vielleicht zu früh. Mallory saß neben ihm; er spürte, wie ihr Blick neutral auf ihm ruhte.

Nous Augen wanderten zu seiner Hand.

Er wartete.

Sie hob die Hand. Die rechte Hand, bemerkte er. Es würde den Unterricht vereinfachen, wenn sie Rechtshänderin war, so wie er.

Sie drehte die Hand und zeigte langsam und unsicher auf sich selbst.

Von mir?

Lucian sah Mallory aus dem Augenwinkel. Sie schaute von Nou zu ihm und wieder zurück. Beide sahen sie, wie Nou seine Geste nachahmte. Wie sie *kommunizierte*.

»Hervorragend«, versicherte Lucian ihr aufrichtig. »Sehr gut gemacht. Und bei allen anderen Menschen ist es genauso. Wenn wir zum Beispiel über Mallory sprechen wollten, würden wir ...«

Diesmal machten sie es gemeinsam. Lucian orientierte sich an ihrem Tempo, bis sie gemeinsam auf Mallory zeigten. Diese hob die Hände, als wollte sie sich verteidigen.

»Ich habe das Gefühl, dass ich euch beiden ganz furchtbar unrecht getan habe.«

Sie fing Lucians Blick auf, und sie lächelten beide.

»Gut«, fuhr er fort und verlagerte ein wenig sein Gewicht – selbst auf Welten, auf denen man viel weniger wog, sollten Erwachsene ganz bestimmt nicht so lange im Schneidersitz dahocken. »Jetzt zeige ich dir noch mehr *selbsterklärende* Gebärden, wie ich sie nenne, also solche, die du erraten kannst.«

Neben ihm lag ein kleiner Samtbeutel, nicht viel größer als eine geschlossene Faust. Nun nahm er ihn auf den Schoß und schnürte ihn auf. Lucian war ein schrecklich sentimentaler Mensch und hatte fast sein ganzes Leben lang nutzlosen Plunder aufbewahrt, der Erinnerungen von unschätzbarem Wert barg: das Namensschild aus Metall, das sein Vater früher immer getragen hatte; sein erstes Gitarrenplektrum; die mittlerweile glänzende Kupfermünze, die er auf seiner ersten Reise zur Erde gefunden hatte; den blauen Kyanit-Ohrring, den er in einer bedauerlichen Phase seiner Studentenzeit tagtäglich getragen hatte.

Er legte diese kleinen Gegenstände einen nach dem anderen auf den Boden zwischen ihnen. Er hätte Karten benutzen können, aber wo wäre dabei der Spaß geblieben? Nou betrachtete jedes neu zum Vorschein kommende Stück des Sammelsuriums voller Faszination.

»Hm.« Er runzelte die Stirn. »Ich habe Gelb vergessen. Keine Sorge ...« Er fasste in seinen Nacken, arbeitete sich durch die Haare zu dem Angelhakenverschluss vor, zog das kleine ovale Medaillon unter seinem Hemd heraus und hielt es hoch. Es funkelte in dem warmen Licht, das die Gravur auf der Rückseite hervorhob: *C. M.* »Na ja, es ist eher weißgolden, aber wir können ja unsere Fantasie spielen lassen.«

Auf dem Fußboden waren jetzt zehn Objekte aufgereiht. Für jeden außer Lucian, der ihre Herkunft kannte, bestand ihre einzige Gemeinsamkeit darin, dass sie alle von unterschiedlicher Farbe waren.

»Farben sind in der Gebärdensprache oft selbsterklärend, weil wir sie sehen und auf sie deuten können«, sagte er. »Pass auf, ich zeig es dir ...«

Er deutete mit dem Zeigefinger auf seine Unterlippe, nahm den Finger dann wieder weg und krümmte ihn nach unten, an seinem Kinn vorbei. Dann wiederholte er die Handlung: Lippe, Krümmung nach unten.

»Mallory.« Lucian drehte sich zu ihr um; er wollte den Bogen bei Nou nicht überspannen. Allein den Namen *Mallory* auszusprechen, rief trotzdem einen kleinen Nervenkitzel hervor, so wie ihr Anblick, mit an den Knöcheln gekreuzten Beinen, dem Haar über einer Schulter, in dem sich das Licht fing. »Sie übernehmen dieses erste Beispiel. Zeigen Sie bitte auf die Farbe, die das Ihrer Meinung nach ist?«

Lippe, Krümmung nach unten. Sie beobachtete ihn aufmerksam – beobachtete, wie die Kuppen seiner Fingerspitzen seinen Mund streiften. Seine Hände strichen über den Anflug von Stoppeln an seinem Unterkiefer, und Mallory beobachtete auch das. Ihr Blick verweilte darauf – kaum eine halbe Sekunde zu lang, aber das genügte schon, um seinen Wangen genau die Farbe zu verleihen, die er beschrieb.

Sie erlöste ihn, indem sie sich der Reihe von Gegenständen zuwandte. Ihre Hand fuhr über die orangefarbene Münze, den grünen Karabinerhaken, den blauen Ohrring, bevor sie zwischen dem roten Plektrum und einer daumennagelgroßen Katze aus Rosenquarz hängen blieb.

»Ich schwanke zwischen Rot und Rosa«, sagte sie nach einem Moment, und ihr Blick richtete sich wieder auf ihn. »Wenn ich mich entscheiden muss, würde ich Rot wählen, wie in diesem Rot hier.«

Während sie sprach, hatte sie ihre eigenen Lippen berührt. Lucian brauchte eine weitere halbe Sekunde zu lang, um sich zu sammeln und zu reagieren.

»Na schön, es ist vielleicht nicht *überwältigend* offensichtlich«, brachte er mit einem übertriebenen Schnauben hervor. »Aber Sie haben recht – es ist Rot. Die Lippen sind ... sind sehr rot, und ich habe auf sie gezeigt. Selbsterklärende Gebärden. Probieren wir noch eine. Nou, jetzt du.«

Zurück zu der anstehenden Aufgabe. Er wählte die nächstleichteste, die ihm einfiel: Diesmal zeigte er auf nichts, was tatsächlich die betreffende Farbe hatte, aber in dem Zusammenhang war die Gebärde unmissverständlich.

Er streckte den Daumen von der Hand ab und zog dann mit dem Zeigefinger der anderen Hand eine Linie über die Haut zwischen Daumen und Zeigefinger. Bis ganz nach unten, wobei er Mallorys Blick auszublenden versuchte. Er gebärdete den Buchstaben *y*.

Nou beobachtete ihn mit gebannter Aufmerksamkeit. Dann wiederholte er den Vorgang. *Daumen raus, Linie nach unten, y.*

Sie beugte sich vor und streckte die Hand aus. Lucian beugte sich unbewusst ebenfalls vor. Sie hielt die Hand über das Medaillon. *Y für yellow, gelb.*

»Fantastisch«, hauchte Lucian. »*Genial.* Du machst das toll.«

Er verwandelte es in ein Spiel. Er vollführte die Gebärden, sie oder Mallory musste raten. Und als alle zehn Farben eingeführt waren, spielten sie gegeneinander, wer jeweils eine zuerst berührte. Nou machte jedes Mal ein seltsames Geräusch, wenn sie zu lachen versuchte: ein scharfes Ausatmen durch die Nase, wobei sich in ihrem Gesicht alle normalen Regungen von Gelächter abzeichneten, nur stummgeschaltet. In diesen Augenblicken wirkte sie wie ein glückliches Kind.

»Nach dem, was ich von ihr gesehen habe, war das ein absolut phänomenaler Fortschritt, Lucian«, sagte Mallory, sobald ihr Schützling mit einer letzten schüchternen Verbeugung davongelaufen war. »Sie hat sich tatsächlich auf Sie eingelassen. Sie hat *kommuniziert*.«

Lucian antwortete nicht. Er verstaute gerade all seine Farben sorgfältig wieder in ihrem Beutel und dachte dabei sowohl über die Erfolge der Sitzung als auch darüber nach, mithilfe welcher Kategorien er sein Sammelsurium künftig nutzen konnte, um alle beide öfter zu sehen.

»Meinen Sie, sie hat sich überanstrengt?«, fragte er kurz darauf. Er hielt sein Medaillon zwischen den Fingern und rieb nachdenklich darüber. »Oder haben wir sie hinters Licht geführt? War ihr klar, dass sie mit uns gesprochen hat?«

»So oder so« – Mallory schüttelte den Kopf – »ich glaube, Sie sind da auf etwas gestoßen. Es sah aus, als hätte sie dabei genauso viel Spaß gehabt wie ich.«

»Hm. Wir werden sehen.« Lucian senkte den Kopf, um seine glühenden Wangen zu verbergen.

»Woher wissen Sie das alles bloß? Das ist doch heutzutage kein Allgemeingut, oder? Ich habe gehört, dass die Gehörchirurgie erstaunliche Fortschritte gemacht hat.«

»Nein, das stimmt«, pflichtete Lucian ihr bei. »Meine Schwester hat ihr Gehör bei einem schweren Unfall verloren.« Er warf einen Blick auf das Medaillon in seinen Händen, befestigte es wieder an seiner Kette und steckte es in sein Hemd. »Bei einem wirklich sehr schlimmen Unfall.« Das Metall lag kühl auf der Haut zwischen seinen Schlüsselbeinen. Ein vertrauter Trost. »Also, ich werde Folgendes tun – ich bereite die Farben im Lauf der Woche noch einmal nach, wenn ich Nou sehe, und ich fange an, dabei auch ihren Namen auszusprechen. Bei der Gebärdensprache geht es ebenso ums Lippenlesen wie um die Gebärden selbst. Das ist der nächste große Sprung.«

»Um eine Brücke von der mimischen Darstellung zum Sprechen zu schlagen.« Mallory nickte.

»In diesem Stadium wäre schon allein die mimische Darstellung einen Freudentanz wert. Aber wir werden sehen. Das ist jetzt schon viel, viel mehr, als ich erwartet hatte.« Lucian spürte, wie sich seine Gedanken um ihn schlossen, ein dichter Wald aus Plänen, Projekten und Übungsblättern. »Übungsblätter! Ja, das ist es. Ich könnte ihr Hausaufgaben geben oder andere kleine Aufgaben stellen, oder ich erfinde Lieder als Gedächtnisstützen ...«

Mallory lachte. »Na ja, denken Sie daran, dass Sie während alldem auch noch eine Sonne bauen müssen. Und ... Lucian?«

»Hm?« Lucian war gerade dabei, den Bleistift aus seinen Haaren zu ziehen. Er hielt inne.

»Vergessen Sie nicht, dass Sie nicht ihr Bruder sind. Oder ihr Vater. Sie sind nicht für sie verantwortlich.«

»Ja, ich weiß.« Er seufzte.

Er hatte selbst schon viel darüber nachgedacht. Einen Moment lang hörte man nur das melodische Zischen der Luftkontrolle über ihnen; das Geplauder der Leute, die es sich weiter vorn im Saal auf Sofas gemütlich gemacht hatten; das näher kommende Summen eines Staubsauger-Bots, der seine Runden drehte. Lucian fand, was er sagen wollte.

»Aber im Augenblick ist niemand verantwortlich, wissen Sie? Und ich bin ein Projektmensch. Meine Mum nimmt Kids von der Erde auf – Flüchtlinge, sie kommen von den schlimmsten Orten – und einige von ihnen ...« Er versuchte nachzudenken; die Gründe befanden sich zwar schon in seinem Kopf, aber sie gehörten so sehr zu ihm, dass es ihm schwerfiel, sie in Worte zu fassen. Er schloss die Hände, dann hob er sie und öffnete sie wieder. »Es ist einfach das, was ich mache. Womit ich aufgewachsen bin. Man hilft Menschen. Umso mehr, wenn es jemand anders hätte tun sollen und nicht getan hat. Und Nou ist ein gutes Mädchen. Ich möchte ihr helfen. Jemand sollte das tun.«

Lucian krümmte sich innerlich ein wenig zusammen. Er monologisierte. Das kam nie gut. Aber Mallory bedachte ihn mit ihrem langsamen Lächeln, als wäre er ein kleines Geheimnis, das man am besten nah bei sich behielt – also war das in Ordnung. Er schaffte es, verlegen zurückzulächeln.

»Kaffee? Wollen wir ... ach, ich hab's vergessen.« Vergessen, dass sie sich gerade Kaffee geholt hatten, bevor sie hergekommen waren, nun, da ihm ihre kalten Becher ins Auge fielen. »Na, dann keinen Kaffee, okay, ist schon Essenszeit? Oder ist genug Zeit vergangen, dass ein weiterer Kaffee akzeptabel wäre?«

Mallorys Augen wurden schmal, während ihr Lächeln jetzt breiter wirkte.

»Nennen wir's Kaffee-Nachschlag, ja? Ein Gesprächsthema finden wir bestimmt.«

Als sie im Gänsemarsch die Treppe hinuntergingen, wobei Lucians Hand das Geländer jeweils nur Sekunden nach der von Mallory streifte, arbeitete sein Verstand bereits auf Hochtouren – Ideen wurden zu Plänen, Pläne zu Strategien. Vielleicht konnten sie schon vor der nächsten Sitzung mit Zahlen anfangen, indem er Nou in der Werkstatt hin und wieder eine Aufgabe übertrug. Noch besser, er musste es zugleich auch Stan beibringen – sowie Parkin und seinen Laborkameraden; sie alle hatten ein gutes Herz – und wer weiß, vielleicht würde sogar Halley ihre Bissigkeit ablegen und bereit sein, ihm zu helfen ...

Natürlich musste er auch an Styx denken. Und – eine Kälte wie ein Luftzug von Plutos dünner Atmosphäre lief sein Rückgrat herauf – an einen potenziellen Saboteur auf freiem Fuß. Der Asteroid Mortimäus war unterwegs, zwei weitere Schutzengel würden noch kommen, also gab es bereits mehr als genug Dinge, über die er sich Gedanken machen musste.

7

Halley lief mit langen, schwungvollen Sprüngen. Ihr Körper schoss wie ein Pfeil über Plutos Oberfläche. Es war eher ein Fliegen als ein Laufen, jeder kurze Bodenkontakt beförderte sie weitere fünf oder zehn Meter voran. Ihre Fußballen zertraten Eismesser wie welke Blätter. Kein Luftwiderstand hielt sie zurück, kaum ein Hauch von Schwerkraft zog sie nach unten. Sie war unermüdlich. Dieses Tempo konnte sie den ganzen Tag durchhalten.

Lucian brauchte sie nur anzuschauen, um das zu wissen. Es war ihm ebenso klar, wie jedem, der ihn betrachtete, das Gegenteil klar sein musste.

Er warf einen kurzen Blick nach links oben: Die Gestalt auf der anderen Seite der Schlucht hielt mühelos Schritt mit Halley. Beide waren vor ihm und wurden nur immer kleiner. Lucian kam mit jedem Schritt schwerer auf, aber er eilte weiter, die Arme starr an den Seiten. Seine keuchenden Atemzüge wehten knisternd ins Anzugmikrofon, aber alles andere war ausgeblendet: das weiße Rauschen der Heizpakete; das eindringliche Ticken seines Pulsmessers; die gelegentliche Stimme in seinem Ohr, die ihn warnte, dass er den Sauerstoff sechsundfünfzig Prozent schneller als empfohlen verbrauchte. Es gab keine überreichlich vorhandene Energie, die man verschwenden konnte: Jeder seiner Sinne war auf die Eislandschaft um ihn herum gerichtet, darauf, im dämmrigen Halbdunkel Hindernisse zu erkennen, darauf, *nicht vor Halleys Augen zu sterben.*

Vor ihnen war eine Sackgasse: Das Sims ihrer Klippe aus Methanoleis wurde schmaler. Lucians Ellbogen schrammte an der Wand entlang; die plötzliche Reibung traf ihn unvorbereitet, und er stolperte. Es war nur ein falscher Schritt, aber das reichte schon, um aus dem Tritt zu geraten, erneut zu stolpern, und ihm schoss der unpassend schnelle Basslauf eines Songs durch den Kopf, den er auf dem College geliebt hatte, »Death Without Dignity«. Im Bruchteil einer Sekunde traf er eine Entscheidung: Er drückte die Füße auf den Boden, ging in die Knie und sprang, bevor ihm der Gleichgewichtsverlust seine Handlungen diktieren konnte.

Es gibt einen immer wiederkehrenden, gemeinsamen Traum der Menschen, vielleicht schon seit Jahrtausenden: den Traum vom Fliegen oder die Erinnerung an eine verloren gegangene Kunst, die Luft anzuhalten und dann mit einem kraftvollen Sprung zum Himmel emporzusteigen. Als wäre Fliegen ein alter Trick, und die Menschheit hätte nur vergessen, wie es ging. In diesem Augenblick hatte Lucian ein desorientierendes Déjà-vu, das Gefühl, Sekunden vor dem Einschlafen aus dem Bett geworfen zu werden: Er befand sich in diesem Traum.

Ein flaues Gefühl in seinem Magen zeigte ihm, dass der Fall begann. Er merkte es am Kribbeln seiner Kopfhaut, an seiner trockenen Kehle, an der Beschleunigung seines Herzschlags. Er befand sich zwanzig Meter über dem Boden, und es gab nichts, was seinen Sturz aufhalten konnte – also eine sinnvolle Reaktion. Hier draußen konnte ihm die Schwerkraft allerdings nichts anhaben.

Als er hineinschwebte, öffnete sich die Schlucht weit. Vor ihm tat Halley dasselbe wie er; sie bot dabei ein Traumbild der Anmut. Lucian schluckte schwer, als die Wände der Schlucht emporstiegen und den silbrigen Horizont aussperrten, war aber so vernünftig, die Knie für die Landung anzuspannen. Jede Sekunde jetzt ... *Kontakt*! Und – o Erde, warum tat er sich das an? – schon war er wieder unterwegs.

»Sie laufen wie jemand von hier«, bemerkte eine anerkennende Stimme in seinem Ohr – und ob es nun daran lag, dass es seinem Gehirn an Realismus oder an Sauerstoff mangelte, er brauchte jedenfalls einen Moment zu lang, um zu merken, dass Edmund Harbour in Wahrheit nicht ihn meinte.

»Ich könnte dasselbe von Ihnen sagen«, gab Halley zurück.

Lucian schaute hoch und sah mit einem Anflug von Nervosität, wie weit er zurückgefallen war: Harbour oben auf der Klippe und Halley in der Schlucht, vielleicht ein kleines Stück vor ihrem Wettlaufgegner.

Denn genau das war es, erkannte Lucian. Ein Wettlauf. Und er war dumm genug gewesen, sich selbst dazu einzuladen und dazwischenzugeraten. Wie vernünftig es in seinem Kopf geklungen hatte: die perfekte Gelegenheit, sowohl mit dem Chef der Basis als auch mit der Chefin von Plutoshine zu plaudern – in einer Umgebung, wo niemand mithören konnte, über Styx zu sprechen.

Der Boden unter seinen Stiefeln wurde jetzt klebrig: Blutrote organische Stoffe überzogen das Eis wie feuchtes Sorbet. *Sternen-Teer* hätte der heißgeliebte Astronom Carl Sagan dieses Zeug beinahe genannt, bevor er sich dann doch für *Tholine* entschied, eine Ableitung von dem griechischen Wort für »schlammig«. Lucian hatte es in ihrer ersten Woche analysiert und festgestellt, dass Sagan damit den Nagel auf den Kopf getroffen hatte: Die klebrige Masse aus bestrahlten Kohlenwasserstoffen war ungefähr so leicht zu analysieren, wie man sie von den Stiefeln bekam.

Halley sagte: »Wir beide haben das Gewicht der Erde in unseren Knochen, und eine derart starke Schwerkraft vergisst der Körper nie.«

»Verglichen damit scheint alles leichter zu sein«, stimmte Harbour ihr zu. »Wir nähern uns jetzt der Öffnung zu Inanna Fossa. Ihr befindet euch in einer davon abzweigenden Spalte.«

»Klingt gut«, keuchte Lucian, eher um sie daran zu erinnern, dass er noch existierte, als dass er etwas Erwähnenswertes beizutragen hatte.

Die Wände wichen nun auseinander und wurden noch höher, darum kam Harbour von seiner Überblicksposition zu ihnen herunter. Seine Schritte schleuderten Tholin-Schlieren hoch, und roter Schnee rieselte mit einer Akkumulationsrate herab, die etliche Größenordnungen über den Hintergrundwerten lag.

»Wir müssen jetzt ziemlich nah dran sein«, meinte Halley. »Diese Schichten sind fantastisch. So viele Farben ...«

»Vor ungefähr zehn Jahren hatten wir einen Stratigrafen zu Gast, der diese Region dokumentiert hat«, sagte Harbour im Einklang mit dem Ein- und Ausströmen seines Atems. Die beiden liefen jetzt nebeneinanderher, passten ihre Schritte aneinander an wie Synchronschwimmer. Lucian hätte ebenso gut Schwimmflügel tragen können. »In diesen Schichten sind mehr als vier Milliarden Jahre Geschichte konserviert, von wandernden kryovulkanischen Hotspots bis zu kollidierenden Gletschern ...«

Lucian ließ ihnen noch mehr Vorsprung; wenn er es jetzt etwas langsamer angehen ließ, blieb seiner Würde vielleicht Zeit, ein wenig Staub abzuschütteln. Er hatte sich freiwillig zu der Wanderung gemeldet, weil er gedacht hatte, es wäre bloß das: eine Wanderung. Ein munterer Spaziergang, ein bisschen Sightseeing, ein bisschen Bewegung, und das alles mit seiner alten Mentorin. Aber was Halley mit Bedacht nicht erwähnt hatte, war das Aufstehen um vier Uhr morgens; und dementsprechend das fehlende Frühstück. Und möglicherweise noch schlimmer, als buttrige, dampfende Zimt-Bagels mit Rosinen zu verpassen, war jene Unannehmlichkeit, auf die er sich wissentlich eingelassen hatte: ihr Reiseführer in Gestalt von Harbour.

»Es ist also eine Art Schlot?«, rief Lucian, als er sich darauf verlassen konnte, dass ihm sein Atem nicht in die Quere kommen würde. »Eine Extrusion?«

Harbour und Halley kamen schlitternd zum Stehen, und Lucian passte sein Tempo an, grub seine Füße in den Boden und schloss allmählich die Lücken zwischen den Schritten. Fünfzig Meter, zwanzig, zehn ... Oh, perfekt gemacht, keine zwei Meter von seinen Gefährten entfernt, und das gleich beim ersten Versuch! Aber weder Halley noch Harbour sah sein Grinsen: Beide waren schon ausschließlich mit der Steilwand vor ihnen beschäftigt.

»Na schön, was haben wir hier?« Halleys Stimme klang angespannt, aufgeregt. Licht flutete über die Szenerie, als sie ihre Anzuglampe einschaltete. »Ist es das, dieser Bereich dort ...? Oh Scheiße ...«

Lucian sprang an ihre Seite.

Der Bergsturz hatte in der hoch aufragenden Steilwand eine Einkerbung wie in behauenem Feuerstein freigelegt.

Die prachtvollen Eisschichten der Schluchtwände durchzogen auch die frisch aufgeschnittene Wand: die schlammigen Rottöne von Tholinen, das grünliche Grau von Methanol, und bei den bläulichen Tönen handelte es sich vielleicht um Stickstoff. Aber am unteren Ende der Sequenz befand sich noch etwas anderes.

Das war es, worauf alle drei jetzt ihre Lampen richteten.

»Wie alt ist dieser Bergsturz?«, fragte Halley leise.

»Ich hatte gehofft, das könnten Sie mir sagen.« Harbours Stimme war ebenfalls gedämpft, wie vor einem exhumierten Grab.

Halley hüpfte vorsichtig einen Schritt nach vorn und streckte den Arm aus. Berührte die Fläche mit den Fingerspitzen.

Die weiße Ader am Fuß der Sequenz war so dick wie ein Schlauch, verzweigte sich und glitt dann zwischen einzelnen Schichten nach oben.

»Wasser«, sagte sie mit einem Ausatmen und lachte.

Gefrorenes Wasser, hier auf einer Welt aus gefrorenem Stickstoff und gefrorenem Methan. Wenn er die Augen zusammenkniff und das geringe Gewicht seiner Gliedmaßen ignorierte, hätte sich Lucian beinahe einreden können, dass er sich im Zwielicht der Erde befand.

In Harbours Stimme lag ein Lächeln, als er neben ihr in die Hocke ging.

»Es gibt jede Menge solcher Freilegungen, aber diese war die nächstgelegene. Ich hoffe, das wird für Ihre Forschungen ausreichen?«

»Ich muss schon sagen ...« Halleys Stimme klang begeistert. »Wissen Sie, wenn man in einer neuen Lagerstätte auf dem Mars Eis findet, drehen die Leute beinahe durch.

Eis auf einer Gesteinswelt. Und hier bin ich und flippe aus ...«

»... wegen Eis auf einer Eiswelt.« Harbour nickte. »Nur, dass das Wassereis des Mars nicht von einem unterirdischen Ozean ausgestoßen wurde.«

»Ist er tief, dieser Ozean?« Lucian hüpfte näher heran. Im Halbdunkel wirkten die weißen Spalten wie Spinnweben, und aus dieser Nähe konnte er sehen, wo das System der Risse unter ihren Füßen verschwand. »Und er ist wirklich noch immer aktiv?«

»Das sagen uns die seismischen Daten.« Harbour sah ihm in die Augen. »Flüssiges Wasser, Ammoniumsalze, organische Stoffe ...«

Lucians Augenbrauen schossen in den Rand der Haube im Innern seines Helms. »Ein guter Ort für Leben. Ich hatte keine Ahnung.«

Halley nahm ihren Rucksack ab und packte ihr Werkzeug aus: Hammer, Meißel, Probenbehälter.

»Hoffen wir, dass wir keinen Sprengstoff brauchen, um ein Stück von diesem bösen Buben hier abzukriegen.«

»Die Daten zur Zusammensetzung haben wir weitgehend unter Verschluss gehalten«, fuhr Harbour fort. »Aber wir haben noch nie eine Isotopenanalyse durchgeführt. Es wird allmählich Zeit, dass jemand diesbezüglich etwas unternimmt.«

Tock, tock, tock. Der Hammer traf auf den Meißel. Lucian bückte sich, um genauer hinzuschauen. Das Eis schien die Farben der Umgebung anzunehmen: Blau, Blassgrün, gebrochene Weißtöne, jetzt das Orange von Halleys Handschuhen. Aus der Nähe war es glasig, fast transparent.

»Muss so schnell abgekühlt sein, dass es keine Kristallstruktur ausbilden konnte«, murmelte Halley, als führte sie Selbstgespräche. »Aber hätte es inzwischen nicht rekristallisieren müssen? Außer wenn die Risse noch jung sind, wenn die Flüssigkeit erst vor Kurzem nach oben getrieben wurde – oder vielleicht, bei den kalten Temperaturen ...«

Oh, Erde, dachte Lucian, *ich bin Ingenieur. Wenn du jetzt irgendeine intelligente Bemerkung von mir erwartest und ich so tun muss, als würde ich irgendwas von alldem verstehen ...*

»Ich sehe mich zu der Bemerkung veranlasst, dass ich als Biologe nichts zu dieser Diskussion beitragen kann«, ertönte Harbours äußerst geduldig klingende Stimme, und Lucian blinzelte überrascht.

»Habe ich laut gesprochen?« Halley legte die Hände um einen gelockerten Block. »Macht euch nichts draus, meine Zeit als Geologin liegt schon Jahrzehnte zurück ...«

Sie begann ihn hin und her zu ruckeln, und Lucian zuckte bei dem Anblick beinahe zusammen: Das Eis musste mindestens -240 °C kalt sein, eine Temperatur, die das Gehirn nur als kochend heiß interpretieren konnte. Er sah so zerklüftet wie ein Steinbrocken aus, als sie den Block herausbekam.

Beide Männer beugten sich näher heran.

Halley hielt ein Stück von Plutos Ozean in der Hand.

Ihr Blick zuckte zu Harbour. »Diesen Behälter gleich da drüben, bitte.«

Harbour gehorchte und stellte ihr das seidenglatte Polytetrafluoroethylen rasch unter die Hände. Vorsichtig und gewissenhaft legte sie den Eisbrocken hinein.

»In Ordnung.« Sie atmete aus und begann ihre Ausrüstung wieder zu verstauen. »Das wär's. Meinen Sie, dass wir es rechtzeitig zum Frühstück nach Hause schaffen, wenn wir uns ein bisschen ranhalten?«

Harbour schaute zu den Sternen hinauf. Verdammter Angeber: Lucian hätte das nicht einmal zu Hause geschafft, geschweige denn hier, wo der Himmel dauernd seine Dunkelheitsvariante änderte.

»Na ja, nach meiner Schätzung ist es jetzt ungefähr zwanzig nach fünf«, sagte er, »wenn wir uns also beeilen ...«

»Sie sind ein abscheulicher Lügner, Edmund Harbour.« Halley hatte die Zeit auf ihrer Handgelenkskonsole aufgerufen, während Lucian dasselbe tat: Sie zeigte genau *05:20* an. »Ich halte Ihnen im Saal einen Platz frei ... falls Sie noch rechtzeitig zurückkommen.«

»Moment«, begann Lucian verzweifelt, »warum machen wir nicht einfach ... einfach einen gemütlichen Spaziergang und schauen uns ein bisschen die Gegend an ...?«

Aber Halley war bereits losgeflitzt wie ein Windhund, und das Rennen war eröffnet. Weite, flache Sprünge, ein Zeitlupentanz aus Geschwindigkeit und Kraft, ihre und Harbours stetige Atemzüge wie aneinandergekoppelt. Mit fünf schnellen Sprüngen hatten beide die Schluchtwände erklommen und waren wieder oben auf der Ebene, und Lucian konnte nicht einmal stöhnen, als er seine Beine zur Arbeit antrieb, weil sie es hören würden.

Zu solch nachtschlafender Stunde auf den Beinen zu sein, hatte jedoch auch sein Gutes. Wie zum Beispiel das vage Gefühl, dass all seine Handlungen eine Spur zielstrebiger waren. Und die Szenerie war wirklich großartig, selbst als sie nun an ihm vorbeiflog und dabei zu einer tunnelartigen Vision schrumpfte. Seine Zehen wurden taub vom Eis, die Sterne zogen ihre Bahnen über ihm, und in seinem Helm war sein Atem nah bei ihm. Er flog über die Oberfläche von Pluto, mehr als vier Milliarden

Meilen von seiner Heimat entfernt, und wenn er in nicht allzu ferner naher Zukunft diese Zimt-Bagels bekam, würde er sie sich verdammt noch mal *verdient* haben.

Stern kam anstelle einer aufgehenden Sonne zum Vorschein, als die drei schließlich in vertrautes Gebiet gelangten. Die Basis wirkte wie ein Schatten, der sich an den Fuß der al-Idrisis schmiegte, hier und dort von winzigen Lichtpunkten durchsetzt, wie ein kleines Fischerdorf. Sie leuchteten so hell wie die Sterne über ihnen, als wäre eine Handvoll an der Bergflanke heruntergerutscht und hätte dort angedockt.

Sie könnte eine Heimat werden, dachte Lucian. Mit der Zeit. Die Böden von Stern waren stets blutwarm unter seinen Strümpfen. Die Luft war immer kühl und klar und roch ein wenig nach der Jahreszeit, die in den Parkanlagen gerade nachgebildet wurde (momentan Herbst: nasse Blätter, reife Äpfel, feuchter Himmel). Und die Menschen waren purer Sonnenschein.

Aber noch war sie keine Heimat. Wo war die ...? Er verdrehte den Kopf und suchte den Himmel ab. Der hellste Stern. Dort war er zu Hause. Genau dort.

Die anderen waren fast schon außer Sichtweite, bemerkte Lucian plötzlich. Er war so abgelenkt gewesen, dass sein ohnehin schon kümmerliches Tempo weiter nachgelassen hatte. Er schluckte einen Fluch herunter – sie würden es hören – und trieb seine protestierenden Waden an, bis er dachte, sie würden zerreißen.

»Ehrlich, ihr habt mich geschafft«, keuchte er, sobald sie in der Luftschleuse waren. »*Erde*, ihr seid wirklich echte Kometen.« Übelkeit ließ den Schweiß auf seinen Handflächen und in seinem Gesicht erkalten, als er sich an einer Wand abstützte. Er fühlte sich klebrig, fiebrig, der Ohnmacht nahe; er müsste das entweder öfter machen oder gänzlich darauf verzichten müssen. »Also, wer war zuerst da – wer hat gewonnen?«

Halley machte eine Kopfbewegung zu Harbour, und Lucian verspürte eine gewisse Genugtuung, als er sah, dass ihre Brust sich ebenfalls schwer hob und senkte.

»Wir sind fast gleich stark«, sagte sie, »mal abgesehen vom Schlussspurt.«

Harbour breitete gnädig die Hände aus. »Sie hätten mich eingeholt, wenn die Strecke noch einen Kilometer länger gewesen wäre.«

Das grüne Lämpchen leuchtete mit einem Piepsen auf und zeigte an, dass der Druck stabil war; alle entriegelten ihre Helme und nahmen erleichtert die Hauben ab. Lucian zerzauste seine Haare zu einer krausen Kugel und genoss die kühle Luft auf seiner Kopfhaut; gegenüber tat Harbour dasselbe. Seine Haare waren schwarz vor Schweiß und klebten ihm an der Stirn – weit entfernt von der charakteristischen Makellosigkeit des Prinzen von Pluto.

Halley und Harbour zogen ihre Handschuhe aus und reichten sich die Hände.

»Danke, Professorin, wie immer«, sagte Harbour. Dann wandte er sich an Lucian: »Und ich danke auch Ihnen für Ihre Gesellschaft heute Morgen.«

Lucian zog ebenfalls die Handschuhe aus. »Ja, gleichfalls. Dafür, dass Sie mich als fünftes Rad zu Ihrem Ausflug mitgenommen haben.«

Harbour warf einen kurzen Blick durch das Bullauge nach draußen und sagte dann mit unbewegter Miene: »Nach meiner Schätzung kann es nicht später als fünf nach zehn sein, aber bestimmt ist noch etwas zum Frühstücken da.«

Lucian ließ die Uhr an seiner Handgelenkskonsole aufleuchten: *10:05.*

»Wie ...?«, begann er und hielt dann inne, als er aufblickte.

Harbour hatte seine eigene Armbanduhr aufleuchten lassen – *10:05* – und lächelte. Das Lächeln lag eher in seinen Augen als auf seinen Lippen, aber Lucian kam es so vor, als sähe er eine Steinwand in der Sonne warm werden.

Halley drohte ihm mit dem Zeigefinger.

»Wir sehen uns beim Frühstück.« Dann fuhr sie Lucian an: »Du wolltest mit uns über irgendwas reden?«

Lucian, die Hände in die Seiten gestemmt, kam allmählich wieder zu Atem. Lässig winkte er ab.

»Ich war davon ausgegangen, dass wir uns unterwegs unterhalten würden. Mein Fehler. Treffen wir uns einfach ein andermal.«

Für den Rest des Tages beanspruchte weder die Aussicht auf dieses Gespräch noch der Geschmack der Zimt-Bagels (mit einer dicken Schicht Haselnussbutter und Apfelstückchen, ausgeglichen durch stockbitteren Kaffee) Lucians Aufmerksamkeit derart hartnäckig wie Halleys gezackter Eisbrocken. Sie werde kleine Stücke abtrennen und schmelzen lassen, sagte sie, und alle möglichen darin enthaltenen Isotope herauskitzeln. Man stelle sich vor. Aus einer Probe von Plutos *Ozean*.

Was genau diese Isotope ihr verraten würden, darüber wusste Lucian in etwa ebenso viel wie über die Bagels. Kosmochemie war nun wirklich nicht sein Fachgebiet: Er wusste, dass Isotope Atome ein und desselben Elements waren, nur mit unterschiedlich vielen Neutronen im Innern; er wusste, dass sich verschiedene Arten vorzugsweise in verschiedenen Umgebungen sammelten, innerhalb verschiedener Regionen des Sonnensystems. Okay, also ein bisschen mehr als über die Bagels – aber auch nicht annähernd genug, um die Neugier einer Zehnjährigen zu befriedigen.

»Es ist wie ...« Lucian wedelte später an diesem Vormittag raumgreifend mit seiner Lötlampe und legte sie dann weg. »Ich sag dir was – ich zeig's dir.«

Sie befanden sich in der Werkstatt. Nous Beine baumelten von dem Hocker neben ihm herab, und sie verflocht Platindrähte, so fein wie silberne Haare, die er sodann auf der Arbeitsplatte verlötete. Captain Whiskers, Lucians mürrischer Laborkater, schlummerte auf der bis zum Anschlag ausgelasteten Waage neben ihnen. Der zwar scharfe, aber dennoch ungemein befriedigende Geruch von brennendem Metall erfüllte die Luft.

Lucian stöberte mit einer Hand in einer Schublade. Seine Finger schlossen sich um etwas Glattes und Kühles. Er holte ein kleines Messinggewicht zum Eichen von Waagen heraus.

»*Hab ich dich.* In Ordnung, das ist Wasserstoff, okay? Und Wasserstoff ist Element Nummer eins – im Zentrum des Atoms gibt es nur ein Ding« – er hielt ihr die ausgestreckte, offene Hand hin, mit dem Gewicht genau in der Mitte – »und das nennt man ein Proton. Wenn du ein zweites Proton hinzufügst, hast du ein neues Element geschaffen – Helium –, aber es gibt etwas, was deine Protonen in ihrer Nähe dulden, ohne dass sich das Element verändert. Das nennt man ein Neutron.«

Er stöberte, stöberte ... Seine Fingerkuppen streiften etwas Spitzes. Er ließ es darauf ankommen und brachte eine Handvoll kleiner LED-Leuchtdioden zum Vorschein. Rot, orange, grün ... Lucian schob eine, die so gelb wie eine Zitrone war, mit einem Daumen an das Messinggewicht.

»So, jetzt hat unser Wasserstoff auch ein Neutron. Es ist immer noch Wasserstoff, weil nur eines von denen da ist« – er ließ das Gewicht wackeln – »aber er ist jetzt etwas schwerer, und das bedeutet, dass er andere Sachen machen wird, als wenn er leichter wäre. Genauso wie bei dir und mir, du bist ein kleines, dürres Ding, und ich ...«

»Du hast nicht viele Mahlzeiten ausgelassen?«, rief einer der Forscher, Kipini oder vorzugsweise Kip, der gerade Eissplitter in einen Kolben füllte.

»Hast du noch dein Winterkleid behalten?«, rief ein anderer, Joules, dessen Augen boshaft durch seinen mit Code gefüllten Glasbildschirm glitzerten. Er und Kip waren ungefähr in Lucians Alter, beide erstklassige Forscher, die jede Laborgruppe mit Freuden bei sich gehabt hätte, vor allem beide zusammen. Außerdem besaßen sie gleichermaßen mehr gut abgehangenen, trockenen Witz als irgendwelche anderen zwei Personen, die Lucian sich glücklich schätzen konnte zu kennen.

Er blickte sich so geringschätzig wie nur menschenmöglich zu ihnen um.

»Das war nicht nötig, okay? Ich bin ein netter Mensch.«

Neben ihm waren Nous Mundwinkel bekümmert heruntergezogen, und Lucian erklärte es ihr rasch.

»Das ist bloß ein Spiel. Sie tun das, weil ich einmal so wild auf ein Party-Büfett war, dass ich mir an einem Tischbein den Zeh gebrochen habe. Sie würden es nicht sagen, wenn es stimmen würde.«

»Was immer dir hilft, nachts zu schlafen, Lu«, rief Kip.

Lucian sah Nou an und verdrehte übertrieben die Augen.

»Aber verstehst du, was ich meine? Wenn du das zusätzliche Gewicht hast, aber noch immer dasselbe Element bist, bezeichnet man das als verschiedene Isotope ...«

»Hier.« Joules war hinter ihnen herbeigekommen; beide schauten auf. »Versuch's damit ...«

Er beugte sich mit einem Akkupack und einer Krokodilklemme über sie, und die zitronengelbe Leuchtdiode erstrahlte in Farbe, ein Herbstblatt, das von einem Sonnenstrahl beschienen wurde. Nou sah sie staunend und mit offenem Mund an.

Und Lucian ebenfalls. Sonnenlicht. Ein Kopf, der sich verdrehte, um einen sternenübersäten Himmel abzusuchen. Nach einem bestimmten Stern. Der plötzliche Schmerz des Verlusts drückte seine Schultern mit der Kraft einer Zentrifuge nach unten.

»Danke, mein Freund«, murmelte er und klopfte Joules geistesabwesend auf den Rücken. »Mann.« Er schüttelte sich von den Schultern aufwärts. »Man kriegt hier nicht allzu viele warme Farben zu sehen.«

»Lucian.«

Lucian schreckte hoch, als unmittelbar hinter ihm Halleys Stimme ertönte – weniger Schwerkraft, weniger verräterische Schrittgeräusche. Beim Anblick dessen, was sie in den Händen hielt, bekam er einen weiteren Schreck.

»Meine Hartdegens!«

Es war ein Balanceakt für sie, den Stapel festzuhalten. Zehn Bücher – zehn echte, baumgeborene Bücher aus Papier –, jedes mit geknicktem Rücken, Eselsohren und welligen Blättern, die darauf hindeuteten, dass sie schon einmal Bekanntschaft mit einem Bad gemacht hatten, wahrscheinlich vor mehr als hundert Jahren. Halley hob sie noch höher, für den Fall, dass es irgendeinen Zweifel gab, weshalb sie hier war.

»Was haben diese Brandrisiken in meinem Labor zu suchen?«, begann sie. »Und überhaupt, Lucian, was haben sie hier auf Pluto zu suchen?«

Nou starrte die Bücher an, als wären sie eine komplette Schalttafel voller LEDs. Kein Wunder: Reale Dinge sah die Kleine wahrscheinlich nur selten.

Lucian nahm Halley die kostbaren Objekte ab und barg sie in seinen Armen.

»Damit Sie's wissen«, sagte er und streichelte den obersten Umschlag schützend, »sie gehörten zu meiner Box mit persönlichen Habseligkeiten – *genehmigt*, nachdem das Komitee zu dem Schluss gelangt war, falls sie Feuer fingen, würden sie zu schnell verbrennen, als dass sich das Feuer ausbreiten könnte. Herdenimmunität in einer nicht entflammbaren Welt.«

»Sagt der Mann mit der Lötlampe.« Halley wandte sich bereits ab, auf dem Rückweg zu ihrer Werkbank. »Aber das erklärt nicht, weshalb deine Pulverfass-Anachronismen ausgerechnet hier herumliegen und mein Labor vermüllen müssen.«

»Tja, es ist Hartdegen, nicht wahr?«, rief Kip von irgendwo unter seinem Zylinder. Er war ein Bär von einem Mann, der vom marsianischen Nordpol kam, ein Spezialist für die Mechanik von Eisstrukturen, mit Erfrierungsnarben als Beweis für beides. Momentan kniff er konzentriert die Augen zusammen, weil er etwas in sein Experiment einschraubte. »Ist doch bestimmt Pflichtlektüre, oder?«

»Der Mann hat nicht unrecht«, stimmte ihm Lucian heiter zu. »Und jeder liebt Elisabeth Hartdegen.« Stirnrunzelnd schaute er einen Moment lang auf Nou hinab, die verständnislos von den Büchern zu ihm heraufblinzelte. »Na ja, das war vielleicht noch ein bisschen vor deiner Zeit. Aber es sind Klassiker, du würdest sie lieben. Na los, nimm dir eins.«

So vorsichtig, wie man nach einem Museumsstück griff, ließ Nou das oberste in ihre Hände gleiten.

»Mortimäus und die anderen Asteroidennamen stammen aus der Hartdegen-Serie«, erklärte er ihr in wissendem Ton, als sie das ramponierte Taschenbuch aufschlug.

Modrigkeit, Staubigkeit, Verfall: Auf einmal war er wieder zwölf Jahre alt und hielt das Buch hoch, um seine Augen vor der Sonne zu schützen, und die Stimme seines Vaters – »*Ich sag's nicht noch mal*« –, eher belustigt als verärgert, rief ihn zum Tee herein.

Lucian schüttelte sich ein wenig.

»Mortimäus ist in diesem Universum eine Art Halbgott«, erklärte er ihr. »Er ist einer der drei hohen Schutzengel-Protektoren, und diese Protektoren sind die drei großen Aufseher über alle Schutzengel – und Schutzengel sind diejenigen, die zwischen den Dimensionen wechseln, um über die Menschheit zu wachen.«

Er war dazu übergegangen, alles, was er zu Nou sagte, auch mit Gebärdensprache auszudrücken. Manchmal tat er das sogar bei anderen Leuten, wenn er sich vergaß, aber im Augenblick waren beide Hände mit den Büchern beschäftigt; trotzdem spürte er, wie sich seine Handgelenke gewohnheitsmäßig bewegten.

»Jeder Mensch, der jemals gelebt hat, besitzt einen Schutzengel«, fuhr er überschwänglich fort. »Es sind besondere Personen, die dafür sorgen, dass einem nichts geschieht – sie passen auf einen auf –, und sie erscheinen normalerweise nur in Zeiten der Gefahr oder der Not, oder um sich einfach zu vergewissern, dass alles in Ordnung ist.«

»Irgendwann solltest du vielleicht auch erwähnen, dass sie fiktiv sind«, betonte Halley hinter ihm, in abschätzigem Ton.

Beinahe hätte Lucian die Bücher fallen lassen.

»Halley!«, stieß er hervor.

»Ja, ist nicht meine Kragenweite.«

Kips Kopf kam hoch, das Gesicht zu einer Grimasse verzogen.

»Ist das nicht so ein Erden-Ding?« Hinter seinem Bildschirm kräuselte sich Joules' Mund ein wenig schalkhaft. »Nicht an Magie zu glauben?«

»Sie müssen Elisabeth Hartdegen doch auch mal gelesen haben!« Lucian eilte zu ihr hinüber. Halley schlüpfte gerade in ein Paar ellbogenlanger Handschuhe, die an einem luftdicht verschlossenen Glaskasten befestigt waren. Er nahm die halbe Werkbank ein – ein Behälter, der im Innern andere Umweltbedingungen als im restlichen Raum aufrechterhielt. »Hatten Sie in Ihrer Kindheit nie einen Schutzengel?«

»Nein«, sagte Halley mit übellaunigem Desinteresse.

»Aber haben Sie nie so getan, als wären Sie ...«

»Lucian, sehe ich so aus, als hätte ich jemals Rollenspiele gemacht?«

Nou hatte das Buch weggelegt: Sie stand jetzt neben ihm und gebärdete zu ihm herauf, mit zaghaften Bewegungen, nah an ihrer Brust. Sie gebärdete M-O-R-T-I-M-A-Y-U-S – richtige Aussprache, falsche Schreibweise – und machte eine Frage daraus.

Warum?, fragte sie.

Lucian lachte. »Wie wär's, wenn wir ihn von nun an Mo nennen, was meinst du? Aber deine Buchstaben sind jetzt schon richtig gut. Du willst wissen, warum wir einen Asteroiden nach ihm benennen...?« Auf ihr Nicken hin fuhr er fort. »Darauf komme ich noch. Also, alle Schutzengel leben in so einem großen roten Heißluftballon, der im Weltraum schwebt, aber in der Dimension nebenan, nur eine Haaresbreite von unserer eigenen entfernt.«

Nou, der kleine Schatz, hing gebannt an seinen Lippen. Was für ein neuartiges Gefühl: Selbst Gelegenheitsfans wie Kip und Joules hielten sich die Hände vor den Mund und gähnten in gespielter Langeweile, wenn er loslegte.

»Und nun kommt das absolut *Coolste* an den Schutzengeln, musst du wissen – sie leben tatsächlich *im Innern des Ballons*. Nicht im Korb – sie sind oben in der Luft. Sie haben Zimmer und Treppen und alles, genau wie in Stern. In unserer Welt ergäbe das gar keinen Sinn, in ihrer aber schon.«

Einen Moment lang schien es Lucian, als senkte sich eine verträumte Stille auf die Werkstatt herab. Kip, Joules, sogar Halley, alle hielten bei ihren diversen Tätigkeiten inne und hörten zu. Nou sah noch immer zu ihm herauf; auch Captain Whiskers hatte ein orangefarbenes Auge geöffnet und beobachtete ihn.

»Und wegen der transdimensionalen Physik«, fuhr er atemlos fort, »ist der Ballon, mathematisch gesehen, immer überall im ganzen Sonnensystem zugleich, direkt neben uns, und wartet ... Sodass dein Schutzengel jederzeit erscheinen kann, wenn er am meisten gebraucht wird ...«

Halley schloss eine Schublade mit lautem Knall. Der Seifenblasenzauber, der über dem Raum lag, zerplatzte in einem Schauer von fiktivem Schaum.

»In all den langen Jahren in deiner Gesellschaft habe ich noch nie ein derart wirres Geschwafel gehört«, verkündete sie, »und bitte glaub mir, Lucian, wenn ich sage, dass das wirklich was heißen will.«

»Ach, Halley.« Lucian zuckte gutmütig die Achseln. »Sie sind doch bloß sauer, weil Sie eine ganze Kindheit voll von Abenteuern verpasst haben.«

»Ich hätte lieber eine ganze Kindheit voller Noroviren gehabt. Also, willst du jetzt diesen Eisblock sehen oder nicht?«

Lucian machte große Augen: Halleys behandschuhte Hände steckten in dem Behälter, der, wie er jetzt sah, an der Rückseite und auf dem Boden mit einer dicken Raureifschicht überzogen war; das Zeug ließ sogar ihre Handschuhe schimmern. Und in ihren gewölbten Händen lag das bereits dampfende, glitschige Meereis.

»Ich habe höchstens zwanzig Minuten, bis das ganze Ding sublimiert, also mach dich nützlich. Nou, Kleines, schnapp dir diese Kamera neben dir.«

Das Eis sah sogar außerirdisch aus, durchscheinend wie Milchglas. Lucian und Nou standen um Halley herum und schauten zu, und Hartdegen, Mortimäus und die Schutzengel waren samt und sonders vergessen.

Zumindest für den Augenblick. Aber natürlich kamen sie bald wieder zur Sprache.

»Also, wo du auch bist und was du auch tust«, gebärdete und sagte Lucian zu Nou und Mallory an diesem Nachmittag im Laufrad des Swimmingpools, während das Wasser sie in einer ununterbrochenen Welle sanft umströmte, »wenn du dir wirklich mit aller Macht wünschst, dass dein Schutzengel kommt, oder wenn er spürt, dass du seine

Hilfe brauchst, kann er im Nu zu unserer Dimension rübergeflitzt kommen und an deiner Seite sein.«

Wow!, gebärdete Nou mit beiden Händen und trat dazu Wasser. *Wow!*

Bei ihrem letzten Plauderstündchen hatte er ihr Adjektive beigebracht – gut, schlecht, heiß, kalt, was ihm eben so eingefallen war –, und sie waren alle wie an einer superstarken Magnetangel haften geblieben.

»Oh, wunderbar formuliert.« Mallory, ein Geschöpf aus stromlinienförmiger Anmut in einem versilberten Einteiler, spendete höflichen Applaus. »Das sind so zauberhafte Geschichten. Meine Alexandra liebt sie heiß und innig.«

»Du musst mir mal ein Foto von ihr zeigen.« Lucian setzte ihre Badeinsel mit ein paar Fußtritten in Bewegung. »Ich habe dir inzwischen bestimmt schon Hunderte von meiner Familie gezeigt.«

Um nicht ausgeschlossen zu werden, tauchte Nou und ließ sich durch ihren Auftrieb auf das verbleibende Drittel der Badeinsel katapultieren. Als alle an Bord waren, trat Lucian kräftiger zu, und ihr kleines Schiff setzte schneller Segel, als der Pool rotierte, trug sie hinauf und hinüber wie der Zeiger auf dem Zifferblatt einer Uhr.

»Nur noch fünf Minuten.« Mallory nickte zu einer solchen Uhr an der Wand hinüber, als sie wieder waagerecht lagen. »Arme Nou, nachdem wir dich jetzt müde gemacht haben, hast du auch noch Schwimmunterricht.«

»Na, ist doch gut, wenn man es euch früh beibringt – eure Kinder oder Enkelkinder werden da draußen unter den Sternen schwimmen, sollte es nach mir gehen.« Lucian tauchte den Kopf unter Wasser und schüttelte sich dann wie ein Hund; das kühle Nass war angenehm auf seinen geschlossenen Augenlidern, an seinen Haarwurzeln. »Und heute Abend ist die Prüfung, stimmt's, Nou? Worum geht's noch mal, kraulen?«

Nou schüttelte den Kopf, legte die Hände aneinander und ließ sie flattern, als würden sie zum Flug ansetzen.

Butterfly, sagte sie. *Schmetterlingsstil*. Das hatte Lucian ihr nicht beigebracht. Es war reine Eigeninitiative. Selbsterklärende Gebärden. Jetzt drehten sich ihre Hände, um andere Wörter zu formen: *ihr* – sie deutete auf ihn, dann auf Mallory –, dann deutete sie auf ihre Umgebung, auf den Pool, den Raum. *Bleibt ihr hier?* Um sicherzugehen, dass er sie verstand, zeigte sie auf ihre Augen: *zuschauen*.

Es waren keine offiziell zertifizierten Bewegungen der britischen Gebärdensprache, aber das spielte keine Rolle. Ihre Bedeutung hätte nicht klarer sein können.

Lucian begegnete Mallorys Blick, und sie lächelten beide, als würden sie mit einem Glas Schampus anstoßen.

»Klar bleiben wir hier«, versicherte er ihr. »Heute Abend kommen doch alle Eltern, fällt mir gerade wieder ein. Nirgendwo würde ich lieber sein.«

Nun tauchten plötzlich auch andere Kinder auf. Lucian kannte die meisten von ihnen noch von jenem Abend, an dem er mit seinen Stulpenhandschuhen den Zauberer gespielt hatte. Jungs sprangen per Arschbombe ins Wasser, die Hände um die Knie geschlungen; Mädchen tauchten und machten Handstand, bis das Pool-Rad sie richtig herumdrehte; beide machten Bauchklatscher auf Badeinseln, schleuderten dabei Schaumnudeln wie Speere durch die Gegend, planschten und kreischten. Bald war die Luft voller Wasser, das miteinander verschmolz und in gelatinösen Tänzen umherwirbelte.

Ihre Lehrerin war eine Gitarristin von der Party – Lucian erinnerte sich undeutlich, dass sie Mykoproteine züchtete –, und nun schwammen die Kinder an den Rand, ihre Eltern – viele selbst in Badehosen und Badeanzügen – winkten ihnen fröhlich zu oder riefen die Aufsässigsten zu sich herüber.

Lucian, Mallory und Nou warteten, bis der Pool sie auf gleiche Höhe mit dem Rand gedreht hatte, dann schwammen sie dorthin. Lucian hatte gerade die Handflächen auf die kieselrauen Fliesen gelegt, während seine Beine noch im Uhrzeigersinn unter Wasser trieben, als er sah, wie Nou innehielt und ebenfalls zu driften begann. Etwas in ihrer Reglosigkeit und in der Reglosigkeit ihrer Miene veranlasste ihn, ihrem Blick zu folgen.

Die Gestalt machte keine Anstalten, ihr zu helfen, und das reichte Lucian, um zu erkennen, dass es Harbour war. Edmund Harbour? Hier, beim Schwimmunterricht für die Kinder? Lucian schaute von der jüngeren zum älteren Harbour – und dann peinlich berührt ebenso schnell wieder weg. Der Mann trug nur eine Badehose – nicht überraschend an einem Pool, aber trotzdem mehr, als Lucian sehen wollte – und irgendwelche seltsamen Strümpfe, die ihm bis über die Knie reichten.

»Edmund!« Mallory glitt in einer flüssigen Bewegung aus dem Pool. Wirklich erstaunlich: zwei Personen, die mit vollendeter Höflichkeit so taten, als würden sie nicht bemerken, dass die jeweils andere nur wasserabweisende Unterwäsche trug. »Wir hatten gar nicht mit Ihnen gerechnet. Wie geht es mit den Vorbereitungen für den nächsten Monat voran?«

Verstohlen streckte Lucian einen Arm nach hinten und packte Nou am Handgelenk, als sie im Rad langsam an zwanzig Uhr vorbeigesaugt wurde. Obwohl ihm der Gedanke, selbst nach dort oben zu verschwinden, zunehmend verlockend erschien.

»Ich bin gut auf die Expedition vorbereitet, Mallory, vielen Dank«, erwiderte Harbour mit einem steifen Nicken. »Und ich bin ebenfalls überrascht, Sie hier zu sehen. Genauso wie Sie, Lucian.«

Äußerste Höflichkeit. Beste Manieren. Wie ein Computermodell menschlicher Umgangsformen in der Gussform eines Menschen. Nou hatte ihre Arme und Beine zum Arbeiten gebracht und den Rand erreicht. Nun hing sie reglos im Wasser, den Blick auf ihre Hände gerichtet, die sie an Ort und Stelle hielten. Die Werkzeuge, mit denen sie kommunizieren musste, beide zum Schweigen gebracht.

Lucian biss die Zähne zusammen, sodass sich sein Gesicht zu einer Grimasse verzog, die fast einem Lächeln ähnelte.

»Tja, wir hatten richtig viel Spaß, oder, Nou?«, brachte er hervor, während er sich aus dem Pool hievte. Wasser tropfte von seinen drahtigen Locken und lief ihm über den Rücken; nackte Haut, offene Angriffsflächen. »Mallory und ich haben sie unterrichtet ...«

Er hielt inne. Als er sich auf den Fliesen aufrichtete, sah er aus halber Höhe, dass Harbour gar keine Strümpfe trug. Die Objekte, die von seinen Zehen bis zu seinen Schenkeln reichten, bestanden aus Metall und Glas, und durch das Glas konnte man beleuchtete Leitungen erkennen. Und den Boden hinter ihm.

Das waren seine Beine.

»Äh ...« Lucian zwinkerte blöde. Nunmehr aufrechtstehend, Auge in Auge, wagte er nicht, den Blick auch nur für Sekundenbruchteile von Harbour abzuwenden. »Es ist ... ähm. Gebärdensprache. Wir haben sie ihr beigebracht. Stimmt's, Nou? Und sie ist schon richtig gut darin. Wie kommt es ... Wie kommt es, dass Sie hier sind?«

»Sie könnten sie ebenfalls lernen, wissen Sie«, warf Mallory in warmem, gewinnendem Ton ein. Der Erde sei Dank, dass wenigstens einer von ihnen der Situation gewachsen war. »So eine faszinierende Sprache. Sie ist auch für mich ganz neu. Und Lucian ist ein wirklich wunderbarer Lehrer.«

»Freut mich zu hören.« Harbour warf einen Blick auf den Bereich um Lucians Füße – auf Nou hinter ihm. Dann, geschäftsmäßig: »Ich bin hier, um mir anzusehen, welche Fortschritte Nou beim Schwimmen gemacht hat. Sie können mir gern Gesellschaft leisten, sofern Sie nicht von anderen Aufgaben in Anspruch genommen werden.«

»Zwei Seelen, hm?«, sagte Lucian mit erzwungener Fröhlichkeit.

»Ein Gedanke.«

»Wir wollen Sie und Ihre Schwester nicht länger stören, Edmund.« Mallory war so diplomatisch wie immer. »Nou, Schätzchen, mach's gut, wir sehen uns bei Lucians nächster Sitzung.«

»Und, Lucian«, setzte Edmund hinzu, »wenn Sie es einrichten könnten, würde ich mit Ihnen gern noch einmal über diese Angelegenheit sprechen, auf die Sie mich vor einiger Zeit aufmerksam gemacht haben ...« Seine Augen hielten die von Lucian vielsagend fest. »Das wüsste ich sehr zu schätzen.«

Ah. Er meinte wohl die Sabotage. Lucian nickte ihm seinerseits so ernst und vielsagend zu, wie er konnte, wünschte dabei jedoch, er hätte nie ein Wort davon gesagt, wünschte, er könnte damit in aller Stille zu Halley gehen; vorbei an allen, die er nicht gut genug kannte, um ihnen zu vertrauen.

»Mach's gut, Nou«, gebärdete und rief Lucian, als sie sich zum Gehen wandten, und bei ihrem Anblick wurde ihm schwer ums Herz. Es war gar nicht nötig, dass sie die Hände bewegte, wenn ihre Augen so deutlich für sie sprachen.

Er tropfte noch immer auf die Fliesen, als sie sich trennten, und nun erst wurde ihm klar, woran ihn Nous Reglosigkeit erinnerte: an ein von seiner Mutter im Nacken gepacktes und damit bewegungsunfähig gemachtes Kätzchen.

»Erde, Arsch und Zwirn!« Er schlug sich mit der Hand vor den Kopf, sobald sie außer Hörweite waren. »Das war vielleicht gerade die unangenehmste Interaktion meines ganzen schönen Lebens. Bin ich immer noch rot? Ich glaube, ich verbrenne ...«

»Wieso war sie unangenehm?« Mallory wrang ihre Haare über einer Schulter aus. »Edmund hatte nichts davon gesagt, dass er kommen würde, und meines Wissens ist er auch sonst nicht gerade eine Stimmungskanone.«

»Es war der reine Horror.« Lucian rieb sich die Augen mit den Knöcheln. Er wollte sich umschauen, wagte es aber nicht. »Als Halley erwähnt hat, der Typ hätte beim Laufen einen unfairen Vorteil, habe ich mir so was wie ein diamanthartes Skelett vorgestellt, aber ich verstehe nicht, wieso sie überhaupt etwas darüber gesagt hat.«

»Zu ihrer Verteidigung: Ich erinnere mich, dass irgendwann das Wort *elektromechanisch* fiel«, räumte Mallory ein. »Aber die sind ganz hervorragend, nicht wahr – die Prothesen? Er war noch klein, als es passiert ist, hat er mir erzählt. Und Sie kennen ja Clavius, er hat sich die besten verfügbaren Kybernetiker geholt. Ich glaube, er hat die Dinger sogar entworfen.«

»Eine Familie von Pechvögeln.«

Lucian konnte nicht sagen, warum, aber die Begegnung mit Harbour hatte ihn irgendwie aufgebracht. Er wurde noch immer das Gefühl nicht los, dass er dem Mann gegenüber besser nichts von dem Sabotageverdacht gesagt hätte. Harbour hatte etwas an sich, was ihm unter die Haut ging – wie ein kaltes, metallisches, methodisches Instrument. Lucian versuchte sich zu trösten: Halley würde die Information sowieso an Harbour weitergeben, ob er nun schon Bescheid wusste oder nicht. Und ihm lagen natürlich die Interessen der Basis am Herzen. Es war ganz sicher besser, dass er im Bilde war.

Vor den Türen der Umkleiden gab es Gemeinschaftsduschen. Sie gingen hinein.

»Übrigens, worum geht es denn bei dieser Expedition?«, fiel es Lucian plötzlich wieder ein. »Du hattest gar nichts von einer Expedition gesagt.«

»Nicht?« Ein Luftstrom ließ das Wasser so hart wie irdischen Regen auf sie herunterprasseln. »Beim Mikulski-Krater drüben auf der anderen Seite gibt es eine Wärmeanomalie, die vielversprechend aussieht.«

»Ihr werdet dort nach Leben suchen?«

»Natürlich, Lucian. Das ist nun mal der Job von Xenobiologinnen. Edmund hat gefragt, ob er sich Yolanda und mir anschließen kann. Wir werden rechtzeitig zu Mortimäus' Ankunft zurück sein. Ich glaube, Yolanda hat irgendein Projekt, das sie dringend weiterführen möchte ...«

»Aber ...« Lucian sah sie hilflos an. »Aber das ist erst in zwei Monaten! Hast du es Nou gesagt? Sie wird ...« Er schluckte. »Sie wird dich wirklich vermissen.«

Mallory schloss die Augen, als ihr das Wasser in Strömen übers Gesicht lief, ein flüssiges Wesen, das sich um ihren Körper schlang. In diesem einen, unbeobachteten Moment hätte er jeden Teil ihres Körpers betrachten können, aber er merkte, wie ihre Wimpern ihn in ihren Bann zogen: Sie fingen kleine Tröpfchen ein, eines nach dem anderen, bevor sie über ihre geröteten Wangen rannen.

Mallory öffnete die Augen und fing seinen Blick auf.
»Du wirst es überleben, Lucian.« Und sie lächelte.

Am nächsten Tag rief er Halley und Harbour zu ihrem überfälligen Treffen zusammen – und diesmal fand es zu seinen Bedingungen statt. Eine ruhige Ecke, Kaffee, Kuchen ... Und der Kuchen war *gut*, so gut wie das Original, das er damals auf der Erde probiert hatte. Es war ein selbstsicherer kleiner Zitronen-Biskuitkuchen mit einer Schicht Buttercreme in der Mitte und einer Haube aus durchdringend süßem Curd: alles segensreiche Erfindungen der Materiedrucker ganz in der Nähe, die Lucian »die Zaubererküchen« nannte.

Nachdem er geendet hatte, legte Halley ihre Gabel hin und fluchte in dem leeren Raum.

»Das ist eine verdammt schwerwiegende Anschuldigung, mein Junge.«

»Ich weiß.«

»Das erste Mal in der Menschheitsgeschichte, in diesem Ausmaß.«

»Ich weiß.«

»Und es ist die beste Erklärung, die du hast?«

Lucian hob die Hände und bescherte Kuchenkrümeln damit ungeahnte Höhenflüge. »Weiß ich nicht.«

Edmund Harbour war ganz still gewesen. Lucian sah ihn jetzt an, wie er am Rand des Tisches im Seminarraum saß, die Ellbogen auf den Knien – wobei eines dieser Knie, dessen Anblick Lucian nicht mehr vergessen konnte, aus Metall bestand. Er hatte seinen Kuchen nicht angerührt. Sein Blick wirkte unkonzentriert, und seine Augenbrauen hingen auf Halbmast.

»Trotzdem, ja.« Lucian zuckte die Achseln. »In diesem Stadium ist es nur ein Verdacht. Aber ich fand, ich sollte es erwähnen.«

»Wir sind kein Polizeistaat«, sagte Edmund langsam und verschränkte die Arme vor der Brust. »Wir haben kein Überwachungssystem, abgesehen von Gens Strukturüberwachung, und wir verfügen auch nicht über die Mittel, um einen Verbrecher in Haft zu halten. Wir sind eine wissenschaftliche Basis. Eine Forschungsstation.«

»Es gibt eine Möglichkeit, mehr Datenpunkte zu bekommen.«

Sie drehten sich um und sahen Halley an.

»Mortimäus«, sagte sie milde. »Silvasaire. Jovortre. Unsere Schutzengel kommen schnurstracks auf uns zu, während wir hier miteinander sprechen. Es wird jede Menge Gelegenheiten für noch größere Fehlschläge geben.«

Harbour machte eine seltsame, unbewusste Geste, die er abbrach, vielleicht als er merkte, was er tat. Wünschte er sich ebenso wie Lucian, den Kragen weiten zu können, um besser Luft zu bekommen?

»Ich werde Gen warnen«, sagte er schließlich. »Es gibt Protokolle, die wir aktivieren können, einen Mustererkennungs-Algorithmus, mit dem er nach anomalem Verhalten suchen kann. Niemand außer dem Computer wird das Material zu Gesicht bekommen, und er kann Kontaktpersonen – die zuvor festgelegt wurden – Bericht erstatten.«

»Ihnen?«

Das Wort war Lucian herausgerutscht, bevor er es verhindern konnte, und er bereute es sofort. Nicht einmal seine eigenen rot anlaufenden Ohren hätten den Zynismus in seiner Stimme überhören können.

»Einer Arbeitsgruppe«, sagte Harbour in aller Ruhe. »Ich würde zunächst einmal die Leiter jedes Teams vorschlagen, einschließlich uns dreien. Wir können nur hoffen, dass Ihr Verdacht falsch ist, Lucian. Aber es könnte sich lohnen, wachsam zu sein.«

Lucian nickte und verbarg sein Gesicht hinter seinem Becher. In Wahrheit hatte er überhaupt nicht an die Zukunft gedacht. Er hatte nicht einmal die Möglichkeit weiterer Risiken – und weiterer Schäden – in Betracht gezogen. Und doch war es immer noch da, ganz hinten in seinem Kopf. Das unbegründete, penetrante Gefühl, dass er nichts hätte sagen sollen – nicht zu Harbour.

ZWEITES ZWISCHENSPIEL

Als Clavius Harbour noch klein war, spielte er in seiner Fantasie gern den König.

Nicht den Prinzen oder den Ritter in schimmernder Rüstung: Für hübsche Prinzessinnen oder edle Missionen hatte er keine Zeit. Als König besaß er die maximalen Möglichkeiten, Veränderungen zu bewirken, und die einzigen Grenzen setzte ihm seine Vorstellungskraft.

Er war sieben, als er von der schrecklichen Tragödie auf dem Mars erfuhr: Ein riesiger Solarspiegel am Himmel war auseinandergebrochen und hatte ganze Städte in Brand gesetzt, wie ein Vergrößerungsglas bei Ameisen. Im Geist befahl er, jeden Spiegel in seinem Königreich dorthin zu schaffen, um den Himmel ihres Nachbarplaneten mit reflektiertem Licht zu erfüllen – eine ganze Flotte, alles vom Handspiegel bis zum vergoldeten Spiegel, eine Milliarde als Ersatz für den einen. Aber imaginäre Personen herumzukommandieren machte nicht viel Spaß, und außerdem war niemand in der wirklichen Welt auf seinen grandiosen Spiegelflottenplan gekommen. Er überlegte, wie man ihn realisieren könnte. Also brachte er sich Astrodynamik bei und fand es heraus.

Er war dreizehn, als er von einer weiteren Tragödie erfuhr, diesmal auf dem Merkur: Die Hälfte von dessen erster Stadt – einem albernen, winzigen Gebilde mit unzulänglichem Solarschild – war niedergebrannt. Im Geist befahl er, ein Spezialglas mit selbstregulierender Lichtdurchlässigkeit herzustellen, das nie mehr Licht durchließ als zur hellsten Mittagszeit auf der Erde. Wie könnte man so etwas realisieren? Schließlich hatte es keinen Sinn, Unmögliches zu befehlen. Also brachte er sich Materialchemie bei und fand es heraus.

(Das sollte sich als brillante Idee erweisen: eine, die er später in die Tat umsetzen würde.)

Aber eigentlich, dachte er mit sechzehn Jahren, hing die gesamte Menschheit von der Sonne ab. Energie aus Solarzellen, Nahrung von Fotosynthese betreibenden Pflanzen. Sie war eine mütterliche Hand, die sie alle an der Leine hielt, und Unabhängigkeit von ihrer Macht würde künftige Katastrophen wie die auf dem Mars und dem Merkur vielleicht verhindern. Er spielte keine Kinderspiele mit Königen und Befehlen mehr, also setzte er sich hin und fand heraus, wie man eine solche Unabhängigkeit erlangen könnte. Es hatte keinen Sinn, Unmögliches zu planen. Er brachte sich Atomphysik bei – im Alter von vierundzwanzig Jahren verbesserte er das neueste Fusionsmodell und vervierfachte dessen Effizienz –, aber das genügte nicht. Er begriff, dass Menschen im tiefsten Innern den Anblick der Sonne am Himmel *brauchten*. Doch warum? Warum sollte man versuchen, den marsianischen Himmel mit gefährlichen Spiegeln zu erhellen? Warum sollte man unter der sengenden Hitze der Sonne ein anfälliges Konstrukt auf der Oberfläche des Merkurs errichten, statt sich vernünftigerweise in den Untergrund zu begeben?

Die Sonne, entschied er, war eine Tyrannin.

Und wenn seine Spezies jemals wirklich von ihr unabhängig, unverwundbar und interstellar werden wollte, dann folgte für ihn daraus, dass sie sich vollständig von ihren Ketten befreien musste. Und er würde derjenige sein, der den Beweis erbrachte, dass dies möglich war.

Als er sich in seinem Königreich namens Stern niedergelassen hatte, war Clavius Harbour – mittlerweile vierundfünfzig, nicht viel mehr als 0,2 Pluto-Jahre – auf dem besten Weg, sein Ziel zu erreichen.

Edmund weiß das alles. Er weiß es, weil sein Vater es ihm erzählt hat. Sein Vater hat ihm alles erzählt.

Die beiden Gestalten bewegen sich stumm und einmütig durch die Nacht, in Sprüngen von einem Dünenkamm zum nächsten. Aus der Luft sähen sie vielleicht wie zwei silberne Leoparden aus, deren Flanken das Sternenlicht einfangen, wären ihre Anzüge nicht eigens dafür konzipiert, unsichtbar zu sein: kein grelles, leuchtendes Orange für Clavius und Edmund Harbour. Sie bewegen sich schnell, einer hinter dem anderen. Sie bewegen sich wie Geschöpfe, die in der Nacht zu Hause sind.

Unter anderen Umständen würde Edmund den Lauf genießen. Er läuft jeden Tag; darauf kann er nicht verzichten. Die morgendliche Routine voller Stille und Ruhe: Sie ist für ihn ein angehaltener Atem, eine nicht angezündete Kerze. Aber jetzt ist es Nacht. Dies ist keine Routine. Das schwer im Magen liegende Party-Futter und der zuckrige Geschmack der Cocktails verblassen mit dem Strecken seiner Schenkel und der Krümmung seiner Schulterblätter immer mehr zur Erinnerung, und der weiche Methansand breitet sich wie Zuckerguss unter seinen Stiefeln aus. Sie bleiben auf dem Weg, folgen den weit auseinanderliegenden Fußabdrücken, die diese Strecke zu den scharfkantigen Bergen von Tartarus Dorsa markieren. Mehr als einmal zerstören Clavius' Abdrücke – ein gutes Stück vor ihm – vollständig die einer viel kleineren Person.

Edmund hält sich ein wenig an der Seite.

Es ist nicht weit zum Pandemonium Promontorium. Ein halbstündiger, kraftvoller Lauf. Vielleicht eine Stunde für ein Kind. Die Klippen namens Cousteau Rupes bilden ein Stück der Küstenlinie zwischen dem abgesunkenen Herzen und den nördlichen Ebenen von Voyager Terra, eingefasst von den al-Idrisis am einen Ende und einer kleinen Ansammlung von Hügeln, den Challenger Colles, am anderen. Sie laufen jetzt parallel zu dieser Küstenlinie, deren kaum sichtbare Kliffe nicht viel mehr als ein sternenloser Horizontstreifen sind. Das Promontorium ragt ein gutes Stück weiter vorn wie ein schwarzer Greifarm aus ihnen hervor.

Clavius summt im Laufen; er klingt erwartungsvoll und gut gelaunt. Zu Hause im monochromen Zwielicht seines Landes.

Nun ragt die Landspitze vor ihnen auf, lockt sie zu sich. Weiter vorn weicht Clavius von dem nach rechts führenden Tartarus-Weg ab und läuft weiter. Dabei hält er sich an die Täler zwischen den Dünen, wo der Eissand am dünnsten ist, sodass ihre Fußabdrücke vielleicht unbemerkt bleiben. In der Wand vor ihnen zeichnen sich Einzelheiten ab: Eiszacken, Bergstürze, Schichten. Man sieht sie alle besser, wenn man sie nicht direkt anschaut.

»Hey, Gen?«, hört Edmund Clavius mit leiser Stimme zu der KI sagen, als sie näher herankommen. »Zeig mir ihren Weg.«

Auf Edmunds Sichtscheibe und zweifellos auch auf der von Clavius erscheint eine durchsichtige Version jener rot gestrichelten, geschlängelten, die blaue Topografie überlagernden Route, die sie vor weniger als einer Stunde in seinem Büro aufmerksam betrachtet haben.

»Zeig mir meinen Standort«, befiehlt Clavius.

Eine zweite Linie erscheint, in Weiß; sie mündet auf der Linie ein, die Nous früheren Weg darstellt. Der leuchtend weiße Punkt – von Clavius – ist noch nicht ganz deckungsgleich mit ihrem fernsten Datenpunkt.

»Fahr näher an eine Stelle fünfzig Meter über meinem Standort heran.«

Gen gehorcht, und sogleich rücken die beiden interessanten Punkte auf ihren Sichtscheiben auseinander. Clavius passt seine Schritte entsprechend an, ebenso wie Edmund. Der Abstand zwischen den beiden Punkten verringert sich.

Sie überqueren mehrere Dünen von der Seite her. Ein Sprung hinauf, einer hinüber, einer hinunter, dann noch einmal. Edmund behält den Boden ebenso im Auge wie ihre jeweilige Position. Immer mehr Sterne werden von den Steilwänden am seitlichen Rand des Herzens und denen des Promontoriums vor ihnen verdunkelt, und er hat das Gefühl, in einen dichten Wald einzudringen.

Die große Wand ist jetzt unmittelbar über ihnen. Sie erstreckt sich nach links und nach rechts, wie in endlose Fernen. Die Eiszacken, die er von Weitem gesehen hat, sind auskragende Wölbungen von der Größe kleiner Hügel; die Bergstürze sind Schutthalden aus Eisbrocken, jeder von der Größe seines Büros; die Schichten sind hundert Meter dick. Edmunds Nackenhaare sträuben sich bei dem

Gedanken, dass sich eine Neunjährige ganz allein an einem solchen Ort befindet.

Er kann seine Worte nicht im Zaum halten. »Nou sollte nicht allein hierherkommen.«

Clavius lacht. »Irgendwie wusste ich, dass du das sagen würdest. Aber sie weiß sich durchaus zu helfen.«

Nous Weg hat sie noch näher an die Wand herangeführt. Edmund und Clavius springen gemeinsam vorwärts, näher heran, bis sie beide eine behandschuhte Hand an die Steilwand legen können. Edmund tut es; das Eis ist so schwarz wie Obsidian, liegt vollkommen im Schatten und saugt ihm die Wärme aus den Knochen. Die Sterne am oberen Rand scheinen sehr, sehr weit entfernt zu sein.

»Hier wären wir also.« Clavius stemmt die Hände in die Hüften wie ein Urlauber, der einen Platz für ein Picknick sucht. »Was hat mein hiesiger Xenobiologe über die Umgebung zu sagen?«

»Astrobiologe«, verbessert Edmund geistesabwesend. »Das Fachgebiet von Xenobiologen ist die Untersuchung nicht terrestrischer Lebensformen. Astrobiologen konzentrieren sich auf die Suche nach solchem Leben.«

Die Landkarte auf der Sichtscheibe seines Helms zeigt ihre weißen Punkte, die Nous rote nun vollständig überdecken. Edmund fängt an, seinem Rucksack Ausrüstungsgegenstände zu entnehmen: exotische Sonden und Zangen; zahlreiche Instrumente, deren Namen auf *-ometer* oder *-ograf* enden. In der Erdschwerkraft hätte man jedes von ihnen nur zu zweit transportieren können.

»Ich hatte erwartet ... ich hatte *gehofft*«, verbessert sich Edmund, »so etwas wie eine Höhle zu finden. Eine Kryolavaröhre, einen subglazialen Tunnel.« Er hebt den Blick und betrachtet die schwarze, leere Wand. Er kann nicht sagen, ob er Enttäuschung oder Erleichterung verspürt. »Vielleicht haben wir zu viel in ihre Ausflüge hineininterpretiert.«

»Möglicherweise haben wir uns den falschen Tag ausgesucht«, sagt Clavius unbekümmert. Die Wand interessiert ihn nicht mehr. Er dreht sich um und nimmt den Anblick der von Dünen überzogenen Ebene in sich auf, die Spitzen der nördlichsten al-Idrisis am Horizont, die dahinter verborgene Basis. »Wenn man Nou kennt ...«, fährt er fort, und während er spricht, kann Edmund ihr Bild mühelos heraufbeschwören. »Wenn man Nou kennt, könnte sie, was immer es ist, schon vor Wochen gefunden und seitdem dagesessen und darüber nachgedacht haben.«

Edmund sieht sie vor seinem geistigen Auge in ihrem Zimmer. Eingemummelt unter ihrer ausgefransten, mit Planeten übersäten Steppdecke, so wie sie sie verlassen haben, das Gesicht entspannt im Schlaf unter dem rosafarbenen Lichtschein ihres Steinsalz-Nachtlichts. Ein liebevolles Geschöpf mit weichem Herzen, jederzeit bereit, sich zu freuen und anderen eine Freude zu machen. Vielleicht allzu bereit. Was hatte sein Vater einmal gesagt? *Vergiss die alte Redewendung: Wenn ich »Spring« sage, fragst du nur: »Wie hoch?« – Nou geht einfach schnurstracks geradeaus, ohne viele Fragen.* Gutmütiger, als es gut für sie war.

»Du weißt, wie sehr sie dich vergöttert«, sagt Edmund ganz nüchtern, während er einen Theodoliten aufklappt.

»O ja.«

»Es ist plausibel, dass sie sich selbst überzeugen wollte, bevor sie dich damit behelligt.«

Das klingt plausibel, je mehr Edmund darüber nachdenkt. Nou ist seit jeher ungewöhnlich ernst für ihr Alter gewesen: Schon bei der Geburt hatte sie etwas Intensives an sich, als würde sie sich unter ihrer permanent gefurchten Stirn ungemein konzentrieren oder wäre fest entschlossen, irgendetwas herauszufinden. Sie war zu einem jener Kinder herangewachsen, die Lehrer einer vergangenen Zeit in ihren Zeugnisberichten vielleicht als *gewissenhaft* oder zur Abwechslung auch als *pflichtbewusst* beschrieben hätten. Manche haben ihre stille Art unterwürfig gefunden – ein unfreundlicher Zuschauer hätte vielleicht schwach gesagt –, während sie sich mit ebendiesen Eigenschaften bei anderen beliebt machte.

Irgendwie kann Edmund sich nicht vorstellen, dass sie ihr Geheimnis preisgeben würde, ohne vollkommen sicher zu sein.

»Was tust du da?«

Clavius ist es, der ihn unterbricht. Edmund hält nicht inne, während er den zweiten Theodoliten aufklappt.

»Ein Laserscan könnte ein paar Details enthüllen, die uns entgangen sind.« Er befestigt einen Lidar-Detektor am oberen Ende. »Ihre Scan-Zeit beträgt dreißig Sekunden. In denen sammeln sie vierzigtausend Datenpunkte in einem Radius von dreihundertsechzig Grad. Und führen dann eine rechnergestützte Rekonstruktion der Landschaft durch.« Er steht neben Clavius und hält eine Fernbedienung vor sich. »Bitte halt still.«

Ein Klicken, und beide Theodoliten-Detektoren drehen sich langsam, im Einklang miteinander. Nach einer vollen Umdrehung stellen sie sich ein wenig schräg und beginnen von vorn. Dann noch einmal.

»Schicke kleine Dinger«, bemerkt Clavius.

»Ein effizientes Verhältnis von Zeit-Input zu Daten-Output.« Edmund kehrt zu seinem Rucksack zurück und sucht nach seinem Infrarot- und Mikrowellen-Detektor. »Der nächste Schritt besteht darin, die ...«

»Ed.« Clavius hebt eine Hand, um ihn zu stoppen. »Hier ist nichts. Wir haben den falschen Tag gewählt oder den falschen Ort, oder ... Weißt du was? Wahrscheinlich haben wir einfach den Fehler gemacht, die Worte eines Kindes ernst zu nehmen.«

Erneut kommt diese Emotion: diejenige, die Enttäuschung oder Erleichterung sein könnte. Edmund ertappt sich dabei, wie er nickt.

»In Ordnung. Ich rede morgen mit ihr. Wir gehen der Sache auf den Grund.«

»Besser wär's. Ob es nun die Schuld meiner geliebten Tochter ist oder nicht, ich kann mich vor allem nicht der Verärgerung darüber erwehren, dass mir fast zwei ganze Stunden gestohlen wurden.«

Der Rückweg scheint länger zu dauern als der Hinweg. Kein Schmieden von Plänen, keine gespannten Erwartungen mehr. Edmund läuft voraus. Er möchte sich einbilden, dass dieser äußerst ungewöhnliche Morgen ganz allein ihm gehört, dass es ein ganz normaler Lauf ist, bei dem ihm nur die eigenen Atemzüge in seinen Ohren Gesellschaft leisten.

Sie haben vielleicht die Hälfte des Heimwegs zurückgelegt, als Clavius über den Helmfunk ruft: »*Warte.*« Er spricht es aber ... sonderbar aus. Irgendwie kurz und erstickt. Edmund gräbt seine Fersen tief genug ein, um zum Stehen zu kommen.

Vielleicht zehn Meter hinter ihm ist Clavius zu völliger Reglosigkeit erstarrt, als wäre ihm urplötzlich ein Gedanke gekommen.

»Was ist?«, ruft Edmund, aber Clavius rührt sich nicht. Unter dem grellen Licht seiner Helmlampe wirken seine

Augen selbst aus der Entfernung unfokussiert. Er sieht aus, als hätte ihn ein Blitzschlag getroffen.

»Was ist denn los?«, ruft Edmund erneut – und dann hört er es auch.

Eins-zwei-drei.
Eins-zwei-drei.
Eins-zwei-drei-vier.

In seinem Helmfunk sind die Pfeiflaute recht schwach, aber sie werden lauter. Sie klingen fast wie Vogelgezwitscher ... fast wie ein Alarm ... beinahe menschlich. Sie klingen anders als alles, was er je zuvor gehört hat.

Das Muster wiederholt sich. Drei kurze, aufeinanderfolgende, gleichbleibende Töne. Dann eine Pause. Dann dieselben drei kurzen Töne. Pause. Jetzt vier Töne, etwas tiefer. Schwächer. Nun eine längere Pause – hat es aufgehört? –, und die Abfolge der Pfeiflaute beginnt von vorn.

Edmund merkt, dass sich sämtliche Haare an seinem Körper aufgestellt haben. Er ist sich dessen aber nur ganz undeutlich bewusst; seine Sinne schalten sich allesamt ab, so fühlt es sich an, um ihre Kraft auf den Hörsinn zu konzentrieren.

Wie lange sie beide dort stehen bleiben, kann er nicht einmal grob abschätzen. Seine Fingerspitzen werden kalt, dann seine gesamten Arme. Seine Lider werden schwer. Aber er lauscht immer noch. Sie lauschen beide, bis die Geräusche so langsam verklingen, wie sie gekommen sind.

Eine Weile sagt keiner von ihnen ein Wort. Ob es mentale Echos oder echte sind, die in ihren Ohren nachhallen wie der Ton einer angeschlagenen Stimmgabel, keiner von ihnen kann sagen, ob die Pfeiflaute wirklich aufgehört haben. Edmunds Körpergefühl kehrt nur in winzigen Etappen zurück, aber in jeder Etappe ist er bis auf die Knochen durchgefroren.

Clavius humpelt zu ihm hin. Er sieht so aus, wie Edmund sich fühlt.

»Pfeiflaute«, hört Edmund sich sagen. Seine Stimme, irgendwie ein eigenständiges, von seinem Körper getrenntes Etwas, klingt betäubt und gestärkt zugleich. Eindringlich fährt er fort: »Nou hat gesagt ...«

Seine nur wenige Stunden alte Erinnerung an seine Schwester überflutet jeden Gedanken: Nou in ihrem warmen, rosarot erleuchteten Raum, unter ihrer warmen, mit Planeten übersäten Steppdecke; Nou, wie sie sagt, dass ihre Geschöpfe nicht sprechen ...

Sie sagen es gemeinsam, atemlos:

»... *sie pfeifen.*«

Längst ist die Party zu Ende, als zwei Gestalten durch die Luftschleuse in die warme, halbdunkle, vertraute Umgebung von Stern eintreten, und es sind nicht dieselben beiden Gestalten, die zuvor hinausgegangen sind. Mit langsamen, bedächtigen Bewegungen legen Clavius und Edmund Harbour ihre Anzüge ab, ohne überflüssige Handlungen oder Worte. Sie duschen beide in der Kabine gleich neben der Luftschleuse, schlüpfen in Skins – weiche, langärmelige, eng anliegende Ganzkörperanzüge – und bereiten sich das Getränk ihrer Wahl zu. Sie bleiben in Clavius' Büro; der Rest der Basis mit ihrer Helligkeit, ihren leeren Flaschen und ihrem kalten Fingerfood könnte das alles nicht verstehen.

Clavius' Büro ist so kreisrund wie der Turm einer Burg, mit gekrümmten Panoramafenstern an einer Seite und

Regalen mit echten Büchern an der anderen. Es ist in warmen Farben gehalten, mit weichen Möbeln, üppigen, gemusterten Teppichen unter den Füßen und einer gedämpften Beleuchtung über ihnen. An den Wänden entlang hält er einen Ring frei, sodass er ungehindert und unaufhörlich im Kreis laufen kann.

Schweigend sitzen sie auf zwei Lehnsesseln. Edmund presst die nackten Sohlen seiner Prothesen flach auf den Boden, während er seine Lidar-Daten hochlädt, als Clavius plötzlich auf den Beinen ist. Es scheint keine Übergangsphase vom Sitzen zum Stehen zu geben: nur eine verschwommene Bewegung. In der niedrigen Schwerkraft fällt sein Scotch-Glas in Zeitlupe herunter, so langsam, dass man es auffangen könnte, aber keiner von ihnen versucht es. Whiskydunst und Scherbengeklirr steigen zusammen auf.

»Deine Nahbereichsfrequenz.« Clavius spricht klar und ruhig, doch seine Augen sind auch in diesem warmen, vertrauten Raum noch immer schreckgeweitet. »Wie groß ist ihr Nahbereich genau?«

Edmunds Herz ist ein heißes Gewicht in seiner Brust, als er den anderen Mann anstarrt – diese große, imposante Gestalt, die jeden Raum ausfüllt, in dem sie sich aufhält.

»Nahbereichsfrequenzen sind für gewöhnlich beschränkt auf ...« Er hält abrupt inne.

»Sag's mir.«

Edmunds Aufmerksamkeit wird einen Augenblick lang von einer Veränderung auf seinem Bildschirm beansprucht: Der Lidar hat die Verarbeitung beendet. Die Szenerie am Pandemonium Promontorium wird wie auf einem Röntgenbild dargestellt. Die Szenerie, die Bühnenanweisungen – und der nächste Handlungsschritt.

»Edmund ...« Clavius' Stimme ist gefährlich leise.

Edmund reißt seinen Blick vom Bildschirm los. In seinem Hals steckt ein heißer Klumpen, wie ein physisches Gewicht: Er weiß Bescheid.

»Meine ist auf vierzig Meter eingestellt.« Auch er spricht klar und ruhig, aber die Knöchel seiner Hände, mit denen er das Glas-Pad umfasst, sind weiß. »Ich höre jedes Geräusch, dessen Quelle sich innerhalb eines Radius von vierzig Metern befindet.«

Clavius hält seinen Blick einen Moment lang fest. Dann, mit unverändertem Tonfall: »Das ist also die Erklärung. Warum ich es zuerst gehört habe. Weil meine auf fünfzig eingestellt war.«

Stille wächst in dem von seinen Worten hinterlassenen Hohlraum. Das Büro wirkt auf einmal heller – zu hell, ungeschützt, eine Bake, deren Lichtschein über das Herz strahlt, sodass jeder sie sehen und zu ihr kommen kann.

Was immer sich dort draußen befand – was immer die Pfeiflaute erzeugt hat und was die Pfeifer auch gewesen sein mögen –, es ist bis auf weniger als vierzig Meter an sie herangekommen.

Nicht zum ersten Mal in den fast zwanzig Jahren, die er Pluto nun schon sein Zuhause nennt, denkt Edmund darüber nach, wie groß eine Entfernung von fünf Milliarden Kilometern wirklich ist.

Er stößt die Worte beinahe gewaltsam hervor.

»Da ist noch etwas.«

Er dreht seinen Bildschirm um. Darauf ist die dreidimensionale Rekonstruktion des Lidars zu sehen. Die schwarze Wand fällt sofort ins Auge, ebenso wie die beiden winzigen humanoiden Gestalten an ihrem Fuß. Edmund dreht die Szenerie mit zwei Fingern.

»Der Lidar hat Spalten gefunden, die unseren Augen entgangen sind«, sagt er.

Noch immer mit ruhiger Stimme. Als könnten sie auf diese – wenn auch klägliche – Weise verhindern, dass sich die Szene real anfühlt. Er dreht die rechnergestützte Rekonstruktion, und die schwarze Wand wird zu einer Linie, auf die sie von oben herabschauen.

Clavius kneift die Augen zusammen. »Was sehe ich da?«

Zwei Finger teilen sich, um näher heranzuzoomen. Und dort, senkrecht zur Wand und in ihr, sind die Anfänge kleiner Pixel-Adern zu erkennen, die im Innern verschwinden.

»Das sind Tunnel.« Edmund kann kaum noch stillhalten. Atemlos sagt er: »Mit einem Durchmesser von ungefähr vier Fuß, wo sie sich öffnen. Der Lidar hat Tunneleingänge gefunden.«

Clavius schweigt. Es sieht so aus, als dächte er nach, als verbände er die Fakten auf jene idiosynkratische Weise, die ihn zu einem der mächtigsten Männer im Sonnensystem gemacht hat. Er hebt seine Handgelenkskonsole und projiziert Nous Weg auf dieselbe Wand wie zuvor. Rote Scharfschützenpunkte, kaltblaue Konturen.

Beide fassen den entferntesten Datenpunkt ins Auge.

»Gen«, befiehlt Clavius. »Zeig uns die Zeitstempel für jeden dieser Punkte.«

Gen gehorcht wortlos. Rote Ziffern erscheinen neben jedem Punkt.

07:05 bei einem. *07:10* beim nächsten. *07:15*, *07:20* ... *07:25* beim fernsten Datenpunkt ...

Beide Männer beugen sich vor.

09:05 beim nächsten, auf dem Rückweg nach Hause.

Edmund starrt auf den roten Datenpunkt mit einer Zeitdifferenz von mehr als einer ganzen Stunde gegenüber seinem Vorgänger. Sein Rot scheint zu wachsen. Zu pulsieren. Es pulsiert im Takt mit den Echos in seinem Kopf.

Eins-zwei-drei. Eins-zwei-drei ...

»Ich glaube ...«, sagt Clavius langsam. Er spricht die Wörter äußerst bedächtig aus, findet Edmund, als hoffte auch er, die Pfeiflaute übertönen zu können, die Pfeiflaute, die er selbst vielleicht bis ans Ende seiner Tage hören wird. »Ich glaube, unserer kleinen Nou steht morgen ein großer Tag bevor.«

8

»Nou.«

Edmunds tonlose Stimme. Obwohl sie tief in ihre Gedanken versunken war, zerrte Nou dieses eine Wort in die wirkliche Welt zurück.

Die Veränderung ließ sie blinzeln. Sie war in seinem Büro – jenem kalten, kahlen, ungemütlichen Büro, das sie frösteln ließ –, und ihre Beine hingen von einem der zu hohen Stühle an seinem Unterrichtstisch herab. Die anderen Kinder hatten den Blick ostentativ auf dessen erleuchtete Oberfläche gesenkt, wo irgendwelche schematischen anatomischen Darstellungen auf Erläuterungen warteten.

Edmund stand an der Glastafel. Sein ruhiger Blick war auf sie gerichtet.

»Möchtest du etwas sagen?«

Seine Miene wirkte ebenso ausdruckslos wie seine Stimme, aber etwas anderes war auch gar nicht nötig. Er sah ihr erwartungsvoll in die Augen, als wartete er auf eine Antwort.

Nou war mitten in der Bewegung erstarrt. Sie hatte gerade versucht, unter dem Tisch das Wort *Cyanobakterien* zu buchstabieren. Zwar kannte sie das Gebärdenalphabet mittlerweile in- und auswendig, aber dieses Wort war länger als jedes andere, das sie kannte, länger, als sie es überhaupt für möglich gehalten hatte. Sie lernte es Buchstabe für Buchstabe, Gebärde für Gebärde auswendig und war so darin vertieft gewesen, dass sie gar nicht gemerkt hatte, wie sich die Klasse ihren Arbeitsblättern zuwandte – und ihr Lehrer ihr.

Jetzt wusste sie es, und ihre Wangen brannten.

»In diesem Fall schlage ich vor«, sagte Edmund, »dass du zusammen mit deinen Klassenkameraden die Namen der Zellstrukturen auf dem Tisch aufschreibst. In Zukunft werde ich dich um schriftliche Beiträge bitten. Vielleicht nimmt das deine Aufmerksamkeit etwas mehr in Anspruch.«

Schriftliche …?

Nous Augen traten aus den Höhlen. Sie konnte im Unterricht problemlos schreiben, aber es dann von ihm vorlesen zu lassen …

Ihr Bruder fixierte sie. »Fang an. Jetzt sofort.«

Sie konnte nicht für ihn schreiben, das wusste Nou, und ihre Gedanken liefen im Kreis, als sie den Stift in die Hand nahm und sich dem Tisch zuwandte. Um sie herum war das leise Klirren von Stiften auf Glas zu hören, während die anderen Kinder schweigend arbeiteten – wie immer in Edmunds Stunden –, und über ihr waren seine Augen. Sie ruhten auf ihrem Rücken wie zwei Hände, die sich um ihre Schultern schlossen.

Flagellum. Das kannte sie: der kleine Schwanz, den Bakterien manchmal besaßen. Sie hob ihren Stift.

Er blieb in der Luft stehen.

Cytoplasma. Das kannte sie auch: das Gelee im Innern prokaryotischer Zellen. Sie setzte den Stift auf die Oberfläche, und ein einzelner computerisierter Punkt erblühte.

Unter ihren schweren, geraden Brauen beobachteten Edmunds Augen jede ihrer Bewegungen.

Und Nous Stift wollte sich nicht rühren.

Chromosomale DNA. Zellwand. Ribosomen. Nou beschriftete das gesamte Bakterium mit den Augen. Neben sich hörte sie Schritte und konzentrierte sich noch mehr, ging zur Skizze des europäischen Geschöpfs neben dem terrestrischen über. Derselbe Maßstab, dieselbe Form – die Schritte hielten an, und eine schwarze Wand war neben ihr –, aber fundamental anders. Zum Beispiel kein Cytoplasma, und es war auch keine DNA ... das wusste sie. Ihr Stift erzeugte eine kleine Pixelpfütze um seine Spitze herum. Die schwarze Wand ging in die Hocke, sodass ein Gesicht auf Augenhöhe erschien. Der Stift zitterte.

»Sieh mich an«, sagte Edmund.

Nou gehorchte und stieß ihren ganzen Atem auf einmal aus.

In Edmunds Augen befand sich eine Mauer hinter der anderen.

»Du wirst das vierte Kapitel des Lehrbuchs lesen und einen Aufsatz über die Argumente für und gegen einheimisches Leben auf Europa schreiben«, sagte er. »Dabei legst du einen morphologischen Vergleich von terrestrischen und europäischen Zellen zugrunde. Diesen Aufsatz gibst du vor der Stunde nächste Woche bei mir ab. Ich schlage auch vor, dass du dich künftig konzentrierst und dein unruhiges Herumgezappel unter Kontrolle bringst. Verstanden?«

Die anderen Kinder hatten den Kopf gesenkt und den Blick auf ihre Arbeit gerichtet, aber kein Stift rührte sich. Nou wusste, dass sie außerstande sein würde, für ihn zu nicken, selbst wenn sie es versuchte, bis die Sonne starb.

Edmund richtete sich wieder auf. Unter dem Tisch ergriff jemand ihre Hand und drückte sie – vielleicht Allie, ein Jahr älter, die Furchtloseste in ihrer Klasse, die Nou immer noch manchmal ganz plötzlich umarmte. Für den Rest der Stunde schaute Nou nicht mehr von ihrer Arbeit auf, damit niemand ihre zitternden Lippen und ihre Augen sah, die sich mit Tränen füllten, sosehr sie es auch zu verhindern suchte.

Es widersprach all ihren Instinkten, noch dazubleiben, als die anderen Schülerinnen und Schüler der Reihe nach hinausgingen. Sie stand auf und musste sich an der Lehne ihres Stuhls festhalten, um nicht die Flucht zu ergreifen. Aber es war Donnerstag Nachmittag. Sie wartete reglos und machte sich dabei so klein und still wie möglich, während Edmund die Glastafel reinigte und seinen ohnehin schon makellosen Schreibtisch aufräumte. Nou versuchte immer, durch den Livestream an seiner Wand einen Blick von jener wunderschönen Welt zu erhaschen, jenem mythischen Ort irgendwo auf der Erde, wo es Bäume und riesige offene Flächen gab, die Felder hießen, aber wie gefühlt schon seit Wochen verbarg sich das blaue Himmelszelt auch heute wieder hinter schweren Regenfällen – kaum vorstellbare Ereignisse, bei denen der Wind Wasser vom Himmel riss.

Cyanobakterien. Nou gebärdete jeden Buchstaben im Kopf. Sie hatte gerade gelernt, wie man die Vergangenheitsform gebärdete, und ging auch das durch: *Ich war, ich tat, ich lernte.*

Sie gingen zum Ende des Korridors auf Ebene -2, Edmund vorneweg, Nou hinter ihm her. Sie erreichten die Tür, und bevor es ihr bewusst wurde, hatte sie die Hand zu seiner erhoben. Aber er sah sie nicht – und das war ihr auch ganz recht so. Stattdessen verschränkte sie die Hände auf dem Rücken und tat so, als hielte sie die Hand von jemand anderem, tat so, als wäre es nicht ihr eigener Pulsschlag, der an ihre Fingerspitzen pochte.

Der abgedunkelte Raum wurde nur von den weichen Blautönen der Bildschirme und dem gelegentlichen roten oder grünen Aufleuchten einer Schaltfläche erhellt. Der Schreibtisch war fort; die Sofas waren fort; Bücher, Wandbilder, Teppiche; Persönlichkeit. Es gab nur noch das Bett, die Messgeräte und die Infusionsschläuche.

Ihr Vater lag unter den Decken, mit geschlossenen Augen. Sein schlaffer Kopf wurde von einem Kissen gestützt; der rasierte Schädel war mit weißen, flechtenartigen Sensorplättchen gepflastert. Seine nackten Unterarme, die mit nach oben gekehrten Handflächen dalagen, wiesen jeweils mehrere Reihen von Anschlüssen auf, und an fast jedem Daumen und Finger war ein Überwachungsclip befestigt. Zu allen Seiten rankten sich Kabel wie Efeu empor. Weit entfernt von dem Universalgelehrten, der Stern mit dem Bleistift an einer Wand entworfen hatte, oder dem Vater, der sie wie durch Zauberei zum glücklichsten Mädchen der Welt gemacht hatte, indem er sie einfach nur anlächelte, war der König von Pluto nun ein stummer, skelettartiger Baum, der einsam im Garten seiner eigenen Schöpfung stand.

Als Erstes würde sie Hallo sagen. Das war nur eine Handbewegung. *Es ist schön, dich zu sehen,* käme als Nächstes; auch das wusste sie. Sie vollführte die Gebärden hinter ihrem Rücken, als sie sich dem Bett näherten.

Edmund zog sich einen Stuhl heran und setzte sich. Nou folgte seinem Beispiel.

Cyanobakterien. Sie konfigurierte die Gebärden im Kopf. *Heute habe ich gelernt, dass Cyanobakterien zu den ersten Lebewesen auf der Erde gehörten.*

Bis auf das stetige Piepsen des Herz-Monitors und die rhythmischen Atemzüge aus dem Ventilator war es still im Zimmer. Es gab bestimmte Stellen in diesem Raum, wohin sie niemals blicken konnte: die Stellen, wo Schläuche in der Haut verschwanden; wo sich Adern aus seidenpapierartiger Haut hervorwölbten; sein Gesicht, das Gesicht, bei dem sie sich niemals entschuldigen konnte.

Neben ihr hielt Edmund die Hände im Schoß gefaltet. Nou spürte seine Anwesenheit so stark, als stünde sie draußen unter den Sternen und die Thermozirkulation ihres Anzugs wäre auf einer Seite ausgefallen.

Wie geht es dir, Dad?

Das war es, was sie sagen würde. Das war es, was sie sagen konnte, wie sie wusste. Aber Nous Hände wollten sich nicht bewegen. Und sie wusste mit der ganzen hoffnungslosen Übelkeit vor dem nächtlichen Erbrechen, dass sie außerstande war, auch nur die Hand zu heben.

Vor der nächsten Biologiestunde hatte Nou unverhofftes Glück: Edmund und die beiden Xenobiologinnen, Mallory und die andere, mit der Nou noch nie gesprochen hatte, brachen früher als geplant zu einer Expedition in die andere Hemisphäre auf. Die drei waren tagsüber oft unterwegs und übernachteten manchmal sogar in einer der kleinen Rettungshütten für die unversehens in Not geratenen Ausflügler überall auf dem Planeten. Aber es klang, als gäbe es da draußen etwas Wichtiges, was nicht warten konnte.

Nou brauchte keine Hausaufgaben für eine Stunde zu machen, die jetzt ausfiel, aber sie musste Edmund ihren Aufsatz schicken. Sie gab sich besonders viel Mühe damit, empfand tiefe Wärme bei der Vorstellung, wie ihr Bruder sich in einer der Hütten mit gefurchten Brauen auf den Ellbogen stützte und sorgfältig ihre Arbeit studierte ... Selbst als sie den Aufsatz einen Tag später mit einer Drei minus zurückbekam, hielt sie an dieser Vision noch fest. Wenn er fort war, würde er vielleicht merken, wie sehr sie ihm fehlte ...

»Warte mal.« Lucian legte sogar seine Uhrmacher-Pinzette weg. »Du bist ... wie alt, zehn, stimmt's?«

Sie befanden sich in der Werkstatt der Terraformer, in ihren typischen Positionen, die sich im Lauf der Monate seit deren Entstehung herausgebildet hatten: Lucian entwarf, simulierte oder baute irgendetwas, und Nou an seiner Seite half ihm, wo sie nur konnte. An diesem besonderen Tag ging es auf sieben Uhr abends zu. Die Beleuchtung war zu einem warmen Orange heruntergedimmt; Joules, der Programmierer – ein ernster Mann, mit dem zu sprechen Nou zu schüchtern war –, arbeitete an seinem Schreibtisch; Stan und sein Freund Percy, Parkins Enkel, diskutierten in gedämpftem, aber angeregtem Ton am anderen Ende des Raumes über irgendetwas; als Nou zu ihnen hinübersah, hätte sie schwören können, dass sie Wackelaugen auf diverse Laborgegenstände klebten. Eine von Lucians Indie-Bands aus dem einundzwanzigsten Jahrhundert spielte mehr oder minder für sich allein am Rand der Hörbarkeit, ein träger Bass vor dem Herzschlag einer Trommel.

Nou arbeitete sich neben ihm auf der Arbeitsplatte durch ein paar Bruchrechnungen. Sie nickte als Reaktion auf seine Frage; erst in ein paar Monaten würde sie elf werden.

»Und er gibt dir Noten mit Plus und Minus für deine Aufsätze? Augenblick ...« Die gerade erst aufgenommene

Pinzette wurde wieder hingelegt. »Du bist erst zehn und sollst *Aufsätze* schreiben?«

Nou wusste nicht, was sie dazu sagen sollte. Aber Lucian sagte und tat schließlich so viele seltsame Dinge; vielleicht kam ihm das, was die Leute auf Pluto sagten und taten, auch seltsam vor. Sie nickte erneut.

»*Tja*« – er schaute mit zusammengekniffenen Augen durch seine Vergrößerungsgläser auf sein Werk – »man hat mich gebeten, bis zu seiner Rückkehr den Unterricht zu übernehmen, also kannst du davon ausgehen, dass *damit* Schluss ist.«

Auch die Abwesenheit der Biologinnen schien Lucian nicht kaltzulassen. Während Nou Mallory bei ihren Gebärdensprache-Sitzungen vermisste – sie vermisste ihre Geschichten von den winzigen Geschöpfen auf Europa; vermisste ihre hübschen Frisuren, Zöpfe wie Heiligenscheine, die Nou nie so hinbekam, egal, wie lange sie es versuchte; vermisste es, wie ihr vertrauliches Lächeln sie dazu brachte, sich wie ein besonderer Mensch zu fühlen, jemand, der in ein Geheimnis eingeweiht worden war –, verspürte Lucian eindeutig Sehnsucht nach ihr. Er hatte angefangen, in die Ferne zu blicken, wenn es für ihn gerade nichts zu tun gab, manchmal sogar dann, wenn es etwas zu tun gab. Es war schön, dass er eine Freundin hatte, fand Nou: schön, dass er jemanden hatte, an dem ihm etwas lag. Anfangs musste es schrecklich einsam gewesen sein, das gesamte Sonnensystem zu durchqueren.

Es gab einen Sternenschauer, als Lucian vorsichtig einen bezaubernden grünen Stein an einen Draht lötete. Die Funken tanzten an seine Brille. In Nous Augen tanzten sie weiter, wenn sie zu lange hinsah, kleine grüne und lila

Punkte, selbst nachdem sie den Blick abgewandt hatte. Aber sie konnte nicht anders, als ihnen zuzusehen.

Das gesamte Sonnensystem ...

Sie tippte ihm an den Ärmel seines Wollpullovers. Er legte die Pinzette und den Lötkolben wieder weg.

Wird so unsere neue Sonne aussehen?, gebärdete sie. Oder zumindest war das die Quintessenz: Tatsächlich sagten ihre Hände so etwas wie *Lichter-unsere-Sonne-so?*, aber ihre Sätze wurden von Tag zu Tag zusammenhängender.

Lucian musste das Wesentliche verstanden haben, denn er schob seine Brille hoch und sah sie eine Weile an.

»Hab ich dir noch nie gezeigt, wie Plutoshine aussehen wird?«

Jetzt, wo seine Hände frei waren, sprach er die Wörter nicht nur laut aus, sondern gebärdete sie auch – langsam und bedächtig, wobei er darauf achtete, dass sie ihm folgen konnte. Das gelang Nou nicht immer, aber in diesem Raum mit seinen von Brandflecken übersäten Werkbänken, den roten Werkzeugkästen und den vielen Bildschirmen, über die Codes liefen, machte sie zumindest Fortschritte.

Geduldig wartete Lucian auf eine Antwort. Ihre Gespräche nahmen häufig so viel Zeit in Anspruch, aber es schien ihm nie etwas auszumachen. Sie kam gar nicht auf den Gedanken, dass sie nun tatsächlich auf einer gemeinsamen Basis *antwortete*.

Nou legte die Hand um den Panikknopf an ihrem Handgelenk und sammelte sich.

Tja, setzte sie an – das war eines ihrer Lieblingswörter, weil es ihr einen Moment Zeit zum Nachdenken gab, während sie es genauso machte wie Lucian, der jeden zweiten

Satz damit einleitete –, *ich weiß eigentlich gar nicht, was Plutoshine ist.*

Sie schien eine Ewigkeit für den Satz zu brauchen, vor allem als sie zu »shine« kam und es buchstabierte, weil sie die Gebärde dafür nicht kannte.

»*Shine* geht so«, sagte Lucian mit seiner offenbar unerschöpflichen Geduld und gebärdete das neue Wort besonders sorgfältig. »Versuch das Wort auch mit dem Mund zu formen, wenn du es gebärdest.«

Nou tat es zusammen mit ihm, prägte es dem motorischen Gedächtnis ein. Aber sie war noch weit davon entfernt, auch nur Sprechbewegungen zu machen.

Plutoshine. Sie fragte: *Was ist Plutoshine?*

Hinter ihnen sagte Percy gerade zu Stan: »Du klebst sie vorne drauf, und es wird ein Raubtier, verstehst du? Beutetiere haben die Augen an den Seiten, damit sie's rechtzeitig merken, wenn sie gefressen werden sollen, aber Raubtiere schauen nach vorn.«

»Plutoshine«, sagte und gebärdete Lucian, »ist der Name des langfristigen Terraformingplans für Pluto. Damals in den Zehnerjahren hat Clavius Harbour ... Herrje.« Er zwinkerte ihr zu. »Ich vergesse dauernd, dass er dein Vater ist. Ein verrückter Wissenschaftler, der zu einem verrückten Geschäftsmann wurde, Erschaffer einer strahlenden Zukunft für die ganze Menschheit und so weiter. Man könnte ebenso gut sagen, dein Dad sei Albert Einstein oder ... oder Mark Alexander.«

Nou sah ihn nur verständnislos an. Lucian fiel das Kinn herunter.

»Bitte, bitte sag mir, dass du schon mal was von Dignity at All Times gehört hast? Der Band? Dort ist er der Sänger.«

Von denen hatte Nou zwar noch nie gehört, aber das war nicht weiter schlimm, weil sie anscheinend bald etwas von ihnen hören würde, nämlich am nächsten Tombaugh-Tag, wenn Lucians Band eine Unmenge ihrer Hits coverte.

»Na also, jedenfalls« – er ließ seine Hände flattern – »vor ungefähr zwanzig Jahren beschließt dein Dad, ein Bursche namens Clavius Harbour, auf Pluto eine Gemeinschaft zu gründen. Warum auch nicht – er ist wahrscheinlich der mächtigste Einzelgänger im ganzen Sonnensystem, er kann tun, was er will. Na ja, im Rahmen des Vertrags für die Äußeren Territorien natürlich, aber er kriegt seinen Plan problemlos durch. Er sorgt dafür, dass Roboter herkommen und alles abchecken, während er am Konzept für die Basis bastelt. Dann beginnen er und die Terraformer – also Halley –, Ideen zu schmieden, um Pluto ein bisschen gastfreundlicher zu machen. Nochmals, warum auch nicht – ich kann die Proteste der Terraforminggegner gut verstehen, aber mal ehrlich, warum sollte man eine Welt, die dich umzubringen versucht, nicht in eine ummodeln, die dich freundlich behandelt, solange man kein einheimisches Leben schädigt? Und wenn man sich's recht überlegt, wir Menschen haben die Natur jahrtausendelang umgemodelt – Terraforming ist genau dasselbe, nur auf einer ganz neuen Ebene. Denk an die Entwicklung von Wölfen zu Border Collies.«

Nou saß mit dem Stift in der Hand reglos da. Ihre Hausarbeit war vergessen. Sie hatte noch nie einen Erwachsenen so reden hören: als wäre sie klug genug, dass man ihr die Dinge einfach so erklären konnte, wie sie waren. Als wäre sie die Zeit wert, die es kostete, sie zu erklären. Und als sie ihn von ihrem Vater sprechen hörte – und in so hohen Tönen –, erfüllte sie das bis oben hin mit Wärme. Sie konzentrierte sich mit aller Macht, um ja nichts zu verpassen.

Lucian sprach weiter, wobei er sich ein paar verirrte Locken, die sich in seiner Erregung gelöst hatten, hinter beide Ohren klemmte. Es schien ihn nicht zu stören, dass die Arbeit stockte; sein Projekt lag ebenfalls vergessen da.

»Okay, zurück zu der Geschichte. Du weißt, dass ›Terraforming‹ im Wortsinn bedeutet, etwas erdähnlich zu machen?«

Nou nickte heftig. Ihre Gedanken rasten, damit sie nicht den Anschluss verlor. Drei Viertel seiner Gebärden blieben ihr zwar unverständlich, aber das spielte keine Rolle; sie hatte den Verdacht, dass er beim Reden nur gebärdete, damit sie sich weniger befangen fühlte, wenn sie es selber tat.

»Also, das ist der Plan, das ist das große Finale für jeden Terraformer. Clavius wollte die Sonne zu Pluto bringen, entweder durch diese kolossale Idee mit den Fusionsreaktoren, die er schon früh wieder verwarf, oder ... durch einen Solarspiegel.«

Er öffnete die Schublade unter ihm in der Arbeitsbank, und Nou sah zu ihrem Entzücken die Handschuhe darin liegen. Sie beugte sich unwillkürlich vor, um sie noch einmal genauer zu betrachten. Sie waren so schön, wie sie sie in Erinnerung hatte: filigrane Silberdrähte wie feine Spitze, an den Gelenken und Knöcheln mit Objekten bestückt, bei denen es sich nur um Juwelen handeln konnte, tiefes Rosarot für Rubine, Blauschwarz für Saphire, Grün wie die riesige Atlas-Zeder in den Parkanlagen für Smaragde. Die beiden Handschuhe leuchteten, als Lucian sie unter dem Schein der abendlichen Lichter hin und her drehte, und schienen Feuer zu fangen.

»Ich glaube, ich habe dir schon vor Monaten eine Demonstration versprochen«, sagte er nachdenklich. »Du hättest mich knuffen sollen. Komm einfach zu mir und knuffe mich, wenn ich meine Versprechen nicht halte.«

Die Uhrmacherbrille wurde abgenommen, der Pullover ausgezogen. Die Ärmel wurden hochgekrempelt, die Haare mit dem Bleistift auf dem Hinterkopf festgesteckt, die Handschuhe angezogen. Der kleine silberne Stirnreif mit den runden weißen Pads wurde angelegt.

Hinter ihnen befand sich das erhöhte Podium mit seinen drei Säulen, still und schlafend.

»Die Erde war der erste Ort, der Solarspiegel bekommen hat«, sagte er, als er vor ihnen stehen blieb. »Die Leute wollten das ganze Jahr hindurch Nutzpflanzen anbauen, und sie hatten ihre Erfolge und auch ihre Fehlschläge dabei. Vor etwas mehr als fünfzig Jahren zog der Mars die Sache dann ebenfalls durch, und alles ging schrecklich schief. Denk an Ameisen und Vergrößerungsgläser. Kurz danach kamen die Spiegel aus der Mode, und gerade jetzt erst starten sie ihr Comeback. Und ich vermute mal« – er verzog das Gesicht zu einer schmerzerfüllten Grimasse – »beim Terraforming ist es im Grunde genauso gelaufen. Die Leute kommen einem auch jetzt noch mit diesem Spiegel, selbst nachdem all die Asteroiden eingefangen, die Karbonate gewonnen und die WEKs gebaut worden sind ... Windfarmen zur Erzeugung von Kohlenwasserstoffen«, erklärte er, weil er die Frage in ihrem Gesicht sah, noch während sie hastig versuchte, sie zu verbergen. »Gute Sachen geschehen so langsam, dass die Leute es gar nicht mitkriegen. Schlimme Sachen kommen in die

Nachrichten. Willst du die Wahrheit wissen? Ich vermute, noch so ein größerer Unfall könnte dem Terraforming ein für alle Mal den Garaus machen ...«

Nou huschte an seine Seite, zwischen zwei der großen Säulen aus gebürstetem Metall. Aus der Nähe wirkten sie riesig, sie erstreckten sich mindestens bis zum Doppelten von Lucians nicht unbeträchtlicher Körpergröße nach oben. Dabei verjüngten sie sich, was den turmhohen Eindruck noch verstärkte. Sie rückte ein wenig näher an ihn heran.

Er folgte ihrem Blick.

»Diese Burschen hier sind Triangulatoren«, erklärte er und zeigte von einer Säule zur nächsten. »Sie projizieren Dinge in 3-D in ihre Mitte, und der Raum kann so groß sein, wie der Platz es erlaubt. An diesem ersten Abend in den Parkanlagen konnte ich einfach nicht widerstehen und habe drei tragbare Versionen aufstellen lassen. Ein geringfügiger Qualitätsverlust, aber *Mann*, all dieser Raum. Hat sich gelohnt.«

Nou nickte andauernd. Er sprach von Zauberei, das wusste sie. Er war ein echter Zauberer.

Lucian tippte sich an den Stirnreif an seinen Schläfen.

»Weiter im Text. Dieses Ding hier konvertiert die Signale meines Gehirns in etwas, das die Triangulatoren-Computer lesen können. Und die hier« – er hob beide Hände, und die Drähte und kleinen Edelsteine an seinen Handgelenken blinkten im Licht – »die konvertieren meine Bewegungen ins Virtuelle und projizieren das dann in Echtzeit dorthin, wo wir es uns anschauen können. Allerdings scheint jemand das selbst mal ausprobiert zu haben, sie sind nämlich ein bisschen enger als beim letzten Mal, als ich sie angehabt habe ...«

Er schien drauf und dran, in die Hände zu klatschen, wie er es häufig tat, erinnerte sich dann jedoch offenbar gerade noch rechtzeitig an die empfindlichen Handschuhe.

»Plutoshine, ja, richtig, auf geht's.«

Was soll ich tun? Nou blickte zu ihm hinauf.

Sie sah, dass er bereits in jenen anderen Bewusstseinszustand verfiel: denjenigen, in dem er mehr als nur Lucian war. Wie leicht man das vergaß, wenn man ihn in seinem karierten Hemd und seinen ausgefransten Jeans vor sich sah, mit diesem goldenen Medaillon auf der Brust. Wie leicht man vergaß, dass er hier war, um Pluto wieder aufzuwecken.

Schon wurden jegliche Spuren von Scherz und Gelächter getilgt. Seine Schultern strafften sich; seine Brust hob sich und senkte sich stetig; seine Hände waren erhoben, als wollte er etwas auffangen. Seine Augen schlossen sich.

Lucian, der Terraformer, sagte: »Bleib genau da, wo du bist.«

Und wie aus dem Nichts – wie durch Zauberei – erschien der Spiegel, so plötzlich, dass sie zurückzuckte. Der simulierte Spiegel war konkav, kreisrund und so silbern wie der See in den Parkanlagen bei Windstille. Außerdem war er gigantisch: Nou fiel ein, dass Halley einmal gesagt hatte, seine zentrale Antenne sei so hoch wie Stern, und diese Höhe konnte sie nicht einmal erkennen. Der Spiegel hatte bestimmt einen Gesamtdurchmesser von ... Nou versuchte vergeblich, einen plausiblen Schätzwert zu finden.

»Dreihundert Kilometer«, sagte Lucian. Er wirkte so zufrieden wie eine Katze, die zwischen den Ohren gekrault wurde – schwere Lider, entspanntes Gesicht, flüssige, beinahe meditative Bewegungen. »Wir haben uns letztlich für den größeren Entwurf entschieden. Mehr als zwölf Prozent des Durchmessers des gesamten Planeten.«

Nou fiel das Kinn herunter.

»Du hast richtig gehört. Genauso sieht unser Spiegel im Augenblick aus, so haben wir ihn mit den Rohstoffen von Styx im Weltraum gebaut. Das heißt, *ganz* fertig ist er noch nicht – siehst du, dass unten links noch ein paar Platten fehlen?«

Der Spiegel zoomte mit solcher Geschwindigkeit heran, dass Nou spürte, wie ein Schwindelgefühl den Raum zwischen ihren Ohren erschütterte. Jetzt waren die kleinen Lücken im silbernen See nicht mehr zu übersehen.

»Die werden wir rechtzeitig zum Tombaugh-Tag geschlossen haben«, erklärte Lucian zuversichtlich. Er drehte den Spiegel, sodass er die kärglichen Sonnenstrahlen einfing und aufleuchtete wie eine Million Kristalle. »Wenn du dir den Spiegel so vorstellst, als würde man die Heizung aufdrehen, dann kommen hier unsere Schutzengel-Asteroiden ...«

Mo, gebärdete Nou mit einem Lächeln, als sie sich daran erinnerte.

»Ja, Mo, und sie entsprechen dem Versuch, euch in hübsche warme Decken einzupacken – sie verschaffen euch eine Atmosphäre, die die Wärme des Spiegels festhält. Durch diese Wärme schmilzt das Bodeneis, wodurch weiteres Gas in die Atmosphäre gepumpt wird. Je dicker sie wird, desto mehr Wärme speichert sie, desto mehr Eis schmilzt ... Das nennt man einen positiven Rückkopplungseffekt. Der Zyklus läuft immer weiter, bis sich schließlich etwas menschenfreundlichere Temperaturen einstellen. Und da hast du es – das ist Projekt Plutoshine. Das ist unser Terraformingplan.«

Hätte Nou sprechen können, sie wäre sprachlos gewesen. Sie konfigurierte die Gebärden in ihrem Kopf, bevor sie es versuchte.

Hast du dir das ausgedacht?

»Nein, nein. Bloß den Spiegel.« Lucian wackelte vergnügt mit den Schultern. »Aber die Handschuhe sind eine superbequeme Methode, die näher kommenden Schutzengel-Asteroiden im Auge zu behalten, also habe ich Halley dabei geholfen. Und Joules, er ist der Chefprogrammierer dahinter. Sollte einer unserer Schutzengel vom Kurs abweichen, könnte ich einfach die Handschuhe anziehen, mich mit diesen Triangulatoren verbinden und seine Flugbahn schneller verändern, als ein Programmierer wüsste, wo er suchen sollte.«

Nou erwog das alles einen Moment lang.

Das ist eine dumme Frage, aber ...

»So etwas gibt es nicht.«

Nou sah zu ihm auf.

»So etwas wie eine dumme Frage.« Lucian hob eine Hand, um die sanfte Rotation des Spiegels zu stoppen, dann wandte er sich ihr ganz ernst zu. »Das weißt du doch, oder?«

Sein geduldiger, ruhiger Blick. Keine Frage, um das Schweigen zu füllen. Sie merkte immer mehr, dass alles, was Lucian sagte und tat, echt war. Nou hob die Hände und stellte fest, dass sie außerstande war, ihm zu antworten.

»Du kannst mich fragen, warum er so groß sein muss, warum er so glänzt, oder sogar, warum ich mir nie und nimmer einen Bart stehen lassen werde.«

Das brachte sie zum Lächeln.

Warum wirst du dir nie und nimmer einen Bart stehen lassen?

Lucian beugte sich näher zu ihr.

»Weil er gelbbraun wäre«, flüsterte er. »Also« – er richtete sich auf und hob die Stimme – »stell mir deine nicht-so-dumme Frage.«

Nou hatte so viele, dass sie gar nicht wusste, wo sie anfangen sollte.

Warum muss er so groß sein?

»Das hat zwei Gründe«, erklärte er ihr. »Wenn du einen errätst, verrate ich dir den anderen.«

Nou blickte von dem schimmernden Spiegel zu den winzigen, gerade eben noch sichtbaren Lichtpunkten um ihn herum. Sie suchte, bis sie einen bestimmten fand.

Weil wir so weit von der Sonne entfernt sind?, wagte sie zu vermuten.

»Ganz genau. Der zweite ist ein bisschen komplizierter, und das hat mit dem Winkel zu tun, in dem das Sonnenlicht auf die Platten treffen muss. Siehst du seine Krümmung? Das nennt man eine Parabel. Tatsächlich könnten wir ihn noch etwas mehr auf die Sonne ausrichten und weitaus mehr Energie einfangen, aber dann würden wir eine Überhitzung riskieren.«

Nicht gut?, riet Nou.

»Gar nicht gut.« Lucian ließ die Zähne aufeinanderklackern. »Da wäre niemand gern in der Nähe. Vergrößerungsgläser und Ameisen, weißt du noch? Aber wir brauchen den Winkel der Platten, deshalb muss die Schüsselform so riesengroß sein.« Er grinste sie an. »Stell mir noch eine Frage. Ich mag es, wenn man mir Fragen stellt. Dann muss ich meine grauen Zellen anstrengen, und weil das so selten vorkommt, ist es bestimmt eine gute Übung.«

Nou brauchte keine weitere Ermutigung. Allmählich kam sie immer besser mit den Fragegebärden zurecht, und am Ende ihres Gesprächs ging es schon schneller und flüssiger als am Anfang. Natürlich wusste sie nicht, dass Lucian sie genau deshalb auch ermutigt hatte.

Der Terraformer und seine kleine Freundin verbrachten viele lehrreiche Abende mit diesen Handschuhen. Lucian zeigte ihr die Modelle des herannahenden Schutzengels, Mo, oder er überwachte die robotergesteuerte Sautierung von Styx, als die letzten Spiegelplatten eingesetzt wurden. An manchen Abenden bat einer der anderen Forscher, Kip, seine neueste Simulation der Eisflächenzerfalls sehen zu dürfen (obwohl Nou nur selten verstand, was sie dort sah), oder Lucian half Stan bei einem Entwurf: vergoldete, versilberte Dinge, für die Nou keine Wörter kannte. Die Akronyme, die sie benutzten – wie FVPK (*faserverstärkte Polymerkomposite*) und TRG (*Technologie-Reifegrad*) –, waren eine faszinierende neue Sprache, die sie genauso bereitwillig lernte wie die neuen Gebärden.

Was Lucian betraf, so brauchte er vielleicht länger, als sein Stolz es zuließ, um zu erkennen, dass Nou ihre Schlafenszeit immer weiter überschritt. Oft stand er um neun Uhr abends auf und nahm seine Ohrstöpsel heraus, wenn sich seine Mum und seine Schwestern in ihrer letzten Nachricht von ihm verabschiedet hatten, und fand sie noch immer in irgendeine kleine Aufgabe vertieft, die er ihr gestellt hatte – diese Kabel zu beschriften oder jene Unsicherheiten zu berechnen und dergleichen. Dann waren die übermüdeten Augen so groß wie Untertassen. Noch öfter war sie bereits fest eingeschlafen, den Kopf auf der

Arbeitsplatte zwischen angekokelten Platin-Fäden, oder zusammengesunken über der PDW auf seinem Glas-Pad (*Planung und Durchführung von Weltraummissionen*, oder *PDWibel*, wie er sie nannte). In solchen Nächten trug er sie eigenhändig zu ihrer Unterkunft, federleicht und knochenlos, wie es nur schlafende Kinder sein können. Doch selbst wenn dort niemand öffnete, kam er gar nicht auf den Gedanken, sie könnte allein zu Hause sein.

Edmund Harbour war kein grausamer Mensch, weil er Nou unbeaufsichtigt ließ. Sie litt keinen Hunger und fror auch nicht, und es war lächerlich zu glauben, dass sie in der Basis, wo jeder jeden kannte, in Gefahr sein könnte. Trotzdem wurden Lucians Augen und seine Kinnpartie hart, wenn er sie danach fragte und sie nur die Achseln zuckte.

Ich finde es gut, wenn ich die Räume für mich allein habe, gebärdete sie auf ihre indifferente, zurückhaltende Art. Bloß keinen Ärger machen. So war sie erzogen worden, begann er zu denken. Dazu erzogen, keine Fragen zu stellen.

In Wirklichkeit war Nou momentan um eine Größenordnung glücklicher als in der ganzen bisherigen Zeit seit dem Unfall. Mit der Aufwallung von Angst (Magnet trifft auf Magneten), wann immer sie ihre Unterkunft betrat – sie blieb reglos vor der Tür stehen und horchte; rechnete sich aus, ob er noch in seinem Labor sein würde, umgeben von seinen Petrischalen –, war es vorbei. Ebenso mit dem hyperaufmerksamen Absuchen der Stühle in der Kantine nach einem sorgfältig frisierten dunklen Hinterkopf und mit dem abrupt einsetzenden Pochen ihres Herzschlags, wenn sich im Gang eine dunkle Hose und ein dunkler Rollkragenpullover näherten. Im Lauf der Wochen wurden ihre Gebärden offener, ihre Gesten schwungvoller: das Äquivalent zu deutlicherem Sprechen. Bei dem Gedanken an ihre wöchentlichen Sitzungen mit Lucian – und manchmal, per Video, auch mit Mallory – leuchteten ihre Augen auf: Statt nur herumzusitzen und zu gebärden, gingen sie öfter schwimmen oder machten einen Spaziergang um den See in den Parkanlagen. Einmal besuchten sie die Bienen der Basis; ein andermal machten sie Pflaumenmus aus der Winterernte, beide bis zu den Ellbogen in dem klebrigen, süß riechenden Brei. Nou beschriftete ihr Glas sorgfältig und hütete es wie ihren Augapfel.

Es waren die alltäglichen Interaktionen, die sie dazu brachten, kontinuierlich weiterzuüben: die lockeren Gespräche, das Zusammengehörigkeitsgefühl. Jeden Morgen, bevor die Beleuchtung zum Zeichen für den Tagesanbruch heller wurde, saß sie im Schneidersitz in ihrer Schlafgondel und brachte sich Wörter bei, manchmal welche, die sie nicht einmal hätte aussprechen können. Die Leute im Labor gebärdeten *Guten Morgen* oder *Wie geht es dir?*, wenn sie hereinkam, insbesondere Joules – der Stille, Ernste und ein wenig Furchteinflößende –, und Nou fragte sich, ob das Gebärden auch ansonsten eher wortkargen Menschen das Sprechen erleichterte. Stan – noch so ein stilles Wasser – gebärdete ebenfalls, wenn auch unbeholfen und zaghaft, und Nou nickte dann meist ermutigend, weil er sich solche Mühe gab, und seine Freundlichkeit rührte sie fast zu Tränen.

Im Grunde übte sie jedoch für Lucian. Lucian, den sie mit einer ungestümen, unkomplizierten, bedingungslosen Hingabe liebte – so wie sie früher einmal ihren Bruder und ihren Vater geliebt hatte. Lucian, der sie nicht bemitleidete, nicht zu heilen versuchte und auch nicht so tat, als wäre sie nicht so, wie sie war. Lucian versuchte einfach nur zu helfen. Als sie sich einmal mit Stan und Joules in Gebärdensprache unterhielt, fing sie über deren Schultern hinweg seinen Blick auf, und er zeigte ihr zwei in die Höhe gereckte Daumen und ein Grinsen. Ein andermal gebärdete sie eine Zahl nach der anderen, irgendeinen aus dreißig Ziffern bestehenden Wert aus dem Computer, damit er dessen Richtigkeit bestätigte, und er bezeichnete sie als Lebensretterin. Und als sie endlich den Unterschied zwischen Masse und Gewicht verstand und deren Gebärden in einem Satz korrekt benutzte, legte er ihr die Hände auf die Schultern und erklärte ihr, sie sei ein Star. Nou konnte sich nicht erinnern, jemals zuvor als Star tituliert worden zu sein. Ihr war noch nie in den Sinn gekommen, dass sie einer sein könnte.

Als die Wochen verstrichen, trafen hin und wieder Nachrichten von Edmund und den Xenobiologinnen ein. Sie erforschten eine potenzielle Wärmeanomalie und waren auf ein Netz subglazialer Hohlräume gestoßen, die vielleicht etwas mit einem benachbarten kryovulkanischen Gebiet zu tun hatten. Sie würden länger als geplant dort bleiben, sagten sie in der Videobotschaft, alle drei um einen Esstisch in ihrer Hütte versammelt. Es war Mallory, die sprach, immer noch mit ihren glänzenden, kunstvoll gestylten Haaren und ihren Augen, die immerzu heimlich über etwas zu lachen schienen, aber Nou hielt den Blick auf ihren Bruder gerichtet. Sie starrte ihn an, als hätte sie ihn noch nie gesehen; als könnte sie sich einreden, dass er eine ebenso fremde Person für sie wäre wie die andere Biologin, die hochgewachsene, stille Frau.

Das Video kam jedoch an einem Donnerstag. Es war Mittagszeit, Nou saß inmitten ihrer Schulkameraden, und als sie ihren Bruder, den Fremden, anstarrte, war sie ganz plötzlich außerstande, ihre Blumenkohl-Senf-Suppe anzurühren. Die alte Angst ergriff von ihr Besitz und machte sie bewegungsunfähig, als hätten sich in ihrem Drang, in alle Richtungen zugleich zu fliehen, die Kräfte gegenseitig aufgehoben, um sie an Ort und Stelle festzuhalten.

Zum ersten Mal wünschte sie, sie könnte die nächste Unterrichtsstunde auslassen. Bei Lucian wurde Biologie zu einem Spiel, einer Geschichte, und wenn die anderen Kinder lange genug bettelten, erzählte er ihnen manchmal von seiner Zeit auf der Erde: wie schwer die Füße dort waren; dass der Himmel einen nicht umzubringen versuchte; dass das Leben noch in die kleinste Nische gesickert war. Und wenn sie richtiges Glück hatten, zog er die Handschuhe an und zeigte ihnen Bakterien in drei Dimensionen, zappelnd, zerplatzend und monströs aufgebläht. Sie sprachen ihn mit *Sir* an und verstummten, wenn er sprach, und es war eine weithin bekannte Tatsache, dass er der coolste Lehrer im ganzen Sonnensystem war. Doch bis zu Edmunds Botschaft war Nou immer so fasziniert von diesen Unterrichtsstunden gewesen, dass sie gar nicht mehr daran gedacht hatte, was unweigerlich auf sie folgte. Sie hatte vergessen, was ihre Pflicht war.

Es widersprach all ihren Instinkten, noch dazubleiben, als die anderen Schülerinnen und Schüler der Reihe nach hinausgingen. Sie stand auf und musste sich an der Lehne ihres Stuhls festhalten, um nicht die Flucht zu ergreifen. Aber es war Donnerstag Nachmittag.

Lucian reinigte die Tafel. Sie befanden sich in einem der dafür vorgesehenen Seminarräume, und Nou wartete, bis er sie ansah.

»Na, wie läuft's?«, fragte er, als er sie bemerkte, lächelte ungezwungen und wischte mit seiner Hand Pixel weg. Er sprach und gebärdete in ihrer Geheimsprache: »Schon aufgeregt wegen des Tombaugh-Tags? Ist nicht mehr lange hin, und so, wie ihr euch verhaltet, muss er etwas Besonderes sein.«

Nou wusste, was sie ihn fragen wollte, und sie wusste auch, wie sie es gebärden musste, aber ihre Schüchternheit bewirkte, dass sie den Kopf senkte, und hielt ihr die Hände fest.

Würdest du ...?, begann sie.

Es war üblich, beim Gebärden Blickkontakt aufzunehmen, aber sie stellte fest, dass sie stattdessen mit dem Stern-Basis-Aufnäher an seinem schief gestrickten Pullover beschäftigt war. QUICQUID CAPIT stand darauf. Das bedeutete *Was auch immer notwendig ist* – Worte, die Pluto-Fans jahrhundertelang zueinander gesagt hatten, vor Stern, lange bevor die *New-Horizons*-Mission überhaupt einen Namen gehabt hatte.

Nou versuchte es erneut. *Würdest du ...?*

Es hatte keinen Zweck. Aber sie hatte sich auf diesen Fall vorbereitet, also gab sie ihm stattdessen den Zettel. Als er gelesen hatte, was darauf stand, sah er sie mit ernster Miene an.

»Natürlich«, sagte er leise. »Wir gehen jetzt sofort hin, wenn du willst.«

Und obwohl Nous Herz bei dem Gedanken daran schneller schlug und jeder Instinkt ihr riet, es lieber bleiben zu lassen, wusste sie, dass sie einen Schritt hin zu etwas Gutem gemacht hatte. Sie hatte jemanden gebeten, etwas für sie zu tun. Ihr Körper war ein kleines Stück in jenen kleinen Raum hineingewachsen, den er in der Welt einnahm.

Nebeneinander gingen sie zum Ende des Korridors auf Ebene -2. Sie erreichten die Tür, und bevor es ihr bewusst wurde, hatte sie die Hand zu seiner erhoben. Sie zögerte – Elektrizität schoss durch ihre Handgelenke bis in ihre Haarwurzeln –, dann umklammerte sie seine Hand, zum allerersten Mal. Lucian reagierte darauf, indem er sanft zudrückte. Seine Hand war warm, und sie spürte seinen schnellen Pulsschlag an ihren Fingerspitzen.

Derselbe abgedunkelte Raum. Dasselbe Piepsen des Herz-Monitors. Die rhythmischen Atemzüge aus dem Ventilator. So wie schon seit über einem Jahr.

Sie spürte, wie sich Lucian beim Anblick des Bettes versteifte. Wissen war eine Sache, Sehen eine andere.

Nun war es Nou, die Lucians Hand drückte, ihn beruhigte, bevor sie losließ und ans Bett trat. Ihre Hände zitterten, aber die Worte standen fest und klar in ihrem Geist, als sie gebärdete: *Hallo, Dad.*

Sie atmete langsam ein und tat so, als wäre sie Lucian. Immer ruhig, immer stark. Sie fuhr fort: *Es ist schön, dich zu sehen.*

Und das stimmte. Obwohl es auch Furcht einflößend war, ihn so zu sehen. Ihr Vater war ein Mensch, der nie still gewesen war, nie krank, nie stumm. Er hätte nie etwas von alledem sein sollen; noch vor einem Jahr hätte sie geschworen, dass er es auch gar nicht sein konnte. Ihr Dad war nicht aufzuhalten gewesen. Aber der Mann im Bett war noch immer ihr Vater. Sie würde ihn immer lieben, auch wenn sie es ihm nicht mehr beweisen konnte.

Eine Hand auf ihrer Schulter. Als sie aufschaute, bückte sich Lucian, um ihr etwas ins Ohr zu flüstern.

»Soll ich für dich übersetzen? Damit er es hören kann?«

Seine Stimme war so leise, dass sie die Worte kaum verstand. Aber sie schüttelte den Kopf.

Er wird es hören, gebärdete sie entschieden. *Er weiß es.* Sie nahm seine Hand in ihre Hände und führte ihn ans Bett. *Das ist Lucian*, erklärte sie ihrem Vater. *Der Terraformer, den du eingeladen hast.*

Lucian begann ebenfalls zu gebärden, langsam und schlicht, sodass sie ihm folgen konnte: *Es ist mir eine Ehre, Sie kennenzulernen, Sir.*

Er wandte sich an Nou. *Sollen wir uns setzen?*, gebärdete er.

Bis jetzt hatte er immer laut gesprochen und seine Worte mit den entsprechenden Gesten begleitet, und sein Schweigen an diesem Ort war voller Respekt. Mehr denn je schienen sie eine gemeinsame Geheimsprache zu haben, die ihren Vater vielleicht durch einen von ihnen selbst gewirkten Zauber erreichen konnte.

Die beiden zogen sich jeweils einen Stuhl heran und setzten sich an Clavius Harbours Bett.

Cyanobakterien. Nou vollführte die Gebärden im Kopf. *Heute habe ich gelernt, dass Cyanobakterien zu den ersten Lebewesen auf der Erde gehörten.*

Lucian nickte ihr kaum merklich, aber ermutigend zu. Sie versuchte, ruhig und gleichmäßig zu atmen, drehte sich zu ihrem Vater um und begann.

9

Die letzten Wochen vor dem Tombaugh-Tag waren aufregender, als Nou sie von früher her in Erinnerung hatte, selbst nach der alljährlich wiederkehrenden, erwartungsvollen Vorfreude ihrer Kindheit. Es war kein Zufall, dass sich zu Plutos Entdeckung und Besiedelung nun ein weiterer Anlass zum Feiern hinzugesellen würde: die Ankunft von Mo, dem ersten Schutzengel, und der erste Test von Lucians Sonnenspiegel. Projekt Plutoshine lief auf Hochtouren.

Am Morgen dieses Tages erwachte Nou in ihrem fleecegefütterten Nachthemd in dem schützenden Innern ihrer Schlafgondel. Es war so warm und behaglich, wie sie es nie für möglich gehalten hätte. Sie wusste nicht mehr, wie sie am Vorabend ins Bett gekommen war: Sie hatte Stan geholfen, den von ihm erfundenen, mit Germanium angereicherten Keramiküberzug für die Solarzellen des Spiegels einem vierfachen Test zu unterziehen, und konnte sich gerade noch daran erinnern, dass Lucian, Kip und Joules von ihrem Übungsabend mit der Band zurückgekommen waren.

»*Dicht wie nie*. Nein, Moment! *Dignity – so gut wie nie*«, hatte sie Kip sagen hören. Er war so etwas wie ein interplanetarer Eisspezialist, ein stämmiger Mann mit rosigen

Wangen, der sie oftmals beinahe dazu brachte, laut loszulachen.

»Schön und gut, Kumpel« – das war die trockene, belustigte Stimme von Joules, der in Wirklichkeit gar nicht so ernst und Furcht einflößend war, nachdem Nou seine Eigenarten einmal als solche erkannt hatte – »das einzige Problem ist, wir sind eigentlich gar keine Dignity-Tribute-Band.«

»Könnten wir aber sein. Okay, dann *Die Mortimäuschen*.«

»Die *was*?«

»Nein, nein, wartet, ich hab's!« Lucian, in dramatischem Ton: »*Die Minus Kelvins*.«

Kip war in schallendes Gelächter ausgebrochen. »Du Idiot, bei Kelvin gibt's keine Minusgrade!«

»Aber genau deshalb ist der Name doch so genial, Kip!«

Nou hatte sich angewöhnt, in der Werkstatt einzuschlafen, ob dort nun hektische Betriebsamkeit oder stille Konzentration herrschte. Sie hatte sogar Halleys trockenen (sarkastischen?) Vorschlag beherzigt, gleich schon bettfein im Pyjama zu erscheinen.

Weshalb genau sie die Werkstatt derart schlaffördernd fand, war schwer zu sagen. Sie war ja nicht gerade ein friedlicher Ort: Ständig summte ein brennender Schmelzofen oder eine arbeitende Vakuumpumpe, oder man hörte das neckische Geplauder der Männer untereinander und sogar mit der Furcht einflößenden und unerreichbaren Professorin Halley. Und hin und wieder ertönte ein unerklärlicher Knall, gefolgt von einem Fluch, gefolgt von einer Entschuldigung für das Fluchen. Aber irgendwie schaffte sie es, und irgendwie erwachte sie morgens zumeist warm zugedeckt in ihrer Schlafgondel, die Pantoffeln ordentlich an der Seite, ohne Erinnerung daran, wie sie hineingekommen war.

Anfangs fragte sie sich, ob dabei Magie im Spiel war, denn wenn eines feststand, dann, dass die Werkstatt ein Hort der Zauberei war. Die Plutonier hatten ihr den Spitznamen »das Nest der Terramanten« gegeben, und das mit gutem Grund: Dort konnte eine geöffnete Schublade den Blick auf zahlreiche Reihen winziger Glasgefäße mit handschriftlichen Etiketten oder auf lose herumliegende Edelsteine freigeben, die klappernd zwischen erbsengroßen silbernen Schrauben herumrollten; ein von einer Federboa umgebener menschlicher Schädel aus dem 3-D-Drucker (namens Keith) blickte träge von seinem Bord herab; und Goldfolien waren kunstvoll zu Ketten von Origami-Kranichen gefaltet. Magie, Alchemie, Verzauberung: Sie schienen gleichsam in die Wände der Werkstatt eingewoben zu sein.

Doch für ein von Wissenschaftlern aufgezogenes Kind wie sie war Zauberei als Erklärung auf Dauer unbefriedigend. Nou wusste, was *Methode* bedeutete – eine Reihe von Aufgaben durchzuführen, um etwas zu erreichen –, und sie hatte gerade gelernt, was eine *Hypothese* war – eine vage Vorstellung von einer Erklärung zu haben und diese sodann methodisch zu überprüfen –, deshalb benutzte sie beides. Ihre Hypothese: keine Zauberei. Ihre Methode: auf der Lauer liegen, sich schlafend stellen und sehen, was passiert.

Was passierte, war, dass Lucian sie hochhob und beinahe einhändig ins Bett trug. Nou konnte kaum mehr tun, als weiterhin tief und stetig zu atmen und die Augenlider stillzuhalten. Kaum war er wieder fort, hatten sich ihre Augen geöffnet, so rund wie die Planeten auf ihrer Steppdecke, und so hatte sie eine ganze Weile in dem matten Lichtschein ihres rosaroten Nachtlichts dagelegen.

Darum war es am Morgen des Tombaugh-Tages kein Mysterium für sie, als sie in ihrem fleecegefütterten Nachthemd in ihrer schützenden Schlafgondel aufwachte, ohne zu wissen, wie sie am Vorabend ins Bett gekommen war. Ihre Hypothese war falsifiziert worden, wie die Wissenschaftler sagen würden: Sie war wirklich durch Zauberei nach Hause gelangt, und es stimmte tatsächlich, dass sich jemand – bei diesem Gedanken schlang sie vor Glück immer die Arme um ihre Brust und drehte sich auf der Stelle – um sie kümmerte.

Gleich darauf stand Nou auf, reckte die Arme in die Höhe und spürte, wie das Glück hinter ihren geschlossenen Augen Sterne aufleuchten ließ und ein Kribbeln bis in ihre Finger und Zehen schickte. Sie drehte sich auf der Stelle, sodass sich das Nachthemd bauschte und die bunten Lichterketten an ihren Wänden zu langen Strichen aus Pfirsich- und Veilchentönen verschwammen.

Kurz duschen, rasch anziehen und dann auf zum Frühstück ... sie öffnete ihre Zimmertür, bereits in glückselige Gedanken versunken. Zum Frühstück, wo Parkin ihr zuwinken und Kip sie *Kiddo* nennen würde; Stan würde ihr ein warmes Lächeln schenken, Halley würde ein Stück zur Seite rücken, damit sie sich hinsetzen konnte, Lucian würde ihr ein fröhliches *Guten Morgen* gebärden, und sie würde ihm auf dieselbe Weise antworten ...

»Guten Morgen, Nou.«

Nou hielt abrupt in ihrer Tür inne.

Edmund stand am Küchentresen, eine Stempelkanne in der Hand. Seine Kleidung entsprang geradewegs ihrem

Gedächtnis – schwarzer Rollkragenpullover, schwarze Hose, finsteres Gesicht –, aber die Blässe seiner Haut war neu: die Halbmonde unter den Augen, die blutleeren Lippen.

»Ich hoffe, es geht dir gut?«

Edmunds Miene wirkte unergründlich, als er den Filter in die Tiefen seines Kaffees drückte. Er war mehr als zwei Monate fort gewesen.

Hilflos blieb Nou stehen, wo sie stand. Ihr Nachthemd war aus sanftem Pink mit Sternen und Planeten in Erdhimmelblau, und als ihr Bruder sich die dampfende schwarze Flüssigkeit einschenkte, kam sie sich so klein und lächerlich vor wie noch nie in ihrem Leben.

Aber sie brachte ein Nicken zustande. Wenn sie später an diesen Augenblick zurückdachte – der Glanz der makellosen Haare ihres Bruders; der scharfe Geruch des Kaffees nach feuchter Rinde; sein Blick, der kühl auf dem glitzernden Schmetterling am Ende ihres Zopfes ruhte –, war ihr immer schleierhaft, woher sie den Mut dazu genommen hatte.

Edmund neigte nur den Kopf, erwiderte ihr Nicken.

»Und ... sprichst du schon?«, fragte er steif.

Sollte Nou jemals die Erfahrung machen zu ertrinken, dann würde es sich genauso anfühlen wie jetzt, das wusste sie. Den Mund zu öffnen würde bedeuten, Wasser zu schlucken und zu sterben. Sie versuchte den Kopf zu schütteln ... sie konnte nicht denken ... sie nickte, wenn sie den Kopf schütteln wollte ...

»Nicht.« Edmund hob eine Hand und wandte den Blick ab. »Du brauchst dich nicht aufzuregen. Ich verstehe es.«

Nou ertrug es nicht, ihm in die Augen zu schauen. Sie ertrug es nicht, wieder einmal seine Enttäuschung zu sehen. Es schien ein Leben lang her zu sein, dass sie sich wie eine Enttäuschung gefühlt hatte.

Edmund nahm seinen Kaffee, nickte kurz und wandte sich zum Gehen.

Eine plötzliche Erinnerung traf Nou wie ein Donnerschlag in den Ohren.

Warte!

Die Gebärde war ausgeführt, bevor sie sich dessen bewusst war. Edmund – der nichts von ihren Fortschritten wusste und keinerlei Kenntnisse der Sprache besaß – sah sie verblüfft an.

Nou spürte, dass ihre Wangen so glühten wie der Überriese von Beteigeuze. Sie hob einen zitternden Finger. *Eine Minute.*

Mit zwei Sätzen war sie in ihrem Zimmer, an ihrem Schreibtisch, fasste nach oben, vorbei an den Lichterketten, dem Sonnenhologramm und dem liebevoll kolorierten Ausmalmodell des Sonnensystems, und legte beide Hände um ihren kleinen Schatz. Das kühle sechseckige Glas weckte Erinnerungen in ihren Fingerspitzen: ein Tag mit dem Gelächter anderer Menschen, der Schweinerei in der Küche, der sorgfältigen, mühsamen Beschriftung des Etiketts in ihrer besten Schreibschrift, die Zungenspitze zwischen den Lippen ...

In der Kochnische hatte sich Edmund nicht bewegt. Nou konnte ihm nicht in die Augen schauen, als sie vorwärtsschlich und ihm das Glas Pflaumenmus in die Hand drückte.

Obwohl sie sich auf seine Hände konzentrierte, entging ihr nicht, wie er zurückzuckte und die Augenbrauen hochzog, wie seine Augen sich ein wenig weiteten. Sie sprang im selben Moment zurück, als das Gewicht des Glases von ihren Händen wich. Ihr Blick lag auf seinen Schuhen – seinen schwarzen, makellosen, spiegelglatt polierten Oxford-Schuhen –, sodass sie sein Gesicht nicht sehen konnte, als er den Deckel aus Seidenpapier herumdrehte, um die Aufschrift auf dem Etikett zu lesen: *Willkommen zu Hause, Edmund.*

Wie gern hätte sie es ihm laut vorgelesen. Aber wenn sie sprechen könnte (während er weiterhin auf das Etikett starrte), würde das doch bedeuten, dass sie ein ganz normales Geschwisterpaar wären, die kleine Schwester, der große Bruder. Und was würde sie dann sagen? (Während er das Glas in den Händen drehte und dessen goldenes Stoffband das Licht einfing.) Oder würde sie einfach zu ihm laufen, so wie früher? Würde er sie hochheben und in die Arme nehmen und auf die Stirn küssen, so wie früher ...?

»Danke«, sagte Edmund, und in seiner Stimme lag etwas, was sie aufblicken ließ. Er klang *überrascht*. Als hätte sein Panzer einen Riss bekommen. Und wie bei einem Teich, der sich glättete, sodass man die Kieselsteine unter der Oberfläche auf einmal ganz deutlich erkennen konnte, sah sie diese Überraschung und Schutzlosigkeit nur einen Moment lang auch in seinem Gesicht.

»Danke, Nou«, wiederholte er. »Das ist ... sehr aufmerksam.«

(Früher hatte er sie immer unter den Armen hochgehoben und mit einer Hand an seiner Hüfte gehalten, als wöge sie gar nichts ...)

Sein Blick lag noch immer auf dem kleinen Gefäß.

(Früher hatte er sie immer dazu gebracht, ihm von ihrem Tag zu erzählen. Dann hatte er sie oftmals gebeten, langsamer und deutlicher zu sprechen, und ihr neue Wörter beigebracht – Juwelen von Wörtern wie *Sastrugi* und *Komorebi* –, Wörter, die sie wegpackte und in Ehren hielt und wie Mantras flüsterte ...)

Nou wagte nicht, sich zu bewegen.

(Früher hatte er immer in dem mit Quasten verzierten Sessel an ihrem Bett gesessen und ihr vorgelesen. An manchen Abenden hatte sie auch das von der Lehrerin ausgewählte Buch lesen müssen, aber manchmal gab er ihren inständigen Bitten nach und hauchte mit jedem Wort fiktionalen Welten Leben ein, und wenn sie einschlief, war es seine warme Stimme, die ihr bis zum Morgen Träume erzählte ...)

Mit der freien Hand nahm Edmund seinen Kaffee.

»Ich ... äh.«

(Früher. Früher. Früher.)

»Ich möchte dich nicht von deinem Frühstück abhalten.«

Damit hob er eine Hand zum Abschied – diejenige mit dem Glas – und ging hinaus. Die gesamte Interaktion hatte keine fünf Minuten gedauert.

Erst dann, als die Stille in ihren Ohren klang und das dumpfe Pochen ihres Herzens langsamer wurde – eines zu großen Herzens in einer zu kleinen Brust –, fiel ihr ein, dass sie nicht daran gedacht hatte, ihn zu fragen, ob er Leben gefunden hatte.

Am Tombaugh-Tag war schulfrei. Niemand arbeitete oder ging anderen Pflichten nach. Die Menschen des Pluto waren sowohl Gastgeber als auch Gäste dieses mit größter Vorfreude erwarteten Tages: Alle halfen mit, die Basis zu schmücken; sie besorgten Kränze für jede Fläche; sie schafften Brettspiele, Ratespiele und Reaktionsspiele herbei, bereiteten Getränke zu, machten Musik, servierten kleine

Mahlzeiten aus dampfenden Brötchen, Quiches, Pasteten und Teigtaschen mit einer Füllung aus Nussbraten, süßen Tomaten und Curry-Aprikosen. Später gab es dann ein Abendbüfett mit heißem Eintopf, gefolgt von Kirsch-Trifles, Windbeuteln mit Bananencreme und Schoko-Tartes, aus denen Karamellsauce sickerte. Auf einer Welt, wo alles nur so wenig wog, hatte diese Gemeinschaftlichkeit ihr eigenes Gewicht.

Als Nou herauskam, herrschte in der Basis bereits hektische Aktivität. Jeder ging einer Aufgabe nach: Die Korridore waren voller Passanten, einige brachten Sauerstoffflaschen zur Hauptschleuse oder Kartoffelsäcke zur Kombüse, andere erledigten mit hüpfenden Schritten irgendwelche Besorgungen, alle riefen *Guten Morgen!* oder *Frohen Tombaugh-Tag!*, wobei sie ihr über die Schulter hinweg ein Lächeln zuwarfen oder im Vorbeigehen kurz die Hand gaben. Nou spürte, wie ihr Herz unwillkürlich ein wenig schneller schlug – und wie hätte das an einem solchen Tag anders sein sollen? –, als sie sich hinter einer Kette durch silbernes Fahnentuch miteinander verbundener Menschen einreihte und ihnen folgte.

»Du musst ihn ja nicht spielen, wenn du nicht willst«, sagte Stan gerade, als Nou sie sah. Lucian und er trugen unter jedem Arm Verstärker, die auf der Erde furchtbar schwer gewesen wären. »Wenn deine übrigen Songs einigermaßen tanzbar sind, passt er vielleicht nicht so richtig zur Stimmung.«

»*Stanislaw.*« Lucian kniff die Augen zusammen. »Das hatten wir doch schon. Wir spielen ihn, sie werden ihn lieben, und ja, er wird passen, aber wenn du so weitermachst, dann bekommst du ihn gar nicht erst zu hören, weil ich dich vorher in den Ascher werfe.«

»Was ist der Ascher?«

»Der verbrennt Sachen. Jetzt komm, *beeil dich*.«

»Vielleicht könntest du ihn an meiner Stelle singen? Bitte, ja?«

»Stan, hast du schon mal eine gebratene Aubergine singen hören? Denn eins möchte ich dir sagen: Wenn gebratene Auberginen singen könnten ... und selbst wenn ich wie Mr. Alexander persönlich sänge, musst du es tun, Kumpel. Das ist dann zumindest eine weitere Feder an deiner Boa.«

»Wenn ich bloß Federboas trüge.«

»Solltest du irgendwann mal versuchen. Hey!«

Die beiden erblickten sie, und Nous Herz sang beim Anblick des ehrlichen Lächelns in Lucians Augen. Sie winkte und eilte zu ihnen.

Frohen Tombaugh-Tag!, gebärdete sie. Sie beherrschte das Alphabet jetzt so gut, dass sie sich die vielen Buchstaben des Namens nicht mehr vorher zu überlegen brauchte.

»Frohen Tombaugh-Tag!«, antworteten Lucian und Stan im Chor.

Beide sahen außergewöhnlich adrett aus, Stan schick in Schale mit einem Hemd, das wie austernfarbene Seide glänzte, Lucian eher gemütlich in einem kastanienbraunen, mit Goldfäden durchwirkten Pullover. Lucian strahlte sie an.

»Wie geht's an diesem wunderschönen Morgen, junge Dame? Und bist du nicht die Königin der Basis in diesem Kleid! Was ist das für eine Farbe, Himmelblau? Hör mal, wir sind gerade auf dem Weg zum Saal, um aufzubauen, aber komm später zu mir, okay? Ich hab was für dich.«

Okay, gebärdete sie mit einem Nicken. *Kann ich helfen?*

»Ja! Halley braucht dringend ein zweites Paar Hände in der Kombüse. Komm zum Mittagessen zu uns, wir werden die Mammutbäume schmücken.«

Bis später, winkte sie, als sie um eine Ecke bogen.

»Weißt du«, sagte Halley zehn Minuten später, während sie nebeneinander über einem großen Spülbecken Pastinaken schnippelten, »als ich Eins-neun-sieben-sieben-null-vier-drei damals als potenzielles Ziel für das Plutoshine-Subprojekt der Atmosphärenstreifer-Asteroiden klassifiziert habe, hätte ich wirklich als Allerletztes damit gerechnet, dass ich bei seiner Ankunft bis zu den Ellbogen in Wurzelgemüse stecken würde.«

Unterdessen waren Lucian und Stan auf Ebene 0 angelangt, wo sich die Plaza in eine Schneekugel verwandelt hatte. Von farbigem Seidenpapier umhüllte Lämpchen waren über jede auch nur halbwegs senkrechte Fläche drapiert; Tische waren mit silbernen Tischtüchern und Kränzen aus Krokussen und Osterglocken geschmückt; und der Saal hinter den großen Doppeltüren war die Tanzfläche.

Kip hatte die Bühne längst vorbereitet und baute gerade sein Schlagzeug auf. Wassili, der wortkarge Russe, stimmte seine Gitarre mit kurzen, scharfen Tönen, die in dem leeren Raum widerhallten. Ihr anderer E-Gitarrist stand oben auf einer riesigen Leiter und hängte Discoleuchten auf. Parkins Saxofon lag bereits auf Hochglanz poliert am seitlichen Bühnenrand. Obwohl die Overhead-Scheinwerfer noch gleißend hell leuchteten und sich in der Durchreiche zur Kombüse noch immer Tabletts stapelten, brauchte man nicht viel Fantasie, um sich vorzustellen, was für eine ausgelassene Tanzparty hier am kommenden Abend stattfinden würde.

»Wir kommen mit Geschenken«, rief Lucian und setzte die Verstärker mit einer entsprechenden Anzahl dumpfer Geräusche ab. »Ich habe unserer entzückenden Köchin versprochen, dass ich mein Zucchini-Moussaka noch mal machen würde, aber sagt uns, wie wir helfen können, und wir tun unser Möglichstes.«

»Ooh, du könntest uns nicht allen einen Tee holen, oder?«, rief jemand herüber.

»Keinen Tee.« Wassili hatte aufgehört, seine Gitarre zu bearbeiten, und zeigte mit seinem Plektrum auf Lucian. »Wir beide müssen den Rest des Zwetschgen-Gins holen.«

Zwetschgen waren außerordentlich leicht anzubauen, und die beiden hatten Lucians Mikrobrauerei-Hobby mit Wassilis bestens geschultem Feinschmeckergaumen kombiniert, um den zweifellos besten (ersten) Gin zu produzieren, den man sich auf Pluto jemals hinter die Binde gekippt hatte.

»Wir brauchen einen Namen, mein Freund«, betonte Wassili zehn Minuten später, als sie ihre mundgeblasenen Flaschen am provisorischen Tresen der Plaza aus den Kisten holten.

»»Wahnsinn in Tüten«», sagte Lucian, ohne aufzublicken. In letzter Zeit waren seine Gedanken ebenso sehr um Bandnamen wie um unvorhergesehene Gefahrenquellen bei Solarspiegeln gekreist – und heute hatte er richtig Feuer im Hintern.

Wassili schüttelte den Kopf. »Der ist zu gut. Bestimmt gibt es schon irgendeinen marsianischen Bestseller, der so heißt.«

»Ja, aber« – er balancierte mehrere Kisten in einer Hand und schaffte es, zugleich mit den Schultern zu zucken –

»bis die Urheberrechtsanwälte irgendwann hier sind, Wasja, dürfte es ihnen einfach egal sein.«

»Dafür werden wir sorgen.«

»Das werden wir. Prost.«

Der Gin war da, und Tee gab es auch. Noch fehlende Dinge wurden herbeigeschafft, Soundchecks durchgeführt, und alle trugen Pullover, Kleider und Pulswärmer mit dezentem Glitter zur Schau. Mittlerweile erwachte die Basis wirklich zum Leben, und als Lucian später die Plaza durchquerte, war sie von Gelächter und Geplauder erfüllt.

Er band sich die Haare mit einer leuchtend violetten Paillettenschnur zurück, und als er sich bückte, um den Effekt in einem versilberten Ballon zu bewundern, glitt dort ein anderes Gesicht neben seines. Haare aus goldbraunem Sonnenlicht. Augen, in denen ein Witz funkelte, der trockener war als Wermut mit Bitter Lemon. Mallory Madoc, mit bloßen Armen und mehr Pailletten als er, umfasste von hinten seine Schultern mit beiden Händen, beugte sich vor und küsste ihn auf die Wange.

»Hallo, du«, sagte sie zu dem Lucian im Ballon.

Lucian schaffte es mit Müh und Not, nicht auf der Stelle herumzuwirbeln, sie in die Arme zu nehmen und zu küssen.

Er entschied sich für die respektable Option – nur die ersten beiden –, und sie lachte, als er sie in die Arme schloss und an sich zog. Ihr Nacken verströmte den unverkennbaren scharfen Geruch von neuem Kunststoff, Raumanzugfasern, die sich Woche für Woche in die Haut gerieben hatten.

»Ich hatte keine Ahnung, dass du wieder da bist«, brachte er hervor, als sie etwas Abstand zwischen sich zuließen. »Hast du ...? Geht es« – er musste ihr eine wichtige Frage stellen, konnte sich aber nicht erinnern, welche – »gut gefunden? Ich meine, geht es dir gut? Hast du Leben gefunden?«

Mallorys Hand lag noch immer an seinem Oberarm. Sie lächelte ihn wieder auf diese Weise an, die seinen Magen eine Zeit lang vergessen ließ, dass es so etwas wie Schwerkraft gab.

»Du solltest mich zuerst einmal fragen, ob ich einen Drink haben möchte«, sagte sie, und in der Krümmung ihrer Lippen lagen Schalkhaftigkeit und Tadel zugleich. »Übrigens, ich liebe den Pulli. Er ist voll Mark Alexander.«

Und was genau machten die Menschen am Tombaugh-Tag? Eben das, was Menschen an Feiertagen immer machten: Sie aßen ein bisschen zu viel; sie tranken viel zu viel; sie lachten so viel, wie sie sollten. Manche verdrückten sich in Ecken voller Sitzsäcke, um alte Freundschaften aufzufrischen; andere genehmigten sich mandelgroße Schokoladenherzen; wieder andere hatten alle Hände voll zu tun, um Soufflés aufgehen und Frisbees aufsteigen zu lassen; man sah die absonderlichsten Gruppierungen von Leuten in fröhlicher Unterhaltung bei einem Glas Zwetschgen-Gin mit Ginger Ale.

Zu späterer Stunde wurde die Musik lauter. Der Ceilidh, wie man den Tanzabend nannte, war Tradition: Gruppentänze mit Stampfen und Klatschen und kollektivem Jubelgeschrei, Gitarre, Saxofon und Fiedel, Dudelsack, Trommeln und Gesang, mit Liedern, die die gesamte Basis aus dem Effeff zu kennen schien.

Lucian am Bass war dankbar für den Vorwand, seine Ungeschicklichkeit beim Tanzen verbergen zu können, die in etwa der eines fliegenden Tintenfischs entsprach. Halley war ebenfalls nicht da, hatte aber ihre eigene Entschuldigung aufzuweisen: Sie würde von jetzt an im abgedunkelten Kontrollraum sitzen und, bis es so weit war, die gesamte Sequenz vom Einschalten des Spiegels bis zur vollständigen Vernichtung des Asteroiden mehrfach überprüfen. Und nicht ohne Grund, wie Lucian wusste: Nach Styx – nachdem er sie über seinen Verdacht informiert hatte – konnte sich keiner von ihnen auch nur die geringste Nachlässigkeit erlauben.

Zumindest nicht, bis die Band fertig war. Dann würde sich Lucian zu ihr gesellen.

Bedauerlicherweise war Edmund Harbour zusammen mit Mallory zurückgekehrt, und er tanzte ebenfalls nicht, wie es schien. Er stand an der Seite, nippte an seinem Getränk – war das Kaffee? – und unterhielt sich mit den zahlreichen Leuten, die zu ihm kamen, vermutlich, um sich nach seiner Exkursion und seiner gesundheitlichen Verfassung zu erkundigen. Um Letztere war es offenbar nicht so gut bestellt, dachte Lucian unwillkürlich: Selbst von der anderen Seite des Raumes aus, und trotz der wirbelnden regenbogenfarbenen Lichter, waren die tiefen Ringe unter seinen Augen nicht zu übersehen.

Nou war allerdings nirgendwo zu sehen. Aber Tanzen war schließlich eine eigene Kommunikationsform: eine der offensivsten und unverfälschtesten. Er würde hinterher nach ihr suchen.

Noch später am Abend wurde die Beleuchtung weiter gedämpft. Dann kam die Stunde für die größten Kracher: angefangen mit Coverversionen des Elektropunks von Caloris Crater über zweihundert Jahre der abgedroschensten Popmusik von der Erde bis hin zum fröhlichen Quer-durch-den-Garten-Programm der Minus Kelvins von Sputnik Planitia. Sie spielten lokale Klassiker, die es schon seit den Tagen der ersten Siedler gab: Songs über die *Mayflower*; über Scott und Amundsen; über den blauen Punkt im All; über Vorreiter und Misserfolge und die Notwendigkeit, trotzdem weiterzumachen; und darüber, warum wir es überhaupt versuchen. Die Tänzer wedelten mit den Händen in der Luft, einen Daumen an die Handfläche gedrückt. *Neun.* Historisch gesehen, war es der neunte Planet des Sonnensystems und jetzt dessen neunte bewohnte Welt. Denn ob er nun offiziell als *Planet* eingestuft wurde oder nicht, an einem bestand kein Zweifel: Pluto war eine *Welt*.

Und was feierten sie? Wofür stand der Tombaugh-Tag? Für das Jubiläum des Tages, an dem die Menschheit von der Existenz ihrer Welt erfahren hatte – ja. Für das Jubiläum des Tages, an dem sie ihre Welt in Besitz genommen hatten – ja. Aber in diesem Jahr bedeutete er auch noch etwas anderes. In diesem Jahr gab es einen neuen Anlass zum Feiern.

Als letzten Song des Abends sang Stan ein neues Lied. Er sang von einem alten General aus dem zwanzigsten Jahrhundert, der in seinen letzten Lebensjahren von einem riesigen, verschwundenen Zedernwald erfuhr, der früher einmal die Berge seines Außenpostens bedeckt hatte. Der alte Mann holte seine Männer zusammen und befahl ihnen, den Wald sofort neu aufzuforsten.

Aber, wandten die Männer ein, *es dauert doch ewig, bis solche Bäume ausgewachsen sind.*

Der General warf ihnen nur einen strengen Blick zu.

Deshalb, meine Herren, sagte er, *fangen wir jetzt gleich damit an.*

Plutoshine würde nicht über Nacht erfolgreich abgeschlossen sein. Nicht einmal im Lauf eines Menschenlebens;

vielleicht würde keiner derjenigen, die in dieser Nacht feierten, seine Wohltaten jemals zu spüren bekommen. Aber darum ging es beim Terraforming auch nicht. Und, wie Stans alter General wusste, auch nicht bei der Aufforstung von Wäldern.

»Nou. Wach auf. Es ist so weit, Nou.«

Nous Augenlider waren bestimmt so schwer wie auf dem Jupiter. Sie öffnete sie blinzelnd, befand sich aber noch immer auf Pluto; trug noch immer ihr Märchen-Tanzkleid und ihre blitzblanken Schnallenschuhe und lag zusammengerollt in der Obhut des Mammutbaumhains in den Parkanlagen. Unter ihrer Wange befand sich ein Teppich aus weichem Gras, wie Schaffell, und der Duft von Frühlingsblumen umgab sie.

Lucian hatte sie aufgeweckt. Seine Haare sahen wieder so wild aus wie sonst, nur mit ein wenig Glitzer darin, der in der schwachen Beleuchtung wie winzige Sterne funkelte. Ein rötlicher Fleck wie von abgeriebenem Lippenstift erhellte den Bartschatten an seinem Unterkiefer.

Ist schon Sonnenaufgang?, fragte Nou. Auch ihre Arme fühlten sich schwer an.

»Ja, fast«, flüsterte Lucian. »Du hast noch genug Zeit, um in deinen Anzug zu schlüpfen und rauszugehen. Ich muss im Kontrollraum bleiben, aber hinterher komme ich zu dir.«

Okay, versuchte sie zu gebärden, aber ihre Hand wanderte stattdessen zu ihrem Mund, um ein gewaltiges Gähnen zu verbergen.

»Dann los. Hoch mit dir.«

Er streckte ihr die Hand hin, und sie ergriff sie, ließ sich auf die Füße ziehen und auf den Arm nehmen. In Plutos

Schwerkraft wog sie so gut wie nichts, aber allmählich wurde sie zu groß, um getragen zu werden, und in diesem schläfrigen, schlichten Augenblick wünschte sie, die Welt könnte einfach stillstehen, so wie sie jetzt war: sodass sie nie größer wurde; sodass Edmund sie nie wieder voller Enttäuschung ansah; sodass ihr Vater nie aufwachte; sodass Lucian sich immer um sie kümmerte, obwohl sie nicht so schlau war wie Stan oder so hübsch wie Mallory oder so geschickt wie Halley.

Du hast mir noch nicht erzählt, warum Mo Mo heißt, gebärdete sie mit geschlossenen Augen, den Kopf sicher an seiner Schulter.

»Ach, nein?«, sagte Lucian nachdenklich, und sie hörte seine Worte nicht nur, sondern spürte sie auch durch das tiefe Brummen in seiner Brust. Sein Pullover roch nach reichhaltigem Essen, verbranntem Metall und den Ölen, mit denen er seine Werkzeuge reinigte. »Tja, von den drei großen Schutzengel-Protektoren ist unser Freund Mortimäus derjenige, der alles am Laufen hält. Er ist der Ballonfahrer – er fährt den großen roten Heißluftballon. Also ist er der Asteroid, der als Erster kommt, denn ohne ihn würde keiner der Schutzengel jemals irgendwohin gelangen. Das ist nämlich die Aufgabe eines Schutzengels. Für seine Schützlinge da zu sein, und zwar genau dann, wenn sie ihn brauchen.«

Glaubst du wirklich, dass es sie gibt? Nous Augen waren jetzt offen, und sie beobachtete ihn.

»Nicht in diesem Universum«, sagte Lucian mit einem unbekümmerten Achselzucken, das sie auf und ab tanzen ließ. »In unserem Universum sind sie nur Fiktion. Aber ich glaube an Paralleluniversen, weil ich die wissenschaftlichen Beweise dafür nachvollziehen kann. Und wer weiß?

Vielleicht gibt es ein Paralleluniversum, in dem wir die Fiktion sind. Vielleicht gibt es eines, in dem Schutzengel real sind.«

Nou dachte eine Weile darüber nach.

Kann irgendetwas aus Paralleluniversen zu uns herüberkommen?

»Da müsstest du einen Quantenphysiker fragen, wenn du's genau wissen willst. Ich wüsste es jedenfalls gern. Da wären wir.«

Sie näherten sich der Luftschleuse. Auf der Plaza war es jetzt vollkommen still, zwischen den leeren Weingläsern und abgegessenen Käseplatten auf den Tischen hingen nur noch ein paar einsame Gestalten und turtelnde Liebespaare herum. Aus dem Saal kam noch leise Musik, aber sie dudelte für sich allein vor sich hin: Jeder, der noch lebendig genug war, um zu tanzen, war dort draußen und wartete auf eine Morgendämmerung, wie sie ihre Welt noch nie gesehen hatte.

Lucian stellte Nou auf die Beine.

»Du wirst gleich hellwach sein. Such dir den besten Platz, okay?«

Nou nickte, dann fiel ihr etwas ein.

Was wolltest du mir geben? Sie fühlte sich mit jedem Wort wacher. *Das hast du vorhin gesagt. Du hast gesagt, ich soll zu dir kommen.*

Lucian schnippte mit den Fingern. »Ja, richtig!«

Und er fasste sie an den Schultern und dirigierte sie zu einem der mit Samt überzogenen Stühle an einem Tisch. Er ging vor ihr auf die Knie, sodass sie sich unter dem Schein der Lichterketten in die Augen sehen konnten.

»In jedem Gebärdensprachen-Kurs lernt man irgendwann«, sagte er und gebärdete sorgfältig dazu, »dass Namen einem ungemein auf die Nerven gehen. Sie zu buchstabieren, ist einfach zu schwerfällig. Deshalb gehört es in den meisten Kursen als eine Art Initiationsritual dazu, sich eigene *Gebärdennamen* zu geben.«

Nous Lippen teilten sich in einem stummen *Oh!*

»Was meinst du?« Lucian grinste bereits, als hätte ihre Reaktion ihn ermutigt. »Bis du wieder sprechen kannst?«

Er sagte es so leichthin. So zuversichtlich. Als bestünde gar kein Zweifel daran – als sei es nur eine Frage der Zeit. Aus seinen Worten sprach ein fester, bedingungsloser Glaube.

Wie machen wir es?, war ihre erste Frage. *Kann es alles sein?*

»Alles in allen Welten.« Lucian nickte. »Und es ist ganz allein deine Entscheidung. Willst du dir zuerst einen für mich aussuchen?«

Nous Augenbrauen zogen sich zusammen, während sie nachdachte.

»Kann ruhig das Erste sein, was dir einfällt«, schlug er vor. »Vielleicht ist das sogar die beste Methode. Das einfachste Wort, das mich charakterisiert.«

Nou gebärdete das erste Wort, das ihr einfiel. Sie hob die Hand ans Gesicht und öffnete sie dort wie eine Blume, die sich zum Himmel wandte.

Lucian lachte, es war ein kurzer, bellender Laut. »Sunny. Gefällt mir gut.«

Du bist sehr fröhlich, erklärte sie und senkte den Kopf, als ihre Wangen rot anliefen. *Du bist immer fröhlich.*

»Und ich baue euch allen eine Sonne, das wollen wir auch nicht vergessen. Na gut, jetzt ich ...«

Nou wusste, dass er über sie nachdachte, als seine Brauen sich zu Klammerzeichen verformten. Er sah ihr kurz in die

Augen – Nou fragte sich, was er wohl über sie dachte – und dann wieder weg. Sein Blick flog zur Decke.

Ein seltsamer Gedanke: Sie existierte für diesen Mann. Sie war eine Figur in seinem Kopf. Eine Person, deren Bild sich entwickelte, eine Person, an die er vielleicht hin und wieder dachte. Sie war real für ihn. Besetzte sie einen winzigen Winkel in den Gedanken dieses Mannes? Wie mühelos und von ganzem Herzen sie ihn für seine Freundlichkeit und seine Fürsorge liebte. War sie ihrerseits liebenswert?

»Spark.«

Nou kehrte blinzelnd ins Hier und Jetzt zurück. Lucian deutete mit dem Finger auf sie.

»Spark. Weil du zwar ziemlich klein, aber auch sehr lebendig bist.«

Jetzt war es Nou, die lachte. Lautlos und stumm, aber mit allen Zähnen. Es fühlte sich gut an, so zu lachen.

Lucian gebärdete es jetzt: ein Schnörkel mit dem Finger nach oben, dann öffnete sich die Hand ganz plötzlich, so weit es ging. *Spark.* Der Funke. Es hatte etwas Überwältigendes. Als würden echte Funken herabregnen und in ihrer beider Augen zur Ruhe kommen.

Lucian legte ihr eine Hand auf die Schulter und drückte kurz zu.

»Geh und such dir den besten Platz.«

Mach ich, versprach sie. *Du brauchst übrigens keine Angst zu haben.*

»Angst?« Er machte ein erschrockenes Gesicht.

Davor, was passieren wird. Der Spiegel.

»Oh, also, ich ...« Der Versuch eines Achselzuckens, eines schiefen Lächelns. »Weißt du, es ... tja. Ich bin ein bisschen nervös. Aber es wird schon klappen, ich weiß.«

Du bist der klügste Mensch im ganzen Sonnensystem, nach meinem Dad – und vielleicht meinem Bruder. Und Halley. Möglicherweise war dies der längste Satz, den sie je gebärdet hatte, und sie spürte, wie sie immer mehr errötete, je länger es dauerte. *Du brauchst keine Angst zu haben.*

Lucian beobachtete sie ganz aufmerksam. Und plötzlich beugte er sich vor und küsste sie aufrichtig auf die Stirn.

»Dein Vater muss so stolz auf dich sein«, erklärte er. »Jetzt aber los. Ab nach draußen. Such dir eine gute Stelle.«

Als sie kurz darauf im Vorraum der Luftschleuse in ihren Anzug stieg, prüfte Nou seine Worte im Geist. Ihr Vater ... stolz auf sie? Ein Jahr ohne Vater war eine lange Zeit für eine Zehnjährige. Sich an ihn zu erinnern – an ihn zusammen mit ihr selbst –, das war so ähnlich, als würde man auf Eis klopfen, wo einmal ein See gewesen war, und dabei versuchen, das Gefühl von Wasser heraufzubeschwören. Es war schwierig, sich vorzustellen, dass es überhaupt jemals existiert hatte.

Auf einer Methandüne, ein wenig abseits der anonymen Schar von Anzügen außerhalb des Lichtscheins der Basis, schlang Nou die Arme um ihre Knie und legte den Kopf in den Nacken, um zum Himmel hinaufzuschauen. Anders als erwartet, war er nicht schwarz, sondern von einem tiefen, samtigen Blau, das mit Violett verschmolz, wo der Himmel zu Eis wurde. Weiße, rote und blaue Pünktchen – mehr und mehr, als sie sich wachblinzelte und ihre Augen sich anpassten – sprenkelten die Oberfläche des Universums wie Schneefall.

Auf den Gemeinschaftskanälen war jetzt kaum noch ein Geräusch zu hören. Noch nie hatte sie so viele Menschen zugleich draußen gesehen, kleine Gestalten, die Schatten in keine bestimmte Richtung warfen, Händchen haltend, Arme um Schultern, untergehakt. Stern wirkte auf seinem Hügel am Fuß der al-Idrisis wie ein Leuchtturm, der darauf wartete, sie nach Hause zu führen.

Nou blickte wieder zum Himmel empor. Hellwach jetzt, mit tauben Fingern und Füßen. Sie visierte in jenem uralten Ritual an ihrem Arm entlang. Die Sternenpunkte verbinden, Stern für Stern. Mit schieläugiger Konzentration suchen, bis man sie fand. Jetzt, wo sie älter war, wusste sie, dass man das Ritual gar nicht brauchte – die Sonne war eindeutig heller als ihre Nachbarn –, aber sie befolgte es trotzdem. Sie folgte ihm wie dem Pfad auf einer Schatzkarte, vorbei an den Vulkanen, dem Treibsand und den Piraten, bis zu der mit dem X markierten Stelle.

Sie holte Luft. Ihre Welt war so still wie die Lautlosigkeit zwischen Herzschlägen. Stickstoffstaubteilchen, so fein, dass sie vollkommen in der Schwebe hingen, fingen das milchige Sternenlicht wie Diamantsplitter ein. Wenn sie ihre Fantasie ausreichend anstrengte und still genug hielt, gelang es ihr beinahe, zu glauben, dass sie sich mit ihren Atemzügen bewegten.

»T-minus fünf Minuten bis zum Atmosphäreneintritt des Asteroiden Mortimäus und zum Testlauf des Solarspiegels Plutoshine.«

Halley in Reinkultur, auf dem öffentlichen Kanal, kurz und prägnant wie immer. Nou spürte, wie ihr Herz in den Habacht-Modus ging.

»Planmäßige Spiegeloperation wird eingeleitet. Klar zur Repositionierung des Drallrads.«

Im Innern des abgedunkelten Operationszentrums der Mission, unter dem blauen Lichtschein über Bildschirme laufender Codes, würde Halley jene Rolle übernommen haben, die der furchtlosen Professorin zweifellos schon in die Wiege gelegt worden war. Nou hatte sie während des Auftritts der Band gesehen: das Headset wie angeklebt am Kopf befestigt, die Haare bildeten eine ordentliche Linie über ihrem Rücken, Augen und Stimme waren scharf und klar. Nou wusste, dass Halley imstande war, Code so schnell zu übersetzen, wie er auf dem Monitor erschien, und bestimmt auch gedankenschnell mit den entsprechenden Kommandos zu reagieren.

»Drallrad wird abgekoppelt. Ausrichtung sieht gut aus.«

Lucian würde an Halleys Seite sein und die Abfolge der Ereignisse mit zusammengezogenen Augenbrauen und bewusst ruhig gehaltenen Atemzügen nervös verfolgen, so wie Nou ihn bei der Ausführung seiner wichtigsten eigenen Simulationen erlebt hatte. Das Headset schob seine Haare zurück, die Füße tappten auf den Boden, und vielleicht strich er mit den Daumen über das Medaillon, das er zwischen den Händen hielt – dessen Inneres sie mit jedem Aufblitzen seiner goldenen Farbe dringender zu sehen wünschte. Bereit, mit einer Vorwarnzeit von einer halben Sekunde in Aktion zu treten.

»T-minus zwei Minuten bis zum Atmosphäreneintritt von Mortimäus.«

Stan würde hinter ihnen stehen, wahrscheinlich mit weichen Knien, die Knöchel weiß auf der Stuhllehne seines Mentors. Den Kopf voller Gleichungen, voller Songs, während sein Blick von den Bildschirmen zum Himmel zuckte, wo er, ebenso wie Nou, einen näher kommenden dunklen, sternenlosen Fleck sehen würde …

»Torsionsstäbe in Position. Spiegelmembran entfaltet sich.«

Hinter ihnen allen würde natürlich Edmund stehen. Und zusehen. Alles genauestens beobachten. Mit äußerster Konzentration den Code verfolgen, den Rücken zum Fenster, keine Ablenkung, keine Beeinträchtigung seiner Pflicht.

»Membran ausgebreitet. Wird nun in Position gebracht.«

Ihr Vater würde mit geschlossenen Augen und stetigem Herzschlag daliegen, und vielleicht würde er lauschen, lauschen ...

»Triebwerkszündung wird eingeleitet. Minus zwanzig Grad zur Position.«

Vor ihr die Plutonier, wartend – wartend auf ihrem Herzen und in gespanntem Schweigen.

»Asteroideneintritt und Spiegelausrichtung in T-minus fünfzehn Sekunden.«

Der Atem laut in Nous Helm.

»Zehn.«

Das Herz kurz davor, stehen zu bleiben.

»Fünf.«

Alle Blicke zum Himmel gerichtet.

»*Eins ...!*«

Ein greller Blitz. Ein *Knall*, der durch die Anzugelektronik zu hallen schien, ein Knall von *draußen*. Schreie erhoben sich über Pluto wie tausend aufstiebende Schwingen. Ein weißer Feuerball hing am Himmel, Funken sprühend und spuckend, eine Milliarde Wunderkerzen, die sich auf dem Weg durch die Atmosphäre entzündeten wie auf einer Schießpulverspur. Schutzengel Mortimäus bestand zu neunzig Prozent aus Eis, und es kochte, verdunstete. Wasser, Methan und Ammoniak verbrannten in einem weißglühenden Streifen, der den Himmel säuberlich in zwei Hälften zerschnitt.

Und dahinter, wie ein Halo, der ihn von innen heraus erhellte, befand sich die Sonne.

Ein zurückgezogener Vorhang. Eine aufgehobene Blindheit. Eine Welt in Flammen.

Als Lucians Spiegel aufleuchtete, war es wie ein Blick auf eine alte, restaurierte Fotografie oder auf den allerersten Sonnenaufgang: Aus den Grau-, Schwarz- und Sepiatönen von Plutos Eislandschaften brachen flammendes Scharlachrot, flüssiges Gold und schillerndes Violett hervor. Das Herz war ein Kaleidoskop tanzender Farben, tiefblauer Himmel traf auf rubinrote Berge, und das Licht dazwischen erinnerte an aufsteigenden Morgennebel. Auf Eis und Wolken regnete das Licht herab, brannte Schatten ein, wo noch nie welche gewesen waren, und ließ Regenbogen aufschimmern, wo noch nie welche geleuchtet hatten. Nou hob die Hände und erhaschte einen Blick auf grüne und purpurrote Sonnenflecken, auf Farbe unter nackten Sternen, wie sie es nie für möglich gehalten hätte. Zum ersten Mal gab es Licht auf Pluto. Zum ersten Mal war ihre Welt bunt. Nou drehte sich pausenlos um sich selbst, tanzte mit ihrem Schatten, lachte, bis sie einen Schluckauf bekam, und ihre Füße wirbelten eine von innen erleuchtete Wolke aus Diamantstaub auf, während sie die Arme zum Himmel, der dort hängenden Feuerkette und der weißen Scheibe von der Größe ihres Daumennagels reckte.

Eine Hand auf ihrer Schulter: Lucian. Nou sprang hoch und warf die Arme um ihn. Sie war 0,04 Jahre alt, nach dem Kalender der Erde fast elf, und während das Eis glitzerte und der Himmel leuchtete und der Nebel aufstieg, war sie das glücklichste Geschöpf auf ganz Pluto.

PHASE

3

10

Mitternacht. Sowohl für Menschen nach Erdenzeit als auch für Pluto nach seiner eigenen.

In der Alan-Stern-Basis war alles still. Kein Tippen von Fingerspitzen auf Bildschirme in den Nischen von Gemeinschaftsräumen. Keine federleichten, leisen Schritte in Gängen mit gedämpfter Beleuchtung. Nach all den Aufregungen des letzten Monats und all dem regen Treiben und den hektischen Aktivitäten im Laufe der Vorbereitungen waren die einhundertsieben Bewohner des einsamsten Außenpostens der Menschheit samt und sonders so ruhig und still, wie sie nur sein konnten.

Das hieß, alle bis auf einen.

Der Raum, der »Nest der Terramanten« genannt wurde, war vom Boden bis zur Decke in Licht von der Farbe eines Waldbrands getaucht. Zu hell, um hineinzuschauen, zu hell, um irgendwohin zu sehen. Das Licht war unbeständig, es flackerte und loderte. Im einen Augenblick war es ein glühend heißer Handrückenschlag ins Gesicht, im nächsten eine samtene Liebkosung. Seine Quelle war die Sonne im Zentrum des erhöhten Podiums, und die Silhouette zu dessen Füßen fing sich in den Flammen. Eine Gestalt, die noch immer ihre Tageskleidung trug, mit eingesunkenen Schultern. Reglos. Starr.

Lucian blickte mit weit offenen, rot entzündeten Augen ins Zentrum der Sonne. Seine Hände in den Handschuhen waren an den Seiten zu Fäusten geballt. Die Tränenspuren auf seinen Wangen glänzten so weiß wie Flüssigmetall.

Lucian wusste, dass es ihm nicht gut ging. Seit der Einschaltung hatte er sich Woche für Woche selbst belogen; hatte sich in alles Mögliche hineingestürzt. Bandproben. Frisbee. Aushilfstätigkeiten in den Treibhäusern, in der Küche. Mehrfache Simulationen des Spiegels. Beteiligung an jeder Menge Projekten, um nur ja nicht stillhalten zu müssen. Nachdenken zu müssen. Trotzdem sah er es jedes Mal, wenn er die Augen schloss. Phase zwei, fehlerfrei durchgeführt. Er sah das Licht am Himmel. Er sah, wie die plutonische Nacht erhellt wurde, als hätte er diese winzige Welt nur für einen Moment tatsächlich ins Zentrum ihres Sonnensystems gebracht.

Stille, trotz des Rauschens elektromagnetischer Wellen, wie Wind in den Bäumen. Reglosigkeit, trotz der brodelnden Masse vor ihm, die wie kochendes Öl blubberte und im Rhythmus seines Herzschlags pulsierte. Sonnenflecken, die bei jedem Stocken seines Atems Feuer fingen. Geladene Teilchen, die bei jedem abgebrochenen Gedanken auf parabolischen Bahnen dahinschossen. Die Sonne vor ihm schien sich zu bewegen, bevor er es tat; der Puppenspieler, der jetzt zur Puppe geworden war und am Ende seiner eigenen Fäden zappelte. Das grässliche Ding hing zwischen den drei Säulen, zu seiner maximalen Ausdehnung angeschwollen, eine Blasen werfende, brodelnde Kugel, die auf ihn zuzurasen schien, ohne jemals zu wachsen. Sie war aufgebläht, grotesk. Monströs. Gottähnlich.

Heimat.

Lucian starrte sie unablässig an, und als er davon Kopfschmerzen bekam und seine Brust sich krampfhaft zusammenzog, sah er, wie vor seinen Augen alles verschwamm und in Bewegung geriet, und erst als seine Stirn den Boden berührte, begriff er, dass er auf die Knie gefallen war. Seine Hände hoben sich, kreuzten sich an der Brust und umfassten seine Schultern. Seine Lungenflügel versuchten, gemeinsam Luft zu schöpfen, nur um zitternd zu kollabieren.

Der Unterricht für Nou; vielleicht hatte er sich deshalb gleich so in dieses Projekt hineingestürzt. Um zu *helfen*, wie es seine Mum tat, und jemanden zu haben, dem er helfen konnte, wie seine Schwester, die kleine, versehrte Fliss, die inzwischen erwachsen war. Um irgendwohin zu gehören, sich irgendwo zu Hause fühlen zu können. Er war von vorn bis hinten ein Egoist. Das wusste er jetzt. Und es hatte nicht einmal funktioniert. Er war immer noch hier. Lag immer noch auf dem Boden.

Lucian, der Sonnenbringer, spürte, wie die Sonne seinen Scheitel und seine Arme wärmte, während er die Stücke seines Ichs zusammenzuhalten versuchte. Er presste die Stirn fest und immer fester auf den kühlen Metallboden und schluchzte wie ein Kind.

Es traf nicht nur Lucian. In den Monaten nach dem zehnminütigen Blitztest des Spiegels breitete sich eine Krankheit unter den Neuankömmlingen auf Pluto aus wie eine Infektion durch vom Wind getragene Sporen. Manche streifte sie kaum; andere – solche wie Lucian – schickte sie auf die Bretter.

Die Symptome waren immer dieselben. Es begann als ein simples Ziehen in der Brust. Als eine Art Übelkeit des

Herzens, die von diesem Ansatzpunkt aus eine Kälte bis in die Spitzen aller Gliedmaßen sandte. Der Appetit ließ nach oder nahm zu; die Schlafdauer nahm ab oder nahm zu. So oder so wuchsen Hunger und Müdigkeit, die auch durch noch so viel Nahrung und Ruhe nicht gestillt werden konnten. Die Kälte breitete sich aus, bis die Bewegungen steif und langsam und die Gedanken zu mühseligen Schritten auf Wendeltreppen wurden. Leere nahm eine eigene Gestalt an und füllte die Hohlräume, die sie schuf. Atmen wurde zu einer lästigen Pflicht. Aktivität wurde zu Passivität. In den fortgeschrittensten Stadien waren die Betroffenen nahezu unfähig zu kohärentem Denken.

Die Plutonier kannten diese Krankheit gut. Viele der ältesten Bewohner – jene, die im Sonnenlicht geboren waren – hatten sie durchgestanden. Auf der Erde nannte man sie Winterdepression. Auf Pluto hieß sie Sonnenmangel-Störung. Man nannte sie Sonnenkrankheit.

11

Das Konzept der Entkräftung durch Heimweh in umgekehrt proportionalem Verhältnis zur Nähe des Sterns war Nou dermaßen fremd, dass es sie vor ein absolutes Rätsel stellte. Es schien ihr, als hätten alle Sonnenbringer denselben geliebten Freund zurückgelassen und sich erst beim Anblick von dessen Abbild plötzlich daran erinnert, wie sehr sie ihn vermissten.

Ihr selbst kamen diese ersten Tage im Gefolge des Spiegeltests und der Ankunft von Schutzengel Mortimäus ganz normal vor. Ihr, die innerlich noch immer im Sonnenlicht tanzte, schienen in dieser Zeit alle von Freude erfüllt zu sein. Mo hatte sich vollständig aufgelöst – ein voller Erfolg – und war in einem Funkenschauer, der den ganzen Globus umrundete, in der Atmosphäre abwärtsgeschlittert. Sie stellte sich vor, dass jeder dieser Funken ein Samenkorn war und aus jedem Samenkorn blauer Himmel erblühte, der sich ausbreitete und mit den Himmelsstücken anderer Samenkörner verschmolz, bis die Luft über ihnen ein Blätterdach aus ineinandergreifender Bläue bildete. Sie sah es, wenn sie die Augen schloss: die neuen Sternbilder, die sie erschufen, neue Sterne, die sich zu den Punkten dazwischen gesellten. Man konnte es nicht mit eigenen Augen erkennen – so gebärdete sie ernsthaft jeden Abend, wenn sie nach draußen lief, um nachzusehen, dabei Lucian, Stan oder Mallory an der Hand hinter sich herzerrte und sich auf dem Eis im Kreis drehte. Aber sie wusste, dass es so war.

Nou wusste jedoch nicht, dass die von Schutzengel Mortimäus freigesetzten, gasförmigen Stoffe Methan, Ammoniak und Wasserdampf – zehn Milliarden Tonnen, bei einer Asteroiden-Länge von 2,6 Kilometern – das Atmosphärengewicht nur um sechs Prozent und die globale Temperatur lediglich um fünf Grad erhöht hatten. Für die Erde oder den Mars mochte das eindrucksvoll sein, aber für eine Welt, die von vornherein nur spärliche Mikrobars einer Atmosphäre besessen hatte, war es nicht viel. Jedenfalls nicht genug, um wahrnehmbare Veränderungen der Himmelsfarbe hervorzurufen; die würden später kommen, mit der Ankunft von Mortimäus' höherrangigen Kollegen.

Aber das wusste Nou nicht.

Was sie allerdings durchaus wusste, war, dass Lucian in Schwierigkeiten steckte. Sie wusste auch, dass der Zauber, der die Werkstatt früher einmal erhellt hatte wie ein Glühwürmchenschwarm, wieder in seinem Gefäß verschwunden war, hoch oben auf einem Bord, mit kindersicherem Verschluss. Sie wusste außerdem, dass es keine Musik mehr gab: keine Indie-Bands über die Lautsprecher, kein Taktschlagen ihres Bewunderers mit dem Fuß zu seiner Gitarre. Auch kein *Geplänkel* mehr, wie das Team es nannte: die kleinen Neckereien, der Austausch von Insider-Witzen, als wäre es ihre eigene Sprache, das Hin und Her spielerischer Erwiderungen. Stille legte sich auf die Werkstatt wie Staub.

Nou fand ihren Freund an diesem Morgen im Teleskopraum. Dorthin ging sie nur selten: Es war ein imposanter

Ort mit einer Glaskuppel, der von seinem vom Boden bis zur Decke reichenden Teleskop beherrscht wurde. In dem Raum verteilten sich noch andere Schätze: ein Ersatzteil von der *New-Horizons*-Mission; ein vom Eis zerstörtes Sende- und Empfangsgerät von Plutos erster bemannter, vom Pech verfolgter *Beacon*-Mission; zwei gerahmte Briefmarken nebeneinander, die erste eine verschwommene Skizze des Pluto mit der Unterschrift *noch nicht erforscht*, die zweite eine von *New Horizons*, herausgegeben zur Erinnerung an jene erste Erkundung. Und am Fuß des Teleskops saß – eine kleine, einsame Gestalt unter den Sternen – Lucian.

Er richtete sich schwerfällig vom Okular auf, als sie hereinkam, und sah dabei so abgrundtief bekümmert aus, wie er so ganz allein dahockte, dass sie sofort zu ihm hinüberflog und ihm die Arme um den Hals schlang.

»Hey, Spark«, krächzte er über ihre Schulter hinweg.

Nou wich zurück, um ihre Hände zu befreien. Besorgnis verwandelte ihre Gebärden in bange, ruckartige Bewegungen.

Mallory hat gesagt, du bist krank. Tut es weh? Wirst du wieder gesund?

Lucian lächelte sie an, aber es war ein trübes, geradezu unlucianisches Lächeln, allzu matt, um seine Augen zu erreichen.

»Ich bin nicht krank, Nou, aber es ist süß von dir, dass du dir Sorgen machst. Ich bin ...« In seiner Wange war eine Delle, als bisse er von innen darauf. Etwas in seinen Augen schien sich weit zu öffnen. »Ich bin nur ... ein bisschen traurig. Wegen meiner Heimat. Ich, äh, hatte gar nicht richtig begriffen, wie weit sie entfernt ist. Und jetzt wird mir das schmerzlich bewusst.«

Vor dieser Sonnenkrankheit hatte Nou noch nie erlebt, dass Lucian sich dermaßen elend gefühlt hatte. Sicher, er ließ schon mal die Schultern hängen, wenn eine wissenschaftliche Zeitschrift einen Artikel von ihm ablehnte; er saß stumm da, mit tränenverschleiertem Blick, und sah sich mehrmals hintereinander eine Botschaft seiner Familie auf seinem Glas-Pad an; aber egal – er klatschte in die Hände und riss sich wieder zusammen. Sie wusste, dass Erwachsene traurig sein konnten – sie hatte die Reaktion der Basis nach ... jenem Tag damals gesehen, wie sie ihn bei sich nannte, dem Tag, an dem ihre Familie zerbrochen war. Aber das war eher so wie bei dem Sturm in Edmunds Livestream gewesen: ein weit entferntes Geschehnis, das man durch einen Filter wahrnahm. Edmunds eigener Kummer war niemals offen sichtbar geworden: Er hatte Mauern innerhalb von Mauern hochgezogen und alle grau angestrichen. Jetzt jedoch befand sich Nou zum ersten Mal in unmittelbarer Nähe des Sturms, in seinem Innern, hinter jemandes Mauern. Es hätte ihr Angst machen können – wäre der Sturm nicht ihr bester Freund gewesen.

Da sie nicht wusste, was sie sonst tun sollte, tat sie also, was sie sich von ihren Freunden und Angehörigen wünschen würde, wenn sie traurig war, und umarmte ihn noch einmal. Lucian war so warm, dass es den Anschein hatte, als würde er in seinem kitzelnden Wollpullover gebraten werden, die Arme auf ihrem Rücken zwei Flaschen mit heißem Wasser, und er hielt sie genauso fest wie sie ihn. Diesmal fiel es ihr schwerer, sich von ihm zu lösen; sie merkte sogar, wie sich ihr Mund öffnete, als wollte sie etwas sagen, statt diesen Kontakt zu verlieren, um die Hände zu heben.

Hast du dir die Sonne angesehen? Mit einem kurzen Blick von ihm zum Teleskop.

Wieder das unechte Lächeln. »Ach, nicht ganz. Sieh selbst.«

Er rutschte auf der kleinen Bank beiseite, um ihr Platz zu machen. Nou beugte sich vor und wartete, bis ihre Augen sich angepasst hatten.

Eine weiße, konturlose Scheibe, die fast das gesamte Blickfeld ausfüllte. Bestimmt die Sonne? Nou runzelte konzentriert die Stirn. Sie musste es sein. Nichts anderes war so groß und so nah.

»Von hier aus kann man meine Heimat nicht erkennen.« Lucians Stimme klang unbeteiligt, aber in seinen Augen lag ein abwesender Blick. »Sie ist zu klein. Aber sie ist dort.« Er nickte zum Okular hinüber und schluckte schwer.

Sie schaute zu ihm auf. Aus der Nähe gesehen, wirkte er unrasiert, und seine zurückgekämmten Haare bildeten ein unordentliches Gekräusel. Das kleine goldene Medaillon, von dem sie immer einen Blick zu erhaschen versuchte, lag frei neben einem offenen Knopf und fing den silbrigen Glanz des Teleskops ein.

Ihr Blick zuckte zu seinen Augen zurück, als er weitersprach.

»Auf dem Merkur füllt die Sonne tagsüber den gesamten Himmel aus. Vierhundert Grad zur Mittagszeit, minus zweihundert bei Nacht. Du spürst, wie ausgedörrt der Boden ist, wenn du draußen herumläufst. Du merkst, wie er widersteht und dann zerbröselt. Du schaust nach oben ...« Er atmete ein, den Blick emporgerichtet, als sähe er es wirklich. »Du schaust nach oben, und es ist, als stünde das ganze Universum in Flammen. Und du bist mittendrin. Du kannst es *berühren*. Und du weißt ...« Jetzt nickte er, nickte vor sich hin. »Du weißt genau, wohin du gehörst. Du weißt, dass Menschen dafür geschaffen wurden.«

Keine Handschuh-Simulation hätte diesen Raum wirksamer überfluten können als die Worte des Sonnenbringers. Nou saß gebannt da, mit großen Augen, und sah ihn an. In seinen Augen war Liebe, und sie erkannte es sofort: Lucian liebte seinen Merkur, so wie sie ihren Pluto.

»Auf der Erde haben sie früher die Sonne angebetet, weißt du. Die Menschen des Altertums.« Lucian presste die Lippen aufeinander. Seine Miene wirkte irgendwie friedlich und bekümmert zugleich. Dann, leiser: »Man beginnt zu erkennen, woher sie gekommen sind. Ich bin hierhergekommen ... tja. Ich bin hergekommen, weil ich euch so etwas bringen wollte. Irgendein edles philanthropisches Motiv, nehme ich an.« Seine Schultern sanken herab. »Jetzt kommt mir das dumm vor.«

Die von seinen Worten erzeugte Vision hing noch immer wie ein Traum in der Luft. Sie zögerte, die Hände zu heben, damit sie nicht wie Rauch vor ihnen zerstob.

Wirst du ihn mir eines Tages zeigen?

Lucian blickte zu ihr herab. »Mit den Handschuhen, meinst du?«

Nou schüttelte entschieden den Kopf.

Nimmst du mich mit dorthin?

Er lachte. Es war nur ein kurzer Laut – eher ein überraschendes Husten –, aber sie wusste, dass es ein Lachen war, weil ihm wieder ein Anflug von jenem Lucian-Lächeln folgte und seine Augen ein wenig wie morgendlicher Raureif aussahen, der zu Tau schmolz.

Lucian lächelte sie an, während er erst nickte und dann wie für sich selbst den Kopf schüttelte.

»Ja, okay, klar. Warum nicht?«

Mit einer schnellen Bewegung war Nou auf den Beinen. Sie streckte die Hand aus. Lucian sah sie mit einem überraschten Stirnrunzeln an.

Komm, gebärdete sie und ließ die Hand dann hin und her wackeln.

»Warum?« Lucian ergriff sie, aber seine Stimme war wachsam.

Nou zog und zog, bis er verblüfft auf die Beine kam.

Weil ich dir meinen Pluto so zeigen werde, wie du mir deinen Merkur zeigen wirst, erklärte sie ihm, und in ihren Worten – sie hätte beinahe gedacht *in ihrer Stimme,* aber beides schien jetzt ein und dasselbe zu sein – lag eine Entschlossenheit, die sie zum ersten Mal zu verspüren glaubte.

Ich werde dich dazu bringen, meine Welt ebenso sehr zu lieben wie deine. Und wir brechen sofort auf.

Jedes Kind, ob es nun inmitten von Wellblechhütten, in hellem Sand wurzelnden Kiefernwäldern oder gewaltigen Eisbergen aufwächst, kennt die magischen Orte seiner Welt. Sie müssen nicht schön sein – sie müssen auch nicht imposant sein –, aber eins sollten sie auf alle Fälle sein: geheim. Doch auch ein Ort, den viele kennen, kann ein Geheimnis bleiben, so ähnlich, als hätte man Geburtstag und würde kein Wort davon sagen: Man geht mit einem wissenden Lächeln durch eine Menschenmenge, anonym, und niemand ist in das Geheimnis eingeweiht, dass man nur für diesen einen Tag etwas Besonderes ist.

»Silvasaire ist unser nächster Schutzengel, weil er gewissermaßen der zweitoberste Chef der ganzen Chose ist.«

Lucian beantwortete ihre Frage an einem schönen, sternenklaren Tag, als die beiden zusammen zu einem solchen besonderen Ort unterwegs waren: zum Kamm von

Wright Mons, einem großen ringförmigen Berg eine gute Flugstunde im Süden des Herzens.

»Silvasaire ist dieser ... dieser himmlische Buchhalter, dessen Aufgabe darin besteht, die gesamte Schutzengel-Operation zu leiten. Es gibt auch Hinweise darauf, dass er organisiert, welcher Schutzengel welchen Schützling betreut.«

Lucian war ein geduldiger, wenn auch zerstreuter Lehrer, der zu übermäßig ausführlichen Erklärungen neigte, und es gab nichts, was er lieber erklärte als das Hartdegen-Universum – genau deshalb hatte Nou ihm ja ihre Frage gestellt: um diesen Funken in seinen Augen von Neuem zu entzünden. Damit er seinem alten Ich wieder ähnlicher klang. Außerdem war der schlummernde Eisvulkan von Wright Mons ein lohnendes Ziel für einen schönen Tagesausflug: hügelige Felder aus schwarzem Wassereis, mit Raureif überzogene Pfützen aus karmesinroten Tholinen, alles an einen Horizont grenzend, der weniger eine Linie als ein Gekrakel war.

Haben Schutzengel immer nur einen Schützling?, fragte sie, während sie vor sich hin hüpften, mit überdeutlichen Gesten als Ausgleich für ihre unförmigen behandschuhten Hände. *Oder können sie auch mehrere haben?*

»Hm«, machte Lucian desinteressiert. Aus ihrer Perspektive war schwer zu erkennen, ob seine Augen überhaupt irgendetwas aufnahmen. »Das ist eine gute Frage.«

Dann muss es eine Menge Schutzengel geben, wenn es so viele Menschen gibt?

»Tja, der Ballon ist ... ein ziemlich großer Ballon, nehme ich an ...«

In letzter Zeit schien es Lucian etwas besser zu gehen: Er wirkte zwar immer noch matt, und Nou wusste, dass er sich nach wie vor so fühlte, aber er ließ es sich nicht mehr so anmerken. Immerhin das schaffte er schon.

Ihr lag daran, dass er nicht nur so tat als ob.

Wüssten sie denn, wie sie hierherkommen und uns auf Pluto finden könnten?, gebärdete sie jetzt; ließ man ein längeres Schweigen eintreten, neigte er dazu, wieder in seiner Melancholie zu versinken. *Verirren sich Schutzengel auch mal?*

»Ich ... äh ...« Lucian versuchte, gleichzeitig mit den Schultern zu zucken und den Kopf zu schütteln. »Na ja, es ist ein Zauberballon, nicht wahr? Und ich glaube, Mo ist ein recht guter Ballonfahrer.«

Nou versuchte es weiter. *Erscheint so ein Schutzengel einfach, wenn man geboren wird? Woher weiß er, dass er kommen muss, wenn man ihn braucht? Was ist, wenn er nicht kommt?*

»Nou!«, fuhr er sie an, und das war schon ganz gut. »Das steht alles doch im Netz. Leute haben richtige wissenschaftliche Arbeiten über diese Sachen geschrieben.«

Aber ich bin im dritten Buch, und da kommen Mo oder Silvasaire gar nicht vor – sie gebärdete Silvasaire als »Silbers-Luft«, weil sie den Namen noch nie in Schriftform gesehen hatte –, *und auch sonst niemand.*

»Weil sie ihre eigene Spin-off-Serie gekriegt haben. Die kommen erst später.« Lucian starrte sie an. »Ich habe ein Monster erschaffen. Ich habe versucht, dich zum Reden zu bringen, und jetzt kann ich dich nicht mehr dazu bringen, die Klappe zu halten.«

Aber könnten wir Hartdegen nicht fragen?, setzte Nou nach.

Sie wusste, dass sie so langsam dabei war, den Bogen zu überspannen, indem sie derart auf seine Knöpfe drückte, aber wenn sie nur diesen Funken zurückbekommen könnte, ob nun in Form von Belustigung oder von Ärger, war ihr das egal.

Lucian stieß den Atem aus. Und mit ihm die Asche der Glut, die sie so eifrig anzufachen versucht hatte.

»Tja, das könnten wir«, antwortete er, während seine Augen wieder zu unbelebten Objekten wurden, »wenn sie nicht ungünstigerweise vor zweihundert Jahren gestorben wäre.«

Nou ließ den Kopf hängen. Sie würde es weiter versuchen müssen.

Erzählst du mir bitte etwas vom Merkur?, bat sie an einem späten Vormittag.

Sie gingen am Fuß der aktiven Gletscher spazieren, am Ostrand des Herzens, eine rissige, neblig-weiße Ebene leuchtete unter ihren Füßen, und der Himmel war so blau wie nur möglich: das satteste Marineblau und irgendwie *tief*, als könnte man nach oben fallen, um mit einem Klatschen darin zu landen und alle Sterne in wellenförmige Bewegungen zu versetzen. Es war noch immer derselbe alte Himmel, mit dem sie aufgewachsen war: Der Spiegel hatte exakt so funktioniert wie geplant, aber vorläufig musste er sicherheitshalber ruhen. Wie Halley in einem Abendseminar erklärt hatte, wäre das Licht des Spiegels bei der gegenwärtigen Atmosphäre ein gefährlich konzentrierter Strahl; es würde noch mehrere Monate dauern, bis die herannahenden Schutzengel für eine ausreichende Streuung und damit für die sichere und gleichmäßige Verteilung dieses Lichts sorgen konnten.

Nou hüpfte an Lucians Seite und fuhr fort: *Ist es dort wie in Stern? Muss man die ganze Zeit eine Sonnenbrille tragen? Schwitzt man ständig?*

»Nou Harbour«, ertönte die Antwort in ihrem Ohr, zweidimensional durch die Hörkapsel, »willst du mich dazu bringen, über meine geliebte Heimatwelt zu sprechen, nach der ich mich verzweifelt und schmerzlich sehne, wenn ich sie gerade zu vergessen versuche?«

Ja, genau! Ihre Arme schwangen hin und her, ihre Stiefel wirbelten Reifflocken auf. *Denn wenn es dich immer nur traurig macht, an sie zu denken, wirst du jedes Mal traurig sein, wenn du an sie denkst.*

Lucian hob seine behandschuhte Hand zur blasenförmigen Sichtscheibe seines Helms, als wollte er sich übers Kinn streichen.

»Okay ...«

Wenn du also jetzt an sie denkst, wo du nicht so traurig bist, wirst du weniger traurig sein, weil du sie vermisst.

Nou rang nach Luft, als spräche sie die Wörter ebenso schnell aus, wie sie sie gebärdete. Und wie schnell sie jetzt gebärden konnte! Ihre Hände wirbelten, während sie verzweifelt mit den Symbolen in ihrem Kopf Schritt zu halten versuchte.

»Weißt du, Nou«, sagte Lucian, und auch er gebärdete inzwischen so schnell, dass ihr bei dem Versuch, ihm zu folgen, die Augen zu tränen begannen, »das klingt dermaßen lächerlich, dass tatsächlich ein Körnchen Wahrheit dran sein könnte. Hast du zufällig mit Mallory gesprochen? Ich habe gehört, sie hat sich meinetwegen mit Psychologie beschäftigt ...«

Ist Mallory deine Freundin?

»Meine ...!« Lucian wäre beinahe über seine eigenen Füße gestolpert. Er fuhr zu ihr herum, aber sie blinzelte nur unschuldig zu ihm hinauf.

Ihr seid immer zusammen. Kip sagt, er hätte euch Händchen halten sehen.

Letzteres stimmte zwar nicht ganz, aber Kip hatte immerhin gesagt, er habe ihn an einem langfingrigen Handschuh schnuppern sehen – und Nou verspürte eine untypische Anwandlung von Übermut.

»Wir halten nicht ...!« Lucian schien sich wieder zu fangen. Mit gemessener Würde marschierte er weiter. »Kip ist ... nicht ganz bei Trost.«

Nou merkte, wie sich ihre Hand zur Sichtscheibe hob, als wollte sie das Kichern ersticken, das sie beinahe hören konnte.

Willst du sie küssen? Wirst du sie heiraten?

»Na schön, du!« Er wirbelte herum und kam mit ausgestreckten Armen auf sie zu. »Weißt du, was ich mit naseweisen kleinen Mädchen mache, die mehr wissen, als gut für sie ist?«

Nein!

Nou lachte – das stumme, atemlose Lachen –, wich ihm aus, versuchte wegzulaufen ...

»Ich schmeiße sie geradewegs in die nächste Gletscherspalte!«

Und da quietschte sie auf, es war ein echter, physischer Schrei, ihr erster, und sofort wurden ihre Augen kreisrund, aber trotzdem brach das Gelächter in keuchenden Lauten aus ihr heraus, als er sie hochhob und im Kreis drehte, dabei die Welt wegfegte und diesen Ozeanhimmel hineingoss, sodass er jeden Krater und jede Spalte mit dem hungrigsten Blau füllte.

Später an diesem Tag, als sie mit der Sadge heimflogen, erzählte er es ihr, ohne dass es einer weiteren Aufforderung bedurfte. Sein Heimatort sei eine in Wärme und Orange getauchte Welt unter Kuppeln aus Solarglas, sagte er und kreuzte die Füße auf der Instrumententafel, während sie durch den Nebel schossen. Das Glas sei außerordentlich smart, eines von Clavius Harbours frühesten Werken: Es töne sich automatisch, je nach Tageszeit, und lasse nie mehr als einen festgelegten subdezimalen Prozentsatz der Sonnenenergie durch. Sie heiße Bulsara die Dritte und glänze wie ein Glaskopf-Hämatit unter der Sonne, als sei sie kaktusartig aus dem Boden gewachsen.

Bulsara war ein hübsches Wort, und noch während Lucian sprach, begann Nou, ihn für sich zu buchstabieren, wobei ihre Hände sich vor den flackernden grünen, roten und blauen Kontrollleuchten als Silhouetten abzeichneten. Aber warum »die Dritte«?

»Das ist jetzt alles schon längst Geschichte«, gab Lucian milde zurück, um einen Bissen Sauerteigbrot mit Jalapeños herum. »Die Erste haben wir bei einem Strukturversagen vor ungefähr vierzig Jahren verloren. Und vor zwanzig Jahren gab es dann eine Explosion in einem der Generatoren. Dabei ist die Hauptkuppel aufgerissen.«

Während sie die Eisfläche überquerten, war Nou auf einmal deutlich bewusst, dass Stern noch weit vor ihnen lag. Sie kämpfte gegen den Drang an, sich das Fernglas zu schnappen und nach ihrem sicheren, wartenden Hafen Ausschau zu halten.

»Ich muss so ungefähr in deinem Alter gewesen sein«, fuhr Lucian unbekümmert fort. »Viele Menschen sind gestorben. Anständige Leute, weißt du? Gute Leute. Aber wir haben uns alle gegenseitig geholfen. Sie wollten uns nach Hause zurückholen – sie wollten schon den ganzen

Planeten abschreiben –, aber wir haben darum gekämpft, dort bleiben zu können. Wir alle wollten, dass sich die Mühe gelohnt hatte. Hier ...«

Und zu Nous Überraschung und Entzücken griff er in den Brustteil seines Anzugs und holte das kleine goldene Medaillon heraus, dessen ovaler Rahmen die Rot-, Grün- und Blautöne einfing. Er ließ es mit einem Klicken aufschnappen, und Nou beugte sich neugierig vor, als in jeder Hälfte ein winziger Bildschirm flimmernd zum Leben erwachte.

»Mein Dad.« Lucian deutete auf den lachenden Mann in dem Video auf der einen Seite. »Carrington. Er hat's nicht geschafft.«

Carrington war ein attraktiver Mann mit markanten und zugleich jungenhaften Zügen, und man konnte sofort sehen, dass Lucian sein breites Lächeln von ihm geerbt hatte. In diesem Augenblick keimte eine Erinnerung an Geschichten aus der Zeit in ihr auf, als sie noch ganz klein gewesen war: von geblendeten Astronomen in lange zurückliegenden Zeiten; von riesigen Spiegeln, die bewirkten, dass der Mars Risse bekommen hatte und geschmolzen war; vom Hitzetod der Pioniere auf dem Merkur ...

Nou senkte den Kopf. *Tut mir leid.*

»Ach, es war nicht umsonst.« Lucian straffte seine Lippen zu einem Lächeln, von dem sie beide wussten, dass es nur Show war. Er drehte das Medaillon zwischen den Fingern hin und her, sodass es in einem Moment grün und im nächsten rot wurde. »Meine Mum hat viele der Kinder aufgenommen, die niemanden mehr hatten, und so sind wir auch zu Joy und Fliss gekommen – zwei Schwestern, die sich als solche Nervensägen erwiesen haben, dass wir sie einfach nicht mehr loswerden konnten.« Er grinste sie an, schien sich dann jedoch nach innen zu wenden und in sich hineinzulächeln. »Fliss war ziemlich schwer verletzt. Sie hat Glück gehabt, dass sie nicht mehr verloren hat als ihr Gehör.« Er ließ das Medaillon an seine Brust fallen, als er zusammen mit den Worten gebärdete: »Daher kommt es, dass ich jetzt mit dir plaudern kann.«

Nou dachte über dieses Mädchen vom Merkur nach, diese Fremde, die durch eine zufällige Abfolge von Ereignissen der Grund dafür war, dass sie, Nou, langsam wieder sie selbst wurde.

Sie würde sie eines Tages kennenlernen müssen.

Was ist mit der anderen Seite? Sie deutete auf die Seite gegenüber von Lucians Vater, wo Fotos und Videos verschiedener Gesichter sekündlich zu wechseln schienen. *Gehören die auch zu deiner Familie?*

Lucian nahm das kleine Oval wieder zwischen die Finger.

»Das sind Menschen, die für die Wissenschaft gestorben sind.« Gedankenverloren wischte er über den Bildschirm, und sepiabraune und farbige Gesichter huschten so schnell vorbei, dass man sie nicht näher betrachten konnte. »Man könnte sagen, es ist mein morbides Hobby – solche Leute zu sammeln. Leute wie Dad – er war einer der Ingenieure, die in die Kuppel hineingegangen statt aus ihr geflohen sind. Die versucht haben, sie zu retten.« Der Stream blieb beim Schwarz-Weiß-Porträt einer Frau mit grimmigem Gesicht, aber rehbraunen Augen stehen. Sie wirkte irgendwie traurig. »Das ist eine der berühmtesten – Marie Curie. Sie hat die Radioaktivität entdeckt, und die hat sie am Ende erwischt. Kein schöner Tod. Aber vielleicht gibt es schlimmere Arten zu sterben als für die

Wissenschaft.« Er wischte erneut. »Und der hier. Er heißt Robert Landsburg.«

Auch ein Schwarz-Weiß-Foto, aber moderner: Der Mann lächelte zum Beispiel, ein Kameralächeln zwar, aber es sah aus, als wäre er gerade guter Dinge gewesen. Den Gedanken an diesen fröhlichen Menschen mit schütterem Haar, der vor seiner Zeit gestorben war, fand sie auf einmal unerträglich traurig.

Wer war er? Nou riss den Blick von ihm los.

»Ein Fotograf aus dem zwanzigsten Jahrhundert«, sagte Lucian. »Er wurde unter Asche begraben, als ein Vulkan namens Mount St. Helens ausbrach. Allem Anschein nach erkannte er, dass er nicht mehr weglaufen konnte, also blieb er stehen und fotografierte bis zum letzten Augenblick. Dann packte er die Kamera ein und legte sich drauf. Die meisten seiner Bilder haben überlebt.«

Nou blickte in die lächelnden Augen von Robert Landsburg, das war der Mann, der nicht von der Stelle gewichen ist, als seine Welt auf den Kopf gestellt wurde.

Würdest du das tun?, gebärdete sie. *Würdest du dein Leben opfern ...?*

Doch als sie hochschaute, sah Lucian sie nicht an, und sie dachte, dass es vielleicht besser wäre, ihn nicht noch einmal zu fragen.

»Möchtest du behaupten«, stieß Lucian hervor, während seine schweren Atemzüge in ihre Hörkapsel fluteten, »dass du das ganz allein machst, und zwar oft?«

Yep!, gebärdete Nou rund zehn Meter über ihm mit ausholenden, schwungvollen Bewegungen, dem Pendant eines lauten Ausrufs. Sie sprang von einem Fuß auf den anderen, als spürte sie den Wind in den Haaren, obwohl sie ein Kind war, das noch nie die Berührung einer Brise erlebt hatte; sie sprang, als befände sie sich in einem jener Träume, in denen man Luft holt, sich ein Herz fasst, und schon geht es in den Himmel hinauf, wie ein Heißluftballon. *Es ist schön, wirklich! Ich kann an einem Tag auf den Gipfel kommen, wenn ich früh genug aufbreche.*

»An einem ...! Nou, Nou, mach langsam, Kleine, auf dem Merkur haben wir nicht viel Topografie ...«

Vornübergebeugt, die Hände auf den Knien, die Wangen zwei Leuchtfeuer, sogar durch den Helm. Bald würde die Sonne aufgehen – was auch immer das besagen sollte.

»*Wandern*«, hörte sie ihn in sich hineinmurmeln, als wäre das Wort eine physische Heimsuchung. Was vielleicht nicht weit von der Wahrheit entfernt war: Während die Kletterpartie Nous Gliedmaßen zum Singen brachte und ihre Finger und Zehen vor Wärme glühten, war Lucian, der Sprinter, der Abstauber zweiter Desserts, schon ein wenig übers Glühen hinaus.

»Wie hoch ist Krimigis noch mal?«

Sie näherten sich dem Gipfel eines der al-Idrisi Montes: jener großen Ansammlung riesiger Eisberge, die sich vor langer Zeit durch das Herz geschoben hatten. Wenn Nou von ihrem jetzigen Aussichtspunkt aus den Blick über sie hinwegschweifen ließ, konnte sie sich beinahe einbilden, sie wären von einem längst erloschenen Wind wie Treibgut ans Ufer gespült und dort in jenem gefrorenen Meer einzementiert worden.

Nicht allzu hoch, gebärdete sie. *Ungefähr viertausend Meter über Stern. Siehst du die Basis da unten?*

»Und du willst mir erzählen, dass du bei deinen Wanderungen regelmäßig und *ganz allein* einen Höhenunterschied von viertausend Metern überwindest – an einem einzigen Tag?«

Lucian schloss nun zu ihr auf. Er war nah genug, dass sie den Blick sehen konnte, mit dem er sie aus seinem zu einer Grimasse verzerrten Gesicht ansah. Etwas in seinen Augen bewirkte, dass sie sich innerlich ein wenig seltsam fühlte. Dass sie sich schuldig fühlte.

Plutonier wandern gern, suchte sie krampfhaft nach den richtigen Worten – als würde sie vor sich hin murmeln.

»Aber was ist mit deinem Bruder?«, beharrte Lucian, noch näher jetzt, sodass sich sein Gesicht dem ihren am Hang über ihm näherte. »Macht er sich keine Sorgen?«

Noch näher. Fast schon auf gleicher Höhe. Ernste blaue Augen. Nous Hände vergaßen, was sie tun sollten.

Hütte. Sie konfigurierte die Gebärden im Kopf. *Dort gibt es eine Rettungshütte. Von dort funke ich nach Hause. Es ist in Ordnung,* fügte sie hinzu. *Er macht sich keine ...* Ihre Hände blieben in der Luft hängen. Warum musste er sie so ansehen? So besorgt? *Komm.* Sie wandte sich ab. Ihre Zehen wurden kalt. *Wir sind fast da.*

Krimigis war nicht so hoch wie sein nördlicher Nachbar, so anstrengend wie der Berg nebenan oder von streifenartigen Schichten in allen möglichen Blautönen durchsetzt wie einige andere, aber immerhin hatte er die Stern-Basis aufzuweisen, die geschützt zu seinen Füßen lag wie ein Kind, das zwischen den Knien seiner Eltern Schutz suchte. Von hier aus bot sich ihr derselbe Ausblick wie aus ihrem Zimmerfenster, nur besser: Man sah die gewaltige Eisfläche von Sputnik Planitia, die sich an die Krümmung des Planeten klammerte. Und der bläuliche Dunst war unter ihr, nicht über ihr.

Ein Schauer der Vorfreude durchlief sie von Kopf bis Fuß, als sie nach unten und über die Ebene hinwegblickte, so wie jedes Mal.

»Okay«, keuchte Lucian hinter ihr, nach Luft ringend. »Jetzt verstehe ich's. Wieso du hier heraufkommst.« Die Hände in den Hüften, ein Knie auf dem von Reif überzogenen Gipfel. »Das ist wirklich großartig.«

Nous Herz begann heftiger zu klopfen.

Beim Abstieg ist es noch besser, erklärte sie ihm. Mit zitternden Händen.

»O Erde, noch nicht, noch nicht.« Protestierend hob er beide Hände. »Wir ... wir sollten uns jetzt erst mal in deine Hütte aufmachen und die leckere Linsensuppe in unseren Thermosflaschen essen, dann kannst du mir auch zeigen, wo du übernachtest, wir können die Füße hochlegen ...«

Wir essen unten. Nou merkte, wie sich ihre Pupillen weiteten; die Welt wurde farbiger. *Und ich verbringe hier nicht die Nacht.*

Ihre Atemzüge waren so laut, dass er sie bestimmt hören konnte. Endlich registrierte er ihre Worte.

»Was soll das heißen, du bleibst nicht hier?« Er vergaß die dazugehörigen Gebärden. »Du hast gesagt, du brauchst einen Tag bis zum Gipfel.«

Stimmt. Nou nickte, und beim Anblick seines noch immer verständnislosen Gesichts konnte sie nicht länger an sich halten. Ein Lächeln breitete sich auf ihrem aus. *Aber wir brauchen nur zwei Minuten bis nach unten.*

Als ihm dämmerte, was das bedeutete, bot seine Miene einen mindestens ebenso spektakulären Anblick wie die monochrome Sonnendämmerung genau hinter ihm.

»O nein«, sagte Lucian. »O nein. Kommt nicht infrage. Auf gar keinen Fall. Ich ...«

Ich mache das immer so!, erklärte ihm Nou, und obwohl sie es nicht merkte, formte sie die Worte mit dem Mund; imitierte seine beruhigende Art, die Augen weit zu öffnen und jede Gebärde besonders ausdrucksvoll zu gestalten. *Die Schwerkraft ist so gering, und die Luft wird immer dicker.*
»Aber die Sadge ...«
Die hat doch eine automatische Rückkehrsteuerung, oder?
»Ja, aber ...« Lucian hatte die Hände um beide Seiten seines Helms gelegt. »Aber ... wenn die Schwerkraft hier null Komma sechs zwei Prozent beträgt ... und – wie hoch ist dieser Berg? – sagen wir, viertausend Meter ...«
Viel Glück, und bis gleich!
»Nein! Warte, Nou – du schlägst mit ... mit ... zweihundertfünfzig Stundenkilometern unten auf!«
Dazu ist die zusätzliche Sauerstoffflasche da!
»Ein *Rückstoßantrieb* als Bremse? Machst du dich über mich *lustig*?«
Aber Nou war bereits losgerannt und sprang, ihre Beine waren schneller als ihr restlicher Körper, sie dachte nicht nach, spürte nur die Kälte jedes Schritts, ihr stoßweises Atmen und den Pulsschlag in ihren Schläfen, sah blau-weiße Blitze zu ihren Füßen, die Linie unter ihr, wo Blau-Weiß in Creme-Karmesinrot überging, die Mauer aus Adrenalin, wo fester Boden zu nichts wurde, wo die federleichte Nou nur für einen Moment in perfekter, schwebender, federleichter Reglosigkeit verharrte ...

Erhabene Freude. Euphorie. Ihre Welt nahm kristallklare Konturen an.

Dann hob sich ihr Magen ebenso wie ihr Herz, ihre Arme gingen hoch, und sie fiel. Kein Luftwiderstand, der sie hin und her warf, kein hungriges Zerren der Schwerkraft nach unten. Nou hörte Lucian in ihrem Ohr fluchen – er fluchte tatsächlich! –, hörte, wie er den Atem anhielt, hörte seinen langen und immer länger werdenden klagenden Aufschrei, wie ein Wollknäuel, dessen Ende auf dem Gipfel festgeknotet worden war. Dann lachte er und lachte, wie sie es seit Monaten nicht mehr gehört hatte.

»Das ... ist ... *deeer Waaahnsiiiinnnnn!*«

Und Nou lachte ebenfalls, jetzt zum zweiten Mal, ein Lachen, das sie ebenso hörte, wie sie es in der Wärme ihrer Zehen und ihrem stoßweisen Atmen spürte, ein Lachen, das zu einem entzückten Kreischen wurde und sich seinem anglich, während sie beide auf Nous Welt hinabstürzten.

Der Traum geht so. Nou und Lucian sind auf dem Eis unterwegs oder sitzen sich in Lehnsesseln gegenüber, oder er sitzt hinter dem Schreibtisch ihres Vaters – das variiert. Aber jedes Mal sprechen sie miteinander. Sie reden über so normale Dinge, dass sich der Inhalt ihrer Gespräche ebenso verflüchtigt wie die Atemwolken, wenn sie erwacht, aber so ist es: Sie reden einfach. Sie lachen auch viel. Sie lachen ebenso viel wie Lucian jetzt im richtigen Leben, und im Traum sieht sie dasselbe sonnige Lächeln wie im Wachzustand. Und erst wenn Nou aufwacht und das Gefühl nicht ganz abschütteln kann, dass etwas nicht gestimmt hat, dass etwas alles andere als normal war, erkennt sie, dass sie bei diesen Gesprächen *gesprochen hat*.

Auf dem Soziussitz eines Schneemobils über brechende Wellen aus Methansand fahren. Während des Landeanflugs der Sadge unter der Wärme eines Wollpullovers dösen. Über der bewusstlosen Gestalt ihres Vaters Gebärdengespräche führen und dabei manchmal vergessen, wo sie sich befunden hat. Hinter einer riesigen Schutzbrille mit schwarzen Gläsern die letzten Peridot-Edelsteine anlöten, ihre Hände am Gerät von Lucians Händen dirigiert. Ablenkungen. Wunder. Gesellschaft. Lucian war ein extrovertierter Mensch; solche Menschen fühlen sich leer, wenn sie länger allein sind. Für Nou – die Introvertierte – galt das Gegenteil, aber das hieß nicht, dass es keine Ausnahmen gab. Sie und ihre beste Freundin Allie vor dem Unfall, wie sie gebackene Kürbissamen verstreuten, dann das Fernglas hin und her reichten und die Rotkehlchen, die Kleiber und den Pfau beobachteten, während diese sich daran gütlich taten. Sie und Edmund vor dem Unfall, wie sie sich in seinen Ohrensesseln neben dem Fenster zur Erde gegenübersaßen, Glas-Pads auf dem Schoß, wobei sie ihre Beine unter sich gezogen und er seine vor sich übereinandergeschlagen hatte.

Nou liebte Lucian tief genug, dass sie seine Gesellschaft mehr liebte als ihre eigene. Sie liebte ihn – ganz einfach.

Sie wollte, dass diese Wörter die ersten sein würden, die sie laut aussprach. Sie wollte ihm sagen, dass es Paralleluniversen gab und dass Dinge zwischen ihnen hin und her wandern konnten, weil er ja schließlich ihr Schutzengel war. Sie wollte ihm alles sagen, sie wollte ihm sagen ...

»Errätst du schon, was das wird?«

Lucian hielt die Drahtnetze hoch, an denen sie bereits seit Wochen arbeiteten. Zahlreiche Edelsteine funkelten jetzt, als er sie drehte, sie zwinkerten ihr zu. Nous Augen leuchteten auf, als die filigrane Spitze, die bunten Steine und die miteinander verbundenen Zylinder in ihrem Kopf miteinander verschmolzen.

Handschuhe! Sie formte das Wort mit dem Mund und klatschte entzückt in die Hände. *Sie sind so schön.*

»Ja, aber die wahren Schönheiten werden die Dinge sein, die sie erschaffen. Die erste Abendschule der Menschheit für simuliertes Terraforming beginnt so bald wie möglich.«

Bringst du mir das bei? Darf ich dabei sein?

»Das solltest du unbedingt« – mit einem Nicken zu dem Paar hinüber, das noch auf der Werkbank lag – »weil du den ganzen Tag allein gearbeitet hast. Aber jetzt …« Er stand auf und scheuchte sie fort. »Raus mit dir, Spark, sonst kommst du zu spät zum Küchendienst.«

»Lucian?« Stans Tenor und Kips Bariton, unisono, als sie um die Ecke kamen.

Stan rief: »Dieser Simulation zufolge wird das Herz binnen zwanzig Minuten nach dem Einschalten des Spiegels vollständig geschmolzen sein, und da lehnen wir uns mal ein bisschen aus dem Fenster und sagen: Das ist ein dicker Hund.«

»Wir wollen ja einen verdammt großen Teich haben, aber das ist ein bisschen viel.« Kip. »Kleine Hilfestellung, Lu?«

»Habt ihr die Streuung der Stickstoffeiswolken aktiviert?« Er war schon halb unterwegs, während er die Hände noch kurz auf Nous Schultern legte. »Wir sehen uns später, Kleines.«

Nou sprang bereits davon, ihre Gedanken wurden von den Welten erleuchtet, die sie erschaffen würde, von dem gemeinsamen Küchendienst mit dem fröhlichen Percy, von den blinkenden Peridot-Kristallen. Sie winkte zum Abschied, als sie davontanzte, und rief ihm über die Schulter hinweg zu: »Ja, bis später!«

Als sie durch die Tür hinausging, merkte sie, dass sich ihre Kehle seltsam anfühlte. Ein bisschen kratzig. Sie hatte einen seltsamen Geschmack im Mund. Irgendwie trocken.

Nou blieb wie angewurzelt stehen. Ihre Hand hob sich ganz langsam an ihre Lippen.

Sie drehte sich um, aber er war schon da. Auch Stan, Kip und Joules, aber Nou sah sie nicht. Sie sah nur den Ausdruck in Lucians Gesicht.

Er nahm sie in die Arme, und dort, das Gesicht an seiner Brust, weinte die elfjährige Nou Harbour, als könnte sie nie wieder damit aufhören.

12

»Erstaunlich«, sagte die Ärztin, während Nou mit einer bewussten Anstrengung den Blick abwandte und auf blau leuchtende Touchscreens, das Spiel des Lichts auf Edmunds Schuhen und den piepsenden Herz-Monitor schaute. »Er spricht außerordentlich gut auf die Behandlung an, so schnell wie bei keinem der früheren Tests.«

Schatten krümmten ihre langen Finger an den Rändern von Nous Blickfeld. Rote Lichter waren Beobachter mit starrem Blick. Zuckende Lider. Klopfende Finger. *Lebenszeichen.* Der Geist ihres Vaters war lebendig.

Edmund hatte die Hände vor dem Bauch verschränkt. Seine Knöchel waren weiß.

»Das ist ... besser, als wir gehofft hatten«, sagte er langsam. In dem anämischen Licht wirkte sein Gesicht bleich. Derzeit sah es sowieso immer bleich aus: Seine Wangen wirkten eingefallen, und seine Augen schienen stets tief in den Höhlen zu liegen. »Ich spreche für alle in der Basis, wenn ich sage, dass wir Ihnen nicht genug für Ihre Ausdauer und Beharrlichkeit danken können. Vor allem jetzt, wo wir uns dem zweiten Jahrestag nähern.«

Der Jahrestag. Nou wusste, dass dies der Stichtag war, über den niemand gern sprach: keine Verbesserung nach zwei Jahren, und alle Lebenserhaltungssysteme würden abgeschaltet werden. Darauf hatte sich die erweiterte Familie auf der Erde geeinigt, Nous einzige Blutsverwandte: keine richtigen Harbours, sondern entfernte Angehörige, die Whittaker-Harbours. Aus irgendeinem Grund hatten diese Fremden mehr zu sagen als Clavius' eigene Kinder: Wenn es um jemand so Wichtigen wie ihren Dad ging, schien ein ganzes Komitee erforderlich zu sein, um die Entscheidung zu treffen, wann er sterben durfte.

Die Ärztin drückte sich ebenso kühl und effizient aus wie Edmund: »Ich werde die Familie über diese Entwicklungen unterrichten und dafür sorgen, dass die Jahrestags-Vereinbarung neu verhandelt wird. Und Sie sind noch immer entschlossen, mithilfe der Terraformer-Handschuhe Kommunikationsversuche zu unternehmen?«

Nou hatte Lucian von dieser neuen Idee sprechen hören – ihrem Vater die Handschuhe und den Stirnreif zu geben, ihn an einen Computer anzuschließen statt an ein Podium mit drei Säulen und zu sehen, ob seine Gehirnaktivität in Worte übersetzt werden konnte. Sie hatte Gebärdensprache gebraucht, um wieder sprechen zu können; vielleicht brauchte ihr Vater die Sprache einer Maschine. Falls er sie hören, aber nicht reagieren konnte (sie wussten es nicht genau, aber sie glaubten es), dann konnte er seine Reaktion vielleicht *denken* und die Worte in einen Computer übertragen. Vielleicht war er sogar imstande, seinen Worten durch die Kraft seiner Gedanken reale Form zu verleihen. Sie würden auch Gen direkt mit ihm verbinden: die KI, deren Algorithmen die Beleuchtung dämpften, wenn der Lidschlag eine individuell festgelegte Intensität überschritt; die einen daran erinnerte, wo man seine Pantoffeln stehen gelassen hatte, wenn man sich morgens als Erstes barfuß auf der Stelle drehte. Gen kartierte Menschen besser als Orbitaldynamiker Meteoritenschauer; wenn jemand Muster in der Elektrochemie eines Gehirns entdecken konnte, dann war es Gen.

Die ganze Sache war ausgerechnet Mallorys Idee gewesen. Aber Nou verstand durchaus, dass der Beitrag einer Außenstehenden erforderlich sein konnte, wenn man zu echten Einsichten gelangen wollte.

»Ich bin bereit, diesen Plan auszuführen, ja«, antwortete Edmund in ruhigem Ton. »Die Terraformer haben eingewilligt, die Ausrüstung speziell für diese Aufgabe zu modifizieren und binnen ein paar Tagen einsatzbereit zu haben. Was, wenn ich fragen darf, ist Ihre medizinische Meinung in Bezug auf das wahrscheinliche Ergebnis?«

Flacker, flacker. Blutleere Fingerspitzen zuckten auf Laken. Ein Drache in seinem Nest, der Spritzen, Tropfe und antiseptische Handschuhe hortete. Unmerklich rückte Nou etwas näher an ihren Bruder heran. Ihr Vater hatte schon in dem Moment Furcht einflößend gewirkt, als sie ihn zum ersten Mal so gesehen hatte – in dem Moment, als er ihretwegen in diesen Zustand geraten war. Doch jetzt bestand die Chance, dass seine andere Version zurückkehren würde. Diejenige, die nicht reglos, krank oder stumm war.

Was würde sie zu ihrem Vater sagen, wenn er antworten könnte?

Zu ihrem Vater, der wieder sprach. Wieder *da* war.

Liebst du mich jetzt?, würde sie ihn fragen.

Nous leere Hand zuckte an ihrer Seite. Edmunds Hand war in Reichweite. Sie warf ihr einen verstohlenen Blick zu; nur eine Handbreit Raum dazwischen ...

Schlaf weiter. Das würde sie zu ihm sagen. *Schlaf weiter, Dad, damit ich es nie erfahren muss.*

»Gut.« Edmunds Stimme brachte sie abrupt wieder in die Realität zurück, und schon gruben ihre Fingernägel vier Sicheln in ihre Handfläche. »Nochmals vielen Dank, Doktor. Bitte, halten Sie mich auf dem Laufenden, was die weiteren Entwicklungen betrifft.«

Das war das Stichwort für den Abschied. Die Ärztin wusste es ebenfalls und ging mit einem Nicken hinaus, doch als Nou sich umdrehte, um ihr nachzueilen, hob Edmund eine Hand.

Nou wäre beinahe in sie hineingelaufen. Einen Moment lang konnte sie diese erhobene Handfläche nur ansehen – in dem Wunsch, sie hätte es getan –, bevor sie langsam und schwer die Augen zu seinen hob.

Es war eine Art Verzweiflung, die sie dabei jedes Mal verspürte. *Ich bin nicht gut genug*, erklärten ihre Augen den seinen; und jedes Mal antworteten seine stumm *Ich weiß*.

Edmund verschränkte die Hände auf dem Rücken, als er sie ansprach.

»Ich habe gehört, du ... äh ...« Er presste die Lippen aufeinander und sah entschlossen zur Seite. »Ich habe gehört, du ... *sprichst* wieder.«

Ihm schien das Sprechen fast ebenso schwerzufallen wie ihr. Ein seltsamer Gedanke: ein Gefühl mit diesem Fremden zu teilen. Nou achtete darauf, flach und langsam zu atmen, und starrte unverwandt auf die feine Naht am oberen Ende seiner Hose.

Aber sie schaffte es, mit einem Nicken zu antworten. *Kommunikation.* Schon das war mehr als in den Monaten zuvor.

Edmund reagierte nicht sofort. Als Nou einen kurzen Blick nach oben riskierte, ruhte seiner auf dem Knopf an ihrem Handgelenk – schon vor langer Zeit hatte sie aufgehört, ihn als Panikknopf zu betrachten –, und er musterte die kleinen goldenen Sterne und die ineinander verschlungenen silbernen Blätter, die sie drum herumgemalt hatte.

»Ich brauche dich hoffentlich nicht daran zu erinnern«, fuhr Edmund sorgfältig und bedächtig fort, und Nou senkte eilends den Blick zum Boden, als seine auf sie gerichteten Augen schmaler wurden, »dass es einige Dinge gibt, über die du *nicht* sprechen darfst. Über die du nie sprechen darfst. Weißt du, wovon ich rede?«

Jedes seiner Wörter kam so langsam und deutlich heraus, als wäre sie begriffsstutzig.

Nou nickte erneut. Sie wusste es. Und sie brauchte nicht daran erinnert zu werden.

Edmund sah sie durchdringend an. Dann wandte er sich mit einem kurzen Nicken ab und ging hinaus. Und obwohl die blinkenden roten Sensoren und der kränkliche Glanz der Haut ihres Vaters jeden Schatten in eine sprungbereite Drohung verwandelten, konnte Nou eine ganze Weile nur dort stehen bleiben, wo er sie verlassen hatte, den Blick auf den bemalten Knopf an ihrem Handgelenk gerichtet.

Ich möchte dir etwas zeigen, gebärdete Nou.

»Wie bitte?« Lucian, ein schiefes Grinsen im Gesicht, die Arme an den Seiten schwingend, während er dahinhüpfte. »Das habe ich nicht richtig gehört. Du musst lauter sprechen.«

Hitze strömte in Nous Wangen.

Das werde ich, versprochen. Aber nicht jetzt.

»Ja, ja, mach nur weiter so«, sagte Lucian fröhlich. »Allmählich glaube ich schon, ich habe mir das Ganze bloß eingebildet.«

Lucian war derzeit fast immer blendend gelaunt. Er hatte gut auf die verordnete Behandlung angesprochen: eine festgelegte Anzahl von Arbeitsstunden in den Gewächshäusern; gemeinschaftliche Saunabesuche bei besonderer Beleuchtung; die Leitung der wie Pilze aus dem Boden geschossenen Kurse in Boxen, Backen und Cocktailmischen sowie seiner eigenen im Umgang mit den Handschuhen. Er stürzte sich mit neuer Kraft auf Plutoshine. Schulterte neue Aufgaben, konzentrierte sich auf neue Dinge, fand wieder einen Sinn im Leben. Und es gelang. Bei den meisten anderen Betroffenen lief es ähnlich: Zeit, Freunde, Unterstützung und der langsame Einzug des Sommers in die Basis – für viele war nicht mehr nötig, um ihr Gleichgewicht wiederzufinden.

Zu zweit folgten sie dem Fuß des Kliffrands, der das Herz umschloss, und hielten sich dabei im schwachen Sternenlicht, nur um sich der Illusion hingeben zu können, dort wäre es ein wenig wärmer. Lucian blieb bewusst vor ihr stehen und lehnte es ab, sich umzudrehen, was bedeutete, dass sie jedes Mal, wenn sie gebärden wollte, zu ihm aufschließen musste. Und er bewegte sich schnell: mit sicheren Schritten auf dem Eis, noch immer ein wenig unbeholfen, aber jetzt nur mehr im Rahmen der Standardabweichung – wie er sagen würde – vom Durchschnitt. Er sah aus, als wäre er in seinem Element. Er wirkte wie ein Einheimischer.

Er würde ihr das Schweigen nicht mehr leicht machen.

Nou starrte auf die Rückseite seines fluoreszierenden orangefarbenen Helms, der sich schon wieder vor ihr befand. Sie schluckte ihren Stolz herunter und eilte weiter.

Wenn ich dir nur noch diesen letzten Ort zeigen kann, werde ich reden.

Sie hüpfte neben ihm her, musste jedoch fast rennen, um mit ihm Schritt zu halten.

»Du meinst, du hast mir noch nicht den ganzen Pluto gezeigt?«, keuchte Lucian mit einem neckischen Grinsen. »Ich fühle mich betrogen.«

Er gebärdete nicht mehr zu seinen Worten, und das war ein bittersüßer Verlust; ihre Geheimsprache wurde nicht mehr benötigt, wie eine Hand, die ihre Hand hoch über dem Kopf festhielt und ihr beibrachte, auf den wackligen Sohlen ihrer Stiefel zu laufen. Ihre Handflächen brannten von der Kälte dieser Abwesenheit.

Weiter sprangen sie, größtenteils in einem für alle beide untypischen Schweigen. Lucian bewahrte seines wie ein Lösegeld: Er wartete darauf, dass sie den ersten Zug machte, es zugab und damit bewies, dass alle falschlagen, die jemals behauptet hatten, sie würde es nicht tun. Nou bewahrte ihr Schweigen weniger, als dass sie in seinen Klauen gefangen war. Ihr kam das richtige Wort in den Sinn, nur damit sie dessen Antonym aussprach. Sie dachte *Kip* und sagte *Joules*; sie sagte *ja* und meinte *nein*. Oder das Wort war in ihrem Kopf, aber ... wollte einfach nicht heraus. Es war da: Sie sah es vor ihrem geistigen Auge, konnte es buchstabieren, schmeckte die Rauheit oder Glätte seiner Silben, aber es blieb dort. Und je heftiger sie daran zerrte, desto energischer krallte es sich fest.

Es war in gewissem Sinn Lampenfieber: die Blicke von Stan und Joules und Kip, dann die von Percy – der es von Stan erfuhr –, dann von Parkin – der es von Percy erfuhr –, dann von Mallory und Halley und Wassili und der Köchin und dem Gärtner, die es von Parkin, von Allie, von Lucian erfuhren ...

Wissen es alle?

Ihre Gebärden fühlten sich irgendwie *klebrig* an; jede haftete an der vorherigen, als wären sie mit trocknendem Kleister überzogen; als wären die Wörter in unbeschriftete Schubladen einsortiert, die sie durchsuchen musste, um das jeweils nächste zu finden. Das passierte manchmal, wenn die strenge Halley ihr etwas in Gebärdensprache mitzuteilen versuchte ... oder wenn Lucian sie bat, ihm – *schnell!* – diese Zahlen vorzulesen, er brauchte sie sofort ... oder wenn Edmund sie ansah und sie links nicht mehr von rechts unterscheiden konnte ...

Edmund. Seinetwegen war sie jetzt mit Lucian hier. Wegen Edmund, der ihr befohlen hatte, es niemals zu erzählen. Obwohl Nou nicht formulieren konnte, warum, und obwohl sie schon gewusst hatte, dass sie es Lucian zeigen würde, noch bevor die ersten Worte ihren Mund verlassen hatten, wurde Edmunds Warnung irgendwie zum Auslöser für diesen Tag.

Edmund hatte ihr befohlen, nichts zu *sagen*. Aber jemandem etwas zu zeigen?

Dazu hatte er sich nicht weiter geäußert.

»Ich glaube, die ganze Basis weiß es, Spark«, erklärte ihr Lucian, allerdings in sanftem Ton. Er ging etwas langsamer, sodass sie eher dahinschlenderten. »Pluto ist ein Dorf, wenn es große Neuigkeiten gibt.«

Ich bin keine große Neuigkeit, gebärdete sie unbeholfen zurück. *Ich möchte nicht, dass die Leute mich anglotzen.*

»Sie werden es bald wieder vergessen haben. Nur noch ein Monat, dann kommt Silvasaire. Und alle meinen es gut.« Er hatte eine besonders lockere, selbstsichere Art, sich so auszudrücken, dass kein Raum für Zweifel blieb. »Sie freuen sich alle für dich, Nou.«

Ich habe es nur einmal gemacht. All ihre Ängste schienen in diesem Augenblick ins Licht zu stürmen, unverhüllt, mit deutlich lesbaren Namen. *Was, wenn ich es nicht noch einmal kann?*

Lucian fixierte sie mit seinem langen, ruhigen Blick.

»Glaubst du denn, du könntest es wieder tun?«

So ehrlich wie immer. Offen, unvoreingenommen und unerschütterlich. Ohne sie zu verhätscheln, wie es andere Erwachsene vielleicht täten; keine blinde, beruhigende Zusicherung. Lucian log nie.

Also erwies sie ihm denselben Respekt.

Sie rief sich das Wort in den Sinn. Wieder dieses klebrige *Steckenbleiben* – die Wörter waren *da*, aber sie wichen zurück, hinkten hinterher, fügten sich nicht in die richtige Reihenfolge – denk nicht zu sehr darüber nach – hier ist das Wort, sag es einfach – sag es einfach, sag es einfach, sag es einfach ...

»Ja.«

Sie zuckte ebenso zusammen wie er. Dann erstrahlten ihre Gesichter simultan in einem gewaltigen Lächeln.

Er klopfte ihr auf die Schulter. Nou warf zuerst einen Blick auf seine Helmschließe, den Rand seiner Haube, das einsame Muttermal auf seiner linken Wange, bevor sie ihm in die Augen blickte.

»Du«, sagte Lucian mit Präzision, »bist ein Star. Mehr werde ich dazu nicht sagen. Aber vergiss es nicht. Okay?«

Nou nickte in einem fort. *Okay*, dachte sie. Vielleicht konnte sie es aussprechen, wenn sie es versuchte. Konzentrier dich nicht zu sehr, dies ist das Wort, lass es einfach geschehen ...

»Okay.« Ein Flüstern.

Triumphgeschrei zwischen ihren Ohren. Zweimal in einer Minute. Sie errötete so heftig, dass ihre Haarwurzeln kribbelten.

Sie hüpften weiter, jetzt entspannter. Nous Herz klopfte noch immer heftig, ihre Augen leuchteten, seine Worte gingen ihr im Kopf herum. *Du bist ein Star ... Vergiss es nicht ...*

Aber es dauerte nicht lange, dann schlug ihr Herz den Rhythmus zu einer anderen Melodie. Sie waren jetzt seit einer Stunde unterwegs. Nicht mehr weit. Ihre Füße beschrieben bereits wie aus eigenem Antrieb einen Bogen, den langen Weg drum herum, hielten Abstand von dem einen Ort, an den sie sich nie zu denken erlaubte ...

»Und, hat Edmund etwas zu dir gesagt?«

Nou rutschte die Leeseite einer Düne hinunter.

Ich habe ihn so gut wie gar nicht gesehen. Zu abgelenkt, um ans Sprechen zu denken – vor allem darüber. Edmund kam in ihren Gesprächen nie vor. *Er steht vor mir auf und kommt erst zurück, wenn ich schon schlafe. Ich glaube, er war im Labor.*

Da kam die Wand. Sie sah es, und ihr Atem stockte kurz.

»Weißt du, ich bin schon ... wie lange hier? Ein Jahr? Und ich könnte dir immer noch nicht sagen, was dein Bruder eigentlich macht. Er ist Biologe, soweit ich weiß, irgendwelche Xenobiologie, aber was genau *macht* er den ganzen Tag?«

Sternenloser Himmel vor ihnen, aus dem sich bald Bergzinnen, Schichten und Kerben herausschälen würden ... Wie die Falten eines Gesichts, das sie entweder nie wiedersehen wollte oder so sehr vermisste, dass sie den Gedanken daran nicht ertragen konnte – sie wusste es nicht.

»Mallorys Arbeit verstehe ich, da geht's um Mikroskope und Eisproben und solche Sachen. Aber was die Forschungsarbeit unseres großen Chefs betrifft, da verstehe ich nur Bahnhof.«

Es dauerte einen Moment, bis Nou merkte, dass eine Antwort von ihr erwartet wurde.

Er ist Gentechniker, gebärdete sie unsicher; sie hatte keine Ahnung, wie man das Wort buchstabierte. An diesem Ort über Edmund zu sprechen, war so, als riebe man mit Sandpapier über ihre Haut; selbst sein Name war eine Form seiner Präsenz.

»Er sieht nicht so aus wie du, weißt du.«

Schon wieder Stocken. Im Methansand waren noch immer Fußabdrücke, sah sie, als sie den Blick senkte. Viele. Sie führten dorthin zurück, woher sie gekommen waren.

Ich denke, setzte sie an, aber es war schwer: Die Fußabdrücke waren tief und noch immer frisch hier draußen, wo sich nichts schnell veränderte, der Sand darunter war um sie herum verstreut wie Auswurfdecken. *Ich glaube, wir haben verschiedene Mütter. Er ist zwanzig Jahre älter als ich.*

Darüber hatte sie eigentlich noch nie nachgedacht. Nach Nous Geburt war ihre Mutter mit dem ersten verfügbaren Schiff abgereist, das hatte ihr Vater ihr erzählt. Sie hatte einen besonders hübschen Namen gehabt, einen Namen, den Nou in Ehren hielt wie einen Rubin in einer mit Samt ausgeschlagenen Schachtel – Maiv –, was bedeutete, dass sie eine sehr hübsche Lady gewesen sein musste. Ihr Vater sagte, sie habe die Mutterschaft nicht ertragen können – ja, so hatte er sich ausgedrückt, und als Nou noch klein gewesen war, hatte sie sich immer diese schöne, gesichtslose Frau vorgestellt, die außerstande gewesen war, eine Last zu tragen. Die Last ihrer Tochter.

»Nicht weit von hier steht eine Rettungshütte.« Lucian schaute auf eine Karte an seiner Handgelenkskonsole und sah nicht, wie sie plötzlich erstarrte. »Ja, keine zwei Kilometer westlich. Wir könnten haltmachen, wenn du willst? Ich habe Haferkekse dabei ...«

Nein.

Nou spaltete die Luft mit ihrer Gebärde, während sich ihr ganzer Körper anspannte. Sie versuchte, es laut auszusprechen, stellte jedoch fest, dass sie zu blockiert war, um auch nur den Mund zu öffnen.

Lucian drehte sich um und sah sie an. In seinem Gesicht zeichnete sich Verwirrung ab, eine Frage.

Nein, gebärdete sie erneut. Ihre Anzughandschuhe verbargen so gerade eben das Zittern ihrer Hände. *Bitte nicht.*

Jetzt hatte sie sich bestimmt verraten. Lucian würde Antworten haben wollen – er würde eine Reihe von Wörtern hören oder sehen wollen, die sie nicht einmal gebärden konnte. Aber vielleicht ließ ihn etwas an ihr innehalten, denn er hakte nicht nach, und Nou drehte sich um, damit er nicht sah, wie erleichtert sie war.

Nun blieben sie nah beieinander. Beide sahen die Wand deutlich, sie stieg immer höher empor, war jetzt in Augenhöhe, überragte sie schon und stieg dann noch höher, schob die Sterne hoch wie eine Hand, die Staub wegwischte. Abrupt kam ihr der Gedanke, dass sie diesen Tag, das, was sie im Begriff war zu tun, seit Monaten – einem Jahr – erhofft und geplant hatte. Seit der Zeit, als sie beschlossen hatte, es zu erzählen; seit damals, als die Sonnenbringer noch eine homogene Gruppe von Fremden gewesen waren – und es musste ein Fremder sein, es musste jemand sein, der erst nach *jenem Tag damals* gekommen war. Seit damals, als sie noch nicht gewusst hatte, welchen sie sich aussuchen würde.

»Ist das der Ort?« Lucians Stimme klang gedämpft.

In der Steilwand zeichneten sich Einzelheiten ab. Nou kannte sie, wie man Sommersprossen, Falten in Augenwinkeln, die winzigen Kerben von Narben kannte. Knorrige Knoten wie das Wurzelholz von Bäumen, die sich zu ihnen herauswölbten.

Pandemonium Promontorium. Sie blieben stehen. Nou zögerte einen halben Herzschlag lang – eine erlernte Angewohnheit, die sie noch ablegen musste –, dann nahm sie Lucians Hand in ihre Hände.

»Ver...?«, begann sie. Und sammelte sich. (*Denk nicht zu sehr darüber nach.*) »Ver...traust ... du ... du ... mir?«

Lucian schaute zu ihr herunter. Offen, unvoreingenommen, unerschütterlich.

Bereit, hoffte Nou.

Er antwortete mit einem einzelnen, aufrichtigen Nicken.

Nou nickte ebenfalls. Dann zog sie ihn an der Hand, senkte den Kopf, und gemeinsam verschwanden sie in der Wand.

Im Innern war es stockfinster. Außerhalb der Aureolen der Helmlampen war ein so allumfassendes Nichts, dass es die Abwesenheit der Existenz selbst hätte sein können.

Nou hielt seine Hand fest. Sie ging vor ihm her, flink und mit sicheren Schritten. Für Lucian war der Tunnel zeitweise so eng und gewunden, dass er seinen Arm entsprechend schmerzhaft verdrehen musste, um sie nicht zu verlieren. Das Eis war bitterkalt, wenn er es berührte, als streifte er eine kochend heiße Pfanne.

Angst hatte er nicht. Dabei hätte er ohne Zweifel Angst haben sollen. Er hätte von einer schleichenden, Übelkeit erregenden Furcht erfüllt sein sollen.

Doch als Nou ihn fragte, ob er ihr vertraute, hatte er nicht gezögert. Lucian war mit Kindern aufgewachsen: Als seine Mutter nach der zweiten Bulsara-Katastrophe die elternlosen Kinder aufgenommen hatte, war er zugleich Vater, Bruder und Sohn gewesen. Eines Tages, das wusste er – das hoffte er –, würde er seine eigene Familie haben. Das würde ihm gefallen. Eines Tages würde er heiraten und ein paar Kindern von der Erde ein Zuhause geben: denjenigen, die kein Haus, geschweige denn ein Heim hatten. Er würde ein guter Vater sein. Er würde so sein wie sein eigener Vater.

Bis dahin würde er Nous kleine Hand in seiner halten und ihr sagen, sie solle vorangehen, selbst wenn sie ihn bat, ihm den Mittelpunkt von Pluto zeigen zu dürfen.

Es ging abwärts. Die Spalte verengte sich noch mehr, sodass Eis an Armen, Rumpf und Helmscheitel kratzte. Aufblitzendes Weiß vor den Helmlampen, aufblitzende Schwärze, beide gleichermaßen blendend. Nous Hand, die ihren Weg genau zu kennen schien, in seiner.

Dann, ganz plötzlich, waren die Wände fort. Lucian blinzelte. Nicht ganz fort – nur weiter als eine Armeslänge entfernt. Nou ließ seine Hand los. Er hob den Blick und sah einen kleinen Hohlraum, vielleicht vom Volumen des Seminarraums, in dem er an diesem Morgen keine Handschuhe für seinen Kurs bereitgelegt hatte. Die Wände waren glatt wie Gletscher nach dem Kalben, das Licht ein bläuliches Grün, das seine Wärmepumpen schon allein wegen des Anblicks härter arbeiten ließ.

Nou stand auf der anderen Seite des Hohlraums und blickte zu ihm zurück, die Hände an den Seiten. Neben ihr ein Fleck Dunkelheit, die ihrer beider Helmlampen nicht durchdringen konnten.

Ein Loch. Lucian hüpfte näher heran und schaute hinunter. Seine Lampe fing weiteres bläulich grünes Eis ein, dann noch mehr, bis er sich nicht weiter vorbeugen konnte. Ein Ende war nicht zu erkennen.

Nou kniete am Rand.

Nicht mehr weit, gebärdete sie.

Er hörte ihren Atem in seiner Hörkapsel, tief und gleichmäßig. Im Licht seiner Lampe entsprachen ihre Pupillen zwei schwarzen Knöpfen. Behände, erst mit den Knien, dann den Ellbogen an den Seiten, ließ sie sich hinunter.

Lucian hob die Arme und tat so, als würde er etwas aus einer Höhe über seinem Kopf fallen lassen; Gebärdensprache für *fallen*. Er hob die Augenbrauen, während er das Wort mit dem Mund formte, und machte dadurch eine Frage daraus: fallen? Irgendwie konnte auch er sich an diesem Ort nicht dazu durchringen, das Schweigen zu brechen.

Nou nickte und hob eine Hand. *Nicht weit,* erklärte sie ihm.

Lucian holte Luft. Vom Rand der al-Idrisis zu fallen, war gar nicht so schlimm gewesen – und wozu war Vertrauen sonst da?

Langsam ließ er sich nach ihr in das Loch hinunter, nahm dabei jeden Teil seines Körpers bewusst wahr. Ellbogen auf den Seitenrändern, wie am Rand eines Swimmingpools.

Nou hing an den Fingerspitzen über dem Abgrund. Sie konnte nicht gebärden, aber ihre Augen und die Neigung ihres Kopfes sagten deutlich genug: *Folge mir.*

Fallen, fallen wie Federn. Mit den Füßen voran. Die Arme eng um den Körper geschlungen, weg von den Seitenwänden. Beine zusammen, Füße angespannt in Erwartung des Unbekannten – jeden Moment auf eine Oberfläche zu treffen. Sie fielen Seite an Seite, die Spalte führte senkrecht nach unten, die Wände um sie herum in denselben bläulich grünen Lichtschein getaucht, der immer heller wurde, je tiefer sie sanken. Immer heller, bis hin zu ... Lucian sah genauer hin ...

Weiß. Weiß wie Halleys abgesägter Block. Wie ein Eiswürfel. Er ließ das Licht seiner Helmlampe kreisen. Dieser tiefste Teil schnitt durch Wassereis, das Grundgestein von Pluto.

Nicht weit unter ihnen, wo die Wärme und der Druck des Planeten zunahmen, würde das Eis flüssig sein. Dort lag ein begrabener, planetenweiter Ozean.

Dann hatte seine Welt mit einem Mal wieder Dimensionen: Nou, ein kleines Stück unter ihm, hielt zuerst an, bevor seine eigenen Füße auf Boden trafen. Aber der Tunnel endete dort nicht. Ihre Spalte lief horizontal weiter, so niedrig, dass er nicht stehen konnte. Nou ging mit gesenktem Kopf voran, während Lucian auf den Knien hinterherkrabbelte.

Eine zweite Spalte befand sich über ihnen, kaum weit genug, dass er hindurchpasste. Jetzt kletterten sie wieder nach oben; das Eis war rau genug, dass ihre Hände Halt daran fanden, die Spalte schräg genug, dass sie jeweils einen Fuß auf die gegenüberliegende Seite stemmen und hinaufsteigen konnten. Sie schwiegen beide. Lucian hielt seine Gedanken an der kurzen Leine. Wohin greifen ... wohin den Fuß setzen ... dorthin, wo Nous Füße über ihm waren. An nichts anderes denken. In diesem Labyrinth hier unten lauerte der Wahnsinn. Schon eine kleine Aufwallung von Furcht konnte kopflose Panik auslösen. Das sagte ihm der Verstand, aber er empfand nur dieselbe Ruhe. Die wolkenlose Stille des Vertrauens.

Ganz plötzlich war es vorbei. Lucians Hände ertasteten eine ebene Fläche – bläulich grün –, wieder Stickstoffeis; sie mussten sich am tiefsten Punkt des Herzens befinden. Er hievte sich hoch und blieb sitzen, die Beine über dem Rand, bis sich sein stampfender Puls beruhigte und ihm die Augen zufielen. Er konnte sich nie daran erinnern, in seinen Träumen die Augen geschlossen zu haben, was ein entscheidender Indikator dafür zu sein schien, dass dies hier real war.

Nou war bereits auf den Beinen, als Lucian sich endlich hochrappelte. Sie standen da und schauten einander an, ihre Gesichter ... nun ja. Lucian konnte sich nicht vorstellen, wie seines aussah. Nous Augen waren groß und klar, und in ihrer Miene drückte sich etwas aus, das älter war als sie selbst. Eine neutrale Gewissheit. Wie eine mit leeren, ausgebreiteten Händen dargebotene Wahrheit.

»Da wären wir«, flüsterte sie, so leise wie ein Atemzug.

Lucian hob den Blick. Wo immer sie sein mochten, wie tief unter der Oberfläche, die Wände der Höhle waren zu weit entfernt, als dass ihre schwachen Lampen sie erreichen konnten. Er hatte eine starke Lampe in seinem Arbeitsgürtel, doch als er nach ihr griff, streckte Nou die Hand aus, um ihn davon abzuhalten. Ohne seinen Blick loszulassen, hob sie das Kontroll-Pad an ihrem Handgelenk und schaltete alle Lichter an ihrem Anzug der Reihe nach aus.

Und Lucian folgte ihrem Beispiel ohne Widerrede, als fügte er sich einem heiligen Brauch.

Schwärze. Blindheit. Keine Hände vor seinem Gesicht, auch keine Füße auf dem Boden. Sicht war ein Traum, der ihm durch die Finger glitt. Atem in seinen Ohren. Sein eigener und der von Nou neben ihm, beide gleichermaßen tief und stetig. Beide rührten sich nicht.

Ein Aufflackern von Farbe vor ihnen. Über Kopfhöhe. Eine Wunderkerze in Scharlachrot. Lucian hörte, wie Nou der Atem stockte, oder vielleicht auch ihm selbst.

Und noch eine, an der Seite. Wie eine elektrische Entladung, dendritische Ranken schossen in halbsekündiger strahlender Helligkeit hervor und verschwanden dann wieder. Danach noch eine. Näher. So hell, dass sie ein Nachbild hinterließ.

Dann bewegte Nou ihre Füße, und Lucian wusste das, weil sich das Leuchten unter ihr befand. Gleich darauf war es auch unter ihm.

Sie waren unter ihm. Ein Netz wie die filigranen Verbindungen zwischen Zellen, zwischen Städten. Rotes Licht, das jetzt in Ringen zu ihren Füßen pulsierte. Konstruktives Feedback, wo seine und die von Nou sich überlappten. Und Lucian erkannte plötzlich, dass die Lichter nicht die *Sie* selbst waren. Die Lichter wurden nur von ihnen erzeugt. Die *Sie* waren überall zugleich. Unter dem Eis und darin, sie sättigten es, Blutgefäße im Gewebe, winzige Kapillaren, so fein wie Spinnfäden.

Und als sich der Lichtschein nun über das Eis ausbreitete und dann ferne Wände emporstieg, immer höher hinauf, kehrte Lucians Gefühl für Raum und Zeit allmählich zurück. Eine gewaltige Kammer, so groß wie eine Kathedrale; in den Wänden ein Ring von Öffnungen, wie ihr eigener Zugang; Öffnungen um eine Baumgruppe herum ...

Lucian spürte, wie sich ihm die Kehle zuschnürte, als der Anblick unverkennbar klar wurde.

Eine Gruppe von Säulen, reglos wie Wachposten, stand in der Kammer im Kreis. Jede hatte einen Durchmesser, der mindestens seiner Körpergröße entsprach; die größte war mit Sicherheit zwanzig, dreißig Meter hoch, sodass sie die hohe, gewölbte Decke berührte; sechs Säulen, in gleichmäßigen Abständen verteilt. Als das Licht von Karmesinrot zu sanftem Weiß verblasste, bemerkte er, dass alle geringfügig unterschiedliche Farben aufwiesen, die sich im Boden vermischten wie Wurzeln: Mondlichtsilber, Eisblau, Chrysoprasgrün, Stahlgrau, ein sehr dezentes Blaugrün, das Indigo des Horizonts an einem klaren plutonischen Tag.

Wie hat sich das in dem Moment angefühlt, als Sie die Europaer entdeckt haben? Seine eigene Stimme ertönte in seinem Kopf, eine Welt entfernt, vor einer Ewigkeit.

Sie bestanden nicht aus Eis. Sie bestanden nicht aus Metall, aber sie waren nahtlos und glatt.

Erraten Sie, was die Leute glauben, was ich dabei empfunden habe? Mallorys wohltönende Stimme. Vor all dieser Zeit, an seinem ersten Morgen.

Aber sie waren keine Säulen.

Euphorie, hatte er gesagt. *Schwindelgefühl ... Ehrfurcht ...*

Sie waren auch keine Bäume.

Lucian, mit brennenden Augen, den Geist an einem Pendel ...

Es war Euphorie. Mallory, lächelnd wie eine Sphinx mit all ihren Geheimnissen. Dieses eine Wort in seinem Kopf. *Euphorie.*

Sie waren Plutonier.

Lucian schnappte keuchend nach Luft, und da schmeckte er es, das Schwindelgefühl verzerrte die Schwerkraft, kehrte sie sogar um.

Euphorie. Ein klares Wort in dem ganzen Tumult. *Es ist also doch Euphorie.*

Während dieses Gedankens kam ein langes, hohes, musikalisches Pfeifen aus seiner Hörkapsel. Nicht ganz menschlich. Nicht ganz vogelartig. Wie Wind, der durch Eis fuhr, durch Blätter, durch Schlüssellöcher.

Eins-zwei-drei, sangen die Pfeifen. *Eins-zwei-drei.*

Hallo, erwiderte Lucian stumm.

Er blickte zur Seite: Da war Nou, die ihn schon die ganze Zeit beobachtete, und sie lächelte. Ihre Augen waren hell und klar.

Er legte die Lippen aufeinander und imitierte die zum Pfeifen erforderliche Mundhaltung. Sie nickte unaufhörlich.

Lucian lächelte ihr so breit zu, wie er nur konnte, formte die Lippen zu einem engen *O* und erwiderte das Pfeifen.

13

Du darfst es niemandem sagen.

Nou, wieder draußen an der Oberfläche, mit eindringlichen Gebärden, ins Sternenlicht blinzelnd.

Du musst es versprechen. Unbedingt.

Lucian kam nicht von diesem Augenblick los. Er ließ den ganzen Tag immer wieder ablaufen, grub in seinem Kopf immer tiefere Bahnen für seine Gedanken, spürte jedem Detail mehrfach nach. Aber mehr als der Anblick der Säulen oder der Feuerwerkfasern der Lichter beschäftigte ihn dieser Moment mit Nou.

Er hatte sie gefragt, warum – warum sollte jemand eine solche Entdeckung wohl geheim halten wollen? Aber sie hatte nur den Kopf geschüttelt.

Bitte, hatte Nou gebärdet, und das war die einzige Begründung, die er bekommen würde. *Bitte, bitte sag es nicht. Noch nicht.*

Dabei sollte er sich eigentlich folgende Frage stellen: Wenn diese Lebensformen Nous Geheimnis waren und er darin eingeweiht worden war, warum hatte er dann immer noch so viele Fragen?

Er glaubte nicht, dass Nou sie erst vor Kurzem gefunden hatte. Er sah sie allzu oft. Es wäre ihm bestimmt aufgefallen, wenn sie eines Tages atemlos und mit den Gedanken woanders in die Werkstatt gekommen wäre, Dinge zur Hand genommen und wieder weggelegt hätte, über irgendetwas gestolpert wäre. Vielleicht ging es aber auch nur ihm so. Und – okay – er hatte auch ein bisschen geweint. Er war ein verdammter Softie – bestenfalls –, und dafür schämte er sich nicht. Aber an jenem ersten Abend nach Nous Enthüllung war er in seine Unterkunft geschlüpft, vorbei an Halley und Stan, hatte seine Schlafzimmertür geschlossen und stilistische Erkundungen bezüglich der Definition von Heulen unternommen.

Er konnte sie einfach fragen. Er sollte sie fragen. Aber jedes Mal, wenn sich die Gelegenheit dazu bot, hielt ihn irgendetwas davon ab.

Und vor allem das brachte ihn dazu, heimlich die einzige andere Person zu beobachten, der sie davon erzählt haben konnte: Edmund Harbour.

Der Handschuh-Kurs erfreute sich allmählich solcher Beliebtheit, dass Lucian schon erwog, die Gruppe aufzuteilen und getrennte Sitzungen abzuhalten. Er arbeitete mit Hochdruck und fertigte weitere Handschuhe an, wenn er nicht gerade Silvasaires bevorstehende Ankunft im nächsten Monat simulierte. Das hielt ihn zumindest davon ab, sich allzu sehr mit seiner neuen Verschwörung zu beschäftigen. Und zwanzig Handschuhe schwingende Amateure im Auge zu behalten, fühlte sich ein wenig so an, als würde er auf zwanzig Bratpfannen zugleich aufpassen.

»Nein, nein, *behutsam*, ganz langsam, okay?«, redete er Halley gut zu, die gerade einen simulierten Felsbrocken in der Schwebe zu halten versuchte. Vor leopardenhafter Würde waren ihre Bewegungen steif, die Intensität ihrer

Konzentration kaum mit anzusehen. »Kleine Bewegungen. Wie beim Windsurfen.«

»So ist es gut, ja!« Mit einem ermutigenden Lächeln zu Yolanda Moreno, die ihren Felsbrocken durch den Reifen eines Hindernisparcours rollte, als hinge ihr Leben davon ab. »Jetzt die Arme ein bisschen entspannen – nein – *entspannen* ...«

»Kleine Bewegungen ...« Zu Wassili, dessen verkniffener Mund ganz und gar in seinem Bart verschwunden war.

»Ich weiß nicht, weshalb ich so tue, als wäre ich der Experte für diese Dinger«, sagte Lucian seufzend zu Captain Whiskers, als er einen Augenblick Zeit hatte und die gewaltige Masse auf die Arme nahm, »wo doch jeder hier weiß, dass du das wahre Superhirn bist.«

Captain Whiskers reagierte auf Lucians Kraulen, indem er seinen mächtigen Hals nach hinten streckte, bot dafür jedoch nichts auch nur ansatzweise Hilfreiches an.

»Ja, du bist das Superhirn«, gurrte Lucian, als zehn winzige Nadeln in seine Brust sanken, »auch wenn du dich weigerst, die geniale Anti-Druckabfall-Katzenklappe zu benutzen, die ich speziell für dich entworfen habe, und bloß in meiner Schlafkapsel hockst und jaulst, als stünde dein Ableben unmittelbar bevor.«

»Unter ›einen Sack Flöhe hüten‹ hatte ich mir eigentlich was anderes vorgestellt«, sagte eine warme Frauenstimme eine Kopfwendung entfernt.

Und da war Mallory, die mit ihrem hochenergetischen Lächeln an der Arbeitsplatte lehnte. Lucian suchte hektisch nach einer witzigen oder charmanten Erwiderung, förderte jedoch nichts Brauchbares zutage.

Er machte eine möglichst beiläufige Kopfbewegung zu der Szene allgemeiner Entropie vor ihnen.

»Scheint ganz gut zu laufen. Die meisten kriegen es jetzt hin, ein Objekt zu halten, deshalb sind wir diese Woche dazu übergegangen, Dinge zu bewegen. Manchen gelingt das besser als anderen – dank Stan ist Percy den meisten ein gutes Stück voraus, und deine Yolanda hat echtes Talent dafür.«

»Du bist ausgesprochen kreativ.« Mallory musterte ihn noch immer mit diesem Lächeln. »Ich liebe den Hindernisparcours. Es ist gewissermaßen ein dreidimensionales Brettspiel, oder?«

»So ungefähr.«

Der Captain hatte es aufgegeben, seinen Abscheu davor, auf den Armen getragen zu werden, per Kralleneinsatz zum Ausdruck zu bringen, und hob nun jedes Mal eine Pfote, wenn Lucian ihn zu streicheln versuchte. *Nein*, sagte die Pfote. *O nein, tu das ja nicht.* Lucian pflanzte ihm einen Kuss aufs Schädeldach.

»Du musst mir das besser erklären«, sagte Mallory. »Wenn ich's richtig verstehe, funktioniert es wie eine Art virtuelle Realität.«

»Hm.« Lucian wackelte mit dem Kopf statt mit seinen anderweitig beschäftigten Händen. »Gewissermaßen. Es ist wie VR ohne Brille. Es ist VR, aber in der realen Welt statt in seiner eigenen. Ich würde ja meine tragbaren Triangulatoren herausholen und es dir aus der Nähe zeigen, aber ich fürchte, die sind gerade unterwegs.«

Er machte eine Kopfbewegung zu dem erhöhten Podium mit den drei Säulen hin, das in seinem Dasein noch nie so viel Besuch gehabt, noch nie so viel Aktivität erlebt hatte. Darum herum scharten sich die rund ein Dutzend Paare zusammen, die sich jeweils ein Paar Handschuhe teilten: Parkin und seine Frau; Percy und Stan; Halley und

Nou, ausgerechnet; Edmund und Wassili. Auch noch andere: Kolleginnen, Freunde, vertraute Gesichter – plaudernd, lachend, voller Konzentration. In einer Basis, die sich gerade erst von der Sonnenkrankheit erholte, wo viele der Anwesenden insgeheim vielleicht noch immer litten oder anderen unwissentlich halfen, war der Anblick so vieler Menschen in solcher Gemütsverfassung ein Sonnenschein eigener Art. Und in ihrer Mitte, zwischen ihren ausgestreckten Händen, befand sich die Magie ihrer eigenen Schöpfung.

»Pass auf, Stan, pass auf.« Lucian zeigte mit einer Pfote des Captains auf etwas.

Sein Student leitete Percy an, und für Lucian war es, als betrachte er das Demo als ein Lehrbuch, das er noch nicht geschrieben hatte. Percy war ein Bursche von vielleicht zwanzig Jahren – ein bisschen jünger als Stan und auch ein bisschen runder – mit rosigen Wangen, einem unbekümmerten Lachen, das er von seinem Großvater Parkin geerbt hatte, und einer wilden, unablässigen Fröhlichkeit, die ganz allein seine eigene war. Er war bekannt dafür, dass er Lucian schon des Öfteren mit Lachkrämpfen außer Gefecht gesetzt hatte, und er war der bestmögliche Freund und Einfluss für den schüchternen, ernsthaften Stan.

Gegenwärtig hatte Stan die Hände oben neben Percys behandschuhten Händen, und Percy imitierte seine gleichmäßigen, vorsichtigen Bewegungen, hob und drehte und manövrierte seinen simulierten Felsbrocken mit enormer Konzentration. Ihre Bewegungen waren so eng aufeinander abgestimmt, dass Lucian – wenn er es nicht gewusst hätte – gar nicht hätte sagen können, wer wen führte.

»Der Junge ist ein Naturtalent«, erklärte er Mallory – und sich selbst – voller Bewunderung. »Eines Tages werde ich für ihn arbeiten. Schau, wie er alle Finger zusammen nach innen führt. Mann! Es ist, als würde er eine Rose schließen. Ich habe ihm das nicht beigebracht.«

Aber dann verrenkte sich Wassili den Hals, um ebenfalls zuzusehen, krümmte seine Finger in den Handschuhen auf dieselbe Weise, sie redeten miteinander, und Edmund gesellte sich dazu – hatten Stan und er schon jemals miteinander gesprochen? Bestimmt, sie waren inzwischen seit über einem Jahr hier, aber trotzdem wurde Lucian von diesem plötzlich aufkeimenden Beschützerinstinkt überrascht. Er wollte nicht, dass der Mann, der Nou erbleichen ließ, wenn er nur den Raum betrat, in die Nähe seines anderen Praktikanten kam.

»Was ist denn eigentlich mit Harbour?«, erkundigte er sich etwas schärfer als beabsichtigt. Auf Mallorys fragenden Blick hin erläuterte er: »Ich meine« – er sorgte dafür, dass sich seine Miene aufhellte, und verschränkte nonchalant die Arme, als der Captain heruntersprang – »du bist schon länger hier als ich. War er schon immer so ...« *Kalt, fies, unangenehm.* »... ernst?«

»Edmund?« Mallory folgte seinem Blick dorthin, wo Stan jetzt Wassilis Haltung korrigierte, während Edmund mit gefurchter Stirn nickte, die Arme ebenfalls verschränkt. »Er ist so ein Schatz, nicht wahr?«

Lucian blinzelte. »Oh, na ja, er ...«

»Auf der Expedition war er so kompetent wie nur irgendwer.« Sie sprach von dieser Jagd nach Leben auf der anderen Seite, die jetzt schon Monate zurücklag. »Ein Gentechniker, weißt du, aber ein echtes Genie in unserem mobilen Labor. Seine Arbeit im Bereich der Resequenzierung von Bakterien ist unerreicht. Ich würde sogar behaupten, dass er zu jeder Tages- und Nachtzeit der Unermüdlichste von uns war – seine *Ausdauer* ...«

Stan sah herüber, warf ihm ein Grinsen zu – und gebärdete dann mit zusammengezogenen Augenbrauen *Alles in Ordnung?*. Lucian wischte sich erschrocken die finstere Miene vom Gesicht.

»Seine wissenschaftliche Arbeit ist wirklich bahnbrechend«, redete Mallory immer noch weiter, bedauerlicherweise. »Erst letzte Woche war er Erstautor einer Abhandlung über *Fortschritte beim Terraforming* ...«

Lucian hatte sie gesehen und wünschte wirklich, ihm wäre das erspart geblieben. Die Zeitschrift veröffentlichte nur die weitreichendsten Forschungsarbeiten auf seinem Gebiet und war – seiner unvoreingenommenen Meinung nach – ein bisschen übereifrig bei ihren Ablehnungen.

Er löste seine knirschenden Zähne voneinander, um »Vielbeschäftigter Bursche, was?« zu sagen.

»Er ist der Beste von uns. Er war so stark, nachdem sein Vater ... na ja.« Mallory steckte sich grazil eine verirrte Strähne in ihren Fischgrätenzopf. »Wir waren hinterher allesamt völlig erschüttert. Ich bin damals erst ein Jahr hier gewesen, aber wir haben alle eine solch deutliche Veränderung bei ihm bemerkt.«

»Und was ist an jenem Tag passiert?«, hakte Lucian plötzlich nach. »Ich weiß, wir haben vor einer Ewigkeit schon mal darüber gesprochen, aber ich meine, was ist *genau* passiert?«

Er hatte ein paarmal versucht, diese Frage zu stellen: den Jungs im Labor; seinen Freundinnen und Freunden in der Basis, Leuten wie Wassili, der Köchin und dem Gärtner; ein- oder zweimal auch Mallory selbst. Doch er bekam jedes Mal dieselbe Antwort: Sie wussten es eigentlich nicht, aber den Gerüchten zufolge ... Und die Gerüchte lauteten immer anders. Er hatte nicht lange gebraucht, um zu erkennen, dass es bei dem Gespräch – oder besser Nichtgespräch – über die Geschehnisse an *jenem Tag damals*, wie die Leute es meist nannten, um eine Frage der Etikette, der Diskretion ging. Die Menschen scheuten davor zurück. Wenn sie darüber Bescheid wussten, wussten sie auch, dass sie nicht darüber sprechen sollten.

Nou selbst und ihretwegen auch all diese anderen Personen zu befragen, kam ihm irgendwie übergriffig vor. Als würde man alte Schiffswracks aus abgesetztem Schlick ausbuddeln. An diesem Abend würde er sich jedoch mit einem *Ich bin nicht ganz sicher* als Antwort nicht begnügen. Im Augenblick ließ der Gedanke an Meuterei sein Herz schneller schlagen. Vielleicht war es der Cocktailparty-Geräuscheteppich aus Gelächter und erhobenen Stimmen, der ihn dazu verleitete, den Mut auszuleben, den einem ein kaltes Bier verlieh; vielleicht war es auch der Anflug von Kälte in Edmunds Augen, eine Fassade aus etwas Hartem, Kompromissunwilligem – etwas, was auch Mallory sehen konnte, wie er wusste. So oder so, als Lucian sich vorbeugte und Mallory ihm irgendwie warnend in die Augen sah, sich dann umschaute und ebenfalls vorbeugte, spürte er, dass er endlich eine Art Prüfung bestanden hatte. Er war im Begriff, in das kollektive Geheimnis eingeweiht zu werden.

»Es passierte an dem Morgen nach dem Tombaugh-Tag, bevor ihr hergekommen seid«, sagte Mallory leise und rückte näher heran. »Ich habe sie alle beim Frühstück gesehen. Clavius, Edmund, Nou. Sie wollten einen

Ausflug machen. Sie waren vielleicht ... vielleicht zwei Stunden weg. Niemand weiß, wohin sie gegangen sind. Und das meine ich genau so«, fügte sie als Antwort auf Lucians sich hochwölbende Augenbrauen hinzu. »Clavius und ich, wir ... haben uns nahegestanden.« Ein Schatten legte sich über ihre Augen. »Ich habe Gen gefragt, aber er – sie, *es*, das weiß ich nie – will mir nichts sagen. Edmund will niemandem etwas sagen. Und jeder weiß, dass Nou nur mit dir spricht.«

Einen Moment lang herrschte Stille, als Lucian über diese neuen Informationen nachdachte. Der Pulsschlag in seinen Handgelenken wurde unwillkürlich stärker.

»Und was ist passiert, als sie zurückgekommen sind? Oder ... haben sie es überhaupt wieder nach Hause geschafft?«

»Nou hat einen Notruf abgesetzt.«

»Nou?« Lucians Blick sprang entsetzt zu ihr hinüber: Da gab es eine winzige, wilde Kraft der Konzentration auf der anderen Seite des Raums, die Lippen zusammengepresst, eine gespannte Feder, deren gesamte potenzielle Energie ins Nirgendwo ging.

Mach dich locker, mach dich locker, dachte er, und der Instinkt, zu ihr hinüberzulaufen, ihre verkrampfte Handhaltung zu korrigieren und ihr zu sagen, dass sie die Knie ein bisschen beugen sollte, hätte vielleicht noch die Oberhand über ihn gewonnen, wenn Halley nicht gleich ihre Hand genommen und genau das getan hätte.

Er schüttelte den Kopf und schluckte einen Fluch hinunter.

»Es ist leicht, im Kopf eine Geschichte daraus zu stricken, weißt du? Zu vergessen, dass echte Menschen daran beteiligt waren.«

»Ich bin zu der Zeit gerade in den Parkanlagen gewesen und habe zusammen mit ein paar anderen aufgeräumt«, fuhr Mallory fort, als hätte er nichts gesagt. »Wir haben jemanden vorbeilaufen sehen, vorbei*rennen* – wie oft sieht man jemanden so laufen? Wir haben ihn angerufen, und er ist lange genug stehen geblieben, um uns zu sagen ...«

Sie holte Luft. Lucian hatte sich so nah zu ihr vorgebeugt, merkte er, dass er eine Lichtung aus blassestem Blau in den bewölkten Himmeln ihrer Augen ausmachen konnte.

»Er hat uns erklärt: ›Die Harbours sind in Schwierigkeiten‹«, sagte Mallory. »Mehr nicht.«

Ein Kribbeln in seinen Unterarmen; die feinen Haare dort hatten sich aufgestellt.

»Wir haben sofort alles stehen und liegen lassen und sind mitgelaufen. Parkin hat auf der Plaza um Ruhe gebeten. Er war wunderbar. Hat keine Zeit verschwendet – du, du und du, ihr nehmt die Virgo, ihr beiden bereitet auf der Krankenstation alles vor und so weiter. Das Wichtigste war, dass er uns anderen etwas zu tun gegeben hat.«

Lucian hörte über das Klopfen seines Herzens hinweg zu und hielt den Blick auf Mallory gerichtet. Es gelang ihm nicht ganz, sich von den beiden Harbours am Rand seines Blickfelds zu lösen.

»Sie haben sie draußen auf der Ebene gefunden«, fuhr Mallory fort. »Ich bin nicht dabei gewesen, aber ich habe gehört, dass Clavius schon bewusstlos war. Ein Luftschlauch war gerissen ...«

»Wie, an seinem Anzug?«

»Vermutlich, ja.«

»Wieso? Weshalb war er gerissen?«

»Tja ...« Mallory musste nachdenken. »Allgemeiner schlechter Wartungszustand, glaube ich. Edmund hat gesagt, sie seien gelaufen, und dann sei er offenbar gerissen. Ich habe den Bericht sehr gründlich gelesen, es gab natürlich so viele Fragen ...«

»Und Nou? Was hat Nou gesagt?«

»Sie ...« Mallory hob die Hände. »Na ja, sie hat dann aufgehört zu sprechen, nicht wahr? Nach der offiziellen Untersuchung hat Edmund sich geweigert, über jenen Tag damals zu reden, und niemand hat sich angehört, was Nou zu sagen gehabt hätte, bevor sie verstummt ist.«

»Warum hat sie denn aufgehört zu sprechen?« Lucian tat jetzt nicht mehr so, als wäre das alles für ihn nur von beiläufigem Interesse. Er stand kerzengerade da und sah sie durchdringend an. »Du hast gesagt, sie hätte den Funkruf abgesetzt. Also kann es jedenfalls nicht an einem Trauma gelegen haben, das vom Anblick des Unfalls ausgelöst wurde.«

Mallory hatte gerade woandershin geblickt – in Nous und Edmunds Richtung –, aber jetzt drehte sie langsam den Kopf und sah ihn an. In ihren Augen lag die ganze Ruhe einer plötzlichen Offenbarung.

»Daran hatte ich nicht gedacht«, sagte sie leise.

Lucian starrte sie an. »Der Unfall war eines der bedeutsamsten Ereignisse auf diesem Steinbrocken in den letzten zwei Jahren, und niemand – *niemand* – hat daran gedacht, einmal innezuhalten und genau zu rekonstruieren, wodurch Clavius' Kind derart traumatisiert wurde, dass es nur noch die Hülle eines Kindes war?«

Mallory hatte keine Antwort. Lucian nickte vor sich hin.

»Also ist danach etwas geschehen«, sagte er grimmig. »Etwas, was sie dazu gebracht hat, mit dem Sprechen aufzuhören.«

Nou übergab ihre Handschuhe jetzt an Halley. Sie lächelte – aus ihrer Körperhaltung sprach Stolz –, und Halley sah sie mit hochgezogenen Augenbrauen an, als hätte sie ihr eine Frage gestellt.

»Kaffee?«

Mallory musste ihre kleine Thermosflasche geöffnet haben; Lucian konnte sie riechen, diese vertraute, erdige Bitterkeit. Blinzelnd kehrte er ins Hier und Jetzt zurück, setzte ein höfliches Lächeln auf – holte sie beide aus ihrer Trance – und griff nach der Tasse, die sie ihm hinhielt.

»Warte mal«, murmelte er.

Eine nachklingende Süße im Aroma des Kaffees, ganz am Rand jedes Schlucks. Wie Honig oder eine Cantaloupe-Melone.

Unmittelbar bevor sie Halley antwortete, nur für den halben Moment, den man braucht, um die Augen zu heben und wieder zu senken, sah Lucian Nous Blick zu ihrem Bruder huschen. Gleich darauf war es nur noch eine Einbildung; ihr Blick ruhte wieder auf Halley. Aber jetzt erinnerte sich Lucian.

»Mallory, hast du nicht gesagt ...« Seine Hände hoben sich, als wollten sie jenes erste Gespräch vor so langer Zeit zu fassen bekommen. »Als wir uns an jenem ersten Morgen nach meiner Ankunft begegnet sind, als ich noch *g*-lag hatte ...«

Nou, Edmund und der Cantaloupe-und-Kaffee-Duft dieses ersten Gesprächs: In einem Regen zinnoberroter Funken verschmolzen sie in seinem Kopf. Lucian blinzelte, ganz benommen von seiner Erinnerung.

»... Hast du nicht gesagt, es könnte gut sein, dass Nou schon Leben gefunden hatte?«

»Ja, das stimmt«, begann Mallory überrascht. »Ich halte nichts davon, Leute zu belauschen, aber ich habe Nou beim Frühstück gehört ...«

Lucian schnippte mit den Fingern.

»Ja ... ja, sie hat gesagt, sie hätte Leben gefunden ... und sie wollte es ihrem Vater und ihrem Bruder zeigen ...«

Und das würde bedeuten ... Lucian spürte, wie seine Welt einen kleinen Salto schlug.

»Würde das nicht bedeuten, dass Edmund Harbour die ganze Zeit über wusste, wo man Leben finden konnte?«

Und würde das nicht bedeuten, sagte Lucian nicht, *dass auch er die pfeifenden Säulen unter dem Eis gesehen hatte?*

»Ich weiß.« Mallory hob den Blick mit einem selbstironischen Seufzen, und Lucian sah sie an. »Das war's dann wohl mit dieser Hypothese. Ich habe ihn danach gefragt, als wir zusammen unterwegs waren.«

Lucian hatte Mühe, sich zu beherrschen. Sachte, sachte. Es war doch nur ein beiläufiges Gespräch.

»Ich fürchte, ich habe mich damals verhört«, fuhr Mallory fort. »Als ich Edmund danach gefragt habe, sagte er, das höre er zum ersten Mal.« Sie hob die Schultern, ein elegantes Achselzucken. »Alexandra ermahnt mich ständig, weil ich unbestätigte Gerüchte weitergebe. Also, damit ist meine kleine Theorie hinfällig.«

Lucian sah zu Nou hinüber: Jetzt sagte sie etwas zu Halley. Sehe sich das einer an: Sie sprach tatsächlich. Es war qualvoll, ihr dabei zuzusehen. Nou sprach noch immer, als wäre jedes Wort ein Satz, den sie sich bei einer Schultheateraufführung vor allen Eltern mühsam ins Gedächtnis zu rufen versuchte. Ihre Hände an den Seiten waren vor Anstrengung zu Fäusten geballt, ihr Blick ruhte hartnäckig auf dem Stern-Basis-Logo an Halleys Brusttasche. Und dennoch sprach sie. Seit sie vor vielen, vielen Monaten damit begonnen hatte, war es jedes Mal wieder genauso verblüffend.

Aber dieser kurze Seitenblick genügte. Jetzt gab es nur noch eine Person, mit der er sprechen musste, und diese Person war Nou.

An diesem Abend ging er in den Musikraum. Die Minus Kelvins trafen sich noch immer einmal wöchentlich zum Proben, aber manchmal hatte man als Terraformer auch das Bedürfnis, sich außerhalb vorgegebener Bahnen zu bewegen, einfach bloß zu einem vorgegebenen Bass zu improvisieren, ohne sich darum zu scheren, wie es klang; mit Mark Alexander und seinen Jungs zu spielen. Es war seltsam: Vor der Sonnenkrankheit wäre er davor zurückgescheut, allein dort herumzuhängen, aber zurzeit war ihm genau danach zumute. Sich mit sich selbst zu beschäftigen, als ließe er sich mit den Worten »Na, wie läuft's denn so, mein Freund?« aufs Sofa fallen.

Es war schon spät, und Lucian wusste aus Erfahrung, dass die meisten Leute um diese Zeit im Gemeinschaftsraum saßen und lasen, ihre Kinder ins Bett brachten oder sich in ihren Unterkünften aufhielten und einfach zur Ruhe kamen. Darum war er zwar enttäuscht, aber angesichts der rund hundert Personen zählenden Einwohnerschaft der Basis auch nicht übermäßig überrascht, als er sich der Tür näherte und die gedämpften – und sehr hübschen – Klangkaskaden eines Klaviers vernahm.

Er schlich näher heran.

Die Tür war vorschriftsmäßig geschlossen, doch als er das Ohr daranlegte, ließ sie die Melodie durch, als stünde er direkt neben deren Quelle.

Melodie war ein zu sanftes Wort. Aus dieser Nähe ertönte das Klavier wie ein Sturm. Jede Taste schien an die Reihe zu kommen, die donnernden Tiefen warfen ihre Schatten auf einen hohen, lieblichen Sommerregen von einer Melodie. Die Musik war eine Tänzerin, die zwischen Regentropfen umhersprang, jähe Sonnenstrahlen durchbohrten rasch dahintaumelnde Kumuluswolken hoch über ihr. Immer höher stiegen die Höhen empor, immer tiefer stürzten die Tiefen hinab, bis Lucians Kopf von Horizont zu Horizont vor Energie knisterte, gefangen in einer Klangwelt aus reiner Freude.

Die Person am Klavier stolperte einmal, als sie einen nicht ganz richtigen Ton traf. Die Musik stockte. Dann kamen ein paar langsame Töne – zögernd, prüfend –, bevor die Passage einmal und noch einmal wiederholt wurde. Der Fehler hatte etwas Liebenswertes: die Demut in seiner sorgfältigen Korrektur; die penible Wiederholung. Jemand, der noch lernte, unvollkommen, aber bemüht, der vielleicht für einen Fortgeschrittenenkurs übte. Dann war der Pianist oder die Pianistin wieder unterwegs, der Sturm tobte weiter, und die Himmel gerieten erneut in Aufruhr.

So etwas hatte Lucian in Stern noch nie gehört. Percy konnte auf dem Ding ein paar Nummern zum Mittanzen spielen, und er hatte gerüchteweise gehört, dass Yolanda Moreno auf irgendeinem Instrument höllisch gut sein sollte – obwohl er sich an ein Kornett oder ein anderes exotisches Blechblasgerät wie einen Serpent zu erinnern glaubte. Und er hatte Mallory ein- oder zweimal dabei zugehört, wie sie das in ihrer Jugend Erlernte aufzufrischen versuchte, aber ihre Fingerfertigkeit reichte nicht ganz an diese heran.

Mit zwei Fingern auf dem Kontroll-Pad schob Lucian lautlos die Tür auf, Zentimeter für Zentimeter.

Der Mann saß mit dem Rücken zur Tür, und beide Hände flogen wie wild über die Elfenbeintasten vor ihm. Er hatte glattes Haar und trug ein steifes Hemd, dessen hochgekrempelte Ärmel nackte Unterarme entblößten, und beim Spielen verliehen ihm die sich bewegenden Schulterblätter eine schlanke, agile Gestalt.

So leise wie möglich schloss Lucian die Tür und überließ den Pianisten seinen Übungen. Dies war eine weitere Seite an Edmund Harbour, dachte er, von der er nichts gewusst oder geahnt hatte.

14

Mit Silvasaire ging etwas Seltsames vor.

Gespreizte Beine. Kribbelnder Schweiß an seinen Schlüsselbeinen unter dem flaschengrünen Pullover. Konzentration, die ihm die Augenbrauen zusammenzog. Die Zehen an den Rand des erhöhten Podiums gedrückt. Mit zusammengekniffenen Augen betrachtete Lucian den von einem Jetpack angetriebenen Steinbrocken zwischen seinen drei Säulen und ließ die Simulation mit einer schnellen Fingerdrehung noch einmal ablaufen.

Aber eigentlich war er nur halb bei der Sache. Er wusste, dass es ein bisschen albern war, sich von den Gedanken an Sabotage ablenken zu lassen, wenn man eine Simulation zum Schutz vor Sabotage durchführte. Und das auch noch am Ankunftstag ihres zweiten Schutzengels. Aber nachdem er das Fenster seines Geistes nun einmal für das *Warum* geöffnet hatte – warum wollte jemand etwas Gutes zerstören? Etwas Cooles, was doch die Lebensqualität verbesserte? –, war ein ganzer Haufen potenzieller *Warums* wie Motten hereingeschwärmt. Und wenn er dachte, er hätte das letzte hinausgescheucht, begann auch schon ein anderes über ihm umherzuschwirren.

Da war es wieder, in seiner Simulation. Ein Wackeln. Gerade als der Asteroid in die Nähe kam. Ein Wackeln, das stärker wurde, bis Silvasaire vom Kurs abkam und entweder in den Weltraum entschwand oder auf Pluto stürzte. Er spulte die Sequenz zurück. Ließ sie erneut ablaufen.

Es gab Menschen, die gegen das Terraforming waren, klar, und Lucian hatte sich auch ihre Argumente angehört. Einheimisches Leben tauchte immer wieder ganz plötzlich an unerwarteten Orten auf, und es würde sicherlich noch weitere Schockmomente geben. Manchmal ging beim Terraforming auch etwas schief, und wenn, dann war das ganz schrecklich. Und hatten wir überhaupt das Recht, eine Welt nach unserem Willen zu gestalten? Was, wenn wir in zehn oder fünfzig Jahren – wie die alten Anthropologen, die umgefallene Steinkreise wieder aufgestellt und damit jede Chance einer echten Rekonstruktion zunichtegemacht hatten – erkannten, dass wir irreparable Fehler gemacht hatten?

Oder – worauf sogar Clavius Harbour selbst hingewiesen hatte, bevor er die Seiten wechselte – was, wenn wir unsere Energie, unser Potenzial darauf verschwendeten, Welten zu renovieren, die gar nicht für uns gedacht waren? Was, wenn wir zu sehr damit beschäftigt waren, Mutter Erde unter uns wiederzuerschaffen, um uns an die wartenden Sterne über uns zu erinnern?

Lucians Aufmerksamkeit kehrte im Sturzflug zu Pluto zurück: Diesmal war die Silvasaire-Simulation perfekt geflogen. Fehlerloser Atmosphäreneintritt. Fehlerloser Zerfall. Die Glühwürmchen seiner Asche flochten leuchtende Ringe um die kleine Welt, einmal, zweimal, dreimal, Weißgold beschien Lucians erhobene Handflächen, als hielte er sie vor ein Feuer. Dann ... weg, verblasst. Noch eine erfolgreiche Vernichtung.

Er führte die Simulation ein weiteres Mal durch.

Also konnten eine oder mehrere Personen ihre Gründe für Sabotage haben. Kapiert. Und wozu diente Sabotage? Zunächst einmal verzögerte oder stoppte sie ein Vorhaben, das einem nicht gefiel. Ganz einfach. Aber – und nun folgte Lucian seinen Gedanken kopfüber in die Tiefe und wand sich dabei, um ihre wirbelnden Funken im Blick zu behalten – sie tat noch etwas anderes, worüber ein Saboteur höchst erfreut sein würde, sie zeigte auf, wie gefährlich das Ganze eigentlich war. Und nach den Mars-Spiegeln und der wachsenden Unsicherheit in der Bevölkerung konnte sich das Terraforming keinen weiteren Fehlschlag leisten.

Lucian blinzelte, einen Moment lang war er vom Licht seiner geistigen Glühbirne geblendet. Ungefähr dasselbe hatte er einmal zu Nou gesagt – wie hatte er es ausgedrückt? *Möchtest du die Wahrheit wissen? Ich schätze, ein weiterer größerer Unfall könnte dem Terraforming ein für alle Mal den Garaus machen.* Aber Gedanken waren wie Dinge: In höherer Schwerkraft wogen sie mehr.

Hier stand nicht nur Plutoshine auf dem Spiel. Wenn Plutoshine scheiterte, konnte dies das Ende der Kunst des Terraformings selbst bedeuten.

»Lucian.«

Der Schutzengel-Asteroid machte einen ebensolchen Satz wie Lucian und schlug unmittelbar westlich von Stern ein.

»Halley.« Die Handschuhe fielen neben ihm zu Boden. »Verzeihung, ich bin gerade in anderen Sphären geschwebt. Was ...?«

Er hielt inne: Etwas fehlte in den Augen der Oberterraformerin. Etwas, das er nicht gleich einordnen konnte.

»Ähm, Halley? Ist alles ...?«

Halley starrte an ihm vorbei auf die Simulationsschleife. Wie Mortimäus, wie Styx war Silvasaire von blutroter Farbe und derart von Kratern übersät, dass er wie ein Schwamm aussah. Er wackelte jetzt wie ein Kreisel – sofern dieser Kreisel mit der Geschwindigkeit eines Kometen auf sie zuraste –, zerfiel jedoch erneut wie geplant.

»Was ist mit ihm?«, fragte Halley leise. »Unser Schutzengel sieht ja aus, als würde er jeden Moment aus den Latschen kippen.«

Lucian schaute von ihr zu dem Asteroiden und wieder zurück, bevor er beschloss, nicht näher darauf einzugehen.

»Ach, das ist nicht so schlimm.« Er drehte sich wieder zur Simulation um und spulte sie mit einer Handbewegung zurück. »Er hat mit diesem Tänzchen angefangen, aber es gibt tonnenweise Methoden, die ich noch nicht ausprobiert habe, um es zu beheben. Ich werde noch ein bisschen dran arbeiten, wahrscheinlich liegt es an den Einstellungen der Handschuhe – ich nehme an, jemand hat wieder an ihnen herumgepfuscht.«

»Tu das«, stimmte Halley zu, »aber … geh zu der Feier.«

Lucian starrte sie an.

»Du musst dir die Zeit nehmen«, sagte sie mit einem angespannten Nicken, »stolz zu sein.«

»Halley.« Lucian trat einen Schritt auf sie zu. »Ist alles, äh, alles okay? Sie scheinen nicht …«

»Das würde ich mir selber sagen.« Halley wich jetzt zurück, immer noch mit ihren seltsam ausdruckslosen Augen, die eine halbe Sekunde zu langsam auf die Welt um sie herum reagierten. »Wir sprechen nach Silvasaire darüber, in Ordnung?«

»Halley, ist irgendwas …?«

»Nein, nein, ist schon gut. Das kann warten. Es wird warten.«

So wie Mortimäus' Ankunft nicht zufällig mit dem Jahrestag von Clyde Tombaughs erster Sichtung einer Welt jenseits des Neptuns zusammengefallen war, hatte man auch Silvasaire zeitlich präzise auf einen anderen Anlass abgestimmt. Der Vorbeiflug von *New Horizons* wurde keinen ganzen Tag lang gefeiert wie bei Tombaugh: Ähnlich wie der Countdown am Silvesterabend war der Vorbeiflug ein Ereignis. Am 14. Juli 2015, fast genau um zehn Minuten vor Mittag nach mittlerer Greenwich-Zeit, hatte die größte Annäherung der *New-Horizons*-Sonde stattgefunden. Der Lichtpunkt namens Pluto war neun Jahre lang ihr Ziel gewesen, während sie den interplanetaren Weltraum durchquerte – sechsundzwanzig Jahre nach dem ersten Entwurf auf der Rückseite einer Serviette in einem Restaurant auf der Rückseite eines blassblauen Punktes am Ende von Plutos stärksten Teleskopen.

Der Vorbeiflug war ein Tag stiller Reflexion. Von einem Lichtpunkt im Jahr 1930 zu einem unvorstellbaren Winter-Mikrokosmos im Jahr 2015 und jetzt zu einer Heimat.

Momentan war es 10:49 Uhr; also dauerte es noch genau eine Stunde bis zum Vorbeiflug, sowohl zum schon jetzt historischen von *New Horizons* als auch zu dem künftig historischen von Silvasaire.

Schade, dass das Ding nicht kurz vor Mitternacht vorbeigeflogen war; dann wären ein oder zwei Drinks vielleicht akzeptabel gewesen. Und je näher Silvasaire kam, desto mehr hätte Lucian einen gebrauchen können.

»Lucian? Lucian, hey.«

»Ngh.« Lucian machte eine Handbewegung. Ein kurzer Blick nach oben auf das gerundete Metall des Teleskops enthüllte die Identität des Eindringlings. »Sofern das kein Bier ist, was du da in der Hand hältst, Stan, bin ich beschäftigt.«

»Ist es tatsächlich«, sagte der junge Nicht-ganz-Doktor und strahlte mit einer unbekümmerten Fröhlichkeit, die sich voll und ganz Percys Einfluss verdankte, »aber es ist meins. Ich entferne dich jetzt gewaltsam von deinem Platz, und dann musst du dir selber eins holen.«

»Meuterei und Morgensuff«, murmelte Lucian, der sich bereits wieder seinem Okular zuwandte. »Klingt wie der Titel eines Songs von Dignity.«

»Ja, nicht wahr? Wie geht der noch gleich, *oh, oh, smells like integrity* ...«

»Die Stimme eines Engels, Stan, sag ich ja schon die ganze Zeit. Hör mal ...« Lucian fuhr herum, um sich dem Störenfried zu stellen. »Ich weiß, Mortimäus war kein Problem, und ich weiß außerdem, wir haben unsere Simulationen unzählige Male wiederholt, aber ich möchte mir einfach ansehen, wie er hereinkommt. Für alle Fälle. Wenn es irgendein Problem gibt ...«

»... wird Halley es im Kontrollraum mitbekommen.« Stan zuckte mit verschränkten Armen die Achseln, was mit dem Bier in der Hand eine Meisterleistung in puncto Geschicklichkeit war. »Dann wird Joules es mit seiner Programmierung beheben. Wir sind ein perfektes Team. Das beste im Sonnensystem.«

Lucian fuhr sich mit den Fingern durch die Haare, die daraufhin zu der Ansicht gelangten, dass die Gravitationsgesetze nicht verbindlich waren.

»Schau's dir an.« Er schob die Bank zurück und sprang auf. »Wenn in den nächsten zehn Minuten nichts Seltsames passiert, ist das Ding sowieso zu nah, als dass man es noch wegmanövrieren könnte.«

Eifrig nahm Stan seinen Platz ein. »Siehst du irgendeine Farbe? Sind schon Details zu erkennen?«

»Gerade nach Styx, weißt du?« Lucian machte einen Schritt und warf erregt die Hände in die Luft.

»Ooh, jetzt hab ich's, ich sehe ihn.«

»Bei Mo ist nichts passiert, aber bei Styx ... Mann, ich glaube, ich hab's dir gar nicht erzählt, aber ich hatte da so ein Gefühl, weißt du, und nachdem mit Mo alles gut ging, habe ich versucht, es zu vergessen, aber ...«

»Lucian?«

Etwas in Stans Stimme ließ Lucian mit einem Fuß in der Luft innehalten.

»Er ... er soll doch nicht irgendwie ... *taumeln*, oder?«

Lucian tauchte zum Okular hinab, während Stan beiseiterückte. Er brauchte eine kostbare Sekunde, um richtig sehen zu können, das Zentrum richtig anzuvisieren – dann konnte es keinen Irrtum mehr geben.

Lucian sprang auf und rannte los, bevor er noch genau wusste, in welche Richtung.

»Stan, such Halley und Joules, setz sie an die Programmierung!«, rief er über die Schulter hinweg. »Ich hole die Handschuhe, vielleicht können wir ihn damit schneller neu justieren!«

Er landete mit Karacho in einer Ecke, sodass eine Schar erschrockener Bekannter auseinandersprizte. Lucian spürte seine Beine nicht einmal, keine Anstrengung, keinen Schmerz. Die Basis von der Größe eines universitären Fachbereichs hatte sich zu einem kompletten Campus ausgedehnt. Er schlitterte in die Werkstatt, krachte – statt abzubremsen – gegen einen angesengten Sessel und sprang zu der Kommode, in der er seine Handschuhe aufbewahrte.

Die Schublade war leer. Lucian sah sie an, als wäre es ein Zaubertrick, eine optische Täuschung, und als würde jeden Moment ein dreidimensionales Gitterwerk daraus hervorspringen.

Die Übungshandschuhe: Er hatte einen Schrank mit zwanzig Paaren. Sofort war er wieder in Bewegung.

Noch eine Täuschung. Wieder eine leere Schublade. So wie die darunter und die darunter.

»Lucian! Lucian!«

Das Trappeln von Schritten hinter ihm. Die atemlose Stimme, die ihnen folgte, gehörte zu Stan.

»Halley arbeitet an der Programmierung, aber Joules konnte ich nicht finden«, keuchte er. »Aber du hast gesagt, mit den Handschuhen ginge es schneller. Wir können zu zweit arbeiten, sag mir einfach, was ich tun soll ...«

»Stan.« Lucian packte ihn an den Schultern. »Weißt du noch, vor ungefähr einer Woche habe ich dich gefragt, ob du meine tragbaren Triangulatoren gesehen hättest?«

»Ja, schon, aber ... aber wozu brauchst du die? Wir haben doch die großen ...«

»Alle Handschuhe sind weg.« Lucian ging an ihm vorbei und rannte wieder los, dicht gefolgt von Stan. »Wenn jemand sie genommen hat und auch die Triangulatoren besitzt, bedeutet das, er kann Silvasaire von irgendwoher steuern, wir aber nicht.«

»Aber ... Moment, du meinst *gestohlen*? Aber *wer*?« Stan war entgeistert. »*Warum?*«

»Dieselbe Person, die auch das mit Styx gemacht hat«, erklärte ihm Lucian, als sie den abgedunkelten Kontrollraum erreichten, lauter blau leuchtende Bildschirme voller Code und hektische Aktivität; es sah aus, als wüssten schon alle Bescheid. »Ich weiß, dass ich sie dort hingelegt habe, wo ich sie hingelegt habe«, zischte er, mehr zu sich selbst. »Jemand hatte Wackelaugen drangemacht, ich weiß noch, wie sich das Licht in denen gefangen hat, als ich die Schublade geschlossen habe ...«

»Lucian!« Halley kam herbeimarschiert, mit einem Gesicht wie ein Wintersturm. Lucian kannte sie eigentlich nur in zwei Modi Operandi: schweigsam, versunken, besessen – oder Säure spuckend. Man lebte in interessanten Zeiten, wenn man Letzteres zu sehen bekam. »Handschuhe an, *sofort*. Wir haben noch fünfzig Minuten, bis dieses Ding runterkommt. Joules ist hier, aber die Programmierung muss irgendwie beschädigt sein.«

»Die Handschuhe sind weg, Halley.« Lucian verschwendete keine Zeit. »Jemand hat sie geklaut, und meine tragbaren Triangulatoren auch – und zwar jemand, der damit umgehen kann.«

»Der Saboteur.« Halleys Augen waren zwei Splitter ihres Meereises. Wie Lucian sich wünschte, er könnte mehr Zorn empfinden, so wie sie, und weniger Angst, so wie er.

»Wenn jemand Silvasaire fernsteuert, braucht er einen Ort, wo er nicht gestört wird«, sagte Stan mit quiekender, aber ruhiger Stimme. »Ein Büro vielleicht? Ein Konferenzraum? Irgendeine Idee, wo er sich verkriechen könnte?«

»Gehen wir systematisch vor.« Parkin kam hereinmarschiert, erstaunlich schnell für den ältesten Bewohner der Basis. »In den Musik- und Seminarräumen wohl eher nicht – die stehen ja allen offen.«

»Und Büros sind zu klein für den erforderlichen Aufbau, wenn sie auch nur annähernd so aussehen wie meines«, sagte Lucian nachdenklich, »aber vielleicht die größeren ...«

»Das ist doch absurd«, platzte Halley heraus, »er könnte sonst wo sein! Bis wir die Basis abgesucht haben ...«

»Die Rettungshütten!«, rief eine neue Stimme: Joules, durch das Glas seines Bildschirms, die Fingerspitzen verschwommene Flecken auf dem Touchscreen-Desk. Lucian hatte ihn nicht einmal bemerkt. »Ihr wisst schon, diese Hütten, die sie auf der Ebene verteilt haben, falls man da draußen festsitzt? Da wäre man weitab vom Schuss.«

»Weitab vom Schuss, ja.« Lucian dachte schnell. »Und die Chancen stünden gut, dass man nicht gestört würde.«

»Groß genug sind sie jedenfalls«, setzte Parkin hinzu.

»Niemandem wird eine weitere Person auffallen, die hinausschlüpft, wenn alle draußen auf der Ebene sind«, sagte Stan mit einem einzigen Ausströmen von Atemluft.

»Na schön.« Halley hob die Hände und gebot ihnen damit Schweigen. »Wir haben fünfundvierzig Minuten. Lucian, Stan, fliegt zu den beiden nächstgelegenen Hütten. Holt euch noch jemanden dazu, falls es weitere Kandidaten gibt. Ich hole Harbour her und lasse auch die Basis überprüfen.«

»Müssen wir ... müssen wir evakuieren?« Stans Stimme wurde vor Furcht ganz klein. »Wissen wir, wo Silvasaire im Fall des Falles einschlagen könnte?«

»Er schaukelt immer noch wie verrückt, sodass sich das nicht sagen lässt«, rief Joules. Sein Blick klebte am Bildschirm, und seine Hände arbeiteten fieberhaft. »Wahrscheinlichkeit von eins zu zehn vielleicht. Sieht nach den nördlichen Breitengraden aus, eher nach Voyager Terra. Uns sollte nichts passieren.«

»Du sagst es mir, wenn sich das ändert«, forderte Halley streng. Dann, zu Lucian und Stan: »Na los, ihr beiden!«

Sie setzten sich in Bewegung. Lucian rief Gen auf: seine Sadge vorbereiten, und auch eine für Stan; eine Karte mit den nächsten Rettungshütten anzeigen. Mit Bluejeans und spitzen Stiefeln an Bord der Sadge zu gehen, fühlte sich nach dem gewohnten klobigen Anzug für ihn so an, als wäre er nackt. Aber er hatte keine Zeit mehr, sich umzuziehen. Er musste einfach hoffen, dass er diesen Schutz nicht brauchen würde.

»Stan, hier ist Lucian«, rief er das andere Schiff, als die beiden starteten. Sogar die Touchscreen-Buttons fühlten sich unter seinen handschuhlosen Fingern fremd an. »Du nimmst die zehn Kilometer entfernte auf dem Herzen, ich fliege zu der Vierziger bei den Cousteau Rupes.«

»Vierzig Kilometer?« Stans eindimensionale Stimme über Funk. Lucian schaltete den Autopiloten aus, als er die Mindesthöhe erreichte. »Bisschen weit für jemanden zu Fuß, meinst du nicht? Und Gen sagt, keine der Maschinen fehlt.«

»Meine Triangulatoren sind schon vor mindestens einer Woche verschwunden. Das heißt, er hatte jede Menge Zeit, mit einer Säule unter jedem Arm durch die Gegend zu laufen.«

Was war das für ein Piepsen? Oh! Der Sicherheitsgurt. Lucian schnallte sich an und drückte dann seinen Schubhebel ganz nach vorn; ein mechanisches Brüllen, eine kurze tunnelförmige Einengung seines Blickfelds, als die g-Kraft ihn an seinen Sitz zu schweißen versuchte, danach wurden er und sein Schiff zu einer Sternschnuppe.

»Wenn ich er wäre«, keuchte er mit zusammengebissenen Zähnen, während die Beschleunigung weiter zunahm, »oder sie, würde ich mir die weiter entfernte aussuchen. Nicht so naheliegend, im wahrsten Sinne des Wortes. Mehr Zeit, bevor man erwischt wird.«

Wenn ich wer wäre?

Lucian hatte noch nie Krimis gelesen. Er stand eher auf Liebeskomödien, in denen ein gebrochenes Herz das Schlimmste war, was einem passieren konnte. Jemand, der sich mit den Handschuhen auskannte ... Er würde seinen Arm darauf verwetten, dass es kein Terramant war: Kip und Joules waren seine Brüder, und Stan hatte ein zu reines Herz, er wurde noch immer von Leidenschaft und Idealen angetrieben. Es gab auch noch andere, die zwanzig in seinen Kursen, aber sie hatten noch nicht die erforderlichen Fähigkeiten, geschweige denn ein Motiv – und Plutoshine war von den Plutoniern einmütig akzeptiert worden. Motiv, Fähigkeiten im Umgang mit den Handschuhen, Kenntnisse über das Projekt ...

»Was, wenn es ein Bluff ist?«

Die Beschleunigung ließ nach; Lucian hatte dreißig Kilometer in weniger als drei Minuten zurückgelegt.

»*Krrk* ... Lucian? Ich lege jetzt an. Was, wenn es ein Bluff ist und er sich doch nicht für die weiter entfernte entschieden hat?«

Dort unter ihm: eine kleine Spielzeughütte, ganz allein auf dem Eis, ein schwarzer Punkt auf einem Krakelee weißer Spalten.

Jeder konnte dort drin sein. Oder niemand.

»Bleib dran«, befahl ihm Lucian. »Geh jetzt rein, und wenn er dort ist, komm ich zu dir.«

Motiv, Fähigkeiten im Umgang mit den Handschuhen, Kenntnisse über Plutoshine. Parkin erblindete langsam, im Unterricht war er eine Gefahr für sich selbst. Halley hatte ihre berufliche Laufbahn Plutoshine gewidmet, sie hatte kein Motiv … Harbour …

»Lucian? Lucian!«

Lucian kehrte abrupt ins Hier und Jetzt zurück. »Ich bin da, Stan, ich bin da. Was ist los?«

Harbour war beim Unterricht dabei gewesen. Er wusste alles über Plutoshine, was es zu wissen gab.

»Du hattest recht«, sagte Stan. »Hier ist niemand. Ich komme zu dir, okay? Bitte, bitte warte auf mich, ich komme, so schnell ich kann.«

Harbour hatte das riesige Büro mit Ausblick auf das Herz. Und er war nicht im Kontrollraum gewesen.

»Schon gut, Stan«, begann Lucian, als er mit der Sadge an einer der beiden Docking-Stationen ankoppelte.

Von Nahem war die Hütte größer, als er erwartet hatte, und sie besaß genug Fenster, dass ihn im Innern jeder hätte kommen sehen können. Das hieß, falls überhaupt jemand drin war. Das hieß, falls der Saboteur nicht in seinem Büro in Stern saß.

»*Erde*«, murmelte er. Was, wenn er hier herausgelockt worden war, weg vom Zentrum des Geschehens? »Ich geh rein, Stan, in Ordnung? Ich öffne einen Kanal auf meiner Handgelenkskonsole und halte dich auf dem Laufenden.«

Er hatte sich vor dem Start nicht einmal einen dickeren Pullover geschnappt; jetzt, nur mit der dünnwandigen Luftschleuse der Sadge zwischen ihm und dem Tod, fand er unwillkürlich, dass der indigoblaue Horizont noch nie so mörderisch kalt ausgesehen hatte.

Die Luftschleuse zischte. Er hatte nicht daran gedacht, eine Waffe mitzunehmen – aber wozu auch? Noch nie in seinem Leben hatte er einen Kampf angefangen (wer hatte das schon?). Und wenn niemand da war ... Die Luftschleuse war bei siebzig Prozent ... Harbour besaß die Fähigkeiten und das Wissen, aber hatte er auch ein Motiv? Luftschleuse bei achtzig Prozent ...

»Ich bin in fünf Minuten da, Lucian, siehst du jemanden?«

Harbour war Clavius' Sohn. Er würde sein Erbe sabotieren ... neunzig Prozent.

»Mach ... mach dich einfach bereit, auf mein Zeichen hin umzukehren, Stan, okay?«

»Ich soll *umkehren*?«

Und trotzdem ... trotzdem konnte Lucian dieses Bauchgefühl nicht abschütteln, was den Kerl betraf, diese Ahnung, wie bei Styx ... hundert.

»Ich gehe rein. Ich geh rein, okay? Ich ...«

Die Schleusentür begann aufzugleiten. Er würde sich kurz umschauen und dann schnellstens wieder ins Schiff zurückkehren. Lucian trat einen Schritt nach vorn – und sein Gesicht machte Bekanntschaft mit einer Faust.

Knöchel krachten mit brutaler Gewalt gegen Wangenknochen. Schmerz schoss durch jeden Nerv in seinem Schädel. Die Wucht war unglaublich – als würde man von einem Kometen getroffen. Eine halbe Sekunde später kam neuer Schmerz: ein Übelkeit erregender Schlag an den Kopf, dann an die Schultern, als er gegen die Wand der Luftschleuse prallte und mit verrutschten Gliedmaßen auf dem Boden zusammenbrach.

Ein Gewicht auf seinem Rumpf – ein Knie, das ihm hart in den Leib gerammt wurde –, dann packten ihn Hände, behandschuhte Hände, am Pullover. Mit seinem unverletzten Auge erhaschte Lucian einen Blick auf die Angreiferin, die Saboteurin, bevor Yolanda Moreno die Faust zurückzog, um erneut zuzuschlagen.

Die Gewalt ihres Angriffs war immens. Aus der Nähe gesehen, war die Frau zwar eher zierlich, aber ein einziges Paket gut definierter, sehniger Muskeln und mindestens einen Fuß größer als er. Lucian wich mit dem Kopf seitlich aus, und der Schlag ging knapp vorbei und traf stattdessen den Boden; Donner brüllte in seinem getroffenen Ohr. Einer seiner Arme kam frei, als Moreno ihre blutende Hand im Handschuh schüttelte, und Lucian schnellte hoch, packte sie an der Schulter, und sie taumelten beide in die Hütte.

Lucian hatte schon so lange niemanden mehr geschlagen, dass er den fatalen Fehler beging, den Daumen in die Faust zu stecken; er wäre beinahe umgekippt, als er spürte, wie er brach. Morenos Schrei wurde erstickt, als der Schlag sie auf den Mund traf und ihr den Stirnreif vom Kopf stieß, sodass er durch den Raum wirbelte. Lucian sah gefletschte Zähne aufblitzen, bevor ihn ein Knie in die Nieren traf, zwei Hände um seine herumfuhren und sich dann um seinen Hals schlossen.

Der Angriff warf Lucian so hart auf den Rücken, dass ihm die Luft aus der Lunge getrieben wurde. Moreno setzte sich rittlings auf ihn, die langen Beine um seine geschlungen, und hielt ihn fest, während ihre Hände ...

Ach du Scheiße, schoss ihm blitzartig ein kohärenter Gedanke durch den Kopf, *sie bringt mich wirklich um.*

Die Drähte von Morenos Handschuhen gruben sich in seine Haut. Ihre Augen waren größer, als Lucian es für möglich gehalten hätte, mit einem weißen Ring um jedes wilde Zentrum. In sie hineinzuschauen, war so, als würde man in einen leeren Strudel blicken.

Lucian versuchte die Arme zu heben, aber sie waren kalt und kribbelten und schlenkerten nur nutzlos herum. Seine ganze Welt nahm dieselbe blutrote Farbe an wie der zerrissene Mund seiner Mörderin. Etwas Warmes lief ihm in den Rachen.

Moreno beugte sich so weit vor, dass ihre Nasen sich berührten, drückte zu und reduzierte den Druck dann – nur ein wenig, sodass es trotzdem noch wehtat. Ihre blutigen Zähne waren hasserfüllt zusammengebissen, und nun teilten sich diese Zähne ...

»*Fick dich, Terraformer*«, zischte sie.

Lucian versuchte mit den Beinen zuzutreten, aber Moreno hielt sie fest. Ein schwarzer Ring engte sein Blickfeld von außen nach innen ein.

»Das ist nicht euer Planet«, fauchte die Saboteurin, und warmes Blut spritzte über Lucians Wangen. »Keiner von ihnen. Ihr habt *verdammt noch mal nicht das Recht dazu*.«

Jemand stürzte sich von hinten so heftig auf Moreno, dass sie zunächst auf Lucian heruntergedrückt und dann erst weggerissen wurde. Ihr mörderischer Griff löste sich, und Luft strömte in seine Lunge, ein kräftiger, kratzender, langer und keuchender Atemzug, der kaum menschlich klang und eine stellare Kinderstube von Sternen über seinen Augen explodieren ließ.

Hinter ihm war ein Stöhnen und Ächzen, dann kamen die dumpfen Geräusche von Schlägen. Es gab ein lautes Krachen, als würde Stahl auf Stahl treffen, und jemand schrie auf wie ein Tier.

Mit zitternden Armen wälzte sich Lucian auf den Bauch: Vor ihm standen seine Triangulatoren, ausziehbare Säulen, die in gleichmäßigen Abständen in einem von Etagenbetten gesäumten Schlafsaal aufgestellt worden waren – und zwischen ihnen drehte sich das blutrote Ungetüm von Silvasaire wie eine Steppenhexe in der Luft. Zu seinen Füßen sah er eine weitere taumelnde Masse: zwei ineinander verkeilte Gestalten.

Lucian streckte eine Hand aus und wurde beinahe ohnmächtig, als sein gebrochener Daumen auf irgendetwas traf. Es dauerte vielleicht eine Sekunde, vielleicht eine Minute oder länger, bis er wieder zu sich kam und spürte, was die Hand getroffen hatte, etwas, was sich kühl anfühlte: *der Stirnreif.* Er streifte ihn über und richtete sich mühsam auf; vor seinen Augen geriet alles ins Schwanken.

Stan zappelte zwischen Morenos langen Gliedmaßen, beide Hände um einen Handschuh gewickelt, und versetzte ihr mit Schultern, Ellbogen und Füßen Tritte und Stöße, während er ihn ihr von der Hand zu ziehen versuchte. Lucian warf sich ins Getümmel, packte Moreno mit seiner heilen Hand an einem Handgelenk, während Stan mit der anderen rang, und bog ihr die Finger auf; allen dreien flogen schwebende karmesinrote Tröpfchen von Stirn, Mund und Knöcheln, während sie miteinander kämpften. Stan entriss der laut aufschreienden Moreno einen Handschuh, aber es war der falsche – der kaputte, derjenige, der zerknautscht worden war –, und nun presste sie den verbliebenen unter ihrem Körpergewicht mit einer Kraft an die Brust, die Lucian ihr niemals zugetraut hätte; ihre Muskeln waren fest verkrampft.

Lucian bekam ein Handgelenk zu fassen, Stan das andere. Moreno fletschte die Zähne und hielt die Arme geschlossen, Adern traten auf ihrer Stirn und ihren Unterarmen hervor, dann schlug sie aus, die behandschuhte

Hand fuchtelte umher und hieb wild um sich, kratzte über Stans Wange und Lucians Hals, ein verschwommenes Ding aus Drahtgeflecht und Kristall ...

Stan stürzte sich schneller und treffsicherer, als Lucian es für möglich gehalten hätte, auf sie. Mit beiden Händen riss er den Handschuh herunter, und Lucian sah rote Blüten aufgehen, als die Hand darin beinahe gehäutet wurde. Stan warf sich mit einem Tritt zurück, direkt unter die Projektion von Silvasaire, der wie ein Kreisel auf einer Drehscheibe rotierte, und zog sich das Geflecht bis zu den Unterarmen hoch.

»Stan!«

Lucian riss sich den Stirnreif herunter und warf ihn ihm in einem hübschen, sauberen Bogen zu, wie ein Frisbee. Stan schnappte ihn sich aus der Luft, streifte ihn über und streckte seine behandschuhten Finger aus. Seine Brust hob und senkte sich, ein und aus. Er schloss die Augen, und seine Züge entspannten sich.

Silvasaire gehorchte.

15

Das Heilmittel war ohne Zweifel schmerzhafter als der Faustschlag selbst; Lucian sog die Luft durch zusammengebissene Zähne ein, als das Jod in seine aufgerissene Schläfe biss. Das Tuch war triefnass, und bernsteinfarbene Flüssigkeit rann ihm langsam durch die Finger und in den Ärmel hinein. Als er diesen mit einer Hand zurückstreifte, kam ein ringförmiger, grünlich blauer Fleck mit ... er beugte sich etwas vor ... *Zahnspuren* zum Vorschein. Von echten Zähnen. In seinem Arm. Lucian konnte sich nicht an den Biss erinnern, aber nach dem vormittäglichen Abenteuer kam ihm der Anblick völlig plausibel vor. Und was war schon ein kleines Geknabber, wenn man gleichzeitig zu Boden gestreckt und halb erwürgt worden war?

»... wohl kaum dazu gedacht gewesen, eine Verbrecherin zu beherbergen, Professorin, geschweige denn eine eingeschleuste radikale Terraforminggegnerin ...«

Lucian kam mit einer Grimasse auf die Beine, als Harbour, Halley und Parkin mit schnellen Schritten und noch schnelleren Worten um die Ecke bogen.

»Die Beamten vom Titan sind frühestens in sechs Monaten hier«, sagte Harbour, »und es gibt keinen Präzedenzfall für eine Untersuchung oder einen Prozess, wir haben nicht einmal die Mittel dafür. Im Zusammenhang mit einer wissenschaftlichen Basis hat niemand mit einer solchen Situation gerechnet. Gewaltsame Auseinandersetzungen im Suff, schlimmstenfalls ein Verbrechen aus Leidenschaft – aber das hier liegt schon im Bereich des Pathologischen.«

»Wie geht es Stan? Ist er noch auf der Krankenstation?« Lucian gesellte sich humpelnd zu ihnen. »Haben Sie ihn schon vernommen? Was macht er für einen Eindruck?«

»*Erde*, Lucian, haben sie dich etwa noch nicht genäht?« Halley sah ihn stirnrunzelnd an. »Stan geht es gut. Er ist hart im Nehmen.«

»Er ist ein Held.« Parkin klopfte Lucian auf die Schulter. »Sagen Sie ihm das. Wir haben es ihm auch schon gesagt.«

»Seine Geschichte stimmt mit deiner überein«, setzte Halley hinzu. »Jetzt müssen wir uns nur noch eine weitere Version anhören.«

Yolanda Moreno, Saboteurin und Terroristin par excellence, wurde im Musikraum festgehalten. Schlagzeug, Flügel, Gitarrenständer: Alles war weggebracht worden, sodass nur eine fensterlose Kiste übrig geblieben war – eine Kiste mit einer gläsernen Trennwand, die einen separaten, nur durch eine Außentür zugänglichen Raum schuf. Wer hätte gedacht, dass ein Tonstudio einen so praktischen Verhörraum abgeben würde?

Moreno marschierte unter unpassend bunter Stimmungsbeleuchtung auf und ab, als ihre Befrager eintraten. Das Studio diesseits der Glaswand füllte sich schnell – Wassili, der Manager der Basis, saß bereits mit verschränkten Armen in einer Ecke, den finsteren Blick auf die Saboteurin gerichtet.

Die sofort nach vorn kam und mit beiden flachen Händen gegen das Glas schlug. Instinktiv trat Lucian einen Schritt zurück, aber er war der Einzige.

»Wisst ihr, wie wir euch nennen?«

Morenos wutentbrannter Blick versengte sie einen nach dem anderen. Niemand hatte sie gesäubert, vielleicht ließ sie aber auch niemanden in ihre Nähe: Schorfkrusten wie alte Weinflecken zogen sich um ein blaues Auge, und es war ein Wunder, dass sie mit dieser Lippe überhaupt sprechen konnte. Lucian blickte in das zerbeulte Gesicht und fragte sich, ob er Schuldbewusstsein oder Befriedigung empfinden sollte. Keins von beidem wollte sich einstellen.

Ohne auf eine Antwort zu warten, fuhr Moreno fort.

»*Terrorformer.* So nennen wir euch. Weil ihr Terror und Tyrannei aus Welten formt, die ihr niemals hättet anrühren dürfen.«

»Netter Spruch«, sagte Halley trocken. »Aber null Punkte für Originalität, und arbeiten Sie nächstes Mal am Overacting. Also, wer ist ›wir‹?«

»Habt ihr geglaubt, ich wäre die Einzige?« Ihre Zähne wurden in einem Lächeln entblößt, das nicht weiter reichte als bis zu diesen aufgerissenen Lippen. »Habt ihr in eurer Arroganz wirklich gedacht, das ganze Sonnensystem würde euch vor Dankbarkeit zu Füßen fallen? Dass es nicht so manche gäbe, die die Wildnis schätzen und ihr Leben der Aufgabe geweiht haben, sie zu schützen?«

»Ah. Erst die Wildnis, dann die Menschen, die übliche Phrasendrescherei. Lassen Sie mich raten – Menschen waren schon immer das Virus.«

»Eure Leute haben sich mehr als ihren Anteil aus einem Sonnensystem genommen, in dem es wahrscheinlich von

Leben wimmelt«, schleuderte Moreno zurück. »Die Erde hat die Zerstörungen noch nicht überwunden, und ihr Heuschrecken seid schon dabei, die nächste und die übernächste Welt zu befallen ...«

»Diese Debatte führen wir hier nicht.« Harbour hob eine Hand, und sie verstummte – erstaunlicherweise.

Erst da bemerkte Lucian, dass seine Muskeln sich mit jeder Silbe ihrer Worte stärker verkrampft hatten.

Harbour verschränkte die Arme. Seine Augen waren zwei vollendete Scheiben, so leblos, dass sie geradezu tot wirkten, und unter den Magenta- und Zyantönen und den Schatten der Scheinwerfer war die Ähnlichkeit mit etwas Metallischem so unheimlich, dass Lucian ein kalter Schauer überlief.

Diese ausdruckslosen Augen hielten Moreno fest.

»Wer hat Sie beauftragt?«

Die Saboteurin stieß sich von dem Glas ab. Zum ersten Mal stand etwas Unsicheres in ihrem Verhalten im Zentrum des kleinen Raumes: eine Anspannung in der leichten Beugung der Knie, den hochgezogenen Schultern.

»Wir haben uns selbst beauftragt«, sagte sie.

»Yolanda.« Parkins Stimme war leise – vielleicht das Zuckerbrot gegenüber Halleys und Harbours Peitschen. »Für Ihre Operation brauchten Sie finanzielle Mittel, Insiderinformationen und sorgfältige Planung, möglicherweise schon seit dem Start von Plutoshine. Keine derartige Organisation existiert ganz für sich allein.«

»Ja, das wüssten Sie liebend gern, was?«

»Wenn Sie uns sagen, mit wem Sie zusammenarbeiten – falls es hier in Stern jemanden gibt ...«

»Da bin ich nicht sicher«, sagte Lucian leise und erschrak selbst ein wenig; er hatte nicht vorgehabt, es laut auszusprechen. Fünf Gesichter wandten sich ihm zu. Er sah ihre fragenden Blicke und holte Luft. »Tja, also ... bei Styx roch es förmlich nach Sabotage, und ich wage mal zu behaupten, bei Silvasaire ebenfalls. Aber warum nicht auch bei Mortimäus?«

Einen Moment lang herrschte Stille.

»Weil sie bei Mortimäus unterwegs war«, sagte Halley leise.

»Ja, genau. Sie und Mallory saßen bis zur letzten Minute draußen auf der Ebene fest.« Lucian richtete sich auf und wandte sich an Moreno. Ein seltsames Gefühl: höflich mit einer Person zu sprechen, deren Gebissabdruck in der eigenen Haut sich gerade dunkel verfärbte. »Also, ähm, noch mal hallo. Sie sind ein Jahr vor mir und den Terraformern hierhergekommen, also hatten Sie jede Menge Zeit, Vorbereitungen für die Sache mit Styx zu treffen. Trifft das zu?«

Moreno starrte ihn nur in mürrischem Schweigen an. Wahrscheinlich wünschte sie, sie hätte fester zugebissen. Lucian fuhr fort: »Aber es sieht so aus, als hätten Sie uns gebraucht, um in Erfahrung zu bringen, wie man die Schutzengel hacken konnte. Und Sie waren nicht rechtzeitig wieder da, um es zu schaffen.«

»Falls es also Komplizen gab« – Halley fasste es zusammen – »hätten die in ihrer Abwesenheit alle erforderlichen Vorbereitungen für Mortimäus getroffen. Das ist eine Möglichkeit.«

»Mag sein.« Harbour runzelte die Stirn. »Wie auch immer, jemand muss Ihnen Zugang zu Stern verschafft haben. Muss Sicherheitschecks umgangen und Ihnen vertrauliche Dokumente zugänglich gemacht haben. *Irgendjemand* ist auf Ihrer Seite gewesen.«

Lucian achtete darauf, einen neutralen Gesichtsausdruck beizubehalten. Selbst jetzt, wo die Täterin hinter Gittern saß und seine Knöchel zerschrammt waren, fiel es ihm nicht leicht, das Gefühl wachsender Überzeugung zu vergessen: die Gewissheit, dass er mit Höchstgeschwindigkeit nach Stern zurückfliegen würde; die Gewissheit, was er in Harbours Büro finden würde. Er war sich seiner Sache so sicher gewesen, dass er alles vor seinem geistigen Auge sehen konnte, wie eine Erinnerung, wie einen Film. Er bekam es einfach nicht weg. Es war, als würde man aufgrund eines Traumes Anschuldigungen gegen jemanden erheben.

Und, sagte diese über nicht existente Erinnerungen gelegte Stimme aus dem Film, *auch Harbour war bei Mortimäus fort.*

Lucian versuchte, sich zu schütteln, während er äußerlich vollkommen ruhig blieb. Kein Motiv. Der Kerl hatte kein Motiv. Lucian fand ihn ausschließlich wegen der Art, wie er Nou behandelte, verdächtig. Aber es gab eben schreckliche Menschen, ohne dass sie gleich Terroristen sein mussten.

»Was auch immer Sie uns erzählen, Yolanda«, sagte Parkin, »wir können Sie im Tausch gegen Informationen schützen. Wir sind gesetzlich verpflichtet, Sie fair zu behandeln, falls mit Ihrer Hilfe eine größere Operation beginnt. Wir können Kontakt zum Interplanetaren Kriminalamt aufnehmen. Damit man Ihnen eine kürzere Strafe zusichert.«

»Nein.« Etwas sickerte mit dem Wort aus Moreno heraus. Etwas, das ihr zusammen mit ihrer ganzen Verachtung und ihrem Stolz über die Haut rann. Auf einmal sah Yolanda Moreno menschlich aus, und für einen Moment, in dem es ihm fast den Magen umdrehte, dachte Lucian, sie würde mit den Tränen kämpfen. »Nein, das kann ich nicht tun.«

»Warum können Sie das nicht?« Harbour, jede Silbe hart und scharf.

Lucian blickte Moreno aufmerksam in die Augen. Eigentlich tat er das bei anderen Leuten nicht gern – vielleicht aus Furcht davor, was er zu sehen bekommen könnte, wenn er zu genau hinschaute. Aus Furcht, einen anderen Menschen in ihnen zu sehen, der genauso war wie er und seinen Blick erwiderte. Aber jetzt wollte er verstehen. Jetzt wollte er sehen, was diese Frau sah: eine Frau, deren sehnlichster Wunsch darin bestand, das zu zerstören, was er aufbauen wollte.

Morenos und Harbours Blicke trafen sich. Sie trat vor, bis sie so nah an dem Glas war, dass Lucian mehr Spiegelung als Person sah.

»Weil ich«, sagte Moreno fast unhörbar leise, »nicht lange genug leben würde, um meine Zeit abzusitzen.«

Als sie hinausgingen, stieß Lucian schnaubend allen Atem aus.

»Und was macht ihr nun mit ihr? War irgendeine andere Basis schon mal mit so was konfrontiert?«

»Auf dem Mars gab es radikale Terraforminggegner, als ich noch ein junger Mann war«, sagte Parkin nachdenklich, »und wir haben natürlich Verfahrensregeln. Das Amt für die Äußeren Territorien ist schon unterrichtet und hat ein Team losgeschickt.«

»Wir werden ihre Unterkunft auseinandernehmen«, sagte Harbour. Er stand ein wenig abseits der Gruppe, als wäre er schon auf dem Sprung. »Sie wird ihren eigenen Raum samt Bad und Wohnzimmer bekommen.«

»Den wir verschlossen halten können, bis die Ermittler vom Titan da sind«, setzte Wassili hinzu. »Sechs Monate. Das lässt sich machen.«

»Sechs Monate?« Halley schien in dieser Situation auch nicht mehr zu wissen als er, wie Lucian erleichtert feststellte. »Das ist die Lösung der Äußeren Territorien?«

»Ja«, sagte Harbour, als wäre das absolut vernünftig – und das war es wohl auch, dachte Lucian. Was konnten sie sonst tun? »Wir sind kein Inselstaat – wir unterstehen deren Regierung. Man kann nicht erwarten, dass jede Wissenschaftlergruppe ihre eigene Polizei hat. Und Moreno wird hier nur dasselbe bekommen wie auf Titan.«

Halley kam zu Lucian, als die anderen sich entfernten. »Na, alles paletti, mein Junge?«

Lucian sah sie stirnrunzelnd an.

»Falls Sie wissen wollen, ob mein Gesicht noch in einem Stück ist, dann ja, so ziemlich, ich glaube schon.«

»Ich hätte euch ein paar Leute mitgeben sollen.«

»So was wie ein bewaffnetes Aufgebot?«

»Stan und du, ihr hättet noch übler zugerichtet werden können als so schon. Er ist ein guter Junge, Lucian. Sag ihm, das war amtliche Handschuharbeit.«

»Obendrein mit gebrochener Nase«, stimmte er ihr zu. »Ich sag's ihm. Und, ähm, es heißt Terramantik. So nenne ich das.«

»Das wird sich nie durchsetzen. Also, sag's ihm, und lass dir auch gleich selber ein paar Nähte verpassen, wenn du schon da bist.«

»Ja, geht klar. Bin schon unterwegs.«

Lucian wollte sich entfernen, schlug dabei jedoch dieselbe Richtung ein wie Halley; der unbeholfene Tanz endete erst, als Halley ihn an beiden Schultern packte und mit Nachdruck beiseiteschob.

»Tut mir leid, tut mir leid«, sagte er peinlich berührt – dann blieb er stehen und drehte sich um. »Moment. Halley?«

Sie blickte sich um.

»Was wollten Sie mir sagen?«, fragte Lucian. »Heute Morgen, als Sie so ... verwirrt aussahen. War alles in Ordnung?«

Er rechnete mit einer schnellen Antwort, vielleicht mit einem *Sag ich dir später* oder *Ach, es war nichts*. Aber Halley sah ihn einen Moment lang an, und als sie blinzelte, war es, als würde sie aufwachen.

»Das hatte ich beinah vergessen«, murmelte sie. »Das Eis. Das Meereis. Ich habe die Ergebnisse der Isotopenanalyse.«

Lucians Augen wurden groß. »*Oh*. Ich kann nicht glauben, dass *ich* das vergessen habe. Daran haben Sie all diese Monate gearbeitet?«

»Zwischendurch, ja, während ich einen Planeten zum Leben erweckt habe, ganz zu schweigen von einem Massenspektrometer.«

Die Worte klangen nach Halley, aber die Stimme nicht. Die Stimme klang so zögernd wie am Morgen.

»Nach dem ganzen Trara scheint es mir kaum ... es ist eher eine wissenschaftliche Kuriosität, aber ...« Sie legte die Hände aneinander. »Die Isotopenverhältnisse. Sie sind komplett verrückt.«

Lucian stöberte in seinem Gedächtnis nach einer Übersetzung und kam mit leeren Händen zurück.

»Und das heißt ...?«

»Verschiedene planetare Körper haben jeweils ihre eigene Isotopensignatur«, erklärte ihm Halley, wobei sie sichtlich in den Vortragsmodus überging. »So was wie einen Fingerabdruck. Ihre Zusammensetzung unterscheidet sich geringfügig. So hat man festgestellt, dass marsianische Meteoriten vom Mars kamen – anhand der Isotope. Pluto hat seine eigene Signatur, so wie die Erde oder der Merkur oder jeder andere Himmelskörper. Aber das Zeug aus dem Meereis ... das passt nicht. Nicht zum Rest von Pluto. Und eigentlich ...«, sie schüttelte sich, »zu *gar nichts.*«

Meereis. Lucian erinnerte sich an jenen Tag draußen in der Schlucht mit Halley und Harbour. Eine Ader Wassereis, heraufgewandert aus einem Ozean. Einem Ozean unter dem Herzen. Mitten in seinem Atemzug wurde er ganz still, als ihm plötzlich aufging, wovon Halley sprach.

Unter dem Herzen. Weiße Wände in einer Höhle aus Eis. Säulen, so dick wie Mammutbäume. Dahinfließende, Funken sprühende Lichtwurzeln. Pfeiflaute, wie von einem Wind herangetragen. Er war in diesem Ozean gewesen: irgendwo in der Nähe seiner Oberfläche, in einem Hohlraum in jenem Bereich, wo er noch gefroren war.

»Wenn Sie ›komplett verrückt‹ sagen«, begann Lucian langsam, langsam genug, um über die Sache nachzudenken und in Erwägung zu ziehen, dass der gewaltsame Zusammenstoß mit einer respektablen Kollegin womöglich nur sein zweitseltsamstes Erlebnis an diesem Tag war, »was genau meinen Sie dann damit?«

Die Neuigkeiten über Moreno sprachen sich schnell herum. *Ein so großes Drama für einen so kleinen Planeten,* wie Halley einmal gesagt hatte; sie wusste, wovon sie redete. Noch tagelang, nachdem die letzten Glutreste von Silvasaire auf den Innenseiten der Augenlider verblasst waren, brauchten die Leute nur wechselseitig ihre Blicke aufzufangen oder den Atem auszustoßen, damit jemand kopfschüttelnd fluchte. Dass Silvasaire ebenso vollständig und spektakulär zerfallen war wie sein Vorgänger, Mortimäus, war von sekundärem Interesse: der Ausdruck *radikale Terraforminggegnerin* wurde von Klatsch zu Tratsch weitergereicht wie etwas Köstliches und Exotisches, das man sich auf der Zunge zergehen lassen musste.

Aber Neuigkeiten wie die von Halley konnte man den Pluto-Bewohnern nur für begrenzte Zeit vorenthalten. Lucian fragte sich, ob Halley bei dem Anblick der Daten des Massenspektrometers an Clyde Tombaugh gedacht hatte. Ob sie daran gedacht hatte, dass ein Bauernsohn, der in einem zugigen alten Observatorium saß und von einem Sternenfoto zum nächsten blätterte, im Jahr 1930 für eine halbe Stunde die einzige lebende Person gewesen war, die von einer neuen Welt gewusst hatte.

Und als die Neuigkeit bekannt wurde, fragte Lucian sich auch, wer sonst noch begreifen würde, was sie bedeutete.

Nou wusste, was *interstellar* bedeutete. *Inter* bedeutete *zwischen*, und *stellar* bedeutete *Sterne*. Zwischen den Sternen.

Etwas auf Pluto war von außerhalb ihres Sonnensystems gekommen. Professorin Halley stand vor ihnen allen im Saal, das goldbraune Haar offen, sodass es ihr über die Schultern fiel, und erzählte ihnen von interstellaren Asteroiden, winzigen Welten, die von anderen Sonnensystemen kamen; von vagabundierenden Planeten oder *Waisenplaneten*, Welten, die von ihrem Muttergestirn nicht geliebt und auf Wanderschaft durch den Raum zwischen den Räumen geschickt wurden, auf der Suche nach einer

Pflegefamilie. Von den Anhaltspunkten dafür, dass so ein Ding den Pluto einmal schwer getroffen, seine Oberfläche durchschlagen und sich mit seinem Ozean vermischt hatte. Es sei die einzige vernünftige Erklärung für das fremdartige Isotopengemisch dieses Ozeans, sagte Halley.

Als sie zu dem Schluss kam, erfüllte interessiertes bis erregtes Gemurmel den Raum, aber Nous Herz schlug so heftig, als stünde sie im Begriff, die Bühne zu entern. Etwas aus einem anderen Sonnensystem. Etwas unter der Oberfläche. *In der Nähe des Ozeans.*

Sie hob den Blick zu Lucian, der sich auf der anderen Seite des Raumes befand. Lucian war Wissenschaftler; gewiss würde er den Zusammenhang herstellen, das wusste sie. Aber Lucian sah weder sie noch Halley an. Sein Blick – Nou folgte ihm – war geradewegs und unverwandt auf Edmund gerichtet.

Edmund wiederum beobachtete Halley, und weil Nou Lucians konzentrierten Blick auf ihren Bruder registriert hatte, fiel ihr noch mehr an ihm auf: die Arme verschränkt wie üblich, die Miene neutral wie üblich ... nur dass es nicht so war. Es dauerte einen Augenblick, bis sie es bemerkte.

Edmund zwinkerte nicht. Er nickte auch nicht interessiert und machte überhaupt keinerlei Anstalten, die Aufmerksamkeit seiner Kolleginnen und Kollegen auf sich zu lenken. Er saß völlig reglos da; so beherrscht wie eine Ausschneidefigur seiner selbst.

Nou suchte hastig nach einer Erklärung. Hatte Halley es ihm bereits erzählt, und rührte diese unterkühlte Reaktion dann davon her, dass er seine Gefühle zuvor schon zum Ausdruck gebracht hatte? Aber nein, das stimmte nicht. *Irgendetwas* fühlte er: Seine Kiefermuskeln waren angespannt; sein Blick war ausdruckslos; und obwohl es schwer zu sagen war – er sah schon seit einiger Zeit nicht gesund aus –, hatte seine Haut einen hässlichen, bleichen Farbton. Aber warum? Sie hob den Blick wieder zu Lucian ...

Und hätte vor Schreck beinahe laut die Luft eingezogen. Lucian blickte sie direkt an, kalt und berechnend, genauso wie er Edmund angesehen hatte. Nach dem Ende von Halleys kurzem Vortrag kam er schnurstracks zu ihr herüber und ging dann, während sie stocksteif dastand, schnurstracks an ihr vorbei. Aber sie hatte genug Zeit, um seine Gebärde aufzuschnappen.

Mein Büro. Sofort.

Lucian benutzte sein Büro so gut wie nie. Es sei zu klein, sagte er, er fühle sich darin viel zu isoliert. Doch als sie das Kabäuschen betrat, war es nicht ganz leer: Kaffeeringe und hingekritzelte Notizen übersäten die gläserne Tischplatte, und an der Glaswand prangten vergrößerte Seiten aus Büchern mit Titeln wie *Solararchitektur* und *Zwölf Regeln für die Post-Fusions-Raumfahrt*. Anscheinend benutzte Stan den Raum, um seine Doktorarbeit zu schreiben.

Lucian wischte die Tischplatte mit einer Hand sauber, lehnte sich daran und sah sie an. Er lächelte nicht.

Also, begann er mit einer so brüsken Gebärde, wie Nou es noch nie gesehen hatte, und sie spürte, wie sie bei dem Ausdruck in seinen Augen in sich zusammenschrumpfte. *Du musst mir gegenüber jetzt so ehrlich und aufrichtig sein, wie du nur kannst.*

Warum benutzen wir die Gebärdensprache? Ihre eigenen Gebärden waren ganz klein.

Sei so lieb, gebärdete Lucian. Dieser lieblose Ausdruck, den Erwachsene benutzten, wenn sie *kein Kommentar* meinten. Mit strenger Präzision fuhr er fort: *Du musst mir sagen, wer noch von den Geschöpfen unter dem Herzen weiß.*

Zu ihrem Entsetzen spürte Nou, wie sich ihre Augen mit Tränen füllten. Ihre Hände fummelten krampfhaft aneinander herum, aber jedes Wort mündete in einen Kurzschluss.

Lucian fuhr mit kurzen, schroffen Handbewegungen fort.

Wir reden hier nicht mehr nur über ein viertes, vielleicht fünftes Auftreten von Leben. Wir reden nicht einmal über das erste vielzellige Leben. Nach allem, was wir schon allein vom Hinschauen wissen, könnte es das erste intelligente *Leben sein.*

Ich weiß. Nous Gebärden verschwammen ihr vor den Augen, als ihre Tränen rasch größer wurden. *Ich weiß.*

Ganz plötzlich stürzten die Mauern in seinen Augen ein. Er bückte sich, bis er auf gleicher Höhe mit ihr war, fasste sie an beiden Schultern und ließ sie dann wieder los. *Nou,* gebärdete er, *wenn Halley recht hat, könnten diese Geschöpfe eine Lebensform aus anderen Regionen unserer Galaxis sein.*

Nou hätte nicht sagen können, warum sie weinte. Sie nickte in einem fort.

Ich weiß, brachte sie erneut hervor, mit gesenktem Kopf. Die Haare beschirmten ihr Gesicht.

Er hielt eine Hand unter ihr Kinn, fest, aber sanft, die ihr Gesicht hob.

Du musst es mir sagen, Nou.

Er stand da, die Hände auf den Oberschenkeln, in Augenhöhe. Seine hochgezogenen Brauen formten so etwas wie eine Frage oder vielleicht eine Bitte. Er bat sie um die Wahrheit. Um Vertrauen.

Nou spürte, wie sie erschlaffte. Jähe Erschöpfung – oder Entspannung, vielleicht auch beides – ließ ihre Schultern so tief herabsinken, dass es wehtat.

Lucian zog zwei Stühle herbei.

Erzählst du es mir in Gebärdensprache, Nou?, fragte er in ihrer Geheimsprache, während er sich auf einem Stuhl niederließ und zu ihr hochsah. *Kannst du das für mich tun? Sodass niemand außer uns es hört?*

Scham und Erleichterung, beides zusammen. Der Drang, aus dem Raum und zugleich in seine Arme zu laufen. Der Wunsch, sich aufrecht, stark und erwachsen zu benehmen und sich gleichzeitig zusammenzurollen, so klein und unbedeutend wie möglich.

Den anderen Stuhl zu nehmen, war für all das der Mittelweg. Ihre Füße berührten den Boden, als sie saß; jetzt wurde sie allmählich groß. Bald würde sie zwölf sein.

Sie sah Lucian in die Augen und begann mit ihrer Geschichte.

DRITTES ZWISCHENSPIEL

Edmund denkt, dass er vielleicht nie wieder schlafen kann, aber sein Körper sieht das anders, als er gegen vier Uhr an diesem Morgen eng zusammengerollt zwischen den Bettdecken auf der Seite liegt. Bleischwere Arme, Muskeln und sogar Lippen, so schwer, dass er es nicht einmal schafft, die Jalousien per Sprachbefehl zu schließen, sodass silbriges Sternenlicht und Herzschein durch die langen Fenster hereinstechen. Die Verbindungsstellen zwischen seinen Prothesen und den Oberschenkeln schmerzen wie schon seit über einer Dekade nicht mehr. Das ist ein Schmerz, der für die Ärzte immer rein limbisch war. Er lässt sie dran – ohne sie verspürt er eine Nacktheit und Hilflosigkeit, die er in dieser Nacht nicht ertragen kann. In seinen Träumen gibt es kein Bild und nur ein einziges Geräusch.

Zum Frühstück isst er nicht viel. Er trinkt seinen Kaffee in kleinen Schlucken; krempelt die Ärmel seiner Skins hoch und wieder herunter. Seine ganze Aufmerksamkeit gilt Nou, die neben ihm sitzt, fröhlich schwarze Kirschen mit ihrer Gabel aufspießt und dabei über die Schule, über Plutoshine und ihre Lebensformen schwatzt – gerade als die neue Xenobiologin Mallory Madoc ihnen gegenüber ihr Tablett abstellt. Madocs höfliches Lächeln friert ein wenig ein, und Edmund weiß nicht genau, ob er das Thema schnell genug gewechselt hat.

Clavius an seiner anderen Seite hat genug Appetit für sie beide. Knoblauchpesto, dick auf knuspriges, dampfendes Brot gestrichen; Wunderdinge aus den Gewächshäusern wie fleischige, saftige Oliven und süße gelbe Tomaten; dicke Pfannkuchenstapel mit Honig, Mandelcreme und Mangoschnitzen. Alle Überbleibsel des gestrigen Tages als zweites Festmahl; bei dem Gedanken wird Edmund ein wenig übel, und der scharfe Geruch des Knoblauchs hilft auch nicht gerade. Clavius jedoch nimmt von allem noch einmal nach. Er kippt seinen ersten Café Crème hinunter, während er sich vom Chefelektriker zu seinen Tanzkünsten beglückwünschen lässt; er schaukelt das neueste neugeborene Mitglied der Basis auf seinem Knie, während dessen Mutter, seine Pressesprecherin, aufgeregt einen Artikel über weitere Entdeckungen von Leben auf dem Mars vorliest; er scherzt, dass sich eigentlich keiner von ihnen, weder die Marsianer noch die Plutonier, für einen Angriff von Außerirdischen eignet.

Und sosehr Edmund sich auch bemüht, indem er für seine Schwester originalgetreue Nachbildungen eines Lächelns aufsetzt und hoffentlich an den richtigen Stellen nickt, er kann dieses lachende Selbstvertrauen neben ihm nicht ausblenden.

»Ed, Nou«, sagt Clavius keine Stunde später, als sich das Frühstück dem Ende nähert, »warum machen wir nicht alle einen Spaziergang? Nur wir drei. Um uns nach dem gestrigen Tag ein bisschen die Beine zu vertreten, hm?«

Die Blicke der Männer treffen sich.

»Kann ich euch meine Freunde zeigen?«

Nou. Was Edmund im Schatten von Pandemonium Promontorium empfunden hat, dieses Gefühl, das entweder Enttäuschung oder Erleichterung war: Jetzt weiß er, dass es Erleichterung gewesen sein muss – weil er nun das Gegenteil empfindet.

»Gute Idee«, sagt Clavius heiter. »Keine so üble Art, einen Vormittag herumzubringen. Und wenn du wirklich Leben gefunden hast, Nou, dann weißt du hoffentlich, dass ich verdammt beeindruckt sein werde.«

Clavius weiß ganz genau, was er tut – und er weiß, wie er es auf die beste Art und Weise tut. Nous Gesicht ist der Inbegriff von Freude. Ihre Augen strahlen. Und Edmund weiß es aus eigener Erfahrung: Er weiß, dass Nou sich in diesem Augenblick wie der wichtigste Mensch aller Zeiten fühlt.

»Ed, meinst du, sie ist alt genug, um unseren Geheimeingang zu sehen?«

»Ein Geheimeingang?« Nou schaut von Clavius zu Edmund. »Darf ich? Bitte?«

Nou kommt nicht so oft in Clavius' Büro – wie bei den alten Pubs oder den Lehrerzimmern in der Schule ist der Zutritt Erwachsenen vorbehalten –, und ihre Augen wandern neugierig hin und her, als sie es zehn Minuten später betreten. Mit vogelartiger Vorsicht nähert sie sich dem quadratischen Schreibtisch mit seinen vier Smartglas-Scheiben. Die darauf gekritzelten Gleichungen und Abkürzungen werfen einen blauen Lichtschein auf ihr Gesicht.

»Zieh du dich zuerst um, Ed«, ruft Clavius. »Ich komme gleich.«

Edmund schaut kurz zurück, bevor er den angrenzenden Raum betritt. Nou hält ihren Anzug mit einer Hand an sich gedrückt, den Helm in der anderen, und Clavius mustert sie, die Arme vor der Brust verschränkt.

»Was bedeuten die?« Sie meint die Gleichungen; Edmund hat ihr den ganzen Monat hindurch die einfacheren Algebraregeln beigebracht. »Haben sie mit Plutoshine zu tun?«

Als er im Umkleideraum verschwindet, bekommt er gerade noch die Antwort seines Vaters draußen vor der Tür mit: »Du kennst das doch, Kleines – ich sage es dir, wenn du älter bist.«

Edmund zieht sich aus und schlüpft in Rekordzeit in seinen Anzug, bis er von Kopf bis Fuß in das leuchtende Orange des Standard-Raumanzugs gehüllt ist – keine Notwendigkeit für Geheimhaltung heute, nicht bei ihrer Tarngeschichte.

Vor ihm hängt Clavius' Anzug schlaff an seinem Ständer.

Edmund weiß genau, wonach er sucht, er hat schließlich lange genug an seinem eigenen Anzug geübt. Es wird ganz schnell gehen – aber Clavius könnte jederzeit hereinkommen. Er stürzt zu dem Anzug, bevor er den Mut verliert – wie bei einem Sprung aus großer Höhe –, packt die Schläuche, die sich an der Rückseite emporschlängeln – seine Finger führen ganz bestimmte ruckartige Bewegungen aus –, und dann ist es vollbracht. Nur wenige Sekunden sind vergangen.

»Die Kleine ist genau wie du.« Edmund springt zurück, als Clavius hereingeschlendert kommt und sich dabei das T-Shirt über den Kopf zieht. »Eine Frage nach der anderen. Die Ärmste scheint ganz nach dir zu kommen.«

Edmund fällt keine Antwort darauf ein, also sagt er nichts. Er betritt nur die Luftschleuse, setzt seinen Helm auf und verriegelt ihn, während Nou, bis oben hin in luftdichte Fluoreszenz gehüllt, um den Türrahmen lugt.

»Hast du die Checks gemacht, Nou?«, fragt er aus Gewohnheit über Funk und fährt mit den Händen über seinen eigenen Anzug.

Clavius lacht, als er seinen Helm verriegelt.

»Wenn du noch immer nicht mit deinem Anzug klarkommst, muss das wohl natürliche Selektion sein.« Als sie weiter dort stehen bleibt, setzt er hinzu: »Ich beiße dich schon nicht.«

Nou kommt eilig in die Schleuse, und er verschließt sie mit einem Klicken. Die Lichter werden rot, als das Zischen des Druckausgleichs einsetzt.

Es gibt eine Pause, in der alles still ist. Edmund weiß, dass dieser angenehme Zustand nicht lange anhalten wird – und so ist es auch.

»Weißt du«, sagt Clavius mit leerer Freundlichkeit, während die Luft immer dünner wird, »du solltest lieber die Wahrheit sagen.«

Er spricht mit Nou. Edmund spürt ein Kälterinnsal in seinem Innern, als ihn die allzu vertraute Machtlosigkeit befällt.

Clavius zieht die Mundwinkel und die Augenbrauen lächelnd hoch.

»Das tust du doch, oder?«

Edmunds Herz sinkt durch seine Brust wie durch weichen Schlamm. So ist es mit ihrem Vater und seinem Lob, aber Nou muss das erst noch herausfinden: dass Clavius zwar die Nacht zum Tag machen und ihr die Sterne als Quelle für ihr Nachtlicht vom Himmel holen, sie aber ebenso gedankenlos auch wieder zurückwerfen kann. Und es auch tut. Jedes Mal.

Nou hat den Kopf gesenkt, und ihr Mund ist eine feste, unglückliche Linie.

»Ich sage immer die Wahrheit.«

»Ein bisschen Blickkontakt wäre nett, wenn du solche Behauptungen aufstellst, Rotznäschen.«

Nou scheint eine Ewigkeit dafür zu brauchen, sie hebt den Blick in deutlich voneinander abgegrenzten Phasen, wie eine schwere Last. Die Luftschleuse hat vierzig Prozent erreicht, als ihre Augen bis zu denen ihres Vaters emporgeklettert sind.

»Ich lüge nicht.« Ihre Stimme ist ganz leise.

»Ich hoffe um deinetwillen, dass das stimmt.« Clavius reißt die Augen ein wenig auf, als er erneut lächelt. »Diese Luftschleuse besitzt ein wenig Zauberkraft, musst du wissen. Sie lässt dich raus, aber falls du jemals gelogen hast ...« Er bricht mit einem Achselzucken ab. »Sie weiß es. Und in Stern mögen wir keine Lügner.«

Edmund hat Jahre gebraucht, aber schließlich ist ihm klar geworden, dass Clavius Back-ups haben wollte. Kohlenstoffbasierte Kopien, die seine Arbeit vollenden würden, sollte ihm etwas zustoßen: ein zweites Augenpaar als Erweiterung seines eigenen. Bei Edmund hat er eine simple Technik angewandt: Er hat dafür gesorgt, dass er seinem Vater dankbar war, ihn vergötterte – aber das hat nur so lange funktioniert, bis Edmund dahinterkam.

Nous Körper scheint so klein zu werden wie ihre Stimme. Hochgezogene Schultern. Gesenkter Blick. Die Arme fest an den Seiten. Es tut körperlich weh, das mit anzusehen, jedes Mal wieder genauso wie beim letzten Mal davor: ein scharfes Ziehen irgendwo so tief in seiner Brust, dass er es nicht unterdrücken kann.

»Was macht sie dann?« Kaum mehr als ein Flüstern ertönt. Noch leiser, und sie würde vollständig verschwinden.

Nou. Mit ihrer Geburt hatte Clavius dann zwei Backups – und darüber hinaus auf lange Sicht das Mittel, um Edmund unter Kontrolle zu halten. Edmund, der alles tun würde, damit ihr nichts geschieht.

Clavius legt die Hände auf die Knie und bückt sich. Edmund sieht, wie Nou zurückweicht, den Blick auf seine Stiefel gerichtet.

»Sie schließt dich aus«, sagt er leise. »Und es hat auch keinen Zweck, zur Hauptschleuse zu gehen, weil Ed auch die darauf programmiert hat, dich auszuschließen. Ed kann Lügner ebenso wenig leiden wie ich. Erst recht, wenn sie dumme kleine Mädchen sind.«

Zwei Willen, ein Daumen. Wie einfach Menschen in Clavius' Augen gestrickt sein müssen, verglichen mit seiner Atomphysik.

Edmund bringt kein Wort heraus. Er weiß, dass er nichts sagen kann. Er ist zu dicht dran.

Nou holt Luft, und es kommt ein Schniefen dabei heraus.

»Ich schwöre, ich lüge nicht«, sagt sie mit hoher, dünner Stimme.

»Hey, hat keinen Zweck, mir das zu sagen.« Clavius hebt die Hände und lenkt Edmunds Blick auf sich – lädt ihn ein, bei diesem lustigen Theater mitzumachen. »Seit der *Beacon*-Expedition ist auf Pluto niemand mehr gestorben, also weiß ich nicht mal, wie das vonstattengehen würde. Vielleicht ginge dir als Erstes der Sauerstoff aus, und du würdest ersticken. Oder deine Energieversorgung gäbe den Geist auf, und du würdest erfrieren. Du könntest aber auch verdursten, falls beide durchhalten sollten. Scheiße noch mal« – er lacht – »ich an deiner Stelle würde einfach bei der erstbesten Gelegenheit meine Schläuche durchschneiden, und Schluss. Würde mich aus meinem Elend erlösen. Also. Ich frage dich noch mal. Lügst du mich an?«

»Die ... Luftschleuse.« Edmund kann nicht anders: Nou weint jetzt. Sie versucht sich das Gesicht abzuwischen, trifft aber nur auf den Helm. »Die Luftschleuse, sie ist ... fertig ...«

»Ich warte, Rotznäschen.«

Nou schnieft. Ihre Arme sehen aus, als wüssten sie nichts mit sich anzufangen: Da sie ihr Gesicht weder säubern noch verbergen können, begnügen sie sich damit, ihren Oberkörper zu umfassen.

»Ich schwöre«, schnieft sie erneut. »Ich bringe euch hin.«

»Na, dann ist ja alles in Ordnung!« Clavius klopft ihr so fest auf den Rücken, dass sie stolpert; Edmund macht Anstalten, sie aufzufangen, beherrscht sich aber gerade noch. »Weshalb machst du dir Sorgen? Wenn du die Wahrheit sagst, gibt es doch gar kein Problem. Dann brauchst du dich gar nicht so aufzuregen.«

Das Luftschleusenlicht blinkt grün, aber an Clavius' Anzug blitzt etwas anderes auf – und lässt ihn innehalten. Etwas Orangefarbenes oder vielleicht Rotes, aber es ist so schnell wieder verschwunden, dass man es nicht zuordnen kann.

Und Edmund denkt: *Nicht jetzt. Es ist noch zu früh ...*

Clavius summt vor sich hin.

»Was ist?« Edmund atmet kaum.

Clavius tastet die Vorderseite seines Anzugs ab – überprüft eine Verbindung hier, ein Ventil dort. Er wirft einen Blick auf die Kontrolltafel an seinem Handgelenk.

»Vor ein paar Monaten hatte ich Probleme mit der Thermozirkulation. Sollte ich noch mal nachsehen lassen.« Dann zuckt er die Achseln. »Jetzt ist alles in bester Ordnung.« Er klatscht in die Hände; über Funk wird daraus ein seltsam gedämpftes Geräusch. »Okay. Dann mal los, Kleines.«

Und erst als beide sich umgedreht haben und Edmund sicher ist, dass sie ihn nicht sehen, gestattet er sich den Luxus, die Augen zu schließen – wenn auch nur für einen kurzen Moment.

Derselbe weiche Puderzuckersand. Dieselben gewundenen Fußspurenströme. Dieselbe von Sternen punktierte plutonische Nacht, Mitternacht jetzt, drei Erdentage in die Dunkelheit.

Nou geht voran. Sie ist schnell: Noch in den Winkeln ihrer leichtesten Schritte liegt eine unbewusste Effizienz, die sie wie mit Siebenmeilenstiefeln vorwärtstreibt. Ein blinkender orangefarbener Fleck in einer Schwarz-Weiß-Welt, nur zur Erinnerung daran, dass es noch Farbe gibt.

Edmund ist nicht weit hinter ihr. Er bleibt zwischen den beiden, jeder Schritt wirbelt zu allen Seiten mehlartige Ejekta auf. Clavius' schwerer Atem macht jede Hoffnung zunichte, den von Nou zu hören – aber zumindest kann er sie sehen.

Sie halten sich jetzt links, weichen vom Tartarus-Dorsa-Weg ab. Der neblige Arm der Milchstraße, der sich wie die Spur eines Flitschsteins im Wasser über den Himmel zieht, hängt wie ein Speer über ihnen, der ihnen den Weg zeigt. Zu einer Seite eine schwarze Wand: die Cousteau Rupes, der nordwestliche Rand des Herzens. Silbriges Licht sättigt alles, ein Dieb von Bronze, Gold und brüniertem Karmesin.

Als sie den Kamm einer weiteren Düne erreichen, kommt der Fuß von Pandemonium Promontorium in Sicht. Nou schnappt nach Luft und ruft: »Da ist es.«

Die drei nehmen unmittelbar neben Edmunds Theodoliten-Spuren Aufstellung, aber das entgeht Nou: Ihre Augen sind auf den Fuß der Klippen gerichtet. Und dort, in ihrer Blickrichtung, ist das, was ohne Nou vollkommen unsichtbar war: eine Schattierung von Schwarz, dunkler als andernorts; eine kleine Kerbe in der untersten Schicht; ein Schatten, der außer Sicht verschwindet … der *im Innern* verschwindet.

Gebückt treten sie genau an der Stelle ein, die Edmunds Lidar gefunden hat. Der Tunnel ist ins Eis gehauen und trägt die Spuren von Äonen: Die Wände sind von Methan-Rinnsalen gefleckt, ihre Ränder vom unbeschreiblich gemächlichen Tempo einer stetigen chemischen Verwitterung geglättet. Immer weiter und tiefer dringen sie in diese unkartierten Tiefen der Klaustrophobie vor. Vielleicht zwanzig Minuten vergehen ohne etwas anderes als ihre eigenen Atemzüge und die Weiß-Schwarz-Weiß-Schwarz-Blitze von Eis und Tunnel unter den Helmlampen.

Dann hören sie es alle. Ein Geräusch, das sie dort abrupt innehalten lässt, wo sie gerade stehen.

Eins-zwei-drei.

Für Edmund ist es, als hörte er ein Lied, das er vor zwanzig Jahren als Weckton benutzt hat – als würde er ruckartig wach werden, obwohl ihm gar nicht bewusst war, dass er geschlafen hat.

Aber Nou dreht sich mit verzückter Miene um.

»Das sind sie!«, flüstert sie, und ihre Augen gleichen zwei Sternen. »Sie sagen Hallo!«

Und sie spitzt die Lippen und pfeift zurück – es klingt genauso wie die Laute der Pfeifer, so menschlich, so leicht und so unheimlich aus diesem Gesicht, dass beide Männer zurückweichen.

»Hör auf, Nou, hör auf!« Edmund spürt, wie sich seine Augen vor Schreck weiten. »Du weißt nicht, was du sagst!«

Nou hört auf. Die Pfeifer nicht, sie fahren zu allen Seiten fort; es klingt wie ein halb erinnertes Wiegenlied.

»Sie wissen, dass wir sie nicht verstehen können«, sagt sie ganz nüchtern. »Also ist es nur höflich, ihnen zu antworten, oder?«

Clavius lacht. »Wo sie recht hat ...« Und er pfeift ebenfalls: *Eins-zwei-drei. Eins-zwei-drei.*

»Entspann dich«, setzt er, an Edmund gewandt, auf ihrem privaten Kanal hinzu, klopft ihm auf die Schulter und lacht erneut, als sein Sohn zusammenzuckt.

»Du wirkst ein bisschen nervös, wenn man bedenkt, dass wir drauf und dran sind, mit ein paar Bakterien Tee zu trinken.«

Edmund steht in dem engen Tunnel mit dem Rücken zu Clavius, aber er dreht sich um und sagt steif: »Bakterien pfeifen nicht.« Er hebt den Blick – schaut Clavius in die Augen – und zwingt sich, die Wände zu betrachten. »Dein Fehler ist es, anzunehmen, dass es genau wie auf Europa oder Enceladus ist. Aber wir haben *keine Ahnung*, womit wir es hier zu tun haben.«

Er dreht sich wieder um.

»Hey.« Clavius fasst Edmund an der Schulter und zieht ihn an sich, als wollte er ihm – in einer Geste, die hier draußen keinen Sinn ergibt – etwas ins Ohr flüstern.

»Wir halten uns an den Plan«, sagt er leise. »Suchen und vernichten. In Ordnung?«

Edmund beobachtet Nou, die Pfeiflaute ausstößt und dafür auch welche zu hören bekommt. Sie lacht beinahe vor Freude.

Die drei gehen weiter. Mit der Zeit verklingen die Pfeiflaute – oder werden vielleicht zu weißem Rauschen, wie das Summen der Heizelemente oder das Zischen des Sauerstoffstroms. Sie müssen jetzt sehr tief unten sein. Sie müssen sich unter dem Herzen befinden.

»Wir sind da.« Nous Flüstern ertönt in der Schwärze, und Edmunds Herz scheint nach vorn zu drängen. »Schaltet eure Lampen aus.«

Mit einem Klicken hat sie ihre gelöscht, und Edmund tut es ihr gleich. Aber Clavius richtet seine nach vorn. Vor ihnen öffnet sich der Tunnel in eine so gewaltige Schwärze, dass seine Helmlampe sie nicht durchdringen kann.

»Schnell, Dad!«, ruft Nou. »Bitte!«

»Ich muss das sehen«, sagt Clavius, den Blick nach vorn gerichtet.

»Tu einfach ...« Edmund kann nicht anders. »Tu einfach, was sie sagt ...«

Die Abfolge dreier kurzer, hoher, schriller Pfeiflaute, dann eine weitere. Wie ein Vogelruf oder ein SOS. Die drei Gestalten kennen das Muster inzwischen, darum warten sie auf den letzten Teil der Sequenz: *Eins-zwei-drei-vier*, etwas tiefer, dann wiederholt sich der Zyklus. Aber diesmal schneller. Es klingt irgendwie eindringlich.

Im engen Innern ihrer Helme sind ihre Atemzüge kurz und abgehackt. Sie schweigen. Hier draußen, unter der Schwärze des Eises und weitab vom Trost der Sterne, steht eines fest: Dies ist kein Vogelruf, und wenn es ein SOS ist, dann das fernste, das je ein Mensch gehört hat.

Ein Aufblitzen von Rot im Lichtschein der Lampen, das genauso schnell wieder verschwindet. Edmund spürt, wie ihm die Augen aus den Höhlen treten.

In ihrem Blickfeld färbt sich alles rot. Als wäre ein Blutgefäß geplatzt.

Die Wände werden von innen scharlachrot erleuchtet, und in ihnen wabern Lichtkräuselungen wie Luftblasen in gefrorenen Teichen. Die Wände hinter ihnen, vor ihnen, alles ist rot, rot, bis hinaus in eine Leere, die kein Licht erhellen kann ... *ein Abgrund.*

»Tja«, sagt Clavius. Es klingt völlig falsch: ruhig, gelassen, unbekümmert. »Das verändert alles.«

Mit einem Knacken schaltet er die Lampe aus und marschiert los, vorbei an Nou und Edmund, dorthin, wo der Tunnel sich gerade genug weitet, dass man sich durchzwängen kann. Edmund ist hin- und hergerissen: Es hat etwas von einem Sakrileg, mit solcher Eile weiterzugehen, aber es wäre noch schlimmer, viel schlimmer, Clavius mit dem allein zu lassen, was dort drinnen wohnt. Die Entscheidung wird ihm abgenommen: Nou hüpft hinter ihrem Vater her, noch immer schwerelos vor Entzücken, noch immer strahlend und unachtsam, und Edmund folgt ihr dichtauf.

Und bleibt dann auf einmal stehen.

Sein Anzug ist rot. Seine Hand ist rot. Die kuppelförmig zulaufenden Wände, der unregelmäßige Fußboden und alles weiter vorn – bis zu einem ... einem Hain, einer Gruppe von Bäumen – von Säulen – von – von ...

Sie reichen bis zum Dach der Höhle, strecken sich wie Bäume auf der Suche nach Sonnenlicht, und ihr Durchmesser entspricht fast seiner Körpergröße. Sie haben die Proportionen von Mammutbäumen, aber die Morphologie stimmt nicht: Ihre Oberfläche (ihre Haut?) ist von der Textur her so glatt, dass es Edmunds Wahrnehmungsfähigkeit bei Weitem übersteigt, und auch in größerer Höhe gibt es keine Verzweigungen. Kryophil? Ja. Chemoautotroph? Vielleicht. Xenobiologisch ... Edmund dreht sich mehrmals um die eigene Achse, denkt an all die anderen Wörter aus seinen Lehrbüchern, all die *-phile* und *-morphe* und *-iten*, bis er hinausläuft. Die Höhle vor ihm ist leuchtend rot von der Biolumineszenz nicht terrestrischer Lebensformen.

Irgendwie verschiebt sich etwas in seinem Kopf. Edmund versucht, sich erneut zu konzentrieren und herauszufinden, was es ist. Vielleicht ein Schwindelgefühl. Dann wird ihm klar, dass es die neue Perspektive ist, die damit einhergeht, dass sich seine und ihrer aller Welt ein für alle Mal verändert hat.

Er hört Nou flüstern und dreht sich um.

»Was denkst du?«

In ihren Augen ist ein Licht, aber sie steht jetzt ein wenig gebeugt da und dreht ihre behandschuhten Hände vor der Brust hin und her, wie sie es oftmals tut, wenn sie verunsichert ist. Sie möchte seine Meinung hören.

Edmund starrt sie an. Seine Lippen teilen sich, schließen sich, suchen Worte und finden keine.

»Es ... Nou, es ist ...«

»Es ist ein Wahnsinnsfund.«

Nur einen Moment lang hat Edmund vergessen, dass sein Vater existiert. Clavius kommt schwerfällig herüber und reckt einen Daumen nach hinten, in Richtung des Hains.

»Also, wofür halten wir diese Dinger?«

Edmund lässt den Blick über die gesamte Umgebung schweifen und schüttelt nur den Kopf. Nou wippt zwischen den beiden auf ihren Fußballen und sieht von einem zum anderen.

»Sind sie lebendig?«, hakt Clavius nach. »Von etwas Lebendigem geschaffen? Irgendein verrücktes, bisher noch nicht dokumentiertes kryologisches Phänomen?«

»Ich ... den größten nenne ich Tag«, verkündet Nou mit ganz leiser Stimme.

Beide Männer starren sie an.

»Das ist Morsecode«, erklärt sie. »Ich habe es nachgeschlagen. Er bildet sehr oft die Buchstaben *tag*.«

»Rotznäschen.« Clavius legt die Hände aneinander, wie mit äußerster Geduld. »Willst du behaupten, dass diese riesigen *Dinger*, was auch immer sie sein mögen, mit dir in einer technologischen menschlichen Sprache sprechen, die seit Jahrhunderten tot ist?«

»Im Morsecode gibt es kein Zeichen für das viertönige Segment, das wir schon mehrfach gehört haben.« Edmund durchdenkt die Sache gründlich. Dann, ein wenig unvermittelt, als er die Implikation begreift: »Du meinst, die Geschöpfe übermitteln dir mehr als dieses dreiteilige Lied?«

»Manchmal.« Nou schaut voller Ehrfurcht und mit so etwas wie Liebe zu den Säulen hinauf. »Ich glaube, er möchte reden.«

Reden. Edmund wiederholt das Wort im Kopf. Aber ein anderes ist noch seltsamer: *er*.

Clavius lenkt seinen Blick auf sich und zieht die Augenbrauen hoch. *Das wird ja immer besser, oder?*, sagen die Brauen. Dann bückt er sich und geht in die Hocke; schaut auf das strudelnde Rot unter ihren Füßen.

Auch Edmund fühlt sich veranlasst, genauer hinzuschauen. Ist das Rot im Innern des Eises? Darunter? Das

Etwas – oder sind es mehrere? – bewegt sich wie Rauch hinter Milchglas, wie dünne Blitze. Eine andere Spezies als die Säulen? Oder gehören sie zueinander? Welche sind die Pfeifer, oder sind es beide?

Ihm wird ein wenig flau im Magen, als er erkennt, wie nah der Moment jetzt ist. Er kommt. Die Entscheidung ist längst gefallen. Fehlt nur noch die Vollstreckung.

»Wir sollten ...«, beginnt er, bekommt die Worte aber nicht heraus. »Wir sollten ... sie studieren. Ich habe alles Nötige in meinem Labor. Ich bräuchte nur einige Monate, um eine gründliche Untersuchung durchzuführen.«

Clavius fährt mit dem Finger übers Eis und beobachtet, wie die Lichter – Geschöpfe? – seinen Bewegungen folgen. Sie scheinen heller zu werden.

»Klar.« Er zuckt die Achseln. »Tu dir keinen Zwang an. Meißeln wir etwas Eis heraus. Schlagen wir ein Stück ab. Nou« – er wendet sich an sie – »wo ist hier drin die weichste Stelle? Diese ... diese *Stangen*« – mit einer vagen Handbewegung nach hinten – »hast du schon mal versucht, in sie hineinzuschneiden? Sieht aus wie Titanium ...«

Er zieht den Eispickel aus seinem Werkzeuggürtel, und Edmund bewegt sich schneller, als er selbst es für möglich gehalten hätte. Binnen zweier Pulsschläge schließen sich Hände um Clavius' Arm. Vier Hände.

»Nicht.« Edmunds Stimme ist ein Flüstern. Eine Bitte. Eine Drohung.

»Bitte, tu ihnen nicht weh.« Nous Hände liegen zu beiden Seiten von Edmunds Händen.

Clavius dreht das Handgelenk hin und her, um sie abzuschütteln; Nou fliegt zurück, aber Edmund packt fester zu. Clavius blickt von diesen Händen zu ihrem Besitzer.

»Ich lasse nicht zu, dass du sie verletzt.« Edmund hört die Worte, spürt, wie sie aus seinem Mund kommen. Keins von beidem überzeugt ihn davon, dass dies real ist – nicht, nachdem er jahrelang, ein Jahrzehnt lang darauf gewartet, davon geträumt, es gefürchtet hat. Seine nächsten Worte hat er so oft geübt, dass sie sich unwillkürlich wie die eines Schauspielers anfühlen: »Und ich lasse auch nicht mehr zu, dass du Nou verletzt.«

Clavius lacht bellend. Jeder Laut ist scharf abgegrenzt und verliert seine Wirkung auf dem Weg durch den Helmfunk.

»Meinst du nicht, dass es auch so schon genug Leben in diesem Sonnensystem gibt? Wenn wir mit diesem speziellen Planeten gerade *etwas anderes vorhaben*?«

Ein Aufblitzen von sich bewegendem Licht, und er hat eine Hand über Edmunds Händen und befreit sich damit. Nou ist in Reichweite; er packt sie an beiden Schultern.

Sie kreischt erschrocken auf und wehrt sich – Edmund ruft mit heiserer Stimme: »*Nicht!*« –, dann erstarren sie alle beide.

Clavius folgt ihren Blicken zu seinen Füßen.

Im Eis unter seiner linken Stiefelspitze hat sich eine winzige Kerbe gebildet. Ihr entströmt dieses leuchtende, strudelnde, funkelnde Rot, wie Blut aus einer Wunde.

Clavius springt zurück und lässt Nou los, während Edmunds Herz so heftig schlägt, dass seine Fingerspitzen schmerzen.

»Schon gut, schon gut!«, ruft Nou atemlos. »Bei mir haben sie das auch mal gemacht. Auf diese Weise sagen sie Hallo. Sie möchten dich spüren!«

Clavius weicht zurück, aber das Rot unter seinen Füßen folgt ihm. Edmund ist wie festgefroren, die Augen auf das blutende Eis gerichtet.

»Was tun sie da?«, fragt Clavius, und seine Stimme ist zu ausdruckslos – allzu kontrolliert. »Sag ihnen, sie sollen aufhören, Nou, sie sollen *sofort* damit aufhören.«

»Ist schon in Ordnung, Dad!« Nou will zu ihm laufen, aber Edmund hält sie an beiden Schultern fest. »Bitte, Dad, alles ist gut.«

Die Geschöpfe berühren Clavius' Stiefel. Edmund starrt sie nur an, als sie an den Knöcheln und Beinen seines Vaters emporzufließen beginnen.

Clavius stößt einen stummen Schrei aus. Keine Vorspiegelung von Kontrolle mehr. Keine Selbstgewissheit.

»Nou, halt sie auf, halt sie sofort auf ...«

Ausschwärmend, einsickernd, eine einzige amorphe, durchscheinende Masse, als trügen sie dieses Licht in sich, als färbte es sich erst bei der Passage durch eine von Kapillaren durchzogene Außenhaut rot. Die Masse reicht bis zu seinem Rumpf hinauf.

Clavius bewegt ruckartig den Oberkörper – als wollte er weglaufen –, aber seine untere Hälfte ist bewegungsunfähig.

Die Geschöpfe klettern noch höher.

»Nou, was ist da los?«, ruft Edmund.

»Ich weiß es nicht!« Nou klingt verängstigt und verwirrt.

Über seine Arme, seinen Rücken klettern die Geschöpfe nach oben, sie fließen dahin und breiten sich aus, und jetzt hört Edmund ein Geräusch, das er lieber nicht gehört hätte: die abgehackten Atemzüge seines Vaters, keuchende, erstickte, von Pausen durchsetzte Laute, jeder gepresster als der davor.

Und gleichzeitig nimmt er noch etwas anderes wahr: ein Aufblitzen in Clavius' Helm. So rot wie die Geschöpfe, aber anders; nicht unbekannt wie sie, sondern bekannt, ein Warnsignal – eines, das alle ausgebildeten Raumfahrer instinktiv erkennen.

Es wäre geschehen, ob ihn das Rot nun berührt hätte oder nicht. Es wäre geschehen, weil Edmund es so geplant hatte.

Die Lichter signalisieren, dass es irgendwo einen hauchfeinen Bruch gibt, ein Leck, einen Riss, und jetzt atmet Clavius zu schnell – die Geschöpfe fluten an seinem Helm nach oben – *Warnung*, schreien die roten Lichter – rote Farbe schließt ihn ein ...

Ein halb erstickter, keuchender Atemzug. Dann noch einer.

Der Riss reißt. Das Leck leckt. Der Mann, den man den König von Pluto nennt, schnappt erneut nach Luft – und findet keine. Es ist keine mehr da.

Im Funk herrscht Stille.

»Dad!«, schreit Nou. »*Dad!*«

Edmund lässt sie los, und sie rennt zu ihm. Clavius Harbour ist aufs Gesicht gefallen, bevor sie die Arme ausbreiten kann, um ihn aufzufangen.

16

Lucian hörte reglos zu, ohne Nou zu unterbrechen, während sie ihre Geschichte erzählte. Anfangs waren ihre Gebärden kurz und unzusammenhängend – wie beim Sprechen, wenn es ihr nicht gelang, die richtigen Wörter zu finden und miteinander zu verbinden –, aber dann tauchte sie tief in ihre Erinnerungen ein und vergaß völlig, dass sie vom Kopf zu den Händen übersetzte.

Als sie fertig war, saßen die beiden schweigend da. Das zyklische Summen des Luftstroms hatte einen einschläfernden Rhythmus.

Du warst nie wieder dort?, gebärdete Lucian schließlich. *Seit du sie mir gezeigt hast?*

Es dauerte einen Moment, bis Nou antworten konnte; die Geschichte zu erzählen, war eine Sache, aber darüber zu sprechen – spezifische, prägnante Fragen zu beantworten –, war eine Art Verhör. Als würde jemand ihre Tagebucheinträge auf Konsistenz überprüfen.

Sie drehte die Hände hin und her und löste sie voneinander.

Ich konnte sie nicht finden, brachte sie mit knappen Gebärden hervor. *Sie waren verschwunden. Ich dachte, sie wollten mich nicht sehen, also habe ich aufgehört, nach ihnen zu suchen. Dann bin ich noch mal hingegangen, bevor ich sie dir gezeigt habe, und da waren sie wieder. Wir ...* Sie brach ab, sammelte ihre Gedanken. *Da wusste ich, dass ich sie dir zeigen konnte,* schloss sie matt, und ihre Hände verstummten, bevor sie in ihren Schoß zurückfielen, zwei leere Marionetten.

Lucian saß schweigend da. Dann: *Wir müssen es der Interplanetaren Astronomischen Union mitteilen. Wenn das herauskommt, macht der Gerichtshof für Planetaren Schutz uns allen den Prozess, weil wir es verschwiegen haben – dir, mir, deinem Bruder ... sogar deinem Vater, falls er wieder zu sich kommt.*

Nou blickte unglücklich auf ihre Hände, als könnten sie all die Worte, die sie gesagt hatten, wieder zurücknehmen.

Macht er nicht, erklärte sie ihm. *Weil die Lebensformen von der Erde kommen.*

»Von ...?«, stieß Lucian laut hervor.

Er starrte sie an, aber Nou konnte sich nicht dazu durchringen, ihm ins Gesicht zu schauen. Er beugte sich vor und begann, mit präzisen, scharfen Bewegungen zu gebärden.

Wovon redest du da?

Sie sind – Nou musste die Buchstaben im Kopf aneinanderreihen, wie in den alten Tagen. *Sie sind eine irdische Kontamination ...*

Also, das klingt, als käme es aus dem Mund deines Bruders!

Die Gebärde wurde so nachdrücklich ausgeführt, dass sie zurückzuckte. Lucian war auf den Beinen.

Irre ich mich? Hat er dir das erzählt?

Er hat immerhin in Gentechnik promoviert, versuchte es Nou, aber sie hatte keine Ahnung, wie man die Wörter buchstabierte, und sie hätte ihm nicht erklären können, was »promoviert« bedeutete, selbst wenn alle Welten davon abgehangen hätten.

Meinetwegen könnte er auch in der Analyse von Hartdegen inspirierter transformativer Novellen promoviert haben. Er ist doch nicht blind!

Sie waren in eine Sackgasse geraten. Lucian und seine Vernunft; Nou und ihre Loyalität.

Warum hast du solche Angst vor ihm?

Nous Blick flog zu seinem, dann sah sie genauso schnell wieder weg.

Hat er dir wehgetan? Lucians Gebärden waren angespannt. *Hat er ...? War das ...? Wenn er dir wehgetan hat ...*

Nein, Lucian, nein. Nou schüttelte vehement den Kopf. *Noch nie.*

Sie hatte nicht die Absicht zu lügen. Erst nachdem sie diese Worte gebärdet hatte, erinnerte sie sich. Aber Lucian gebärdete bereits zurück: *Warum hast du dann solche Angst? Er ist dein Bruder. Wenn er dir nicht wehgetan hat ... Hat er es dir dann angedroht? Oder jemand anders?*

Nou wünschte, sie könnte sich die Hände in die Augen drücken und so fest reiben, dass sie sich wegrieb, wie Gekritzel an einer Glastafel.

Ihr gegenüber verschränkte Lucian die Arme und wartete. Nou schloss die Augen, damit sie ihre eigenen Gebärden nicht sehen musste: *Er mag mich nicht.*

Der Kloß in ihrem Hals kam aus dem Nichts. Ebenso wie die Tränen: von null auf hundert Prozent, aus beiden Augen, und sie rollten ihr so schnell über die Wangen, dass sie sie nicht auffangen konnte. Beschämt staute sie den Strom mit ihren Handrücken.

Ich weiß nicht, was ich falsch gemacht habe. Er schaut mich nicht einmal an. Nicht mehr seit jenem Tag damals. Dabei gebe ich mir solche Mühe.

Lucian löste seine Arme voneinander und wollte zu ihr kommen, hielt jedoch inne, als sie fortfuhr.

Vor ihm habe ich keine Angst. Ich habe Angst davor, dass wir uns nie wieder nahe sein werden. Ich weiß nicht, wie ich es besser machen kann.

Lucian ballte die Hände zu Fäusten und öffnete sie wieder, bevor er gebärdete: *Keine Ahnung, was sein Problem ist, Nou, aber du bist es sicher nicht. Er ist ein ...* Und hier benutzte er eine Gebärde, die Nou nicht kannte, und er machte keine Anstalten, sie zu erklären. *Glaubst du ihm wirklich? Dass diese Geschöpfe keine extraterrestrischen Lebensformen sind? Halleys Isotopen können nicht lügen.*

Er würde mich nicht anlügen. Nou vollführte nur ganz kleine Gebärden. Ihr Mund war eine verkniffene Linie. *Edmund würde mich nicht anlügen.*

Wirklich nicht?

Sie sah ihm an, dass er die Worte am liebsten zurückgenommen hätte. Aber er hatte sie nicht aus Bosheit geäußert, oder als Provokation. Er war wie immer nur ehrlich.

Lucian ließ sich auf den Stuhl gegenüber von ihr fallen.

Wir müssen es jemandem sagen, Nou. Du hast mich gebeten, dein Geheimnis zu bewahren, und ich habe es dir versprochen. Aber die Sache ist jetzt zu groß. Er beugte sich vor. *Wir könnten es Halley sagen. Wenn es jemanden im Sonnensystem gibt, dem man es sagen kann, dann ihr. Sie wäre auf deiner Seite. Und –* er hob die Hände – *allem Anschein nach ist sie sowieso kurz davor, es herauszufinden. Die Sache könnte sich herumsprechen, ob du es möchtest oder nicht.*

Nou folgte seinen Händen mit wachsendem Unglück. *Aber ...*

Sie hielt inne. Lucian sah nur schweigend zu, wie sie ihre Gefühle in Worte zu fassen versuchte. Jedes Mal, wenn sie fast einen Sinn zu ergeben schienen, stachen sie sie – sie taten ihr weh –, und sie ließ sie fallen, scheute vor ihnen zurück und fing von vorn an.

Denk nicht zu intensiv darüber nach. Schau nicht auf die Wörter. Versuch es einfach zu *sehen*.

Übelkeit. Das war es, was sie verspürte. Eine geistige Übelkeit. Sie wollte nicht genauer hinschauen, denn dann würde sie es sich eingestehen müssen. Dass sie immer gewusst hatte, dass die Geschöpfe nicht von der Erde kamen. Und wenn Lucian nicht log und es ebenfalls so sah und wenn Halley und ihre Wissenschaft es beweisen konnten, dann musste das bedeuten, dass ihr Edmund ...

Warum sollte er lügen?

Sie betrachtete die Gebärden, die sie formte; betrachtete die Luft, die sie reinigten. Ihre Niederlage hing in den zurückbleibenden Räumen.

Weshalb sollte er mich anlügen?

Lucian setzte sich anders hin.

Wir sollten zumindest Halley und die Xenobiologen einen Blick darauf werfen lassen. Damit sie sich ihre eigene Meinung bilden können. Und Mallory ist unsere Freundin. Was meinst du?

Er bat sie um Erlaubnis. Obwohl so viel auf dem Spiel stand. Ihm lag daran, dass sie einverstanden war.

Bitte, begann sie. *Könntest du ...? Könntest du es Edmund noch nicht sagen? Dass du Bescheid weißt?*

Lucian schloss einen Moment lang die Augen – Nou konnte die Emotion in seiner Miene nicht einordnen –, dann nickte er. Mit noch immer geschlossenen Augen gebärdete er: *In Ordnung. Wir warten bis nach Plutoshine.* Er öffnete sie und fuhr sich mit den Fingern durch die Haare. *Ich glaube, momentan ist auch so schon genug los. Pluto braucht nicht noch mehr Drama.*

Damit hatte er recht. Aber das hatte in der Vergangenheit auch nichts geholfen.

17

Den Simulationen zufolge würde Jovortres Zerfall spektakulärer sein als der aller bisherigen Schutzengel zusammen, aber das gehörte zu den sehr wenigen Dingen, die man über ihn wusste. Es war deutlich größer als seine Vorgänger, so viel war klar – fast so groß wie der kleinste Pluto-Mond –, und natürlich hatte man seine Zusammensetzung durch Fernerkundungen und Bohrungen ermittelt. Aber damit war die wissenschaftliche Beschreibung auch so ziemlich an ihre Grenzen gelangt, daher sein Name: Auch über Hartdegens Jovortre wusste niemand etwas.

Es war der Abend vor seiner Ankunft, und Lucian hatte die Knöchel unter dem Stuhl an Clavius Harbours Bett gekreuzt. Der Wettersim zufolge war es Spätsommer: Die Kühle im Raum fühlte sich auf seinen nackten Unterarmen angenehm an, und Nou hatte einen Strauß Montbretien mitgebracht und auf den Nachttisch gestellt. In der Stille, nachdem sie hinausgegangen war, hatte er seine Atmung irgendwann unbewusst an den leisen Rhythmus des Herzmonitors angeglichen.

Auf dem leeren Bildschirm hinter den Blumen prangte ein kleines, blinkendes Häkchensymbol in leuchtendem Zyan auf Schwarz. Lucian beobachtete es unwillkürlich und wartete – obwohl er wusste, dass es so war, als würde man sich einen Stern am Himmel aussuchen und darauf warten, dass er zur Supernova wurde.

Aber da waren die Handschuhe an den Händen. Da war der Stirnreif auf dem Schädel. Und unter diesem Schädeldach, so erklärte die Ärztin, gebe es stärker werdende Lebenszeichen.

»Macht Spaß mit den Dingern, wissen Sie«, sagte Lucian leise – und erschrak beim Klang seiner Stimme, als hätte jemand anders gesprochen. »Und ich würde wirklich empfehlen zu reden. Ihre Tochter hört derzeit kaum mehr damit auf, und ich denke, sie genießt es. Vielleicht würde es Ihnen genauso gehen. Wir haben sogar Gen da drin bei Ihnen. Gen kann die ganze Schwerarbeit übernehmen. Ist es nicht so, mein Freund?«

»Natürlich«, ertönte die vertraute, ruhige Stimme, wie üblich von überall zugleich.

»Wie ist das Wetter da drin, Gen?«

»Blauer Himmel, Lucian. Klar, ruhig und sehr schön.«

»Als könnte alles Mögliche passieren, hm?«

»An mir soll's nicht liegen.«

Clavius Harbour war eigentlich kein gut aussehender Mann, fand Lucian – aber große Männer brauchten schließlich auch nicht gut auszusehen. Lucian hielt den Blick meistens vom Bett abgewandt, so wie er jemandem auch nicht beim Schlafen zusehen würde, aber die gedämpfte Beleuchtung spielte ihm immer wieder einen Streich und ließ ihn glauben, dass die Lippen zuckten oder die Augen zwinkerten.

Plötzlich konnte er nicht mehr an sich halten.

»Wissen Sie, ich könnte wirklich Ihren Rat gebrauchen«, entfuhr es ihm.

Der Herzmonitor piepste. Das computerisierte Häkchen blinkte. Clavius Harbour tat nichts. Selbst Gen schien zu wissen, dass dies nicht der richtige Zeitpunkt war.

»Verzeihung.« Er zerzauste sich die Haare. »Erde, *argh*, Sie kennen mich ja nicht mal, tut mir leid. Ich weiß, ich sollte hier drin nicht allein sein. Aber. Ich.«

Zuvor war er am See in den Parkanlagen gewesen. Dort hatte ein leichter Regen winzige Einschlagkrater im Wasser erzeugt, die plötzlich auftauchten und gleich darauf wieder verschwanden. Unter dem Schutz des Blätterdachs hatte er die Arme um die Knie geschlungen und die Strümpfe auf das kühle, feuchte Gras gedrückt. Während er den See betrachtete, fragte er sich, ob so Plutos erste Jahre ausgesehen hätten, wenn ein Zuschauer Filmmaterial von einer Milliarde Jahren im Schnellvorlauf abspielen würde. Einschlag auf Einschlag bombardierte die Oberfläche, schlug Löcher hinein und prallte ab, immer wieder, wie in Zeitlupe unter der halbherzigen Schwerkraft.

»Verzeihung«, wiederholte Lucian. Sein Medaillon war ihm aus dem offenen Hemdkragen gerutscht; er steckte es unter den karierten Stoff zurück. »Ich weiß einfach nicht, was ich tun soll. Verstehen Sie? Ich meine ... Sie verstehen es nicht, Sie wissen nicht, wovon ich rede, und das ist in Ordnung, ich erwarte keine Antwort ...«

Als er am Ende seines ersten vollen Tages in den Parkanlagen gestanden und über den Köpfen der Kinder mit Sternen und Welten jongliert hatte, waren die Pfeifer da irgendwann in jener Zeitlinie unbemerkt hereingeschlüpft? Hatten sie sich unter der Oberfläche des Proto-Pluto eingegraben, in Sicherheit vor dem Bombardement, oder waren sie zu jener Zeit lediglich Samen gewesen, die wohlweislich schliefen? Oder waren sie erst viel später ausgesät worden?

»Sehen Sie, mein Dad hat immer ... er war immer ... ich konnte mit allem zu ihm kommen, verstehen Sie? Irgendwie war er so wie Sie. Er hat für alles eine Lösung gefunden.«

Pfeiflaute. Er hatte ihnen etwas zugepfiffen, und sie hatten zurückgepfiffen. Könnte er – an Clavius Harbours Bett schüttelte Lucian den Kopf über sich selbst und rieb sich mit beiden Händen über die Stirn – sie vielleicht *einfach fragen*? Könnte er sie fragen, was sie waren, sie fragen, was er tun sollte?

»Und ich kann nicht zu Halley gehen, ich habe versprochen, dass ich das nicht tun würde, und ich erwarte auch jetzt eigentlich keine Antwort von Ihnen.«

Sie fragen, die Geschöpfe fragen? Lächerlich. Außerdem würde das Ganze bald nicht mehr in seinen Händen liegen. Sobald Jovortre zerfallen war, würden sie den Spiegel einschalten, dann wäre Projekt Plutoshine abgeschlossen. Er und Nou waren sich einig: Sie mussten es jemandem sagen. Sie mussten es allen sagen. Lucian wusste allerdings, was dann passieren würde. Der Gerichtshof für Planetaren Schutz würde die Stätte sperren. Mallory und ihr Team würden die Analysen übernehmen – wahrscheinlich auch Harbour, was für ein Biologe er auch sein mochte. Man würde Nous Pfeifern ihre Geheimnisse entreißen, wahrscheinlich im brutalsten Sinn des Wortes. Der Hain und seine Lightshow würden auf jedem Glas-Pad auf jeder bewohnten Welt zu sehen sein, und Plutoshine – sein geliebtes Plutoshine – würde ...

Lucian schloss die Augen ganz fest.

Einen Moment lang – nur einen Moment – erwog er, einfach gar nichts zu tun. Er saß bei Clavius Harbour, lauschte dem Rhythmus des Lebenserhaltungssystems, während seine Hand, wie er feststellte, noch immer um das Medaillon seines Vaters lag. Nou könnte ihr Geheimnis bewahren. Ihren Geschöpfen würden sondierende Untersuchungen erspart bleiben. Die Menschheit könnte weitermachen, als wäre alles so wie immer, ohne es jemals besser zu wissen.

»Ich wünschte, Sie könnten sprechen, das ist alles. Ja. Ich glaube, mehr wollte ich gar nicht sagen. Ich wünschte, Sie könnten sprechen.«

Wie er das Sonnenlicht vermisste. In der gleißenden Helligkeit der Sonne lag alles offen, und die Merkur-Menschen nahmen sich diese Lebensweise zu Herzen. Auf einer Welt ohne Schatten konnte es keine Geheimnisse geben. Selbst jetzt, Monate nach seiner Sonnenkrankheit, konnten solche Gedanken noch immer seinen Geist verbrennen wie eiskalte Hände vor einem Feuer, die es nicht mehr ertrugen, von etwas berührt zu werden, was einmal Wärme und Behaglichkeit gewesen war.

Der Herzmonitor piepste weiter. Das computerisierte Häkchen blinkte weiter. Es dauerte eine Weile, bis Lucian aufstand, und später an diesem Abend dauerte es noch etwas länger, bis seine Schlafkapsel ihn zum nächsten Morgen trug.

Bei der Simulation des Tagesanbruchs stand er auf. Stan war schon in ihrer Kochnische, toastete Minipfannkuchen und deckte den Tisch mit Mandelbutter und Pflaumenmus. Die Haare standen ihm vom Schlaf in alle Richtungen vom Kopf ab. Als Nou und Mallory eintrafen, trugen sie bereits ihre silbrigen Skinsuits, wie zwei Kreaturen mit weichen Körpern außerhalb ihrer Exoskelette, und die vier machten sich auf den Weg zum Flugzeughangar.

Beim Start sahen sie Halley – zumindest vermuteten sie, dass es Halley war – draußen bei ihrem Morgenlauf;

als sie höher stiegen, sahen sie das neueste Lager der Xenobiologen, rund fünfzig Kilometer westlich der Basis. Ihr großer Bohrer und die Plattform waren zu zentimeterlangen Spielzeugen geschrumpft.

Sie machten sich bereit, Lucian mit seinem tragbaren Handschuh-Aufbau, Stan mit seinen zahlreichen Glas-Pads und den darüberlaufenden Programmzeilen. Nou half, wo sie konnte, und Mallory ... Lucian senkte den Kopf und warf ihr einen kurzen, verstohlenen Blick zu.

Es war eine Weile her, dass sie sich gesehen hatten. Also wirklich *gesehen*, nicht bloß im Vorbeigehen zwischen Esstischen oder in verschiedenen Reihen bei abendlichen Seminaren. Nou hatte natürlich darum gebeten, mitkommen zu dürfen, sobald sie von dem Plan erfuhr, Jovortre vom Weltraum aus zu überwachen, und als Percy auf den übrig gebliebenen Sitz in der Sadge verzichtete, der ihm von Stan angeboten worden war, hatte Lucian stattdessen Mallory ausgesucht. Als einen letzten Versuch.

Ihre Haare waren zurückgebunden und schwebten hinter ihr her, wenn sie sich bewegte, und diese Bewegungen waren so anmutig, dass sein kurzer Blick ein langer wurde und der Moment sich zur Minute dehnte. Irgendwo in den letzten knapp zwei Jahren war etwas zwischen ihnen ins Stocken geraten. Was genau, war schwer zu sagen, denn wenn er es gewusst hätte, wäre er mit diesem Problem geradewegs in seine Werkstatt gegangen und hätte es behoben und alles auf Hochglanz poliert. Als Nou noch ihr gemeinsames Projekt dargestellt hatte, waren sie ein Team gewesen: Sie hatten tagsüber beim Kaffee Pläne geschmiedet und im Handumdrehen auch nachts bei einem Gin Tonic. Für Lucian war ihr kleiner Schützling eine Rechtfertigung dafür gewesen, seine Zeit mit ihr zu verbringen und gemeinsam herauszufinden, was den jeweils anderen zum Lachen brachte. Mallory jedoch – er blickte erneut auf, und da war sie, steckte sich verirrte Seitensträhnen hinter die Ohren; diesmal sah sie seinen Blick; schenkte ihm ein nichtssagendes Lächeln – hatte die Sache mit ihnen beiden vielleicht zu langweilen begonnen.

»Alles gut?«, fragte sie, aber auf die falsche Weise: schnell und höflich, und sie erwartete eine schnelle Antwort.

Lucian wusste, was von ihm verlangt wurde.

»Hm? O ja, alles bestens. Ich denke bloß an ... äh ... Silvasaire ... oder versuche, nicht an ihn zu denken. Das ist alles.«

»Ich dachte, mit der Programmierung wäre alles in Ordnung?« Stan schwang sich in einer geschickten Bewegung auf ihre Augenhöhe, mit langen Gliedern in seinen Skins. »Hat Gen nicht Entwarnung gegeben? Nichts Ungewöhnliches diesmal?«

»Ja, aber es gibt einen Grund dafür, dass Gen auf seiner Seite des Tisches sitzt und wir auf unserer«, betonte Lucian. Wie die anderen trug auch er seinen Skinsuit, der mehr körperliches Selbstbewusstsein erforderte, als er besaß. »Jedem von uns entgeht manchmal etwas. So wie Gen bei Silvasaire.«

»Könnte – könnte ...« Nou trieb herüber, und Lucian verspürte immer noch eine Anwandlung von Stolz, wenn er dieses entschlossene Gestammel hörte, »könnte es – wieder passieren?«

»Du meinst, ob meine geschätzte Kollegin Yolanda irgendwo Code versteckt haben könnte, um auch Jovortre zu attackieren?«

Mallory lächelte sie an, aber Lucian sah die Traurigkeit in ihren Augen. *Kontaktschuld,* hatte sie ihm nicht lange nach der Festnahme erklärt. *Xenophobie in Bezug auf Xenobiologinnen. Ich wäre nicht überrascht, wenn mich die Leute künftig anders betrachteten.*

»Deshalb lassen wir Gen die Sequenz ja zehntausend Mal pro Sekunde überprüfen.« Lucian zuckte so beiläufig wie möglich die Achseln. »Aber es wäre vernünftig, auf der Hut zu sein.«

»Dann halten wir uns an den Plan?« Stan blickte zu ihm hoch.

»Yep!« Er klatschte in die Hände und verbreitete ein gewisses Maß jener Partystimmung, die unten auf dem Boden zweifellos bereits aufkeimte. »Ich mache mal den Handschuhen Dampf und überwache seine Fortschritte in Echtzeit – im Vergleich zur Sim. Stan, du behältst die Programmierung im Blick und sagst uns Bescheid, falls es irgendwelche Space Oddities gibt. Nou, sobald du das Ding mit deinem Fernglas siehst, lässt du es nicht mehr aus den Augen. Und Mallory« – Lucian stockte einen Moment; der alte Nervenkitzel beim Aussprechen ihres Namens war noch immer da – »würdest du in der Nähe des Funks bleiben, um die anderen bei allem, was sich so tut, auf den neuesten Stand zu bringen?«

»Du bist ja voll im Kampfmodus, Lucian.« Mallory lächelte. »Ich glaube, ich habe dich noch nie so ernst gesehen, wenn es nicht gerade um dein neuestes Kreuzstichmuster ging.«

»Hey« – er zeigte mit einem Finger auf sie – »ein einziger falscher Stich, und Wochen der Arbeit sind im Eimer. Darüber macht man keine Witze.«

Unten auf Pluto würden Halley, Harbour, Parkin, Parkins Ingenieure und Halleys Terraformer allesamt im Kontrollraum versammelt sein und auf die Einleitung des

Countdowns warten. Jovortres Flugbahn für den Atmosphäreneintritt war umfassend berechnet, überprüft und sodann akribisch in die Programmierung übersetzt worden, die seither von den Triebwerken des Asteroiden ausgeführt wurde. Die korrekte Sequenz der Zündung der Triebwerke für die Kurskorrektur – Brennphasen genannt – war bereits vor Monaten erfolgreich abgeschlossen worden, und die von seinem Bordcomputer übermittelten telemetrischen Daten zeigten, dass dieser Kurs noch immer bis auf zahlreiche Stellen hinter dem Komma korrekt war. Alles war auf den Zerfall von Plutoshines letztem Schutzengel vorbereitet.

Und wer genau war Jovortre? Da konnte Lucian auch nur raten. Schutzengel-Protektor Jovortre war der Herr der Schutzengel; der Erfinder der transdimensionalen Reise; ein Mensch, ein Wesen in Gestalt eines Menschen, ein formloses, gespenstisches Bewusstsein, das an unzähligen Punkten im Raum und in der Zeit existierte. Jovortre war Hartdegens größtes Rätsel, eines, das sie bis zu ihrem Ende konsequent gewahrt hatte.

Nou sah ihn zuerst. Nou mit ihrem Fernglas, ihrer stillen Konzentration und einem aufgeregten Piepsen.

»Hier! *Da!*«

Im Schiff brach Hektik aus.

»Hast du ihn? Siehst du ihn?« Vor seinen tragbaren Triangulatoren hatte Lucian die Handschuhe straff über die Handgelenke gezogen.

»Wo? Zeig darauf!« Mallory, die sich zu ihr hinüberschwang und sich selbst ein Fernglas schnappte.

»Sichtung bestätigt!«, rief Stan von seiner Station herüber, wo eine Myriade Glas-Pad-Bildschirme ein Update nach dem nächsten abfeuerten. »Das Lage- und Bahnregelungssystem sagt, dass der Atmosphäreneintritt um elf neunundvierzig weiterhin steht. Das Signal war auch die ganze Zeit über stark – die Silvasaire-Resonanz war zu diesem Zeitpunkt schon sehr ausgeprägt.«

»Wir sind also aus der Unsicherheitszone heraus?« Mallory blickte von Lucian zu seinem Studenten.

Stan schaute Lucian an.

Lucian schaute auf seine Simulation. Jovortre hing dort in der Luft, festgehalten von seinen ausgestreckten Händen: tholinrot, in zwei deutlich unterscheidbare Lappen geteilt – ein Kontakt-Doppelkörper –, seltsam geglättet bis auf die eine oder andere Kette endogener Sublimationsgruben. Es gab keine ungewöhnlichen Ausgasungen; keine Fluktuationen der Triebwerksleistung; keine taumelnde Abweichung vom vorgesehenen kürzesten Weg. Die Simulation hatte nicht einmal an seinen Händen gezupft: Sie war stabil.

Er zögerte. »Tja ...«, begann er.

Er spürte das Zupfen genau in dem Moment, als er Nous Schrei hörte.

»Er – er – *bewegt sich*«, hörte er sie keuchen – unmittelbar bevor der simulierte Jovortre seinem Griff entrissen wurde und er selbst das Gleichgewicht verlor.

»Die Flugbahn!«, rief Stan. »Die ETA, der Eintrittswinkel, sie sind alle ... Sie werden neu berechnet ... Sie bleiben unbeständig!«

Lucian hielt sich an einem Handlauf fest und stieß sich dorthin ab, wo seine Simulation wild von einer Grenze der Triangulatoren zur anderen torkelte.

»Okay« – im Nu hatte er seine Haare hochgebunden – »die Resonanz ist wieder da, und sie ist jetzt schlimmer. Wir sollten sie besser unter Kontrolle bekommen, bevor unser von der Atmosphäre abgebremster Asteroid von der Lithosphäre abgebremst wird.« Er hielt Jovortre erneut zwischen seinen Handschuhen fest. »Stan, ruf das Programm für die Triebwerke auf.«

»Was soll das heißen, *von der Lithosphäre abgebremst*?« Mallory hatte sich an seine Seite gezogen. Ihre Augen waren groß. »Was ist da los? Erzähl es mir, schnell.«

»*Aero*, Luft – *Litho*, Boden.« Lucian bemühte sich, die Wörter ruhig auszusprechen, aber jedes heftete sich an das Pochen eines Herzschlags. »Müsste wohl eher *kryo* heißen, schätze ich. Vom Eis abgebremst.« Er drehte sich um und sah ihr in die Augen. »Jovortre muss in einem ganz bestimmten Winkel durch die Atmosphäre gleiten, sonst wird er sie einfach durchstoßen. So wie Chicxulub damals.«

»Chic...?«

»Der Impaktor, der die Dinosaurier erledigt hat.«

»Programmierung ist gleich da.« Stan, die Stimme so fest wie ein Griff. »Können wir zwei Triebwerke abschalten und mehr Stoff auf die anderen geben, damit er seine Richtung ändert?«

»Wir könnten – könnten ...«, sagte Nou, als hinge sie in einer Endlosschleife fest; die Wörter kamen immer wieder, wie bei einem Pulsar.

»Benutz die Handschuhe!« Mallory stieß sich in Richtung der Instrumententafel ab. »Letztes Mal hast du Silvasaire so unter Kontrolle bekommen.«

»... könnten – könnten ...« Nou, die vor Frustration beinahe weinte.

»Er hat zu viel Schwung, es gibt nichts, was ihn abbremsen könnte!« Lucian hatte den Schutzengel mit einer Hand gepackt, die andere raste durch Stans Code, der daneben projiziert wurde. »Und er ist schon zu nah, ich könnte ihn nicht weit genug vom Pluto-Radius wegschieben. Stan, hast *du* diesen Unterabschnitt gesperrt?«

»Nein! Warum hätte ich das tun sollen?«

»Er ...« Lucian verdrängte das eisige Gefühl in seinem Rachen. »Er erlaubt es mir nicht, die Sequenz zu ändern. Er ist schreibgeschützt.«

»Schreib...?«

»Für jeden Nutzer. Er verlangt eine Art Master-Code.« Lucian brauchte einen Moment, um die Kälte in seinen Handflächen als Schweißausbruch zu identifizieren. »Ich werde ... ich kann versuchen, ihn zur Erzeugerquelle zurückzuverfolgen ... Stan, kannst du meine Werkbank von hier aus aufrufen, vielleicht, wenn ich es vom ursprünglichen Router aus versuche ...«

»Halley ist am Telefon«, rief Mallory von der Instrumententafel herüber. »Was soll ich ihr sagen?«

»Könnten wir ihn irgendwie *ablenken*?« Stan scrollte durch seinen Code.

Nou stieß sich mit solcher Kraft an Lucians Seite, dass sie von der Wand hinter ihm abprallte.

»*Nix!*«, rief sie. »Nix – nicht Nix ... Der andere – andere – St... St...«

Lucians Augen weiteten sich, als er ihre Worte übersetzte.

»Styx!« Ein Prickeln entstand in seinem ganzen Körper, das bis in die Fingerspitzen reichte, als ihm die Erkenntnis durch sämtliche Gliedmaßen schoss. »*Natürlich*, Styx!«

»Lucian!« Mallorys Stimme. »Halley möchte, dass du *jetzt sofort* mit ihr sprichst.«

»Was, Styx, was?« Stan zog sich an einem Handlauf herüber.

»Stan«, Lucian drehte sich zu ihm um. »Ruf mir sofort Styx' Umlaufbahn auf, und dazu auch Jovortres vorausberechnete Flugbahn.«

Stans Augen quollen hervor, als er begriff. »Gib mir zwei Minuten.«

Lucian wandte sich an ihr kleinstes Mitglied.

»Nou, du hältst mit dem Fernglas Wache, nur für den absolut unwahrscheinlichen Fall, dass unser Schutzengel wieder zur Normalität zurückkehrt, okay?«

Er klopfte ihr auf den Rücken, und sie nahm mit einem Ausdruck äußerster Entschlossenheit wieder ihre Position ein.

»Mallory« – er wandte sich an sie – »sag Halley, wir fliegen zu Styx. Wir haben keine Zeit, abzuwarten, ob das Programm uns Zugriff gewährt. Möglicherweise können wir Jovortre auf andere Weise stoppen.«

»Auf welche andere Weise?« Mallory drehte den Kopf so schnell, dass ihr Zopf herumpeitschte und sie auf die Wange schlug. »Du hast gesagt, du kannst die Handschuhe nicht einsetzen, du kannst ihn nicht abbremsen, kannst ihn nicht aufhalten ...«

»Ich habe nicht gesagt, dass wir ihn nicht aufhalten können. Jovortre ist jetzt schon zu nah. Selbst wenn wir seinen Antrieb beeinflussen könnten, wird er Pluto nicht verfehlen. Aber ...« Er schwang sich in den Pilotensitz. »Wenn wir Jovortre nicht dazu bringen können, selbst den Kurs zu ändern, ist es möglich, dass wir ... könnten wir vielleicht ... vielleicht etwas anderes dazu bringen, diese Aufgabe für uns zu erledigen.«

»*Was?*« Sie packte ihn an der Schulter, während er beide Hände um Schubhebel und Steuerknüppel legte. »Was soll ich Halley sagen? Was tun wir?«

Stan rief: »Styx und Jovortre werden in maximal zweitausend Kilometer Abstand aneinander vorbeifliegen, wenn Jovortres Flugbahn so bleibt.« Verdammt, der Junge war schnell. »Momentan sieht es so aus, als würde er in der östlichen Cthulhu Regio einschlagen, aber ich sage dir Bescheid, wenn sich das ändert.«

»Großartig, perfekt!« Lucian weckte die Triebwerke aus dem Stillstand. »Wir kriegen das hin, es ist machbar ...«

»Ich hole Parkin an den Apparat und besorge die technischen Daten für den Reaktor.«

»Sehr gut.« Er wandte sich an Mallory, die sich in den Sitz der Co-Pilotin hievte. »Stell Halley auf laut. Das wird ihr nicht gefallen.«

»Ich habe alles mitgehört, mein Junge«, sagte die trockenste Stimme der gesamten Menschheit von oben. »Mallory war dir ein gutes Stück voraus.«

»Halley!«

Schon komisch, wenn die plötzliche, körperlose Erscheinung einer alten Mentorin das Höchstgefahr-Leitmotiv im Gehirn deutlich stärker auslöst als der Asteroid, der mit fünfzig Kilometern pro Sekunde auf einen zudonnert.

»Hören Sie« – trockener Mund, Gedanken, die in Worthaufen ineinanderkrachen – »wir haben vierzig Minuten, bis dieses Ding Pluto trifft – auf die eine oder andere Weise ...«

»Sprich einfach Klartext, damit wir dich auf Band haben, wenn jemand wegen der Sache verhaftet wird.«

»Wir haben keinen Zugriff mehr auf die Jovortre-Triebwerke«, erklärte ihr Lucian, während er das Schiff auf Kurs brachte. »Ich weiß nicht, warum. Und um es gleich mal für Ihre Aufzeichnung klarzustellen: Ich kann nur sagen, dass sie manipuliert worden sind. Wie Silvasaire. Wie Styx. Wenn wir nicht mehr an Jovortre herankommen, wird er einen Krater von der Größe von Wales unangenehm nah bei Stern erzeugen, und zwar in« – er sah nach – »achtunddreißig Minuten. Und ich kann nicht mal mit Sicherheit sagen, dass er Stern nicht treffen wird.«

Voraussichtliche Ankunftszeit bei Styx: in elf Minuten. Er zuckte innerlich zusammen. Die ganze Sache würde haarscharf werden.

»Aber wenn wir zu Styx fliegen«, fuhr er fort, »und wenn es uns gelingt, im Fusionsreaktor so etwas auszulösen wie eine ... eine ...« Er brachte das Wort *Kernschmelze* nicht über die Lippen; was war das hier eigentlich, ein schlechter Film? »Wenn ich ihn dazu bringen kann, wie ein Triebwerk für Styx zu fungieren«, wählte er eine weniger krasse Formulierung, »dann besteht eine Chance, dass wir unseren Schutzengel mit Styx beiseitestoßen können.«

»Lucian!«

Die von Panik erfüllte Stimme brachte ihn dazu, sich umzudrehen.

»Er ...«, rang Nou um die richtigen Worte, »er – bewegt sich ...«

Jovortres Flugbahn änderte sich erneut. Lucian zog sich so schnell, wie seine Arme es zuließen, aus seinem Sitz.

»Mallory, du übernimmst! Sprich mit Halley ...«

»Er hat beschleunigt«, keuchte Nou. »Ich kann – kann ihn nicht – im Auge behalten ...«

Wenn sie sprach, klang sie genau wie er. Was für eine absurd unpassende Beobachtung – aber nachdem er es nun einmal bemerkt hatte, war es unverkennbar: die leicht übertriebene Betonung der *a*-Laute; etwas Ungreifbares im näselnden Klang der Satzenden, das eindeutig merkurisch war.

Lucian schüttelte sich innerlich, um wieder zur Besinnung zu kommen. Wie weit war Jovortre von seiner Bahn abgewichen? Was war jetzt die voraussichtliche Ankunftszeit? Er tauchte an Nou vorbei, rief eine Bildschirmanzeige auf und durchstöberte den Code.

»Ich hab's!«, sagte Stan, nicht triumphierend, aber erfolgsstolz. »Wenn wir den Reaktor hochjagen, kriegen wir mehr als genug Beschleunigung, um Jovortre abzufangen. Wir können alle beide problemlos aus dem Pluto-System hinausbefördern, und wir haben dafür ein Zeitfenster von einunddreißig Minuten.«

Er scrollte und scrollte. *Da.* Hielt inne. Las.

»Stan« – er schluckte – »würdest du die Berechnung noch mal durchführen? Diesmal mit einer ETA von Jovortre auf Pluto nicht in achtunddreißig, sondern in vierundzwanzig Minuten?«

Stan sah zu ihm hoch. Damit verschwendete er nur eine halbe Sekunde, aber es fühlte sich wie ein ganzes Dutzend an.

Fünf Minuten bis Styx. Fünf Minuten, um hineinzukommen und herauszufinden, wie zum Teufel man einen hochgesicherten nuklearen Fusionsreaktor zerstören konnte. Fünf Minuten, um sodann megapronto Hackengas zu geben und sich so weit wie möglich von Styx zu entfernen. Fünf Minuten, bis Styx Jovortre erreichte und beide mit einem Oneway-Ticket in den interstellaren Raum schoss. Fünf Minuten Zusatzzeit, falls irgendwas davon länger als fünf Minuten dauerte.

Er würde gut aussehen, wenn er dabei ergraute, hoffte Lucian. Das passte zum Gelehrten-Look.

Er hörte sich sprechen, als läse er aus einem Buch ab.
»Auf geht's. *Sofort*. Mallory, zünde den Fusionsantrieb.«
»Dieses Ding hat einen *Fusionsantrieb*?«
»Linke Tafel, unter dem automatischen Rückkehrsystem, das Wählscheibenbild mit dem Finger gegen den Uhrzeigersinn drehen. Es ist ganz klein.« Ohne groß nachzudenken, fuhr er sich mit der Hand in die Haare, stellte jedoch fest, dass sie schon zusammengebunden waren. Er zog sich durchs Schiff zur Luftschleuse hinüber – und rezitierte dann aus einer plötzlichen spleenigen Anwandlung heraus aus einem Hartdegen-Buch: »Volle Fahrt voraus, und immer das Ziel im Auge behalten!«

Der Fusionsantrieb sprang mit einer Welle von Vibrationen an, dann wurde jeder und alles, was nicht niet- und nagelfest war, in den hinteren Teil des Schiffes gesaugt. Lucian kniff rechtzeitig die Augen zu, bevor sein Schädel an die Fensterscheibe knallte. Stan hing wie ein präparierter Schmetterling neben ihm.

Irgendwo schrie eine weibliche Stimme auf, wohl eher Mallory als Nou, aber Lucian konnte ihr ebenso wenig etwas zurufen wie einen Finger heben: Die ganze Erde lag auf seiner Brust. Er sah nichts: Seine Augäpfel wurden wie von Daumen in den hinteren Teil des Schädels gedrückt, und seine Sicht vignettierte zu einem Tunnel, als sich seine Hornhäute verzogen.

Mit dem Ende der Beschleunigung kehrte die Luft zurück und erfüllte ihn bis zum Platzen. Blut brannte sich durch seine gefrorenen Fingerspitzen, sodass ihm die Tränen kamen. Er und Stan trieben in der Luft; beide hatten die Arme um die Brust geschlungen.

»Alle okay?«, keuchte Lucian. »Nou?« Er zog sich zu ihr hinüber und trat dabei mit den Beinen nach hinten aus, als würde er schwimmen. »Nou, hey, alles in Ordnung? Ein bisschen durchgeschüttelt, okay, das macht nichts ...«

Dort draußen vor dem Fenster war Styx. Nicht Styx als kleine Lücke zwischen den Sternen, sondern Styx von der Größe eines Berges. Sie waren direkt vor ihn gesprungen; die tiefroten Krater des Mondes füllten die Windschutzscheiben des Cockpits aus.

Und genau dort, draußen vor dem Fenster, befand sich die Festmacherleine, die einzelne Haarsträhne, die den Reaktor mit Condatis Crater verband.

Lucian hielt sich die Armbanduhr vors Gesicht: Sie waren seit zehn Sekunden in seiner *Styx-hochjagen*-Zeit.

»Bin gleich zurück.«

Er verriegelte seinen Helm, während er sich in die schmale Luftschleuse der Sadge schob – nur für den Fall, dass das Andockmanöver schiefging, die Druckmonitore ausfielen oder sonst was passierte. Eigentlich war er weder egozentrisch noch überspannt genug für Paranoia, aber es ließ sich nicht leugnen, dass er einen ziemlich schlechten Tag hatte.

»Wartet hier, okay?« Er lenkte Stans und Nous Aufmerksamkeit auf sich, sah ihnen fest in die Augen und versprach es ihnen. »Dauert nur zwei Sekunden.«

Die Luftschleuse schloss sich; das Styx-Sadge-Andockmanöver wurde erfolgreich durchgeführt; das Verbindungselement trat trillernd und surrend in Aktion. Da keine Luft hinein- oder herausgepumpt werden musste, konnte Lucian gleich darauf an Bord gehen. Weiße, gepolsterte Korridore, helle Lichter, versilberte Handläufe, an denen er sich mit beiden Armen hinunterziehen konnte ...

Aber was war eigentlich sein Ziel? Der große rote Knopf mit der Aufschrift *Selbstzerstörung*?

Auf einmal spürte Lucian, wie ihm an Stellen kalt wurde, an denen seine Thermozirkulation – wie er wusste – bestens funktionierte.

»Immer mit der Ruhe.« Das Gemurmel war über Funk zu hören, bevor er registrierte, dass er laut gesprochen hatte. Aber die Kälte breitete sich weiter aus. »Ruhig, ruhig, ruhig ...«

Klingt nicht alles so plausibel, wenn man mit seinen Kameraden im Raumschiff unterwegs ist? Ich lande mal eben auf diesem Mond, schneide den blauen oder roten Draht durch, rette die Welt, warte fünf Jahre, bis sie aus meiner Autobiografie einen Film machen ...

Im Kontrollraum jetzt, und auf einmal hatte er Parkin im Ohr und fühlte sich in jene lange zurückliegende Zeit zurückversetzt, als Parkin und Halley hier in diesem Raum gewesen waren und er draußen, in ihren Ohren.

»Das Einzige, was mir einfällt, ist, irgendwie die Magnetfelder zu verzerren und die daraus resultierende Plasma-Anomalie dann auf eine Seite des Torus zu richten«, sagte Parkin, und seine tiefe, langsame Stimme wechselte dieses eine Mal zu einer tiefen und etwas schneller sprechenden. »Aber ... ah!« Es gab einen Knall, als hätte jemand mit der Hand auf einen Tisch geschlagen. »Wir haben Sicherheitsmechanismen für jede Reihe von Sicherheitsmechanismen in die tiefsten Fundamente dieser Maschine eingebaut! Aus schierer Notwendigkeit ist ein Fusionsreaktor das überkonstruierteste Objekt der Schöpfung im bekannten Universum!«

Lucians fünf Minuten rannen ihm durch die Finger wie Wasser in hohlen Händen. Verzweifelt schweifte sein Blick über alle Touchglas-Bedienungsfelder – aber er war Ingenieur – zum nächsten – seine Aufgabe war es, *Dinge zu bauen* –, zurück zum ersten – seine Aufgabe war es, Dinge zu *reparieren* – auf der Suche nach einem Fünkchen Inspiration – er war schon einmal hier gewesen, um diese Station zu *reparieren*, und er hatte dabei gute Arbeit geleistet, bis sie dann vor seinen Augen explodiert war –, hinterleuchtete Bildschirme von Steuerungselementen in Blau und Rot und Grün ...

Wie angewurzelt blieb er stehen. Stand da und blinzelte in den elektrischen Lichtschein hinein.

Er war Ingenieur. Er war schon einmal hier gewesen, um Dinge zu reparieren. Und nun war es umgekehrt.

»Lucian!« Stans Stimme über Funk. »Ich glaube, ich hab's. Wenn du die Magnetfelder destabilisieren kannst, kannst du die ganze ringförmige Einheit dazu bringen ...«

»Schon gut, Stan!« Lucian schwang sich bereits wieder den Gang entlang, so schnell seine Arme ihn vorwärtstreiben konnten. »Koppelt das Schiff ab, okay? Koppelt es ab, und schafft es aus der vorausberechneten Flugbahn von Styx heraus.« Er erreichte den Geräteraum, griff sich das, wonach er suchte, hängte es an seinen Gürtel und eilte dann weiter zur Luftschleuse. »Ich geh raus, und ich mach, so schnell ich kann, aber wenn unsere fünf Styx-hochjagen-Minuten um sind, dann wird das unsere Nichts-wie-weg-von-Styx-Zeit anknabbern, also müsst ihr das gleichzeitig erledigen, während ich diesen Reaktor hochjage, okay?«

Eine halbe Sekunde Pause, dann sagte Stan etwas, was Lucian ihm nie zugetraut hätte.

»Ach du *Scheiße*!« Der junge Wissenschaftler riss sich zusammen. »Okay. Okay. Sag mir, was du brauchst. Mallory wird das Schiff fliegen. Wir sammeln dich auf, nachdem ... nachdem du ...«

»Argon-Rohre.«

Lucian war in der Luftschleuse, tippte in seinen Stiefeln mit den Zehen auf die Sohle, tippte mit den Fingern auf die Handläufe, tippte zu dem Countdown für den Druckausgleich, der eine vergeudete Sekunde nach der anderen kostete. Noch achtzehn Minuten und sieben Sekunden, blinkte seine Handgelenkskonsole. Wie schlimm konnte es sein, in diesem Stadium die Tür zu öffnen? Nur noch dreißig Sekunden. Nein, nein, hatte seine Mum ihm immer erklärt, wenn du eine Luftschleuse zu früh öffnest, beendest du dein Leben zu früh …

Seine *Mum*. Seine Schwestern. An diesem Morgen hatte er ihnen ein Video geschickt; es konnte noch nicht einmal angekommen sein. Wenn er nicht zurückkehrte, würden sie auf Nachrichten warten, so wie immer, und davon ausgehen, dass alles in Ordnung war.

Die Luftschleuse gab ihm grünes Licht. Er drehte den Griff los und schob sich vorwärts … in den unwirtlichen, offenen Raum zwischen den Räumen.

»Erinnerst du dich, Stan?« Sprang hinein, furchtlos an seiner Leine, über ihm die lampenähnliche Kugel des Pluto, dann wieder fort, als er den Kopf drehte. »Erinnerst du dich an den Tag, als die Simulation Feuer gefangen hat und wir hierhergeflogen sind?«

Lucian erinnerte sich. Er wusste noch genau, in welchem Rohr es eine Störung gegeben hatte. Welches angefangen hatte, Kühlmittel als Eiskristalle mit einer Geschwindigkeit von zwei Kubikmetern pro Minute ins All zu spucken. Welches seine Simulation – wenn die Störung schwerwiegend genug war – in einen Feuerball verwandelte.

Adrenalin, schoss es ihm in einem Aufblitzen von kohärentem Denken durch den Kopf, war für ihn dasselbe wie die Badewanne für Archimedes. Er zog sich weiter an der Verbindungsschnur zwischen der Station und dem Krater nach unten, und Stan sagte etwas – Mallory sagte auch etwas – Halley, Parkin, sogar Nou –, aber ihre Rufe, Befehle und Bitten waren nur Hintergrundgeräusche für die höchste Konzentration, die Lucian jemals in seinem Leben aufgeboten zu haben glaubte.

Er musste zur Ebene 505. Er war auf 233. Und er hatte – ein kurzer Blick – noch fünfzehn Minuten und siebenundzwanzig Sekunden. Danach war es zu spät.

»Stan, wie lange genau braucht Styx noch, bis er Jovortre am nächsten kommt?«

Ebene 278.

»Halley, können Sie Styx' Rotation aufrufen und mir sagen, wie viel Zeit ich noch habe, bis er genau in die richtige Richtung zeigt?«

Ebene 359.

»Parkin, könnten Sie die Pläne aufrufen und mir sagen, wie lange der Tokamak ohne sein Kühlmittel durchhalten kann?«

Zeit, Zeit, Zeit. Lucian warf einen Blick auf seine Handgelenkskonsole; noch dreizehn Minuten und vierzig Sekunden. Es musste fast elf Uhr sein. Die große Stunde. Noch wichtiger, seine Fünf-Minuten-um-Styx-hochzujagen waren Schnee von gestern, und er war jetzt schon halb in seiner Nichts-wie-weg-von-Styx-Zeit. Diese Zusätzliche-fünf-Minuten-falls-irgendwas-schiefgeht-Zeit würde er unbedingt brauchen.

Ebene 490 ... 502 ... *geschafft*.

Lucian zog sich auf die gleiche Höhe mit dem Rohr und nahm eine Motorsäge aus seinem Werkzeuggürtel. Das Rohr war so dick wie seine ausgebreiteten Arme, fugenlos verschweißt, verstärkt und nach der Sabotage vor so langer Zeit nochmals verstärkt.

»Lucian!« Stan war natürlich der Erste. »Wenn die Station bei voller Leistung hochgeht und Styx die Flugbahn von Jovortre in einem Winkel von zweiundsiebzig Grad genau in südwestlicher Richtung schneidet« – er holte tief Luft – »dann kollidieren sie zwei Minuten und sechsundvierzig Sekunden nach der Zündung.«

Gute Neuigkeiten! Damit hatte er eine Minute und vierzehn Sekunden mehr als berechnet. Die Abdeckung löste sich; er warf sie über die Schulter.

»Lucian« – Halley, mit geringem Abstand auf Platz zwei, in abgehacktem Ton – »angesichts ihrer Massen hast du bei dem Winkel ein bisschen Spielraum, also ist dein Fenster, um dieses Ding hochzujagen, für fünf Minuten und neun Sekunden offen.«

Lucian rechnete nach: Ihm blieben noch zehn Minuten und vierzehn Sekunden, bis Jovortre Pluto erreichte. Ein Jota der Anspannung, die seine Gliedmaßen versteifte, löste sich. Vielleicht würde er es tatsächlich hinbekommen.

»Wann geht dieses Fenster auf?«

Das Innere der Schnur lag nackt und bloß vor ihm, allerdings waren es keine Drähte, die er durchschneiden musste, sondern eher monströse Arterien, die größte so dick wie seine Taille. Er hätte das Rohr überall sabotieren können, aber genau hier gab es diese bereits vorhandene Schwachstelle. Und wo war sie nun genau?

»Halley?«, rief er; sie hatte noch nicht geantwortet. Vielleicht hatte er sich so stark konzentriert, dass er sie ausgeblendet hatte.

»Lucian.«

Nur dieses Wort. Sie sprach es tonlos aus, als wäre sie erschöpft.

»Es ist jetzt offen. Du hast vier Minuten und siebenundfünfzig Sekunden, bis sich das Fenster schließt.«

Lucian spürte, wie sich seine Welt physisch zusammenzog. In der halben Sekunde, die er brauchte, um das zu verarbeiten, gab es keinen Gedanken, keine Überlegung, ob er fluchen oder sich irgendetwas Schlaues einfallen lassen sollte. Er drückte seine Säge an das Argon-Rohr, genau an der Narbe, und ließ mit dem perfekten Fokus eines Traums Funken fliegen.

»Parkin, sprechen Sie mit mir. Das letzte Stück des Puzzles. Wenn ich dieses Ding durchschneide, wie viel Zeit habe ich dann noch, bis er hochgeht?«

»Ach, dann willst du also gar nicht aktiv Selbstmord begehen?« Halley, in schneidendem Ton, eine Oktave höher als üblich. »Du musst schon entschuldigen, wenn das für uns nicht sofort klar ersichtlich war.«

»Nein, verdammt, das will ich nicht, es gibt so vieles, wofür es sich zu leben lohnt!« Lucian kam jetzt ein wenig außer Atem; das Adrenalin gerann zu so etwas wie Furcht oder was auch immer es sein mochte, das seine Hände zittern ließ und seinen Mund austrocknete. »Nächste Woche kommt eine Greatest-Hits-Compilation von Dignity raus, und es gibt einen per Livestream übertragenen Auftritt, es ist ihr zwanzigjähriges Jubiläum ...«

»Lucian.« Parkin, endlich. »Sie werden eine Minute haben, um von dort zu verschwinden, sobald Sie das Rohr durchgeschnitten haben. Genauer kann ich es nicht sagen – zu viel hängt von der Dynamik der toroidalen Plasmaströme ab – ich müsste es modellieren – aber das ist ein grober Richtwert.«

Inmitten der aufflammenden, schwebenden Funken warf Lucian einen Blick auf seine Handgelenkskonsole und rechnete es sich aus. Sein Fenster für die Sprengung des Reaktors schloss sich in drei Minuten und zweiunddreißig Sekunden. Wenn der Reaktor nach der Unterbrechung der Argonzufuhr eine Minute brauchte, bis er hochging, verringerte dies seine Zeit um eine Minute. Das hieß, er hatte zwei Minuten und zweiunddreißig Sekunden, um dieses Rohr zu durchtrennen.

Die Funken umschwirrten ihn wie Feuerwerk in einer Schneekugel, kleine Sterne, die für Sekundenbruchteile in Griffweite waren, bevor sie erloschen und verschwanden. Seine Säge traf auf weniger Widerstand – er war durch die Wand, er war im Innern des Rohrs –, bevor dieser wieder stärker wurde und seinen Fortschritt auf dem Weg zur anderen Seite bremste. Wie lange noch? Ein Blick auf die Uhr. Eine Minute und achtundfünfzig Sekunden.

Sobald er durch war, zog er die Säge heraus, verschob sie um eine Handbreit und fing von Neuem an. Er würde das Stück herausschneiden – das Argon würde gefrieren – der Reaktor würde sein Kühlmittel verlieren – *bumm*. Physik, kurz und bündig.

(Eine Minute und fünfundzwanzig Sekunden.)

Er legte alle Kraft in die Säge, während er sich mit einer Hand festhielt. Für den ersten Schnitt hatte er länger als eine Minute gebraucht; er musste ... musste ...

(Eine Minute und zwei Sekunden.)

Würden Sie den Krater nach ihm benennen, wenn er bei dem Versuch starb, den Asteroiden zu stoppen?

(Fünfzig Sekunden.)

Seine Säge traf auf weniger Widerstand, war bereits im Innern des Rohres.

(Vierzig Sekunden.)
»Lucian!«
(Dreißig Sekunden.)
»Ich weiß, ich kann es schaffen!«, rief er. »Ich bin fast so weit, ich schaffe es!«
(Zwanzig Sekunden.)
»Nein, Lu – cian« – das war Nou – »hinter dir!«
(Zehn Sekunden.)
Wachsender Widerstand. Er war in der letzten Wand. Krämpfe in seinen Fingern. Er konnte es schaffen ...
(Fünf Sekunden.)
Er war durch! Er warf die Säge weg – er würde der Basis eine neue besorgen –, packte das Rohrstück mit beiden Händen – (zwei Sekunden) –, riss es heraus – flüssiges Argon gefror schlagartig, zu schnell, um seine Form zu ändern – eine feste weiße Schicht, wie bei einem Gefrierschrank, der abgetaut werden musste ...

Er sah das alles in weniger als einer Sekunde, bevor er seine Leine löste, die Füße gegen das Rohr stemmte und mit einer Rolle rückwärts von dem Turm geradewegs in den offenen Raum hinausschoss. Er schnellte davon, drehte sich, überschlug sich unkontrollierbar – ohne einen Gedanken für sein Ziel, nur für das, was er verließ – sein Atem ging keuchend und rau, so laut, dass es wehtat – er würde niemals weit genug kommen – es würde schnell vorbei sein – Sterne wurden zu Strichen – er hatte noch so viel zu *tun* – Pluto wirbelte über ihn davon, der Lichtstrahl eines Leuchtturms – er wollte nicht, dass es zu Ende ging ...

Er hatte eine Sekunde Zeit, um ein Objekt zu registrieren, das gleich wieder weg war und bei der nächsten Umdrehung zurückkam – größer jetzt – näher – es verdeckte die herumwirbelnden Sterne –, bevor er mit Karacho dagegenknallte. Er prallte ab, geriet erneut ins Trudeln, aber das Objekt ging längsseits – *die Sadge ging längsseits* –, und Lucian wurde von einem Arm gepackt und stabilisiert und dann von einer Hand, einem Arm hineingezogen, da war ein Gesicht – Stans Gesicht, körperlos in seinem Helm, vor Anstrengung verzerrt. Lucian packte ihn seinerseits, wild strampelnd und so aufgeputscht, dass er kaum links und rechts unterscheiden konnte, als die Tür sich schloss und das Zischen der Luft seine Ohren erfüllte, zugleich mit den Stimmen:

»Haben wir ihn?« Mallory.

»Hast du ihn!« Halley.

»Wir haben ihn!« Stan.

»Ja, ihr habt mich!«, schrie Lucian. »Und jetzt, um der Erde willen, *nichts wie weg!*«

Die plötzliche Beschleunigung stieß ihn gegen die Luftschleusenwände, und sein Kopf schlug gegen beide Seiten des Helms. Parkin hatte etwas von einer Minute gesagt, aber eine oder zehn Minuten, was spielte das unter Freunden schon für eine Rolle? Als sich die Luftschleuse wieder mit Luft gefüllt hatte und er ins Innere des Schiffes stürmte, war Styx im Rückfenster und schon so klein, dass man ihn zwischen den Sternen kaum noch erkennen konnte, und da war Nou, die Arme um seine Körpermitte geschlungen, und Stan, der an seinen Schultern hing, und beide umklammerten ihn so fest, dass er in seinen normalen Klamotten lauter blaue Flecken bekommen hätte, und warum brannte Styx nicht? Warum war Styx kein Komet? Die eine Minute war doch bestimmt schon längst um ...

Der Blitz war so hell, dass er alles sah, sogar durch die Augenlider, die sich sofort fest geschlossen hatten. Im nächsten Augenblick machte sich sein Überlebensinstinkt bemerkbar: Er warf sich und seine Gefährten zu Boden, bedeckte Nous und Stans Gesicht mit seinem Körper, schirmte sein eigenes um die Blase seines Helms herum ab.

Die Blindheit verging so schnell, wie sie gekommen war: Styx war verschwunden, einfach so. Mallory stellte die Triebwerke ab, und die vier rappelten sich auf und stürzten zu den Fenstern.

Erst hundert, dann zweihundert Kilometer entfernt war Styx ein Stern, der flammend über die Mondsichel des Pluto schoss. Erst vierhundert, dann dreihundert Kilometer entfernt befand sich Jovortre genau in seiner Flugbahn.

Und was konnte man von Jovortre erkennen? Niemand in der Sadge war nah genug, um seinen scharlachrot gefleckten Mantel zu sehen; seinen zerklüfteten, verdrehten, von Kratern übersäten Körper; seine Triebwerke, die Roheis in Ammoniakgas verwandelten, das in Form eines scharf umrissenen weißen Fingers hinter ihm herauszischte, als würde ihn eine körperlose Hand unerbittlich vorwärtstreiben.

Aber niemandem in der Sadge und auch niemandem in der Stern-Basis dort unten in der Dunkelheit konnte entgehen, dass die beiden kollidierten.

Es war ein Anblick aus der Zeit der Geburt des Sonnensystems. Es war ein Ereignis, das von der Evolution hervorgebrachte Lebensformen nicht verarbeiten konnten: eines, das Tod bedeutete, und das Ende der Evolution. Als die beiden Asteroiden kollidierten, wurde der größte Teil ihrer Masse sofort in Energie, Licht und Wärme umgewandelt; die Explosion stach in die Atmosphäre hinunter und brannte sich in die Netzhäute sämtlicher Augenzeugen ein. Ein Trümmerschleier raste im Kielwasser der beiden miteinander ringenden Titanen dahin, die jeweils Stücke von der Größe von Bergen aus dem anderen rissen, Stücke, die Funken sprühend und schäumend umherschwirrten; dabei wurden sie immer kleiner und dunkler, während sie der Krümmung des Planeten folgten, ihn einmal vollständig umkreisen und dann den Äquator überqueren, bevor sie schließlich ihren zweiten Umlauf beendeten, auseinanderbrachen und sich zerstreuten – wie vom Wind davongetragene Funken von Freudenfeuern.

Lucian, Mallory, Stan und Nou, die mit dem Gesicht an den Fenstern klebten, während ihre Körper dahinter in der Luft hingen, hatte es die Sprache verschlagen. Limettengrüne Strahlenkränze in ihrem gesamten Blickfeld raubten ihnen zusätzlich auch noch das Sehvermögen. Einen Moment lang kam keiner von ihnen über ein Zwinkern oder Blinzeln hinaus.

»Tja«, hörte Lucian sich sagen, »ich glaube, ich schulde euch allen einen neuen Mond.«

PHASE

4

VIERTES ZWISCHENSPIEL

Nou hatte sich hingesetzt und Lucian vom Tag des Unfalls erzählt. Sie hatte ihm von Edmunds Anwesenheit erzählt; von der Ausschaltung ihres Vaters; vom Verhalten der Pfeifer.

Dies hatte sie ihm alles erzählt. Aber damit war die Geschichte noch nicht zu Ende.

Edmund trägt ihren Vater über der Schulter. Die Pfeifer haben ihn gehen lassen – sie sind in dem Moment im Eis verschwunden, als er in Zeitlupe zu Boden gesunken ist –, aber Nou kann nicht erkennen, ob ihr Vater bei Bewusstsein ist, ob er atmet, ob er noch lebt. Seine Anzuglichter sind aus – Dunkelheit drinnen wie draußen, eine leere Hülle. Sie weiß nicht, was sie mit ihm gemacht haben. Sie kann nicht tief durchatmen, sondern saugt die Luft wie bei einem Schluckauf ein, schnell und flach, so wie ihr Puls schlägt; sie hat zu viel Angst, um zu fragen.

Edmund läuft mit ihrem Vater über der Schulter durchs Labyrinth der Spalten, die zur Oberfläche führen. Nou läuft hinterher, tastet sich mit einer Hand im Dunkeln voran und hat die andere an die Seite des Helms gelegt, als wollte sie sie fest auf ihren Mund drücken oder ihre tränennassen Augen abwischen.

Keiner von ihnen spricht. Der Weg nach oben ist voller scharfer Schatten und blendender Blitze von Helmlicht auf Eis. Nou versucht immer wieder, etwas zu sagen, aber jedes Mal, wenn sie den Mund öffnet, krampft sich ihre Brust zusammen. Zwei Varianten von Atemzügen durchsetzen das sonstige Schweigen: die von Edmund ist tief, zyklisch und stetig; jeder ihrer Atemzüge entspricht dagegen einem stoßartigen, verschluckten Schluchzen. Doch obwohl sie angestrengt lauscht, kann Nou keine dritte ausmachen. Stolpernd und scharrend arbeitet sie sich mit schmerzenden Gliedmaßen tapfer vorwärts, um mit dem unermüdlichen Laufschritt ihres Bruders mitzuhalten.

Dann sind sie plötzlich draußen, an der Oberfläche. Die Rückkehr von Raum jenseits der Reichweite ihrer Hände und von Licht jenseits des Lichtkegels ihrer Lampe ist eine solche Erleichterung, dass ihr die Knie weich werden, aber keiner von ihnen verschwendet seine Zeit damit, sie auszukosten. Während Edmund ihren Vater ablegt, ruft Nou auf jeder Frequenz, die sie kennt, zu Hause an.

»*Hilfe!*«, ruft sie mit brechender Stimme. Instinktiv schaut sie dabei zum Horizont, in Richtung ihrer Heimat, als wären die Worte bis dorthin zu hören. »Helft uns, bitte! Mein Vater ist verletzt ...«

»Nou«, sagt Edmund.

»Ist da jemand, *Hilfe* ...!«

»*Nou.*«

Nou hält inne. Edmund ist am Boden, beugt sich über den dunklen Anzug ihres Vaters. Während das Adrenalin bei ihr schon fast krampfhafte Zuckungen auslöst, sitzt ihr Bruder da, so reglos wie der vor ihm liegende Körper.

»Keine Lebenszeichen«, sagt er ruhig. »Kein Herzschlag. Der Anzug ist offline.«

Edmunds Gesichtsausdruck ergibt keinen Sinn. Während Nou zu sehr herumzappelt, als dass sie sich konzentrieren könnte, brennen seine Augen wie Morgensterne. In ihnen brennt etwas, das nicht eindeutig benennbar ist, ähnlich wie Triumph. Einen Moment lang schweigen sie beide.

Dann hören sie es. Einen kratzenden Atem. Einen dritten Atem.

Die Lichter von Clavius Harbours Anzug flackern auf. Erlöschen. Flackern erneut auf. Edmunds Kopf fährt herum. Blauweißes Licht überflutet das Gesicht ihres Vaters. Das keuchende Gesicht. Das verzerrte Gesicht. Das lautlos schreiende Gesicht.

Dann ist es nicht mehr lautlos.

Aus Nous Helmfunk kommt ein anderes Geräusch: »*Krrrrk ... Nou Harbour, wir hören dich, hier ist Wassili Woronow in der Stern-Basis. Kannst du mir sagen, was los ist?*«

Sofort herrscht hektische Betriebsamkeit auf dem Eis. Nou steht vergessen an der Seite, als die Sanitäter und Edmund den Körper in ein Schiff heben, das gar nicht erst landet, sondern weiter über dem Eis schwebt, ein Schiff, das schon Minuten nach seiner Ankunft wieder mit solcher Beschleunigung hochsteigt, dass sich keiner von ihnen auf den Beinen halten kann. Nou sucht sich einen Platz in der freiesten Ecke, hält sich dort an den Handgriffen fest und wünscht, sie könnte aufhören, ihren Vater anzustarren, wünscht, sie könnte so tun, als würde sie jemandes Hand halten, sie wünscht, sie hätte es ihnen nie gezeigt, sondern wäre an diesem Morgen aufgestanden und mit Allie und den anderen Kindern auf Alcyonia Lacus skaten gegangen ...

Kaum hat sich die Luftschleuse von Stern stabilisiert, bringen sie ihren Vater auch schon in aller Eile weg, ohne ihre Anzüge abzulegen; andere stoßen in Arbeitskleidung dazu, alle stellen Fragen, alle rufen unbekannte Wörter in medizinischem Steno, und die Trage teilt die Menge wie der Bug eines Schiffes die Wellen. Edmund läuft mit ihnen davon, die Haube heruntergezogen, und Nou macht einen Schritt, um ihnen zu folgen – doch als er sich umdreht, bewirkt etwas im Weiß seiner Augen und in seinen wilden, derangierten Haaren, dass sie stehen bleibt.

Über die Schulter hinweg zeigt er mit einem Finger auf sie.

»Geh auf dein Zimmer, und bleib dort.«

Sekunden später hat ihn die Flut davongetragen, und Nou kann nicht anders: Sie schlägt die Hände vors Gesicht und bricht in Tränen aus. Sie braucht gute dreißig Sekunden, um sich wieder in den Griff zu bekommen. Dann wischt sie sich gründlich das Gesicht ab, und in ihrem Blick liegt Entschlossenheit.

Die Menge hat sich jetzt gelichtet. Nou ist nicht ignoriert worden: Wassili hat gefragt, was passiert ist, und sich vergewissert, dass alles mit ihr in Ordnung ist. Aber sobald feststand, dass ihr nichts geschehen war, hat sich alle Aufmerksamkeit auf ihren tapferen Anführer verlagert. Niemand beachtet sie jetzt. Niemand würde bemerken, sollte sie sich davonstehlen.

Sie geht zur Luftschleuse hinüber. Schlüpft hinein. Setzt ihren Helm wieder auf. Mit jedem Herzschlag wächst ihre Entschlossenheit.

Nou springt in die Nacht hinaus. Wenn sie sich beeilt, kann sie in dreißig Minuten beim Promontorium sein. Sie achtet nicht auf das gelatinöse Zittern ihrer Beine beim

Laufen, auch nicht auf die Anzeige ihrer Sauerstofftanks, die mit jedem Schritt ein wenig tiefer sinkt.

Edmund weicht durch die Tür der Krankenstation zurück und bleibt reglos stehen. Der Gang ist leer: Jeder, der von Nutzen sein könnte, ist drinnen, ruft Anweisungen, eilt zu Gerätschaften, befolgt die knappen Befehle der Ärztin. Alle Geräusche, Bewegungen und kohärenten Gedanken konzentrieren sich auf diesen Raum.

Etwas drückt gegen seinen Rücken – eine Wand. Der getrocknete Schweiß an seinen Schläfen ist kalt, aber seine Arme und Beine wollen nicht aufhören zu zittern. Sein Herz denkt noch immer, dass sein Körper läuft.

Clavius Harbour ist nicht tot. Der Anzug war tot, der Körper aber nicht; Edmund ist mit ihm gelaufen, hat dabei die Illusion aufrechterhalten, es handele sich um einen Notfall, obwohl er in Wahrheit aus Freude gelaufen ist. *Clavius war tot. Der Anzug war tot.* Bis er es nicht mehr war. Bis Clavius es nicht mehr war. Bis Nou jeder Seele innerhalb eines Radius von einer Milliarde Meilen ihren Standort verraten hat und die Rettungsteams gekommen sind.

Edmund schiebt seine zitternden Knöchel zwischen die Zähne und beißt fest zu.

Er hätte die Schläuche gründlicher durchtrennen sollen. Zeit genug hat er gehabt: Er war im Umkleideraum allein gewesen. Und hätte er auf dem Rückweg nach oben nicht stolpern können? *Warum* – mit jedem Gedanken biss er fester zu – hat er den gelockerten Schlauch nicht abgerissen?

Aber vielleicht hat er letztlich doch nicht das Zeug dazu gehabt? Hat ihm der Mut gefehlt, ein Leben zu nehmen, als der Moment da war, obwohl er die Folgen der Tatenlosigkeit kannte?

Er hatte vernünftige Gründe gehabt. Clavius Harbour zu töten, war nichts Böses: abzuwarten und ihn am Leben zu lassen aber schon. Ihn am Leben zu lassen hätte bedeutet, die unsichtbaren blauen Flecken auf dem Herzen seiner Schwester zu akzeptieren – auf einem Herzen, das sich nur danach sehnte, von dem Mann geliebt zu werden, der sie beschützen sollte. Es hätte bedeutet, ihr selbst solche blauen Flecken zuzufügen.

Das Problem mit den vernünftigen Gründen bestand jedoch darin, wie leicht der Kopf sie akzeptieren konnte. Das Problem bestand in der Annahme, dass der restliche Körper es ebenfalls täte. Und nun muss er die Folgen tragen.

Er hätte Nous Anruf in der Basis hinauszögern können. So viel ist im Rückblick sonnenklar. Sie waren zu nah beim Eingang – warum hatte er das nicht durchdacht? Unabhängig von Clavius' Schicksal würde es eine Untersuchung geben – man würde dort alles auf den Kopf stellen – Fragen würden gestellt werden – wenn man den Hain fand ...

Edmund spürt, wie sich seine Pupillen in akuter, lähmender Furcht weiten.

Wenn man den Hain fand.

Clavius' Absichten waren seit einem Jahrzehnt klar, auch wenn nur sie beide darüber Bescheid wussten: Wenn wir Leben finden, verbergen oder vernichten wir es. Die Menschheit braucht nicht noch einen Europa, auch keinen weiteren Enceladus, aber unsere Leute brauchen einen Pluto. Wir sorgen dafür, dass Plutoshine weiterläuft. Was immer dazu nötig ist.

»Ist er stabil ...?«
»... sieht aus, als würde sich sein Zustand stabilisieren ...«
»... stabiler Herzschlag, kontinuierlicher Puls ...«
»... Atmung stabilisiert sich ...«
Dieses eine Wort, das aus dem Mahlstrom hervorspringt.
»Er ist stabil. Mister Harbour, Sir, hören Sie mich?«
Edmunds Füße bewegen sich wie aus eigenem Antrieb, während seine Gedanken rasen, um mit ihnen Schritt zu halten. Bevor er weiß, was er tut – bevor er weiß, was er tun wird –, ist er in seinem Büro. Packt Dinge in den Rucksack seines Anzugs; er kann nicht sagen, wonach er als Nächstes greifen wird, bis seine Hände es tun, aber Clavius und er haben sich auf diesen Fall vorbereitet. Seine Hände finden alles, was sie brauchen. Wenige Minuten später ist er bei der Luftschleuse auf minus drei, der verwaisten Hintertür, die er jeden Tag benutzt, um laufen zu gehen, und schlüpft unbemerkt hinein. Kaum hat sich die Kammer geleert, sprintet er auch schon in die Nacht hinaus.

Nou verschnauft am Rand des Hains. Sie wartet kaum ab, bis die Pfeifer aufwachen und den Raum bis in die Spitzen seiner gewaltigen Kuppeldecke erhellen, bevor sie in dessen Zentrum stürmt.
Nou Harbour.
Es sind keine Worte, die Nou hört, nicht einmal im Kopf. Die Pfeifer brauchen keine Sprache: Sie benötigen diese Mittlerfunktion nicht, diese Form der Übertragung eines Sinns von einem Bewusstsein zum anderen. Münder, Hände und Mienenspiel, all das können sie umgehen und sich auf direktem Wege verständigen. Es ist das tiefste Geheimnis der Geschöpfe, eines, das Nou

bisher für sich behalten hat, auch wenn sie es liebend gern teilen würde; sie wartet nur auf den richtigen Moment.

Die Pfeifer fahren fort.

Du bist wieder da.

Es sind keine Worte, die Nou hört, nicht einmal im Kopf, sondern sie *versteht*. Der fortlaufende Monolog, mit dem Menschen ihr Leben erzählen, ist keineswegs das Fundament des Denkens: Man weiß, dass man Hunger hat, bevor man den Satz *Ich sterbe vor Hunger* denken kann; man erinnert sich, wo man die Schlüssel hingelegt hat, bevor man *Ich habe sie in der Küche gelassen* denken kann. So ist es auch bei den Pfeifern, sie wischen Gestik und gesprochenes Wort beiseite und benutzen die einzig wahre universelle Sprache intelligenter Wesen: die des Bewusstseins selbst.

Nou hat Monate gebraucht, um den Drang zu unterdrücken, mit einem Nicken oder mit Sprache zu reagieren; schon allein der Versuch, sich das Denken in Sätzen abzutrainieren, hat Monate beansprucht. Nou bringt ihr Bewusstsein zur Ruhe, als sie ihre Antwort hervorzaubert: eine klare Bejahung nur vom Sinn her, wortlos innen wie außen.

Auf einmal bewegt sich die größte der baumartigen Säulen, deren geglättete Oberfläche wie von silbernem Mondlicht übergossen glänzt. Ihre Bewegung hat nichts Langsames oder Subtiles: Die riesige Säule bückt sich flüssig, knickt in der Mitte ab, als bestünde sie aus Draht. Binnen Sekunden halbiert sich ihre Größe, als sie sich vor Nou aufbaut, sodass sich der untere Rand ihrer gesichtslosen Krone ungefähr auf Augenhöhe eines Erwachsenen befindet.

Du hättest nicht kommen sollen, übermittelt Tag. Nou spürt sein Unbehagen so deutlich, als hörte sie den Tonfall einer Stimme.

Ich musste herkommen, erklärt ihm Nou, und sollte jetzt jemand die Höhle betreten, würde er sie vielleicht kaum bemerken: ein Schössling in einem Ring von Riesen. *Mein Dad ist verletzt. Ich muss wissen ...*

Aber was sie wissen muss, kann sie nicht ausdrücken. Sie weiß es selbst nicht genau. Tag benutzt den Moment der Stille – die Pfeifer unterbrechen sie nie –, um sie zu korrigieren.

Du hättest auf keinen Fall kommen sollen. Es war ein Fehler, deine Angehörigen herzubringen. Wir haben sie in deinem Innern gesehen. Wir dachten, sie wären gutartig. Aber du bist nur eine Jugendliche – dein Bild von ihnen ist unvollständig.

Nou nimmt das schweigend zur Kenntnis – keine Worte oder Stimmen in ihrem Kopf, nur neue Informationen. Sie kann sich nicht aussuchen, wann sie antwortet, so wie sie auch ihre Gedanken nicht zu kontrollieren vermag; sie kann die Frage nicht verbergen, die in ihr aufsteigt.

Habt ihr ihm absichtlich etwas angetan?

Nou wirft einen Blick auf ihre Füße. Sie hat nicht vorgehabt, die Frage auf diese Weise zu stellen – anklagend. Aber die Pfeifer haben ihre Intentionen natürlich verstanden: Ihre Beklommenheit ist für sie so klar wie die Frage selbst. Täuschung ist hier unmöglich.

Du hättest nicht kommen sollen, übermittelt Tag erneut, und hätte er Beine – wäre er auch nur annähernd so wie ihr Vater, denkt Nou –, würde er in dieser Höhle hin und her laufen.

Wir sind ganz anders als dein Vater.

Der Sinn zeichnet sich in Nous Geist so scharf ab wie ein gesprochenes Wort. Nie zuvor hat sie Grund gehabt, Tag und die anderen Pfeifer zu fürchten – und sie tut es auch jetzt nicht. Dennoch kriecht ein Gefühl ihr Rückgrat herauf, bei dem sich kalter Schweiß in ihren behandschuhten Handflächen sammelt: das Gefühl, dass etwas ganz und gar falsch ist.

Wir haben uns deine Familie angesehen, spricht Tag erneut in ihrem Geist, *und wir haben keinen Frieden gesehen. Wir haben keine Kooperation gesehen.*

Nein. Nou schüttelt den Kopf. Ein leises Piepsen lässt sie zusammenfahren, aber es ist nur etwas an ihrem Anzug. *Mein Vater hat jahrelang nach einheimischem Leben gesucht ...*

Dies ist nicht unsere Heimat.

Aber Nou runzelt jetzt die Stirn und denkt scharf nach.

Er wollte sicherstellen, dass sein Plan nichts und niemandem schaden würde.

Fast richtig – Nou schaut wieder in die gesichtslose Krone ihres Freundes hinauf –, *Clavius Harbour wollte, dass nichts und niemand seinem Plan schadet.*

Habt ihr ihm deshalb etwas angetan?

Eine seitliche Bewegung lässt ihre Gliedmaßen erschrocken zucken; ein anderer Pfeifer regt sich. In dem schwachen Licht sieht sie, wie sich sein prächtiger, eisblauer Körper verdreht. Dann rühren sich auch die anderen, überall in der Kammer. Chrysoprasgrün, Stahlgrau, ein sehr dezentes Blaugrün, das Indigo des Horizonts ... Nous Kopf dreht sich von einer Seite zur anderen, als die Riesen erwachen. Dies ist noch nie geschehen; es ist, als würde man den gezackten Bergen von Tartarus Dorsa dabei zusehen, wie sie miteinander zu reden beginnen.

Was ist los?

Du musst verstehen, Nou Harbour, dass Gewalt jeglicher Art nicht in unserer Natur liegt. Irgendwie weiß Nou, dass Tag noch immer derjenige in ihrem Kopf ist, selbst als die anderen sich weiterhin auf der Stelle drehen wie Mammutbäume in einem Orkan. *Für unseresgleichen ist Gewalt ebenso verabscheuenswürdig, wie es für euresgleichen Mord zu sein scheint – ein Konzept, das eigentlich unser Begriffsvermögen übersteigt. Wie könnten wir jemals das Leben eines anderen beenden, da wir doch eins sind? Ihr als Einzelwesen scheint frei von solchen Gedanken zu sein. Das haben wir heute bei Clavius Harbour gesehen, und wir konnten nicht tatenlos zuschauen.*

In der Höhle dreht und windet sich jetzt alles, und als Nou kurze Blicke zu den Seiten wirft, sieht sie, dass die Pfeifer hin und her schaukeln und das Eis um ihr unteres Ende aufwölben, bis sich Risse darin bilden.

Wir können nicht bleiben, Nou Harbour. Das musst du verstehen.

Nein. Es ist ebenso ein Gedanke wie ein Gefühl. Adrenalin schießt durch ihre Gliedmaßen, und sie schaut von einem Pfeifer zum nächsten, von einer Leere zur nächsten. *Nein.*

Wir waren auf der Suche nach Synergie. Auf der Suche nach gegenseitiger Neugier, gutem Willen und der Bereitschaft, sich in Erstaunen versetzen zu lassen. Nichts davon ist uns entgegengebracht geworden.

Erlaubt mir, sie noch einmal herzubringen. Nous Herz schlägt ganz schnell. *Ich bringe sie wieder her, und wir können alle miteinander reden. Ich kann ihnen beibringen, mit euch zu sprechen. Erlaubt mir, es ihnen beizubringen ...*

Aber könntest du ihnen auch beibringen zuzuhören?

Pures Rot überflutet die Kammer und alles darin. Würde Nou den Blick jetzt senken, sähe sie die Lebensformen unter ihr strudeln wie Seetang in einem Sturm, hin- und hergerissen von den sich windenden Säulen. Jetzt ist Tag die einzige, die sich nicht bewegt.

Ich kann es ihm beibringen. Nou atmet kaum. *Mein Bruder auch. Wir kommen alle wieder hierher ... Bitte ...*

Wir kommen zurück. Wir werden es noch einmal versuchen – und hier kann Nou die genaue Bedeutung nicht übersetzen – *Generation* oder *Lebenszeit* –, ein Wort, das für die Pfeifer einen beträchtlichen Zeitraum bezeichnet – *aber nicht jetzt.*

Wie auf ein Zeichen hin verfallen die anderen fünf Säulen daraufhin in ein einheitliches Bewegungsmuster. Sie krümmen sich zurück, weg von Nou, hin zu den Wänden der Kammer, wo sie sich hinter Tag zueinander neigen. Rund zehn Meter über dem Boden verbinden sie sich, als würde man Schnüre verknoten – sie schlingen sich ineinander, immer noch im Boden verwurzelt – dann beginnen die fünf Säulen, fugenlos und geräuschlos in den unteren Teil der Wand zu verschwinden.

Nou stößt einen erstickten Schrei aus.

»Nein! Wartet!« – *Wartet! Ihr könnt nicht weggehen!* – »Bitte!«

Adieu, Nou Harbour.

Nein! Sie stolpert vorwärts – ihre Füße sind taub, ihre Beine wie Blei –, als auch Tag sich von ihr abwendet. Das leere, bewusstlose Gesicht ihres Vaters erscheint vor ihrem geistigen Auge – *Verlasst mich nicht!* –, dann die fremdartige Kälte ihres Bruders heute – *Verlasst mich nicht auch!*

Aber Tag hat seine gewaltige Krone gebeugt, um im Gefolge der anderen zu verschwinden, und in diesem Augenblick entwurzeln sich die Säulen selbst, scheinbar wie eine einzige. Adrenalin lässt Nous Blick zwischen all den schlanken Strängen hin und her schießen, die aus dem rissigen Eis gleiten, nicht silbern, nicht blau, nicht grün, sondern rot, rot, rot ...

Ihre Hände liegen auf dem leeren Eis – sie muss hingefallen sein –, und sie stemmt sich mit zitternden Armen hoch. Ihre Füße folgen den Säulen bereits mit traumartiger Schwere. Ihr Körper bewegt sich nur langsam, ganz im Gegensatz zu ihrem Verstand, der unter einer Leistungsüberlast leidet. Gedanken brechen hervor und funkeln, während ihr eine fiebrige Röte ins Gesicht steigt; ihr Blick zuckt zwischen den Säulenfüßen hin und her, die jetzt miteinander verknotet sind und wie Tentakel in die Wand verschwinden. Die Lichterproduzenten folgen ihnen – oder sind Teil von ihnen? –, und nun wird die Höhle dunkler, das Rot verblasst zu Schwarz.

Nou überlegt nicht lange. Sie läuft ihnen nach.

18

Lucian blickte auf, als Nou den Kontrollraum betrat.

»Hey«, sagte er mit warmer Stimme und legte das abgegriffene Buch weg, das er gerade las. »Schon aufgeregt wegen heute Abend? Hast du dir einen Beobachtungsposten ausgesucht?«

Mit *heute Abend* meinte er den Augenblick, in dem sie endlich den Spiegel einschalteten, und die *Beobachtung* bezog sich auf den Sonnenaufgang. Allein bei dem Wort sah Nou schon goldenes Licht über den Horizont strömen.

Ermutigt kam sie herein, mit einem Nicken.

Wenn die Werkstatt der Terraformer ein Klassenzimmer war, dann war ihr Kontrollraum das Lehrerzimmer: ein Raum, zu dem andere keinen Zutritt hatten, wie Nou wusste, ohne dass es ihr jemand hatte sagen müssen. Und zugleich war es ein Raum, in dem sie noch nie gewesen war. Das Operationszentrum der Mission zog sich wie eine Mondsichel um die zum Herzen ausgerichtete Vorderseite der Basis. Wenn man den Blick darin umherschweifen ließ, sah man eine beeindruckende Anzahl von Touchscreen-Monitoren; einige blinkten, andere zeigten ein konstantes Bild, wieder andere wechselten von strahlendem Blau zu Rot und Grün und wieder zurück.

Vor einer Gruppe dieser Bildschirme saß Lucian. Auf einem von ihnen lief immer wieder die Spiegelentfaltungssequenz ab. Er hatte die Haare bereits zurückgebunden, war also einsatzbereit.

Nou zog sich auf den Drehstuhl neben ihm. Sie sprach langsam, um die Pausen zwischen den Wörtern zu verbergen; in den Monaten, seit sie ihre Stimme wiedergefunden hatte, war das Stocken noch nicht gewichen.

»Es heißt – es gibt einen neuen Plan?«

»Ja. Wir verstärken die Sicherheitsmaßnahmen.« Lucian bemühte sich um sein übliches strahlendes Lächeln, vergaß dabei aber die Augen. »Halley hat vorgeschlagen, dass wir die Programmierung sperren und den Spiegel manuell steuern« – er zeigte zum Himmel – »von dort oben aus.«

»Aus dem Weltraum?«

»Mhm.« Lucian nickte ein wenig bedauernd. »Möglicherweise hat jemand Malware injiziert – einen Bug, ein Virus –, um an Jovortre heranzukommen. Als wäre er gehackt worden oder so. Vielleicht hat Moreno die Programmierung auch im Voraus sabotiert. Wie auch immer, man kann nicht vorsichtig genug sein. Da oben ist ein kleines Modul am Spiegel angebracht, eine supergemütliche Einmann-Raumstation, von der aus man ihn mit Gens Hilfe manuell bedienen kann. Hätte nie gedacht, dass wir sie wirklich benutzen würden. Eigentlich habe ich sie nur wegen einer Finanzierungslücke hinzugefügt ...«

Er machte eine Handbewegung zu dem leeren Raum hin.

»Das gesamte Team wird hier drin stationiert sein, um die Einschaltung unter jedem nur möglichen Aspekt zu beobachten, aber Halley wird die volle Kontrolle haben. Ich wäre selbst hingeflogen«, setzte er hinzu, »aber unsere Chef-Sonnenbringerin sagt, das da oben sei der gefährlichste Ort, falls irgendwas passiert, und sie möchte nichts davon hören, dass jemand anders hinfliegt. Ich glaube, sie hat uns verscheißert. Sie will sich bloß den besten Aussichtspunkt sichern.«

Aber Nou wusste, dass er das in Wirklichkeit nicht glaubte. Er war ungewöhnlich unruhig, tippte sich auf die Knie, warf alle paar Sekunden einen Blick auf die Bildschirme. Er versetzte dem nächsten Monitor einen sanften Stoß mit dem Knöchel: Der Spiegel entfaltete sich wie eine Blume, die einzelnen Scheiben nahmen ihren Platz ein und formten einen vollendeten, leicht konkaven Kreis wie bei den riesigen Satellitenschüsseln, aus denen Sterns Kommunikationsanlage bestand. Der Spiegel begann sich vor ihren Augen zu drehen, bis er fast seitlich zur Sonne stand; kurz darauf verkündete ein weißer Blitz, dass ihre Strahlen von den ersten Platten zurückgeworfen worden waren.

»Siehst du, dass er die Sonne nur ein ganz kleines Stückchen zu berühren braucht?«, murmelte Lucian und fuhr mit der Hand liebevoll über den Bildschirm. »Das kommt daher, dass das Licht nach innen geleitet und sofort in jedes Paneel reflektiert wird. Und *das* wird dann zu Pluto runtergestrahlt. Wir haben den Spiegel so weit entfernt gebaut, dass sich der Lichtstrahl ausbreiten kann. Deshalb wird es auf dem ganzen Planeten ein bisschen heller werden. Ist noch nie gemacht worden, so was. Nicht für einen kompletten Planeten.«

»Ich dachte – der Mars hätte einen?«

»Nur ein kleiner Fleck über Deuteronilus«, sagte Lucian geistesabwesend. »Hm. Als Nächstes werden sie bestimmt einen für Titan haben wollen. Natürlich ist das Methan da schon flüssig. Wenn ich's mir recht überlege« –

seine Stimme klang jetzt nachdenklich, als spräche er eher mit sich selbst –, »ist die Temperaturlücke bis zum Schmelzpunkt von Titans Wassereis ungefähr dieselbe wie bei Plutos Methan-Stickstoff-Gemisch. Hm.«

Nou warf einen Blick auf das Buch, das Lucian weggelegt hatte: eines aus der *Schutzengel-und-Schützlinge*-Serie, bei dem sie noch nicht angelangt war.

»... und wenn es schon eine Atmosphäre gibt, ließe sich ein titanweiter Ozean natürlich relativ leicht aufrechterhalten ...«

»Ozean?« Das war ein seltsames Wort – und eine noch seltsamere Vorstellung –, und sie hatte nur selten das Bedürfnis, es laut auszusprechen. »Was hat ein Ozean damit zu tun?«

»Hm?« Lucian schien sie vergessen zu haben. »Oh ... Ozeane sind das Hauptziel vieler Terraformingprojekte. Man kann dann alle möglichen Rückkopplungszyklen in Gang setzen – Wärmesenken, zunehmender Eintrag von Treibhausgasen, Luftmassenaustausch. Beim marsianischen läuft das ausgezeichnet, und die Oberflächentemperaturen schießen jedes Jahr in die Höhe. Aber der plutonische wird jede Hilfe brauchen, die er kriegen kann. Das Herz stellt ein perfektes natürliches Becken für einen dar, aber der Wärmestrom ist momentan noch viel zu gering ...«

»Der plutonische was?« Nou war ganz still geworden. »Der plutonische Ozean?«

»Mhm. Wird aber noch lange dauern, Stickstoff und Methan müssen erst jede Menge Phasenübergänge durchlaufen, bevor sich auch nur annähernd für Menschen erträgliche Temperaturen einstellen ... Nou?«

In Nous Ohren brauste eine reißende Flut. Die Welt schien zum Stillstand erstarrt zu sein. Die blauen, roten und grünen Lichter der Kontrolltafeln wurden schwächer und begannen sich dann der Reihe nach einzufalten.

»Nou«, sagte Lucians Stimme aus weiter Ferne, »das wird erst in vielen, vielen Jahren geschehen, weißt du. Der Ozean. Wahrscheinlich sogar erst in mehreren Hundert Jahren ...«

Die Berge ihrer Heimat, sie rannen ihr durch die Finger. Das Herz, ein plötzliches Zupfen an ihrer Kehle. Die Pfeifer, die alle gemeinsam um sich schlugen. Die zappelten und strampelten, um nicht unterzugehen. Zu ertrinken.

»Nou, sieh mich an.«

Nou tat einen erstickten, kratzenden Atemzug. Der Kaleidoskoptunnel der Welt weitete sich wieder. Hintergrundgeräusche kehrten zurück.

Lucian sprach immer noch.

»Ich dachte, du wüsstest das. Ich dachte ... wir alle ... das letzte Ziel, der Plan, von Anfang an. Wir reden doch ständig davon.«

Lucians Hände lagen wie ein Schraubstock um ihre Schultern. Sie sah ihr Spiegelbild, das seine Augen ausfüllte.

»Bis dahin werden wir ihnen geholfen haben. Deinen Pfeifern. Gleich nach dem Spiegel heute fangen wir damit an. Du denkst doch nicht etwa ... du weißt doch, ich würde nie zulassen, dass ...«

Aber was Lucian nie zulassen würde, hörte Nou nicht mehr. Sie entzog sich seinem Griff und taumelte zurück. Sie hatte nicht gewusst, dass es körperlich wehtun konnte, jemanden anzusehen. Bei ihrem Vater hatte es nie derart wehgetan. Nicht einmal bei ihrem Bruder. Der Schmerz in ihrer Brust war so real wie eine Ohrfeige.

Lucian erhob sich.

»Nou, rede mit mir ...«

Reden. Nou spürte, wie ihr bei dem Wort kalt wurde. Lucian hatte sich ihre Stimme ebenso verdient, wie er sich ihr Vertrauen verdient hatte. Sie hatte ihm vertraut. Sie hatte ihm das mit den Pfeifern anvertraut.

Sie drehte sich auf der Stelle um und floh.

»Nou! Nou, warte!« Aber Nou – kleiner, schneller – war bereits durch den Gang draußen davongestürmt und konnte seine flehentlichen Bitten nicht mehr hören.

Wohin? Sie zwang ihre Gedanken, sich so schnell zu bewegen wie ihre Füße. Sie musste es aufhalten. Musste Plutoshine stoppen. Das hieß, dass sie jemandem, *allen* von den Pfeifern erzählen musste. Sie konnte es Parkin erzählen, aber dessen Loyalität galt seinen Leuten, und jeder wusste, dass er Plutoshines größter Befürworter war. Sie konnte es Halley erzählen, aber Halley war die Oberterraformerin; auch sie würde wollen, dass der Plan bis zum Ende ausgeführt wurde. Sie konnte ...

Nein. Konnte sie nicht.

Stan war ihr Freund, aber was sollte er tun? Niemand von außerhalb konnte helfen, eine lichtstundenlange Verzögerung trennte sie – und wen kannte sie überhaupt, den sie anrufen könnte? Wer würde ihr glauben?

Schlitternd kam sie vor einer Tür zu stehen, so plötzlich, dass sie sich am Rahmen festhalten musste, um nicht hinzufallen. Dort, in Augenhöhe, war ein geprägtes silbernes Schild:

DR. MALLORY H. H. MADOC
und
DR. YOLANDA J. MORENO

PLUTONISCHES LABOR FÜR XENOBIOLOGIE

Nou überlegte es sich nicht zweimal. Sie klopfte an – nicht einmal die allergrößte Eile konnte tief sitzende Manieren beiseiteschieben – und trat sofort ein.

Vier Gesichter blickten von Mikroskop, Waage, Abzug und einem Gestell mit winzigen Glasfläschchen auf. Alle vier trugen identische weiße Kittel und Schutzbrillen mit gelben Rändern. Das waren Leute, die sie vom Sehen her kannte (wie hätte es auf Pluto anders sein können?), aber mit dieser Information gingen keine Namen einher. Nou stand in einer Art Luftschleuse vor einem Sortiment bunter Clogs und vor Haken mit weiteren weißen Kitteln. In dem Raum dahinter war es vollkommen still.

Eine der vier stellte ihre Fläschchen ab, schob ihren Stuhl zurück und zog mit dem Zischen einströmender Luft die Tür auf.

»Ja?«

Ihre Stimme klang weder geduldig noch ungeduldig. Wahrscheinlich lag ihr nur daran, wieder an die Arbeit gehen zu können. Nou, in Zugzwang geraten, wusste nicht recht weiter. Auf einmal kam es ihr völlig unverständlich vor, dass sie in den zwei Jahren, die sie die andere Hälfte von Lucians Gebärdensprachen-Duo nun schon kannte, noch nie in Mallorys Arbeitsraum gewesen war.

»Ist – ist – ist Mallory da?«

»Wer möchte mich sprechen?«, fragte eine klangvolle Stimme, und Nou holte tief Luft.

Mallory war aus einem Nebenraum gekommen. Sie zog purpurrote Plastikhandschuhe aus und schob ihre Schutzbrille über ein Haarband hoch. Nou hatte sich in ihrem Geschichts- und Kulturunterricht ausführlich mit dem Konzept der Monarchie beschäftigt, und jedes Mal, wenn sie die Xenobiologin sah, fragte sie sich unwillkürlich, von welchem der großen Königshäuser Mallory abstammte. Und ob es ihr selbst irgendwann einmal gelingen würde, eine solche Anmut und Würde auszustrahlen.

Mallory sah sie in der Tür stehen.

»Oh, hallo, Nou. Lange nicht gesehen. Wie geht's dir, mein Schatz?«

Nou sammelte ihre Gedanken, spürte jedoch, wie die allzu vertraute Wärme an ihrem Hals nach oben kroch. Das Schlimmste an der Wiedergewinnung ihrer Stimme war die Aufmerksamkeit. Nur wenige Leute waren so unsensibel, sie unverblümt aufzufordern: *Sag mal was!* Aber das Raunen, die gut gemeinten Glückwünsche und das wiedererwachte Interesse tauchten sie nur in ein umso grelleres Scheinwerferlicht. Stan hatte es richtig gemacht: Stan, der sie nur schweigend umarmt und nie ein Wort zu der Sache gesagt und sie trotzdem behandelt hatte, als ...

Ihre Gedanken hielten abrupt an. Hatte Stan schon immer Bescheid gewusst? All diese Stunden in der Werkstatt, in denen sie ihm die Gebärdensprache beigebracht, einen goldenen Origami-Kranich nach dem anderen gefaltet und ihm Gesellschaft geleistet hatte, während er seine Doktorarbeit schrieb, und auch er hatte nie daran gedacht, das letztendliche Schicksal des Herzens zu erwähnen.

Nou sank der Mut.

»Es – es ...« Ihr drehte sich alles, okay. Aber sie schaffte das. Das nächste Wort, wie lautete das nächste Wort? »Es – geht – um – um ...«

»Wie wär's mit einer Tasse Kaffee in meinem Büro?«, warf Mallory geschickt ein. »Komm mit.«

Das Büro lag hinter einer Glaswand, in einem klaren Reglement von den anderen Schreibtischen draußen getrennt; als Nou Platz nahm, hatte sie das Gefühl, zur Schau gestellt zu werden. Einen solchen Raum gab es in Lucians Werkstatt nicht: Dort arbeiteten seine Leute Seite an Seite oder suchten sich eine ruhige Ecke. Der Raum vor ihr in der Xenobiologie wirkte sehr ordentlich und ausgesprochen still.

Mallory raschelte irgendwo hinter ihr herum, brachte dann zwei dampfende Tassen herbei, die einen bitteren Geruch verströmten, und stellte sie auf ihren riesigen Touchscreen-Schreibtisch.

Nou wusste, was höflich war: Sie nahm das Getränk zwischen ihre Hände. Dann platzte sie schnell damit heraus, bevor sie noch endgültig den Mut verlor: »Ich habe Leben gefunden.«

Mallory hielt inne. Ihre Hand hing vor ihrer Tasse in der Luft.

»Auf Pluto«, setzte Nou hinzu. Jedes Wort war ein mühseliger Weg bergauf. »Ich brauche – deine Hilfe. Sie brauchen – Schutz.«

»Wo?«

Mallorys Gesichtsausdruck war irgendwie seltsam. Nicht überrascht, gewiss nicht erfreut. Sie stand wie erstarrt da und sah Nou unverwandt an.

Nou merkte, dass sie den Blick nicht abwenden konnte.

»Sie sind – unter dem Herzen.« Die Wärme stieg höher, und mit ihr kam noch etwas anderes: ein Unbehagen. »Dort gibt es eine Höhle. Kannst du – Plutoshine stoppen? Den Spiegel ...«

»Natürlich«, flüsterte Mallory, und ihre Augen bohrten sich in die von Nou. »Ich wusste immer, dass du es gefunden hast. Ich hatte die ganze Zeit recht. Ich wusste, dass ich recht hatte.«

Nou umklammerte ihre Tasse so fest, dass ihre Finger brannten.

»Könntest du ...«, versuchte sie es erneut, schwer atmend, und die Worte verloren jeden Zusammenhang. »Könntest du – den Spiegel – stoppen – wenn du Leben fändest?«

»Wer weiß es noch?« Mallory ignorierte sie, und Nou war ihrem Verhör machtlos ausgesetzt.

»L-Lucian«, hörte sie sich mit hoher Stimme sagen. »Nur – Lucian.«

Mallorys helle Augen schienen anzuschwellen.

»*Lucian*«, sagte sie beinahe schnurrend, und Nou spürte, wie sich ihre Brust vor Furcht verengte – nur dass es gar keinen Grund gab, sich zu fürchten. Dann wurde ihr der Grund ganz plötzlich geliefert, und sie zuckte auf ihrem Stuhl zusammen: Mallory hatte ein kurzes, schrilles Lachen von sich gegeben.

»Die ganze Zeit. Die ganze Zeit dachte ich, er wäre so ein Schatz, weil er sich um dich gekümmert hat, dabei ist er nur meinem Rat gefolgt.« Sie lachte erneut, diesmal volltönender, aber der Laut hatte nichts Fröhliches. »Oh, er hat wirklich viele verborgene Talente, nicht wahr? Ich sollte wütend sein, aber ich muss gestehen, ich bin auch beeindruckt ...«

Worüber Mallory da auch sprach – Nou hatte das deutliche Gefühl, dass es nichts Gutes sein konnte.

»Was meinst du?«, fragte sie leise. Sie hatte vergessen, was für sie gerade eben noch von äußerster Dringlichkeit gewesen war, hatte den Spiegel und sogar ihre Lebensformen vergessen. »Was meinst du?«

»*Ich* bin diejenige gewesen, die es Lucian als Erste gesagt hat, Herrgott noch mal. Du, Leben – das war das Gerücht, und ich habe es bereitwillig weitergetratscht. Also, damit habe ich mich auf jeden Fall gründlich zur Närrin gemacht ...«

Das Brausen war wieder in Nous Ohren. Zum zweiten Mal innerhalb von zehn Minuten wurde ihre ganze Welt auf den Kopf gestellt. Es konnte nicht wahr sein. Hatte Lucian – ihr ehrlicher, aufrichtiger Lucian – nur Freundschaft mit ihr geschlossen, um herauszufinden, was sie wusste? Hatte er sie die ganze Zeit benutzt?

»Du musst mich sofort dorthin bringen«, verlangte Mallory gebieterisch. »Wie lange weiß Lucian es schon?«

Nou konnte kaum einen klaren Gedanken fassen, geschweige denn sprechen. Wie lange war es her, dass sie zusammen auf dem Eis unterwegs gewesen waren, kurz nachdem er ihr geholfen hatte, ihre Stimme wiederzufinden? Geholfen, erkannte Nou – und die Atemluft entwich ihr, als wäre ihre Lunge perforiert worden –, weil er wusste, dass sie Geheimnisse hatte, die sie ihm nur verraten würde, wenn sie ihm vertraute. Wenn sie ihn liebte. Lucian, der als Einziger angesichts ihres Schweigens nicht ungeduldig wurde, nicht irritiert oder gelangweilt war. Der Einzige, dem etwas an ihr lag. Ein völlig Fremder, der sie unter seine Fittiche genommen hatte – aber warum? Was hatte er davon, wenn er einem kaputten kleinen Mädchen half? Er war doch nicht ihr Vater. Auch nicht ihr Bruder. Er hatte keinen Grund, sich um sie zu kümmern. Keinen außer seinem eigenen Vorteil.

Und Mallory ebenfalls. Mallory, die bei der Gebärdensprache immer geschwächelt hatte. Die seit dem Ende des

Unterrichts kaum mehr mit ihr gesprochen hatte. Auch sie war lediglich auf den Ruhm aus gewesen ...

»M-Monate«, flüsterte Nou. »Ein – ein halbes – Jahr ...«

»Und sonst weiß es niemand?« Den Glanz in Mallorys Augen konnte man jetzt nur noch als Hunger, als Obsession beschreiben, und Nou spürte eine greifbare Veränderung im Raum: Die Zeit für Gespräche war um. »Es sind keine Analysen durchgeführt, keine Proben gesammelt worden? Sind irgendwelche Exemplare ...?«

Nou war auf den Beinen. »Sie sind keine *Exemplare*. Sie sind *Personen*.«

Nie zuvor hatte sie diese Wörter gedacht, aber jetzt wusste sie, dass sie zutrafen. Die Pfeifer mochten nicht menschlich sein, aber sie waren *Personen*, wie all die Leute, die sie jemals gekannt, geliebt und gefürchtet hatte. Und sie brauchten ihre Hilfe.

Nous Optionen waren erschöpft. Mallory interessierte sich nicht für die Zukunft der Pfeifer, sondern ausschließlich für ihr eigenes Ansehen.

Nun blieb nur noch eine Person übrig.

Zum zweiten Mal an diesem Tag machte Nou auf dem Absatz kehrt und floh. Ohne Mallorys entrüstete Rufe und die überraschten Blicke der Wissenschaftler zu beachten, lief sie in den Gang hinaus und rannte mit neuerlicher Eile weiter. Diesmal kannte sie ihr Ziel, und als sie die Tür erreichte, hielt sie nicht inne, um anzuklopfen.

»Nou!«

Edmund blickte abrupt von seinem Schreibtisch auf, als sie in sein Büro stürmte. Sie konnte sich nicht entsinnen, zuvor schon einmal unangekündigt eingetreten zu sein, und nach seiner Miene zu urteilen, gab es dafür ohne Zweifel auch Gründe. Der Glasschirm zwischen ihnen klärte sich sofort; Nou erhaschte einen Blick von der Entfaltungssequenz des Spiegels, bevor er in die Wand fuhr, und da saß ihr Bruder vor ihr.

Einen Moment lang starrten sie einander an, der Mann überrumpelt, das Mädchen bemüht, ihre Gedanken so schnell zu sammeln, wie sie Atem schöpfte. Edmund hatte Nou jahrelang nicht sprechen hören; er war der Letzte gewesen, bevor sie verstummt war. Bei diesem Gedanken wurde Nou einen Moment lang von der Erinnerung geblendet und dorthin zurückgeschleudert, wo sie mit ihm gewesen war – halb erfroren, unter Sauerstoffmangel leidend, kaum noch bei Bewusstsein. Dann nahm sie ihren ganzen Mut zusammen.

»Edmund«, sagte sie, und obwohl ihre Stimme hörbar zitterte und auch ihre Hände zitterten, *sprach* sie mit ihm. »Du musst – helfen. Bitte.«

Wenn Edmund etwas dabei empfand, sie sprechen zu hören, so zeigte er es nicht. Aus der Nähe gesehen, war er beinahe grau, und Nou hatte noch nie jemanden mit solchen blau verfärbten Halbmonden unter den Augen gesehen.

Edmund betrachtete sie mit unergründlicher Miene. »Helfen wobei?«

Nou holte Luft.

»Die – Terraformer – wollen – das Herz – das Herz ...«

Nein, flehte Nou sich selbst inständig an, nicht jetzt, nicht vor ihm. Das nächste Wort, wie lautete das nächste Wort? Sie wollen das Herz einfrieren – schmelzen, *schmelzen* – sie hatte ihre Antonyme seit Wochen nicht mehr durcheinandergebracht – was, wenn sie einfach ganz aufhörte zu sprechen? Ihr Geist fühlte sich wie ein überlastetes Glas-Pad an, das einfror, abstürzte und mit Datenverlust wieder anlief. Sie sah sich außerstande, auch nur zwei Gedanken miteinander zu verbinden.

»... schmelzen. Sie wollen – einen Ozean – schaffen.«

Vor Anstrengung verschwamm ihr immer wieder alles vor Augen. Erst dann bemerkte sie seinen Gesichtsausdruck, und erst dann sah sie, dass er sich nicht verändert hatte.

»Ja«, sagte Edmund kühl, »ich weiß.«

»Dann – dann hast du sie aufgehalten?« Erleichterung durchströmte ihre Gliedmaßen. »Du hast ihnen gesagt – dass sie aufhören sollen?«

Edmund betrachtete sie mit Adleraugen. Er neigte den Kopf ein wenig.

»Warum?«

Sie brauchte einen Moment; sie konnte dem Wort in dem gegebenen Kontext keinen Sinn entnehmen. Dann, nach einer Verzögerung wie beim Schmelzen einer Schneeflocke auf der Haut, sickerte Kälte in sie hinein.

»Nein«, flüsterte sie. »Edmund ...«

»Ein Oberflächenozean ist die letzte Stufe des Plutoshine-Gesamtplans. Dieses Ziel ist noch Jahrzehnte, vielleicht Jahrhunderte entfernt, aber wenn der Spiegel eingeschaltet wird, ist es eine unabwendbare Folge.«

»Nein, bitte ...«

»*Denk nach*, Kind.« Ganz plötzlich verlor er die Geduld. »Was passiert, wenn Stickstoff im festen Aggregatzustand fast vom absoluten Nullpunkt aus um fünfzig Grad erwärmt wird? Was hast du denn gedacht, was geschehen würde?«

Nou erkannte, dass die Frage nicht rhetorisch gemeint war. Der Blick ihres Bruders war auf sie gerichtet, und unter seinen schweren Lidern funkelte Ungläubigkeit. So oft hatte sie mit aller Kraft versucht, irgendeine Emotion bei ihm auszulösen, und dies hier – seine völlige Ungläubigkeit – war alles, was sie je zustande gebracht hatte.

»Die Schule hätte dich mit mehr ausrüsten müssen als den unbedingt notwendigen Kenntnissen, um dir das selbst zusammenzureimen, wenn es schon in deiner überaus umfangreichen Zeit bei den Terraformern nicht geschehen ist«, sagte Edmund kalt. »Und wenn du weniger Zeit damit verbracht hättest, unseren Wissenschaftlern auf die Nerven zu gehen, wärst du jetzt nicht der letzte Mensch auf ganz Pluto, der die Augen öffnet.«

Die Augen öffnet. Etwas in diesen Worten löste eine Erinnerung aus, durchbrach die Oberfläche ihres Geistes wie ein schwimmender Eisberg: sie beide an der Küstenlinie, wo ihre Berge auf das Eis trafen, zur Basis zurückblickend. Sie konnte nicht älter als vier Erdenjahre gewesen sein.

Ihr Bruder sprach mit ihr, und in ihrer von der Zeit umgeschriebenen Erinnerung wirkte er distanziert und ragte über ihr auf, so unberührbar wie die Sterne.

Eine Milliarde Milliarden Sterne waren über ihr. Kleine, helle Lichter. Manche rot, manche blau, die meisten weiß wie das Eis unter ihr. Edmund deutete jedoch auf einen bestimmten Stern. Einen besonders hellen. Den hellsten.

»Das ist unser Stern«, sagte er. »Wir nennen ihn die Sonne. Und eines Tages wird diese Sonne das Antlitz unserer Welt verändern.«

Nou kehrte blinzelnd in die Gegenwart zurück, als die Worte über sie hinwegspülten und sie die Wahrheit erkannte: dass sie die Letzte war, die es begriff.

»Alles ist vorbereitet«, sagte Edmund jetzt. Sein Gesicht alterte, als die Erinnerung einsank. »Plutos Zukunft ist entschieden.«

Verzweifelt versuchte sie es noch einmal. »Aber die Pfeifer ...«

»Ich habe genetisch ausreichend vielfältiges Material von den Xenokryophilen, um meine Forschungen über die Spezies fortzusetzen.«

Es dauerte eine Sekunde, bis das bei ihr ankam. Dann hätte Nou es nicht einmal mehr gemerkt, wenn die Welt aufgehört hätte, sich zu drehen, oder sie durch eine Umkehrung der Schwerkraft kopfüber ins Vakuum gestürzt wären.

»Du hast es die ganze Zeit gewusst.« Ihre Lippen wollten sich kaum voneinander lösen, um die Worte auszusprechen. »Dass sie nicht von der Erde kommen.«

»Natürlich.«

Nou fühlte sich, als wäre ihr Kopf vom Körper abgetrennt worden und stiege als Ballon langsam in den Weltraum empor.

»An dem Tag, als ich sie euch gezeigt habe, hast du gesagt ...« Sie musste ihre Kehle gewaltsam verschließen, um den brennenden Kloß hinunterzuschlucken. »Du hast hinterher gesagt, sie seien eine Kontamination.«

Edmund betrachtete sie ausdruckslos. »Selbst du als Kind konntest doch sehen, dass sie keine waren. Ich habe noch am selben Tag Forschungsproben entnommen.«

Proben von ihren Pfeifern? *Forschung?*

»Und trotzdem wirst du ihre Heimat zerstören?« Jetzt war sie es, die mit Ungläubigkeit reagierte. Sie bemerkte nicht, dass ihre Stimme nicht mehr zitterte, ihre Wörter nicht mehr stecken blieben. »Du wirst sie trotzdem *sterben* lassen?«

»Ich habe alles, was ich brauche, um meine Studien weiterzuführen. Die anderen sind unter den gegebenen Umständen überflüssig.«

»Aber sie sind trotzdem lebende Wesen!« Zu Nous Beschämung waren ihre letzten Reste von Stolz verbraucht, und sie spürte, wie Nässe über ihre Wangen rann. »Sie werden trotzdem sterben!«

»Beruhige dich.« Seine Worte waren eine Ohrfeige, und sie spürte, wie sie wieder in Unterwürfigkeit verfiel. Ihre Hand lag zur Faust geballt auf dem Tisch. »Du machst uns beide lächerlich. Wir reden über ein Ereignis, das erst in mehr als hundert Jahren eintreten wird. Außerdem vergisst du, dass wir uns auf Kosten der menschlichen Expansion den Schutz zahlreicher Enklaven von Xenoformen im ganzen Sonnensystem geleistet haben. Clavius Harbour hatte immer einen besonders klaren Standpunkt in der Frage, wo unsere Loyalitäten liegen sollten, falls eine solche Spezies auf Pluto entdeckt werden würde.«

Nou achtete kaum auf die seltsam distanzierte Erwähnung des Namens ihres Vaters. Noch nie hatte ein Gespräch die Macht gehabt, sie so vollständig zu vernichten.

»Aber ...«, begann sie, als Edmund fauchte: »*Es reicht!*«

Er hob die Stimme nicht, aber das war auch gar nicht nötig. Seine Augenbrauen sanken nicht nur aus Enttäuschung herab; sie war keine bloße Enttäuschung mehr, sondern schon etwas Verabscheuungswürdiges.

»Du kannst jetzt gehen«, sagte er leise. »Ich werde nicht zulassen, dass ganze Jahrzehnte der Planung und Forschung von einem Kind infrage gestellt werden, das nicht auf die Vernunft hören will. Lauf hinaus, und beobachte den Sonnenaufgang zusammen mit deinen Klassenkameraden.«

Damit richtete er den Blick wieder auf seinen Schreibtisch, und Nou spürte, wie sie in die Nichtexistenz glitt. Panik stieg in ihrer Kehle empor. Die Terraformer, die Xenobiologen und nun das Oberhaupt von Stern ... All ihre Verbündeten waren Gegner, all ihre Geheimnisse waren aufgebraucht, und trotzdem wollte niemand auf sie hören.

Wie betäubt blieb sie sitzen, wollte einerseits den Mund öffnen und andererseits die Beine in Bewegung setzen, schaffte aber keins von beidem. Dann fiel ihr etwas Glänzendes auf den Regalen hinter dem Schreibtisch ihres Bruders ins Auge.

Ein Deckel aus Seidenpapier. Ein goldenes Stoffband. Kursive Handschrift auf einem kleinen Etikett. *Willkommen zu Hause, Edmund.* Das Pflaumenmus war ungeöffnet, in die Ecke des obersten Bords geschoben. Wo es Staub ansetzte.

Da wurde Nous Welt ganz still. Ein glücklicher Tag, an dem sie Schalen abgezogen und das weiche Fleisch darunter zerdrückt hatte; eine nah an ihrem Herzen angesiedelte freudige Erregung, in dem Wissen, wen sie damit überraschen wollte; das Aufschreiben der Botschaft mit ihrer besten Glitzertinte.

Etwas Seltsames schwoll in ihrer Brust an, als sie das Glas ansah. Sie war hilflos, und sie war allein, aber jetzt – etwas Neues – war sie wütend. Ja: Sie erkannte abrupt, dass die Hitze in ihren Fingern und die rote Aufwallung hinter ihren Augen Wut war. Fast drei Jahre lang hatte sie jede Anstrengung unternommen, um das Herz dieses Fremden zu gewinnen, der ihren besten Freund ersetzt hatte, der dessen Gesicht trug, aber ohne sein Lächeln. Sie hatte jede seiner Anordnungen mit unbeirrbarem Gehorsam befolgt, hatte jede seiner Angewohnheiten in blinder Anbetung nachgeahmt. Und weshalb? Um Tag für Tag seine Verachtung zu tragen wie ein fleckiges Kleid und sich darin kleiner zu fühlen als alles andere.

Jetzt endlich war sie wütend auf ihn. Und selbst in dieser schwärzesten Stunde schmeckte die darin liegende Freiheit wie Euphorie.

Nou verschwendete keine weitere Sekunde. Sie wandte sich von dem Fremden ab, der einmal ihr Bruder gewesen war, lief davon und blickte nicht zurück.

FÜNFTES ZWISCHENSPIEL

Als er das Promontorium erreicht, geht Edmunds Atem ruhig und gleichmäßig. Er weiß nicht, wie viel Zeit er hat: bis seine Abwesenheit bemerkt wird, bis sie diesen Ort absuchen, bis ihm der Sauerstoff ausgeht. Er bewegt sich zügig, streift seinen Rucksack ab, holt geschickt die Ausrüstung heraus. An diesem Abend geht es jedoch nicht um Wissenschaft. Er schaut zu dem hoch aufragenden, unregelmäßigen Kliff hinauf. Nein, denkt Edmund bitter. Bei dieser Ausrüstung geht es um das genaue Gegenteil. Wie stolz Clavius wäre, wenn er ihn sehen könnte.

Das ist der Plan, von Anfang an. Suchen und vernichten.

3-D-Drucker drucken nicht einfach Bomben, wenn man es von ihnen verlangt – so wie man auch keine Viren oder Reaktoren drucken kann. Allerdings lassen sich mit ihnen die Grundstoffe herstellen. Und gemeinsam haben sich Edmund und Clavius als Biochemiker mit Hang zum Maschinenbau und als Universalgelehrter, der nebenbei die effiziente Kernfusion geknackt hat, ein ganz schönes Arsenal zusammengestellt.

Die Fernzünder, die Edmund jetzt vorsichtig aus ihren Gehäusen nimmt, sind alles, was er braucht. Dies ist nicht sein Plan, sondern der seines Vaters, seines Auftraggebers. Seines Herrn. Edmund sollte eigentlich eine Beerdigung, öffentliche Trauer und ein neues Leben planen – mit Nou zur Erde fliegen, zu seiner Heimatwelt, zu den verschneiten Gipfeln an den Seen. Noch einmal von vorn anfangen. In Freiheit.

Aber wenn er jetzt mit Nou wegfliegt und Clavius aufwacht, wird man sie jagen. Was für ein Kopfgeld kann einem der reichste Mann im Sonnensystem auf die Stirn brennen? Edmund weiß es bereits: Er hat es gesehen, als Maiv die Flucht gelungen war. Er weiß, es ist ein irreversibles. Eines, dessen Kiefer nach dem Zubeißen aus dem Körper geschnitten werden müssen.

Wenn er der Menschheit die Geschöpfe vorstellt und Clavius aufwacht, wird Clavius ihn bestrafen. Dafür gibt es viele Methoden, aber Edmund kennt die effektivsten. Maiv hatte ihre Gründe, Nou zu bekommen, aber Clavius hatte seine eigenen, es ihr zu erlauben – sie etwas Liebenswertes, etwas Zerbrechliches erschaffen zu lassen. Etwas, was man ihr wegnehmen konnte. Wenn Edmund den Schleier über Nous Geschöpfen lüftet und Clavius aufwacht, weiß Edmund genau, was passieren wird.

Aber wenn er sich an den Plan hält und Clavius aufwacht – wenn er genau das tut, was von ihm erwartet wird, wenn er sich programmgemäß verhält –, dann wird sich Edmund bewährt haben. Clavius wird ihm vertrauen. Wem man vertraut, der wird unsichtbar. Und wenn man unsichtbar ist, kann man es noch einmal versuchen.

Und wenn Clavius nicht aufwacht? Der Gedanke ist für Edmund unerträglich. Hoffnung ist für ihn unerträglich.

Die Sterne leuchten jetzt am hellsten. Die Milchstraße ist ein Strahl, der das Promontorium aushöhlt, und Edmund wird plötzlich bewusst, dass dieses neblige Band aus lauter einzelnen Orten besteht. Die Planeten kann er nicht sehen, nein, aber für jeden Stern ohne einen gibt es zwei, die jeweils zehn Stück besitzen. Unzählige Orte. Orte wie die Erde. Wie Pluto.

Blickt irgendetwas – irgendjemand – zu seinem Stern zurück und macht sich dieselben Gedanken?

Edmund senkt den Kopf. Seine Grübeleien haben ihn drei Sekunden gekostet. Der Durchgang ins Herz des Herzens ist so unwegsam wie immer, aber er erinnert sich an den Weg.

Ohne zurückzuschauen, ohne noch einmal zu den Sternen zu schauen, verschwindet er im Innern.

Nous Schultern stoßen an die Seiten der Spalte, als sie sich halb rutschend, halb laufend durch eine Welt kämpft, die nur in der Lichtblase ihrer Helmlampe existiert. Das Licht ist weiß, aber vor ihr ist Rot – ganz bestimmt, gleich um die Ecke, außerhalb ihres Blickfelds. Sie kann es einholen.

Ein beharrliches Piepsen von irgendwoher bittet dringend um Aufmerksamkeit, doch Nou will weder eine Wartungsanzeige noch eine Nachricht aus Stern sehen. Sie muss weiter.

Sie stolpert erneut; ihre Beine sind Gummi unter ihr und so ramponiert, dass sie von blauen Flecken übersät sein müssen. Sie sucht nach Halt, und ihr Helm prallt gegen die Decke. Das laute Kratzen ... ihr wild umherhuschendes Licht ... das Rasseln ihres Kopfes auf den Schultern ... Einen Moment lang ist sie so desorientiert, dass sie nicht mehr weiß, wo oben und unten ist.

Sie eilt weiter. Die Pfeifer sind unmittelbar vor ihr. Sie weiß es.

Die Brandsätze haben Taschenformat und lassen sich mühelos an den Wänden der Spalte anbringen. Vier in regelmäßigen Abständen werden reichen. Schon der eine am Eingang hätte genügt, aber Edmund ist ein sorgfältiger Mensch, und er unterschätzt die Xenobiologen nicht; auch sie werden sorgfältig sein. Der Einsturz sollte tief hineinreichen, er sollte umfassend sein und den Eingang für gute hundert Meter verschließen. Wie Clavius es gewünscht hat: suchen und vernichten. Oder besser: suchen und *verbergen*.

Der Einsturz wird ihnen nichts anhaben können. Die Geschöpfe befinden sich zu tief im Innern. Im Gegenteil – er hält beinahe inne, so machtvoll ist der Gedanke –, durch eine Laune des Zufalls ist diese Vorgehensweise vielleicht sogar die beste. Sie zu verbergen, könnte der einzige Weg sein, sie zu retten. Zu verhindern, dass sein Vater an sie herankommt.

Er läuft weiter. So oder so, die Weichen sind gestellt.

Das Piepsen ist einer Stimme gewichen. Nou kann nicht hören, was sie sagt – ihre Atemzüge sind jetzt schwer und kurz –, aber sie klingt nicht glücklich. Nou versucht sich auf die Worte zu konzentrieren, als *Achtung* zu ihr durchdringt, aber es ist so schwer, ein einzelnes Geräusch von dem blechernen Heulen in ihrem Kopf, dem dumpfen Pochen des Blutes in ihren Ohren und den keuchenden Atemzügen zu trennen, die ihre Goldfischglaswelt mit Lärm erfüllen. Ihre Fingerspitzen kribbeln, als hätte jemand darauf gesessen. Wird das Licht schwächer, oder hat sie Probleme mit den Augen?

Energiesparmodus. Energiesparmodus.

Das Wort blinkt auf der Innenseite ihres Helms. Sie tastet sich weiter vorwärts, ringt jetzt um jeden Atemzug, und das fühlt sich irgendwie vertraut an. Ja: Genauso geht es ihr, wenn sie sich nachts unter der Bettdecke versteckt, nachdem ihr Bruder ihr einen Gutenachtkuss gegeben hat, und heimlich ihr Glas-Pad öffnet, das Gesicht von leuchtenden Seiten über Hydrothermalschlote und das gewaltige, von ihnen gespeiste Ökosystem erhellt. Sie schlägt die Decke zurück, schnappt nach Luft – und wenn der Sauerstoff dann frei zirkuliert, deckt sie sich wieder zu und liest weiter.

Hier gibt es keine Bettdecke, die sie zurückschlagen kann. Keinen zirkulierenden Sauerstoff. Traumverloren, mit schweren Lidern, hebt Nou ihr Handgelenk und liest, was dort steht, während sich die Stimme zu ihren Sinnen vorarbeitet:

Achtung: Sauerstoff bei drei Prozent.

19

Stunden waren vergangen. Lucian hatte seine Haare gelöst; sie standen nun in alle Richtungen ab, sodass er wie jemand aussah, der einen leichten Stromschlag bekommen hatte.

»Sie wusste es nicht, Halley, sie wusste es nicht!«, stieß er hervor, nicht zum ersten Mal an diesem Abend. »Dabei ist es doch ziemlich offensichtlich, oder? Wenn man eine Eiskugel erhitzt, wird sie schmelzen, stimmt's?«

»Vielleicht vergisst der Junge vom Merkur, dass wir nicht alle unter der Diktatur einer gigantischen Kugel des *plasmatischen Todes* aufgewachsen sind.« Halley zuckte auf dem Bildschirm die Achseln, während sie sich in dem winzigen Wohnmodul des Spiegels drehte. »Ich bin jetzt seit zwei E-Jahren hier draußen und vergesse schon, wie sich Sonnenlicht auf der Haut anfühlt.«

»Außerdem, haben wir es jemals klar und deutlich gesagt?« Kips Kopf erschien über der Environment-Kontrolltafel eine Reihe weiter. »Niemand von uns wird so lange leben, dass er den Ozean noch zu sehen bekommt. Wir sind bloß für die große Show und die Geschichtsbücher hier.«

»Und wegen des Geldes«, betonte Joules an der Mechanical-Station. »Manche von uns haben Pläne, zu denen es nicht gehört, für den Rest unseres Lebens Himmelsfarben zu verändern.«

Interessiert zog Kip die Augenbrauen hoch. »Und zwar?«
»Lama-Farm in Surinam.«
»Joules, du stilles Wasser. Ein heimlicher Lamazüchter! Wo zum Teufel ist Surinam? Im Asteroidengürtel?«

»Sie kommt schon wieder, Lucian«, sagte Stan leise, während sie zu zweit am Instruments-Subsystem saßen; er war diesmal am Ruder, sodass Lucian alles im Auge behalten konnte. »Sie ist bloß durcheinander. Kann ich auch verstehen«, setzte Stan hinzu. »Wenn mir jemand erzählen würde, er hätte vor, Kraken Mare trockenzulegen oder ... oder seinen Isthmus mit einem Damm zu verschließen oder so, wäre ich am Boden zerstört.«

»Ja, ich weiß«, gab Lucian kläglich zu. »Aber sie hat sich so auf den heutigen Tag gefreut.«

»Wahrscheinlich ist sie jetzt draußen auf dem Eis«, sagte Stan aufmunternd. »Ich wäre dort. Ich glaube, keiner von uns weiß genau, was wir heute zu erwarten haben.« Er warf Lucian einen raschen Blick zu. »Irgendwas, äh, Ungewöhnliches bei den Handschuhen?«

»Gab's bei Silvasaire und Jovortre auch nicht«, betonte Lucian, »aber danke, dass du mich dazu gebracht hast, an was noch Schlimmeres zu denken.«

»Da kann ich noch eins draufsetzen – ich habe mein Methoden-Kapitel fertig. Du kannst es lesen.«

Lucian stöhnte.

»Zwanzigtausend Wörter«, sagte Stan mit wildem Vergnügen, »und es ist so hirnerweichend langweilig, wie es deiner Ansicht nach sein sollte.«

»Ich wusste, dass es einen Haken hat, wenn man einen Knecht die ganze Drecksarbeit machen lässt.«

»Das Tollste hast du aber vergessen: Bald bin ich dein direkter Konkurrent.«

»Nee, darauf bin ich vorbereitet. Joules hat seine Lamas, ich meine Arbeitslosenversicherung.«

»Okay, Leute«, ertönte Halleys Stimme im ganzen Raum und von jedem Bildschirm vor ihnen. »Der Countdown für Phase vier ist bei T-minus zehn Minuten. Alle an eure Stationen, und macht euch bereit – jetzt wird's ernst.«

Kurz legte Lucian Stan eine Hand auf die Schulter, dann erhob er sich und setzte sein Headset auf. Als er den Blick über die matten Blautöne des Kontrollraums schweifen ließ, sah er jeden einzelnen der Terraformer; sämtliche Mitglieder von Parkins Ingenieurteam; Gesichter von Leuten, die er gut kannte und mochte; im hinteren Teil des Raumes stand Edmund Harbour mit fast schon unhöflich emotionsloser Miene, neben ihm Wassili, der Lucian zuzwinkerte; Koordinatoren und Kommunikatoren der Basis waren auch da; einige der älteren Studenten; ebenso Percy, der Stans Blick auf sich lenkte und ihm kurz zuwinkte.

Sie war draußen, sagte sich Lucian. Draußen auf dem Eis, auf dem Land, das er zum Tode verurteilt hatte, und wartete zusammen mit den hundert anderen, um zu schreien und zu jubeln. Er machte sich keine Sorgen um die Pfeifer – schließlich würde es noch Jahrzehnte, wenn nicht gar Jahrhunderte dauern, bis sich Plutos elegante Kurve in den Sommer auf sie auswirkte, und bis dahin würden sie einen vernünftigen Plan entwickelt haben. Schon lange vorher sogar. Aber er musste Nou suchen, sobald er konnte. Musste ihr das klarmachen.

Und das Land war nicht *verurteilt* – ebenso wenig wie ein Marmorblock dazu verurteilt war, eine Skulptur zu werden.

Nein, dachte Lucian im Stillen, Nou, Pluto, die Pfeifer, ihnen würde nichts passieren. Alles würde gut ausgehen. Und sobald der Spiegel stabil war – der Gedanke kam ihm, als hätte er es schon die ganze Zeit vorgehabt –, würde er zu Harbour gehen. Auch zu Halley; Erde noch mal, ihre Isotope würden schon bald mit dem Finger auf die Biologie zeigen. Halley würde Kontakte auf anderen Welten haben, und Harbour – Lucian strich sich mit einem Finger nachdenklich über die Lippen – wusste so oder so längst Bescheid. Der Kerl musste Gründe haben, den Mund zu halten, Gründe, die er offenbar ebenfalls für sich behalten wollte. Ihn bei alldem völlig zu übergehen, schien ihm instinktiv ein Fehler zu sein, aber man konnte sicher nicht darauf vertrauen, dass er die Sache von sich aus regeln würde.

Na schön. Das war der Plan. In einer oder vielleicht zwei Stunden würde er Harbour erzählen, was sich unter dem Eis befand. Halley würde er es nach ihrer Rückkehr erzählen. Keine Geheimnisse mehr in dieser winzigen Basis. Keine Schatten mehr. Auf diese Weise würde er sich bei Nou entschuldigen.

»Mechanical?«

Lucians Aufmerksamkeit sprang ins Hier und Jetzt zurück; Halley hatte die Abfrage gestartet. Zeit, seinen Job zu machen.

»Go.«

»Comms?«

»Go.«

»Power?«

»Go!«

Und mit Stans Erinnerung an die Ruhe vor Silvasaire und Jovortre erfolgte der Wechsel in den Modus von Lucian, dem Terraformer, so plötzlich wie ein Sprung in einen eiskalten Teich.

»Telemetry?«

»Go.«

»AOCS?«

»Go!«

Lucian marschierte auf und ab, das Glas-Pad in der Hand, und spürte, wie sein Herzschlag abrupt in Habtachtstellung ging, als eine Stimme nach der anderen laut und deutlich grünes Licht gab.

»Structure?«

»Go.«

»Environment?«

»Go!«

»Instruments?«

»Go!«, rief Stan.

»Systems?«

»Go!«

»PL?«

Projektleiter: Das war Lucian. Ohne seine Handschuhe kam er sich richtig machtlos vor, wie ein Zivilist. Und das war er auch. Er hatte jetzt nicht mehr Kontrolle über die Geschehnisse als Captain Whiskers.

Er öffnete den Mund und zögerte.

Alle Systeme sahen gut aus. Es gab nichts Ungewöhnliches; von den Berechnungen her war die Sequenz fehlerlos. Das Programm war in einem Offline-System aufbewahrt worden, seit er es am vergangenen Abend zum letzten Mal überprüft hatte, und befand sich auch jetzt noch in diesem Zustand im Orbit. Diesmal konnte unmöglich etwas in den Code hineingeraten sein.

Und dennoch ...

Einige der besten PLs in der Geschichte hatten wesentlich größere Missionen als diese wegen weniger greifbarer Drohungen in letzter Minute abgeblasen. Eine davon war *New Horizons* selbst gewesen, bei ihrem zweiten Startversuch. Aber die Landkarte von Pluto war mit den Namen von Missionen übersät, die man vielleicht hätte abbrechen sollen, aber nicht abgebrochen hatte: *Challenger*; *Columbia*; *Beacon* – und mit ihr Plutos erste Menschen. Bei der *Columbia* hatten sie die Risiken gekannt, aber keine andere Wahl gehabt, als es zu versuchen; galt das nun auch für Plutoshine?

»Go«, hauchte Lucian.

Auf seinem Bildschirm sah Halley ihn direkt an – nein, sie blickte direkt in die Kamera, deren Bild auch von zwanzig anderen Personen betrachtet wurde.

»Verstanden.« Halley bezog außerhalb des Bildschirms Position. »Planmäßige Spiegeloperation wird eingeleitet. Klar zur Repositionierung des Drallrads.«

Lucian fühlte sich, als wären all seine Nerven elektrisch aufgeladen geworden. Er warf einen Blick in die Gesichter um ihn herum: konzentriert gerunzelte Stirnen, gelassene oder entschlossene Mienen. Wie konnten sie es aushalten, bei alldem zuzuschauen und abzuwarten?

»Drallrad wird abgekoppelt. Ausrichtung sieht gut aus.«

Er hätte seine Handschuhe mitbringen sollen. Die Simulation in Echtzeit überwachen, nach neuen Bugs suchen. Zumindest hätte er damit seine Hände zur Ruhe bringen können, hätte so tun können, als hätte er eine Aufgabe.

»Torsionsstäbe in Position. Spiegelmembran entfaltet sich ... zehn Prozent.«

Halley war so effizient wie immer, kein Wort mehr als nötig. Aber während alle anderen die Plansimulation verfolgten, sah Lucian ihr ins Gesicht.

»Wir sind bei fünfzig Prozent«, sagte Halley. »Mechanical, bitte um Bestätigung.«

Lucian hob sein Glas-Pad höher. Ihre grimmige Miene füllte sein Blickfeld aus.

»Fünfzig Prozent bestätigt«, rief Joules. »Alle Systeme normal.«

»Verstanden. Wir sind bei achtzig Prozent.«

Sie wirkte ... *beklommen*. Das war das Wort. In den Augen seiner alten Mentorin lag Furcht, nämlich in ihrem verkniffenen Mund, aber vielleicht so subtil, dass nur er es wahrnehmen konnte: der eine Student, der für eine Mission nach der anderen an ihrer Seite gewesen war. Zum ersten Mal, seit Lucian sich erinnern konnte, sah Halley so aus, als hätte sie Angst.

»Membran zu hundert Prozent entfaltet. Machen uns bereit, in Position zu fahren. Power, was sagen die Anzeigen für die Triebwerke?«

»Wir geben Go für die Zündung«, rief einer von Parkins Ingenieuren.

Die Triebwerke. Die kontrollierte Freisetzung von Xenon-Treibstoff in zwei Strömen. Eine kontrollierte Explosion, und Halley war an ihr festgeschnallt.

»Triebwerkszündung wird auf mein Zeichen eingeleitet – drei, zwei, eins ...«

Auf Lucians Glas-Pad zeigte die Sequenz für die Hilfsantriebssysteme, dass die Zündung erfolgt war: Die Triebwerke übten ihren Schub auf die Randbereiche des Spiegels genau nach Plan aus und versetzten ihn dadurch in eine langsame Rotation, bevor gegenläufige Brennphasen die Drehbewegung wieder auf null reduzieren würden.

Er bemühte sich, ruhiger zu atmen. Diesen Teil hatte er wieder und wieder simuliert. Aber sein Kopf konnte sein Herz nicht beruhigen. Nicht, bevor Halley sich wieder meldete. Das würde jeden Augenblick geschehen.

Sein Glas-Pad rutschte ihm ein paar Zentimeter zwischen den Fingern hindurch. Jeden Augenblick ...

»Comms«, rief er heiser, »was ist los? Können wir unser Signal verstär...«

»Hilfstriebwerke erfolgreich.« Halleys Stimme hallte durch den Kontrollraum. Es gab Applaus und einen einsamen Jauchzer. »Spiegel dreht sich mit der erwarteten Geschwindigkeit von null Komma zwei Metern pro Sekunde. Minus sechzig Grad bis zur Position.«

Lucian dachte nicht darüber nach und erinnerte sich auch nicht, darüber nachgedacht zu haben. Er rief den privaten Messaging-Service des Spiegels auf und tippte los; seine Hände schrieben, während sein Verstand noch hinterherhinkte:

Halley, das muss aufhören. Bevor jemand verletzt wird.

Auf seinem Bildschirm ließ Halley nur durch ein kaum merkliches Zucken der Augen erkennen, dass sie die Botschaft empfangen hatte. Sie sagte: »Minus fünfzig bis zur Position«, dann bekam Lucian ihre Antwort:

Du bist hier der PL, mein Junge. Du triffst die Entscheidung.

Vielleicht lag es daran, dass zwanzig Augenpaare auf sie gerichtet waren, aber Lucian sah nichts von der Schroffheit ihrer Worte in ihren Augen. Sie schaute direkt in die Kamera, mit ruhigem Blick, und obwohl Power die erfolgreiche Zündung der rückläufigen Triebwerke verkündete und AOCS, die Station für das Lage- und Bahnregelungssystem, den Beschleunigungsverlust bestätigte, waren die beiden einen Moment lang allein.

Lucian tippte zurück: *Ich habe keine Beweise. Es ist nicht wissenschaftlich. Es ist nur eine Ahnung. Ich kann nicht aus einer Ahnung heraus den Abbruch befehlen.*

»Minus vierzig Grad bis zur Position«, sagte Halley, dann sah sie einmal, zweimal nach unten und ließ sich so viel Zeit, dass »Minus dreißig bis zur Position« den Raum erfüllte, als ihre Worte erschienen:

Eine Ahnung ist die Amalgamierung der Beobachtungen eines Gehirns, die so viele Dezimalstellen von eins entfernt sind, dass jede für sich auf null abgerundet wird. Aber kumulativ, wenn man diese Werte zusammennimmt, ergeben sie positive Daten. Das ist wissenschaftlich.

Lucian hob den Blick und schaute ihr in die Augen. Darin lag eine unaufgeregte Entschlossenheit, die nur für ihn gedacht war. Als er wieder nach unten sah, war da noch mehr:

Es ist deine Entscheidung. Aber ich wäre nicht hier oben, wenn ich Zweifel hätte. Was auch immer geschieht, du sollst wissen, dass ich alles in meiner Macht Stehende tun werde, um dieses Schiff auf Kurs zu halten.

»Minus zwanzig Grad bis zur Position«, sagte sie leise.

Zeit, ein verantwortungsbewusster Erwachsener zu sein. Entscheidungen zu treffen und die Folgen zu tragen. Sich allem zu stellen, was kommen würde.

Lucian tippte ein Wort zurück, mit ruhiger Hand:
Okay.

Ihre Blicke trafen sich, und ohne zu wissen, ob sie es sehen würde, schenkte er ihr ein winziges Nicken. Sie erwiderte es, dann zwinkerte sie, und die Verbindung war unterbrochen.

»Minus zehn Grad bis zur Position. Sichtbarer Einfall von Sonnenlicht auf die Scheibe bestätigt.«

Weitere, diesmal ausgeprägtere Jubelrufe.

»Optimale Spiegel-Konfiguration in T-minus dreißig Sekunden.«

Lucian würde noch einen steifen Hals bekommen, wenn er weiter so oft zwischen dem Code auf seinem Glas-Pad und dem Ausblick aus dem Fenster wechselte. Bildete er es sich nur ein, oder wurde es bereits heller …?

»Zwanzig Sekunden.«

Die Leute waren jetzt auf den Beinen. Noch nie in der Geschichte der Menschheit hatte man versucht, einen ganzen Planeten zu erhellen, abgesehen von dem Test bei der Ankunft von Mortimäus.

»Fünfzehn Sekunden.«

Zehn Jahre Planung. Das wurde ihm schlagartig bewusst. Auf diesen Moment lief alles hinaus.

»Zehn.«

Jede Zelle seines Wesens wollte zum Fenster laufen.

»Fünf.«

Er packte das Glas-Pad mit beiden Händen.

»Vier.«

Spreizte die Beine.

»Drei.«

Trage die Folgen. Stell dich allem, was kommt.

»Zwei.«

Was auch immer notwendig ist.

»*Eins –!*«

Der Raum explodierte, als hätte jemand eine Bombe gezündet. An allen Stationen sprangen die Leute wie ein einziger Mann in die Luft. Der Lärm war unglaublich. Überall schüttelte man sich die Hände, klatschte sich ab, umarmte einander. Einigen standen Tränen in den Augen. Jemand packte Lucian an den Schultern und schüttelte ihn heftig, während ein anderer ihm auf den Rücken klopfte; Stan sprang auf, lief glückstrahlend zu ihm und fiel ihm um den Hals; Kip stimmte einen Sprechgesang an – »SON-NEN-BRINGER, SON-NEN-BRINGER« –, der durch den ganzen Raum wanderte; Lucian küsste Stan auf die Schläfe, während jemand anders seine Haare küsste – und wo war sein Glas-Pad? Es musste ihm aus den Fingern gerutscht sein ... Er bückte sich und fand es, wobei er mit knapper Not einem halben Dutzend Füßen auswich. Er hob es auf Augenhöhe, und da war Halley, die übers ganze Gesicht grinste und ihn anstrahlte – nein, nicht ihn, sondern in die Kamera –, und Lucian merkte, wie er das Lächeln erwiderte, wie sich jeder angespannte Muskel in seinem Körper entspannte; wie sein Blick über winkende Arme und auf und ab wippende Köpfe hinweg zu den Fenstern gezogen wurde – zu dem, was dort draußen zu sehen war; zu dem prachtvollen, indigoblauen Himmel; seinen blinkenden Sternen; dem funkelnden Herzen; zu allen Farben einer Welt, die in den Sommer eintrat.

Das Eis glitzerte. Sonnenlicht spaltete alles in Grün- und Rottöne auf. Blendend, hypnotisierend.

Das Eis schmolz. Ganz langsam – lediglich im Verlauf von Jahrzehnten, Jahrhunderten –, aber es schmolz. Und es war das Schönste, was Nou je gesehen hatte.

Sie zwang sich weiterzulaufen. Sie konnte nicht zurückschauen.

20

»Hey, Halley.«

Lucian war aufgekratzt und außer Atem, seine Wangen strahlten Wärme aus. Er trug Captain Whiskers auf den Armen und war nicht sicher, ob ihm jemals wieder einfallen würde, wie man aufhörte zu lächeln.

Bei seinem Anblick schüttelte Halley bloß den Kopf, aber alle Falten in ihrem Gesicht verschwanden unter ihrem eigenen Lächeln.

»Hallo, Lucian.«

Sie war noch immer in der Umlaufbahn und hielt sich mit einer Hand vor der Kamera, während ihr Körper in dem kochnischengroßen Wohnmodul schwebte. Und der Ausblick hinter ihr ... Wenn Pluto vorher ein bewölkter Wintertag gewesen war, so herrschte jetzt nach wie vor Winter, aber die Sonne war herausgekommen. Auf der Oberfläche der kleinen Welt gab es Farben, die Lucians Aufmerksamkeit auf sich lenkten: *Scharlachrot* über Cthulhu Regio, und die al-Idrisis, die Stern schützten, waren nicht mehr spülwassergrau, sondern hatten das leuchtende Weiß von Marmorsplittern.

»Danke«, sagte Lucian mit viel Gefühl. »Dafür, dass Sie die richtige Entscheidung getroffen haben. Dass Sie für mich einen klaren Kopf bewahrt haben.«

Halley zuckte nur die Achseln; eine seltsam elegante Bewegung in der Schwerelosigkeit.

»Du hast die Entscheidung selbst getroffen. Spar dir die Gefühlsduselei für die Medien auf.«

»In Ordnung.« Lucian nickte. »Aber vielen Dank dafür, dass ...«

»Hör mal.« Halley schloss die Augen und zog eine Grimasse. »Ich nehme zur Kenntnis, dass du dich freust, aber mein Sentimentalitätsbudget ist begrenzt ...«

»... dass Sie an mich geglaubt haben ...«

»Um der Erde willen!«

»... und mir die Chance gegeben haben hierherzukommen ...«

»Ich trenne den Server vom Netz, ich schwöre es.«

»... und ja«, schloss er mit leiser Stimme. Seine Wangen leuchteten noch röter, als er es wagte, seine verehrte Mentorin wieder anzuschauen. »Ich weiß nicht, wo ich ohne Sie wäre.«

»Bist du *betrunken*?« Halley starrte ihn an. »Wenn nicht, dann verschwinde, und mach dich an die Arbeit. Zumindest habe ich damit eine Rechtfertigung, dir eins auf die Nuss zu geben.«

»Okay, okay! Bin schon weg, versprochen. Ich, äh ... ich muss jetzt sowieso zu Harbour und mit ihm reden.«

»Mit Edmund?« Halleys Stirnrunzeln entging Lucian nicht. »Wozu?«

»Es geht um ...« Er zögerte. Jemand drückte ihm einen Martini in die Hand; er verlagerte den Captain ein wenig, um das Glas anzunehmen. »Prost, Wasja. Ich sag es Ihnen bald. Versprochen.«

»Na schön.« Halley ließ es durchgehen. »Bewahr deine Geheimnisse. Ich bin in einer Stunde auf dem Boden.« Sie blickte zur Seite; ihr Blick wurde von etwas außerhalb des Bildfelds angezogen – von etwas auf den zahllosen blinkenden Bildschirmen und Kontrolltafeln, die bis auf die Funktionen in allem mit denen hinter ihr identisch waren. »Muss nur noch ein paar Kleinigkeiten erledigen.«

»Wirklich?« Jetzt war es Lucian, der die Augenbrauen hochzog. »Aber ist das nicht alles ...? Ich meine, wir haben alles automatisiert, stimmt's?«

»So ziemlich.« Halley fummelte jetzt an etwas herum, ihre Schultern bewegten sich, als ihre Hände außerhalb des Bildfelds arbeiteten. »Zwei Sekunden, dann komme ich zurück, um mich an den ausgelassenen Lustbarkeiten zu beteiligen. Sieht so aus, als wäre die Leistungssteuerung ein bisschen durcheinander.«

Ein grünes Blinken an einer Tafel hinter ihr fiel Lucian ins Auge; auch sie gehörte zur Leistungssteuerung. Die sollte jetzt eigentlich inaktiv sein. Gut, dass Halley es bemerkt hatte: Der Spiegel musste mit maximaler Effizienz arbeiten, um seine voraussichtliche Lebensdauer zu erreichen.

»Okay.« Er hob die Schultern. »Aber lassen Sie sich nicht zu viel Zeit. Ich kann die Cocktails nicht ewig bewachen.« Dann, mit jenem flauen Gefühl, das darauf hindeutete, dass sein Magen eine nicht unerhebliche Leere direkt unter sich entdeckt hatte und sogleich hineingefallen war: »Wissen Sie was, Halley? Sie können den hier bekommen. Ich habe gerade den Mann gesehen, hinter dem ich ...«

Er schlug sich den Gedanken aus dem Kopf, sich mit dem Martini Mut anzutrinken: Er benötigte die begrenzten Geisteskräfte, die er besaß. Den Blick auf sein Ziel gerichtet, zögerte Lucian kurz, setzte sich dann in Bewegung und arretierte damit das offene Gelegenheitsfenster. Er fürchtete, sein Mut könnte jeden Moment wieder nach draußen entfleuchen.

»Ähm ... Edmund?«

Edmund Harbour drehte sich um. Er war gerade im Begriff, den Kontrollraum zu verlassen; Lucian hatte ihn so lange beobachtet, bis er allein war, wie er es auch bei berühmten Wissenschaftlern auf Tagungen machte. Zumindest würde er heute nicht herumstammeln, wie sehr er seine neueste Abhandlung bewunderte. Er hoffte, Captain Whiskers würde ihm eine Hilfe sein.

»Hi.« Lucian bemühte sich um ein ungezwungenes Lächeln, als er auf ihn zutrat.

»Hallo, Lucian«, sagte Harbour in einem Ton, den Lucian nur als wachsam deuten konnte. »Der heutige Erfolg macht Sie bestimmt sehr stolz.«

Seine leichte Verbeugung, seine Worte, alles war von vollendeter Höflichkeit, doch über seinen Augen lag wieder dieser Filter: Er ließ Licht herein, aber nichts heraus.

»Ja, man könnte sagen, ich habe einen ziemlich guten Tag. Hören Sie« – Lucian übersprang die Präliminarien – »ich muss mit Ihnen sprechen. Unter vier Augen. Es ... geht um Nou.«

Ihm war sofort klar, dass er das Falsche gesagt hatte. Harbours Augen verengten sich merklich.

»Was ist mit ihr?«

»Können wir, äh, kurz in mein Büro ...?« Lucian sah sich nervös um, fing dabei unabsichtlich Blicke auf und reagierte mit gezwungenem Lächeln. »Es ist nicht weit, und ich habe Minz-Schoko...«

»Ich habe leider keine Zeit«, unterbrach ihn Harbour. »Ich muss noch mehrere Nachrichten ins innere Sonnensystem schicken und erwarte jeden Moment eine Reaktion unserer Sicherheitsberater, aber vielleicht kann Wassili Ihnen einen Termin machen.«

Lucian sah sich kurz um, packte den Kater fester und sprang.

»Ich weiß von den Lebensformen.«

Seine Handgelenkskonsole vibrierte – eines der automatischen Updates für das gesamte Spiegelpersonal. Lucian warf einen Blick darauf und sah Bruchstücke eines Codes: *Um 1709 ... wenn x bei 94 und y und z bei 32 ... Triebwerksbrennphase für 024 bis 112 für x ...*

War das eine Art Kurs? Aber Halley hatte die Sequenz doch gesperrt. Dem von Lucian geschriebenen Programm zufolge war Bewegung in jeglicher Dimension jetzt nur noch historisch möglich.

Um 1709 ... Er warf einen Blick auf die Uhrzeit direkt über dem Code. Es war sechs Minuten nach fünf.

Doch nun war Edmund Harbour abrupt stehen geblieben, und Lucian spürte, wie sich all seine Sinne konzentrierten, als hätten sie eine kalte Dusche abbekommen. Die Maske auf Harbours Gesicht rutschte für einen Sekundenbruchteil herunter und gab den Blick auf so etwas wie eine Wunde frei. Mit einem Mal war der Mann ein ganzes Jahrzehnt jünger, und Lucian fiel wieder ein, dass altersmäßig nur wenige Jahre zwischen ihnen lagen.

Der Gesichtsausdruck war ebenso schnell wieder verschwunden, wie er erschienen war.

»Nou hat Ihnen also von ihrer Hypothese erzählt, nicht wahr?«, sagte Harbour leise.

Einen Moment lang verstand Lucian dieses Aufblitzen von Furcht in Nous Augen, sobald ihr Bruder erwähnt wurde. Der Mann vor ihm schien plötzlich schärfer konturiert zu sein, die weißen Farbtöne des Gangs wirkten vignettiert, die begeisterten Stimmen der Passanten gedämpft.

»Sie hat mir nichts erzählt.« Lucian sprach mit ebenso leiser Stimme. Sie beugten sich beide ein wenig vor. »Sie hat sie mir gezeigt.«

»Das ist nicht möglich.« Harbours Nasenflügel blähten sich.

»Sie hat mir ihren Hain gezeigt. Unter dem Herzen, unter Pandemonium Prom...«

»Sie beschreiben nur, was sie Ihnen erzählt hat«, zischte Harbour. »Was Sie, wie andere auch, behutsam oder mit Tricks oder Gewalt aus meiner Schwester herauszuholen versucht haben.«

»Ich weiß, dass es dort sechs Säulen gibt«, flüsterte Lucian. »Sie sind glatt und sehen metallisch aus, wie ... wie Drähte, so dick, wie Sie groß sind. Ich weiß, dass die Lichter unter dem Eis zurückpfeifen, wenn man ihnen etwas zupfeift, und ich weiß auch, dass sie unter dem Herzen leben – irgendwo trifft die Eisfläche auf die Grundschicht aus Wassereis. Ich weiß, sie kommen wahrscheinlich nicht aus unserem Sonnensystem, und ich bin ziemlich sicher, Sie wissen das auch.« Er holte Luft. »Genügt das, um Sie zu überzeugen? Warten Sie ...« Etwas war ihm gerade ins Bewusstsein gedrungen. »Was haben Sie mit den anderen gemeint? Welche anderen?«

Ein weiteres Summen an seinem Handgelenk; Halley hatte eine Antwort getippt. Als Lucian einen Blick darauf warf, las er *Alles abbrechen*.

»Sie haben es also aus ihr herausbekommen«, sagte Harbour mit gefährlicher Ruhe. »Was anderen vor Ihnen nicht gelungen ist. Ja, es hat andere gegeben. Gute Leute stehen Schlange, um Clavius Harbours Lage auszunutzen.« Verachtung brannte in seinen Augen. »Welcher Ruhm lässt sich denn Ihrer Meinung nach damit ernten, dass man Anspruch auf die Entdeckung von Leben erhebt, wenn man ihn einem kleinen Mädchen gestohlen hat?«

»Ruhm?« In Lucians Kopf läuteten Alarmglocken. Wieder summte es an seinem Handgelenk, aber er beachtete das nicht. »Moment mal, ich glaube, Sie haben da etwas in den falschen Hals ...«

»Alle sagen, es sei so *nett* von Ihnen gewesen« – Harbours Stimme war jetzt ein Knurren, seine Hände waren zu Fäusten geballt – »sich derart um sie zu kümmern, wie Sie es getan haben. Sie wieder zum Sprechen zu bringen. Sie haben Geduld, Lucian, und Sie sind clever, aber ich habe Sie von Anfang an durchschaut. Ich wusste genau, worauf Sie aus waren – Sie und die Hälfte der Menschen in dieser Basis. Sie haben es mir ja sogar selbst gesagt.«

Lucian hätte die Augen fest zukneifen können, weil er so dumm gewesen war. Er hatte tatsächlich etwas Derartiges zu Harbour gesagt: vor all dieser Zeit, als er ihn gebeten hatte, bei der Gebärdensprache mitzuhelfen. Was hatte er noch mal gesagt? *Ich habe gehört, sie weiß etwas über einheimisches Leben in der näheren Umgebung.* Lucian war so fassungslos, so *unbesonnen* gewesen, dass er gelogen hatte, nur um zu sehen, welche Reaktion er damit auslöste.

»Es war geschickt von Ihnen, Mallory mit ins Boot zu holen.« Harbour war sofort wieder ruhig. »Sie war genauso wie Sie. Von dem Moment an, als sie hierherkam, war sie bereit, alles zu tun, um diejenige zu sein, die Leben fand. Sie hätte alles und jeden benutzt. Sie hat sogar ...« Er brach ab, und in den Kieselsteinen seiner Augen lag Abscheu, oder vielleicht Scham. »Ich habe sie nach dem

Unfall so lange wie möglich von Nou ferngehalten, aber Sie haben einen Weg gefunden, sich auch das zunutze zu machen.«

»Mallory hatte ihre eigenen Gründe, warum sie Nou helfen wollte.« Lucian schüttelte ernst den Kopf. »Ihre Tochter. Alexandra.«

»Ihre Tochter?« Zum ersten Mal zuckten Harbours Lippen – ein enervierender Anblick. Aber seine Augen blieben hart und ausdruckslos, und in ihnen lag so etwas wie Mitleid. »Hat sie Ihnen das erzählt?«

»Ja.« Lucian sah den anderen Mann an. »Sie wollte sie nicht zu Pluto mitnehmen. Sie war gerade auf die Highschool gekommen. Warum? Ist …? Was ist schon dabei?«

Harbour hielt inne, anscheinend in Gedanken. Lucian nutzte den Sekundenbruchteil für einen raschen Blick nach unten: Halleys Code hatte mit *Zugriff verweigert* reagiert. An sich war das nicht besorgniserregend, aber alles Unerwartete bei Plutoshine fühlte sich aus gutem Grund so an, als wäre es eine umfassende Untersuchung wert. Er warf einen Blick auf die Uhr: Es war acht Minuten nach fünf. Er würde sie zu der angegebenen Zeit anrufen, um neun Minuten nach fünf, sagte sich Lucian. Nur noch eine Minute mit Harbour, nachdem er ihn nun schon zum Reden gebracht hatte …

»Mallory ist sehr einfallsreich«, sagte Harbour schließlich. »Aber diese Nummer hat sie bei mir nie abgezogen.«

Lucian öffnete den Mund und schloss ihn dann wieder. Bilder krochen die Leiter seiner Erinnerung herauf: wie er Mallory kleine Videoclips von seinen Schwestern gezeigt hatte, die winkend auf der Oberfläche des Merkurs standen; wie er sein Medaillon geöffnet und über seinen Vater, seine Mutter und jenen Tag gesprochen hatte, an dem alles anders geworden war. Er hatte es nicht für sich behalten können. Er hatte von ihnen erzählen wollen, von ihnen allen. Erst jetzt wurde ihm bewusst, dass Mallory ihm ihre eigene Familie noch nie gezeigt hatte.

»Edmund«, sagte er sehr leise, »wo ist Nou? Wie wär's, wenn wir sie suchen gingen, und dann könnt ihr beide miteinander sprechen? Ich schwöre bei dieser Katze« – er hob die Arme ein kleines Stück, falls irgendein Zweifel bestand, welche er meinte – »ich überlasse euch die Sache. Ich meine, Halley muss es unbedingt erfahren, und es sollte auf jeden Fall einen Plan geben, und wir müssen systematisch vorgehen und Plutoshine abschwächen oder so, aber ... aber ...« Er riss sich zusammen. »Zunächst einmal müsst ihr beide euch unterhalten, und alles Weitere liegt dann bei euch.« Ihre Blicke trafen sich, und er versuchte, Harbour in seinen Augen sehen zu lassen, dass er es ehrlich meinte. »Ich wollte immer nur, dass es ihr gut geht. Die ganze Zeit. Und ich möchte gar nichts damit zu tun haben, was sich unter diesem Eis befindet. Das ist eine Angelegenheit zwischen Ihnen und ihr. Ich brauche nicht einmal mitzukommen«, setzte er hinzu. »Sie haben keinen Grund, mir zu vertrauen, das verstehe ich. Nur ... sagen Sie ihr, dass wir miteinander geredet haben. Wissen Sie, wo sie ist?«

Harbour hatte den Blick gesenkt. Lucian musste sich beherrschen, um sich nicht zu bücken und nach dem Ausdruck in seinen Augen zu forschen. Wie auch immer, die kalte Wut, die seine Haut von innen zu erleuchten schien, war schwächer geworden.

»Ich habe Nou schon seit einigen Stunden nicht mehr gesehen«, bemerkte Harbour schließlich. »Ich dachte, sie wäre mit den anderen draußen.«

»Das dachte ich auch«, gab Lucian zu. »Sie sind jetzt alle wieder reingekommen, vielleicht könnten wir im Luftschleusen-Register nachschauen ...«

Er brach im selben Moment ab, als Harbour den Hals reckte. Im Kontrollraum waren erhobene Stimmen zu hören. Der Kater in Lucians Armen legte die Ohren an, bevor er sich befreite.

»Was ...?« Lucian drehte sich um.

Leute rannten zu den Fenstern. Sie zeigten erschrocken nach oben. Andere liefen zu ihren Stationen und riefen Statusmeldungen. Und bildete er sich das nur ein, oder wurde die Welt draußen immer ... *heller*?

Lucian und Harbour liefen gemeinsam hinüber. Lucian schnappte sich sein Glas-Pad.

Halleys Gesicht war auf dem Bildschirm, und alles schien in Bewegung: Ihr Blick sprang im Rhythmus ihrer Hände hin und her; ihr Pferdeschwanz schwang herum, als sie zahllose Aktivitäten zugleich auszuführen versuchte. Der Hintergrund befand sich auf einem Karussell.

Auf einem ...?

»Alle Mann an die Stationen!«, brüllte Lucian. Er fand sein Headset, setzte es auf und drückte auf den *Allessenden*-Schalter. »Das gesamte Spiegelpersonal, sofort zurück in den Kontrollraum. Power, was sagen die Instrumente?«

»Nicht autorisiertes Änderungsmanöver!«, rief der Ingenieur, während seine Augen über die Bildschirme rasten. »Es ist in der Programmierung, es ist ... es ist doch autorisiert worden ...«

»Es ist ein Schläfercode!«, keuchte Stan.

Er musste in dem Augenblick losgerannt sein, als er gehört hatte, dass es Probleme gab; atemlos und zerzaust saß er an seiner Station. Lucian wirbelte zu ihm herum; Stan erklärte es, bevor er fragen musste.

»Bleibt im Ruhezustand und verteilt sich in individuellen Zeichen über tausend Millionen Zeilen.« Stan scrollte durch vier Bildschirme voller Code. »Wird leicht übersehen oder als Tippfehler abgetan und erst unmittelbar vor der Ausführung zusammengefügt. Fast unmöglich zu entdecken. Das ist die einfachste Erklärung.«

Zu allen Seiten liefen Leute an ihre Kontrollen, manche noch mit Getränken in der Hand.

»Was wird er tun?« Harbours Stimme schnitt durch das Tohuwabohu. Er hatte ein eigenes Headset aufgesetzt und blickte in höchster Konzentration auf Lucians Bildschirm. »Wie viel Zeit haben wir?«

»Halley ... Kontrollzentrum.« Lucian drehte sich zu ihrem Live-Feed um. »Sprechen Sie mit uns. Was ist da oben los?«

Halley gönnte weder Lucian noch der Kamera einen Blick. Ihre Stimme klang abgehackt, und ihre Miene war angespannt, als sie sich von einer Station zur anderen hangelte.

»Pluto, hier Kontrollzentrum.« Ihre Stimme hallte durch den Raum. »Wir haben uns zu weit zur Sonne gedreht ... Wir sind nicht dafür ausgelegt, so viel Energie aufzunehmen ... Alles überhitzt sich ... überall Kurzschlüsse ...«

Lucian folgte dem Blick all derjenigen, die nicht mit dem computergesteuerten Pendant auf dem Bildschirm beschäftigt waren: Dort oben am Himmel, so groß und so hell wie die Venus an einem klaren Morgen auf der Erde, hing sein Spiegel.

Eine halbe Sekunde lang befiel ihn schiere Ungläubigkeit bei dem Anblick: der lichtstärkste, schönste Abendstern, den Pluto je gekannt hatte. Selbst für das bloße Auge leuchtete der Stern mit jeder Sekunde stärker, erzeugte bereits einen grünlichen Fleck auf den Netzhäuten und wurde noch greller, als er sich zu einer Sichel verengte, wie bei einer Mond- oder Sonnenfinsternis.

Und Pluto reagierte: So wie Lucian es beabsichtigt hatte, nur auf furchterregende Weise verzerrt, erhellte sich die Welt draußen vor den Fenstern mit jeder Sekunde, so schnell, als würde man das Licht mit einem Dimmer einschalten ...

»Environment«, rief er, »wie ist unsere Außentemperatur?«

Er hatte es einmal Nou gegenüber in Worte gefasst, oder nicht? Was geschähe, wenn der Spiegel überlastet würde. *Da wäre niemand gern in der Nähe ... Vergrößerungsgläser und Ameisen ...*

»Wir sind bei minus zweihundertvierzig Grad Celsius, und sie steigt weiter«, rief Kip, »aber nur auf diesem Längengrad, auf dem restlichen Pluto sinkt sie ...«

»Der größte Teil von Pluto ist dunkel«, bestätigte Halley. »Nur ein schmaler Streifen kriegt die volle Ladung ab – Sputnik, Ost-Cthulhu, Voyager. Ihr liegt genau mittendrin.«

»Das ist kein Zufall.« In dem Moment, als Lucian es aussprach, wusste er, dass es stimmte. »Genau wie bei Styx. Genau wie bei Silvasaire und Jovortre.«

»Ich versuche es mit jedem Gegenbefehl, der mir einfällt, aber es gibt eine Sperre, alles ist eingefroren, es gleicht einer ferngesteuerten Operation ...«

Mit einem erstickten Schrei brach sie ab. Dann folgte eine so schnelle Bewegung, dass man sie nicht festhalten konnte.

»Halley?« Lucian packte das Glas mit beiden Händen. *»Halley!«*

Der Bildschirm flackerte, fror dann beim letzten aufgezeichneten Bild ein und zeigte die Worte GRACE HALLEY: VERBINDUNG ABGEBROCHEN.

»Sprecht mit mir, Leute!«, schrie Lucian. »Comms, stellen Sie die Verbindung wieder her. Power, wie ist der Status des Spiegels? Environment, sind wir noch ...?«

Aber er brauchte Environment nicht zu fragen, um es zu erfahren, auch nicht, um zu verstehen, warum in diesem Moment Geschrei in dem Raum ausbrach: Die Welt da draußen vor seinem Fenster stand in Flammen. Einen schwindelerregenden Moment lang lähmte ihn ein Déjàvu: Er war auf der Erde, unter einem weiten Mittagshimmel, unter einer Kuppel vom klarsten Kornblumenblau.

Und jetzt verstand er, wieso das Funksignal verloren gegangen war, denn dort oben loderte das Feuer seines Spiegels, und es sah genauso aus wie die Sonne, die auf die Erde schien.

SECHSTES ZWISCHENSPIEL

Edmund hält den Funkzünder ruhig in der Hand. Ein winziges Ding – aber er hat schließlich schon immer gewusst, dass die kleinsten Dinge enormen Schaden anrichten können.

Er legt seinen behandschuhten Daumen auf den ersten Schalter. Tritt ein paar Schritte zurück. Vielleicht haben sich seine Augen an die Umgebung gewöhnt, oder das Sternenlicht ist genau richtig, aber das Promontorium besteht nicht mehr aus schattenverhangenen Grautönen. Stattdessen ist die Eiswand in allen Schattierungen von Blau und Grün gehalten, an manchen Stellen fast schon Indigo. Schichten über Schichten in Farben, die er, wenngleich matt und abgedunkelt, selten außerhalb seines Livestreams sieht. Farben, die er gesehen hat, als er zum letzten Mal an dem Ort war, den der Livestream zeigt – als er zum letzten Mal zu Hause war.

Der Schalter für den ersten Brandsatz drückt gegen seinen Finger. Er blickt noch einmal auf, aber alle Farbe ist wieder verschwunden.

Er spannt den Daumen an ...

»*Krrrk* ... Harbour? Edmund, kommen, hier ist Woronow ...«

Edmund überlegt, dann lässt er das Zündgerät sinken und aktiviert den Sender an seinem Handgelenk. Die Verwirrung lässt seine Stimme bei der Frage um eine Oktave ansteigen.

»Wassili?«

»Nou ist nirgendwo zu finden.« Wassili spricht in seinem üblichen schweren, bedächtigen Ton, aber in seinen Worten liegt Anspannung. »Man hat sie gesucht. Ich habe sie auch gesucht. Sie ist nicht in der Basis.«

»Nou?«

»Ist sie bei Ihnen?«

»Nein.« Edmund zieht die Augenbrauen zusammen. »Ich habe sie nicht mehr gesehen, seit ... ich ihr gesagt habe ...«

Seine Stimme verklingt. Er starrt auf die Klippen von Pandemonium Promontorium.

»Sie schicken ein Team dorthin, wo man euch gefunden hat – Parkin spielt den Spurensucher. Sie müssen herkommen, mein Freund, man stellt Fragen. Ich werde Sie begleiten und tun, was ich kann, aber ...«

»Wie lange?« Edmund stößt die Worte im Rhythmus seines Herzschlags aus. »Wie lange wird es dauern, bis sie hier sind?«

»Sie sind gerade aufgebrochen.«

Die Hand mit dem Zündgerät sinkt an seiner Seite herab.

Achtung: Sauerstoff bei zwei Prozent.

Ein Brausen in Nous Ohren schüttelt sie durch. Übelkeit teilt ihr die Lippen, als wollte sie sich aus ihrem Körper entleeren. Dann schlägt die Panik zu.

Sie sprintet los, zurück dorthin, woher sie gekommen ist. Ihre Füße sind im Dunkeln, und sie wagt es nicht, nach unten zu schauen. Ihre ausgestreckten Hände treffen auf Eis, als sie einmal, zweimal stolpert, sich hektisch aufrappelt und weitereilt. Licht, Dunkelheit, die Blitze zwischen beiden, als ihr Helm auf und nieder wippt ...

KRACK.

Nou liegt so schnell auf dem Rücken, dass sie gar nicht mitbekommt, wie es geschehen ist. Die Helmglocke klirrt wie angeschlagenes Glas. Sie will nach Luft schnappen – und kann es nicht. Sie keucht heiser, als würde sie ersticken, die Luftzufuhr ist gebremst und zu langsam, um die Funken zu ersticken, die in ihrem Blickfeld explodieren. Sie drückt sich mit einer Hand hoch – wo ist die andere? *Da* –, drückt mit beiden, schiebt ihren Kopf in die Senkrechte ...

Ein saugendes Schwindelgefühl zwischen ihren Ohren, und sie fällt wieder zurück. Sie schnappt erneut nach Luft, zieht jeden Atemzug so tief ein, wie sie kann, außerstande, ihre brennende Lunge schnell genug zu füllen.

Mit einem Stöhnen versucht sie es noch einmal. Beide Hände nach unten. Beide Hände drücken. Die Welt schlingert unter ihr ...

Sie schreit auf, diesmal triumphierend, hält sich breitbeinig an den Wänden fest. Dann greift eine Hand in ihren Brustkorb und schließt sich um ihr Herz.

Die Spalte erstreckt sich in jeder Richtung außer Sichtweite. Das Problem ist, Nou weiß nicht mehr, woher sie gekommen ist.

Eine Ahnung, eine Erinnerung, eine flehentliche Bitte – Nou weiß es nicht. Sie entscheidet sich für links, hebt einen tauben Fuß nach dem anderen und beginnt zu laufen, aber die Richtung hätte gar keine Rolle gespielt: Sie schafft keine fünf Meter, bevor der traumartige Sturz kommt, vielleicht, weil ihre abgestorbenen Füße über sich selbst stolpern; weil ihre unter Sauerstoffmangel leidenden Beine nachgeben; weil der Blutandrang ihr Blickfeld schwärzt.

Nou fällt auf den Boden der Spalte. Das Licht wird schwächer; die blinkenden Warnungen sagen, dass sich auch die Energieversorgung ihres Anzugs abschaltet. Vielleicht haben ihre Augenlider kapituliert.

Jeder Atemzug ist Wasser auf Feuer. Nou liegt auf der Seite, nach Luft schnappend und keuchend, während ihr Körper Stück für Stück in Brand gerät.

»Edmund.« Sie spürt, wie sie es sagt, als sie es hört, aber beides ist nicht miteinander verbunden. »Edmund, hilf mir ...«

Ein letztes, schwaches Drücken, aber sie rollt nur auf den Rücken.

»Edmund!«

Lauter, heiserer.

»Edmund, ich bin hier!«

Es ist unlogisch. Er kann sie ja unmöglich hören. Er kann sie unmöglich finden. Aber sie ruft ihn trotzdem. Edmund kommt immer.

»Edmund.«

Die Kälte hat ihre Lippen erreicht. Die Konvulsion eines Schauers läuft ihr über den Rücken, aber ihr Körper hat nicht mehr die Kraft für den Schauer selbst.

»Ed... Hier ...«

Die Schwärze der Spalte stürzt auf sie herab.

21

Bevor seine Füße wussten, was sie taten, hatte Lucian den Kontrollraum schon halb verlassen. Er hörte seinen Namen – ignorierte es –, dann packte ihn eine Hand an der Schulter und drehte ihn um.

»*Lucian!*« Es war Harbour. »Wo wollen Sie hin?«

»Zu Halley«, antwortete Lucian, ohne innezuhalten.

»*Halt*, Lucian, denken Sie nach!« Es war weniger eine Aufforderung als vielmehr ein Befehl, und die Autorität in dieser Stimme bläute ihm sofort einige Vernunft ein. »Sie haben Ihre Aufgaben. Schicken Sie jemand anders hin, und zwar sofort, einverstanden, aber tun Sie zuerst Ihre Pflicht.«

Harbour hielt ihn noch immer an der Schulter fest. Die beiden Männer waren einander so nah, dass Lucian vor dem Hintergrund des unwirklichen Rotbrauns von Licht, das durch schwarzen Tee scheint, einzelne Speichen in jeder der beiden Iris ausmachen konnte. Neben einem Auge befand sich ein kleines Muttermal; dieses Detail ließ ihn irgendwie menschlicher erscheinen.

Harbour ließ ihn los und hob seine Handgelenkskonsole. Er sprach direkt hinein, und seine Stimme wurde in den Raum projiziert, in jeden Gang und jeden Kopfhörer:

»Hier ist Edmund Harbour. Sämtliches Personal außer den Mitgliedern des Spiegel-Teams kommt bitte unverzüglich zurück zur Basis und zu den festgelegten Notfall-Treffpunkten auf der Plaza. Geben Sie Ihre Anwesenheit bekannt, und melden Sie jeden, der in Ihrer festgelegten Gruppe fehlt.«

Lucian zögerte – ein Fuß zeigte in jede Richtung –, dann marschierte er zum Kontrollraum zurück.

»Na schön, ich brauche sofort Freiwillige, die mit Sagittarii zu Halley fliegen und sie da rausholen. Von allen anderen möchte ich Statusmeldungen hören.«

Bei jedem Wort durchlief ihn eine wilde Energie, die er sogar mit all der Kraft, die er dafür einzusetzen wagte, kaum zu bändigen vermochte. Er musste in Bewegung bleiben, musste reden, sonst würde es ihn zerreißen.

Sabotage, dachte er. *Wieder Sabotage, bei einem sabotagesicheren Plan. Und diesmal haben sie es wirklich geschafft.*

»Systems, wie ist unser Gesamtstatus?«

»Wir sind noch online, aber nur so gerade eben«, meldete Parkin. »Jedes System zeigt Hitzebelastung, aber die Integrität des Wohnmoduls scheint noch gewahrt zu sein.«

Lucians Erleichterung nahm die Form eines so heftigen Schwindelgefühls an, dass ihm einen Moment lang schwarz vor Augen wurde. Er hielt sich an einer Kontrolleinheit fest, bis es vorbei war. Vielleicht war Halley noch ...

»Life Support, wie steht's mit dem Wetter im Wohnmodul? Sauerstoff, Temperatur?«

»Sauerstoff auf fünfzehn Prozent und fallend. Temperatur fünfunddreißig Grad Celsius und steigend.«

Bleib in Bewegung, rede weiter, tu deine Pflicht. Aber was Lucian dachte, war: *ein Komplize. Moreno musste also doch einen Komplizen gehabt haben. Sie hätte im Vorwege herausfinden können, wie man Jovortre sabotieren konnte, aber nicht das hier.*

»Comms«, befahl er, »versuchen Sie weiter, den Kontakt wiederherzustellen. Mehr können wir nicht tun, bis die Sadges dort sind.«

Oder vielleicht ist es auch kein Komplize – vielleicht ist es ein Auftraggeber. Hier auf Pluto. Die Person, über die Moreno nicht reden wollte.

»Power« – Lucians Ton war schärfer als beabsichtigt; er griff nach jedem kleinsten Strohhalm, den er in die Finger bekommen konnte – »ich brauche eine Projektion der voraussichtlichen Energieausbeute im Verlauf der nächsten zwei Stunden. Ich möchte sehen, wie viel Zeit uns unter den gegenwärtigen Bedingungen bleibt, bis der Spiegel versagt. AOCS, rufen Sie unsere Umlaufbahn auf und sehen Sie nach, wie es da oben aussieht. Sind wir stabil, oder drehen wir uns noch? Structure ...«

Aber was konnten sie tun? Sie hatten dem Spiegel jegliche Kontrolle übertragen, um genau das zu verhindern. Nun konnten sie nur entsetzt zuschauen, wie draußen vor ihren Fenstern Pluto erglühte.

Halte den Saboteur auf. Finde ihn, oder sie, und zwar schnell.

»Lucian.«

Harbour. Hinter ihm. So nah, dass er das Muttermal sehen konnte.

»Ob es einen zweiten Saboteur gibt oder ob das vorprogrammiert war, jemand muss mit Moreno reden.« Harbour sprach schnell, vergeudete dabei keine Silbe – und sprach genau das aus, was Lucian selbst dachte. »Ich gehe zu ihr und finde so viel heraus, wie ich kann. Ich melde mich wieder. Halten Sie mich über alle Entwicklungen hier auf dem Laufenden.«

In seiner Stimme lag eine solche Autorität, eine solche Selbstsicherheit, dass Lucian, ehe er sich's versah, schon zustimmend nickte. Dann blinzelte er und kam wieder zur Vernunft.

»Nein ... warten Sie ... Moment.«

Harbour hatte sich bereits abgewandt, aber Lucian sprach einfach weiter. Wenn das alles wirklich etwas mit Harbour zu tun hatte – und was hatte Halley noch gleich über Ahnungen gesagt? –, dann durfte er nicht allein mit seiner potenziellen Komplizin reden.

»Sollte nicht jemand, äh, mitkommen?« Als Harbour ihn mit unverhüllter Ungeduld geradezu ungläubig ansah, wusste Lucian nicht recht weiter. »Ich meine ... ich meine, ist es sicher? Warum nehmen Sie nicht ...?« Er sah sich um: Kip, Kip war ein großer, kräftiger Bursche, aber er wurde an seiner Station gebraucht ... »Wassili – nehmen Sie Wassili mit, oder lassen Sie mich ...«

Im selben Moment brach er ab: Etwas geschah. Ein Grollen unter seinen Füßen, unter eines jeden Füßen. Eine Stille legte sich über den Raum – wie dichter Rauch.

Alle schauten zum Fenster, also sahen sie es alle. In dem einen Augenblick war das Herz noch eine glatte Scheibe mit einer glitzernden Haut aus schmelzendem Stickstoff, der sofort verdampfte und einen immer dichteren Nebel bildete.

Im nächsten stürzte etwas Weißes und Gigantisches von der Größe eines Berges hinein. Einer der al-Idrisis kippte ins Herz, befreit aus seinem geschwächten Zement, ein kompletter Berg, der sich losriss. Eine schreckliche Sekunde lang hing der Gigant in seiner bogenförmigen Falllinie. Dann krachte er ins Herz, wirbelte dabei Wolken aus Eis und Staub auf und verstreute Raureif-Diamantensplitter bis hoch in die Atmosphäre hinauf.

Sterns Reaktion übertönte alle anderen und ließ sie dann verstummen: Ein schreckliches, metallisches Ächzen, als würde sich ein alter Baum im Wind verdrehen, kam aus den Böden und Wänden. Stern *brüllte*.

Jede Person in der Basis spürte es gleichzeitig: ein flaues Gefühl in der Magengrube, das so schnell wieder verschwand, wie es gekommen war. *Die Basis bewegte sich.*

»Alle raus!«, schrie Harbour, wiederholte es dann noch einmal in sein Handgelenk, und die Worte hallten durch alle Gänge, während im Kontrollraum selbst Geschrei und hektische Aktivität ausbrachen. Ein durchdringendes Alarmsignal gesellte sich zu der Kakofonie über ihnen: der *Störfallalarm der Basis*. »Zu euren Evakuierungspositionen! Anzüge an, Habseligkeiten bleiben hier. Ihr habt das trainiert, also *los!*«

Luftdichte Schotts fuhren herab, und über ihnen blinkten rote Lichter. Die Basis ging in einen Notfall-Lockdown, wie er bisher immer nur simuliert worden war. Lucian trat in Aktion, stolperte jedoch schon beim ersten Schritt: Der Boden war geneigt und neigte sich weiter.

»Edmund!« Er riss sein Headset herunter und schob sich seitlich durch die Masse der zu den Ausgängen rennenden Menschen, deren Gesichter ihm alle entweder lieb oder vertraut waren ... aber es war, als würde man gegen eine Strömung ankämpfen. »Edmund, hören Sie, Sie bleiben hier ...«

»... Liste aller vermissten Personen, jeder außer dem Spiegel-Team sollte jetzt schon bei den Luftschleusen sein.«

In einem Raum, in dem ein wildes Durcheinander herrschte, füllte der Leiter der Basis die von ihm eingenommene Rolle von Kopf bis Fuß aus; er war ein festes Zentrum, um das sich alles andere drehte. Er sprach in seine erhobene Handgelenkskonsole, und die verzerrte Stimme am anderen Ende klang wie die von Wassili, aber er blickte auf, als Lucian schlitternd zum Stehen kam.

»Edmund!« Lucian musste schreien, um sich Gehör zu verschaffen. »Ich gehe zu Moreno, Sie bleiben hier und schaffen alle raus. Überlassen Sie das mir, okay?«

Harbour blickte auf, aber bevor er etwas sagen konnte, meldete sich Wassilis blecherne Stimme: »Zwei Namen fehlen noch. Erstens Mallory, Mallory Madoc ...«

»Versuchen Sie es mit jedem Namen ihrer Laborgruppe«, sagte Harbour, ohne zu zögern. »Gen soll uns die Labore und Büros der Xenobiologie zeigen.«

»Und zweitens ... Es ist Nou, Edmund. Sie ist nicht da.«

Die beiden Männer schauten auf den Bildschirm. Lucian merkte zum ersten Mal, dass man körperlich spüren konnte, wie man erbleichte.

»Ich geh sie suchen«, sagte Harbour sofort. Er war zu völliger Reglosigkeit erstarrt. »Das ist meine Schuld. Ich hätte nie ...«

»Nein.« Lucian schüttelte heftig den Kopf. Ihm ging es umgekehrt: Er dachte, er würde explodieren, wenn er sich nicht bewegte, und zwar schnell. »Schaffen Sie alle raus. Es ist meine Schuld, dass sie weg ist. Und ich weiß, wo sie sein wird«, fügte er hinzu, als ihm die Erkenntnis kam.

Es gab nur einen Ort, wohin sie gehen würde. Hoffnung, *Hoffnung*, ein Sonnenstrahl. Dann schloss sich die Faust der Furcht um sein Inneres. Nou, allein da draußen, zwischen umstürzenden Bergen.

Sie wird nicht allein sein.

Lucian wusste, dass er recht hatte. Er wusste, wo er sie finden konnte.

Harbour nickte knapp. »Finden Sie sie. Wassili wird alle hinausbringen. Ich gehe zu Moreno. Ich mache dem ein Ende.«

»Nein.« Lucian starrte ihn an. »Nein, hören Sie, ich hole Kip oder jemand anderen, Sie werden doch hier gebraucht ...!«

»Lucian!« Beide schrien, um sich Gehör zu verschaffen, und je länger das Gespräch dauerte, desto absurder schien es, dass sie an Ort und Stelle verharrten. »Lucian, wir hatten noch nie Grund, uns gegenseitig zu vertrauen, aber jetzt müssen Sie mir vertrauen ... so wie ich Ihnen das Leben meiner Schwester anvertraue.«

Die beiden Männer sahen sich inmitten der jaulenden Sirenen und der blinkenden Warnlichter an. Und obwohl es überhaupt nicht wissenschaftlich war – es beruhte nicht auf Fakten – es beruhte nicht auf seinem Intellekt –, ertappte sich Lucian dabei, dass er tat, was Edmund verlangte. Der Blick, den sie wechselten, konnte nur eine Sekunde gedauert haben, aber das genügte.

Lucian nickte Edmund zu. Und Edmund nickte seinerseits Lucian zu.

Dann drehten sich beide um und liefen davon.

Lucian eilte schnurstracks zu seiner Sadge. Blutrotes Licht tauchte die Basis in pulsierendes Geflacker; der Alarm über ihm heulte präzise im Rhythmus seines Herzschlags; jedes Druckschott, vor dem er warten musste, bis es sich öffnete, war die reinste Qual.

Der Flugzeughangar war rappelvoll von Menschen, die sich in die Evakuierungsschiffe drängten, aber er bahnte sich einen Weg durch sie hindurch. Im Innern der Sadge stellte er den Autopiloten auf Start, während er rasch in einen Skinsuit und dann in einen richtigen, klobigen Raumanzug schlüpfte. Als Letztes setzte er seinen Helm auf und führte die erforderlichen Checks durch. Er würde an diesem Abend hinausgehen, komme, was da wolle.

Edmund rannte in die entgegengesetzte Richtung. Er verließ den Kontrollraum und durchquerte die Plaza in vollem Lauf, vorbei an den Leuten im Raumanzug, die ihm entgegenkamen. Sein Training rastete mit eiserner Kälte ein: der Lauf auf dem reglosen, stillen Eis, Morgen für Morgen, Jahr für Jahr. Dies war der Grund dafür.

Ein weiteres Schlingern im Magen verriet ihm, dass die Basis noch immer in Bewegung war. Der *New-Horizons*-Nachbau in der Kuppel hing schief und schaukelte hin und her. Bäume am Rand der Plaza verbogen sich knarrend. Jeden Augenblick konnte es zum Druckverlust kommen, aber er hatte keine Zeit, stehen zu bleiben …

Hinter ihm stieg ein Schwall von Schreien empor, und als Edmund sich umschaute, sah er auch, weshalb: Ein weiterer titanischer al-Idrisi, der vor dem sonnenverbrannten Himmel herabstürzte, so gewaltig, dass sein Verstand die Bewegung nur in Form von Schnappschüssen wahrzunehmen vermochte. Es gab nichts, woran er sich festhalten, nichts, woran er sich abstützen konnte, als die Stoßwelle durchs Eis lief, die Basis traf und ihn in die Luft schleuderte. In der geringen Schwerkraft fiel er traumartig herab und landete auf den Füßen, bevor ihm der bebende Boden darunter wieder weggezogen wurde. Und dann war er erneut unterwegs, krabbelte auf allen vieren, lief aufrecht, sprintete durch das Gewirbel der Lichter, den Lärm der Sirenen und das *Krack-krack-krack* des herabregnenden Eises, das auf die Kuppel prasselte.

Er erreichte die Wendeltreppe und setzte einfach übers Geländer. Der Sprung war so perfekt ausgeführt, wie es nur nach jahrelanger Kenntnis eines Ortes möglich war; er fand am vorstehenden Rand des Bodens Halt und schwang sich in die Ebene darunter.

Dann lief er weiter bis zu dem Schild mit der Aufschrift DR. YOLANDA MORENO. ZUTRITT FÜR UNBEFUGTE VERBOTEN.

Die Tür glitt mit einem Zischen auf, und Edmund eilte hinein. Mit Ausnahme des Schlosses an der Tür hatte sich der Standard-Wohnraum durch die Umnutzung als Gefängniszelle kaum verändert: die überraschend saubere weiße Kochnische, der Frühstückstresen und das Ecksofa sahen genauso aus wie bei Edmund. Moreno war bereits auf den Beinen und marschierte vor dem Fenster zum Herz auf und ab. Es war ganz offensichtlich nicht notwendig, sie über die Geschehnisse ins Bild zu setzen.

Trotzdem rief sie mit einem Anflug von Hysterie: »Ich hoffe, Sie sind hier, um mir zu sagen, *was zum Teufel da draußen vorgeht*!«

Edmund stand vor der offenen Tür. Es war nicht nötig, sie zu schließen: Er würde nicht lange hierbleiben.

»Ich bin hier, um Ihre Evakuierung in die Wege zu leiten. Vorausgesetzt, Sie beantworten mir ein paar Fragen so präzise wie möglich.«

»Was für Fragen?«

Moreno blickte ihn an, und in ihren Augen lag nackte, unverhüllte Furcht: die Furcht eines gefangenen Tieres auf einem sinkenden Schiff. Wie aufs Stichwort ertönte ein weiteres fernes Grollen tief unter ihren Füßen, das Übelkeit erregende Kreischen von überbeanspruchtem Metall, das auf unplanmäßige Weise strapaziert wurde. Moreno zuckte erschrocken zusammen; Edmund gab sich besondere Mühe, so still wie möglich stehen zu bleiben, obwohl ihm das Herz bis zum Hals klopfte. Dann trat er bedächtig einen Schritt vor.

Moreno wich zurück.

»Ihr Mittäter«, sagte Edmund leise. »Nennen Sie mir seinen Namen.«

Auf Plutos Oberfläche fanden gerade mehr Veränderungen statt als in den über vier Milliarden Jahren zuvor. Kollisionen, bei denen er nur gestreift wurde, und solche, die katastrophale Folgen hatten; Zeiten, in denen die Atmosphäre gefror und wieder auftaute; Konvektionszellen, die Eismassen von kontinentalen Ausmaßen umwälzten: All das kannte die kleine Welt gut. Sie hatte es unvorstellbar lange Zeiträume hindurch ertragen, bevor sie zu einer Heimat geworden war. Aber noch nie zuvor hatte Pluto es mit der erbarmungslosen Gewalt des Sonnenlichts zu tun bekommen.

Vom Weltraum aus wirkte die Herz-Seite wie eine Sichel aus sengendem Weiß, während alles andere im Dunkeln lag. Die Sichel wurde auf siedend heiße minus zweihundert Grad aufgeheizt: mitten hinein in jenen schmalen Temperaturbereich, in dem Stickstoff und Kohlenmonoxid in flüssiger Form vorliegen. Und das Herz reagierte: Ohne den über ihm hängenden Eiskristallnebel wären seine obersten Millimeter, vom Weltraum aus gesehen, von einer Million silberner Teiche gesprenkelt gewesen, wie ein Gegenbild der Sterne.

Trotz dieses Massakers war unter der geschmolzenen Haut jedoch alles andere ruhig geblieben. Während die Füße der al-Idrisis erbebten, der Steilhang am Rand kalbte und die Gletscher knirschten und knackten, war die Welt abseits des Lichts so entkoppelt von dem Chaos wie ein Paralleluniversum.

In diesem Universum befand sich Nou. Sie hatte das Promontorium erreicht, als der neue Stern gerade aufleuchtete, noch bevor der erste Stickstoffregen fiel, und hatte sich die Dunkelheit seiner Tunnels wie eine Haube übergezogen.

Alle sechs Pfeifer-Säulen waren in der Mitte gebeugt und hingen kaum einen Meter über Nous Gesicht. Sie hätte sie berühren können. Das hatte sie im Verlauf ihrer Freundschaft noch nie getan, und sie fragte sich jetzt, ob ihre Oberfläche tatsächlich so samtglatt sein mochte, wie sie aussah, glänzend wie Blütenblätter im selbst erzeugten weißen Licht.

Momentan übermittelten sie ihr die Idee von mehr als vier Milliarden Jahren Stasis, und Nou hätte beinahe die Hand nach ihnen ausgestreckt, um Halt zu finden.

Verstehst du jetzt?, fragten sie, als sie fertig waren.

Nou stellte fest, dass sie inzwischen, wo sich alle vorbeugten und aktiv waren, unmöglich sagen konnte, welche von ihnen gesprochen hatte. Tag, die mondlichtsilberne, war die größte, aber waren sie *alle* Tag? Vielleicht waren sie alle ein *Es*, ein einziges Wesen, wie die koloniale Zitterpappel in den Parkanlagen, die einen geklonten Baum nach dem anderen aus miteinander verbundenen Wurzeln sprießen ließ. Vielleicht hatten Menschen keinen Namen dafür, was Tag war.

Sie versuchte, ihnen – ihm – zu sagen, dass sie verstand, aber das war gar nicht der Fall, und darum konnte sie es nicht. Frustriert schüttelte sie den Kopf.

Es ist zu viel.

Ein verständnisvolles oder vielleicht mitfühlendes Summen in ihrem Kopf.

Die Evolution hat eure Art nicht dazu ausgerüstet, etwas so Gewaltiges zu begreifen, pflichtete Tag ihr bei. *Ihr braucht es nie. Schon gar nicht ein so junges Wesen. Was sind tausend Jahre für uns? Wir können warten, so wie immer. Wir werden warten.*

War dieses *Wir* ein *Wir* oder ein *Ich*? Nou merkte, dass sie es nicht sagen konnte; sie hatte immer nur angenommen, dass es die richtige Übersetzung war. Sie machte einfach weiter: *Wenn ihr euch jetzt zeigt, könnt ihr dem ein Ende bereiten, bevor es zu spät ist. Auf mich werden sie nicht hören. Aber wenn sie euch sehen, werden sie aufhören müssen.*

Die Säulen zuckten.

Wir haben schon Schlimmeres überlebt. Wir waren hier, als der binäre Himmelskörper, den ihr Charon nennt, unsere Kruste häutete. Wir waren hier, als der Impaktor, der dieses Becken geformt hat, die Hälfte unserer Wurzeln in den Weltraum schleuderte. Also werden wir auch dies überstehen.

Aber das müsst ihr nicht, beharrte Nou.

Wie schwierig es war, überzeugend zu wirken, ohne die Hände zu bewegen! Ohne große Augen zu machen und treuherzig dreinzuschauen, ohne so viel Gewissheit wie möglich in die eigenen Worte zu legen. Aber wie überaus menschlich diese Bedürfnisse waren: wie leicht man sie vortäuschen oder falsch deuten konnte. Die Pfeifer brauchten so etwas nicht. Sie zwang sich, all diese Dinge zu denken, statt sie mit Gesten zu äußern.

Meine Leute möchten euch kennenlernen. Wir können zusammenarbeiten.

Tag – die Pfeifer – der Pfeifer – schwieg in ihrem Kopf mehrere Sekunden lang. Dann: *Glaubst du, dass dein Vater dich liebt?*

Nou war sprachlos. Es fühlte sich an, als wären ihr alle Gedanken wie mit einem Faustschlag aus dem Kopf getrieben worden. Sie schüttelte sich, um wieder zu sich zu finden.

Ja. Sie hätte nicht sagen können, warum ihr Herz schneller schlug. Sie wartete darauf, dass sie – es, er – weitersprach, aber das geschah nicht. *Warum?*

Die Säulen bewegten sich nicht weiter. Nou geriet in Verlegenheit; sie hatte das Gefühl, von allen Seiten innerlich und äußerlich analysiert zu werden.

Nach dem, was du uns erzählt hast, fuhr Tag fort, *ist ein Elter sowohl ein genetischer Spender als auch ein Beschützer. Jemand, der seine Jungen behütet, während sie ihrer Verwundbarkeit entwachsen.*

Nous Herz schlug heftiger. Sie spürte, wie sie mit jedem verstreichenden Augenblick kleiner wurde. Das war ein nur allzu vertrautes Gefühl.

Als Tag das nächste Mal sprach, war hinter seiner Berührung in ihrem Kopf eine Stille, die sich wie Behutsamkeit anfühlte.

Du hast nie darüber gesprochen, auf welche Weise er dich verletzt hat.

»Ihr Mittäter«, wiederholte Edmund ausdruckslos. »Ich will seinen Namen wissen. Jetzt.«

»Was?«

Morenos Ton klang irgendwie seltsam. So wie die Furcht in ihrem Gesicht, die Verwirrung in ihrer Stimme echt wirkten.

Edmund trat einen weiteren Schritt auf sie zu. Moreno wich einen weiteren Schritt zurück.

»Ich frage noch einmal. Ihr Komplize. Wer ist er? Sie hätten Jovortre vorprogrammieren können, aber das hier nicht.«

»Ich mag keine Spielchen mehr spielen.« Moreno schüttelte den Kopf und wich weiter zurück, als Edmund den Abstand erneut verringerte. »Bitte. Ich werde keinen Ärger machen. Ich will niemandem Ärger machen.«

»Sie machen mir Ärger.« Edmunds Stimme wurde noch leiser. »Der andere Saboteur. Ich möchte seinen Namen wissen. Jetzt.«

»Bitte.« Moreno schloss die Augen und kniff sie dann zu Schlitzen zusammen. »Warum tun Sie das? Bitte lassen Sie mich in Ruhe.«

»Sagen Sie es mir.«

»Ich werde meine Zeit absitzen.« In der Stimme lag jetzt ein kindliches Flehen. Ihr Kopf war gesenkt, die Arme am Körper, die Beine dicht beieinander. »Ich werde niemandem etwas sagen, das schwöre ich. Sie wissen, dass ich nichts sagen werde ...«

»Sagen Sie es *mir*!«

»Ich hab's vermasselt!«, rief Moreno, und Edmund verbarg sein Erstaunen beim Anblick ihrer geröteten, feuchten Augen. »Ich weiß, ich hab's vermasselt. Sie wissen, dass ich es versucht habe, bitte, Sie wissen, dass ich den Mund halten werde ...«

Etwas stimmte nicht: Es gab keinen Grund für so viel Angst. Die spöttisch grinsende, scheinheilige Fanatikerin vom Tag des verhinderten Silvasaire-Anschlags war inzwischen ein anderer Mensch geworden, und Edmund hatte das Gefühl, dass die Erklärung dafür nichts Gutes verhieß.

»Sie reden dummes Zeug«, sagte er leise. »Drücken Sie sich klar aus, aber schnell.«

Moreno starrte ihn mit Augen an, die wie frische Wunden aussahen. Edmund rührte sich nicht und ließ ihr Zeit. Zeit zu merken, dass er die Wahrheit sagte – und wirklich Bescheid wissen wollte. Irgendwo in der Ferne gesellte sich eine neue Sirene zu den anderen draußen vor der offenen Tür.

Morenos Lippen teilten sich, während sie ihn weiter anblickte. Ihre Augenbrauen sanken herab, während ihre Augen sich weiteten. Verwirrung und Erkenntnis. Entsetzen und Erleichterung. Gleichgültig, wie lange Edmund ihren Blick erwiderte: Die Bedeutung eines solchen Gewirrs von Emotionen ließ sich nicht ergründen.

»Sie wissen es wirklich nicht?« Morenos Stimme war nur noch ein Flüstern unter dem Lärm. Ihre Augen wurden immer größer. »Er hat es Ihnen wirklich nicht gesagt, oder?«

Die Proteste der Sadge waren schrille Klagelieder, aber Lucian trieb sie nur noch härter vorwärts; dies war nicht die Zeit für den Autopiloten. Er flog über die blendende Sichel aus Sonnenlicht hinweg, unter den glitzernden Wolken hindurch, so tief, dass er sich auf gleicher Höhe mit den Klippen am Rand befand. Unter ihm, fünfzig Kilometer breit und zweitausend lang, lag ein See.

Nou antwortete nicht. Das hieß, dass sie entweder unter der Oberfläche war – was er hoffte, was er *hoffte*, bestimmt war sie dort. Oder ... oder es bedeutete, dass sie nicht antwortete.

Das Spiegelbild seines Schiffes schoss zusammen mit ihm dahin, erzitterte dann und brach auseinander, als eine weitere Eiswand wie ein Messer ins Herz stach.

Noch zehn Minuten bis zum Promontorium. Er rief ihren Anzug erneut: immer noch nichts. Sei unter der Oberfläche, flehte er, bleib unerreichbar ...

Er konnte den Panikknopf benutzen.

Die Lösung war so simpel, dass er eine ganze Sekunde damit vergeudete, ungläubig zu blinzeln. Dann tauchte er in sein Handschuhfach. Wie konnte er den Panikknopf vergessen haben? Den er der schüchternen, stummen, verängstigten Nou vor so langer Zeit bei ihrem ersten Ausflug ins Weltall gegeben hatte, damals, als Styx noch existiert hatte; der ihre Position aufzeichnen konnte, als sie noch so jung gewesen war, dass sie wahrscheinlich gar nicht dort oben hätte sein sollen. Natürlich hatte er den Panikknopf vergessen: Seit jenem schicksalhaften Tag war er nicht mehr benutzt worden. Doch es gab eine Chance. Wenn sie ihn trug ...

Lucian stöberte mit einer Hand durch Karamellbonbons, die Reserve-Handschuhe, mit denen er Jovortre überwacht hatte, ein entwirrtes Wollknäuel, bis sich seine Finger um die Ränder eines Armbands schlossen und er seine Hälfte des Panikknopfs herauszog.

Er ähnelte einer übergroßen Armbanduhr, nur dass es bei Lucian anstelle eines Zifferblatts einen Bildschirm gab, wo bei Nou die Taste saß. Lucian tippte ihn an, und er erwachte blinkend zum Leben.

»Finde Nou«, befahl er ihm.

Die Reaktion kam sofort: *Kein Signal*, und Lucian nickte mit grimmiger Befriedigung. Sie war unter der Oberfläche. Es gab noch eine Chance. Er legte das Gerät auf die Instrumententafel und flog weiter. Er war fast schon da.

Edmund ließ seine Handgelenkskonsole sinken. Wassili war unterwegs; er würde sich um Morenos Evakuierung kümmern.

Er hatte ein klammes Gefühl, innen wie außen, als wäre ihm etwas Kaltes und Membranartiges durch die Haut geglitten. In Morenos Augen hatte nur Wahrheit gestanden; Edmund wusste das, so wie er auch wusste, dass in seinen eigenen keine Überraschung zu sehen gewesen war. Er war nicht dorthin gegangen, um Antworten zu finden, erkannte er. Er war dorthin gegangen, um die Realität zu verleugnen.

Er lief los. Die rotierenden Alarmlampen färbten die Wände scharlachrot. Sein Kopf schmerzte, seine Ohren schmerzten, Sirenen kratzten an der Haut darin. Ein scharfer Geruch wie von Kunststoff kitzelte ihn in der Nase. Das Druckschott zum Hauptgang war unten; auf seine Berührung hin fuhr es zischend hoch, und er sprang ein weiteres Mal übers Geländer und geradewegs hinab auf die Ebene darunter.

Ein weiteres Schott, ein weiteres Zischen, ein weiterer Lauf. Als ihm der Gestank von brennendem Kohlenstoff in die Nase stieg, seine Haut die Hitzewand registrierte und die höhnischen orangefarbenen Flammen sich von dem blinkenden Rot abschälten, hatte sich das Schott hinter ihm schon wieder geschlossen.

Du hast nie darüber gesprochen, auf welche Weise er dich verletzt hat, sagte der Pfeifer, und Nou spürte, wie ihr Wärme am Hals emporkroch. Sie brauchte einen Augenblick, um das Gefühl als Scham zu identifizieren. Sie hatte es nicht absichtlich unterlassen, oder um sie zu täuschen, aber sie fühlte sich dennoch so schuldig, als wäre sie bei einer Lüge ertappt worden.

Das ist normal, erklärte sie dem Pfeifer mit aller Nonchalance, die sie in den Gedanken hineinlegen konnte. *So sind Eltern eben.* Doch andere Gedanken kamen ihr in die Quere, und hier lagen alle Gedanken offen. *Aber Lucian ist nicht so. Lucian würde mir niemals wehtun. Und Edmund ...*

Aber Edmund *hatte* ihr wehgetan. Und Lucian doch auch. Tags Gedanken strömten über ihre hinweg:

Liebt er dich? Und ja, fuhr er in Reaktion auf Nous aufblitzenden Gedanken fort, *auch wir empfinden und verstehen Liebe. Das ist das Fundament des Bewusstseins.*

Stille, einen zeitlosen Augenblick lang.

Ja, antwortete Nou erneut, aber es fühlte sich allzu sehr wie eine inständige Bitte an. Sie suchte nach etwas Stärkerem, konnte die Verzweiflung dabei jedoch nicht verbergen. *Er muss mich lieben. Er ist mein Vater. Er muss.*

Auch wenn sie sich noch so sehr bemühte, sie konnte nicht verhindern, dass ihr daraufhin weitere Gedanken kamen, die sie ebenso wenig vor Tag verbergen konnte wie die Tränen, die ihr in die Augen stiegen: *Ich dachte, wenn ich Leben für ihn fände, würde er mich vielleicht lieben. Wenn ich besser wäre, wenn ich klüger wäre, würde er mich vielleicht lieben. Er ist mein Vater. Wenn er mich nicht lieben kann, warum sollte es jemand anders können?*

Du wirst *geliebt, Nou Harbour.* Tag war kühles Wasser auf ihre wunden Gedanken. Sie hob das Gesicht zu seinen vielen. *Das sehen wir deutlich. Wir erinnern uns an sie ...*

Nou versteifte sich: Sie sah keine Namen in ihrem Kopf, als sie vor ihrem geistigen Auge erschienen. Edmund und Lucian, wie der Pfeifer sie gekannt hatte. Lucian, nur Monate zuvor, mit staunenden Kinderaugen, wie zwei Laternen. Edmund vor all diesen Jahren, und nur weil sie ihn jetzt durch Tag sah, merkte Nou, wie sehr er in so kurzer Zeit gealtert war. Wie viel trauriger er jetzt aussah.

Sie konzentrierte sich erst auf den einen, dann auf den anderen. Zu ihrem Schrecken begann die Druckwand hinter ihrer Wut auf die beiden abzubröckeln. Die Überreste sammelten sich ganz unten in ihrem Hals, so tief, dass sie sie nicht herunterschlucken konnte, es war ein Kloß, groß genug, um wehzutun.

Tag fuhr fort.

Wir spüren deine Enttäuschung. Wir spüren deinen Kummer. Aber sie haben getan, was sie für das Beste hielten. Wir haben es gesehen. Sie haben es für dich getan, Nou.

Nou nickte mit einem Schniefen. Vor ihren Augen verschwamm alles, aber das machte nichts. Im Innern sah sie Lucians Laternen-Augen, und die des jungen Edmund. Beide gleich. Beide von Staunen erfüllt.

Dann wechselte das Bild. Ein anderes Gesicht ersetzte die ihren.

Wir haben in deinen Vater hineingeschaut, sagte Tag, als Nou den Mann ansah, an den sie niemals zu denken versuchte. *Für zwei Individuen derselben Spezies könntet ihr kaum verschiedener sein. Clavius Harbour hatte vor, jegliches Leben, das dieses Plutoshine, von dem du sprichst, bedrohte, zu entdecken und anschließend zu beseitigen.*

Habt ihr ihm deshalb etwas angetan?

Eigentlich hatte sie diese Frage gar nicht stellen wollen; selbst wenn sie ihr ganzes Leben lang mit dieser Form von Kommunikation zu tun haben würde, käme sie mit deren vollständiger Transparenz niemals zurecht. Aber sie hatte sich die Frage schon jahrelang gestellt. Wenn sie jetzt nicht fragte, würde sie es nie erfahren.

In ihrem Kopf herrschte eine Stille, die Nou nur als nachdenklich bezeichnen konnte. Sie musste ihre gesamte Konzentration aufbieten, um ihre eigenen Gedanken daran zu hindern, sie unverzüglich zu füllen.

Wir wollten ihn lediglich wieder ins Gleichgewicht bringen, sagte der Pfeifer schließlich. *Wegen seiner Absichten und seines Umgangs mit dir. Angesichts dessen konnten wir nicht untätig bleiben. Was wir von dir erfahren möchten, ist nun aber: Wenn dein eigener Vater nicht zuhören wollte, wieso denkst du, dass deine Spezies es tun wird?*

Sie sind nicht alle so wie er. Nou legte ihr Herz in den Gedanken. Im Geiste sah sie staunende Augen, und sie wusste, dass Tag sie ebenfalls sehen konnte. *Ihr habt Lucian kennengelernt. Er möchte, dass wir es den Leuten sagen. Er wird es bald tun, nach dem heutigen Abend. Und man hat Leben auf den Monden anderer Planeten gefunden, es wird geschützt, es wird geliebt ...*

Aber wir sind diesen Geschöpfen nicht ähnlich, sagte Tag. *Wir sind ein uraltes Wesen, das sich weit von unserer Heimat entfernt hat. Wir sind aus einem einzelnen Samenkorn hervorgegangen, einem von Millionen, die den Sternenwinden anvertraut worden waren, um dort, wo wir Wurzeln schlugen, nach anderen Bewusstseinsfunken zu suchen. Ihr seid unser erster solcher Funke gewesen. Eine derartige Begegnung hat es in der Geschichte eurer Spezies noch nie gegeben.*

»Aber es gibt doch *mich*!«, platzte Nou laut heraus. »Ihr *seid* meiner Spezies schon begegnet, und ihr *braucht* euch nicht mehr zu verstecken!«

Feuer. Derjenige Albtraum in einer verschlossenen Basis, der alle anderen erstickt und zum Schweigen bringt.

Die Flammen überzogen die Wand des Ganges und leckten über die Decke, spuckten dabei dicken Rauch und schmolzen Kunststoff zu kleinen Kringeln. Der Gestank war überwältigend. Menschen konnten auf der Erde, auf Pluto, auf Proxima Centauri b und noch weiter entfernten Welten leben, aber vor dem in ihren Knochen verwurzelten Horror, den dieser Anblick auslöste, gab es kein Entrinnen.

Und vor der Ehrfurcht auch nicht. Es war Jahrzehnte her, dass er echtes Feuer gesehen hatte, auf dem einzigen bekannten Planeten, auf dem es von selbst entstehen konnte. Das Feuer, das er nun vor sich sah, war ein lebendiges Etwas, ein Geist, eine Gottheit. Es war ein Stück Erde, ein Stück der menschlichen Geschichte, etwas Unvorstellbares, das diesem Ort und dieser Zeit eingewoben worden war. Und es war von geradezu unerträglicher Schönheit.

Edmund bewegte sich zu schnell, um lange zu überlegen. Die Hitze öffnete ihm alle Poren.

»Gen!«, rief er und schirmte Mund und Nase ab, während er sich zu einem Fach mit Filtermasken bückte. »Gen, bist du da?« Er band sich eine Maske um und holte tief Luft. Seine Augen brannten. »Gen, antworte mir!«

Zischen, Brausen, Knistern. Keine Antwort.

»*Gen!*«

Die Stern-Basis war feuerbeständig bis in ihre Fundamente, besaß automatische Sprinkleranlagen, konnte den Sauerstoff aus einem verschlossenen Raum saugen. All das hatte an einem Tag des Zusammenbruchs einer

Sicherheitsvorkehrung nach der anderen versagt. Und ihr Gehirn nun auch.

Das Schadprogramm befand sich nicht nur dort oben bei dem Spiegel. Es war hier. Es lief auch durch die Adern von Stern.

Unter Edmunds Füßen: Donnergrollen. Vibrationen schossen seine Beine herauf, dann echte Beben. Hinter ihm fiel etwas mit einem explosiven Knall herunter, dann wurde auch er zu Boden geschleudert und schlug sich beim Aufprall beide Kniescheiben an. Es tat mörderisch weh.

Etwas Heißes kitzelte ihn am Bein.

Feuer kitzelte ihn am Bein.

Edmund versuchte sich aufzurichten, aber seine Beine konnten sein Gewicht nicht tragen; der Raum schüttelte ihn noch immer derart durch, dass es sich fast so anfühlte, als hätte er Krämpfe, und ihm drehte sich alles, als wäre er aus einer Zentrifuge geschleudert worden. Erst jetzt merkte er, dass nicht nur der Boden in Bewegung war: Auch im Innern seiner Prothesen geschah etwas. Eine Art Muskelkrampf, immer heftigere Kontraktionen – so etwas wie ein Nervensturm ließ sie unkontrollierbar erzittern. Er suchte an der Wand nach Halt und zog sich hoch – genau in dem Moment, als der Boden unter ihm wegstürzte und die Basis in den freien Fall überging.

Dröhnende Stille im Hain. Nou sah die gesichtslosen Säulen der Reihe nach an und wartete. Sie konnte ihre eigenen Gedanken nicht kontrollieren; noch die kleinste, ödeste und kindischste Idee hallte bis zur Gewölbedecke hinauf, sodass alle es hören konnten.

Was sollen wir tun?

Nou blickte automatisch zu der mondlichtsilbernen Säule hinüber. Einen Moment lang hemmte Ungläubigkeit ihre aufsteigenden Gedanken.

Ihr macht es? Ihr begleitet mich?

Tags Säulen rührten sich nicht.

Unsere Außenposten – und Nou sah vor ihrem geistigen Auge, dass sie von anderen Säulen sprachen, die genauso waren wie sie, aber auch anders. Sie umgaben den ganzen Pluto und waren unter der Oberfläche miteinander verbunden, weiter, tiefer, *mehr*, als sie es sich jemals hätte vorstellen können – *Unsere Außenposten haben die Gefährlichkeit dieses Erwärmungsprojekts bestätigt. Und wir vertrauen dir, Nou Harbour. Ja. Wir sollten zusammenarbeiten. Unsere Spezies sollten zusammenarbeiten.*

Wärme kursierte durch Nous Arme und Beine. Ihre Brust füllte sich, als hätte sie einen Ballon verschluckt. Jetzt, das wusste sie bis ins Innerste ihrer Knochen, würde alles gut werden.

Ich gehe Edmund und Lucian holen, erklärte sie Tag mit Gedanken, die freudig umeinandersprangen. *Ich komme bald wieder.*

Sie hätte ihn küssen können; sie hätte der mondlichtsilbernen Säule um den Hals fallen können, wenn sie denn einen gehabt hätte. Edmund und Lucian ... Noch vor wenigen Minuten waren dies die beiden letzten Menschen gewesen, denen sie vertraut hätte; doch jeder von ihnen hatte sie verraten und verletzt ... Aber zusammen würden sie wissen, was zu tun war. Zusammen würden sie verstehen, und beide würden erkennen, dass der Pfeifer wirklich etwas Besonderes war. Ganz Pluto, ja, ihre gesamte Spezies würde von ihrem Freund erfahren. Es würde eine zweite Chance sein, nachdem es beim ersten Mal so schrecklich schiefgegangen war. Es würde sie mit Edmund versöhnen, das wusste sie. Sie würden wieder eine Familie sein.

Sie warf einen Blick zu den sich aufrichtenden Säulen zurück, als sie die Öffnung der Spalte erreichte und ihnen zum Abschied zuwinkte. Wenn sie sich bewegten, boten sie einen grandiosen Anblick, als sähe man Wolkenkratzern, die sie von Bildern her kannte, beim Tanzen zu. Als sie sich aufrichteten, konnte Nou sich beinahe weismachen, dass sie zurückwinkten.

Durch das gewundene Dunkel der Spalte nach oben. Lichtblitze und Schwärze bei jeder Kopfbewegung. Federleichtes Herz, beschwingter Gang. Nou Harbour lief nicht durch diesen Höhlengang, sie *schwebte* hindurch.

Sie schwebte, bis sie auf einmal ausrutschte. Etwas Glitschiges unter ihrem Fuß lief mit ihrem Gleichgewicht davon, und sie suchte atemlos an den Wänden Halt und senkte den Kopf, um die Ursache zu beleuchten.

Und zog ihren Fuß sofort erschrocken weg: eine silbrige, von einer dicken Haut aus Reif überzogene Flüssigkeit wälzte sich zungenförmig den Weg entlang; die Haut riss auf, während das Rinnsal dahinströmte, ließ weitere Flüssigkeit heraussickern und fror dann erneut zu einer Haut zu, die sich beim Aushärten in Falten legte.

Kryolava. Eislava. Wie auf Wright Mons, der uralten ringförmigen Caldera. Aber nein: Hier in der Nähe gab es keine bekannten Hotspots, keine jener thermischen Anomalien, die sie im Geografieunterricht behandelt hatten.

Nou rannte. Die silbrige Flüssigkeit glitt unter ihr dahin wie ein Gemisch aus Eis und Wasser. Sie schlitterte darin herum, um das Gleichgewicht zu bewahren, und zog sich halb die Spalte hinauf. Aber etwas stimmte nicht: Vor ihr war jetzt ein Lichtschein, so stark wie der ihrer Lampe, und so hell, dass sie die Augen beschirmen musste.

Nou stürmte auf die Oberfläche hinaus und schnappte so heftig nach Luft, dass es ihr beinahe die Brust zerriss.

Der Stern im Mittelpunkt des Sonnensystems hing über ihr. Nicht der Funke, den sie mit ausgestrecktem Daumen verdecken konnte, auch nicht das Leuchtfeuer von Lucians Spiegel: Die Sonne selbst war zu ihr gekommen, und sie erstreckte sich von einem Horizont zum anderen.

Nou stand unter ihr, knöcheltief in dampfendem, flüssigem Stickstoff. Menschen hatten kein Wort für diesen Anblick. Es war keine Verzweiflung, was ihre Schultern herabsinken ließ, auch keine schreckliche Angst, was jedes Gefühl aus ihren Kniekehlen weichen ließ, und auch keine Panik, was all ihre Gedanken zum Himmel emporfliegen ließ. Die letzten großen Dinosaurier mussten es auch gekannt haben, als sie die Augen voller Verwirrung und Furcht zum Himmel gehoben hatten; die Menschen, die vor jenem Erdvulkan namens St. Helens in der Falle gesessen hatten; jene ersten, todgeweihten Menschen der *Beacon*-Mission. Auch sie mussten gespürt haben, wie in ihrem Geist die Stille einkehrte, als ihre Welt aus den Fugen geriet. Auch sie mussten so etwas wie Akzeptanz empfunden haben, als ihr Ende kam.

Eine Eisplatte von der Höhe des Promontoriums kalbte, kippte dann nach vorn und schien in der Luft zu hängen, bevor sie mit solcher Gewalt herunterkrachte, dass die Steilwände hinter Nou erbebten. Eine weitere löste sich in ihrem Gefolge und brach in einem Sturzbach von Eisscherben zusammen. Überall entlang der Klippen gaben komplette Segmente nach.

Schreien, weglaufen, um Hilfe rufen: Andere Möglichkeiten gab es nicht – und sie verwarf sie allesamt schneller, als sich die entsprechenden Gedanken formten. Aber sie konnte Tag warnen. Das konnte sie tun.

Lucian sah es, bevor Gen ihn darauf aufmerksam machen konnte: Nous Standort war jetzt online. Nou lebte, und sie war auf dem Eis, und er war vier Minuten entfernt.

Er konnte zwei daraus machen.

Er ließ die Sadge unter Gipfelhöhe sacken, schoss direkt auf den blinkenden roten Datenpunkt zu und wich mit einem Schlenker einer herabstürzenden Eisplatte aus. Nun war er beinahe da. Er ging noch etwas tiefer und suchte auf Sicht nach dem Promontorium, aber es war fort, ganze Abschnitte waren verschwunden.

Es war vorbei, bevor Edmund die Hände ausstrecken konnte: Er klatschte mit der Wange auf den Boden. Dolche bohrten sich in seinen Schädel.

Die Stern-Basis hatte Schlagseite, ein sinkendes Schiff. Die Wände knirschten wie mahlendes Eis. Im selben Moment, als er feststellte, dass das Feuer ein geschwärztes Loch in die Wand fraß, erkannte er auch, dass es genau andersherum war: Das Feuer war aus der Wand gekommen. Das Feuer saß in Sterns Knochenmark.

Er war schneller auf den Beinen, als ihm das Blut in den Kopf schießen konnte, schneller, als die Prothesen-Krämpfe ihn wieder niederstrecken konnten. Er rannte, humpelte und sprang, bevor er überhaupt wusste, ob er die richtige Richtung eingeschlagen hatte.

Er krachte in die nächste Trennwand. Auf seine Berührung hin fuhr sie zischend nach oben, dann rannte er erneut los.

Funken regneten um seine Schultern. Rauch zerstob zu seinen Füßen. Stern wurde auseinandergerissen.

Fast war er da.

Nou befand sich wieder im Innern der Spalte, als ganz Pluto auseinanderbrach. Es konnte keine andere Erklärung geben: Ein Knacken nach dem anderen warf sie auf die Knie, die Hand eines Riesen schlug sie endgültig zu Boden. Druck auf ihren Beinen, ihren Seiten, ihren Armen, eine Schwere, die eine brennende, sengende Kälte war – ganze Eisblöcke rutschten um sie herum abwärts. Die Decke stürzte ein. Die Schwärze war lebendig.

Geht.

Dieser eine Gedanke, immer und immer wieder.

Geht, rief Nou dem Pfeifer zu, nicht nur ihrem eigenen in dieser vertrauten Höhle, sondern all diesen anderen Säulen überall auf dem Planeten, den anderen Außenposten, wo auch immer sie sein mochten.

Vielleicht träumte sie nur, oder vielleicht war es wirklich etwas, etwas Greifbares, aber Nou wusste, dass sie es hörten. Die Information war in ihrem Kopf, so gewiss wie die Wahrheit.

Die Wände rissen mit durchdringendem Kreischen auf. Es waren Erinnerungen an staunende Augen, an die Nou sich klammerte, während sie derart durchgeschüttelt wurde, dass ihre Sinne schließlich den Dienst versagten.

Mit allen Sinnen auf die verschwundene Küstenlinie konzentriert, sah Lucian die Eiswand neben sich nicht einstürzen, bis seine sauber abgehackte Tragfläche mit ihr in die Tiefe sauste. Er hatte keine Zeit zu schreien, konnte nicht einmal mehr daran denken: Er trudelte abwärts, mit der Nase voran, und die Sonnenflecken, die sein Blickfeld überfluteten, hätten der von der Sonne ausgefüllte Himmel sein können, wie man ihn auf der Oberfläche des Merkurs sah.

Nou stemmte eine Hand gegen eine Fläche – Boden, Decke, Wand, es gab kein *Unten*, woran man es festmachen konnte –, aber kein Teil ihres Körpers war imstande zu reagieren. Sie war festgenagelt. Sie war begraben.

Sie wäre kein Terraformer wie Lucian geworden. Sie hätte das Leben auf Europa, auf Enceladus, auf ihrer Heimatwelt studiert. Sie wäre Xenobiologin gewesen.

Es gibt schlimmere Arten zu sterben als für die Wissenschaft, hatte Lucian einmal gesagt.

Ob das hier auch zählte? Ob sie ein Foto in seinem Medaillon der verlorenen Wissenschaftler bekäme, gegenüber seiner lächelnden Familie?

Wie sie sich danach sehnte, ihren Helm abzunehmen. Ihre Handschuhe auszuziehen. Der Mann, den sie in dem Medaillon gesehen hatte, der lebendig begrabene Vulkan-Fotograf. Er hatte zumindest das gehabt: Am Ende hatte er seine Welt zwischen den Fingern gespürt.

Nou schloss die Augen, als ein weiteres Krachen ihren Hohlraum erschütterte. Rote Lichter flackerten an den Rändern ihres Blickfelds.

Es gab wirklich schlimmere Arten zu sterben.

Edmund stürmte durch die letzte Tür, als die zweite Welle von Erschütterungen zuschlug und ihn in die Luft katapultierte. Er landete hart auf einer Schulter, bevor er über den Boden schlitterte und sich den Schädel an etwas Kaltem und Hartem aufschlug, das ihn mit Instrumenten aus Stahl überschüttete. Einen Moment lang waren sogar die zischenden Funken und kreischenden Sirenen gedämpft, während er am dünnen Faden zwischen Bewusstsein und Bewusstlosigkeit entlangtaumelte.

Ein rhythmisches *Klick-klick-klick* zog ihn zurück. Ein insektenartiges Sirren.

Einen Spalt breit öffnete er ein Auge.

Rote, blaue und grüne Schaltflächen, die auf Touchscreen-Monitoren blinkten. Kabel, die wie Ranken in Handgelenke, Brust und Geist krochen. Eine reglose Gestalt im Bett, auf dem Rücken liegend.

Edmunds sämtliche Nerven richteten schon im Voraus ihre Stacheln auf.

Clavius Harbour, auf seinem Thron. Dort, wo er ihn zurückgelassen hatte.

SIEBTES ZWISCHENSPIEL

Wie fühlt es sich an, wenn man ertrinkt?

Auf dem Boden, mit dem *Piep-piep-piep* des Sauerstoffalarms als fernem Puls, während der Tunnel sich links und rechts in identischer Dunkelheit verliert, sinken Nous Lungenflügel in sich zusammen. Ihr ganzer Körper implodiert langsam, ganz langsam.

Ertrinken fühlt sich wie ein Delirium an. Gefangen im eigenen Körper, mit Messern, die unter der Haut auf eine Berührung hin neue ausbrüten. Ertrinken lässt keinen Raum für Logik.

Edmund.

Sie ruft ihn mit ihrem Geist. Wie die Pfeifer es ihr beigebracht haben. Nicht das Wort: der Sinn. Familie. Schutz. Arme, die sich um ihren Körper schließen. Sie behüten. Arme, die alles erreichen, was außer ihrer eigenen Reichweite liegt.

Edmund.

Die neunjährige Nou Harbour kneift die Augen fest zu, macht einen kurzen, rasselnden Atemzug und verliert jegliche Denkfähigkeit.

Etwas Breites, Starkes und Festes schlingt sich um ihre Brust. Hält sie so fest, dass es wehtut. Der Anblick weißer Wände, die an dem Schlitz zwischen ihren Augenlidern vorbeihuschen, als etwas sie bewegt, sie auf die Seite rollt, sie irgendwo anstupst, an etwas zieht, was sie mitzieht. Und dann, wie eine Wiedergeburt, flutet Luft in ihre Lunge. Funken explodieren vor ihren Augen. Ein Schmerz, der sich wie etwas Helles und Enges anfühlt, dehnt ihren Schädel bis in seine Fugen. Etwas kochend Heißes, das wie Eis brennt, fährt sengend durch alle Gliedmaßen. Als sie das nächste Mal die Augen ein kleines Stück weit öffnet, kneift sie sie sofort wieder zu: Die Welt hängt an einem Pendel, Farben punktieren die Schwärze, bis sie blutet. Gefühl kehrt zurück, und sie wünscht, es wäre nicht so: Keine kribbelnden Nadelstiche, sondern Dolchstiche, keine Frostbeulen, sondern Schrapnelle, die aus ihren Aderwänden spritzen, und sie schlägt um sich und windet sich spuckend in Krämpfen, hin und her über die Linie zwischen kohärent und delirös.

Arme packen sie. Arme heben sie in die Höhe. Arme halten sie fest, dann beginnen starke Beine zu laufen. Sie scheinen es eilig zu haben; Nou spürt das auf abstrakte Weise, aber warum es so ist, liegt jenseits ihres Horizonts. Das Konzept von *warum* liegt jenseits ihres Horizonts. Ein *wer*? Er. Er ist es, sie weiß es. Sie klammert sich ebenso fest an ihn wie an ihr Bewusstsein.

Achtung: Sauerstoff bei einem Prozent.
Edmund spürt seine Arme und Beine nicht. Seine Schenkel und Prothesen sind aus Stein; die Arme, die seine Schwester umklammern, sind nur eine Vorstellung. Ein dämmriger Himmel vor seinen Augen. Einatmen, ausatmen. Das eine Bein nach vorn, das andere Bein nach vorn. Jetzt heraus aus der Spalte, jetzt hinaus auf die Ebene.
Achtung, sagt sein Anzug. *Achtung. Achtung. Achtung.*

Seine Beine befinden sich in der Luft. Die Ebene befindet sich in der Luft. Der Sturz kommt in einzelnen, kurzen Bildern. Nou liegt auf dem Boden, unter ihm. Seine Sichtscheibe ist in den Methansand gedrückt.

Achtung, sagt sein Anzug. *Sauerstoff bei einem Prozent.*

Edmund richtet sich mühsam auf. Rappelt sich mühsam hoch. Zieht seinen herausgerissenen Luftschlauch mühsam aus den Eiskörnern und steckt ihn wieder in Nous Seite. Schleppt sie und sich weiter.

Achtung. Achtung. Achtung.

Er holt mühsam Luft.

Achtung.

Er schleppt sich mit ihr die Stufen zur Rettungshütte hinauf.

Achtung.

Luftschleusentür. Offen. Geschlossen. Nou purzelt aus seinen Armen. Edmund liegt auf den Knien. Die Taste, die Druckausgleichstaste, ist über ihm. Ist am oberen Ende der Sterne.

Achtung. Sauerstoff bei null ...

Er schlägt auf die Taste.

Nou liegt reglos auf der anderen Seite. Ein misstönendes Summen in seinem Helm. Geräusche kehren zurück, als Luft in die winzige Kabine strömt, ein ansteigendes Zischen. Sein Blickfeld färbt sich von außen nach innen schwarz. Er wartet, bis der Druck neunzig Prozent erreicht. Dann, die behandschuhten Hände zwei Briefbeschwerer, nimmt er Nou den Helm ab. Nimmt seinen eigenen ab. Nous Vitalwerte deuten darauf hin, dass sie am Leben ist. Bei seinen eigenen ist Edmund sich nicht so sicher.

Das Summen kommt noch immer aus dem Helm in seinen Händen. Als das Schwindelgefühl abebbt, verdichtet es sich zu einer Stimme. Er nimmt Laute wahr, die Worte sein könnten – dann einen Namen.

»Edmund? Edmund?«

Wassili.

»Edmund, wir sind jetzt vor Ort. Wo sind Sie? Das Team ist auf der Suche. Macht Fotos. Sie müssen mir sagen, was los ist ...«

Edmunds Hand hebt sich langsam, traumartig, und greift in den Helm, um die Verbindung zu trennen.

Nachdenken. Er muss nachdenken. Das Problem ist, er kann keinen klaren Gedanken fassen.

Zu viele Menschen beim Promontorium. Er hat seine Chance gehabt, die Chance zu zerstören, aber nun ist diese Zukunft verschlossen. Was nun? Beten, dass sie den Tunnel nicht finden. Oder – er kann nicht denken – hat er den Sprengknopf gedrückt? Wenn sie ihn doch finden, mit Nou fliehen. Zur Erde, dort untertauchen, auf die Kopfjäger warten. Wie Maiv, bevor sie von ihnen erwischt wurde. Besser, gejagt als hingerichtet zu werden.

Und wenn sie ihn nicht finden? Wenn er ihn zerstört hat?

Denk logisch, denk logisch. Aber Edmund ist im Begriff, innerlich zu zerbrechen.

Wenn sie ihn nicht finden, braucht niemand zu erfahren, dass es dort Leben gibt. Nicht das richtige, aber das sichere. Die einzige halbwegs vernünftige Zukunft, die noch möglich ist. Falls Clavius aufwacht, wird er alles so vorfinden, wie er es hinterlassen hat, aber in Bezug auf den Mordanschlag auf ihn auch nicht klüger sein als zuvor. Niemand sonst braucht zu erfahren, dass es hier überhaupt Leben gibt. Noch besteht eine Chance.

Vernünftig? Halbwegs vernünftig? *Weder noch.* Alles zerbricht. Wildheit und Wahnsinn, die sich um jede Zukunft schließen. Seine Optionen zerbröckeln. Edmund kann keinen klaren Gedanken fassen.

Das Sichere. Noch eine Chance. Nur ...

Er schaut zur anderen Seite hinüber. Die Welt kehrt kreischend ins Jetzt zurück. Lediglich Sekunden sind vergangen.

... Nur dass es da noch etwas zu erledigen gibt.

Dort, vor ihm, liegt Nou. Kaum neun Jahre alt. Wie erklärt man einer Neunjährigen, dass ihr Vater sie beide ermorden würde, wenn sie die Wahrheit sagten?

Noch eine Chance.

Die Antwort? *Gar nicht.*

Dort, vor ihm, liegt Nou. Und Edmund weiß, was er tun muss.

Als Nou wieder zu sich kommt, hat ihr Bruder sie auf den Armen und trägt sie rasch in einen kleinen Raum. In der jähen Helligkeit öffnet sie blinzend ein Auge, aber bevor sie sich auf das Licht einstellen kann, wird sie abrupt heruntergezerrt und zu Boden geworfen. Unwillkürlich schreit sie erschrocken auf. Kaum ist sie gelandet und verstummt, stößt sie auch schon einen weiteren Schrei aus: Edmund hat sie am Handgelenk gepackt, verdreht es so heftig, dass ihr Tränen in die Augen schießen, und schleift sie weiter in den Raum hinein. Ein Blick nach oben verrät ihr, dass sie sich in einer der Rettungshütten befindet, also einem jener bunkergroßen Zufluchtsorte für gestrandete Ausflügler, voller Luft und Wärme. Doch als sie sich umdreht, entweicht beides augenblicklich aus ihrem Körper.

Solange Nou sich erinnern kann, ist Edmund immer der Inbegriff der Selbstbeherrschung gewesen. Seine faltenlose Kleidung, sein glatt rasiertes Kinn, seine gleichmäßige Stimme, seine Präsenz voller Ruhe und Vernunft. Sie hat ihn zwar auch schon wütend gesehen – und sogar im Zorn stets ruhig und vernünftig –, aber noch nie war er so wie jetzt. Noch nie hat sie ihn so in Rage erlebt.

Edmunds Augen sind schwarz, aber sie leuchten, sie *sprühen Funken*. Sein Mund ist ein schmaler Strich, die Zähne sind zusammengebissen, und aus dieser Nähe kann sie die einzelnen Schweißtropfen auf seinen Wangen sehen, die Muskeln, die dort zucken, ihr eigenes Spiegelbild in seinen schwarzen Iris, das fischaugenmäßig zu ihr zurückstarrt. Er sieht wild aus, geradezu wahnsinnig, und als er die Hand nach ihr ausstreckt, weicht Nou in einer panischen Angst zurück, die sie noch nie zuvor in seiner Gegenwart verspürt hat.

»Edmund!«

Er zerrt sie hoch und wirft sie mit solcher Kraft wieder zu Boden, dass ihr Gesicht mit einem Übelkeit erregenden Knacken auf den glitschig-glatten Boden schlägt. Nou kann den stechenden Schmerz in ihrer Wange kaum fassen. Als sie sich aufrichtet, tröpfelt Blut in einer Linie von ihr auf den Boden.

Edmund bückt sich, und Nou zuckt unwillkürlich zurück.

»Wage es ja nicht«, ruft er, und das Weiße seiner Augen ist dabei aschgrau, »dich mir *noch einmal* zu widersetzen!«

»Es tut mir leid, Edmund.« Nou schluchzt, duckt sich, wimmert. »Entschuldige ...«

»Hoch mit dir!«

Nou versucht sich aufzurappeln, aber ihre Beine sind Gelee unter ihr, und in ihrer Angst entflieht ihr jegliche

Koordination. Edmund packt sie am Handgelenk und reißt sie hoch, bis sie vor ihm halb in der Luft hängt. Mit einer raschen, scharfen Bewegung zieht er seine Hand zurück, so schnell, als wollte er sie schlagen. Nou schreit in purer Panik auf und spürt eine plötzliche, sich ausbreitende Wärme, als ihre Blase sich entleert.

Aber Edmund wackelt nur mit einem Finger vor ihrem Gesicht hin und her.

»Deine Geschöpfe sind eine *Kontamination*, sie kommen von der *Erde*, und wegen deiner Dummheit könnte dein Vater jetzt *sterben*.« Seine Augen sind groß und ausdruckslos, sein Blick ist starr. »Hast du denn nicht daran gedacht, das zu überprüfen, bevor du uns hergebracht hast? Hast du dein *Gehirn* nicht eingeschaltet?«

Nou beginnt zu schielen, während sie auf seine erhobene Hand stiert, als bestünde sie aus Feuer.

»Antworte mir, Kind!«

Aber sie hängt jetzt schlaff in seinem Griff, die Welt ist nur noch ein Nebel aus Funken und Schwärze, und Edmund lässt sie angewidert los. Nou weiß, sie wird nie vergessen, wie er sie in diesem Augenblick ansieht. Über ihr aufragend, reglos und absolut, die Maske eines Fremden in einem so teilnahmslosen Gesicht, wie es jene der Pfeifer waren. Die Verachtung, die seine Lippen kräuselt, könnte weitaus stärkere Herzen als das von Nou Harbour zerquetschen.

Der Mann, der noch vor wenigen Stunden ihr Bruder war, dreht sich um und geht davon. Nou starrt auf den leeren Raum, den er hinterlässt.

»Wassili wird in Kürze hier sein«, hört sie ihn sagen. »Tu, was er sagt, und sei ein braves Mädchen. Du wirst mit niemandem über all das sprechen, hast du verstanden? Du wirst nie ein Wort über diesen Tag verlauten lassen.«

Nou antwortet nicht. Schritte, die verklingen; das Klicken eines Verschlusses, das Zischen von Luft; Stille, Stille. *Stille.* Sie kann nicht sagen, wie viel Zeit zwischen Edmunds Weggang und Wassili Woronows Ankunft vergeht. Der mürrische, bärenartige Mann findet sie auf der Seite liegend, mit angezogenen Beinen, kaum bei Bewusstsein, und kniet sich neben sie.

»Nou?«, sagt er leise. »Nou, hörst du mich?«

Nou schlägt die Augen auf.

»Nou?«

Nou öffnet den Mund, um etwas zu sagen. Ihre Lippen bewegen sich lautlos, eher ein Zittern, aber kein Laut kommt heraus. Sie sucht ihre Stimme – aber da ist nichts. Nou kann ebenso wenig sprechen, wie sie ihre Familie wieder zusammenbringen kann.

22

Edmund holte durch seine Maske Luft. Der Raum war von Geräuschen angeschwollen, ein Schwarm von Händen, die auf seinen Schädel, seine Ohren, seine Augen einprügelten, aber er hätte schwören können, dass er den Atemzug so klar und deutlich hörte wie einen Ruf.

Jenseits der Dunkelheit lag dieser Mann namens Clavius Harbour. Wie ein Fixpunkt im Universum, obwohl die Basis um ihn herum vor die Hunde ging, war Clavius derselbe wie immer. Blasse, blau getönte Haut. Schlaffer Kopf, rasierter Schädel, glänzende Kopfhaut. Augenlider, die in violetten Höhlen flatterten. Dasselbe Piepsen des Herz-Monitors. Dasselbe rhythmische Atmen aus dem Ventilator. Dieselbe Aura von Macht und Kontrolle.

Statt einer Krone saß ein glänzender weißer Stirnreif auf seinem Kopf. Und die Infusionsschläuche, die seine Unterarme in Nadelkissen verwandelten, waren von den filigranen Netzen der Handschuhe bedeckt.

Die neue Behandlung der Ärztin hatte nur allzu gut angeschlagen. Als die Idee mit den Handschuhen aufs Tapet kam, hatte Edmund die Gelegenheit beim Schopf ergriffen, in Erfahrung zu bringen, was sich tat. Auf den Hirntod zu hoffen, war wohl zu viel des Guten gewesen, aber Handlungsoptionen abzuschätzen – Pläne, der voraussichtliche Zeitpunkt des Wiedererwachens, oder ob man auf das Gegenteil hoffen konnte –, dafür bestand durchaus eine Chance. Lucian holte Worte aus seiner stummen Schwester heraus; ob der Terraformer das auch bei seinem Vater schaffte?

Der Stirnreif lag auf einer feuchtkalten Stirn; die Handschuhe waren über zerstochene Handgelenke gezogen; das System war mit dem Supercomputer der Basis verbunden, teilte sich also sein Zuhause mit Gen.

Die ganze Zeit über hatte Edmund darauf gewartet, dass der Computer übersetzte, dass die Scans etwas aussagten, und die ganze Zeit über hatte der Patient gegen ihn gespielt. Hatte die Handschuhe für seine eigenen Zwecke benutzt. Mit Zugang zu Gen brauchte er keinen Körper, brauchte er auch Moreno nicht, um Jovortre zu hacken; mit Gen verbunden, war er dort oben bei Halley am Spiegel. Er war überall in ganz Stern. Er war überall.

Jetzt verstand Edmund, warum das Feuer wüten durfte. Jetzt verstand er auch, warum die Basis vor die Hunde gehen durfte. Er erkannte, dass dies alles zum Plan gehörte. Es hatte von Anfang an zum Plan gehört.

Klick-klick-klick. Spinnenartige Arme entfalteten hektische Aktivitäten um das Bett herum; sie ordneten Kabel neu, stopften die Bettdecke zurecht, überprüften Verbindungen, während die Halbkugel eines Glaszylinders einsatzbereit über der ganzen Länge des Körpers hing – und darauf wartete, ihn zu umschließen.

Die Auto-Evakuierung. Edmund holte scharf Luft. Ihm blieben nur Minuten. Er versuchte, den Kopf zu heben – stützte sich mit einer Hand auf dem warmen Fußboden ab, ohne sehen zu wollen, weshalb er so glitschig war –, aber ihm wurde schwindlig, sodass er ihn abrupt wieder sinken ließ. Als er es noch einmal mit größerer Anstrengung versuchte, gab sein Arm mit einem stechenden Schmerz nach, und ein Schrei riss ihm die Kehle auf. Der Raum schwankte so stark, dass es nicht nur an seinem Schwindelgefühl liegen konnte. Seine Beine funktionierten noch immer nicht, sie waren wie die einer Marionette, vibrierten wie angeschlagene Saiten. Als er die Augen gewaltsam wieder öffnete, sah er eine Welt formloser Farben vor sich, und alles war verschwommen – aufblitzende Bilder von Bewegungen, von grellem Licht und erblühender Dunkelheit.

Er kratzte mit den Fingernägeln am glatten Boden und versuchte, irgendwo Halt zu finden. Er musste aufstehen. Orange war die eine Wand auf der einen Seite – eine Wand, die mit Hitze einherging, und damit kam ein Nachhall von noch größerem Schmerz. Stufenweise kehrte seine Sehschärfe zurück, und mit ihr die Erinnerung. Er befand sich im Krankenzimmer seines Vaters. Die Basis brach auseinander.

Die Kabel schlängelten sich hinter der Lebenserhaltungskonsole nach oben. Er konnte sie sehen. Er konnte ... Er grub die Nägel fester hinein ... Knirschte mit den Zähnen ... Versuchte sich aufzurichten ...

Doch seine Kräfte reichten nicht. Er brauchte nur zwei Stunden, um auf die al-Idrisi zu laufen. Er konnte die genaue Sequenz des genetischen Codes für die Umprogrammierung eines Bakteriums berechnen. Er konnte die Maschine dafür bauen. Aber er schaffte es nicht, den Kopf von einem brennenden Boden zu heben.

Die Basis durfte sich nicht so auflösen. Der Stern-Traum war bei Edmunds Ankunft zwar schon angelegt und inkubiert gewesen, das Kind eines anderen, aber das hatte nicht verhindert, dass auch er ihn geträumt hatte. Und selbst sein Vater hatte nicht verhindern können, dass die Basis für ihn so etwas wie eine Heimat geworden war.

Die mechanischen Spinnenbeine zogen sich zurück. Der Glasdeckel begann sich herabzusenken. Clavius Harbour entglitt ihm.

Edmund stieß ein Bein nach hinten, in der Hoffnung, auf eine Wand zu treffen und sich so vorwärtszutreiben – aber er traf auf nichts.

Würde die Stern-Basis in dem Raum zusammenschrumpeln, den sie einst eingenommen hatte, so wie Edmunds Brust es gerade tat? Würde auch Stern spüren, wie die Luft aus ihr herausgepresst wurde, wie ihre Wände erkalteten und die Lichter hinter den Augen ihrer Fenster erloschen?

Er streckte einen Arm aus – er konnte sich vorwärtsziehen – er biss die Zähne zusammen – streckte sich, bis sein Arm wie straff gespanntes Gummi zitterte – aber selbst das nächste Kabel war außer Reichweite.

Wie bei der *Beacon*-Mission. Eine weitere Gedenkstätte. Edmund schob die Gedanken beiseite, aber sie waren Ranken, die sich immer enger um ihn schlängelten. Noch eine Geschichte mit einer Moral ... deren Gebeine unter den wirbelnden Sternen der Äonen liegen würden. Der Traum, Pluto Heimat zu nennen, würde genau das bleiben: nicht mehr als ein Traum. Merkur, Mars, Pluto. Eine weitere gescheiterte Kolonie, deren Überlebende in alle Winde zerstreut und heimatlos ihrer getrennten Wege gingen ...

Nou. Keine Heimat. Keine Familie. Ganz allein. In einem Sonnensystem, in dem sie niemanden hatte. Für sie gab es keine Rückkehr nach Hause.

Der Energieschub kam zu plötzlich für lange Überlegungen, und Edmund warf sich nach vorn. Das Kabel war kaum eine Armeslänge entfernt, aber es fühlte sich an, als würde er in hohem Bogen über einen brausenden Fluss springen. Er zog es straff, sodass es von der Rückseite der Konsole seines Vaters bis zu ihm reichte – direkt über den Rand des Bettes. Der Evakuierungsdeckel registrierte das Hindernis und fuhr wieder hoch, bevor er sich erneut zu schließen versuchte.

Edmund war auf den Beinen. Es gab keinen Übergang vom Liegen zum Stehen; die Welt war in separate Zeitintervalle aufgeteilt. Vor seinen Augen drehte sich alles – die Basis drehte sich um ihn – seine Beine gaben unter ihm nach wie Papier –, aber wieder wurde jede überflüssige Handlung aus seinem Bewusstsein herausgeschnitten. Er befand sich am Bett seines Vaters, packte den Evakuierungsverschluss mit beiden Händen und zerrte ihn hoch.

Der Atem seines Vaters ging kurz und stockend. Muskeln pulsierten in seinen wächsernen Wangen. Seine Augenlider flatterten wie kochendes Wasser. Sogar seine Finger zuckten jetzt, Albino-Spinnenbeine, die über die Laken huschten …

Edmund packte die Kabel hinter der Konsole und warf sich übers Bett, als seine Beine endgültig nachgaben. Rote Lichter wirbelten über ihm herum wie außer Rand und Band geratene Leuchtfeuer. Unter ihm, über ihm, auf allen Seiten schrie die Stern-Basis, sie schrie ihn an.

Ein Brausen zwischen seinen Ohren wie eine sich aufbäumende Welle. Edmund griff fester zu. Es fühlte sich an, als hielte er blutwarme Maschinen in den Händen.

Er spannte die Handgelenke an und zog – dann packte ihn etwas am Arm.

Eine Hand hielt ihn fest. Eine skelettartige, papierweiße Hand. Ein Kälteschock. Der Körper lag schlaff da, aber die Hand schloss sich so fest um seinen Arm, wie sich seine eigene um die Kabel des Lebenserhaltungssystems schloss.

Am Bett stand ein Monitor. Lucian hatte ihn aufgestellt – er sollte die Worte seines Vaters anzeigen, hatte das jedoch nie getan. Nur ... jetzt.

Auf dem Bildschirm stand bloß ein einziges Wort. In vier serifenlosen Buchstaben.

Sohn.

Edmund wandte sich der Gestalt im Bett zu. Dem gealterten, abgezehrten, hilflosen Clavius Harbour. Seine letzte Verteidigung. Er betrachtete die pulsierenden Augenlider und spürte, wie ihn eine Ruhe überkam. Sein Herzschlag wurde langsamer. Er beugte sich vor, damit ihn die Kreatur im Bett besser hören konnte.

»Das war schon immer dein Problem«, flüsterte er. »Du hast nie begriffen, dass Vater sein nichts mit Genetik zu tun hat. Man muss es sich verdienen.«

Und ruckartig zog er die Hand zurück und riss sämtliche Stecker aus der Konsole.

23

Das zerknautschte Metallgebilde war mit Schnee bedeckt. Stickstoff fiel dick aus Wolken, die so schnell gefroren, wie sie sich bilden konnten, jede von einem grellen, goldenen Lichtschein hinterfüttert. Glasartige Platten kristallisierten, lösten sich dann unter den dahinziehenden Schatten auf, schlossen die Überreste der Sadge in dem knietiefen Stickstoffmeer ein und gaben sie wieder frei.

Lucian zwang seine verkrusteten Wimpern auseinander und kniff sie dann erneut zu, als Schmerz sein Blickfeld in zwei Hälften spaltete. Jeder Teil seines Körpers schmerzte. Sein Gehirn schien sich übelkeit erregend in seinem Schädel zu drehen, und seine Beine fühlten sich sogar noch schlimmer an als damals, als er nach dem Junggesellenabschied eines Freundes im Schneidersitz eingeschlafen war. Er versuchte, sie zu bewegen – und schrie sich die Kehle wund. Nicht ganz wie im Schneidersitz also. Ein wenig – er presste die Lippen aufeinander, konnte jedoch nicht verhindern, dass er wimmerte – ein wenig mehr als das.

Er hing verkehrt herum in seinem Gurt, und soweit er erkennen konnte, war der Rumpf des Schiffes wundersamerweise unbeschädigt geblieben. Er musste von den g-Kräften ohnmächtig geworden sein – jetzt fiel es ihm wieder ein – er war getroffen worden – seine Tragfläche – die Eiswand – Nou ...

»Gen«, krächzte er mit heiserer Stimme. »Gen, greif auf den Panikknopf zu.« Er hob ein Handgelenk, um sein Gurtgeschirr zu öffnen, aber aus irgendeinem Grund wollten sich die Finger nicht bewegen. Hilflos fummelte er an den Schließen herum, dann merkte er, dass keine Reaktion erfolgte. »Gen?«

Warum reagierte Gen nicht? Gen war immer da. Gen war überall.

»Gen, könntest du ...?«

»Ja, Lucian?« Diese kühle, effiziente Stimme. »Ich bitte um Entschuldigung – es gab technische Schwierigkeiten. Alle Systeme sind wiederhergestellt worden. Wie kann ich dir helfen?«

Lucian bekam die Gurtschließen auf und stieß einen lauten Schrei aus, als sein Körper heruntersackte. War es irgendwie dunkler geworden? Er konnte kaum etwas sehen. Er stemmte sich mit Armen hoch, die aus flüssigem Adrenalin zu bestehen schienen, und zuckte zusammen, als er seine behandschuhten Finger zu entlasten versuchte. Was auch immer mit ihnen passiert sein mochte, er wollte nicht darüber nachdenken; jetzt, da sich sein Bein wieder langsam beruhigte, fiel es ihm schwerer, den Alarm zu ignorieren, der woanders ertönte.

»Finde Nous Standort. Sag mir, wie weit es zu Fuß ist. Sag ihr, ich komme.«

Die Auflösung von Gens Blockade zeigte augenblicklich Wirkung: Wasser schoss aus Sprinklern, und Dampf spritzte mit ohrenbetäubendem Zischen in den Raum und füllte ihn aus; die Basis sackte nicht weiter ab, weil ein Stützmechanismus in Aktion trat; ein machtvolles Surren ertönte – die Lüftungsanlage –, ein so allgegenwärtiges und alltägliches Geräusch, dass man es für gewöhnlich gar nicht wahrnahm. Die Kraft, die Edmunds elektromechanische Nerven gefangen gehalten hatte, gab ihn frei; er kam zur Ruhe, als wäre ein Schalter umgelegt worden. Die Kontrolle hatte sich sogar bis in sein Inneres erstreckt, bis in die Prothesen hinein, die sein Vater gebaut hatte. Dass seine Waden buchstäblich gebrannt hatten, merkte Edmund erst, als das Feuer erlosch. Jeder andere wäre vielleicht schon tot gewesen.

Und ein Blick aus einem Fenster bestätigte ihm, was er bereits wusste: dass die ewige Nacht zu Pluto zurückgekehrt war. Welche Macht sein Vater auch gehabt haben mochte – wie auch immer er es angestellt hatte –, Plutoshines Spiegel war jetzt ein weiterer toter Stern am Himmel.

Auf der durchtränkten Matratze lief Wasser in kleinen Rinnsalen über Augen, die sich nie wieder öffnen würden, über Lippen, die nie wieder spitze Eckzähne entblößen würden. Clavius Harbours Körper bewegte sich nicht mehr. Und Edmund wusste: Die Zeit für Mord war nun vorbei.

Er gestattete es sich, diesen Gedanken noch einmal zu denken.

Die Zeit für Mord war nun vorbei.

Er nahm es einen Moment lang hin, dass ihm die Augen zufielen. Sie brannten vom Rauch, sie waren nass vom Regen, aber beides bedeutete gar nichts.

Er wandte sich ab und sank taumelnd auf die Knie.

»Gen ...!«

Er versuchte, das Zischen des Regens und des Dampfs zu übertönen, doch ein Hustenanfall überrumpelte ihn.

Nachdem er einmal angefangen hatte, bekam er kaum genug Luft, um wieder aufzuhören.

»Verbinde mich ... mit Lucian!«

Es gab eine startbereite Sagittarius zur vorrangigen medizinischen Evakuierung; Edmund rappelte sich hoch, humpelte zu ihr hinüber und zog sich ohne einen Blick in ihr hinteres Ende zurück, das für ein Krankenbett eingerichtet war. Die ganze Basis erzitterte unter ihm, als die Schiffstüren zuglitten und den Ansturm der Sirenen und des Dampfs ausschlossen. Aber etwas anderes kam mit ihm herein und füllte die Stille: eine glühende Hitze in seinen Beinen, die Spannung von verbrutzelter, verschrumpelter Haut und ein Feuer, das noch immer darunter brannte. Edmund riskierte eine Berührung an der empfindlichen Stelle, wo sein Fleisch in Mechanik überging, und zog die Finger so schnell wieder weg, dass er stolperte.

»Edmund?«, kam eine undeutliche Stimme über den Schiffsfunk. Eine Stimme, die so klang, wie er sich fühlte. »Edmund. Sie leben noch ...«

»*Lucian.*« Edmund hustete erneut und krümmte sich dabei zusammen. Seine Worte klangen irgendwie unscharf, als wären sie physische Gebilde mit verschwommenen, blutenden Rändern. Er zog sich zum Cockpit, aber das befand sich am anderen Ende eines immer länger werdenden Tunnels. »Haben Sie sie? Seid ihr in Sicherheit?«

Ein Knistern in der Leitung. Atmosphärische Störungen oder mühsames Atmen, aber vielleicht war es auch alles nur in Edmunds Kopf. Dann: »Bin getroffen worden. Das Schiff ist zerstört. Ich gehe jetzt los. Ist nicht weit ...«

Edmund machte den Fehler zu blinzeln – und vergaß, wie man die Augen wieder öffnete. Er war auf einmal müde bis ins Mark. Wenn er doch schlafen könnte ... nur eine kleine Weile.

»Geben Sie mir Ihre Koordinaten durch.« Er versuchte eine Hand zu heben, um den Autopiloten zu aktivieren, aber sie wollte sich nicht bewegen. »Ich komme euch holen.«

Mit den Worten entwich all seine Energie. Eine Müdigkeit, wie er sie noch nie erlebt hatte, verwandelte seine Gliedmaßen in Holz. Als seine Augenlider diesmal herabsanken, konnte er sie nicht daran hindern.

Der Schnee fiel schnell. Lucian war nicht weit von Nou abgestürzt. Es war stockfinster, sternenlos, so dunkel wie der Weltraum selbst. Der Spiegel war erloschen, und Lucian interessierte nichts weniger als die Frage, warum. Grau vor Schmerz, umklammerte er sein geschientes Bein und stolperte um herabgestürzte Stücke der Klippe zu der Stelle hin, von wo sie sich zum letzten Mal gemeldet hatte. Das Eis gab unter seinen Füßen nach, und der Matsch darunter versuchte unablässig, wieder zu gefrieren und seine Beine einzuschließen. Er würde sich über die gesamte Länge dieses gebrochenen Herzens schleppen, wenn es sein musste.

Jetzt kämpfte er sich auf Händen und Füßen voran, krabbelte über schotterartige Eisbrocken, die Finger trotz der Wärme seiner Handschuhe so taub, als würden sie gar nicht existieren, bis er beim Anblick einer breiten Kerbe in der eingestürzten Steilwand von Pandemonium Promontorium abrupt haltmachte.

Da war sie, in der überwölbten Öffnung. Eine kleine, reglose Gestalt in einem orangefarbenen Raumanzug für Kinder, der einzige Farbklecks in seinem sichtbaren Universum. Sie lag auf einem unebenen Eissims. Nein. Lucians

Lippen teilten sich, als er den Anblick in sich aufnahm. Sie lag auf dem Ast eines Pfeifers.

Es war der größte von ihnen. Der leuchtend silberne. Er stand gebeugt da, wie ein alter Baum. Als er ihn sah, bewegte er sich. *Der Pfeifer bewegte sich.*

Lucian schob einen Arm unter Nous Knie, legte den anderen um ihre Brust und hob sie in seine Arme. Das Geschöpf hatte kein Gesicht, da war nichts als glänzende Glätte, die das Licht von Sternen einfing, die gerade nicht leuchteten. Er nickte dem Pfeifer schweigend zu: ein Nicken anstelle von Worten, die nicht herauswollten aus einer Kehle, die sich nicht öffnen wollte. Und Lucian hätte schwören können, dass die Neigung seiner Krone eine Reaktion darauf war, eine Verbeugung.

Er drehte sich in die Richtung um, aus der er gekommen war, und sah auf allen Seiten nur Grau. Wände aus fallendem Schnee um ihn herum. Es fühlte sich an, als regnete die Hälfte des Herzens auf sie herab.

Mit einer Hand drückte Lucian seinen gewichtslosen Schützling an die Brust, umklammerte mit der anderen sein Bein und stolperte vorwärts. Zur Sadge. Dorthin, wo sie Schutz finden konnten.

Hinter ihm sagten ihnen die bereits zu Phantasmen verblassenden Lichter des Pfeifers Lebewohl.

Der Autopilot ließ Edmund unter die Wolkendecke tauchen. Eispartikel blitzten auf und verdampften, wenn sie von seinem Schiff berührt wurden.

Die Sicht verschlechterte sich rasch. Lucian meldete sich nicht; er hatte Edmund Koordinaten gegeben, aber wenn er Nou gefolgt war, würde er in diesen Schneesturm geraten sein.

Unter ihm war ein geschwärzter Rumpf zu erkennen, allerdings kaum sichtbar unter einer ansteigenden Flut von Weiß. Er stieß noch tiefer hinab und umflog die undeutlich auszumachenden Trümmer. Die beiden Pünktchen zweier aneinandergekauerter Gestalten ...

Bei diesem Anblick kehrte seine Konzentration schlagartig zurück. Edmund schaltete auf manuelle Steuerung und schwang das Schiff herum. Er ging neben den Gestalten nieder und fuhr dabei das Tor der Luftschleuse hoch. Dort, fast in einer Schneewehe begraben, waren Lucian und Nou. Sie lag reglos in seinen Armen, geschützt von seinem Körper, aber Lucian hob das Gesicht ins Licht. Seine ungläubige Miene – die leuchtend roten Augen – das verblüffte Staunen – würden, noch lange nachdem andere Erinnerungen an diese Nacht verblasst waren, in Edmunds Gedächtnis eingebrannt bleiben.

Ihre Blicke trafen sich.

»Rein mit euch, sofort!«, rief Edmund.

Lucian bahnte sich mit Nou in den Armen einen Weg durch den Schnee und in das Schiff. Mit einem Aufbrüllen von g-Kraft jagte Edmund sie in den Himmel hinauf.

Das Zischen von Luft und das universelle Piepsen der Druckstabilisierung. Edmund behielt die Hände an der Steuerung, als Lucian mit der reglosen Gestalt in den Armen hereingestürmt kam.

»Runter mit ihrem Helm ... ihren Handschuhen ...« Edmunds Stimme klang verkrampft, wie ein straffes, vibrierendes Seil. Er bemühte sich, ruhiger zu atmen. »Ist sie am Leben, Lucian?«

Im Rückspiegel fummelte Lucian hilflos an den Verschlüssen von Nous Helm herum.

»Ich kann nicht ...« Seine Finger ließen sich nicht biegen. »Ich kann nicht ...«

Das Seil riss. »*Ist sie am Leben?*«

»Ich *weiß* es nicht.« Lucian verlor die Fassung. Sein ganzes Gesicht schrumpelte in sich zusammen.

»Sehen Sie nach, ob sie noch atmet.«

Edmund richtete seinen Blick auf den strömenden Schnee und behielt ihn dort, während er sie aus dem Whiteout nach oben flog.

Hinter ihm war es Lucian gelungen, mit den Handkanten seinen eigenen Helm abzunehmen. Er warf ihn beiseite und rieb sich heftig die Augen, bevor er sich an Nous Helm zu schaffen machte und unbeholfen die Verschlüsse öffnete.

Ihr freigelegtes Gesicht war so blau wie Sonnenlicht, das durch Eis schien. Klebriges Blut glänzte an einer Schläfe unter dem Rand der Haube. In ihren angespannten Brauen war ein Ausdruck eingefroren, den Edmund nicht deuten konnte. Etwas, was er dort noch nie gesehen hatte.

Lucians Stimme stockte.

»Sie ... sie atmet!«

Edmund blickte unverwandt nach vorn – er wagte es nicht, zu blinzeln oder etwas zu sagen – und nickte kurz zum Spiegel.

Lucian bemerkte es nicht. Er hatte Nou in die Arme geschlossen und drückte sie fest an sich.

»Ich hab dich, Kleines. Du kommst wieder in Ordnung. Wir bringen dich in Sicherheit ...«

Sie stiegen jetzt noch höher hinauf. Vom Boden oder von vertrauten Landmarken war keine Spur mehr zu sehen: Pluto war eine Schneekugel. Edmund erinnerte sich an die Staubstürme des Mars, unendlich kleine Teilchen, die den Planeten über Monate hinweg mit einer erstickenden Decke überzogen und sich dann wie Schlick auf einer Tiefsee-Ebene absetzten. Angesichts von Plutos Schwerkraft konnte es Jahre dauern, bis die wahren Schäden sichtbar wurden.

»Sie ist kalt.« Lucian hatte Nou eine Hand an die Wange gelegt. »Unterkühlt. Gibt es …? Ah …«

Im Heck des Schiffes befand sich eine Art Tisch, der für die Evakuierungskapsel gedacht gewesen war. Lucian rappelte sich mit schmerzverzerrtem Gesicht hoch und legte sie darauf.

Sofort sank eine Glashaube herab und schloss sich über ihr. Ein metallener Arm nach dem anderen erschien; sie begannen ihre Patientin zu entkleiden, lösten Fragmente des Raumanzugs ab, fuhren mit Klauenhänden über jeden Arm und jedes Bein. Einem Sensor zufolge stieg die Temperatur im Innern schrittweise an.

Edmund spürte, wie es ihm die Kehle zuschnürte. Er wandte den Blick vom Rückspiegel ab.

»Sie wissen, warum sie hier draußen war, nicht wahr?«

Lucian beobachtete ihn, an die Seite der Kapsel gelehnt. Der Blick seiner geröteten Augen war fest.

Er sagte: »Sie hat Ihnen die Pfeifer gezeigt.«

Edmund senkte den Blick, erwies Lucian dann die Höflichkeit, die er verdiente, und sah ihn wieder an.

»Ja.«

»Wie können Sie sie dann als Kontamination bezeichnen? Warum glauben Sie ihr nicht?«

Edmund schluckte schwer und stieß seine Worte zusammen mit der Atemluft hervor.

»Ich glaube ihr, Lucian. Ich habe ihr immer geglaubt.«

Lucians Lippen teilten sich und schlossen sich dann zu einer harten Linie.

»Ich wusste es. Ich wusste, dass Sie unmöglich ...« Seine Augen fingen Feuer. »Sie haben also gelogen? Sie wussten, dass es auf Pluto Leben gab, und Sie ... Sie haben einfach beschlossen, dem Rest der Menschheit nichts davon zu sagen?«

»Lassen Sie es mich erklären ...«

»*Ja*, Sie werden das erklären können«, fauchte Lucian. Seine Stimme hob sich, während er zu ihm hinüberhumpelte. »Und zwar dem Gerichtshof für Planetaren Schutz! Und was noch schlimmer ist«, setzte er hinzu, die Stimme reines Gift, »sie hat Ihnen *vertraut*.«

Edmund zwang sich, zu ihr hinüberzuschauen: Nou, gebrochen, wie entbeint, untersucht von kalten, sterilen Händen.

Etwas stimmte nicht mit Lucians Bein: Er hielt es mit zusammengebissenen Zähnen umklammert, und seine Haut war sichtbar ergraut. Er setzte sich resigniert hin, wo er stand.

»Wenn sie Ihnen diesen Ort unter dem Herzen gezeigt hat, dann hat sie darauf vertraut, dass Sie das Richtige tun würden.«

Edmund verzog keine Miene. Er ließ sich widerstandslos beschuldigen.

»Ich weiß.«

»Aber *warum* ...?« Lucians Stimme brach. »*Warum* ...?«

»Weil nicht nur ich die Pfeifer gesehen habe.« Er holte tief Luft, und ihm wurde ein wenig schwindlig von einem plötzlichen Mitteilungsdrang, aber Lucian sprach, bevor er fortfahren konnte.

»Was soll das heißen?«, fragte er leise. Dann: »Sie sprechen von Ihrem Vater, stimmt's? Sie hat euch beiden den Ort gezeigt?«

Edmund wusste in dem Moment, als die Worte seine Lippen verließen, was daraus folgen würde. Diese Geschichte konnte er nicht nur zur Hälfte erzählen. Allerdings war er jetzt bereit, nach all diesen Jahren, in denen er Geheimnisse angehäuft hatte. Ihm wurde klar, dass er es so wollte.

Also sagte er: »Ich habe die verantwortliche Person gefunden. Den Saboteur. Morenos Auftraggeber.«

»Was?« Lucian verstand es nicht gleich. »Das ist mir egal, Edmund. Wir sprechen gerade über Nou.«

»Das tue ich, Lucian«, erklärte ihm Edmund. »Wenn Sie zuhören würden. Lassen Sie mich ausreden?« Dann schloss er die Augen und schluckte seinen Stolz herunter. »Bitte?«

Sie waren jetzt aus der Gefahrenzone heraus und befanden sich im Bereich der tiefblauen Linie, wo der Himmel zu einer Vielzahl von Sternen wurde; nun konnte der Autopilot übernehmen. Wahrscheinlich würden sie nicht mehr lange allein sein: Bald würden die Bewohner der Basis versuchen, Kontakt aufzunehmen – mit ihm, mit diesem oder mit Lucians Schiff. Es gab so vieles, was gesagt werden musste.

Edmund löste sein Gurtgeschirr und zog sich hoch, bis er Lucian gegenüberstand. Er biss sich auf die Innenseiten der Wangen, als er die Beine gewaltsam an den Stellen beugte, wo sich die aufgeplatzten Brandwunden befanden. Der Terraformer beobachtete das – sein Blick huschte von den Beinen zum Gesicht –, und obwohl in seiner Miene keine wilde Freude aufschien, fehlte es dort genauso an Anteilnahme.

»Mein Vater hat kein Geheimnis daraus gemacht, dass er Leben suchte«, begann Edmund. Die Worte kamen flüssig aus ihm heraus, als hätte er sich vorbereitet. »Er hat die besten Xenobiologinnen des Sonnensystems unter dem Vorwand an Bord geholt, sicherstellen zu wollen, dass das Terraforming keinem etwaigen biologischen Erbe Schaden zufügen würde. Allerdings hat er dabei für sich behalten, was er mit dem Leben vorhatte, für den Fall, dass er welches fand.«

Lucian zog sich die Haube herunter und zerzauste seinen Schopf drahtiger Haare in alle Richtungen, hörte jedoch nur schweigend zu.

»Mir gegenüber hat er sich immer ganz klar ausgedrückt, was seine Politik betraf. Wir hatten bereits Beweise für extraterrestrisches Leben auf Europa und Enceladus gefunden. Pluto zu dieser Liste hinzuzufügen, würde uns nichts Neues über unseren Platz im Universum sagen, aber Plutoshine würde auf unbestimmte Zeit eingefroren werden.«

»Das Terraforming?«

Edmund nickte. Er formulierte seine Sätze kurz, knapp und prägnant.

»Ich war dazu erzogen worden, ihm zu folgen. Zu gehorchen. Sie wissen nicht, was für ein Mensch mein Vater war. Für den Rest der Welt mochte er ein altruistisches Genie gewesen sein. Für mich, für *uns* ...« Er suchte nach Worten, um es zu beschreiben, fand aber keine, die stark genug waren. »Als man auf den Monden der Gasriesen Leben entdeckte«, fuhr er fort, »wurde dort jegliche menschliche Aktivität eingestellt. Aller Bergbau, jedes Terraforming. Selbst wissenschaftliche Arbeit war nur noch eingeschränkt möglich. Mein Vater hatte zwanzig Jahre in die Kolonisierung des Pluto investiert. Er wollte verhindern, dass so etwas auf seiner Welt passierte. Also plante er, Leben zu suchen und auszulöschen und die Xenobiologinnen dann mit aussichtslosen Suchen zu beschäftigen, bis Plutoshine abgeschlossen war.« Er schaute auf seine Hände. »Sein Plan hatte nur einen Fehler.«

Lucian schüttelte den Kopf. »Ich ... ich kann einfach nicht glauben, was ich da höre. Jeder Mensch liebt Clavius Harbour.«

»Ich weiß, Lucian.«

»Was war der Fehler?«

Edmund merkte, wie seine Schultern herabsanken. »Es gab eine Person, die noch hartnäckiger nach Leben gesucht hat als er. Jemand, den wir beide immer unterschätzt haben.«

Zwischen seinen Worten war Stille, wie die Luft zwischen den Schneeflocken, durch die sie emporstiegen.

»Ich weiß nicht, weshalb mein Vater nie Zuneigung für Nou empfunden hat. Ich kann nicht mit Sicherheit sagen, ob es ihm überhaupt gegeben ist, Zuneigung für irgendwen zu empfinden. Als ihre Mutter wegging, habe ich versucht, ihr beide Elternteile zu ersetzen. Ja, wir standen einander einmal sehr nah«, sagte er zu Lucians sichtbarer Überraschung, »aber sie hat sich immer nach der Liebe ihres Vaters gesehnt. Selbst als er ...«

Edmund brach ab. Darüber hatte er noch mit niemandem gesprochen. Lucian beobachtete ihn nur.

Edmund überlegte sich seine Worte sorgfältig.

»Er hat ihr nie *physisch* wehgetan. Sonst wäre es leichter gewesen. Andere hätten es leichter sehen können. Aber ... man merkte es immer sehr deutlich, wenn er sie allein zu fassen bekommen hatte. Ich weiß nicht, was er dann gesagt oder getan hat. Ich habe nur einen winzigen Bruchteil davon mitbekommen. Hinterher kam sie immer zu mir und brachte kein Wort heraus, manchmal stundenlang. Aber wenn er es bei ihr auch nur annähernd so gemacht hat wie bei mir, als ich in ihrem Alter war ...«

Es war eine Art Zaubertrick von ihm. Von Clavius Harbour. Er pflegte die Augenbrauen hochzuziehen, sein Gegenüber zu fixieren und mit ungeteilter, warmer Aufmerksamkeit zu betrachten. Man konnte sich dem kaum entziehen; etwas in dieser Miene gab einem das Gefühl, die wichtigste Person im Universum zu sein. Da war dieser über alle Maßen wundervolle, kluge und kompetente Mensch – und *du* warst es, für den er sich Zeit genommen hatte. *Du* warst es, der vielleicht – nur *vielleicht* – in einem winzigen Winkel seines furchtlosen Herzens wohnen durfte. Wenn man in diesem Winkel erwünscht war, sich dort geborgen fühlen durfte, dann war man vielleicht etwas wert. Vielleicht dachte er, man wäre etwas wert.

Aber das Gegenteil traf ebenso zu. Ein Mann, der jemanden zu einem wertvollen, bedeutungsvollen Menschen erhöhen konnte, indem er ihn nur ansah, konnte ihn auch durch einen kurzen Blick dazu bringen, all das infrage zu stellen. Sodass die andere Person ihren Wert, ihre Bedeutung, ihre schiere Existenz nur noch im Hinblick darauf beurteilte, wie wichtig sie für ihn war.

Edmund kannte das alles aus erster Hand.

»Ich habe lange über die Gründe für das Verhalten meines Vaters nachgedacht. Meine einzige Vermutung ist, dass er gesehen hat, wie sehr sie ihn liebte. Ob er ihre Liebe auf die Probe stellen oder damit spielen wollte, kann ich nicht sagen. Oder ob er sie ausnutzen wollte, wenn Nou größer wurde, so wie er es bei mir getan hat. Es ist ...

äh ...« Ein Brennen in seinen Wangen; beinahe hätte Edmund die Hand überrascht an sein Gesicht gehoben. Es war kein Wunder, dass ein Gespräch, das er eigentlich nie hatte führen wollen, Gefühle auslöste, die er nie hatte empfinden wollen. »Es ist so viel leichter, Misshandlung zu rationalisieren, wenn sie einem selbst widerfährt. Als Kind habe ich akzeptiert, wie ich behandelt wurde. Ich dachte, ich würde es verdienen. Doch als jemand, den ich liebte, genauso behandelt wurde ... Mit ansehen zu müssen, wie er sie verletzte, so wie er mich verletzt hatte ... das war unerträglich. Ich hätte alles getan, damit es aufhörte.«

Lucian betrachtete ihn noch immer mit geröteten Augen – starrte ihn jetzt an, als wäre er ein ganz anderer Mensch.

»Ich wusste nur, dass ich sie vor ihm in Sicherheit bringen musste«, fuhr Edmund fort. »An dem Tag, als sie uns die Höhle gezeigt hat, war ich vorbereitet. Ich hatte schon seinen Anzug sabotiert, damit es wie ein Unfall aussah. Ich wollte nicht, dass Nou in die Sache verwickelt wurde, aber mit ihr als Zeugin würde ich gar nicht erst in Verdacht geraten, und wir beide hätten mit dem Schiff wegfliegen können, mit dem ihr gekommen seid.«

»Aber es hat nicht geklappt«, flüsterte Lucian.

Er schüttelte den Kopf.

»Warum haben Sie ihm nicht den Rest gegeben?«

Edmund blickte auf, überrascht von der plötzlichen Schärfe in Lucians Ton.

»Sie hätten all das verhindern können.« Lucian machte eine Handbewegung zum Schnee hin, zu ihnen beiden, mit offenen Wunden auf den Wangen und blutenden Verletzungen unter der Haut. »Ihr hättet doch trotzdem verschwinden können. Warum haben Sie ihm nicht einfach den Stecker gezogen, ihn erstickt, ihm eine *Injektion* verabreicht? Sie sind doch *Biochemiker*.«

»Flusssäure«, sagte Edmund ausdruckslos. »Ein Tropfen auf die Kopfhaut. Sofortiger Herzinfarkt. Niemand wird die verätzte Stelle finden, niemand wird die Ursache erfahren.«

Lucian fiel das Kinn herunter.

»Ich hatte viel Zeit, um einen Mord zu planen, Lucian. Und die Folgen zu durchdenken. Anzugschläuche in einer Höhle zu durchschneiden, die extraterrestrische Lebensformen beherbergte, war nun wahrlich nicht meine einzige Chance. Es gab viele. Jeden Tag. Aber ich möchte Ihnen eine Frage stellen.« Er verschränkte die Hände ineinander. Wie erstaunlich, wie lächerlich, so etwas auf dieselbe Weise zu erörtern wie seine letzte Übersichtsarbeit. »Haben Sie schon einmal ernsthaft darüber nachgedacht, wie es wäre, einen anderen Menschen zu ermorden? Selbst wenn Sie dasselbe über ihn wüssten, was Sie jetzt über meinen Vater wissen. Könnten Sie einen Augenblick in Ihrem Leben zu dem Augenblick werden lassen, in dem Sie das Leben eines anderen beenden?«

Lucian gab keine Antwort, und Edmund erwartete auch keine: Diese Frage hatte er sich selbst jahrelang gestellt und als Reaktion nur Schweigen geerntet.

»Ich habe darüber nachgedacht«, erklärte ihm Edmund. »Mehr als an den Moment selbst denke ich an die Zeit danach. Eine Leere in einem Raum – aufgrund dessen, was ich getan habe. Fremden die Hand zu schütteln oder mit Freunden zu lächeln – in dem Wissen, dass ich fähig bin, ihnen dasselbe anzutun, wenn der Wunsch nur stark genug ist. Ich bin ein Feigling, Lucian.« Edmund war ungeheuer müde. Das dumpfe Pochen in seinem Kopf wurde mit jedem Wort schlimmer. »Ich konnte mich nicht zu einem zweiten Versuch aufraffen. Jeden Tag habe ich ihn dort gesehen, und jeden Tag habe ich nichts getan. Ich habe mir eingeredet, es wäre sicherer, auf den zweiten Jahrestag zu warten, auf den Termin, an dem das Lebenserhaltungssystem abgeschaltet werden würde. Ich habe das Risiko abgewogen und bin es eingegangen. Es gab keine Hinweise darauf, dass sich sein Zustand bessern würde. Aber genau das geschah, als dieser Termin näher rückte. Und trotzdem ...« Edmund starrte verbissen geradeaus. »Trotzdem habe ich nichts getan.«

»Aber warum sind Sie nicht einfach *weggegangen*?« In Lucians Stimme lag jetzt Erschöpfung: als wüsste er, dass es nicht so einfach sein konnte, wünschte jedoch verzweifelt das Gegenteil. »Warum haben Sie sich nicht einfach ... einfach auf der Erde versteckt, am Ort Ihres Livestreams ...?«

Es hatte nur wenige Tage gegeben, an denen Edmund sich nicht dieselbe Frage gestellt hatte, um zu prüfen, ob seine Antwort noch immer genauso lautete.

»Wäre ich mit Nou weggegangen, und mein Vater wäre dann erwacht«, sagte er, »hätte er sofort gewusst, was ich getan hatte. Er hätte gewusst, dass ich Nous Geheimnis gelüftet hatte, und uns bis an die Enden des Sonnensystems gejagt. Und wenn ich geblieben wäre und seinen direkten Anweisungen zuwidergehandelt hätte – wenn ich auf Kosten von Plutoshine enthüllt hätte, dass es auf Pluto Leben gibt –, hätte er mich bestraft. Und vor allem sie. Also habe ich es verheimlicht. Und ... ich habe die einzige Zeugin zum Schweigen gebracht.«

Lucian schloss die Augen. »Nou.«

»Sie musste selbst daran zweifeln. Genug, um den Mund zu halten. Nur bis ...« Edmund presste die Lippen aufeinander. »Nur bis ich mir darüber klar werden konnte, was ich tun sollte.«

Sein Blick wanderte zu der kleinen Gestalt in der Behandlungskapsel. Der Körper lag jetzt unter einer enganliegenden Aluminiumdecke, die sich bei jedem Atemzug hob und senkte. Hartes weißes Polyäthylen als Kissen. Der Anblick ihrer blauen Lippen, der tiefen, violetten Ringe unter ihren Augen zog eine lange Schmerzspur irgendwo in seinem Innern.

Lucian schüttelte den Kopf. Doch als er sprach, war die Bitterkeit aus seiner Stimme verschwunden.

»Vermutlich ist das auch der Grund, weshalb Sie in letzter Zeit ein bisschen kränklich wirken.«

»Ist das so?«

»Sie sehen wie eins der Mitglieder der *Beacon*-Crew aus, als man sie damals aufgetaut hat.«

»Ich hatte keine ... ich glaube, ich habe mich nicht besonders wohlgefühlt, Lucian, nein. Es waren ein paar schwierige Jahre.«

»Sie denkt, Sie könnten ihren Anblick nicht ertragen, wissen Sie.«

Edmund starrte unverwandt in den Schnee draußen.

»Das musste sie glauben. Wenn ich sie geliebt hätte, hätte ich auf sie gehört. Ich hätte ihr geglaubt. Allerdings bin ich in meinem Drang, sie zum Schweigen zu bringen, zu weit gegangen ...«

»Wassili wird in Kürze hier sein«, hört er sich sagen, aber in der Stimme ist kein *Er*. Seine Kehle ist rau vom Schreien.

»Tu, was er sagt, und sei ein braves Mädchen. Du wirst mit niemandem über all das sprechen, hast du verstanden? Du wirst nie von diesem Tag sprechen.«

Es ist nicht mehr der Edmund von diesem Morgen, der jetzt auf das zusammengebrochene Kind auf dem Fußboden herabblickt. In seinem Blutkreislauf hat so etwas wie eine Metamorphose stattgefunden. Eine Kälte hat sich darin ausgebreitet, deren Druck ihn von allen Seiten zu etwas Neuem, etwas Hartem formt. Etwas Notwendigem.

Nou reagiert nicht, und in diesem Augenblick sieht er das Scharlachrot auf dem Boden unter ihrer Wange.

Er hat das getan. Er hat sie verletzt. Und er wird sie noch viel schlimmer verletzen müssen.

Edmund macht auf dem Absatz kehrt, bevor er etwas tut, was er bereuen wird. In der Luftschleuse ruft er Wassili – Ort, Aufgabe, jetzt. Draußen auf dem Herzen läuft er los. Er läuft so schnell, dass seine Gedanken ihn nicht einholen können, und er läuft nach Südosten, in die Gegenrichtung von Stern, die Gegenrichtung der Zivilisation, auf die Konstellation zu, die wie ein Fragezeichen geformt ist. Er läuft in Richtung Leere und Wildnis, ohne das Brennen seiner Schenkel zu beachten, die Warnlichter, seine eigene Sonnenkrankheit, und das Eis leuchtet wie frischer Schnee unter einem Vollmond, einem Vollmond auf der Erde ... in der ...

Heimat.

Er erinnert sich nicht an die Abfolge der Handlungen, die ihn in die Knie zwingt, und das macht ihn fertig. Er schluchzt, den Helm in den Händen, und als er die schmerzenden Augen hebt, sieht er, dass die Sterne um ihn kreisen, das Eis kreist um ihn, und da weiß er, er hätte weggehen sollen – warum ist er nicht längst weggegangen? – warum hatte er Nou nicht mitgenommen und war mit Maiv geflohen? Clavius hätte sie gejagt, hätte sie alle gejagt, aber sie hätten frei sein können, und nun ...

Wage es ja nicht!, hatte Edmund geschrien, und Nou hatte sich vor ihm geduckt. *Wage es ja nicht, dich mir noch einmal zu widersetzen!*

Nou, weinend, vor ihm; er hat sie dazu gebracht. Er ist zu seinem Vater geworden, und das war zum Teil Schauspielerei, zum Teil aber auch der echte Bruch eines Damms in seinem Innern – Kontrollverlust. Jetzt, und für alle Zeit, kann er nicht mehr sagen, wo er aufhört und wo all das, was er hasst, beginnt. Clavius' Back-up, installiert in seinem neuen Wirt.

Zusammengequetschte Lunge, kein Platz mehr für Luft. Er hat seine ganze Luft Nou gegeben. Blinkende Warnungen spülen über ihn hinweg. Er braucht nur abzuwarten ...

Aber dann sieht er die Erde nie wieder. Dann lässt er Nou allein mit einem Vater, der jeden Moment aufwachen könnte. Dann wird Clavius nach alldem doch noch gewinnen.

Sternenlicht, das seinem Blick entzogen wird, als er vorwärts aufs Gesicht fällt. Edmund wartet, bis ihn die Leere vollständig ausfüllt, bis die Metamorphose vollendet ist.

Erst dann kehrt er nach Stern zurück, und als er dort eintrifft, ist Edmund Harbour nicht mehr wiederzuerkennen.

Im Schiff schloss Edmund die Augen.

»Ich hatte nicht vor, sie so sehr zu verletzen.«

»Aber Sie haben ihn aufgehalten, oder?«

Edmund zwang seine Wimpern mit der Kraft seines Willens auseinander.

Lucian fuhr fort. »Sie sagen, Sie haben die verantwortliche Person gefunden. Und der Spiegel ist erloschen. Also – Sie haben ihn aufgehalten.«

Augen in bläulichen Höhlen. Das spinnenartige Netz von Linien auf der Rückseite der Lider. Sichtbar weiß werdende Haut. Erleichterung. Alles, was er beim Anblick des Körpers seines Vaters empfunden hatte. Es war Erleichterung.

»Ja«, sagte Edmund schlicht. Jetzt war er da – der Moment, in dem er einen Mord gestand. »Ja, Lucian. Er kann nicht mehr weitermachen. Und wenn es so weit ist, werde ich die volle Verantwortung dafür übernehmen.«

Erschöpfung überkam ihn so plötzlich wie ein Druckabfall. Die Jahre hatten ihn für das Gewicht dieser Wahrheit desensibilisiert. Jetzt, hoch oben im Weltraum, wo Gewicht nur ein Wort war, ließ die Schwerelosigkeit nicht nur seinen Körper frei schweben.

Draußen blinkten Lichter im Schnee, winzige Blitze wie elektrostatisch aufgeladene Teilchen oder die Sterne, die hinter schläfrigen Augenlidern funkelten. Er brauchte Schlaf. Wie viele Stunden waren seit der Einschaltung vergangen? Wann hatte er zuletzt ...?

Er blinzelte überrascht. Die Lichter waren nicht in seinen Augen. Sie waren tatsächlich dort draußen.

»Edmund.« Lucian, mit leiser Stimme.

Ihre gesamte Sicht auf die Welt kehrte sich um, als die beiden Männer den Anblick draußen vor ihrem Fenster registrierten. Die Lichter waren im Schnee, so unbeweglich wie die Sterne.

Edmund nannte sie Xenokryophile, aber nur, um ihnen überhaupt einen Namen zu geben: *xeno*, fremd; *kryophil*, kälteliebend. Eigentlich wusste er nicht, worum es sich bei den Geschöpfen handelte, die er am Tag des Unfalls auf seinen Stiefeln gefunden hatte. Im Labor hatte er ihre Tendenz zur Flockenbildung beobachtet, lange Spinnfäden, die sich verwoben, tiefes Scharlachrot vor dem Weiß seiner Petrischalen. Samenkörner? Jeder Strang eine Säule? Jede Säule ein Baum? Jeder Baum nur das Glied eines einzigen, verflochtenen Organismus? Als Wissenschaftler hatte ihn die Versuchung, dorthin zurückzukehren, die Sehnsucht, mehr zu erfahren, verrückt gemacht.

Die scharlachroten Fäden im fallenden Schnee hafteten wie Spinnweben am Bug des Schiffes. Vor Edmunds und Lucians Augen verbanden sich die abgetrennten Enden wieder miteinander oder streckten sich aus, tasteten nach anderen, erhellten das Dunkel in allen drei Dimensionen. Alle erstrahlten in leuchtendem Rot.

Es war Jahre her, aber seine Erinnerungen waren wie in Ton eingebrannt: Je öfter er diese Furchen nachgezeichnet hatte, desto tiefer waren sie geworden, bis eine Landschaft zum Vorschein gekommen war. Edmund sah die Höhle so lebhaft vor sich, als wäre sie real. Säulen in einer Kathedrale, erhellt von Kerzen aus fließendem Scharlachrot unter den Füßen, über dem Kopf. Etwas Dynamisches, Lebendiges.

Edmund versuchte, die Menge draußen vor seinem Fenster in Kubikmetern, dann Kubikkilometern abzuschätzen, aber es gelang ihm nicht. Ein Teil seines wissenschaftlichen Verstands suchte nach einer vernünftigen Erklärung: Die Geschöpfe mussten zusammen mit den Eisbrocken entwurzelt und hoch hinauf in die Atmosphäre geschleudert worden sein, Pusteblumen im Wind; sie mussten sich unter dem Herzen weit in alle Richtungen ausgebreitet haben; mussten viel, viel zahlreicher sein als die Kolonie in Nous Höhle ...

Dann stockte ihm das Herz in einer plötzlichen, instinktiven Furcht, die sich so schnell wieder legte, wie die Vernunft mit ihr gleichziehen konnte. Aus dem Funkgerät kamen knisternde Laute, anfangs nur ein Wispern, aber bald war es so klar wie an jenem Tag, als er sie zum ersten Mal gehört hatte:

Eins-zwei-drei.
Eins-zwei-drei.
Eins-zwei-drei-vier.

Wie ein Vogelruf oder ein SOS. Wie ein Hallo.

»Ich glaube, jetzt kann niemand mehr daran zweifeln, Edmund«, murmelte Lucian.

Sie sahen schweigend zu, wie der Blick sich weitete, als das Schiff höher stieg, wie der Schnee weniger und die Fäden dünner wurden, wie – vielleicht im Verlauf von Minuten, vielleicht von Stunden – die Lichter allmählich in die des sternenübersäten Himmels übergingen. Würden sie wieder als Schnee herabregnen? Würden sie die Oberfläche des Planeten mit einem leichten, pulsierenden Gitterwerk aus Farbe bestäuben, bevor sie wie Regenwasser durch Erdreich in die Tiefe sickerten? Vom Weltraum aus musste die Schneekugel des Pluto wie eine weiße Dunstwolke aussehen, durchzuckt von einem filigranen Muster hauchfeiner Blitze. Pluto würde leuchten, vielleicht sogar bis zu den Teleskopen auf der Erde selbst, und es würde sein eigenes Licht sein, das leuchtete.

Ganz plötzlich, und mit überraschender Heftigkeit, musste Lucian weinen.

Edmund zuckte erschrocken zusammen, und dann gleich noch einmal wegen der daraus resultierenden stechenden Schmerzen hinter den Augen.

»Was ist denn? Lucian, was ist los?«

»Ich wusste, dass ich etwas vergessen hatte!«, schluchzte Lucian, den Kopf in den Händen.

Edmund stieß den Atem aus. »Lucian, der Spiegel war nicht Ihre Schuld. Niemand konnte das wissen.«

»Das ist es nicht.« Lucian sah aus, als wäre ihm sterbenselend zumute. »Ich habe Captain Whiskers in der Basis gelassen.«

»Wer in der Erde Namen ist Captain Whiskers?«, wollte Edmund wissen.

»Mein *Kater*! Ich habe ihn einfach dortgelassen, wie konnte ich nur? Er muss solche Angst haben!« Vielleicht war er sogar ... er könnte ...

Edmund biss sich auf die Innenseite der Wange. Trost zu spenden war nicht gerade seine Spezialität – zumindest seit einiger Zeit nicht mehr.

»Es war ... äh ... es war ein langer Tag, Lucian. Auf uns ist einiges eingestürzt.«

»Und das *Warum* hinter alldem verstehe ich immer noch nicht.«

Edmund merkte, wie sich seine Augenbrauen zusammenzogen. »Das ›Warum‹?«

»Das Motiv.« Lucian rieb sich das Gesicht. »Seinen eigenen großen Plan zu sabotieren. Plutoshine war Clavius Harbours Baby. Warum hätte er ...?«

Ein Schwall atmosphärischer Störungen kam aus dem Funkgerät. Dann:

»*Krrrk* ... Sie mich? Hier ist Grace Halley, hören Sie mich?«

»Halley!«, rief Lucian.

»Lucian Merriweather, bei allen Sternen im Himmel, wehe, wenn du das nicht bist!«

Edmund stieß sich freischwebend zum Funkgerät.

»Grace Halley, ich höre Sie, hier ist Edmund Harbour. Der Erde sei Dank, Sie sind am Leben!«

»Harbour.« Man konnte nicht erkennen, ob die Stimme verärgert oder erleichtert klang. »Wurde aber auch Zeit, dass Sie sich melden.«

»Ich habe zwei Passagiere an Bord, Nou Harbour und Lucian Merriweather, und beide sind am Leben. Verstehen Sie mich?«

»Halley, ich glaub's nicht, Sie sind wohlauf.« Lucians Augen waren röter denn je, und an seinen Wimpern hingen kleine Flüssigkeitskugeln. »Ich weiß nicht, was ich sonst getan hätte.«

»Verstanden, Harbour, und auch das, Lucian.« Das Lächeln in Halleys Stimme war nicht zu überhören. »Bist du noch heil und unversehrt, mein Junge?«

»Ich weiß nicht.« Lucians Atem ging so ruckartig, dass es auch gut ein Lachen sein konnte. »Ich glaube, ein paar Finger sind gebrochen, aber das ist ziemlich normal bei der kältesten Oberfläche im Sonnensystem, oder?«

»Ein Schritt ins Erwachsenenleben. Und Nou, wie geht es dir?«

»Bei unserer Ankunft auf Charon brauchen wir ein medizinisches Team«, warf Edmund in ruhigem Ton ein. »Sie ist ohnmächtig und stark unterkühlt, scheint aber stabil zu sein.«

»Wird bereitstehen.«

»Halley, wie kommt es, dass Sie noch leben?« Lucian hatte sich zum Co-Pilotensitz neben Edmund hinübergezogen und hineinsinken lassen. Er roch wie kühles Wasser – Edmund war noch nie auf die Idee gekommen, diesen Geruch mit Pluto zu verbinden, mit den Eisarten des Herzens. Er selbst stank nach Rauch. »Die Sonne, der Spiegel, was ist denn passiert? Alles wurde dunkel.«

Halley räusperte sich – vielleicht war es auch nur das Knistern des Signals.

»Was auch immer unsere Abwehrmaßnahmen durchbrochen hat – es hat uns vielleicht die Steuerung des Spiegels aus der Hand genommen, aber nicht die der Rettungskapsel. Die galt als separate Einheit. Die Auswurffunktion gehörte zum Hauptwohnmodul, war also gesperrt – aber die Triebwerke haben bestens funktioniert. Ich habe eine Brennphase eingeleitet, die den Spiegel in die Atmosphäre schob. Tatsächlich weiß ich nicht genau, was aus ihm geworden ist, ich habe ein bisschen den Überblick verloren ...«

»Aber wie haben Sie *überlebt*?«, hakte Lucian nach. »Sie waren doch auf dem Weg in die Atmosphäre, da müssten g-Kräfte gewirkt haben, Sie müssten verbrannt sein ...«

Plötzlich sah Edmund alles, als säße er auf dem Sitz neben ihr: Flammen, die das Wohnmodul umschlossen; die Flucht in die kleine Kapsel, mit dem Feuer dicht auf den Fersen. Die Auswurffunktion testen, in dem Wissen, dass es vergeblich war. Vibrationen, die durch ihre Arme und Beine schossen, als die Triebwerke in Aktion traten; wie sie sich den Hals verrenkte, mit abrupten, ruckartigen Bewegungen von einem Fenster zum anderen wechselte und die Sterne herumwirbeln sah. Wie die Lichter schwächer wurden und der Spiegel dunkel. Euphorie wegen des Erfolgs; Verzweiflung, abgrundtiefe Verzweiflung über die Bedeutung des Wortes hinaus, weil von der Zukunft nicht mehr viel übrig war.

»Zu der Frage, wie ich überlebt habe«, fuhr Halley munter fort, und Edmund blinzelte den Albtraum weg, »ich hatte gehofft, das könntet ihr mir sagen. Je nach dem Partialdruck des durch die heutigen Ereignisse erzeugten zusätzlichen gasförmigen Volumens habe ich vor mir gesehen, dass ich entweder verbrennen oder vom Eis abgebremst werden würde, wie du es einmal so prägnant formuliert hast, Lucian.«

Pluto füllte ihr Blickfeld aus. Das Ruckeln und Wackeln der Kapsel. Wie sie versuchte, sich die Augen zu wischen, aber nur auf Helmglas traf ...

»Tatsächlich habe ich darauf gewartet, dass ich ohnmächtig werden würde. Ein Tod wie Einschlafen. Davon träumen viele.«

Ihre Hand, die sich von der Triebwerkssteuerung löste. Druck, der sie in ihren Sitz presste. Ein Lichtschein draußen vor dem Fenster, der Lichtschein der ionisierenden Atmosphäre, des verbrennenden Metalls ... Wie sie die Augen schloss ...

»Und dann ist Gen auf einmal wieder online und sagt *Zugriffsberechtigung erteilt*, und ich werde abgesprengt, während er mir erklärt, dass ich dreiundsiebzig verpasste Anrufe habe. Hat einer von euch irgendeine Ahnung, was in allen Welten an diesem schönen Abend passiert sein kann?«

Lucian sah ihn an. Jetzt war es so weit, das wusste Edmund. Jetzt würde alles herauskommen. Er richtete sich auf. Hob das Kinn. Behielt die Hände locker, neutral, in seinem Schoß. Er öffnete den Mund ...

»Tja, ich nehme an, es wird eine umfassende Untersuchung geben«, sagte Lucian langsam.

Er hielt den Blick ruhig auf Edmund gerichtet – und Edmund, der in seinen Augen nach Verachtung suchte, nach kalter Befriedigung, fand dort nur etwas, was er nicht einordnen konnte. Etwas Unangebrachtes.

»Bis dahin ...« Lucian zuckte die Achseln, und Edmund erkannte, was in seinem Gesicht stand. Er erkannte, dass es etwas Sanftes war. Etwas Warmes. Der Terraformer sah ihm direkt in die Augen, als er sagte: »Bis dahin sollten wir uns wohl lieber damit abfinden, dass wir auf Vermutungen angewiesen sein werden.«

Seine Augen waren blau. Leuchtend, ja, geradezu schockierend blau, so makellos wie ein Mittagshimmel über einer verschneiten Erde. Es kam Edmund absurd und unwahrscheinlich vor, dies noch nie zuvor bemerkt zu haben.

Lucian nickte ihm zu, nur ein einziges Mal.

Und Edmund, beinahe zu Eis erstarrt, neigte seinerseits den Kopf.

»Da könntest du leider recht haben«, sagte Halley gleichgültig. »Jedenfalls, da wir jetzt offenbar alle noch am Leben sind, habe ich eine kleine Neuigkeit für euch.«

»Ich denke, wir haben auch ein paar, aber Sie zuerst«, sagte Lucian mit einem schiefen Lächeln.

»Ich wette, meine wird euch gefallen. Wusstet ihr zufällig, dass es extraterrestrisches Leben auf Pluto gibt?«

Bei ihren Worten ging ein Ruck durch Edmunds Körper. Sie waren wie ein physischer Schock, bei dem sich die Haare auf seinem Kopf aufrichteten und seine Fingerspitzen zuckten. Einen Moment lang schien es ihm plausibler zu sein, dass er träumte.

Er hörte ein glucksendes Lachen, das ihn abrupt in die Gegenwart zurückholte, dann Lucians ausgelassene Stimme.

»Hast du das gehört, Kleines? Hörst du das, Nou?« Er lachte und lachte und legte dabei den Kopf in den Nacken. »Alle Welten wissen es jetzt!«

Alle Welten. Die Erde, Europa, Enceladus. Pluto. Fast drei E-Jahre, in denen er ein Geheimnis unter Quarantäne gestellt hatte, bis es sich nicht mehr geheim halten ließ. Und jetzt regnete es vom Himmel.

Trotz dieser Jahre, trotz Plutoshine und ganz gegen seinen Willen spürte Edmund, wie seine Lippen zuckten.

PHASE 5

24

Die Bewohner von Stern standen an der Küstenlinie, wo das Eis von Sputnik Planitia auf die Berge ihrer Heimat traf. Aller Augen schauten auf das Eis hinaus, aller Ohren lauschten einem der vielen Gesprächskanäle der Gemeinschaft.

»Na, was meinen Sie, Harbour?«, rief Halley auf einem. »Insgesamt vier Betriebsstunden – die kürzeste Terraformingmission der Geschichte?«

»Der erfolgreichste Misserfolg?«, schaltete Lucian sich ein.

»Die auf Umwegen erfolgreichste Mission der Geschichte.« Edmund lächelte. »Sogar auf Kosten der Mission selbst.«

»T-minus vierzig Minuten.« Parkin im provisorischen Kommandomodul, der auf jeder Frequenz sendete.

Vor ihnen stand ein bescheidenes kleines Schiff auf dem Eis, nur ein oder zwei Klassen über der Sadge. Die meisten Mitglieder von Lucians Team waren bereits an seinem Fuß versammelt, um an Bord zu gehen. In ihren Anzügen konnte man sie auf diese Entfernung nicht erkennen. Das kleine Fahrzeug war ein Beiboot des echten interplanetaren Raumschiffs im sicheren Orbit jenseits von Acheron, dessen beide Tori die Passagiere auf stärkere Schwerkräfte vorbereiten sollten.

Lucian beneidete sie nicht darum.

»Keine Lust, sich uns in letzter Minute doch noch anzuschließen?«

Die Stimme kam über ihre private Leitung; Lucian drehte sich um, bis er Halley fand, die mit gerunzelter Stirn und verschränkten Armen zu ihm hochschaute.

In früheren Jahren hätte er vielleicht gezögert. Doch als er antwortete, kräuselten sich seine Wangen in einem Lächeln.

»Ich habe schreckliche Angst, umgekehrt sonnenkrank zu werden. Dunkelkrank. Oder dass unser frischgebackener Doktor Stan mir meinen Job stiehlt. Zu Recht stiehlt, sollte ich vielleicht hinzufügen.«

Halley nickte weise. »Ist nur eine Frage der Zeit, das stimmt.«

»So oder so, Pluto braucht mindestens einen Terraformer, der nach der Party beim Aufräumen hilft.«

Das stimmte auf jeden Fall. Obwohl das Herz und die Ebenen drum herum sich fürs Erste stabilisiert zu haben schienen, würden noch jahrelange, umfangreiche seismische Erkundungen nötig sein, um festzustellen, ob es längerfristige Auswirkungen gab. Die geschmolzene sichelförmige Narbe, die sich geradewegs durch Sterns geografische Länge zog, bedurfte ausführlicher Untersuchungen, und die Trümmer des Spiegels mussten von dort geborgen werden, wo er vom Eis abgebremst worden war. Und Stern selbst würde von Grund auf neu errichtet werden müssen.

Es war ein gewaltiges Schlamassel. Es war der Morgen nach einem Hausbrand. Aber Lucian hatte ein Faible für neue Projekte.

»Du meinst es also wirklich ernst?«

Halley betrachtete ihn mit einem enttäuschten Zug um den Mund, und aus einem unerklärlichen Grund fiel Lucian jetzt erst auf, wie *klein* sie war. Während er mit einem Nicken reagierte, dachte er, dass sie verärgert sein würde, wenn er sie zu umarmen versuchte.

»Und Sie kehren zur Erde zurück, ja? Haben Sie dort Angehörige?«

»Ein oder zwei.« Halley nickte. Sie lächelte. »Ich habe ihnen schon seit ... oh, seit einigen Jahren inzwischen ... versprochen, wieder nach Hause zu kommen.«

»Das klingt gut!«, sagte Lucian erfreut. »Eine kleine Auszeit, ein bisschen Natur. Dann können Sie die andere Serie von Hartdegen lesen ...«

»Und es gibt einen alten Kollegen ein Stück weiter unten an der Küste, der einen Feldversuch zur Desintegration von Mikrometeoriten über der Westantarktis gemacht hat. Bei ausreichender Wolkendichte bilden sie offenbar einen hübschen Solarschirm, und anscheinend fehlt ihnen gerade eine Terraformerin.«

»Die Erde terraformen? Also ... die Erde erdähnlicher machen?« Lucian zwinkerte ihr zu. »Wissen Sie, wenn jemand ein bisschen Ruhestand verdient hat, Halley, dann sind Sie es.«

»Beleidige mich nicht, mein Junge.« Sie machte eine wegwerfende Handbewegung. »Terraformer gehen nie in den Ruhestand, das weißt du. Wir sterben im Sattel.«

»Und da habe ich mir den Kopf darüber zerbrochen, was in allen Welten wir nach einem Projekt wie Plutoshine bloß mit unserem Leben anfangen würden.« Dann, etwas nüchterner: »Wissen Sie, man verbringt ein Jahrzehnt mit der Arbeit an so einem Projekt und möchte es so dringend in die Tat umsetzen, dass man keine Sekunde lang innehält und darüber nachdenkt, was passieren wird, wenn es zu Ende ist.« Er zuckte die Achseln und atmete zugleich aus. »Was immer wir tun, es wird ganz schön schwer sein, das noch zu toppen.«

»Schon möglich, dass man so was nur einmal im Leben machen kann«, pflichtete Halley ihm bei, »vielleicht aber auch nicht.« Sie beugte sich vor, um ihm besser in die Augen schauen zu können. »Also, nur immer schön weiter die guten Ideen sprudeln lassen. Weiß die Erde, davon brauchen wir mehr.«

»Ich werde sehen, was ich tun kann«, versprach ihr Lucian. Und dann, während sein Blick weiter nach vorn wanderte: »Ich glaube, ich habe momentan schon mindestens eine oder zwei.«

Wenn man seinem Blick folgte, landete man bei zwei Gestalten auf dem Kamm einer Methandüne. Nou Harbour stand schweigend da und blickte zu den Sternen hinauf. Sie suchte so konzentriert, dass sie dabei schielte, nach einem ganz bestimmten Stern.

Ihr Bruder beobachtete sie von der Seite, bevor er ihre Hand nahm und ein kleines Stück nach links schob. Nou lächelte zu ihm hinauf und wandte dann rasch den Blick ab – noch immer schüchtern, noch immer unsicher, aber sie gab sich Mühe. Sie war zwölf Erdenjahre alt – nach Plutos Kalender würde sie bald 0,05 sein, für die Pluto-Bewohner war das ein besonderes Alter, weil es das Ende der Kindheit bedeutete. Edmund erwiderte ihr Lächeln – und schaute dann ebenso schnell wieder weg. Auch er gab sich Mühe.

»Der da?«, fragte Nou, und ihre Stimme zitterte kein bisschen. Es war einen Monat her, dass sie das letzte Mal stotternd nach Worten gesucht hatte, selbst ihm gegenüber.

Edmund beugte sich zu ihr hinunter und visierte an ihrem Arm entlang.

»Ja«, sagte er. Über den Helmfunk klang seine Stimme intim in ihrem Ohr. »Verlier ihn nicht.«

»T-minus dreißig Minuten.«

Edmund richtete sich auf, als Lucian vor ihnen auftauchte. Er lächelte Nou entschuldigend an, drehte sich um, und die beiden Männer gingen nebeneinanderher. Stan kam herbeigesprungen und begann, etwas in Gebärdensprache zu ihr zu sagen – jetzt war das eigentlich überflüssig, aber eine Art Geheimcode unter Freunden, so schnell, dass Edmund gar nicht mitkam; obwohl er sie sich monatelang insgeheim beigebracht hatte, waren Sprachen noch nie seine Stärke gewesen.

Er würde sich weiter Mühe geben.

»Wie geht's dem Captain?«, fragte er. »Anscheinend haben die luftdicht verschlossenen Ruhekapseln meines Vaters schon Leben gerettet – auch wenn er sich wohl kaum vorgestellt hat, es würden die einer Katze sein.«

»Die Schlafgondeln?« Lucian schüttelte den Kopf. »Der alte Whiskers war da drin sicherer als alle anderen in der Basis. Vielleicht muss ich mir diese Anti-Druckabfall-Katzenklappe mal patentieren lassen. Ich glaube wirklich, dass er die ganze Sache verschlafen hat.«

Sie verfielen in ein kameradschaftliches Schweigen. In unausgesprochener Übereinstimmung entfernten sie sich von der Menge, vom Bug – was der Spitzname für Plutos provisorisches Wohnkonstrukt war, während Stern wieder aufgebaut wurde.

»Sie werden inzwischen gehört haben, dass Yolanda Moreno noch einiges zum Fall meines Vaters hinzuzufügen hatte«, sagte Edmund im Plauderton, nachdem sie eine ungreifbare Schwelle überschritten hatten. »Wir haben Aufzeichnungen, in denen sie schwört, dass Clavius Harbour sie für die Sabotage an Plutoshine bezahlt und darüber hinaus gedroht hat, finanzielle Zuwendungen für ihre Radikalen einzustellen, falls das jemals herauskäme. Ich glaube, es hat auch Drohungen gegeben, Enceladus zu besiedeln. In seinen Worten, ihren Worten zufolge ... äh ... ›Und du kannst verdammt noch mal darauf wetten, dass mich niemand aufhalten wird.‹«

»Verdammt.« Lucian sog Luft durch die Zähne ein.

»Mallory Madoc ist ebenfalls bereitwillig mit Informationen herausgerückt, nachdem wir eine Überprüfung ihrer Finanzen beantragt hatten«, fuhr Edmund mit schiefem Lächeln fort. »Sie wird also als Zeugin aussagen, dass mein Vater ihre Forschungen andernorts ziemlich großzügig finanziert hat und sie im Gegenzug nur so tun sollte, als würde sie hier eine xenobiologische Untersuchung durchführen. Wenn man ihre Geschichte mit der von Moreno abgleicht, klingt es, als wäre von beiden – und zwar ohne Wissen der jeweils anderen, das sollte ich vielleicht ergänzen – auch verlangt worden, die Suchanstrengungen ihrer Kollegin zu vereiteln.«

Lucian stieß einen Pfiff aus. »Die beiden größten Xenobiologinnen in der Tasche und gegeneinander ausgespielt. Euer Mann wusste auf jeden Fall, wie man etwas gebacken kriegt.«

»In der Tat. Allerdings scheint Mallory nach seiner ... Ausschaltung eine geschäftliche Chance gesehen zu haben.«

»Beides zugleich zu bekommen? Sein Geld *und* den Ruhm, Leben gefunden zu haben?«

Edmund nickte. »Ja, genau. Offenbar hat sie sich deshalb an Sie und Nou gehängt. Um an Informationen zu kommen.«

»Mannomann.« Edmund verstand Lucians Gesichtsausdruck. »Sie hatte genau das vor, was Sie mir vorgeworfen haben.«

»Ja«, Edmund zuckte zusammen, »und ich habe mich dafür entschuldigt.«

»Können Sie gern noch mal machen.«

»Ich werd's mir überlegen.«

Einen Moment lang gab es nur das junge Eis, das unter ihren Füßen knirschte, und die Sterne über ihnen, hinter dem Dunstschleier der Atmosphäre. Es dauerte zehntausend Jahre, bis das Herz einmal umgewälzt wurde; die Narben würden während ihrer gesamten Lebenszeit und noch vieler weiterer bestehen bleiben.

»Dann muss Mallory ebenso beunruhigt gewesen sein wie Sie«, hob Lucian hervor, »als es den Anschein hatte, er würde sich erholen.«

»Hm.« Edmund nickte nachdenklich. »Ich dachte immer, es wäre *Ihr* Vorschlag gewesen, meinem Vater die Handschuhe zu geben.«

»Ach, *deshalb* hat sie gefragt ...«

»Um ihn zu überwachen, nehme ich an. Und zu verschwinden, wenn es so aussah, als wäre er nahe dabei, aufzuwachen und zu erkennen, dass er hintergangen worden war.«

»Lieber sie als ich.«

Sie waren bergauf gestiegen und erreichten nun den Kamm einer kleinen Anhöhe, von wo aus sie auf das Durcheinander unten hinabschauten. Jeder Mensch auf Pluto war heute auf dem Eis – bis auf einen. Die Leiche von Clavius Harbour befand sich im Schiff, und ihr Ziel war die Erde, wo sie jemand, der das wünschte, mit einer wie auch immer gearteten Zeremonie bestatten konnte. Natürlich würde es eine gerichtliche Untersuchung geben. Und es bestand die sehr reale Möglichkeit, dass Edmund vom Planetaren Schutz als Komplize vor Gericht gestellt werden würde.

Aber Edmund brauchte nur an Nous Gesicht an dem Tag zurückzudenken, als sie auf Charon erwacht war, um zu wissen, dass er ihr Urteil ohne jede Reue annehmen würde. Ihr Gesicht, als sie nicht nur die schlanken, glänzenden Körper ihrer Pfeifer gesehen hatte, die aus jeder Spalte des Herzens gewinkt hatten, auf jedem Glas-Pad, auf jeder Welt, sondern auch sein Gesicht. Seine büscheligen Haare, die leichten Stoppeln auf seinen Wangen, als er auf dem Stuhl neben ihr aufgewacht war.

»Nur eines geht mir nicht aus dem Kopf.«

Edmund runzelte die Stirn. »Was denn?«

»Warum hat er es getan?«

Es war nicht nötig, zu fragen, wer.

»Warum hätte er seinen eigenen großen Plan sabotieren sollen?« Mit ernster Miene wandte sich Lucian seinem Begleiter zu. »Jeder Universalgelehrte, der etwas taugt, weiß, dass das Terraforming ein jahrtausendelanger Marathon ist. Sicher, man beschleunigt alles ein wenig. Etwas mehr Licht vom Spiegel – etwas mehr Wärmeenergie von ein oder zwei Asteroideneinschlägen. Ein bisschen mehr Terraforming, auch ein bisschen eher. Nur läuft man Gefahr, dass die ganze Sache abgebrochen wird – und genau das ist jetzt passiert.«

Edmund schwieg, als Lucian fortfuhr.

»Ich denke immer nur, wenn er versucht hat, die gesamte Bevölkerung gegen das Terraforming aufzuwiegeln und das Sonnensystem *noch einmal* daran zu erinnern, weshalb sie eine riskante Angelegenheit ist, dann hat er verdammt gute Arbeit geleistet. Und ausgesprochen kostspielig war es obendrein. Nicht nur, dass Plutoshine abgebrochen wird – Stern wird jetzt *jedes* ähnliche Vorhaben ablehnen. Und zwar nicht aus Angst, glaube ich«, setzte er hinzu. »Vielleicht nicht einmal wegen der Pfeifer. Oder des Pfeifers, Singular. Das haben wir immer noch nicht herausgefunden. Es ist wohl eher so etwas wie« – er verdrehte die Hände, suchte nach dem Wort – »Stolz. Als ... als wäre Pluto schützenswert, so wie er es ist.«

Edmund musterte ihn unter gedankenschweren Augenbrauen hervor.

»Der Plan war im Grunde ganz einfach«, sagte er schließlich, »und Sie haben vollkommen recht. Das war das Ziel. Das Terraforming als solche schlechtzumachen. Und für eine Welt zu sorgen, in der die Menschen sich mit der Dunkelheit begnügen.«

Edmund hatte gründlich darüber nachgedacht. Diese Geschichte musste zu Ende erzählt werden. Und an jenem Abend mit Lucian im Schnee hatte er die letzten zehn Prozent noch ausgelassen.

»Kommt Ihnen das nicht seltsam vor?« Er bemühte sich um einen vollkommen neutralen Ton. »Den kältesten, dunkelsten, nutzlosesten abgelegenen Ort im Sonnensystem zu terraformen? Natürlich hat mein Vater es mir erzählt«, sagte er schlicht. »Nicht alles – aber genug. Dadurch war auch ich belastet. Ich konnte ihn niemals verraten, ohne mich gleich mit auszuliefern. Ja.« Er sog die Luft scharf durch die Nase ein. »Ich kannte den Plan von Anfang an. Ich war kein unbeteiligter Zuschauer.«

Lucian war zu völliger Reglosigkeit erstarrt.

»Die Sabotage?«

»So wie ich es verstanden habe, hätte nie etwas Schlimmes passieren sollen«, erklärte Edmund. »Styx, die Schutzengel und zuletzt die Einschaltung des Spiegels ... all das hätte gerade noch einmal gut gehen sollen. Die Absicht war nicht, Schaden anzurichten – sondern beispielhaft zu zeigen, wie nah die Gefahr ist. Zumindest diese kleine Abweichung hat er für sich behalten.«

»Sie wussten über Moreno Bescheid? Die ganze Zeit?«

»Nein.« Edmund schüttelte nachdrücklich den Kopf. Er hätte selbst nicht sagen können, warum, aber es war ihm äußerst wichtig, dass Lucian verstand. »Ich wusste nur, dass es *irgendjemanden* gab. Eine Zeit lang war ich sogar überzeugt, Sie wären es. Was Mallory Madoc betrifft, habe ich vollständig im Dunkeln getappt. Mir wurde nur so viel wie unbedingt nötig anvertraut.«

Lucian sah jetzt ... bestürzt aus. Es gab kein anderes Wort für seinen Gesichtsausdruck. Edmund hatte sich auf mehr Zorn gefasst gemacht, wie auf dem Schiff, aber diese Stille – diese Enttäuschung – war noch schlimmer.

Lucian fixierte ihn einen langen Moment.

»Haben Sie ...? Haben Sie Halleys Tod eingeplant?«

»Nein.« Edmund schüttelte erneut den Kopf. »Nein, Lucian, das habe ich nicht, und deshalb habe ich Moreno an jenem Abend aufgesucht. Ich war überzeugt, dass es einen zweiten Täter geben musste. Selbst da ist mir nicht in den Sinn gekommen, dass es mein Vater selbst gewesen sein könnte.«

»Aber warum? Ich verstehe es immer noch nicht ...«

Edmund warf ihm einen kurzen Blick zu.

»Warum hierbleiben?«, fragte er zurück. »Warum Sonnen bauen und Himmel erschaffen, wenn wir doch hinausfliegen und neue erforschen könnten?«

Lucian blinzelte ihn an. »Was? Was soll das ...? Sie meinen interstellare Reisen oder ...?«

»Wussten Sie, dass mein Vater eine Schwesterfirma hatte, die genau dafür Schiffe entwarf?«

»Ich ... ja. Ja, das wusste ich.« Lucian sah aus, als wäre er gerade aus einer zwanzig Jahre zurückliegenden Zeit heraus ins Gesicht geschlagen worden. »Ich hatte alle Sammelkarten dazu.«

»Die Schiffe waren sein Traum«, sagte Edmund. »Er hat an ihnen gearbeitet, wie andere Männer an Modelleisenbahnen arbeiten. Aber sie wurden nie gebaut. Sobald sich das Terraforming durchgesetzt hatte, gab es keinen Bedarf mehr. Kein Interesse.«

Lucian drückte die flachen Hände an seine Helmblase.

»Die meisten Leute hätten einfach die verdammte Spielzeugeisenbahn gekauft.«

»Clavius Harbour war nicht ›die meisten Leute‹.« *War.* Vergangenheitsform. Endlich. »Alles, was er tat, war sorgfältig geplant, oftmals über Jahrzehnte hinweg. Und er war es gewohnt zu bekommen, was er wollte.«

»Glauben Sie, das wird bei denen funktionieren?« Er sah nach unten, auf die Menschen, die dort herumsprangen, herumliefen und miteinander plauderten. »Denken Sie wirklich, dass ausgerechnet diese Leute hier das Interesse wieder aufleben lassen werden?«

Edmund senkte den Kopf. »Sie sind derjenige gewesen, der das gesagt hat. Über Stolz. Ich schäme mich, in den

Plan meines Vaters einbezogen gewesen zu sein, und bitte glauben Sie mir, Lucian, wenn ich sage, dass ich daran nicht beteiligt sein wollte. Aber ...«

Er schaute nach oben. Sterne ohne Zahl. Unscharf und verschwommen, wie vom Grund eines Wasserteichs aus gesehen. Orte innerhalb von Orten. Planeten, Welten, Heimatorte. Irgendetwas, irgendjemand konnte den Blick erwidern.

»Nach Nous Entdeckung«, sagte Edmund zu ihnen, »haben wir jetzt mehr denn je Anlass, uns zu fragen, was noch dort draußen ist.«

Stille. Zu ihren Füßen war ganz Stern herausgekommen und verteilte sich nun auf dem Schneeweiß des Herzens, um Adieu zu sagen.

»Ziemlich bescheuerte Idee«, sagte Lucian gedankenverloren. »Ein viertes Vorkommen von Leben nur in der Hoffnung auszulöschen, damit einem persönlichen Ziel näher zu kommen.«

»Ein fünftes, wenn man den Mars mitzählt. Und ja«, stimmte Edmund ihm zu. »Ich dachte, der Plan würde genau an dem Tag sein Ende finden, an dem Nou uns die Höhle gezeigt hat. Das war einer meiner vielen Irrtümer.«

»Warum erzählen Sie mir das, Edmund?«

Lucian sah ihm geradewegs ins Gesicht. Seine Miene wirkte ... seltsam. Edmund dachte an sein erstes Geständnis zurück, an die anderen neunzig Prozent; Lucians Gesichtsausdruck blieb unverändert. Wo war der Zorn?

Er holte Luft.

»Sie haben mich bisher gedeckt, Lucian, und ich bin ... ich bin sehr dankbar, auch wenn ich nicht verstehe, warum Sie das tun. Aber wenn das Ausmaß meiner Verstrickung bekannt wird und ich meines Amtes enthoben werde, möchte ich, dass Sie sich um Nou kümmern.«

»Was meinen Sie mit ›bekannt wird‹?«

»Wie bitte?« Das war nicht die Antwort, die Edmund erwartet hatte.

Lucian legte den Kopf ein wenig schief.

»Wie sollten sie das herausfinden? Ihr Vater ist tot, und durch Gens Aufzeichnungen lässt sich der Eingriff geradewegs zur Krankenstation zurückverfolgen. Soweit es für das Gericht von Belang ist, haben die ihren Täter.«

»Ja.« Edmund nickte, während sich seine Stirn in Falten legte. »Aber ...«

»Sie denken, ich werde es ihnen sagen?«

»Nein, aber ... na ja, Sie ... Sie hätten jedes Recht ...«

»Edmund.« Lucian hob die Hände in zwei parallelen Linien, als wollte er ihn packen, hätte es sich dann jedoch anders überlegt. »Dieses Kind braucht keinen anderen Vater. Nou hat Sie. Okay? Niemand nimmt ihr das weg.«

Die beiden Männer sahen sich in die Augen. Edmund nickte langsam.

»T-minus zwanzig Minuten.«

»Wir sollten lieber ...« Lucian deutete auf die Menge. »Ich muss mich noch von einigen Leuten verabschieden.«

»Ja.« Edmund holte Luft. »Lucian ...«

Er streckte die behandschuhte Hand aus.

»Danke. Für ...«

Lucians Hand hatte sich bereits um seine geschlossen.

»Ebenso, mein Freund«, sagte er, als sie sich festhielten, »jetzt weiß ich Bescheid. Oh, und, Edmund?«

Edmund zog die Augenbrauen hoch.

Lucian zuckte die Achseln.

»Wissen Sie, ich fand, Sie haben da eine ziemlich heiße Nummer am Klavier hingelegt, als ich Ihnen mal unabsichtlich zugehört habe. Falls Sie irgendwann Lust haben sollten, eine Band zu gründen, ich würde mir jede Menge freie Zeit nehmen.«

Sie fanden den Rest ihrer Freunde beim Schiff, und jetzt begann das Abschiednehmen im Ernst. Leute hüpften vom einen zum anderen, schüttelten Hände, legten Helme aneinander und umarmten sich, alles zu schnell, um ständig zwischen privaten Kanälen zu wechseln, und die Luft war von Gelächter, Versprechen und liebevollen Abschiedsgrüßen erfüllt.

Kip zog Lucian in eine bärenhafte Umarmung, dann klopfte ihm Joules auf den Rücken und umarmte ihn ebenfalls. Stan drückte er nur wortlos an sich. Das ergab nicht viel Sinn bei Anzügen, die nur den Hauch eines solchen Kontakts übermittelten, und bei Helmen, die vollständig verhinderten, dass ein Kinn auf einer Schulter zu liegen kam oder dass Haare an Wangen kratzten. Aber das spielte keine Rolle. Er sah Mallory am Rand der Menge, irgendwie hochmütig und zögernd zugleich, als sich ihre Augen einen Moment lang trafen, bevor sie sich umdrehte und ohne einen weiteren Blick an Bord des Schiffes schwebte.

Halley verschränkte die Arme entschlossen vor der Brust, als er auf sie zutrat, und Lucian lenkte seine ausgebreiteten Arme hastig um und kratzte sich am Helm, statt sich die Haare zu zerzausen.

»Ich werde auf Stan aufpassen«, erklärte sie ihm mit einem knappen Nicken. Dann zeigte sie mit einem Finger auf ihn. »Melde dich. Werd nicht sonnenkrank. Und *bitte* lass dich nicht noch mal beinahe umbringen.«

»Ich liebe Sie auch, Halley«, murmelte er.

»Wie war das?«

»Ich habe gesagt, ich schiebe das auf und komme Sie irgendwann mal besuchen.«

»Will ich auch hoffen.«

Nun zogen sich die Leute zurück; die letzten interplanetaren Reisenden waren an Bord verschwunden, und die Türen des kleinen Raumschiffs schlossen sie im Innern ein. Die Ansage »T-minus zehn Minuten« erklang, aber zugleich drang eine andere Stimme an Nous Ohren: »Hat irgendwer ein dürres kleines Mädchen gesehen, ungefähr so groß? Sie ist ganz winzig, deshalb ist sie ein bisschen schwer zu entdecken – ach du meine Erde! Ist sie das?«

Nou versuchte die Hand vor ihr lächelndes Gesicht zu halten, traf aber nur auf Glas.

»Aber das kann nicht Nou Harbour sein!«, rief Lucian. Sie drehte sich um, und da war er. »Sie ist viel zu groß, sie sieht viel zu groß aus, als dass man sie auch nur ...!«

Und mit gespielt angestrengtem Ächzen hob er sie hoch und wirbelte sie vor dem Himmel herum und herum, und Nou Harbour kreischte vor Glück, als ihre Welt wegfiel, das zernarbte junge Eis zu Cremetönen verschwamm und die verschleierten Sterne ihre Arme für sie öffneten.

Lucian behielt beide Hände auf ihren Schultern, als sie – wie nach einem Sprung vom Karussell – ein wenig schwindlig zum Stehen kamen.

»Wie läuft's denn mit dem Pfeifer-Geflüster?«, fragte er gespannt, und Nou liebte ihn in diesem Augenblick für seinen heimlichtuerischen, gedämpften Ton, für die Art, wie sich sein Blick in ungekünstelter Faszination mit ihrem verschränkte.

Sie konnte gar nicht mehr aufhören zu nicken.

»Er hat viel zu sagen«, erklärte sie ihm ein wenig atemlos; schon wenn sie nur an ihre Gespräche zurückdachte, ging es ihr öfter so. »Und er hat angefangen, etwas Neues zu machen.«

»Ach ja?«

Nou blinzelte und war sofort wieder dort: draußen an der Küstenlinie an jenem Morgen, im Friedhof der kollabierten Klippen. Zwischen ihnen ragte ihr Pfeifer empor, wie Schösslinge zwischen Pflastersteinen. Säule um Säule reihte sich am Horizont auf, jede war irgendwie *größer* außerhalb der Höhle, ihre Grüntöne grüner, ihre Blautöne blauer. Es waren viele Hunderte, und obwohl die Atmosphäre für die Bestätigung durch Satelliten noch nicht klar genug war, wusste Nou, dass sie auf ganz Pluto an die Oberfläche gekommen waren.

Sie zwinkerte die Vision weg. Ihr Freund – nur einer, da war sie sicher, ein Mega-Organismus – hatte sich als fremdartiger und prachtvoller entpuppt, als sie es sich jemals hätte vorstellen können.

»Ich wusste nicht mal, dass er das konnte – so was hat er vorher noch nie gemacht –, aber jetzt empfange ich nicht mehr nur Sinngehalte. Ich empfange ...«

Sie zögerte und errötete erneut. Aber wenn es jemanden gab, der ihr glauben würde, jemanden, der ebenso viel Ehrfurcht empfinden mochte wie sie, dann war es Lucian.

»Ich sehe Dinge«, erklärte sie ihm in gedämpftem, inbrünstigem Ton. »Weißt du, wenn man sich an etwas erinnert, und es ist so, als sähe man zwei Dinge übereinander – eins vor den Augen und eins im Kopf?«

Lucian nickte nur, um sie zu ermuntern.

»So ist das. Außerdem bekomme ich jetzt auch zu *sehen*, was er denkt.«

Sie verstummte und betrachtete ihn, wartete ungeduldig auf seine Reaktion. Sie kam nicht sofort.

»Ich überlege, was ich sagen kann, ohne Kraftausdrücke zu benutzen«, sagte Lucian schließlich. Sein Blick richtete sich auf die Ferne hinter ihr, und er musste sich kurz schütteln, um sich wieder zu konzentrieren. »Das ist ... was siehst du? Was zeigen sie dir?«

Jetzt musste Nou überlegen, was sie sagen sollte.

»Ich soll es eigentlich nicht verraten«, gestand sie, während sie mit der Spitze eines Stiefels eine Acht in den Schnee malte. »Er möchte es uns zeigen.«

»Uns beiden?« Lucian starrte sie an. »Du meinst, uns allen?«

Er machte eine Handbewegung zu den lachenden, plaudernden, herumhüpfenden Menschen hin – zur Menschheit insgesamt.

Nou nickte.

»Er werde es uns allen zeigen. Er will, dass wir es alle verstehen.«

»T-minus sieben Minuten.«

Nou sah zu Lucian auf; ganz plötzlich war sie wieder zehn Jahre alt und stand schüchtern vor diesem großen Mann, der Sonnen baute.

»Du bleibst wirklich hier? Du meinst es ernst?«

Als Antwort stützte er die Hände auf die Knie und bückte sich, bis er auf ihrer Höhe war. Diese Distanz war in den vergangenen zwei Jahren geschrumpft; Nou wuchs wie ein Schössling in der Sonne. Ihre Helme berührten sich.

»Klar bleibe ich hier, Spark«, sagte er. Das waren Worte, die Nou ebenso sehr fühlte wie hörte, weil sie nicht nur über Funk kamen, sondern auch durch die Glasatome. »Du wirst einen Praktikanten brauchen, stimmt's?«

»Einen Praktikanten?«

Sein Blick zuckte nach oben, knapp an ihrer Schulter vorbei, dann wieder zurück. Sein Lächeln war vertrauensvoll.

»Glaubst du wirklich, ich würde abhauen – jetzt, wo es gerade erst mit den guten Sachen losgeht?«

Hände auf ihren Schultern; Nou blickte auf, und da war Edmund. Es war so weit.

Sie zeigte mit einem Finger auf sich selbst. Legte beide Hände auf ihr Herz. Streckte den Finger dann zu Lucian aus.

Und Lucian richtete sich auf und antwortete auf die gleiche Weise, während Schnee zu fallen begann, so fein wie Mehl.

Die Minuten vergingen wie Sekunden, bis die Pluto-Menschen auf allen Kanälen geschlossen rückwärts bis null zählten. Dann folgte ein Grollen unter ihren Füßen, und die Sonnenbringer kehrten mit einer Kraftentfaltung, die ausreichte, um die Luft zu kräuseln – die nun viel dicker war als bei ihrer Ankunft – in den Himmel zurück.

Nou zögerte, nahm allen Herzensmut zusammen und ergriff dann die Hand ihres Bruders. Unter ihren Füßen leuchteten die Lichter, ihre vertrauten Rottöne wirbelten und strudelten im Eis. Im Norden, an der Küstenlinie des Herzens, schwankten bei diesem Schauspiel sämtliche Zweige des Wesens, das man Pfeifer nannte, wie in einer leichten Brise.

Edmund hielt ihre Hand fest in der seinen.

DANKSAGUNG

An all jene, die die *New-Horizons*-Mission ermöglicht haben – an alle, die Pluto für uns andere auf die Erde geholt haben –, und ganz besonders an Alan Stern. An die St Edmund Hall und in memoriam an Bill Miller vom William R. Miller Scholarship, das mir die schönste Unterkunft in ganz Oxford zur Verfügung gestellt hat, in der ich in Ruhe arbeiten konnte; insbesondere an Alex Grant und Belinda Huse, die große Mühen auf sich genommen haben. An Linda Davies, die damalige Writer in Residence der Hall, weil sie die erste Leserin dieses Buches war, die nicht nett sein musste, es aber trotzdem war, und weil sie weiterhin eine Mentorin ist.

An Julie Crisp, meine Agentin, weil sie Nou geliebt und an sie geglaubt hat. An Marcus Gipps, meinen Lektor, weil er weitergelesen hat, als er es eigentlich nicht musste. An das gesamte Team bei Gollancz für Stil und Professionalität. An Natasha Carthew und Andrew Cartmel für Ermutigung und Rat. Für fachliche Richtigkeit: an Tashi Chadwick für Einblicke in die Gebärdensprache; an Dan Spencer für einen groben Überblick über die Strömungslehre; und an Tim Gregory für mathematische, astronomische und kosmochemische Überprüfungen – sowie alles andere. An BehindTheName.com, den besten Freund der Namensforscherin. An die europäische Weltraumorganisation, die österreichische Raumfahrtagentur und die Raumfahrtbehörde des Vereinigten Königreichs, die meinen Aufenthalt in Alpbach finanziert und mir beigebracht haben, wie man Weltraummissionen konzipiert – obwohl ich bezweifle, dass dies ein beabsichtigtes Resultat einer solchen Ausbildung war.

An Andrew Lockington, Steven Price, Mark Mancina, Jasha Klebe und Jacob Shea, deren Musik wusste, was ich zu sagen hatte, und es besser sagte. Zum Andenken an James Horner, dessen Musik mich gelehrt hat (und immer noch lehrt), wie man schreibt.

An meine Schwestern und ersten Lektorinnen, Katie und Hannah, und an Mum und Dad, weil sie es geduldet haben, dass ich als Teenager oft für mich geblieben bin und weltentrückt vor mich hin getippt habe.

An die Gärtnerinnen und Gärtner der Oxford University Parks – und an den dortigen Riesenmammutbaumhain.

Stephen Baxter

Die große ARTEFAKT-Saga

Science-Fiction im Blockbuster-Format

»Stephen Baxter ist der wichtigste Science-Fiction-Autor unserer Zeit.« *The Times*

978-3-453-32074-1

978-3-453-32075-8

Leseprobe unter **www.heyne.de**

HEYNE ‹

KIM STANLEY ROBINSONS
LEGENDÄRE MARS-TRILOGIE

Es ist die größte Herausforderung der Menschheit:
die Besiedelung unseres Nachbarplaneten Mars

978-3-453-31697-3
Erhältlich ab Januar 2016

978-3-453-31696-6
Erhältlich ab November 2015

978-3-453-31698-0
Erhältlich ab März 2016

»Diese drei Romane sind mehr als atemberaubend!
Jeder Bewohner des Planeten Erde sollte sie gelesen haben.«
Arthur C. Clarke

diezukunft.de»   **HEYNE‹**